KNAUR

Im Knaur Taschenbuch Verlag sind bereits folgende Bücher der Autorin erschienen:

Die Wanderhure
Die Kastellanin
Das Vermächtnis der Wanderhure
Die List der Wanderhure
Die Wanderhure und die Nonne
Die Wanderhure und der orientalische Arzt
Die Tochter der Wanderhure
Töchter der Sünde

Die Kastratin
Die Goldhändlerin
Die Tatarin
Die Löwin
Die Pilgerin
Die Feuerbraut
Die Rose von Asturien
Die Ketzerbraut
Feuertochter
Die Flammen des Himmels
Die steinerne Schlange
Die Rebellinnen
Die Fürstin
Das Mädchen aus Apulien
Die Widerspenstige
Der Fluch der Rose
Die Saga von Vinland
Die Rache der Wanderhure

Dezembersturm
Aprilgewitter
Juliregen

Das goldene Ufer
Der weiße Stern
Das wilde Land
Der rote Himmel

Die Wanderapothekerin
Die Liebe der Wanderapothekerin
Die Entführung der Wanderapothekerin
Die Tochter der Wanderapothekerin

Tage des Sturms
Licht in den Wolken
Glanz der Ferne

Die Perlenprinzessin – Rivalen
Die Perlenprinzessin – Kannibalen
Die Perlenprinzessin – Missionare

Über die Autorin:

Iny Lorentz ist das Pseudonym des Autorenpaares Iny Klocke und Elmar Wohlrath. Ihr größter Erfolg »Die Wanderhure« erreichte ein Millionenpublikum und wurde ebenso wie fünf weitere ihrer Romane verfilmt. Außerdem wurde dieser Roman für das Theater adaptiert. Seit der »Wanderhure« folgt Bestseller auf Bestseller. Viele ihrer Romane wurden zudem ins Ausland verkauft. Neben anderen Preisen wurde das Autorenpaar mit dem »Wandernden Heilkräuterpreis« der Stadt Königsee ausgezeichnet und in die »Signs of Fame« des multikulturellen und völkerverbindenden Friedensprojekts »Fernweh-Park« aufgenommen.
Besuchen Sie auch die Homepage der Autoren und ihren Facebook-Auftritt:
www.inys-und-elmars-romane.de
https://www.facebook.com/Inys.und.Elmars.Romane

INY LORENTZ

Das Mädchen von Agunt

Roman

KNAUR

Besuchen Sie uns im Internet:
www.knaur.de

Aus Verantwortung für die Umwelt hat sich die Verlagsgruppe Droemer Knaur zu einer nachhaltigen Buchproduktion verpflichtet. Der bewusste Umgang mit unseren Ressourcen, der Schutz unseres Klimas und der Natur gehören zu unseren obersten Unternehmenszielen. Gemeinsam mit unseren Partnern und Lieferanten setzen wir uns für eine klimaneutrale Buchproduktion ein, die den Erwerb von Klimazertifikaten zur Kompensation des CO_2-Ausstoßes einschließt. Weitere Informationen finden Sie unter: www.klimaneutralerverlag.de

FSC www.fsc.org MIX Papier aus verantwortungsvollen Quellen FSC® C014496

Originalausgabe Juni 2022
Knaur Taschenbuch

Ein Imprint der Verlagsgruppe
Droemer Knaur GmbH & Co. KG, München

Covergestaltung: ZERO Werbeagentur, München
Coverabbildung: Collage unter Verwendung von Motiven von Arcangel Images und shutterstock.com
Satz: Adobe InDesign im Verlag
Druck und Bindung: GGP Media GmbH, Pößneck
ISBN 978-3-426-52807-5

2 4 5 3 1

ERSTER TEIL

Ein falscher Freund

1.

Cincia fuhr erschrocken hoch. Ihr Leib zitterte heftig, und es dauerte eine Weile, bis sie begriff, dass sie sich in ihrem Bett befand. Es ist nur ein Traum gewesen, dachte sie erleichtert, schüttelte sich aber angesichts der Bilder, die in ihr nachhallten. Eben hatte sie sich noch an einem anderen Ort befunden – auf einem Sklavenmarkt! – und war dort für ein paar Sesterzen an einen üblen Kerl verkauft worden. Genauso würde es kommen, hatte ihre Mutter ihr prophezeit, wenn ihr Vater nicht mit dem Trinken aufhörte. Immer wieder gab es deswegen Streit zwischen ihren Eltern. Die Mutter schimpfte, weil der Vater zu viel trank, und er ließ daraufhin die Arbeit liegen, ging in die Stadt hinunter und betrank sich in Magrinius' Taverne erneut.

Früher hat er dies doch auch nicht getan, dachte das Mädchen verzweifelt. Aber seit er mit dem Viehhändler Florus Freundschaft geschlossen hatte, war er nicht wiederzuerkennen. Er erledigte seine Arbeit schlecht oder gar nicht und überließ es ihrer Mutter und ihr, den Bauernhof mühsam weiterzuführen.

Durch die viele Arbeit, die dadurch für sie anfiel, fühlte Cincia sich auch jetzt immer noch müde und erschöpft, und sie hoffte, schnell wieder einzuschlafen, trotz der schlimmen Träume, die auf sie warten mochten. Doch da der erste Schimmer des beginnenden Tages durch eine Ritze des Fensterladens drang, setzte sie sich auf und blickte zu ihren Eltern hinüber. Waren sie wach, hieß es auch für sie, aufzustehen.

»Der Vater! Er ist nicht da!«

Cincias erschreckter Ruf weckte ihre Mutter. »Was sagst du?«, fragte Amma schlaftrunken.

»Vater ist nicht da!«, wiederholte Cincia.

»Wahrscheinlich ist er schon im Stall.« Seufzend stand Amma auf, wusch sich und reinigte rasch die Zähne.

Cincia öffnete unterdessen den Durchgang zum Stall und schaute hinein. »Hier ist Vater auch nicht!«, rief sie ihrer Mutter zu.

Amma blickte zur Tür. »Er muss nach draußen gegangen sein, denn der Riegel ist offen.«

»Als wir uns am Abend ins Bett gelegt haben, war er noch nicht aus Aguntum zurückgekehrt. Weißt du, ob er überhaupt heimgekommen ist?«, fragte Cincia. Sie machte sich Sorgen. Auch wenn ihr Vater in letzter Zeit öfter in Stadt gegangen war, um in der Taverne zu trinken, so war er noch nie über Nacht ausgeblieben.

»Nein! Zumindest bin ich nicht aufgewacht!« Amma zog sich schnell an und öffnete die Haustür. Das Tal des Dravus lag unter einer dichten Nebelschicht verborgen. Hier oben bei ihnen am Hang war der Himmel frei, und sie konnte bis zu den Nachbarhöfen schauen. Ihren Mann aber entdeckte sie nirgends. »Wo mag Buccio nur sein? Er weiß doch, dass wir heute die obere Wiese mähen müssen. Wie Materiona uns sagte, soll in drei Tagen Regen kommen, und bis dahin muss das Heu unter Dach sein«, rief Amma ebenso zornig wie besorgt. »Es ist zum Haareraufen! Wir hatten ein so gutes Leben. Wenn Buccio jedoch so weitersäuft, wird noch alles zugrunde gehen.«

»Wir müssen Vater suchen! Vielleicht ist ihm etwas zugestoßen«, sagte Cincia.

»Wahrscheinlich war er so betrunken, dass er in Magrinius' Taverne eingeschlafen ist«, fauchte Amma und wandte sich dem Stall zu, um die Kühe zu melken. Eigentlich war dies die Arbeit ihres Mannes, und sie schien ihre Wut kaum beherrschen zu können.

Cincia trieb die Angst um den Vater aus dem Haus, und sie lief ein Stück den Hang hinab. »Vater, hörst du mich?«, rief sie, obwohl der Verstand ihr sagte, dass keine Antwort kommen würde.

Da entdeckte sie eine Gestalt unter einem Busch und eilte hin. Tatsächlich war es ihr Vater. Sein Schnarchen erleichterte sie. Als sie ihn rüttelte, brummte er nur ärgerlich und schlief weiter.

»Wach auf, Vater!«, flehte sie, doch auch ein zweiter Versuch brachte keinen Erfolg.

»Mutter, ich habe Vater gefunden! Er liegt unter dem großen Busch«, rief sie zum Hof hinauf.

Amma eilte zu ihrer Tochter. Doch auch ihr gelang es nicht, den Betrunkenen zu wecken. »Dein Vater ist wirklich von allen guten Geistern verlassen! Wir haben so viel zu tun, und er liegt hier wie ein mürbes Stück Holz. Dabei müssen die Kühe gemolken und danach die obere Wiese gemäht werden. Wir brauchen dringend das Heu, denn wir haben bisher noch nicht genug eingefahren.«

Noch während Amma schimpfte, begriffen beide Frauen, dass Buccio an diesem Tag weder zum Melken noch zum Mähen in der Lage war.

»Was sollen wir nur tun?«, fragte Cincia besorgt.

Amma schüttelte verärgert den Kopf. »Am liebsten würde ich ihn hier einfach liegen lassen. Doch ich will nicht, dass ihn unsere Nachbarn so vorfinden. Also müssen wir ihn wohl ins Haus tragen. Wenn er untertags aufwacht, kann er nachkommen und uns helfen. Jetzt aber heißt es, hurtig zu sein. Die Arbeit macht sich nicht von selbst.«

»Es wäre besser, Aguntum würde weiter von unserem Hof entfernt liegen. Dann könnte Vater nicht so oft hinuntergehen!«, klagte Cincia, während sie Buccio zum Hof hochschleppten.

Ihre Mutter schnaubte verächtlich. »Er würde schon eine Möglichkeit dazu finden, und wir beide hätten noch mehr zu tun. Es ist jetzt schon schlimm genug. Komm jetzt! Sobald er im Bett liegt, machen wir uns an die Stallarbeit. Anschließend gehen wir zur oberen Wiese und mähen so viel Gras, wie wir können.«

»Aber du musst doch die Morgensuppe kochen«, wandte Cincia ein.

»Dafür bleibt keine Zeit. Wir nehmen etwas Brot und Käse mit und essen es auf dem Weg zur Wiese.«

Als sie ihren Mann auf das Bett legten, blickte Amma mit wachsendem Zorn auf ihn hinab. Die Spuren, die der Wein hinterlassen hatte, waren nicht mehr zu übersehen, denn sein Gesicht war fahl, und die Haut wirkte schlaff. Kopfschüttelnd fragte Amma sich, wie ein Mensch sich in einem knappen Jahr so zum Schlechten verändern konnte. Bei ihrer Heirat vor fast zwanzig Jahren war Buccio ein schlanker, gut aussehender Mann gewesen, und ihre Freundinnen hatten sie beneidet, weil er sich für sie entschieden hatte. Heute würde dies keine von ihnen mehr tun.

»Wir können die Wiese nicht allein mähen, Mutter. Daher sollten wir zusehen, dass wir Vater wach bekommen«, wandte Cincia erneut ein.

»So betrunken, wie er ist, haut er sich höchstens die Sense ins Bein«, antwortete Amma verächtlich. »Ich hoffe nur, dein Vater hat nicht zu viel Geld in der Stadt gelassen. In ein paar Tagen müssen wir die Abgaben bezahlen. Können wir es nicht, bleibt uns nichts anderes übrig, als ein paar Ziegen oder gar eine Kuh zu verkaufen.« Mit einem letzten Blick, aus dem alle Liebe gewichen war, die sie einmal für ihren Mann empfunden hatte, wandte Amma sich ab und griff nach dem Melkeimer. »Ich werde mir die Kühe vornehmen und du die Ziegen. Wenn wir uns sputen, kannst du noch den Mist aus dem Stall schaffen.«

Cincia nickte und holte den Krug, den sie zum Melken ihrer sechs Ziegen benützte. Seit sie denken konnte, war dies ihre Arbeit gewesen, und sie hatte sie gerne getan. An diesem Tag aber krampfte sich ihr das Herz zusammen. Eigentlich hätte sie danach die

Kühe und die Ziegen hüten sollen. Aber wenn sie der Mutter helfen musste, Heu zu machen, konnte sie das nicht.

»Hoffentlich passt Bardus auf die Tiere auf, wenn wir weg sind«, sagte sie.

Bardus war der Sohn ihres Nachbarn Belicus und hatte schon mehrmals ihre Kühe und Ziegen zusammen mit den eigenen gehütet. Letztens hatte Belicus jedoch deutlich erklärt, dass er dafür belohnt werden wollte. Ein Zicklein sollte es im Herbst schon sein. Wenn Bardus sich noch öfter um ihr Vieh kümmern musste, konnte es sogar ein Kalb werden.

»Daran ist nur dieser verfluchte Florus schuld!«, schimpfte die Mutter. »Jedes Mal, wenn Buccio in die Stadt geht, kehrt er mit diesem Kerl in die Taverne ein und bezahlt auch noch für beide.« Amma hätte es ihrem Mann vergönnt, ein- oder zweimal im Monat in der Stadt einen Becher Wein zu trinken. Mittlerweile aber nutzte er jede Gelegenheit, um nach Aguntum und dort in die Taverne zu kommen. Seine Arbeit blieb dabei liegen, und wenn er dann am Abend nach Hause kam, war er meistens so betrunken, dass er auch am nächsten Tag kaum etwas tun konnte. Damit der Hof nicht verdarb, mussten ihre Tochter und sie für ihn mitarbeiten. Wenn sie ihn deswegen schalt, versprach er zwar, sich zu bessern, vergaß es aber sofort wieder.

Das Gespräch zwischen Mutter und Tochter verstummte, und für eine Weile war nur das Geräusch zu hören, mit dem die Milchstrahlen in den Eimer spritzten, und gelegentlich das Muhen einer Kuh. Sowohl Amma wie auch Cincia beeilten sich, denn der Tag war viel zu kurz für all die Pflichten, die sie zu bewältigen hatten.

Schließlich war Cincia mit dem Melken der Ziegen fertig und schaute zur Mutter hinüber. Amma wies mit dem Kinn auf den in den Felsen geschlagenen Keller des Hofes. »Stell die Milch nach hinten! Ich kümmere mich darum, sobald ich fertig bin. Wir werden das Geld, das wir für unseren Käse bekommen, bitter nötig brauchen.«

»Ja, Mutter!« Cincia eilte hinüber und trat in den im Vergleich zum Stall eiskalten Keller. Auf einem Regal an der Wand lagen die ausgeformten Käselaibe, um zu reifen. Hoffentlich bezahlt Calvus diesmal mehr dafür als beim letzten Mal, fuhr es Cincia durch den Kopf. Calvus gehörte als Käsehändler zu den wohlhabenden Bewohnern von Aguntum, tat aber den Bauern gegenüber, denen er den Käse abkaufte, so, als nage er am Hungertuch. Dem Bürgermeister Lucius Antonius Melius, dem der große Gutshof ein Stück talaufwärts gehörte, zahlte Calvus bessere Preise.

»Das ist ungerecht!«, sagte Cincia zu sich selbst. »Immerhin schmeckt der Käse, den Mutter macht, viel besser als der aus Lucius' Villa Rustica!« Sogar der Bürgermeister sah dies offenbar so, denn er ließ sich in seiner großen Villa in der Stadt zumeist Käse von ihrem Hof auftischen.

Cincia stellte den vollen Krug an die dafür vorgesehene Stelle und dachte seufzend, wie schön das Leben noch vor zwei Jahren gewesen war. Damals hatte Vater selbst dann nicht über den Durst getrunken, wenn er ein Rind oder eine Ziege hatte gut verkaufen können. Inzwischen trank er mehr Wein als das frische Wasser aus ihrer Quelle, das den Worten der Heilerin Materiona zufolge sehr gesund sein sollte.

Ihre Mutter kam mit zwei vollen Eimern Milch herein. »Du musst die Tiere nach draußen treiben, sonst ist Bardus mit den seinen bereits weg. Anschließend mistest du den Stall aus. Beeile dich aber! Sobald ich fertig bin, müssen wir aufbrechen.«

»Und was ist mit Vater? Wenn er aufwacht, wird er Hunger haben«, wandte Cincia ein.

»Wenn er aufwacht, kann er sich ein Stück Brot nehmen und Wasser dazu trinken. Würde er dies jeden Tag tun, wäre es besser für ihn und für uns!«

Cincia zuckte unter der harschen Stimme der Mutter zusammen. Ich darf nicht trödeln, beschwor sie sich und eilte los. Zuerst ließ sie die Ziegen aus dem Stall und löste dann die Ketten der Kühe. Drei verließen gehorsam den Stall, während die vierte den Kopf nach dem Korb mit der schlechten Gerste ausstreckte, die nur als Beifutter für die Tiere zu verwenden war.

»Raus mit dir! Die Gerste kannst du am Abend fressen«, schimpfte Cincia und klopfte dem Tier leicht auf die Hörner. Erst dann gab die Kuh auf und trollte sich. Cincia folgte ihr und atmete auf, weil die anderen Kühe und die Ziegen zusammengeblieben waren. Von der anderen Seite kam Bardus gerade mit den acht Kühen seines Vaters und einem halben Dutzend Ziegen des Weges, um die Tiere ein Stück weiter oben am Hang zu weiden. Als er Cincia sah, musste er lachen. »Dein Vater ist wohl wieder zu besoffen, was? Und ich soll eure Viecher mitnehmen. Ich mache es! Vater sagt aber, er will dafür am Ende der Woche einen Käselaib haben, und der sollte nicht zu klein sein.«

»Ich werde es Mutter ausrichten«, sagte Cincia verärgert. Nun würden sie einen Käselaib weniger verkaufen können. Ihn dem Nachbarn zu verweigern war nicht möglich. Wenn dessen Sohn nicht auf ihr Vieh aufpasste, würden die Tiere auseinanderlaufen, und sie würde bis in die Nacht hinein nach ihnen suchen müssen. Zudem bestand die Gefahr, dass jemand einfach ein Tier wegtrieb, wenn er sich unbeobachtet fühlte. Von dem Viehhändler Florus hieß es, dass er sich auf diese Weise schon so manches Tier unter den Nagel gerissen hatte.

Bardus grinste zufrieden. Die Nachbarin war für ihren Käse berühmt, und er glaubte, dessen Geschmack bereits auf der Zunge zu spüren. Der Käse, den seine Mutter und die Magd fertigten, war bei Weitem nicht so gut.

Während er seine um Cincias Kühe und Ziegen vergrößerte Herde fröhlich pfeifend bergan trieb, eilte das Mädchen in den Stall zurück, um den Mist auf eine Schubkarre zu laden und zum Misthaufen zu bringen. Sie war noch damit beschäftigt, als ihre Mutter erschien.

»So, ich bin fertig! Wie ist es mit dir?«

Cincia kippte den letzten Rest Mist auf den Haufen und drehte sich aufatmend zur Mutter am. »Ich will mir nur noch die Hände waschen. Mit so schmutzigen Fingern mag ich mein Brot nicht essen.«

»Dann tu das! Wie war es mit Bardus? Hat er die Tiere mitgenommen?«, fragte die Mutter.

»Das hat er! Aber sein Vater verlangt einen Laib Käse dafür«, antwortete Cincia.

»So ein Ungut! Das Gras dort oben ist für alle, und mit unseren Tieren hat Bardus gewiss nicht viel Mühe. Aber solange dein Vater nicht vom Wein lässt, müssen wir uns solchen Forderungen beugen.« Amma klang ungehalten, aber auch etwas ängstlich. So hatte sie sich das Leben nicht vorgestellt, als ihr Vater sie Buccio übergeben und der Priester zum Zeichen, dass sie nun Mann und Weib waren, das Band um ihre Arme gewickelt hatte.

Während ihre Tochter die Hände im Brunnentrog wusch, ging Amma ins Haus, holte aus der Vorratskammer ein Stück Käse und etwas Brot und packte es zusammen mit einem Messer und einem Tonbecher in ein Tuch. Danach nahm sie die Sense, eine Sichel und eine Gabel an sich und verließ das Haus. Ihr Mann schnarchte noch immer, und es sah nicht so aus, als würde er so bald aufwachen.

2.

Der Weg zur oberen Wiese war steil und beschwerlich. Amma übergab Cincia die Sichel und die Gabel und trug selbst die Sense und den Beutel mit dem Essen. Unterwegs sahen sie, dass die Nachbarn bereits bei der Arbeit waren und einige von ihnen zu ihnen herüberschauten. Amma konnte sich denken, was sie dachten. Erneut mussten sie und ihre Tochter die Arbeit erledigen, weil Buccio zu betrunken war. Dabei war ihr Mann früher fleißig und brav gewesen und sicher nicht schlechter als die, die nun über ihn spotteten. Doch seit er mit dem Viehhändler Florus zusammensteckte, hatte sich alles zum Schlechteren gewendet.

Hoffentlich können wir die Steuern bezahlen, dachte Amma. Vor ein paar Tagen hatten sie das Geld dafür noch besessen. Doch wenn ihr Mann im Rausch jene, die mit ihm tranken, freihielt, konnte er zu viel Geld ausgegeben haben.

»Notfalls muss ich ein paar Käselaibe vor der Zeit verkaufen«, murmelte sie, auch wenn dieser Gedanke schmerzte. Für diese würde Calvus ihr mindestens ein Drittel weniger zahlen, als wenn der Käse ganz ausgereift war.

»Was sagst du, Mutter?«, fragte Cincia.

»Nichts! Es war nur ein Gedanke, der mir durch den Kopf geschossen ist!« Während sie es sagte, musterte Amma ihre Tochter. Das Mädchen war nun siebzehn Jahre alt und mit ihrem leicht rundlichen Gesicht, den hell blitzenden Augen und den zu einem schlichten Zopf geflochtenen brünetten Haaren recht hübsch. Diese Tatsache verlieh ihr frischen Mut. Wenn Cincia heiratete, würde der Schwiegersohn das Heft in die Hand nehmen und es mit dem Hof wieder aufwärtsgehen.

Da die Zeit drängte, gönnte Amma sich und ihrer Tochter keine Rast. Immerhin fehlte ihr Mann bei der Arbeit, und das hieß für sie beide, sich so gut ins Zeug zu legen, wie es nur ging.

»Wir sind gleich da!«, sagte Cincia aufatmend.

Amma nickte und sah erfreut auf das fette Gras, das hier wuchs, denn es versprach gutes Heu für den Winter.

»Wir müssen so viel mähen, wie wir können«, erklärte sie ihrer Tochter. »Materiona sagt voraus, dass es spätestens in drei Tagen regnen wird, und sie hat sich noch nie geirrt. Wenn das Heu fertig ist, werden wir es nicht nur mit den Kiepen nach unten tragen, sondern es auch auf einen Schubkarren laden. Ich werde ihn halten und du ihn mit einem Seil bremsen!«

»Zuerst muss das Gras erst einmal geschnitten werden«, sagte Cincia seufzend, denn das war eine arge Schinderei. Das Heu auch noch mit einem Schubkarren zum Hof zu schaffen, würde sowohl die Mutter wie auch sie an die Grenzen ihrer Kraft bringen.

Sie tranken Wasser aus der Quelle und steckten sich ein Stück Brot und etwas Käse in den Mund. Danach machten sie sich an die Arbeit. Das Mähen mit der Sense war schwer. Sonst hatte Buccio diese geführt und Amma die Sichel benützt. Nun schwang sie die Sense, während ihre Tochter das Gras mit der Sichel schnitt.

Als die beiden nach einer Weile schweißüberströmt innehielten, schüttelte Amma verzweifelt den Kopf. »Wir werden es nicht bewältigen! Ein Mann kommt nun einmal rascher voran als ich.«

»Es ist nicht recht von Vater, sich zu betrinken und dir die schwere Arbeit zu überlassen«, schimpfte Cincia, obwohl auch sie fester zupacken musste als früher. Sie atmete tief durch und rückte dem Gras erneut mit der Sichel zu Leibe. Ihre Mutter machte ebenfalls weiter. Amma war eine kräftige Frau und stand mit sechsunddreißig Jahren im besten Alter. Während sie mähte, blickte sie hin und wieder zu ihrer Tochter hinüber. Es tat ihrem Herzen weh, zu sehen, wie Cincia sich abmühte, ihr zu helfen.

»Sei vorsichtig, damit du dich nicht verletzt!«, rief sie ihr besorgt zu. »Und du solltest dich öfter ausruhen. Sonst erschöpfst du dich zu schnell!«

»Du arbeitest ja auch ohne Pause«, gab Cincia zurück und schuftete weiter.

3.

Um die Mittagszeit brannte die Sonne so heiß vom Himmel herab, dass Amma innehalten musste. Da klang ein fröhlicher Ruf zu ihnen herauf.

»Grüß dich, Amma! Und dich natürlich auch, Cincia! Ihr seid aber heute fleißig.«

Die Bäuerin und ihre Tochter drehten sich um und sahen Titus, den Sohn des Käsehändlers, auf sie zukommen.

»Die Arbeit macht sich nun einmal nicht von selbst«, antwortete Amma herb. Vor allem, wenn der eigene Ehemann zu Hause liegt und seinen Rausch ausschläft, fügte sie in Gedanken hinzu.

Titus wusste genau, warum Amma und Cincia allein arbeiten mussten, und empfand Mitleid mit ihnen. Er war ein schlaksiger Bursche, zwei Jahre älter als Cincia, mit wirren, dunklen Haaren, hellen Augen und offenen Gesichtszügen, die eine gewisse Entschlossenheit ausstrahlten.

»Ich habe gestern gesehen, dass Buccio wieder in der Stadt war. Er sollte Aguntum besser meiden«, sagte er.

Amma stieß ein bitteres Lachen aus. »Was meinst du, wie oft ich ihm das schon gesagt habe?«

»Einmal hat er Mutter sogar geschlagen, als sie ihn zurückhalten wollte«, rief Cincia, die nun ebenfalls ein wenig verschnaufte.

»So ist es leider!« Amma seufzte und sah den Jüngling fragend an. »Du bist aber gewiss nicht heraufgekommen, nur um mit uns zu schwatzen?«

»Das bin ich nicht!«, sagte Titus lächelnd. »Vater schickt mich. Ich soll dir ausrichten, dass er nächste Woche so viele Käselaibe wie möglich von dir braucht. Er hat Bestellungen aus Aquileia, und seine dortigen Kunden wollen vor allem euren Käse haben.«

»Wenn unser Käse so begehrt ist, sollte dein Vater ihn auch entsprechend bezahlen!«, sagte Amma verärgert, weil Calvus jedes Mal den Preis drückte.

»Vater versucht halt, ein gutes Geschäft zu machen«, erwiderte Titus und wies auf die Sense. »Wenn du magst, kann ich ein Stück für dich mähen!«

»Kannst du das überhaupt?«, fragte Cincia. Sie selbst hatte es bereits mit der Sense versucht, zog aber die Sichel vor.

»Ich denke schon!«, sagte Titus selbstbewusst und nahm der Bäuerin die Sense ab.

Amma war froh um die Pause und ging zur Quelle, um sich das Gesicht zu waschen und die Handgelenke zu kühlen, bevor sie durstig trank. Ein Blick auf die Wiese zeigte ihr, dass Cincia ihre Sichel nicht weniger verbissen schwang wie Titus die Sense. Zwar schaffte er das Vier- bis Fünffache, doch auch Cincia hatte bereits ein schönes Stück der Wiese abgemäht.

»Ihr beide arbeitet rasch!«, rief Amma ihnen zu und schöpfte nun doch Hoffnung, das Gras bis zum Abend ganz abschneiden zu können. Sie raffte sich auf und griff nach der Gabel, um das Gras aufzuschütteln, damit es schneller trocknete.

Obwohl Titus zu Hause keine schweren Arbeiten verrichten musste, war er kein Schwächling und erledigte mehr, als Amma es vermocht hätte. Erst als das gesamte Gras gemäht war, hielt er inne und blickte sich mit verschwitztem Gesicht zu der Bäuerin um. »Ich hoffe, ich habe euch ein bisschen geholfen.«

Amma nickte erleichtert. »Und ob du das getan hast! Ohne dich hätten Cincia und ich es niemals geschafft. Wenn ich nur wüsste, wie ich es dir lohnen könnte.«

»Ich tat es gerne und ohne auf Lohn zu hoffen«, antwortete der Jüngling lachend. »Außerdem mag ich euren Käse, auch wenn Vater ihn lieber verkauft, weil er ein paar Asse pro Laib mehr erhält als für einen anderen.«

»Du sollst deinen Käse haben«, versprach Amma und schüttelte das letzte Gras auf.

»Wenn wir es morgen zweimal wenden, können wir es nach Hause bringen, bevor der Regen kommt!«, sagte sie zu ihrer Tochter.

»Das wäre schön!«, erwiderte Cincia. Sie war erschöpft und hungrig, aber auch froh, dass sie diese Arbeit geschafft hatten. Das hatten sie Titus zu verdanken. Nun schenkte sie ihm ein strahlendes Lächeln, denn ein anderer hätte ihnen gewiss nicht geholfen. Dabei war er kein Bauernsohn, sondern der eines wohlhabenden Mannes aus der Stadt.

Das dachte auch Amma. »Hab Dank, Titus! Wenn du noch ein wenig Zeit hast, dann komm mit uns. Ich habe einen Laib Käse angeschnitten. Mit ein wenig Butter und Brot wird er dir gewiss munden!«

»Ganz bestimmt«, antwortete Titus lachend und folgte den beiden talwärts zum Hof.

4.

Buccio saß am Tisch, als sie das Haus betraten, sah aber nicht besser aus als am Morgen. Das Gesicht war fleckig, und er roch, als hätte er sich tagelang nicht gewaschen.

»Wenn du wach bist, hättest du auch nachkommen und mitarbeiten können!«, schalt Amma ihn.

»Wie redest du mit mir?«, fuhr ihr Mann auf. »Du hast nicht einmal Mittagessen gekocht!«

»Wann hätte ich das tun sollen?«, antwortete Amma bissig. »Ich musste Gras mähen! Wenn Titus uns nicht geholfen hätte, wären wir mit der Wiese nicht fertig geworden, und das nur, weil du faul im Bett gelegen bist. So was will Bauer sein!«

»Ich glaube, ich gehe lieber!«, sagte Titus leise.

»Aber nicht ohne den Käse, den ich dir versprochen habe!« Amma schob ihren Ehemann resolut zur Seite, ging in die Vorratskammer und kehrte mit einem Butterbrot und einem ordentlichen Stück Käse zurück. »Noch einmal meinen besten Dank, Titus, und lass es dir schmecken!«

»Ich danke dir, Bäuerin! Und vergiss nicht den Käse, den mein Vater kaufen will«, antwortete Titus und verließ mit einem kurzen Gruß das Haus.

Als er auf den Weg zuging, der talabwärts führte, hörte er Buccio brüllen. »Dem gibst du was, und mich lässt du hungern!«

Ammas Antwort verstand Titus nicht mehr, doch dem Tonfall nach war sie gepfeffert. Der junge Mann schüttelte verständnislos den Kopf. Buccio besaß einen passablen Hof und war verheiratet mit einer Frau, die im Ruf stand, weit und breit den besten Käse zu machen. Damit hätte er froh und glücklich leben können, stattdessen ließ er sich von dem Viehhändler Florus zum Trinken verführen. Dies mussten seine Frau und seine Tochter ausbaden, indem sie weitaus mehr zu arbeiten hatten, als nötig gewesen wäre.

Bei dem Gedanken blickte er zur Stadt hinunter. Aguntum lag eine gute Meile vom Hof entfernt, doch einige Häuser waren noch zu erkennen. Sein Elternhaus konnte er von hier aus nicht sehen, obwohl es durchaus nicht zu den kleinen gehörte. Aber Lucius Antonius Melius' prunkvolle Villa beherrschte den Anblick der Stadt. Eindringlicher konnte kein Gebäude den Reichtum und die Macht seines Besitzers zur Schau stellen. Zudem war Lucius einer der beiden Bürgermeister. Da sich der zweite Bürgermeister meistens in dem eine Tagesreise entfernten Ort Sebatum aufhielt, war Lucius derjenige, der in Aguntum das Sagen hatte.

Es gab in der ganzen Stadt nur einen einzigen Mann, der sich gegen ihn zu stellen wagte, und das war Tullius Cloelius Vendinus, der wie Lucius römischer Bürger war und der zweitreichste Bewohner. Sein Haus lag jenseits des Forums und war ebenfalls stattlich, doch mit dem steileren Dach und dem Verzicht auf ein Atrium war es dem hiesigen Klima besser angepasst. Lucius' riesige Villa hingegen hätte den Worten von Reisenden zufolge, denen Titus zugehört hatte, ebenso in Aquileia und sogar in Rom stehen können.

Lucius muss unbedingt zeigen, wer und was er ist, dachte Titus, während er auf die Stadt zuging. Die meisten Stadtbewohner zählten zu seinen Anhängern, so auch sein Vater Calvus. Er gehörte ebenfalls dem Stadtrat an und wurde von Tullius und dessen Anhängern als Lucius' Echo verspottet.

Titus zuckte mit den Schultern. Das war Politik, und damit hatte er nichts zu tun. Trotzdem ärgerte er sich, weil sein Vater den Bürgermeister Lucius in allem unterstützte. Dabei war dieser Mann alles andere als ein Wohltäter, stattdessen nutzte er jede Gelegenheit, um den eigenen Reichtum zu mehren. Lucius scheute auch nicht vor Handlungen zurück, die Titus mit Abscheu erfüllten. So hatte Lucius' Handlanger Florus Buccio jahrelang kaum beachtet. Irgendwann im Winter oder Frühjahr hatte er sich diesem als Freund aufgedrängt und ihn zum Trinken verführt.

Titus nahm an, dass dies auf Lucius' Anweisung geschehen war, denn der Bürgermeister hatte schon einige Bauern um ihren Besitz gebracht und mit deren Land seinen Gutshof vergrößert. Außerdem hatte Lucius seinem Vater geraten, den Bauern möglichst geringe Preise für ihren Käse zu bezahlen, damit diese sich verschulden und schließlich ihr Land an ihn verkaufen mussten. Auf Dauer würde das auch Buccios Schicksal sein.

5.

Auf dem Hof schwelte unterdessen der Streit zwischen Amma und ihrem Mann weiter. Buccio warf seiner Frau vor, ihre Pflichten zu vernachlässigen, weil sie nicht für das Mittagessen gesorgt hatte. Im Gegenzug nannte Amma ihn einen jämmerlichen Säufer, der, anstatt zu arbeiten, lieber seinen Rausch ausschlief und Cincia und sie zwang, für ihn zu schuften.

Cincia bekam es mit der Angst. Ihre Eltern hatten sich schon öfter gestritten, aber noch nie so heftig wie an diesem Tag. Als ihr Vater der Mutter schließlich ein paar heftige Ohrfeigen versetzte, rannte sie schluchzend davon und verkroch sich in einem Gebüsch. Obwohl sie beide Eltern liebte, so wusste sie, dass die Wahrheit auf der Seite der Mutter lag. Ihr Vater hätte es niemals so weit kommen lassen dürfen. Vor allem war es ungerecht, die Mutter zu schlagen, obwohl sie sich abrackerte, damit die Arbeit trotz allem getan wurde.

Als Bardus mit der gemeinsamen Herde zurückkehrte, wurde Cincia aus ihrem Grübeln gerissen. Sie sprang auf und eilte ihm entgegen, um die eigenen Tiere von denen des Nachbarn zu trennen. Als sie die vier Kühe und sechs Ziegen in den Stall trieb, vernahm sie die Stimme des Nachbarsjungen.

»Morgen könnt ihr selbst auf eure Viecher aufpassen, es sei denn, ihr bringt noch heute einen Laib Käse zu uns.«

Cincia kniff die Lippen zusammen, um ihm nicht ein paar deutliche Worte zu sagen. Als Bardus noch kleiner gewesen war, hatte sie öfter die Tiere des Nachbarn zusätzlich zu den eigenen gehütet. Mehr als ein paar Dankesworte hatte sie dafür nicht erhalten. Bardus' Vater hingegen verlangte nun einen Käselaib und hatte bereits erklärt, dass er im Herbst mindestens ein Zicklein haben wolle.

So sind die Menschen nun einmal, dachte sie bitter. Allen geht es nur um den eigenen Vorteil. Der Käsehändler Calvus war nicht anders, und selbst Lucius, der wahrlich genug Geld besaß, raffte Besitz an sich, wo er nur konnte. Bei dem Gedanken blickte Cincia auf die Stadt hinab, die schräg unter ihnen lag. Das große Anwesen, das Lucius mit seiner Frau, seinem Sohn, der kleinen Tochter und mehr als einem Dutzend Bediensteten und Sklaven bewohnte, stach unter allen Gebäuden heraus.

»Cincia, was ist mit den Kühen und Ziegen?«, hörte sie da ihre Mutter rufen.

Sie trieb die restlichen Tiere in den Stall und warf den Kühen etwas Gerste vor, damit sie die Tiere leichter anhängen konnte. Dann holte sie den Krug, um die Ziegen zu melken.

Ihre Mutter schaute kurz herein und nickte zufrieden. Ihre Wange war noch gerötet, doch der Streit mit dem Vater schien fürs Erste beigelegt zu sein. Buccio erschien nun auch, um die Kühe zu melken. Zwar sagte er nichts, doch seine Miene war düster. Hoffentlich begreift er, dass er nicht weiterhin so viel trinken darf, dachte Cincia in einer Mischung aus Verzweiflung und Hoffnung.

Während sie die Tiere molken, sah Cincia ein paarmal zu ihrem Vater hinüber. Dieser quetschte die Milch aus den Zitzen der Kühe und fluchte, als ihm eines der Tiere, über die raue Behandlung verärgert, den Schwanz ins Gesicht schlug.

Als sie nach dem Melken die Milch in den Felsenkeller brachten, blickte Cincia in die beiden Eimer, die ihr Vater auf die Anrichte stellte. Es war deutlich weniger Milch darin, als sie erwartet hatte.

Das fand offenbar auch die Mutter, die kurz hereinkam. »Ich glaube, du hast die Kühe nicht richtig ausgemolken, Buccio«, tadelte sie ihren Mann.

»Dann melk sie doch selber, wenn du glaubst, es besser zu können!«, schnaubte er verärgert.

»Ich kann das jetzt nicht, denn ich muss kochen«, antwortete Amma nicht weniger harsch und sah ihre Tochter an. »Nimm einen Eimer und sieh zu, ob du noch etwas Milch aus den Eutern bekommst. Wenn zu viel drinnen bleibt, entzünden sie sich, und wir können die Milch wegschütten.«

»Ja, Mutter!«, antwortete Cincia und nahm einen leeren Eimer. Als sie in den Stall ging, hörte sie, wie hinter ihr der Vater schimpfte.

»Ich bin also zu dumm zum Melken, so dass du das Mädchen losschicken musst?«

Die Mutter antwortete recht laut, doch Cincia verstand nicht, was sie sagte, denn sie schnallte sich gerade den einbeinigen Melkschemel unter und trat zur ersten Kuh. Als sie zu melken begann, merkte sie rasch, dass ihr Vater nicht darauf geachtet hatte, die Euter ganz zu leeren. Sie nahm sich nun eine Kuh nach der anderen vor und kehrte zuletzt mit einem halbvollen Eimer in den Keller zurück.

Die Mutter hatte die Zeit, in der das Abendessen köcheln musste, genützt, um die Milch für den Käse anzusetzen. Als sie in Cincias Eimer schaute, schüttelte sie verärgert den Kopf. »Dein Vater macht nicht viel, und was er macht, macht er schlecht!«

»Bardus hat vorhin gesagt, sein Vater will heute noch einen Käse haben, sonst nimmt er unsere Tiere nicht mehr mit«, erklärte Cincia kleinlaut, denn sie hatte beinahe vergessen, es auszurichten.

»Ich werde mit Belicus reden! Immerhin haben wir früher genug für ihn getan. Erinnere dich nur, wie er sich vor zwei Jahren das Bein gebrochen hat. Ohne unsere Hilfe hätte seine Frau die Arbeit niemals bewältigen können.«

Cincia nickte. »Damals habe ich sein Vieh etliche Wochen lang mit hüten müssen und nichts dafür erhalten. Wie kann er jetzt etwas von uns verlangen?«

»Das frage ich mich auch«, antwortete die Mutter und schüttete die Milch in den Bottich. Sie tat noch ein wenig Lab dazu und rührte kräftig.

»Sieh nach der angesetzten Milch von gestern. Die müsste so weit geronnen sein, dass wir sie auspressen können«, forderte sie ihre Tochter auf.

Cincia eilte zu dem Schaff und sah, dass sich die Käsemasse und die Lake bereits getrennt hatten. »Du hast recht! Es ist so weit!«

»Gut! Schneide die Masse noch einmal klein und rühre sie gut um.« Amma arbeitete weiter und holte schließlich das Tuch, mit dem sie die Käsemasse von der Lake trennte. Dabei forderte sie ihre Tochter auf, ihr zu helfen. »Du musst lernen, wie man einen guten Käse herstellt«, setzte sie hinzu.

Sie gingen sehr sorgfältig vor, damit keine wertvolle Käsemasse im Bottich zurückblieb. Dann banden sie das Tuch zu und quetschten gemeinsam den Käse aus, bis kaum mehr Flüssigkeit herauskam.

»So, nun reiche mir die Kräuter!«, forderte die Mutter und begann, die ausgepresste Masse zu drei gut kopfgroßen Käselaiben zu formen. Sie gab einige getrocknete Kräuter hinzu, die den Geschmack verfeinern sollten, und legte sie ganz hinten ins Regal.

Ein Dutzend anderer Laibe sortierte sie aus. »Die sind für Calvus. Ich hoffe, er zahlt diesmal mehr dafür!« Sie seufzte tief, denn sie wusste, dass ihrem Mann und ihr nichts anderes übrig bleiben würde, als den Preis zu akzeptieren, den der Käsehändler ihnen bot.

Vor einem Jahr hatte sie es nicht getan, sondern versucht, ihren Käse auf dem Markt zu verkaufen. Deswegen war Calvus zum Bürgermeister gelaufen und hatte sich über sie beschwert. Prompt hatte dieser ihr diesen Handel verboten.

»Lucius sollen die Zähne ausfallen und ihm die Götter die Gicht und das Reißen schicken«, schimpfte sie, sah dann aber ihre Tochter mahnend an. »Das hast du nicht gehört und wirst auch nie etwas in dieser Art sagen! Hast du verstanden? Wenn es Lucius zu Ohren käme, würde er es uns eintränken.«

»Ja, Mutter!«, antwortete Cincia und räumte im Käsekeller auf.

Ihre Mutter kehrte unterdessen in die Küche zurück, um das Abendessen auf den Tisch zu bringen.

6.

Nachdem Buccio den Göttern gedankt hatte, dass ihnen auch diesmal ein ausreichendes Mahl beschert worden war, löffelten die drei den Eintopf aus der großen Schüssel, die in der Mitte des Tisches stand. Dazu gab es Brot und säuerliches Bier.

Während Amma und Cincia das Bier gerne tranken, zog Buccio eine verbissene Miene. Ihm war der Wein, der in Magrinius' Taverne ausgeschenkt wurde, inzwischen lieber. Den aber hätte er für teures Geld kaufen müssen, während seine Frau das Bier mithilfe der Kräuterfrau Materiona selbst brauen konnte.

Bei dem Gedanken packte Buccio brennender Neid auf all jene reichen Männer in Aguntum, die sich die besten Weine und erlesensten Delikatessen leisten konnten, während er das karge Leben eines kleinen Bauern führen musste. Da war vor allem Lucius, dem fast die halbe Stadt gehörte. Er besaß nicht nur die luxuriöse Villa gleich links hinter dem Stadttor und ein riesiges Landgut ein paar Meilen flussaufwärts, sondern auch etliche weitere Häuser und Läden, die er an Klienten und Anhänger vermietete, so dass er immer reicher wurde. Der Einzige, der ihm noch halbwegs das Wasser reichen konnte, war Tullius, der ebenfalls Häuser und Land besaß und von seinem Vermögen her das Recht gehabt hätte, der zweite Bürgermeister der Stadt zu sein. Aber Lucius hatte den Posten einem seiner Anhänger zugeschanzt und ihn nach Sebatum geschickt, damit auch dort alles in seinem Sinne lief.

»Als du gestern in die Stadt gegangen bist, hast du Geld aus dem Kästchen genommen, in dem wir die Summe für die Steuer aufbewahrt haben. Ich hoffe, du hast nicht zu viel ausgegeben!«

Die Frage seiner Frau unterbrach Buccios Gedanken. Er hielt beim Essen inne und hob den Kopf. »Das Geld wird schon reichen!«

»Du weißt, dass du die Steuern in drei Tagen zum Quästor bringen musst. Aber Calvus wird uns den Käse nicht so rasch bezahlen. Dazu wollte ich die Summe, die wir dafür einnehmen, zum Teil für die Steuer im nächsten Jahr ansparen und für den Rest Dinge kaufen, die wir notwendig brauchen.«

Ammas Stimme klang drängend, denn das für die Steuer vorgesehene Geld war in den letzten Monaten schon ein paarmal wie Eis in der Sonne geschmolzen.

Sie legte den Löffel beiseite und holte das Kästchen mit dem Steuergeld. Als sie die Münzen zählte, wurde sie blass.

»Bei Latobius! Es fehlt fast ein Drittel der Summe!«

»Das kann nicht sein!«, fuhr ihr Mann auf. »Hast du vielleicht etwas weggenommen?«

»Gewiss nicht! Ich habe seit über zwei Monaten nichts mehr in der Stadt gekauft.«

»Aber du bist jede Woche mindestens einmal dort gewesen«, sagte Buccio, obwohl er genau wusste, wie sparsam seine Frau wirtschaftete.

»Ich bin einmal in der Woche dort, um unsere Eier zu verkaufen. Das darf ich noch tun. Den Handel mit Käse hingegen hat Lucius mir verbieten lassen.« Amma klang zornig, denn die Unterstellung ihres Mannes empörte sie. Auch hatte sie nicht erwartet, dass so viel Geld fehlen würde.

Unterdessen holte Buccio seinen Geldbeutel und schüttete die Münzen auf den Tisch.

»Ist das alles, was du zurückgebracht hast?«, fragte Amma entsetzt.

Buccio nickte bedrückt. »Ich weiß nicht, wo es hingekommen ist. Vielleicht hat es jemand gestohlen.«

»Dann hättest du darauf achtgeben sollen!«, rief seine Frau außer sich vor Zorn. »Du weißt, was uns blüht, wenn wir die Steuern nicht bezahlen können! Wir müssten eine Kuh und vielleicht auch noch eine oder zwei Ziegen verkaufen. Danach haben wir noch weniger Einnahmen, und irgendwann bleibt dir nichts anderes übrig, als unseren schönen Hof für einen Bettel an Lucius zu verkaufen.«

»Wir können die Steuer schon zahlen. Du hast doch das Geld von deinem Eierverkauf.«

Amma sah ihren Mann kopfschüttelnd an. »Ich habe dir bereits vor ein paar Wochen Geld gegeben, als du welches verlangt hast. Jetzt habe ich nicht mehr viel und weiß nicht, ob es reichen wird.«

»Gib es mir!«, forderte ihr Mann.

»Aber nur, wenn du mir versprichst, mit dem Trinken aufzuhören und wieder so zu arbeiten, wie du es früher getan hast«, forderte Amma streng.

»Das verspreche ich!«, antwortete Buccio rasch.

Mit einem einfachen Versprechen war seine Frau jedoch nicht zufrieden. »Schwöre es mir beim Belenus und bei Epona!«

Buccio zögerte einen Augenblick, dachte dann aber, dass er Vieh verkaufen musste, wenn er nicht genug Geld für die Steuer aufbringen konnte, und nickte seufzend. »Ich schwöre es bei Epona und bei Belenus!«

»Und bei den römischen Göttern Jupiter, Juno und Ceres!«

»Ich schwöre es auch bei diesen«, sagte Buccio voller Angst, es könnte nicht genug Geld für die Steuer zusammenkommen.

Da ihr Mann bei den Göttern geschworen hatte, vom Trinken abzulassen, stand Amma auf und holte nicht nur die kleine Summe, die sie auf dem Markt für ihre Eier erhalten hatte, sondern auch ihren Sparstrumpf. Darin befand sich das Geld, mit dem sie die Aussteuer ihrer Tochter hatte bezahlen wollen. Nun aber musste sie es für den Hof opfern.

Als Buccio die Münzen zählte, blieben noch ein paar übrig. Am liebsten hätte er sie selbst eingesteckt. Da er aber auf den guten Willen seiner Frau angewiesen war, ließ er es zu, dass sie die paar Sesterzen wieder an sich nahm.

»Du weißt, was du mir geschworen hast?«, sagte sie.

»Ja, das weiß ich!«, antwortete Buccio und war fest entschlossen, seine Frau nicht noch einmal zu enttäuschen.

7.

In den nächsten zwei Tagen arbeitete Buccio hart, um seine Frau zu versöhnen. Gelegentlich blickte er zwar zur Stadt hinunter und leckte sich die Lippen. Aber wenn ihn der Wunsch packte, nach Aguntum zu gehen und in der Taverne einen Becher Wein zu trinken, erinnerte er sich an den Eid, den er seiner Frau hatte leisten müssen, und blieb zu Hause.

Am dritten Tag aber musste er in die Stadt, um die Steuer zu bezahlen. Seine Frau zählte die Summe ab, die dafür nötig war, wickelte die Münzen in ein Tuch und reichte sie ihrem Mann.

Dieser steckte mürrisch das Geld ein. »Was ist, wenn ich in Aguntum etwas einkaufen muss?«

»Derzeit brauchen wir nichts! Du wirst daher direkt zum Quästor gehen, die Steuern bezahlen und ungesäumt wieder zurückkommen. Auch bei Regen gibt es auf dem Hof genug zu tun«, sagte sie. So hoffte sie, verhindern zu können, dass er trotz seines Schwurs die Taverne aufsuchte.

Ammas Misstrauen ärgerte Buccio. Immerhin bin ich ein Mann – ihr Mann! – und damit das von den Göttern bestimmte Oberhaupt der Familie, dachte er, als er sich auf den Weg machte. In den letzten Monaten hatte er Aguntum fröhlich und munter und mit der Vorfreude auf den Wein aufgesucht, der in der Taverne ausgeschenkt wurde. Nun war seine Stimmung schlecht.

»Amma hat einfach kein Verständnis für mich!«, schimpfte er vor sich hin. »Ein Mann braucht nun einmal von Zeit zu Zeit einen Schluck Wein. Wasser sollen Tiere und Weiber saufen.«

Buccio maulte noch, als er das Stadttor erreichte. Er passierte es und ging an Lucius' prachtvoller Villa vorbei. Vor dem Eingang drängten sich etliche Menschen, die den Bürgermeister aufsuchen wollten. Der Viehhändler Florus zählte auch zu ihnen.

Als er Buccio sah, kam er ihm freudestrahlend entgegen. »Salve! Sieht man dich auch mal wieder?«

»Ich war doch erst vor ein paar Tagen hier«, antwortete Buccio.

»Mir kam es länger vor! Was ist, trinken wir einen Schluck?«, fragte Florus.

Buccio schüttelte den Kopf. »Ich muss die Steuer bezahlen und habe darüber hinaus kein Geld bei mir. Außerdem sagt meine Frau, ich soll keinen Wein mehr trinken.«

Florus warf den Kopf in den Nacken und lachte schallend. »Bei den Titten der Venus! Seit wann bestimmt die Henne, wann der Hahn zu krähen hat? Da du mich so oft zu einem Becher eingeladen hast, lade ich heute dich ein! Komm mit! Der gute Magrinius hat einen ganz besonderen Tropfen hereinbekommen. Der schmeckt, sage ich dir! Dafür würde ich sogar den Nektar und die Ambrosia der Götter hergeben.«

»Ich muss erst die Steuer zahlen! Danach können wir trinken«, sagte Buccio.

Zwar hatte er seiner Frau versprochen, sich vom Wein fernzuhalten. Da er jedoch nicht selbst zahlen musste, sondern von Florus eingeladen wurde, war es kein Schaden für ihn.

Der Viehhändler legte ihm den Arm um die Schulter. »Der Quästor läuft dir schon nicht davon! Wir gehen jetzt zu Magrinius, trinken einen Becher auf die Gesundheit deiner Frau und einen darauf, dass sie vernünftig wird und begreift, dass ein Mann nur dann ein Mann ist, wenn er auch einmal mit seinen Freunden zusammen einen Becher Wein trinken kann. Danach gehst du zum Quästor und bezahlst deine Steuern.«

»Zwei Becher trinke ich mit«, sagte Buccio und folgte Florus in die Taverne, die unweit der großen Villa des Lucius lag und ebenfalls zu dessen Besitz zählte.

»Zwei Becher und einen Krug vom Besten!«, rief Florus dem herbeieilenden Sklaven zu.

»Diesmal zahlt Florus!«, setzte Buccio hinzu.

»So ist es!« Der hagere Viehhändler lachte wie über einen guten Witz. Dann zwinkerte er Buccio zu und schenkte ein. »Auf dein Wohl!«

Buccio stieß mit ihm an, ohne wahrzunehmen, dass Florus sich selbst weniger als ein Viertel eingeschenkt hatte.

»Den ersten Becher werden wir wohl in einem Zug leeren können, meinst du nicht?«, fragte der Viehhändler.

Buccio hatte eben die Zunge benetzt und spürte den Geschmack des Weines darauf. Was für ein Genuss!, fuhr es ihm durch den Kopf.

»Freilich trinken wir ihn aus! Wir sind schließlich Männer«, antwortete er und trank voller Begeisterung.

Florus tat so, als müsste auch er einen vollen Becher leeren, und stellte den seinen erst ab, als Buccio ausgetrunken hatte. Seine blassen Augen blickten angespannt auf den Bauern. »Das war gut, nicht wahr?«

»Allerdings!«, stimmte Buccio ihm zu.

»Dann trinken wir jetzt darauf, dass deine Frau vernünftig wird! Halt, das ist dann der dritte Becher. Wir haben nämlich vergessen, auf ihre Gesundheit zu trinken, und müssen das unbedingt nachholen!«

Eigentlich hatte Buccio nach zwei Bechern gehen wollen, doch nun leerte er bereits den dritten. Florus goss sofort nach, und da wollte er ihn nicht beleidigen.

»Auf dein Wohl! Danach trinken wir auf den Kaiser, den dürfen wir nicht vergessen, und auf deine Tochter. Deine Cincia ist ein hübsches Ding und könnte selbst einen so eisernen Junggesellen wie mich verlocken, ein braver Ehemann zu werden!« Florus lachte wiehernd und sorgte dafür, dass der Becher des Bauern immer wieder nachgefüllt wurde.

Zwei Stunden später saß Buccio mit stierem Blick auf der Bank und fühlte sich so müde, dass er am liebsten auf der Stelle eingeschlafen wäre.

»Wenn ich so viel Wein getrunken hätte wie der, würde ich wie ein Reiher kotzen«, sagte der Tavernenwirt Magrinius kopfschüttelnd. »Auf jeden Fall kann er saufen, wie nur ein Noriker es vermag.«

Obwohl Florus höchstens ein Viertel dessen getrunken hatte, was Buccio intus hatte, spürte auch er den Wein. Nun aber stand er auf und zerrte Buccio hoch. »Komm, aufstehen! Es gibt nichts mehr.«

»Musch schum Quäschtor, Schteuern beschahlen«, lallte Buccio.

»Das hättest du mal tun sollen, als du noch nüchtern warst«, sagte der Wirt kopfschüttelnd.

Florus schleppte Buccio nach draußen. »Bist verdammt schwer«, murrte er und hätte ihn am liebsten irgendwo liegen lassen. Aber noch war er nicht mit dem Bauern fertig.

»Musch schumm Quäschtor«, brabbelte Buccio.

»Wir sind schon unterwegs!«, erklärte Florus.

Er wandte sich jedoch nicht nach links zu den Amtsräumen des Quästors, sondern führte Buccio zum Stadttor hinaus. Als sie an Lucius' Villa vorbeikamen, trat eben dessen Sohn Linus heraus und wechselte einen spöttischen Blick mit dem Viehhändler.

»Es sieht so aus, als hätte Buccio wieder einmal kräftig gebechert! Und so einer will einen Hof bewirtschaften.«

»Ein Schluck Wein ist einem Mann wohl zu gönnen«, meinte Florus mit einem breiten Grinsen.

Er schleppte den Betrunkenen weiter, bis er die Häuser der Vorstadt hinter sich gelassen hatte. Als er den Weg erreichte, der zu Buccios Hof hochführte, blieb er neben einem Gebüsch stehen und ließ den Bauern los.

Buccio sackte zu Boden, murmelte »Bin müde«, und fing trotz des leichten Regens an zu schnarchen.

Florus blickte sich kurz um. Als niemand zu sehen war, beugte er sich über den Betrunkenen und nahm das sorgfältig eingewickelte Geld für die Steuer an sich. Nach einem weiteren forschenden Blick steckte er es ein und kehrte fröhlich vor sich hin pfeifend in die Stadt zurück.

8.

Buccio wachte erst wieder auf, als der Regen stärker wurde. Zunächst begriff er nicht, wo er sich befand und wie er hierhergekommen war.

»Habe ich nicht die Steuern bezahlen wollen?«, fragte er sich, konnte sich aber nicht erinnern, die Amtsräume des Quästors betreten zu haben. Dabei hatte Amma ihm extra aufgetragen, sich durch nichts aufhalten zu lassen.

Stattdessen lag er hier und litt unter den Nachwirkungen eines gewaltigen Rausches. Hatte er etwa getrunken? Amma hatte es doch verboten! Mühsam erinnerte Buccio sich, dass er auf dem Weg zum Amtsgebäude auf Florus getroffen war und dieser ihn zu einem Becher Wein eingeladen hatte. Bei einem aber war es nicht geblieben. Was war danach geschehen? Buccio tastete nach dem Geldpäckchen. Es war weg! Hatte er die Steuern bereits bezahlt?

»Belenus, lass es so sein!«, flüsterte er und stand auf.

Das Gehen war mühsam, so dass er schwankte und stolperte. Trotzdem biss er die Zähne zusammen und stapfte zurück in die Stadt. Er durchschritt das Tor und erreichte wenig später das Gebäude, in dem die Verwaltung der Stadt untergebracht war. Ohne darauf zu achten, wie stark das Wasser aus seiner regennassen Kleidung rann, platzte er in die Kammer des Steuereinnehmers. Dieser sah ihn empört an.

»Verdammt, du machst den ganzen Boden nass!«

»Ich will wissen, ob ich meine Steuern bezahlt habe«, fragte Buccio verzweifelt.

Der Beamte schüttelte den Kopf. »Nein, das hast du nicht! Lange hast du auch nicht mehr Zeit, sonst schicke ich dir die Amtsdiener.«

Für Buccio war es wie ein Hieb in den Magen. Wo war das Geld? Er hatte es doch bei sich gehabt. Er durchsuchte noch einmal seine gesamte Kleidung. Vergeblich. Dann verließ er ohne ein Abschiedswort das Amtsgebäude, blieb draußen kurz stehen und überlegte. Hatte er es in der Taverne verloren?

Er eilte dorthin und traf Marcia, die Tochter des Wirts, dabei an, wie sie gerade den Boden trocken wischte.

»Du bist ja ganz nass! Komm mir ja nicht herein, sonst muss ich wieder von vorne anfangen«, herrschte sie ihn an.

»Mein Geld! Ich muss mein Geld hier verloren haben. Es war in ein kariertes Tuch gehüllt. Jeder hier kann sagen, dass es mir gehört, weil nur Amma dieses Muster webt!« Während er es sagte, betete Buccio verzweifelt, dass sein Geld hier gefunden worden war.

Doch Marcia schüttelte den Kopf. »Also, ich weiß nichts. Aber ich kann ja Mutter fragen. Du bleibst aber vor der Tür stehen!«

Buccio nickte, während das Mädchen in die Küche ging, um mit ihrer Mutter zu reden. Diese kam wenig später heraus und sah Buccio kopfschüttelnd an. »Du sagst, du hast Geld verloren?«

»Ja, es ist weg! Habt ihr es gefunden?«

Die für ihre Kochkünste bekannte Sabina schüttelte den Kopf. »Bei uns ist nichts liegen geblieben. Entweder hat es jemand gesehen und mitgenommen, oder du hast es woanders verloren.«

»Ich muss es finden!«, schrie Buccio auf. »Sonst kann ich die Steuern nicht bezahlen.«

»Du hättest die Steuern zahlen sollen, bevor du hergekommen bist!« Obwohl ihr Mann und sie als Wirtsleute an den Zechern verdienten, klang Sabina tadelnd.

»Florus hat mich eingeladen«, antwortete Buccio kleinlaut.

»Irgendwie wundert mich das, denn sonst hast du immer bezahlt. Aber das ist eure Sache.« Sabina wollte sich schon abwenden, drehte sich aber noch einmal um. »Warum fragst du nicht Florus, wo du dein Geld verloren hast? Immerhin hat er dich Rauschkugel aus der Gaststube geschleppt!«

»Florus? Aber …« Buccio fragte sich, weshalb der Viehhändler ihn irgendwo neben der Straße liegen gelassen hatte. Als Freund hätte er ihn doch in sein Haus bringen und ihn dort seinen Rausch ausschlafen lassen können.

»Ich werde ihn fragen«, sagte er und ließ die Taverne hinter sich.

9.

Etwa um dieselbe Zeit saß Florus in seinem Haus Lucius' Sohn Linus gegenüber und legte grinsend das gestohlene Geldpäckchen auf den Tisch. »Damit kann Buccio seine Steuern nicht mehr bezahlen und muss auf meinen Vorschlag eingehen, seinen Hof an deinen Vater zu verkaufen und ihn in Pacht weiterzuführen! Vieh zu verkaufen hilft ihm nicht, da er danach noch weniger einnimmt, während die Steuern gleich bleiben. Ich …«

»Die Einzelheiten interessieren Vater und mich nicht. Sorge du dafür, dass wir den Hof bekommen. Ich frage mich nur, weshalb Vater so scharf darauf ist?«

»Amma macht den besten Käse im Tal! Bis jetzt verarbeitet sie nur die Milch ihrer eigenen Kühe. Sobald der Hof deinem Vater gehört, soll sie auch welchen aus der Milch eures Landguts bereiten. Dann kann Calvus nicht nur ein Dutzend Käselaibe nach Aquileia schicken, sondern Hunderte.«

»Dafür brauchen wir Calvus nicht«, erklärte Linus höhnisch. »Der soll seine paar Käselaibe hier auf den Märkten verkaufen. Den Export nach Italien und damit das große Geld machen wir selbst. Aber hat diese Amma nicht auch eine Tochter? Die soll auch Käse machen! Vielleicht taugt sie ja noch für etwas anderes.« Er bewegte das Becken anzüglich vor und zurück.

Florus lachte. »Ich hätte nichts dagegen, sie im Bett zu haben, sie ist ein verdammt hübscher Käfer.«

»Du kannst sie haben – wenn ich mit ihr fertig bin!«

Linus klang so selbstsicher, als müsse er nur mit den Fingern schnippen, und Cincia würde sich für sofort für ihn bereitlegen. Dabei wusste Florus, dass die Töchter der Bergbauern nicht so leicht zu haben waren. Andererseits war Linus der Sohn des mächtigsten Mannes im gesamten Bezirk Aguntum und dafür bekannt, dass ihn das Nein eines Mädchens nur dazu reizte, sie doch zu bekommen, auch wenn dies nicht immer freiwillig geschah. So hatte Linus Blandina, der Tochter des Schneiders Avitus, aufgelauert und sie vergewaltigt. Er war unbeschadet davongekommen, denn deren Vater hatte es nicht gewagt, ihn deswegen anzuklagen.

Unterdessen gingen Linus' Gedanken weiter. »Gibt es nicht einen weiteren Hof in Buccios Nachbarschaft, von dem Vater meint, er würde sich zur Abrundung unserer Liegenschaften eignen?«

»Du meinst Belicus' Hof? Um den soll ich mich kümmern, wenn Buccio den seinen an deinen Vater abgetreten hat«, erklärte Florus augenzwinkernd.

»Ich kann Vater also berichten, dass Buccio in der Falle sitzt.« Es war mehr eine Bemerkung als eine Frage, doch Florus nickte eifrig.

»Das kannst du, Linus! Buccio ist mir wie ein Schaf gefolgt und kommt mir nicht mehr aus.«

»Sehr gut! Dann gehe ich wieder.«

Linus wandte sich schon zur Tür, als Florus noch etwas einfiel. »Sagtest du letztens nicht, dein Vetter Romilius wolle für eine gewisse Zeit zu euch kommen?«

»Romilius müsste schon unterwegs sein. Es wird sicher lustig, wenn er bei uns ist. Als ich vor drei Jahren seinen Vater und ihn in Rom besuchte, haben wir zusammen einiges unternommen. Aguntum ist zwar nicht gerade Rom, aber man kann sich auch hier amüsieren. Dabei kannst du uns helfen. Als Viehhändler kommst du weit herum und kennst die Leute und auch die Weiber. Nicht alle sollen so sittenstreng sein wie Buccios Frau und Tochter.«

Florus lachte dröhnend. »Ich weiß zwar, von welchem Bauern ich eine Kuh kaufen kann. Ob die Frau aber nicht mit ihm zufrieden ist und sich einen kräftigeren Knüppel wünscht, kann ich dir nicht sagen. Auch weiß ich nicht, ob die hiesigen Bauernweiber nach Romilius' Geschmack sein werden. Es sind doch einige recht Stramme dabei!«

»Wenn es keinen Wein gibt, trinkt der Durstige auch Wasser«, antwortete Linus lachend und empfahl sich.

»Jupiter sei mit dir!«, rief Florus ihm nach und betrachtete zufrieden das Geldpäckchen, welches er Buccio abgenommen hatte.

10.

Buccio war auf dem Weg zu Florus' Haus in der verzweifelten Hoffnung, dass dieser sein Geld gefunden hatte und für ihn aufbewahrte. Wenn dem nicht so war, wären die Folgen entsetzlich. Die Steuern mussten gezahlt werden, und wenn er sein ganzes Vieh oder gar die Tochter deswegen verkaufen musste. Ohne Vieh aber war er als Bauer erledigt, und Cincia als Sklavin zu sehen, würde ihm das Herz abdrücken. Außerdem, setzte er in Gedanken hinzu, würde Amma ihm dies niemals verzeihen.

»Belenus, Bussamarius, Latobius! Lasst mich das Geld finden!«, flehte er und setzte in Gedanken auch Epona und Sirona hinzu.

Schließlich erreichte er Florus' Heim und trat ohne anzuklopfen ein.

Florus fuhr herum und starrte ihn an. »Du bist es, Buccio? Hast du deine Steuern bezahlt, wie du es wolltest?«, fragte er.

»Die Münzen für die Steuer sind weg! Jemand muss sie mir gestohlen haben, als ich betrunken am Wegesrand lag. Weshalb hast du mich einfach dort liegen gelassen? Und du willst mir ein Freund sein!«

»Ich wollte dich nach Hause bringen. Aber du warst mir dann doch zu schwer«, versuchte Florus, sich herauszureden. »Du sagst, dein Geld ist verschwunden? Das ist übel. Dir wird nichts anderes übrig bleiben, als jemanden um einen Kredit zu bitten.«

Buccio nickte voller Angst um die Zukunft. »Kannst du es mir nicht leihen? Du verdienst doch als Viehhändler gut, und du bekommst es auch so bald wie möglich wieder.«

»So viel Geld, um es dir leihen zu können, habe ich nicht«, antwortete Florus lachend. »Das Beste ist, wir beide gehen zu dem ehrenwerten Lucius. Ich bin bei ihm gut angeschrieben und kann dich bei ihm einführen. Er wird …«

Buccio wehrte erregt ab. »Bleib mir mit Lucius vom Leib! Der hat schon einige wackere Bauern ins Unglück gestürzt. Ich werde besser zu Tullius gehen. Vielleicht ist er bereit, mir zu helfen.«

»Bist du verrückt?«, schrie Florus ihn an. »Du kannst nicht zu Tullius gehen. Das ist unmöglich!«

»Warum ist es unmöglich?«, fragte Buccio scharf. Er war noch immer betrunken, doch in seinem Kopf formte sich ein übler Verdacht. Bis vor einem Jahr hatte er ein gutes Leben geführt und war glücklich gewesen. Dann aber hatte ihn der Viehhändler immer öfter dazu verführt, mit ihm die Taverne zu gehen und zu trinken. Das Geld, das er in diesen Monaten bei dem Tavernenwirt Magrinius gelassen hatte, hätte ausgereicht, um seine Steuern zweimal zu bezahlen. Nun war auch noch jenes Geld weg, das seine Frau mühsam zusammengespart hatte.

Es war bekannt, dass Lucius Bauernhöfe billig aufkaufen wollte, um sie zu einem Landgut zusammenzuschließen. Hatte etwa auch sein Hof dem Bürgermeister ins Auge gestochen? Es musste so sein, sonst hätte Florus nicht so penetrant seine Gesellschaft gesucht.

»Du bist doch einer von Lucius' Klienten?«, fragte er misstrauisch.

Florus nickte. »Das bin ich! Ich kann nicht sagen, dass es mir zum Schlechten ausgeschlagen ist. Das wird auch bei dir der Fall sein. Komm also mit zu Lucius. Er …«

»Ich werde zu Tullius gehen!«, fiel Buccio ihm ins Wort.

»Jetzt sei vernünftig und höre auf meinen Rat!«, rief Florus drängend und hielt ihn kurzerhand fest.

Buccio schrie auf. »Ich soll auf deinen Rat hören? Etwa so, wie ich es in den letzten Monaten getan habe? Da hast du mich zum Trunkenbold und Gespött der Leute gemacht!«

Als er sich befreien wollte, sah er über Florus' Schulter hinweg sein Geldpäckchen auf dessen Tisch liegen.

»Du Schwein hast mein Geld gestohlen!«, brüllte er außer sich vor Wut.

Florus öffnete den Mund, doch Buccio ließ ihn nicht zu Wort kommen. Der Bauer packte ihn und schüttelte ihn wie ein Bündel Lumpen. »Du Schwein! Du Ratte! Du Maus! Das hast du nicht umsonst getan!«

Seine Hände fuhren zu Florus' Hals, und er drückte mit aller Kraft zu.

Florus schlug verzweifelt nach Buccio. Obwohl er kein schwächlicher Mensch war, kam er gegen den rasenden Bauern nicht an. Seine Arme wurden schwer, und er sank zu Boden. Jetzt erst ließ Buccio ihn los und griff nach seinem Geldpäckchen.

Noch während er es einsteckte, begann Florus zu schreien. »Zu Hilfe, Überfall!«

Augenblicke später wurde die Tür aufgerissen, und mehrere Nachbarn stürmten herein.

»Was ist los?«, fragte einer.

Florus zeigte auf Buccio. »Dieser Schuft hat mich fast umgebracht und beraubt«, sagte er krächzend.

»Das Geld gehört mir! Das Schwein hat es gestohlen«, brüllte Buccio. Doch da schlugen die anderen auch schon auf ihn ein.

»Hört auf!«, schrie er auf. »Es ist mein Geld!«

Ein harter Hieb traf ihn am Ohr, und er heulte auf vor Schmerz. Doch er wehrte sich so wild, dass er seine Angreifer für einen Augenblick zurücktrieb. Einer von ihnen packte eines der Messer, die auf einem Brett an der Wand lagen, und wollte damit auf Buccio losgehen. Der Bauer wandte sich entsetzt zur Flucht und schaffte es zur Tür hinaus. Weiter hinten sah er mehrere Stadtknechte, die eilig gelaufen kamen.

»Was ist los?«, fragte deren Anführer.

»Buccio hat Florus gewürgt und beraubt!«, rief einer der Männer zum Fenster heraus.

»Das stimmt gar nicht! Ich habe nur mein Geld zurückgeholt!«

Ohne auf seine Worte zu achten, richteten die Stadtknechte ihre Speere auf Buccio. »Du bist wegen versuchten Mordes an einem römischen Bürger verhaftet. Mitkommen!«

Der Gedanke, dass Lucius als Bürgermeister auch gleichzeitig der erste Richter der Stadt war, ließ Buccio die Haare zu Berge stehen. Er wird keine Gnade kennen, sondern mich verurteilen! Dies bedeutet, dass Amma und Cincia als Frau und Tochter eines Verbrechers zu Sklavinnen gemacht würden. Bei dem Gedanken schrie er voller Verzweiflung auf und rannte los.

»Das Schwein flieht! Hinterher!«, hörte er den Anführer der Stadtknechte rufen.

Ein Blick über die Schulter zeigte Buccio, dass nicht nur dessen Männer ihm folgten, sondern auch etliche von Florus' Nachbarn, die sich mit allem Möglichen bewaffnet hatten. Die bringen mich um!, durchfuhr es ihn, und er wurde noch schneller. Zunächst floh er kopflos, verließ die Stadt durch eines der Seitentore und sah den Dravus vor sich. Zurück konnte er nicht mehr. Daher beeilte er sich, zu dem Steg zu kommen, der hier über den Fluss führte, und überquerte ihn. Ein Blick nach hinten zeigte Buccio, dass er seine Verfolger nicht abhängen konnte. Daher wandte er sich nach rechts auf die Berge zu. Eines konnte er besser als dieses Stadtgesindel, nämlich klettern, dachte er und gab alles, um den Steilhang vor seinen Verfolgern zu erreichen.

Buccio schaffte es, wenn auch nur knapp. Als es ans Klettern ging, zeigte sich rasch, dass er tatsächlich darin geübter war als seine Verfolger. Er wollte schon aufatmen, fragte sich dann aber, wohin er fliehen sollte. Selbst wenn er entkam, konnte er nicht in dieser Gegend bleiben. Wie viele Meilen er hinter sich bringen musste, um vor weiterer Verfolgung sicher zu sein, konnte er nicht einmal schätzen. Und selbst, wenn er seine Freiheit behielt, würde er in der Fremde nur ein Knecht sein, der sich für Männer wie Lucius abschinden musste. Seine Frau und seine Tochter hingegen würden hierbleiben und zu Sklavinnen werden.

Bei dem Gedanken kamen Buccio die Tränen, und er verfluchte Florus, der ihn zum Trinken verführt hatte, aber auch sich selbst, weil er beim Gedanken an einen Becher Wein schwach geworden war und seinen Eid, vom Trinken zu lassen, vergessen hatte.

Da die Tränen ihn blind machten, hielt Buccio inne, wischte sich die Augen trocken und blickte zurück. Er war schon recht hoch geklettert und stellte fest, dass ein Teil seiner Verfolger bereits aufgegeben hatte. Die Verbliebenen waren weit abgeschlagen.

Es sah so aus, als würde ihm die Flucht gelingen. Mit dem Geld, das er Florus wieder abgenommen hatte, konnte er etliche Wochen durchkommen und musste sich nicht gleich als Knecht verdingen. Er blickte zu seinem Hof auf der anderen Talseite hinüber. Wenn er schnell genug war, konnte er Frau und Tochter holen und mit ihnen zusammen fliehen. Dafür aber musste er diesen Hang wieder hinabsteigen und den Fluss und das gesamte Tal durchqueren. Doch wenn er das tat, gab er seinen Verfolgern die Möglichkeit, ihn unten abzufangen. Außerdem kannte er Lucius gut genug, um zu ahnen, dass dieser seinen Hof rasch besetzen lassen würde. Wenn er jetzt zurückkehrte, würde er dessen Kreaturen in die Arme laufen und gefangen werden.

Mit dem Gedanken stieg er weiter nach oben. Mittlerweile zog von Osten her die Nacht mit der Geschwindigkeit eines galoppierenden Rosses auf, und er befand sich im steilsten Teil des Aufstiegs. Schon jetzt waren die Stellen, die ihm einen sicheren Halt für Hände und Füße boten, kaum mehr zu erkennen. Bald aber würde es hier so dunkel sein, sagte er sich, wie im Hintern einer Kuh.

Er kletterte hastig weiter, um die gefährliche Stelle bald hinter sich zu bringen. Als er sich an einem Vorsprung hochziehen wollte, glitten seine Finger an der glitschigen Oberfläche ab. Verzweifelt suchte er nach einem anderen Halt, doch da brach das Stück Felsen ab, auf dem er stand, und er stürzte in die Tiefe. Das Letzte, was er noch fühlte, war eine entsetzliche Scham, weil er seine Frau und seine Tochter durch seine Schuld einem schrecklichen Schicksal ausgeliefert hatte. Dann schlug sein Körper auf einer Felszacke auf, wirbelte noch einmal durch die Luft und verschwand in endloser Schwärze.

11.

Während die Stadtknechte und seine Nachbarn Buccio folgten, hielt Florus es für klüger, so zu tun, als wäre er schwerer verletzt, als es tatsächlich der Fall war. Er stellte sich bewusstlos und hörte, wie mehrere Frauen hereinkamen.

»Es sieht so aus, als wäre er tot!«, rief eine.

»Er war doch ein Anhänger des Lucius! Der wird gewiss ein paar Frauen dafür bezahlen, dass sie um den Toten klagen, um bei den Göttern gut dazustehen. Ich glaube, dass wir uns ein paar Sesterzen an ihm verdienen können«, sagte eine der älteren Frauen erwartungsvoll.

Florus erkannte sie als die Nachbarin, die bei jedem Todesfall, zu dem sie als Klageweib gerufen wurde, am lautesten jammern und weinen konnte.

»Ich werde es bei Florus gewiss nicht tun!«, rief eine dritte Frau. »Um den Kerl ist es nicht schade. Der hat meinem Schwager letztens eine angeblich gute Milchkuh verkauft. Dabei gibt das Mistvieh nicht einmal genug Milch, um das eigene Kalb ernähren zu können.«

»Ich mag Florus auch nicht, doch wenn es gut bezahlt wird, werde ich mir ein paar Krokodilstränen für ihn aus den Augen pressen.«

»Er bewegt sich noch!«

»Tatsächlich! Er schnappt nach Luft. Also ist er nicht tot!« Es klang so bedauernd, dass Florus der Frau am liebsten den Hals umgedreht hätte.

»Ich hole den Arzt! Immerhin gehört Florus zu Lucius' Klienten. Dem würde es nicht gefallen, wenn wir seinen Handlanger einfach krepieren lassen!« Nach diesen Worten verließ die Sprecherin das Haus, und die anderen folgten ihr.

Bis der Arzt kam, blieb Florus allein. Die hätten mich einfach draufgehen lassen, dachte er erbittert. Wenig später keuchte er erschrocken auf, weil der Arzt ihn mit einer Nadel in den Oberarm stach.

»Er lebt tatsächlich noch!«, erklärte dieser zufrieden.

»Natürlich lebe ich noch!«, sagte Florus giftig und fragte sich, weshalb seine Stimme sich auf einmal so pfeifend und gequetscht anhörte.

Unterdessen fand der Arzt, dass Florus außer den Würgemalen am Hals nichts fehlte. »Es sieht so aus, als müsste Pluto noch ein wenig warten, bis du den Weg in den Orkus antrittst. Was deinen Hals angeht, gebe ich dir eine Salbe. Außerdem solltest du dir eine von Materionas Kräutermischungen besorgen und damit gurgeln.«

»Ich habe Materiona eben gesehen. Soll ich sie holen?«, fragte eine der Frauen, die den Arzt begleitet hatten.

»Tu das!«, antwortete dieser und befahl Florus, den Mund zu öffnen. Er fuhr diesem mit einem hölzernen Spatel in den Schlund, bis er würgte, und schüttelte den Kopf. »Es sieht nicht so schlimm aus, dass man um dich Angst haben müsste. Ich gehe jetzt nach Hause und hole die Salbe. Bis ich zurück bin, ist sicher auch Materiona schon hier.«

Er hatte es kaum gesagt, als die Kräuterfrau bereits zur Tür hereinkam. »Was habe ich gehört? Buccio soll den Viehhändler erwürgt haben?«, fragte sie.

»Ganz erwürgt hat er ihn nicht, nur ein wenig die Kehle zugedrückt«, antwortete der Arzt.

Materiona musterte den Viehhändler mit verächtlicher Miene. Sie hatte mit Sorge gesehen, wie dieser Buccio Freundschaft vorgegaukelt und ihn zum Trinken verführt hatte. Wahrscheinlich hatte Buccio schließlich doch begriffen, wie sehr ihm die Freundschaft mit Florus geschadet hatte, und war mit ihm aneinandergeraten. Jetzt war er sicher nach Hause gegangen und würde, wenn er vor Gericht gerufen wurde, Strafe zahlen und Florus Schmerzensgeld geben müssen. War das die Prügelei wert?, fragte Materiona sich. So wie sie Lucius kannte, würde dieser Buccio dazu zwingen, sich ihm als Klient zu unterstellen und seinen Hof für ihn zu führen.

»Ich kann es nicht ändern«, murmelte sie und fragte, weshalb sie gerufen worden war.

»Du sollst Florus Kräuter geben, damit er mit dem Aufguss den Hals spülen kann. Der wird ihm noch einige Zeit wehtun«, antwortete der Arzt und ging, um seine Salbe zu holen.

Dafür trat Linus herein. »Ich habe gehört, dass Florus überfallen worden ist«, sagte er angespannt.

»Buccio hat ihm ein wenig den Hals zugedrückt. Aber er atmet noch«, erklärte ihm eine der Frauen.

»Buccio? Aber wieso?«

»Das musst du die beiden fragen. Wir waren nicht dabei.«

»Mich würde auch interessieren, was hier geschehen ist«, murmelte Materiona. Sie nahm sich vor, Buccios Hof am nächsten Morgen aufzusuchen und ihn zu fragen, weshalb er handgreiflich geworden war. Obwohl sie dem Viehhändler eigentlich alles Schlechte wünschte, war sie doch froh, dass dieser noch lebte. Wäre er gestorben, würde Buccio als Mörder verurteilt werden. Da er sich aber nur einer Körperverletzung schuldig gemacht hatte, konnte er mit einem blauen Auge davonkommen.

Sie suchte aus ihrer Kräutertasche eine Mischung heraus, die eine Halsentzündung lindern würde, und verlangte dafür mehrere Asse.

Unterdessen hatte Florus sich ins Bett gelegt und schüttelte unwillig den Kopf. »Komm morgen wieder! Jetzt habe ich kein Geld, denn Buccio hat mir alles gestohlen.«

Es war glatt gelogen, denn er hatte noch genug im Haus, war aber zu missgelaunt, um es zu holen. Gleichzeitig ärgerte er sich über Buccio. Er hatte seine Falle so geschickt gelegt, und doch hatte dieser tölpelhafte Bauer sie erkannt. Aber es ist nicht zu spät, fuhr es ihm durch den Kopf. Wenn Lucius richtig handelt, gewinnen wir doch. Das war aber nichts, was er vor Materiona ausbreiten wollte. Von ihr hieß es nämlich, sie wäre eine enge Freundin von Amma. Er wartete daher, bis sie sein Haus verlassen hatte.

Kaum war dies geschehen, sah er sich Linus' Fragen ausgesetzt. »Was ist passiert? Weshalb wollte Buccio dich umbringen?«

Florus wollte antworten, bemerkte aber, dass ihn jedes Wort stärker schmerzte. Mit verzerrter Miene deutete er auf einen Krug. »Gib mir Wein … Sonst … meine Kehle …«

Zu Hause hätte Linus in die Hände geklatscht und einem Sklaven den Befehl erteilt. Da Florus jedoch keinen Sklaven hatte, musste er den Wein eigenhändig in einen Becher füllen und ihn dem Viehhändler reichen. Obwohl diesem das Schlucken wehtat, trank er gierig und begann dann zu berichten.

»Buccio ist hierhergekommen, um mich zu fragen, ob ich wüsste, wo sein Geld geblieben ist. Da sah er das Tuch, in dem es steckte, auf dem Tisch liegen und begann, mich zu würgen!«

»Verflucht! Wie konntest du nur so dumm sein, das Geldpäckchen offen herumliegen zu lassen! Du hättest besser die Stadt verlassen sollen, damit er dich nicht findet.«

»Sei froh, dass ich es nicht getan habe«, antwortete Florus mit einem missglückten Lachen. »Buccio wollte nämlich Tullius um Hilfe bitten, und der hätte es allein schon aus dem Grund getan, um deinen Vater ärgern zu können.«

»Tullius soll in die Unterwelt fahren!«, fluchte Linus und sah den Viehhändler fragend an. »Und was machen wir jetzt?«

»Dein Vater ist doch auch der Richter«, sagte Florus mit pfeifendem Unterton. »Da Buccio mich ermorden wollte, kann er ihn anklagen. Der Hof verfällt dem Staat, und dein Vater kann ihn um eine geringe Summe an sich bringen. Buccio wird hingerichtet, und sein Weib und seine Tochter werden versklavt. Auch hier wird eine geringe Summe reichen, um sie zu kaufen. Dann kann Amma so, wie es geplant war, Käse für ihn fertigen, bis ihr die Schwarte kracht!«

Linus musste lachen. »Du bist wirklich ein durchtriebener Bursche, Florus! Vater dürfte es gefallen – und mir auch! Wenn Buccios Tochter unsere Sklavin wird, kann ich mich auch näher mit ihr beschäftigen, ohne dass sie sich sträuben darf.«

»Ich hoffe, du überlässt sie danach mir, und Amma ebenso. Ich bin es Buccio schuldig, sein Weib und seine Tochter zu rammeln. Warum musste dieses Schwein mich auch fast erwürgen?«

Florus' Stimme klang nun so pfeifend und gequetscht, dass Linus ihn kaum noch verstand.

Dennoch nickte er. »Der größte Spaß wäre es, Buccio zusehen zu lassen, wie wir auf seinen eigenen Feldern ackern. Aber so lange, glaube ich, wird Vater ihn nicht am Leben lassen.«

ZWEITER TEIL

Versklavt

1.

Amma machte sich Sorgen, weil ihr Mann länger ausblieb, als sie es erwartet hatte. Auch wenn bei diesem Wetter keine Arbeit auf den Wiesen möglich war, gab es auf dem Hof genug Dinge zu erledigen. Dazu kam die Furcht, er könnte trotz ihrer inständigen Bitten in die Taverne gegangen sein. Dabei hatte sie ihm nur so viel Geld mitgegeben, wie es nötig war, um die Forderung des Quästors zu begleichen.

»Hoffentlich hat dein Vater die Steuern sofort bezahlt, als er in die Stadt gekommen ist«, sagte sie zu Cincia.

»Das hat er gewiss! Immerhin hat er bei Epona und Belenus geschworen, es zu tun«, antwortete ihre Tochter.

»Er hat geschworen, nicht mehr zu trinken! Aber vom Quästor müsste er längst zurück sein«, erwiderte Amma von Angst erfüllt.

»Ich schaue nach, ob ich ihn kommen sehe!«, rief Cincia. Sie war zu unruhig, um einfach nur warten zu können. Daher warf sie ihren Umhang über und eilte hinaus. Die letzten Wochen waren schlimm gewesen, und so klammerte sie sich an die Hoffnung, ihr Vater würde mit dem Trinken aufhören, wie er es vor den Göttern geschworen hatte.

»Mutter hat recht! Vater müsste längst wieder hier sein«, sagte sie zu sich selbst und spähte den Weg hinab. Doch so weit sie schauen konnte, war niemand zu erkennen.

Enttäuscht kehrte sie ins Haus zurück. »Ich konnte Vater nirgends sehen! Dabei wird es bald dunkel. Auch wenn der Hang auf unserer Talseite nicht so steil ist wie drüben auf der anderen, könnte Vater stürzen und sich verletzen.«

»Vor allem, wenn er betrunken ist! Da kann er sich einen Arm oder gar ein Bein brechen. Auf uns beide kämen dann harte Zeiten zu«, sagte Amma. Wieder haderte sie mit ihrem Mann, der wegen seiner Trunksucht völlig unzuverlässig geworden war. Gleichzeitig wuchs ihre Angst, je länger er ausblieb. Da Buccio nicht kam, musste sie zusammen mit ihrer Tochter die Stallarbeit erledigen. Danach ging sie in den Käsekeller, um dort auf andere Gedanken zu kommen. Als die Nacht vollständig hereingebrochen war, kehrte ihre Unruhe doppelt und dreifach zurück.

»Warum muss das uns passieren?«, sagte sie seufzend. »Wir hatten doch ein so schönes Leben!«

Cincia nickte bedrückt. »Ich weiß nicht, was in Vater gefahren ist. Früher hat er dich nie geschlagen, aber mittlerweile bekommst du jede Woche mindestens einmal Ohrfeigen, und zweimal hat er bereits einen Stock genommen.«

»Dich hat er ja auch schon geschlagen!«, klagte Amma.

In der nächsten Stunde saßen sie und ihre Tochter am Tisch und waren all ihren Befürchtungen hilflos ausgeliefert. Schließlich wies die Mutter auf Cincias Bett. »Leg dich hin und schlafe, Kind!«

»Und du, Mutter?«

»Ich bleibe noch ein wenig auf. Vielleicht taucht dein Vater doch noch auf.«

Mittlerweile war Amma von glühender Wut erfüllt. Schon beim letzten Mal hatten Cincia und sie Buccio ins Haus tragen müssen. Damals aber war es eine angenehm warme Nacht gewesen, und ihr Mann hatte sie gut überstanden. Bei dem nassen, schon recht kühlen Wetter würde er sich gewiss erkälten. Wenn dann Materionas Kräuteraufgüsse nicht mehr halfen und er bettlägerig wurde, bliebe die ganze Arbeit wieder an ihr und Cincia hängen.

2.

Es wurde sowohl für die Mutter wie auch die Tochter eine lange Nacht. Amma blieb am Tisch sitzen. Gelegentlich bettete sie den Kopf auf die Arme und dämmerte kurz weg, schreckte aber bei jedem Geräusch hoch. Die Zeit verging jedoch, ohne dass ihr Mann erschien. Während sie sich um ihn sorgte, bemerkte sie, dass Cincia die meiste Zeit wach lag. Einmal glaubte sie sogar, ihre Tochter weinen zu hören, und das tat ihr weh.

Mehr als ein Mal fragte sie sich, warum Buccio so weit herabgekommen und zum Säufer geworden war. Trug vielleicht sie die Schuld daran, weil sie nur diese eine Tochter geboren hatte und nicht den von ihrem Mann so heiß ersehnten Sohn? Doch selbst dann dürfte er nicht so handeln. Es ging immerhin um den Hof, der einmal an Cincia und deren Nachkommen weitergegeben werden sollte.

Als der Morgen dämmerte, regnete es nur noch leicht. Amma fühlte sich wie zerschlagen, doch die Stallarbeit musste getan werden. Sie stand auf, wusch sich und warf dann den Hühnern, die am Vortag kaum ihren Verschlag verlassen hatten, ein paar Körner hin. Als Cincia die Eier abtrug, erinnerte Amma sich daran, dass sie ihrem Mann fast ihr ganzes Geld für die Steuern gegeben hatte.

»Hoffentlich hat er sie bezahlt!«, flehte sie. Sollte er es nicht getan und stattdessen die Taverne aufgesucht haben, konnte sie nur beten, dass er nicht zu viel Geld ausgegeben hatte. Sonst würden sie Vieh verkaufen müssen und noch weniger Käse machen können. Das hieß, noch ärmer zu werden. Wenn es so weiterging, würden sie den Hof verlieren.

Cincia spürte die Sorgen ihrer Mutter und wünschte sich, ihr helfen zu können. Dabei stellte sie sich selbst alles Mögliche vor, was ihrem Vater zugestoßen sein mochte. Nachdem sie die Ziegen gemolken hatte, schaute sie wieder ins Tal, ob ihr Vater endlich auftauchte. Was sie sah, erschreckte sie so heftig, dass sie zu zittern begann. Dort kamen sechs Männer den Weg herauf. Zwei waren ihrer Kleidung nach Amtsdiener, ein weiterer zählte zu den Untergebenen des Quästors, und die anderen drei hatte sie zwar schon gesehen, wusste aber nicht, welche Funktion sie ausübten.

»Mutter, da kommt jemand!«, rief sie ins Haus.

Amma hatte gerade die Milch für den Käse ansetzen wollen, eilte nun aber rasch heraus und trat neben ihre Tochter. Ihr Gesicht wurde bleich.

Der Stadtbeamte trat auf sie zu und musterte sie kritisch. »Bist du das Weib des Bauern Buccio?«, fragte er streng.

Amma nickte. »Ja! Warum?«

»Ist dein Mann hier?«

Diesmal schüttelte Amma den Kopf. »Der ist gestern Mittag in die Stadt gegangen, um seine Steuern zu bezahlen. Seitdem ist er nicht zurückgekommen.«

»Das werden wir sehen. Durchsucht den Hof!«

Der Befehl galt den ihn begleitenden Männern, die sich sofort ans Werk machten. Amma und Cincia sahen fassungslos zu, wie sie ins Haus eindrangen und dort das Unterste zuoberst kehrten.

»Was soll das?«, fragte Amma verwirrt. »Wo ist mein Mann?«

»Das wüssten wir auch gerne«, antwortete der Beamte. »Er wird als Verbrecher gesucht!«

»Als Verbrecher? Aber …« Amma fühlte sich auf einmal so schwach, dass sie sich gegen die Hauswand lehnen musste, während Cincia wütend auffuhr.

»Mein Vater ist kein Verbrecher!«

»Ist er wohl!«, antwortete der Beamte. »Er hat den Viehhändler Florus überfallen und dabei fast umgebracht. Außerdem hat er ihn beraubt und ist anschließend geflohen.«

»Das glaube ich nicht!«, rief Cincia entsetzt.

»Er wurde von mehr als einem Dutzend Zeugen gesehen! Wären nicht ein paar beherzte Männer eingeschritten, hätte er Florus erwürgt.«

Diese Nachricht traf Amma wie ein Schlag.

»Das kann nicht sein, Mutter!«, hörte sie Cincias Stimme wie aus weiter Ferne.

Bedrückt nickte sie. »Doch, es kann sein! Florus ist der eigentliche Schuft. Ihn hätte man schon längst zur Rechenschaft ziehen müssen, doch Lucius hält die Hand über ihn.«

Unterdessen kamen die Männer wieder aus dem Haus. »Wir haben keine Spur von dem Schurken gefunden! Wie es aussieht, ist er geflohen und hat Weib und Tochter im Stich gelassen!«

Eine gewisse Verachtung lag in diesen Worten. Der Mann kannte das Schicksal, das Amma und Cincia drohte, und hätte an Buccios Stelle alles getan, um es ihnen zu ersparen.

Unterdessen stellte sich der Beamte vor Amma und Cincia in Positur und rollte ein Stück Papyrus aus, um daraus vorzulesen. Seine Stimme klang leiernd, doch Mutter und Tochter traf jedes Wort wie ein Schlag.

»Buccio, Bauer bei Aguntum, wurde eines Kapitalverbrechens beschuldigt und überführt. Sein Eigentum fällt daher dem Gesetz nach an den Staat. Das Gleiche gilt für sein Weib und seine Tochter. Ihr werdet beide in den Sklavenstand überführt und zum nächstbesten Zeitpunkt zugunsten der Staatskasse verkauft.«

»Was sagt der Mann?«, fragte Cincia verwirrt.

Amma hatte in ihrem Leben bereits weitaus mehr erlebt als ihre Tochter und begriff, was die Worte des Beamten bedeuteten. Mit tränenfeuchten Wangen umarmte sie ihre Tochter. »Weil Vater den Viehhändler angegriffen hat, wollen sie uns beide zu Sklavinnen machen. Ich wollte, Buccio hätte dieses Schwein wirklich umgebracht. So ist es …«

Amma begann steinerweichend zu schluchzen und klagte die Götter an, weil sie sich von ihnen verraten und verlassen fühlte.

Für Cincia war es ein Schock. Eben noch hatten sie ein zwar schlichtes, aber freies Leben auf dem Hof geführt, und nun sollte sie eine Sklavin werden, die man verkaufte wie ein Stück Vieh?

»Niemals!«, rief sie und wusste selbst, dass sie nicht die geringste Möglichkeit hatte, diesem Schicksal zu entgehen.

Auf einen Befehl des Beamten wurden ihrer Mutter und ihr die Hände auf den Rücken gebunden. Danach befahl dieser einem seiner Begleiter, den Nachbarn zu holen.

Belicus und dessen Familie hatten bereits bemerkt, dass sich auf Buccios Hof etwas tat, und kamen nur zögernd näher.

»Salve, ehrwürdiger Herr! Zu deinen Diensten!«, grüßte Belicus und sah so aus, als hätte er Angst, der Nächste zu sein, der festgenommen wurde.

»Du bist Belicus, der Nachbar des Buccio?«, begann der Beamte.

»Der bin ich!«

»Bis über diesen Hof endgültig entschieden ist, wirst du ihn mit bewirtschaften«, erklärte ihm der Beamte.

»Das verstehe ich nicht! Buccio ist doch …«

»Buccio wurde als Schwerverbrecher entlarvt und sein Besitz vom Staat eingezogen!«

Die Stimme des Beamten klang streng. Trotzdem wollte Belicus nicht einfach so über sich bestimmen lassen. »Ich habe viel Arbeit auf meinem eigenen Hof und kann nicht noch einen zweiten dazu bearbeiten. Dafür bräuchte ich Knechte. Aber über solche verfüge ich nicht.«

»Man wird dir zwei Sklaven schicken!«, erklärte der Mann Belicus, der sichtlich aufatmete und überlegte, wie er die Sklaven auch auf seinem eigenen Hof einsetzen konnte.

Der Beamte ließ ihn stehen und wandte sich an seine Begleiter: »Nun kommt!«

Die beiden Amtsdiener versetzten Amma und Cincia einen Schlag. »Auf geht's, wir müssen hinab! Dort wird man sich um euch kümmern.«

Amma begriff, dass es nichts brachte, wenn ihre Tochter und sie sich weigerten, und sah das Mädchen an. »Wir müssen gehorchen, Cincia. Mögen Epona, Sirona und Latobius uns gnädig sein. Die Menschen sind es mit Gewissheit nicht!«

Während Mutter und Tochter sich mit müden Schritten in Bewegung setzten, erklärte der Beamte Belicus, dass seine Männer alles notiert hätten, was es in Buccios Haus und Stall gab, damit er nicht in Verführung geriet, das eine oder andere zu seinem eigenen Hof zu schaffen. Danach folgte er Amma und Cincia.

3.

Die Nachricht von Buccios Mordversuch an Florus und dessen Folgen für Amma und Cincia schlug in der Stadt ein wie ein Blitz. Als Titus, der Sohn des Käsehändlers Calvus, davon erfuhr, eilte er auf schnellstem Weg nach Hause und platzte in den Keller, in dem sein Vater und seine Mutter gerade die Vorräte an unterschiedlichsten Käselaiben zählten.

»Wisst ihr, was ich eben gehört habe?«, rief er so laut, dass sein Vater zusammenzuckte.

»Verflucht, Junge! Du hast mich drausgebracht! Jetzt muss ich wieder von Neuem anfangen«, schimpfte Calvus.

Titus achtete nicht darauf, sondern zeigte nach draußen. »Es heißt, Buccio wäre des Mordversuchs und Raubes an Florus schuldig und sei geflohen. Amma und Cincia sind verhaftet worden und sollen als Sklavinnen verkauft werden. Aber das geht doch nicht!«

»Und warum soll das nicht gehen?«, fragte sein Vater, während die Mutter erschrocken ein Gebet an Juno und Minerva richtete, sie vor Mördern und dergleichen zu beschützen.

»Es ist ungerecht, dass Amma und Cincia Sklavinnen werden sollen, nur weil Buccio mit Florus aneinandergeraten ist. Was für ein Schuft der Viehhändler ist, weiß doch jeder im Tal!«, erklärte Titus voller Zorn.

Sein Vater bedachte ihn mit einem strafenden Blick. »Der Viehhändler Florus gehört ebenso wie ich zu den Klienten des hochgeehrten Herrn Bürgermeister Lucius. Dieser ist ein römischer Bürger im Ritterstand, und keiner seiner Anhänger wird in meinem Haus als Schuft oder Ähnliches bezeichnet! Habe ich mich deutlich genug ausgedrückt?«

Titus war zu aufgebracht, um auf die Warnung seines Vaters zu hören. »Florus mag hundertmal ein Anhänger dieses raffgierigen Römers sein und bleibt trotzdem ein Lump. Es gibt kaum einen Bauern in der Umgebung, den er nicht schon betrogen hat. Würde Lucius nicht verhindern, dass er Konkurrenz bekommt, würde kein Bauer ihm auch nur eine Maus verkaufen!«

Sein Vater holte bereits mit der Hand aus, um ihm eine Ohrfeige zu geben.

Da blitzte der Jüngling ihn rebellisch an. »Du kannst mich schlagen, Vater, weil ich die Wahrheit spreche. Doch dann bin ich morgen weg und schließe mich der Legion an. Lieber kämpfe ich gegen Barbaren, als vor einem Mann wie Lucius den Rücken zu krümmen!«

Calvus zögerte. Auch ihm war bewusst, dass Lucius seinen Rang als Bürgermeister der Stadt ausnutzte, um sich zu bereichern, und dabei nicht immer wie ein Ehrenmann handelte. Er senkte daher die Hand und legte sie Titus auf die Schulter. »Junge, sei bitte vorsichtig! Wenn es Lucius zu Ohren käme, was du eben gesagt hast, könnte es mich seine Gunst kosten. Er ist in der Lage, meinen Käsehandel zu unterbinden. Danach bliebe uns nichts anderes übrig, als unser Haus zu verkaufen und fortzuziehen.«

»Bitte höre auf deinen Vater, Titus!«, flehte die Mutter.

Titus begriff, dass sein Vater nicht nur um des eigenen Vorteils willen, sondern auch aus Angst vor Lucius zu diesem hielt. Es machte ihn betroffen, mehrte aber auch seine Wut auf den Bürgermeister.

»Es heißt, Lucius wolle Amma und deren Tochter für billiges Geld erstehen. Aber das werde ich ihm verderben!«, rief er erregt.

Seine Mutter schlug die Hände über dem Kopf zusammen. »Junge, mach dich nicht unglücklich – und uns mit dazu!«

»Ich verbiete dir, auch nur irgendetwas zu tun!« Calvus versuchte, streng zu klingen, doch sein Sohn hörte vor allem seine Angst vor dem Bürgermeister heraus.

»Ich werde den Mund halten, aber nur euretwegen«, antwortete Titus und sah seine Eltern aufatmen. »Trotzdem werde ich alles unternehmen, damit Amma und Cincia nicht in Lucius' Besitz übergehen. Dieser Lump Linus würde auch vor Cincia nicht haltmachen.«

»Linus ist ein feiner junger Herr, dem du dich anschließen solltest«, wandte sein Vater ein.

»Nein, nur das nicht!«, widersprach die Mutter. Sie hatte wegen all der Gerüchte, die über Lucius' Sohn Linus im Umlauf waren, schon mehrfach gesagt, wie froh sie sei, nur einen Sohn und keine Tochter geboren zu haben. Da ihr Mann einer von Lucius' Klienten war, hätte sie ein Mädchen nicht vor den Nachstellungen des Bürgermeistersohns schützen können.

»Ich soll mir also Linus zum Vorbild nehmen, Vater? Ich glaube nicht, dass der Schneider vor dir genauso katzbuckeln würde wie vor Lucius, wenn ich dessen Tochter gegen ihren Willen auf den Rücken gelegt hätte.« Titus' Stimme schwankte, denn er hasste den um drei Jahre älteren Linus. Daher war er froh, zu jung zu sein, um zu dessen Freundeskreis gehören zu müssen, wie es bei anderen Söhnen von Lucius' Anhängern der Fall war.

Calvus hatte an dieser Antwort zu kauen. Dabei verstand er seinen Sohn. Auch ihm war Linus' rüpelhaftes Auftreten zuwider. Aber da er Lucius' Klient war, musste er so tun, als hielte er dessen Sohn für einen wohlerzogenen jungen Mann. Da es um seine eigene Existenz ging, krallte er die Finger in Titus' Schulter. »Junge, sei vernünftig! Lucius ist viel zu mächtig, als dass wir es wagen könnten, ihn zu erzürnen.«

»Sollen wir vielleicht auch noch Beifall klatschen, wenn sein Sohn unsere Töchter und Schwestern schändet?«, fragte Titus bissig.

»Du hast weder eine Tochter noch eine Schwester. Also sei still!« Calvus legte seine gesamte väterliche Autorität in seine Stimme und atmete auf, als sein Sohn den Kopf senkte.

Titus begriff, dass er auf seine Eltern Rücksicht nehmen musste. Sein Vater konnte es sich nicht leisten, Lucius zu verärgern. An Aufgeben aber dachte er nicht. »Ich werde still sein, aber dennoch zusehen, ob ich etwas für Amma und Cincia tun kann.«

»Ich will nichts davon hören!«, sagte sein Vater streng und wies auf die Masse an Käselaiben, die in den Regalen darauf warteten, verpackt und verkauft zu werden. »Da du nun einmal hier bist, wirst du mir beim Sortieren und Zählen helfen. Mutter kann nach oben gehen, um Porcia zu überwachen. Die Alte hat letztens den Kalbsbraten nicht so hinbekommen, wie ich ihn mag!«

Während für Calvus die Angelegenheit geklärt schien, sah seine Frau Liviona tiefer und begriff, was ihren Sohn bewegte. Da Amma ihrem Mann den Käse verkaufte, kannte sie die Bäuerin gut und mochte auch deren Tochter. Mehr als ein Mal hatte sie schon bedauert, dass Cincia keinen Bruder hatte, der einmal den Hof übernehmen könnte. Ihrer Meinung nach würde das Mädchen ausgezeichnet zu ihrem Sohn passen. Nun, da Cincia zur Sklavin gemacht geworden war, musste sie diese Überlegung fahren lassen. Sie wünschte sowohl Cincia wie auch Amma, dass sie nicht in Lucius' Besitz übergehen würden. Aber sie hatte keine Hoffnung, dass irgendjemand dies verhindern könnte. Dafür fürchteten die meisten in der Stadt den Bürgermeister zu sehr. Der Einzige, der es womöglich wagen würde, sich gegen ihn zu stellen, war Tullius, doch dieser hatte in seinem Haushalt gewiss keine Verwendung für eine Bäuerin und deren Tochter. Daran, dass ihr Sohn etwas bewirken konnte, glaubte sie nicht.

Daher sagte sie nichts mehr zu diesem Thema, sondern stieg nach oben. Nach der Kühle im Keller war es in der Küche angenehm warm. Ihre Sklavin war bereits dabei, das Mittagessen zu kochen. Nun sah sie sich zu ihrer Herrin um. »Herr Calvus hat für heute Kalbsbraten befohlen. Aber wenn er nicht so wird, wie er es will, wird er mich wieder schelten.«

»Deshalb bin ich ja hier! Ich werde dir helfen«, sagte Liviona beruhigend.

Porcia war nicht mehr jung, aber noch keine Greisin. Calvus hatte sie günstig erwerben können, und die Frau tat alles, um ihn und seine Frau mit ihrer Arbeit zufriedenzustellen.

Liviona wusste das, fand aber auch, dass ihr Mann bei der Wahl der Sklavin mehr auf deren Fähigkeiten als auf ihren Preis hätte achten sollen. Mittlerweile hatte sie sich jedoch an Porcia gewöhnt und packte selbst mit an, wo es nötig war.

Nach einer Weile drehte Porcia sich zu ihr um. »Hast du schon das mit Buccio, Amma und Cincia gehört, Herrin?«

»Titus brachte uns die Nachricht«, antwortete Liviona.

»Ist es nicht schrecklich? Amma ist eine so brave Frau, und nun will Herr Lucius sie zur Sklavin machen, damit sie auf seinem Landgut im Käsekeller arbeitet«, berichtete Porcia.

Liviona hob erstaunt den Kopf. »Davon habe ich noch nichts gehört.«

»Die Leute behaupten es! Einige munkeln sogar, Lucius habe Florus dazu angestachelt, Buccio zum Trinken zu verführen, damit er seinen Hof nicht mehr halten kann und sich ihm unterstellen muss.«

Als Liviona das hörte, flehte sie erneut ihre Lieblingsgöttinnen an, ihr beizustehen. Wenn das, was Porcia eben gesagt hatte, der Wahrheit entsprach, hatte Lucius ein übles Spiel mit Buccio und dessen Familie getrieben. Nun verstand sie, warum ihr Sohn sich gegen den Bürgermeister stellen wollte. Es sollte nur nicht zum Schaden ihres Mannes ausschlagen, dachte sie besorgt und wies Porcia an, noch ein wenig Honig auf den Braten zu träufeln, um dessen Aroma zu verbessern. Ihr Mann war angespannt genug, und da sollte ihm das Mittagessen besonders gut schmecken.

Nach einer Weile kam ihr Sohn aus dem Lagerkeller und wusch sich die Hände. »Jetzt haben wir alle Käselaibe gezählt«, sagte er zu seiner Mutter. »Vater schreibt es unten noch auf. Allerdings ärgert er sich, weil der letzte Handel mit Buccio und Amma nicht zustande gekommen ist. Ein oder zwei Dutzend Laibe von ihrem Käse hätten uns gutes Geld gebracht.«

»Jetzt wird Lucius Ammas Käse in seine Villa schaffen lassen und nichts dafür zahlen. Er wird auch den Hof für billiges Geld an sich bringen und dann auch noch Amma und Cincia kaufen«, sagte seine Mutter mit einer Mischung aus Abscheu und Hoffnungslosigkeit.

»Letzteres hoffe ich, ihm verderben zu können«, antwortete Titus mit einem Grinsen, das eher einem Zähnefletschen glich.

»Und wie?«, wollte seine Mutter wissen.

»Ich werde eine Sammlung anstoßen! Wenn jeder, der Lucius wenigstens ein Mal scheitern sehen will, ein paar Sesterzen gibt, kommt vielleicht genug Geld zusammen, so dass wir Amma und Cincia kaufen und ihnen die Freiheit wiedergeben können.«

Titus klang entschlossen, obwohl es eine sehr unsichere Sache war. Bei den meisten Bürgern der Stadt war die Angst vor Lucius zu groß, und sie würden ihre Beutel fest zuhalten.

»Warte!«, sagte Liviona und verließ die Küche.

Porcia hatte den beiden zugehört. Kaum war ihre Herrin draußen, eilte sie zu einer Anrichte und kramte in einem Topf. Als sie danach auf Titus zukam, hielt sie mehrere Asse in der Hand und streckte sie ihm hin. »Es ist nicht viel, aber wenn andere, die mehr geben können, dies auch tun, bekommst du vielleicht genug Geld zusammen.«

Titus sah die kleine, hagere Frau gerührt an. Obwohl sie selbst eine Sklavin war und nicht gerade gute Zeiten erlebt hatte, gab Porcia das wenige, das sie besaß, um anderen das Schicksal zu ersparen, das ihr widerfahren war.

»Hab Dank!«, sagte er. »Ich werde es nicht vergessen. Sobald ich Geld übrig habe, werde ich dir etwas davon zurückgeben.«

»Das ist nicht nötig, junger Herr!«, sagte Porcia mit einem Lächeln, das ihr Gesicht direkt schön aussehen ließ.

Titus kam nicht dazu, ihr zu antworten, denn seine Mutter kam wieder herein und reichte ihm mehrere Denare.

»Mehr habe ich derzeit nicht übrig, mein Junge. Wäre es möglich, würde ich deinen Vater bitten, Amma und Cincia selbst zu kaufen. Aber damit würde er sich Lucius' Zorn zuziehen.« Da kam ihr der Gedanke, dass ja auch ihr Sohn Lucius verärgern würde, wenn er sich für Amma und Cincia einsetzte, und sie sah ihn besorgt an. »Vielleicht solltest du es besser nicht tun. Lucius …«

»Wenn wir Lucius handeln lassen, wie er will, wird seine Macht einmal unerträglich werden!«, antwortete Titus heftig, fasste dann aber nach ihrem Arm. »Ich werde vorsichtig sein, Mutter, und das Geld nicht selbst sammeln. Dafür suche ich eine Person, die gegen Lucius oder dessen Handlanger bieten kann, ohne ihn fürchten zu müssen. Ich muss aber sicher sein, dass derjenige das Geld nicht für sich behält.«

»Wende dich an Materiona!«, schlug seine Mutter vor. »Sie hat sich bis jetzt gegen Lucius behaupten können und ist zudem Ammas Freundin.«

Titus steckte das Geld ein und umarmte sie. »Hab Dank! Das werde ich tun! Du bist doch die beste Mutter, die ich habe.«

»Das will ich auch hoffen!«, antwortete Liviona mit gelindem Spott. »Schließlich bin ich die einzige Mutter, die du hast.«

4.

Da Materiona sich am Vorabend um den verletzten Florus hatte kümmern müssen, war sie in der Stadt geblieben und hatte bei einer Bekannten übernachtet. Am Morgen überlegte sie, ob sie noch einmal nach dem Viehhändler sehen sollte. Florus war ihr jedoch so zuwider, dass sie diesen Gedanken verwarf.

Beim Frühstück waren Buccios Tat und die Verhaftung seiner Frau und seiner Tochter Hauptgesprächsthema. Materiona begriff rasch, dass man sich von ihr nähere Informationen erhoffte, da sie zu Florus gerufen worden war.

»Stimmt es, dass der Bauer Florus erwürgen wollte?«, fragte der Ehemann ihrer Bekannten.

»Was er wollte, kann ich nicht sagen! Aber wenn er es gewollt hätte, so ist es ihm nicht gelungen«, antwortete die Kräuterfrau.

Die unverhohlene Neugier der Menschen störte sie, aber sie begriff, dass sie diese wenigstens teilweise stillen musste. Zudem war sie ihren Gastgebern einen gewissen Dank für die Unterkunft und das Essen schuldig.

»Es heißt, Buccio habe den Viehhändler gewürgt. Anscheinend ging es um Geld«, sagte sie daher.

»Wahrscheinlich hat er im betrunkenen Zustand Florus ein Stück Vieh zu billig verkauft und ist, als ihm dies bewusst wurde, zornig geworden«, mutmaßte der Hausherr.

»Aber wenn Florus am Leben ist, kann Buccio doch höchstens des versuchten Mordes beschuldigt werden – und da werden sein

Weib und seine Tochter eingesperrt? Ich hörte, sie sollen als Sklavinnen verkauft werden. Wie kann man das tun?«, fragte seine Frau.

»Das, meine Liebe, ist ein Thema, über das wir besser nicht sprechen sollten. Die Gesetze sind eben so!«, wies ihr Mann sie zurecht.

»Vor allem das Gesetz des Lucius!«, murmelte Materiona und berichtete, dass Buccio nach der Tat geflohen sei. »Er ist zwar verfolgt worden, doch als geschickter Kletterer hat er die anderen weit hinter sich zurückgelassen und ist im Dunkel der Nacht verschwunden. Mehr habe ich nicht erfahren.«

Sie war froh, als sie ihre Gastgeber nach dem Frühstück verlassen konnte. Vor dem Abschied reichte sie der Hausfrau noch ein Beutelchen mit Kräutern und wies sie an, wie diese zu benützen seien. »Wenn du jeden zweiten Tag etwa die Menge einer Fingerspitze in etwas Wasser aufkochst und den Absud trinkst, sollten deine Beschwerden geringer werden und nach einer guten Woche hoffentlich ganz vergehen«, sagte sie noch und verließ das Haus.

Draußen auf der Straße wusste sie nicht so recht, was sie tun sollte. Sie hätte nach Hause gehen können, weil dort viel Arbeit auf sie wartete, fühlte sich aber zu unruhig dafür. Sie überlegte, im Amtsgebäude zu fragen, ob man sie zu Amma und Cincia ließ. Sie hätte den beiden gerne Mut zugesprochen. Allerdings konnte sie ihnen weder helfen noch ihnen einen Rat geben, wie sie ihrem Schicksal entrinnen konnten.

Schlussendlich entschied Materiona sich, frische Kräuter zu suchen. Der Regen hatte aufgehört, und der Boden schien ihr trocken genug zu sein. Außerdem konnte sie in der Einsamkeit der Wälder am besten nachdenken. Vielleicht fiel ihr etwas ein, wie sie Amma und Cincia beistehen konnte.

Materiona ging strammen Schrittes in Richtung der besten Sammelplätze für Heilpflanzen, überquerte den Dravus auf einem schon etwas durchhängenden Steg und begriff erst, als sie den

Hang hinaufstieg, dass es sich um jene Stelle handelte, an der Buccio am Vorabend seine Verfolger abgehängt hatte. Wohin mochte er sich gewandt haben?, fragte sie sich. Es war gewiss nicht leicht gewesen, in der Nacht über die nassen Felsen zu klettern. Wahrscheinlich hatte er irgendwo Halt gemacht und den Morgen abgewartet. Im Regen war dies sicher keine gute Nacht für ihn geworden.

Ihr Mitleid mit Buccio war jedoch gering. Immerhin hatte er durch seine unbesonnene Tat Frau und Tochter ins Elend gestürzt. Er würde wohl jetzt das Weite suchen. Während ihre Gedanken wanderten, stieg sie weiter bergan. Sie war zwar alt, aber von Kindheit an gewöhnt, Steilhänge zu bewältigen. Auch kannte sie die Stellen, an denen die besten Kräuter wuchsen. Die Apotheker in Aguntum wussten das und zahlten ihr einen angemessenen Preis für ihre Ernte. In der Hinsicht, sagte sie sich, hatte sie ein gutes Leben. Sie war nur kurz verheiratet gewesen und hatte es als Befreiung angesehen, als ihr Mann mit einer anderen Frau weggegangen war. Kinder hatte sie keine, und so brauchte sie sich um niemanden zu kümmern als um sich selbst.

Bei dem Gedanken kamen ihr Amma und Cincia in den Sinn. Die beiden waren mit ihr verwandt, und sie fühlte sich in gewisser Weise für sie verantwortlich. Der Gedanke, dass sie nicht das Geringste für sie tun konnte, schmerzte. Sobald Cincia in Lucius' Besitz geriet, würde dessen Sohn ihr nachstellen und sich weder durch ein Nein noch durch Gegenwehr aufhalten lassen.

Materiona bedauerte, dass der Schneider Avitus vor Lucius eingeknickt war und die Vergewaltigung seiner Tochter durch Linus nicht angezeigt hatte. Selbst als Bürgermeister hätte Lucius seinen Sohn nicht vor einem Prozess und Strafe bewahren können.

»Lucius und sein Lump von Sohn sollen in die Unterwelt fahren, und zwar so rasch wie möglich!«, rief sie und setzte einige Verwünschungsformeln hinzu.

Ein silbernes Aufblitzen lenkte sie von ihren trüben Gedanken ab. Sie ging darauf zu und entdeckte einen Sesterz, auf dem sich die über die Höhe steigende Sonne spiegelte. Nun waren Silbermünzen keine Pflanzen, die auf dem Felsen wuchsen. Jemand musste sie hier verloren haben.

Materiona sah sich nun aufmerksamer um und entdeckte einen zweiten Sesterz. Bald darauf stieß sie auf einen dritten und dann auf einen vierten. Als sie weiter nach oben kletterte, fand sie weitere Münzen. Sie sammelte sie auf und steckte sie in einen Beutel.

Plötzlich lag ein Stück Tuch vor ihr. Materiona hob es auf und schüttelte verwundert den Kopf. Es war in Ammas Muster gewebt. Zwei Sesterzen befanden sich noch darin. Mit einem mulmigen Gefühl blickte sie weiter nach oben und spürte, wie ihr Blut gefror. Nicht weit von ihr hatte sich der Körper eines Mannes in einer Spalte verfangen. Die alte Frau musste nur einen Blick auf die Kleidung werfen, um zu wissen, wer es war.

»Buccio!« Offenbar hatte er bei seiner Flucht zu viel riskiert und war abgestürzt. Obwohl sie sich über ihn geärgert hatte, verspürte sie Trauer. So ein Ende hätte sie keinem gewünscht, nicht einmal dem Viehhändler Florus oder Lucius und dessen Sohn.

»Den dreien vielleicht doch!«, murmelte sie.

Fast hatte sie das Gefühl, als wollten die Götter die Menschen verhöhnen, denn sie ließen zu, dass immer die Besseren ins Unglück getrieben wurden, während die Schurken sich eines guten Lebens erfreuen konnten.

Materiona überlegte, ob sie in die Stadt zurückkehren und melden sollte, dass sie Buccios Leiche gefunden hätte. Nach längerem Nachdenken entschied sie sich dagegen. Man würde sie mit Gewissheit nach dem Geld fragen, das Buccio angeblich Florus gestohlen hatte, und sie verdächtigen, die gesamte Summe unterschlagen zu haben, falls auch nur ein einziger As bei ihr gefunden wurde. Wie sie Lucius kannte, würde sie Ammas und Cincias Schicksal teilen und ebenfalls versklavt werden.

»Den Triumph werde ich diesem Schwein nicht gönnen!«, sagte sie entschlossen. Sie betrachtete Buccios Leichnam, tastete ihn dann trotz einer gewissen Scheu ab, ob er etwas bei sich trug, das sie Amma übergeben konnte. Bei dem Gedanken an ihre Freundin konnte sie die Tränen nicht mehr zurückhalten. Trotz des Streits in letzter Zeit hatte Amma ihren Mann geliebt und hatte ihn nun auf eine so elende Art verloren. »Du hättest klüger sein und diesem verfluchten Viehhändler die Tür weisen sollen, Buccio! Dann hätten du, Amma und Cincia noch ein gutes Leben. So aber bist du tot, und deine Frau und deine Tochter werden Sklavinnen werden.«

Da Jammern nichts half, machte sie sich daran, Buccio ganz in die Spalte zu schieben, in die er gestürzt war. Ihn für das Begräbnis vorzubereiten und für die entsprechenden Riten fehlte ihr jegliche Möglichkeit. Dafür hätte sie ihn selbst nach unten schaffen oder Freunde holen müssen, die ihr halfen.

Sie zwängte sich in die Spalte und zog Buccio so zurecht, dass er auf dem Rücken liegend gen Himmel zu schauen schien. Danach suchte sie lose Felsbrocken und schichtete sie auf ihn.

»Er wird es verkraften, dass sein Leichnam nicht verbrannt wird«, sagte sie, während sie weitere Steine holte, und erinnerte sich daran, dass es hieß, in früheren Zeiten wären Leichen auch nicht verbrannt, sondern in der Erde begraben worden.

Es war eine harte, mühselige Arbeit, doch Materiona gab nicht auf, bis Buccio vollständig von Steinen bedeckt war und keine Gefahr mehr bestand, dass wilde Tiere ihn ausgraben und fressen könnten. Abschließend sprach sie ein Gebet und flehte Epona und Latobius an, sich des Toten anzunehmen. Danach barg sie die gefundenen Münzen in dem Tuch, das Amma gewebt hatte, und steckte sie ein. Auf dem Weg nach unten entdeckte sie zwei weitere Münzen. Den größten Teil des Geldes jedoch, mit dem Buccio seine Steuern hatte bezahlen wollen, hatte der Regen so in die Tiefe gespült, dass die einzelnen Münzen nur durch einen Zufall gefunden werden konnten.

5.

Die Stadtknechte hatten Amma und Cincia wie Schlachtvieh durch die Stadt getrieben. Lucius' Anhänger verspotteten sie, während andere Stadtbewohner betreten die Gesichter abwandten. Es mochte hundertmal das Gesetz sein, dass die Familienangehörigen eines Schwerverbrechers in die Sklaverei geführt wurden. Doch es war etwas ganz anderes, zu sehen, wie dieses Schicksal jemanden ereilte, den man kannte und schätzte.

Nun saßen Mutter und Tochter in einer kleinen Kammer. Die Tür war fest verschlossen und das einzige Fenster mit Gitterstäben versehen. Im Raum gab es nur zwei schmale Pritschen und in der Ecke einen hölzernen Eimer mit Deckel. Cincia konnte sich denken, wozu er diente, und musste ihn auch bald benützen. Ihre Mutter saß derweil auf einer der Pritschen und weinte. »Was haben wir nur den Göttern getan, weil sie uns so strafen?«

»Ich weiß es nicht!«, antwortete Cincia. »Ich weiß überhaupt nichts. Der eine sagt, Vater hätte Florus umgebracht, ein anderer behauptet, der Viehhändler würde noch leben. Ich glaube auch nicht, dass Vater Florus beraubt hat.«

»Warum nur hat Buccio das getan? Er hätte doch an uns denken müssen«, rief Amma verzweifelt. »Wir hatten ein so schönes Leben, bis dieser verfluchte Florus ihn zum Trinken verführt hat. Die Götter sollen diesen Schuft strafen!«

»Was werden sie mit uns tun?«

Ihre Mutter zuckte mit den Achseln. »Ich weiß es nicht. Ich weiß nur, dass man uns in dieses Loch eingesperrt hat.«

»Irgendjemand rief uns zu, dass wir Sklavengesindel wären«, fuhr Cincia fort.

»Wir hatten ein so schönes Leben!«, wiederholte Amma und begann zu weinen.

Cincia fragte ihre Mutter erneut, ob sie wisse, was mit ihnen geschehen würde, doch Amma jammerte nur und haderte mit Göttern und Menschen.

Schließlich setzte Cincia sich auf die andere Pritsche, zog die Beine an den Leib und schlang die Arme um die Knie. In ihr war alles wund, und sie hätte sich gewünscht, ebenso weinen zu können wie ihre Mutter. Doch während diese all das beklagte, was sie verloren hatten, dachte Cincia an die Zukunft und fragte sich besorgt, was diese ihnen bringen würde. Wollte man ihre Mutter und sie wirklich zu Sklavinnen machen?

Ihr Vater und die Nachbarn hatten keine Sklaven besessen. Dies war eine Sitte der Städter. Lucius ließ sogar sein Landgut von Sklaven bestellen. Ihr Vater und ihr Nachbar Belicus hatten darüber gespottet, denn in ihren Augen konnte nur ein freier Mann seinen Hof so führen, wie es sich gehörte. Der Bauer muss die Verbundenheit zu Mutter Erde spüren und ihr die Achtung erweisen, die ihr gebührt, hatte ihr Vater stets gesagt. Ein Sklave arbeitete nicht aus Freude und Ehrfurcht vor den Göttern, sondern aus Angst vor der Peitsche. Daher würde er niemals den Atem der Erde so fühlen wie ein freier Bauer. Ihr Vater war ein freier Bauer gewesen, dachte sie seufzend. Wie hatte er es geliebt, Kühe und Ziegen zu halten, den Samen in die Erde zu setzen und die Pflanzen wachsen zu sehen! Nun war er fort, ohne dass die Mutter und sie wussten, wohin er sich gewandt hatte. Sie fühlte sich verletzt und enttäuscht, vermisste ihn aber gleichzeitig und wünschte ihm, dass er seinen Häschern entkam.

Verwundert, wohin sich ihre Gedanken verirrten, kam Cincia wieder darauf zurück, was der Mutter und ihr drohen mochte. Am wahrscheinlichsten erschien es ihr, dass Lucius sie kaufte und sie ebenfalls auf seinem Landgut arbeiten mussten. Bei dem Gedanken schüttelte es sie. Auf dem Hof des Vaters hatte sie ihre Pflichten meist freudig erfüllt. Dafür arbeiten zu müssen, damit der Bürgermeister noch reicher wurde, würde bitter werden.

Später erhielten sie etwas zu essen. Es war Gerstenbrei, der nach gar nichts schmeckte. Amma schob ihre Schale beiseite und starrte blicklos vor sich hin. Als Cincia sie ansprach, reagierte sie nicht einmal.

»Mutter, bitte! Du musst etwas essen«, flehte das Mädchen.

Sie bekam keine Antwort. Amma tadelte die Götter, weil sie ihr so übel mitgespielt hatten, und flehte sie im nächsten Augenblick an, ihr beizustehen. Zuletzt bekam Cincia es mit der Angst zu tun, die Mutter würde den Verstand verlieren. Immer wieder sprach sie sie an, fasste sie bei den Schultern und rüttelte sie. Doch Amma schien sie nicht einmal mehr wahrzunehmen.

6.

Etliche Meilen von Aguntum entfernt stieg an diesem Vormittag ein Mann in den Sattel seines Hengstes und hielt die Zügel locker in der Hand. Sein Blick streifte die Herberge, in der er und seine Begleiter übernachtet hatten, und glitt dann zu den Bergen hinauf, die das schmale Tal umgaben. Iulium Carnicum lag in einer ansprechenden Umgebung. Die Berge hielten die kalten Winde des Nordens ab, und im Sommer war es kühl genug, um nicht vor Hitze zu vergehen. Nach fast zwanzig Jahren, die Publius Cornelius Crispinus in Rom verbracht hatte, war er zum ersten Mal wieder der Heimat so nahe, dass er deren Duft in der Luft zu schmecken glaubte.

»Komm, Retus, mein Alter! Nicht so zögerlich! Die übernächste Nacht will ich in der Heimat schlafen«, rief er seinem Burschen und Freund zu.

Dieser war einige Jahre älter als er und von knorriger Gestalt. »Das wirst du aber nur dann können, wenn Gott Merkur seine Flügel an die Hufe unserer Pferde heftet!«, antwortete er lachend und musterte dabei seinen Vorgesetzten.

Crispinus fehlte noch ein Jahr auf die vierzig, doch beschämte er mit seiner schlanken Gestalt und seiner Beweglichkeit und Kraft so manch Jüngeren. Auch war er größer als die meisten und hatte ein markantes Gesicht mit hell blitzenden Augen. Seine Haare würde der eine als dunkelblond bezeichnen, ein anderer als helles Brünett. Vor allem aber wirkte sein Auftreten militärisch, und er war es gewohnt zu befehlen.

»Hannus, wo bleibst du? Wir reiten los!«, rief Retus in den Stall hinein.

Augenblicke später trat ihr Sklave ins Freie. »Ich bin schon da!«, sagte er und stieg schwerfällig auf das Maultier, das Crispinus für ihn gekauft hatte. Die beiden anderen mit dem Besitz seines Herrn beladenen Maultiere führte er an Leitzügeln mit sich.

»Heute bleibst du aber nicht so weit zurück wie die letzten Tage!«, mahnte Retus ihn und schloss zu Crispinus auf. »Es ist gewiss schön, die Heimat wiederzusehen und dort einen hohen Posten einzunehmen. Trotzdem frage ich mich, ob es richtig ist, dass du dich unbedingt in Aguntum ansiedeln willst. Der Imperator hätte dir den Oberbefehl über die Benefiziarier in jeder Provinz des Reiches übertragen. Warum also musste es ausgerechnet Aguntum sein?«

»Weil es unsere Heimat ist und ich in diese zurückkehren will«, antwortete Crispinus verwundert.

»Aber wir – oder, besser gesagt, du bist nicht gerade in Frieden von dort geschieden«, sagte Retus.

»Ich weiß, es gab Streit, aber das ist längst vergessen!« Crispinus lachte und lenkte seinen Hengst das Tal hoch, das sich in der Ferne zwischen den hoch aufragenden Felsen verlor.

»Du warst damals unsterblich in Faustina verliebt! Du wolltest sie sogar dazu bringen, mit dir durchzubrennen.«

»Welche Faustina?«, fragte Crispinus.

Retus starrte ihn aus großen Augen an. »Sag bloß, du hast sie vergessen?«

Crispinus strich sich übers Haar und lachte. »Jetzt, da du es sagst, erinnere ich mich. War es nicht die Tochter des Vinicius, der sich diese prachtvolle Villa gleich hinter dem Stadttor hat errichten lassen? Sie war recht hübsch, das gebe ich zu.«

»Recht hübsch!«, platzte Retus heraus. »Du hast sie angehimmelt und ihr vorgeschwärmt, dass sie schöner sei als Venus, Minerva und Juno zusammen.«

»Ich war damals siebzehn und zugegebenermaßen ein frühreifes Bürschchen. Wenn ich jetzt an Faustina zurückdenke, kommt sie mir im Nachhinein doch recht gewöhnlich vor.«

Retus schüttelte den Kopf. Damals war er ein Knecht auf dem Hof von Crispinus' Vater gewesen. Obwohl dieser das Oberhaupt eines Teilstamms der Laianken gewesen war, hätte Vinicius, römischer Bürger und damaliger Bürgermeister der Stadt Aguntum, Crispinus niemals als Schwiegersohn in Betracht gezogen. Zudem hatte es mit Lucius einen Bewerber für Faustina gegeben, der nicht nur ein halbes Dutzend Jahre älter als Crispinus gewesen war, sondern auch römischer Bürger und reich genug, um dem Ritterstand anzugehören.

Als er Crispinus daran erinnerte, lachte dieser übermütig. »Das mag alles so gewesen sein! Aber es ist schon so lange her. Faustina dürfte Lucius geheiratet haben. Mag sie mit ihm glücklich geworden sein. Sie hätte sowieso nicht zu mir gepasst und ich nicht zu ihr.«

»Wenn du meinst! Dabei dachte ich, du willst nach Aguntum zurück, um Faustina wiederzusehen«, sagte Retus seufzend.

Crispinus lachte wiederum dröhnend auf. »Die Frau dürfte mittlerweile eine stattliche Matrone geworden sein. Außerdem hat eine Heirat nichts mit schwärmerischer Verliebtheit zu tun. Man sucht sich die Frau aus, von der man annimmt, dass sie die Bedingungen, die man an sie stellt, am besten erfüllt.«

Retus verdrehte die Augen. »Und das sagt ausgerechnet der Mann, der damals so verliebt in Faustina war, dass er geschworen hat, selbst mit den Göttern kämpfen zu wollen, um sie zu erringen.«

»Mit Göttern habe ich mich damals nicht geprügelt, dafür aber mit einem halben Dutzend von Vinicius' Knechten. Beim Grannus, habe ich damals Hiebe kassiert! Mein Vater war stocksauer, weil ich drei Wochen lang nicht arbeiten konnte. Deswegen hat er mich einem Offizier mitgegeben, der zur Grenze im Norden unterwegs war.« Die Erinnerung daran wurde durch die Zeit gemildert, die seitdem vergangen war, und so schwang ein gewisser Spott über sich selbst in Crispinus' Stimme.

»Dein Vater hatte befürchtet, mit Vinicius in Streit zu geraten. Immerhin war dieser der Bürgermeister und hatte in der Gegend das Sagen. Und dann war da auch noch Lucius. Der hätte einem jungen Burschen, der hinter seiner Braut herhechelt, ziemlich übel mitspielen können.«

»Bei Jupiter, was war ich damals für ein Narr!« Crispinus sah sich um. »Hannus! Wo steckt dieser verdammte Kerl? Er bleibt schon wieder hinter uns zurück. Wenn er mit den Lasttieren nicht zurechtkommt, solltest du eines davon übernehmen.«

»In den Bergen wäre es ohnehin besser! Hannus schafft es sonst noch, mitsamt allen Maultieren in die Tiefe zu stürzen, und dann wäre unser schönes Gepäck irgendwo zwischen den Felsen verschwunden!« Mit diesen Worten drehte Retus sich um und brüllte den Sklaven an, dass dieser aufschließen solle. »Von nun an übernehme ich eines der Mulis! Mit dem zweiten wirst du wohl zurechtkommen. Wenn nicht, muss Crispinus dich verkaufen, weil er dich nicht brauchen kann«, sagte er barsch, als der Sklave sie eingeholt hatte.

»Wer übernimmt dann das andere Maultier? Der Herr wird es kaum tun, und du wirst mit zweien ebenso wenig fertig wie ich«, antwortete Hannus. Er war noch nicht lange in Crispinus' Diensten, wusste aber, dass dieser ein offenes Wort nicht gleich mit Schlägen bestrafte.

Auch Retus bellte mehr, als er biss. Er beließ es bei einem strengen Blick und nahm die Zügel eines Maultiers entgegen. »Und jetzt hältst du dich ran, mein Guter! Es geht bald steil bergan. Wenn du zurückbleibst, verlierst du uns noch aus den Augen und verirrst dich in den Bergen«, sagte Retus mit einem bissigen Grinsen, das als Mahnung gedacht war, und ritt hinter Crispinus her.

Hannus warf einen Blick auf die Berge, die das Tal einengten, und schauderte bei dem Gedanken, hier den Anschluss an seinen Herrn und Retus zu verlieren. Wenn er den falschen Weg nahm, würde man ihn vielleicht noch als Dieb ansehen und bestrafen.

»Komm jetzt, du verdammtes Muli!«, schimpfte er mit dem Tragtier und stieß dann dem Maultier, auf dem er ritt, die Fersen in die Weichen, denn er war bereits mehrere Dutzend Pferdelängen hinter den anderen zurückgeblieben.

7.

Auf ihrem weiteren Weg rückten die Berge so eng zusammen, als wollten sie den drei Reitern den Weg verlegen.

»Da kommen wir niemals weiter!«, rief Hannus, der noch nie im Gebirge gewesen war.

»Wir müssen den Pass überwinden! Du hast hoffentlich Crispinus' Mantel, den meinen und einen Überwurf für dich so gepackt, dass wir rasch drankommen. Oben kann es verdammt kalt werden«, erklärte Retus.

»Vor allem, wenn man aus der Sonne des Südens kommt. Weiter drinnen im Gebirge wirst du Berge sehen, auf deren Spitzen selbst im Sommer noch Schnee liegt«, setzte Crispinus hinzu.

Mehr als zwanzig Jahre war er von hier fort gewesen und hatte statt zu Belenus, Epona und Bussamarius zu Jupiter, Juno und Mars gebetet. Nun kam die Erinnerung an die Zeit seiner Jugend mit Macht zurück. Crispinus erinnerte sich auch wieder daran, wie verzweifelt er damals Faustina geliebt hatte, und schüttelte über sich selbst den Kopf. »Was bin ich nur für ein Narr gewesen!«

Zum ersten Mal fragte er sich, wie ihn die Menschen aus Aguntum empfangen würden. Erinnerten sie sich noch an den schmalen, hoch aufgeschossenen Jüngling, der sich so manchen Streich geleistet hatte, oder würden sie in ihm den Vertreter des Imperators sehen, dessen Aufgabe es war, die Handelsstraßen zu überwachen und dafür zu sorgen, dass sie passierbar blieben?

Ab und an kamen ihnen Reisende entgegen, die nach Süden unterwegs waren. Noch war die Straße breit genug, so dass sie sich ohne Probleme aneinander vorbeibewegen konnten. Schon bald aber blickte Retus besorgt nach vorne.

»Wollen wir hoffen, dass kein langsamer Wagenzug vor uns fährt. Sonst werden wir morgen niemals Aguntum erreichen«, sagte er zu Crispinus.

»Wir werden schon eine Stelle finden, an der wir überholen können. Schließlich reiten wir und haben keinen Wagen bei uns.«

»Wenn du nicht das meiste von deinem Besitz verschenkt oder verkauft hättest, müssten wir einen Wagen mitführen – und keinen allzu kleinen.«

»So viel habe ich auch wieder nicht besessen! Ein weiteres Lasttier hätte genügt«, sagte Crispinus und kniff die Augen zusammen. »Wir haben den Pass bald erreicht, und es sieht so aus, als hätten wir wirklich ein paar Wagen vor uns.«

Retus blickte nach oben und schüttelte den Kopf. »Bei dem vordersten Wagen haben diese Narren nur zwei Pferde vorgespannt. So hirnrissig muss erst einer sein!«

»Oder so geizig!«, spottete Crispinus und winkte ab. »An dem kommen wir vorbei.«

»Die quälen sich wie Schnecken hinauf! Außerdem laufen dort etliche Leute hinterher.« Retus konnte sich kaum beruhigen und wies dann auf ein um einiges schneller fahrendes Gespann, das ein Stück hinter dem anderen Wagen um eine Kurve bog. Es handelte sich um einen leichten Wagen, wie er ähnlich bei Wagenrennen benutzt wurde. Für lange Reisen war er unbequem, da man darauf stehen musste. »Der wird bald seine Freude haben, wenn er aufgeschlossen hat und dann hinterherzuckeln muss!«

»Er muss bis zur nächsten Ausweichstelle warten, dann kann er überholen«, antwortete Crispinus und ritt weiter.

Nach einer Weile sahen sie einen dritten Wagen vor sich. Dieser war kleiner als der, der auf der Strecke über ihnen fuhr, hatte aber sechs Maultiere vorgespannt. Da er rasch vorwärtskam, dauerte es eine Weile, bis sie zu ihm aufgeschlossen hatten.

Zwei Männer saßen auf dem Bock. Der Kutscher hielt die Zügel in der Hand, während der andere seinen Mantel um sich geschlungen hatte, da es von oben her recht kalt wehte. Ein dritter Mann saß auf dem vorderen linken Maultier. Die Schirrung der vier vorderen Maultiere unterschied sich von den beiden direkt am Wagen, es handelte sich um Vorspanntiere, die hier gehalten wurden, damit Wagen und Karren mit ihnen den steilen Weg bewältigen konnten. Da sich der Besitzer des Wagens gleich vier davon leistete, musste er es eilig haben, womöglich, weil er eine leicht verderbliche Ware mit sich führte.

Als Crispinus den Wagen passierte, sah er durch eine Öffnung an der Tür mit Stroh abgepolsterte Amphoren, die oben mit gewachstem Leder verschlossen waren, und zwei kleine Fässer.

»Salve!«, grüßte er den Wagenbesitzer. »Was habt ihr dabei und wo bringt ihr es hin? Nach Teurnia oder nach Virunum?«

»Weder noch! Wir führen köstliche Austern für den hochgeehrten Herrn Duumvir iure dicundo Lucius Antonius Melius mit uns sowie eine Muräne und mehrere andere Fische, die er in Aquileia bestellt hat. Den Rest, den ich bei mir habe, will ich auf dem Markt in Aguntum verkaufen.«

»Hab Dank!«, sagte Crispinus und ritt weiter.

Lucius, der damals um das von ihm geliebte Mädchen geworben hatte, befand sich also immer noch in Aguntum und hatte zudem den Posten eines der beiden Bürgermeister inne. Nun fragte Crispinus sich, ob diese Tatsache ihn bei seiner Tätigkeit als Hauptmann der Benefiziarier behindern konnte. Er zuckte mit den Schultern. Auch wenn Lucius das Oberhaupt der zivilen Verwaltung war, so kam er im Auftrag des Imperators und war, wenn es hart auf hart ging, dem Bürgermeister gegenüber weisungsberechtigt. Lucius mochte die Frau geheiratet haben, die ihm einmal viel bedeutet hatte. Aber nach mehr als zwanzig Jahren war diese Sache für ihn erledigt. Er würde sich, wenn er sich in Aguntum eingewöhnt hatte, eine Frau suchen, die seinen Ansprüchen genügte. Das hieß, sie musste von mindestens durchschnittlichem Aussehen sein, ein verträgliches Gemüt haben und sollte nicht mehr als fünfundzwanzig bis dreißig Jahre zählen. So verrückt, sich unsterblich in ein schönes Gesicht zu verlieben, mochte er mit siebzehn gewesen sein. Jetzt, mit neununddreißig, war er es gewiss nicht mehr.

»Schau nach oben, du Narr! Sonst lenkst du dein Maultier wirklich noch in den Abgrund«, rief Retus plötzlich.

Als Crispinus sich umdrehte, sah er, dass sein Sklave ängstlich in die Tiefe starrte, die hier bereits unendlich schien.

»Du hast Retus gehört! Also gehorche!«, befahl er Hannus.

Dieser nickte ängstlich und lenkte das Muli näher an die Felswand heran, die den Passweg auf der anderen Seite begrenzte. »Wie kann man nur eine solche Straße bauen«, fragte er verständnislos.

»Da die Götter uns Menschen nicht die Kunst des Fliegens verliehen haben, bleibt uns nichts anderes übrig, als die Berge auf diese Weise zu überwinden. Sei froh, dass deine beiden Maultiere wissen, wo sie die Hufe hinsetzen müssen. Daher reitest du hier ebenso sicher wie auf der Via Appia!«, erklärte Retus, um den Sklaven zu beruhigen.

»Wenn es dir im Sattel zu unsicher ist, dann steig ab und führe die Mulis. Wir werden es auch bald tun, um unsere Pferde nicht zu sehr zu erschöpfen.«

»Ein guter Rat, Hauptmann!«, sagte Retus. »Auf die Weise verliert Hannus vielleicht seine Angst vor der Straße. Es wäre doch schade, wenn er abstürzen würde und du dir einen neuen Sklaven kaufen müsstest.«

»Du sollst Hannus nicht verspotten! Anders als wir ist er nicht in den Bergen aufgewachsen und muss sich erst an ihre Herausforderungen gewöhnen. Aber ich sehe, wir schließen zu dem leichten Reisewagen auf. An dieser Stelle würde ich ungern überholen. Steigen wir ab und führen unsere Pferde ein Stück. Sie werden uns dafür dankbar sein«, sagte Crispinus und stieg aus dem Sattel.

Retus folgte seinem Beispiel, während Hannus noch einen Blick in den Abgrund warf und dann ganz vorsichtig auf der anderen Seite von seinem Maultier rutschte.

Unterdessen betrachtete Crispinus den vor ihnen fahrenden Wagen. Wie er vermutet hatte, handelte es sich um ein leichtes Gefährt, das von zwei rassigen, pechschwarzen Pferden gezogen wurde. Bei dem langgezogenen, steilen Anstieg taten diese sich jedoch schwer.

Der Fahrer des Wagens mochte Mitte zwanzig sein, hatte dunkelblonde Haare und trug eine weiße Tunika und einen grünen Mantel. Ein Ende des Tuchs hatte er sich um den linken Unterarm geschlungen, damit es im Wind nicht so flatterte. In der einen Hand hielt er die Zügel des Gespanns, während er in der anderen eine Peitsche führte. Außer ihm befand sich noch eine Kiste auf dem Wagen, die wohl sein Gepäck enthielt.

Auf ebenem oder leicht ansteigendem Gelände hätten die beiden Rappen den Wagen im schnellen Trab vorwärtsbringen können. Auf diesem Anstieg aber schwitzten sie so, dass der Schaum von ihren Mäulern stob. Trotzdem dachte ihr Besitzer nicht daran abzusteigen, um es ihnen leichter zu machen.

Crispinus schüttelte den Kopf über so viel Unvernunft und stufte den Fahrer als einen römischen Jüngling aus besserem Haus ein, der nicht die geringste Erfahrung besaß, wie man mit einem Wagen im Gebirge umzugehen hatte.

»Wenn er so weitermacht, sind die Pferde am Ende, kaum dass sie die Passhöhe erreicht haben, und werden den nächsten Anstieg nicht mehr schaffen«, meinte Retus mit verkniffener Miene.

Crispinus zuckte mit den Achseln. »Dies ist nicht unsere Angelegenheit! Jeder soll sich so gut blamieren, wie er kann! Doch ich glaube, wir können gleich überholen.«

Er hatte es kaum gesagt, da ging es um eine Kurve, und sie trafen auf den Karren, den sie bereits von weiter unten gesehen hatten. Obwohl der Kutscher die Peitsche einsetzte, um die beiden Pferde anzutreiben, kam er kaum schneller voran als eine Schnecke. Dieser und ein Mann, der seiner Kleidung nach der Besitzer des Wagens war, saßen auf dem Bock, während vier in schlichte Tuniken gekleidete Männer mit ihren Peitschen ein gutes Dutzend mit Ketten aneinandergefesselte Sklaven vorwärtstrieben.

»Aus dem Weg!«, rief der junge blonde Römer fordernd.

»Du wirst warten können, bis wir an eine Ausweichstelle kommen!«, antwortete der Lenker des Karrens, stieg jedoch ab. Auch der mutmaßliche Besitzer tat es, riss dann die Tür seines Gefährts auf und befahl den Personen darin, herauszukommen.

Selbst der junge Römer riss die Augen auf, als mehrere Mädchen und junge Frauen zwischen zwölf und vielleicht achtzehn Jahren den Wagen verließen. Zwei Knaben von ausgesuchter Schönheit folgten ihnen.

»Das sind offenbar Sklavinnen und Lustsklaven«, sagte Retus. »Ich hätte sie längst schon aus dem Wagen geholt, um die Pferde zu schonen.«

»Vor allem hätte ich mir ein paar Vorspannpferde gemietet.« Crispinus klang spöttisch. Da führte dieser Mann Sklavinnen mit sich, von denen jede mehr als tausend Sesterzen wert war, und sparte sich die paar Münzen, die ihn der Vorspann gekostet hätte.

»Lange werden sie uns nicht aufhalten! Weiter vorne ist der Weg breit genug, damit wir beide Wagen überholen können. Unser römischer Jüngling hingegen wird hinter ihnen bleiben müssen. Seine Pferde werden es ihm danken«, meinte Retus lachend.

»Lange wird er nicht dahinter bleiben müssen, denn bis zum nächsten Ausweichplatz dürfte es nicht mehr weit sein«, antwortete Crispinus, überholte den jungen Römer und machte Anstalten, sein Pferd auch an dem Wagen des Sklavenhändlers vorbeizuführen.

In diesem Moment klopfte dieser wütend gegen die Seitenwand seines Wagens. »Der Befehl zum Herauskommen gilt auch dir! Entweder du gehorchst jetzt, oder meine Männer holen dich heraus«, rief er zornig.

Als kurz darauf eine weitere Sklavin ausstieg, kniff Crispinus überrascht die Augen zusammen. Es war eine exotische Schönheit, achtzehn bis zwanzig Jahre alt, mit pechschwarzem Haar, dunklen Augen sowie einer Figur und einem Gesicht, derer Venus sich nicht hätte schämen müssen.

»Ich glaube, ich träume!«, rief Crispinus verblüfft.

»Wenn du vom Pferd fällst und dir beim Sturz in die Tiefe das Genick brichst, merkst du, dass du nicht träumst«, antwortete Retus knurrend.

»Ihr müsst schieben helfen!«, befahl der Sklavenhändler und nahm eine kurze Peitsche vom Wagen. Seine Aufseher, die Knaben und die meisten Mädchen gehorchten sofort. Die Fremde hingegen zuckte mit den Achseln. »Warum soll ich mithelfen, rascher zum Sklavenmarkt zu gelangen? Da ist ein anderes Schicksal besser.« Dabei trat sie scheinbar zufällig näher an den Abgrund heran.

Crispinus begriff als Erster, was sie vorhatte. Im letzten Augenblick war er bei ihr, packte sie und hinderte sie daran, in die Tiefe zu springen. Sie wehrte sich verzweifelt, und für Augenblicke gerieten beide in Gefahr, abzustürzen. Da war Retus heran, packte seinen Herrn und zog ihn samt der Sklavin auf die sichere Straße zurück.

»Ich danke dir, Herr! Du hast mich vor einem großen Schaden bewahrt. Das Mädchen ist eine persische Prinzessin und noch Jungfrau. In Rom hätte ich fünftausend Sesterzen für sie bekommen können«, rief der Sklavenhändler erleichtert.

»Und warum hast du sie dort nicht verkauft, sondern schleppst sie mit ins Gebirge?«, fragte Crispinus, der die Frau noch immer festhielt, um zu verhindern, dass sie doch noch den Tod in der Tiefe suchen konnte.

»Weil ich hoffe, sie in den Provinzen teurer verkaufen zu können«, antwortete der Sklavenhändler. »Weißt du, in Rom werden Mädchen aus aller Herren Länder angeboten. Dort wäre sie nur ein Edelstein unter vielen gewesen. Dort aber, wo ich sie hinbringe, wird sie alle Mädchen, die sonst angeboten werden, weit überstrahlen!«

»Wenn du meinst!« Crispinus ließ die Sklavin los, stellte sich aber so, dass er sie aufhalten konnte, wenn sie es erneut versuchen sollte. Sie weinte nun und ließ den Kopf hängen. »Warum hast du das getan? Es geht dich doch nichts an, was mit mir geschieht«, fragte sie traurig.

»Ich habe vielleicht zu viele Menschen sterben gesehen, um zulassen zu können, dass einer sich selbst umbringt«, sagte Crispinus zu ihr und wandte sich dann an den Sklavenhändler. »Dir gebe ich den Rat, besser auf sie achtzugeben, wenn du nicht willst, dass dir durch ihren Tod doch noch ein Schaden entsteht!«

Der Sklavenhändler nickte verbissen. Dann holte er umständlich einen Strick, fesselte der Perserin die Hände und befestigte das andere Ende am Wagen. »Entweder schiebst du jetzt mit, oder du wirst hinterhergeschleift!«, fuhr er sie an.

»Wobei Letzteres ihren Wert kaum steigern würde«, warf Crispinus trocken ein, stieg auf sein Pferd und ritt an dem Wagen vorbei, da sie bei der Ausweichstelle angekommen waren.

Ein mit einer roten Tunika gekleideter Wächter stand auf seinen Speer gelehnt und lauschte nach oben. Eben erklangen von dort drei Hornstöße. Er antwortete mit zwei Signalen und wandte sich den Reisenden zu. »Ihr müsst hier warten, bis der Wagenzug aus der anderen Richtung passiert hat. Nur der Herr zu Pferd und seine Leute können passieren. Der Weg ist so breit, dass ein Reiter an einem Wagen vorbeikommen kann.«

»Hab Dank!«, antwortete Crispinus und ritt weiter. Retus und Hannus folgten ihm mit den beiden Tragtieren.

Da scholl hinter ihnen Lärm auf. Der junge Römer forderte, ebenfalls weiterfahren zu können, erhielt aber die Antwort, dass er gefälligst warten solle.

Als eine Peitsche erklang und der Straßenwärter zornig fluchte, blickte Crispinus sich um und sah, wie der leichte Wagen ihnen folgte.

»An seiner Stelle hätte ich den Pferden die Pause gegönnt, die ihnen durch die Wartezeit geboten wurde«, meinte Retus kopfschüttelnd.

»Der Sklavenhändler macht es jedenfalls«, antwortete Crispinus und dachte unwillkürlich an die junge Perserin. Mit einem Mal lachte er über sich selbst. »Ich bin keine siebzehn mehr und werde mich gewiss nicht von einer schönen Larve mit glutvollen Augen einfangen lassen.«

Er ritt weiter und sah nach einer Weile die entgegenkommenden Wagen. Es waren drei und offensichtlich so schwer beladen, dass sie auf der für sie stark abschüssigen Straße nur mühsam gebremst, aber nicht angehalten werden konnten.

Als Crispinus sich umdrehte, entdeckte er den jungen Römer gut hundert Schritte hinter sich. An der Stelle war die Straße gerade einmal breit genug, um ein Pferd an einem Wagen vorbeiführen zu können. Für ein Wagengespann war das unmöglich.

»Dieser verfluchte Narr!«, fuhr Crispinus auf. »Die schweren Wagen können auf dieser Strecke nicht zum Stillstand kommen. Sie werden gegen sein Gefährt stoßen, und dann haben wir das Unglück!«

»Um den Römer wäre es nicht schade, doch wenn es so kommt, wird mindestens einer der schweren Karren mit in die Tiefe stürzen«, rief Retus erschrocken.

Bei dem Wagenzug war man auf den Römer aufmerksam geworden. »Der verfluchte Hund! Der muss doch das Signal gehört haben, welches anzeigt, dass wir kommen«, rief dessen Führer und winkte mehreren Männern, mit ihm zu kommen.

»Los, wir spannen dem Kerl die Gäule aus und werfen den Wagen in die Tiefe!«

»Wenn ihr das tut, könntet ihr Reisende treffen, die weiter unten hinter euch herziehen. Wenn denen etwas zustößt, wird man euch die Schuld geben. Das muss anders gelöst werden«, erklärte Crispinus scharf.

Der Mann wollte auffahren, sah dann aber Crispinus' Rüstung und seine militärische Erscheinung und senkte die Stimme. »Der Wagen muss weg! Wir können nicht anhalten!«

»Wir spannen die Pferde aus und schieben das Gefährt so weit den Hang hoch, wie es geht«, erklärte Crispinus und stieg vom Pferd.

Er lief mit drei Knechten des Wagenzugs zu dem römischen Gefährt. Dessen Lenker hatte angesichts der ihm entgegenkommenden Karren angehalten und starrte diesen entsetzt entgegen.

»Runter vom Wagen!«, herrschte Crispinus ihn an.

»Was fällt dir ein? Ich bin Romilius Antonius, Sohn des Senators …«

Zu mehr kam der junge Römer nicht, denn Crispinus packte ihn kurzerhand und zog ihn vom Wagen.

»Den Kasten abladen und zur Seite stellen! Danach schirrt ihr die Pferde aus«, wies Crispinus seine Helfer an.

Bis dies geschah, war der Wagenzug bereits bedenklich nahe. Mit vereinten Kräften gelang es ihnen, den leichten Wagen rasch genug den Hang hochzuschieben, so dass die schweren Karren passieren konnten.

Als das geschehen war, atmete Crispinus erleichtert auf. »Du kannst froh sein, dass der Hang hier nicht ganz so steil ist wie weiter hinten oder weiter vorne, wo die Straße ganz aus dem Felsen herausgeschlagen wurde. Wir hätten deinen Wagen sonst in die Tiefe stürzen müssen«, sagte er zu dem jungen Römer und wandte sich ab, um zu seinem Pferd zurückzukehren.

»He, was soll das?«, rief ihm Romilius nach. »Spanne gefälligst meine Pferde wieder ein.«

Crispinus drehte sich mit einer verächtlichen Geste zu ihm um. »Ich bin nicht dein Pferdeknecht! Außerdem bist du selbst schuld, denn du hättest warten müssen. Wäre ich hier der Hauptmann der Benefiziarier, ließe ich dich eine saftige Strafe zahlen!«

Danach ging er weiter, stieg wieder auf seinen Hengst und ritt der Heimat entgegen. Retus folgte ihm und schüttelte ein ums andere Mal den Kopf. »Was für ein Narr! Wenn der sich immer so aufführt, wird er irgendwann einmal in eine kräftige Männerfaust laufen. Wir sind hier nicht in Rom, bei uns in den Bergen herrschen rustikalere Sitten.«

»Da hast du recht, mein Guter! Und nun sollten wir schneller werden, damit wir die Passhöhe und wenig später die Taverne erreichen. Trink dort aber nicht zu viel Wein. Auch wenn die Strecke jenseits des Passes nicht mehr so steil ist wie hier, ist sie trotzdem gefährlich.«

»Als wenn ich jemals so viel getrunken hätte!«, antwortete Retus scheinbar gekränkt und musste lachen. »Solange wir unterwegs sind, sollten wir uns wirklich ein wenig bremsen. Aber wenn wir in Aguntum sind, kann ich es wohl so richtig laufen lassen. Was meinst du? Ob Sabina noch immer in der Taverne bedient?«

Crispinus lachte ebenfalls. »Magrinius wollte sie heiraten. Also wird sie noch dort sein.«

»Es würde mich freuen! Sie war immer fröhlich und hatte für jeden ein freundliches Wort.« Retus spürte, wie nun auch ihn die Sehnsucht nach jenen Fluren erfasste, die er damals verlassen hatte, um den Sohn seines Herrn in die Ferne zu begleiten.

8.

Auch in Tullius' Haus wurde darüber gesprochen, was mit Buccio, Amma und Cincia geschehen war. Tullius genoss wie Lucius das römische Bürgerrecht, war neben dem Bürgermeister das reichste Mitglied des Stadtrats und der Anführer der Männer, die sich gegen Lucius' Machtanspruch stellten.

An diesem Abend schob er das Essen nach den ersten Bissen beiseite und richtete sich auf.

»Hast du heute keinen Appetit?«, fragte seine Frau, die sonst eher Mühe hatte, ihn davon abzuhalten, zu viel zu essen.

Tullius hob die Hände zu einer bedauernden Geste. »Ich habe mit Lucius geredet und mit den beiden Ädilen. Sie haben jeden Punkt, den ich vorgebracht habe, mit dem Hinweis abgeschmettert, das Gesetz wolle es so.«

»Was will das Gesetz?«, fragte sein Sohn Iunius. Er war erst sechs und interessierte sich eigentlich noch nicht für Politik.

»Es geht um Amma und ihre Tochter. Ich wollte Lucius und die Ädilen davon überzeugen, dass es ungerecht sei, sie zu verhaften und zu Sklavinnen zu machen. Immerhin hat Buccio diesen elenden Schurken Florus nicht umgebracht. Aber ich habe auf Granit gebissen.«

»Ich finde es wirklich ungerecht!«, sagte seine Frau.

»Das ist es fürwahr, Aurelia!«, antwortete Tullius. »Wäre Buccio einer von Lucius' Speichelleckern, würde dieser mit Gewissheit Milde walten lassen. So aber will er Buccios Hof an sich bringen und ebenso Amma und Cincia, weil die beiden den besten Käse im ganzen Tal herstellen.«

»Es heißt, die alte Materiona will Geld sammeln, um Amma und Cincia freizukaufen«, berichtete seine Tochter.

Tullius winkte mit beiden Händen ab. »Materiona wird niemals genug Geld zusammenbringen. Es will sich doch keiner Lucius' Unmut zuziehen!«

»Ich habe ihr vierzig Sesterzen gegeben. Mehr hatte ich von meinem Taschengeld nicht gespart«, gab Gratiana zu.

»Das war nobel von dir gedacht, wird aber nicht helfen, Lucius ausstechen zu können!«, erwiderte Tullius.

Er nickte seiner Tochter zu und musterte sie. Gratiana war neunzehn Jahre alt, dunkelhaarig und recht hübsch. Es war an der Zeit, einen Ehemann für sie zu finden. Es musste aber jemand sein, der ihm Vorteile in dem zwar niemals offiziell erklärten, aber trotzdem stattfindenden Krieg gegen Lucius brachte.

Tullius fand, dass er zu lange gewartet hatte, um dem Bürgermeister ernsthaften Widerstand zu leisten. Dieser hatte die Beamtenstellen der Stadt zumeist mit seinen eigenen Kreaturen besetzt und sich damit die Macht gesichert. Noch vor drei oder vier Jahren wäre es leichter gewesen, Lucius einen Riegel vorzuschieben. Er hatte es nicht getan und musste nun mit den Folgen leben.

»Das heißt aber nicht, dass ich alles so hinnehmen muss, was er entscheidet!« Seine Worte klangen hart und erschreckten seine Familie.

»Was hast du, Mann?«, fragte seine Frau.

»Nur ein Gedanke, liebste Aurelia. Nur ein Gedanke! Doch ich muss dich loben! Du hast der Köchin befohlen, die richtigen Speisen zuzubereiten. Es hat selten so gut geschmeckt.«

Da er bis jetzt kaum etwas gegessen hatte, begriff Aurelia, dass ihr Mann sie von einem Thema ablenken wollte, das ihn beschäftigte. Immerhin war an diesem Abend Gratianas Leibgericht auf den Tisch gekommen, nämlich gebratenes Zicklein mit einer süßen Soße. Ihr Mann hingegen mochte es nicht besonders.

»Es hat dir wirklich heute geschmeckt, Vater?«, fragte Gratiana erfreut. »Dann können wir es öfter zubereiten lassen!«

Jetzt erst begriff Tullius, dass es um ihr Lieblingsgericht ging, und hob mit einem Lächeln die Hand. »Wir sollten es so belassen wie bisher! Kommt das Zicklein in Honig zu oft auf den Tisch, mag es sein, dass ich es irgendwann gar nicht mehr mag.« Er aß noch einen Bissen, schob dann seinen Teller zurück und hob seinen Weinbecher. »Auf den göttlichen Imperator! Möge Antonius Pius noch lange und in Frieden herrschen!«

»Auf den Imperator!«, erwiderte Iunius als Sohn und Erbe den Trinkspruch seines Vaters und trank einen Schluck des mit sehr viel Wasser vermischten Weines, der ihm vorgesetzt worden war. Dann sah er seinen Vater fragend an. »Ich habe mir auch ein paar Sesterzen gespart. Vielleicht sollte ich sie ebenfalls Materiona geben, damit sie diese Bäuerin und ihre Tochter freikaufen kann. Das sind doch die, die den guten Käse machen, den du so gerne isst!«

Tullius saß für einen Augenblick da und starrte seinen Sohn an. »Iunius, du hast eben etwas gesagt, woran ich hätte denken sollen. Ich habe gehört, Lucius will auf seinem Landgut eine große Käserei einrichten. Dafür braucht er jemanden, der diese Arbeit kennt, und da gibt es keine Bessere als Amma! Das ist wahrscheinlich auch der Grund, warum er sie und ihre Tochter zu Sklavinnen machen lässt.«

Noch während er es sagte, beschloss Tullius, Lucius zum ersten Mal offen herauszufordern.

9.

Etwa um dieselbe Zeit empfing Lucius in seiner Villa den Viehhändler Florus. Dieser hatte sich erholt, aber seine Stimme war nach der Würgeattacke durch Buccio nicht mehr dieselbe wie vorher, sondern klang pfeifend und gequetscht.

Nun sah er seinen Patron mit einem breiten Grinsen an. »Du kannst mit mir zufrieden sein, Herr! Ich habe diesen dummen Bauern wunderbar an der Nase herumgeführt. Jetzt kannst du seinen Hof und sein Weib billig erwerben.«

Lucius bedachte seinen Anhänger mit einem zornigen Blick. »Du hast zu viel Aufmerksamkeit erregt, Florus! Daher stehe ich in den Augen etlicher als Ungeheuer da, das der armen Amma und deren Tochter die Freiheit raubt.«

Der Tadel ärgerte Florus. »Dieser verdammte Buccio hätte mich beinahe umgebracht! Ich bin froh, dass ich das Ganze wenigstens so zu Ende bringen konnte.«

»Zu Ende hast du überhaupt nichts gebracht! Das musste ich selbst tun«, antwortete Lucius eisig. »Das Ganze bringt mir nicht nur höhere Kosten, sondern schadet auch meinem Ansehen!«

»In ein paar Monaten ist das längst vergessen«, sagte der Viehhändler, um Lucius zu beruhigen.

»Trotzdem ist es ein ungünstiger Zeitpunkt! Der Imperator wird bald einen neuen Hauptmann der Benefiziarier für unseren Bezirk als Nachfolger des verstorbenen Gaius Ovidius ernennen. Das ist der einzige Mann in Aguntum, dem ich weder etwas befehlen kann, noch bin ich befugt, ihn zu entlassen. Wenn er Schlechtes über mich erfährt, kann es mir schaden.«

Florus musterte seinen Patron, der mit seiner Größe und seinen breiten Schultern nicht so aussah, als müsse er sich vor irgendjemandem fürchten. Lucius' Gesicht wirkte wie aus Stein gemeißelt, die dunkelblonden Locken saßen so, wie es nur ein ausgezeichneter Leibdiener zustande brachte, und die Ringe an den Fingern der kräftigen Hände deuteten ebenso auf seinen Reichtum hin wie seine schneeweiße Tunika und die ebenfalls weiße, rot gesäumte Toga.

Bei dem Anblick packte Florus der Neid. Lucius war reich und mächtig und würde auch diese Angelegenheit ohne Schaden überstehen. Er hingegen, der die ganze Arbeit geleistet hatte und dabei sogar in Lebensgefahr geraten war, wurde gescholten wie ein Koch, der ein Brathähnchen hatte anbrennen lassen. Dabei hatte er eine saftige Belohnung erwartet.

»Dein Sohn Linus hat mir versprochen, dass ich Amma und ihre Tochter bekomme und mit ihnen machen kann, was ich will«, sagte er, um Lucius an diese Abmachung zu erinnern.

Sein Patron sah ihn höhnisch an. »Linus sollte achtgeben, was er verspricht. Gerade das liegt nämlich nicht in seiner Macht! Ich brauche diese verdammte Bäuerin für meine Meierei. Sie soll Käse für mich herstellen, so köstlich, dass ihn selbst der Imperator mit Gold aufwiegt. Als Sklavin wird sie es nicht gerade freudig tun. Doch solange sie und ihre Tochter sicher sind – und zwar sowohl vor dir wie auch vor meinem missratenen Sohn –, wird sie gehorchen. Solltet ihr sie und Cincia jedoch schänden, wird sie in den Käse pissen, um mir zu schaden!«

Obwohl Lucius offenkundig recht hatte, ärgerte Florus sich sehr. Da Buccio ihn fast erwürgt hatte, wäre es eine willkommene Rache gewesen, dessen Frau und Tochter vergewaltigen zu können.

»Es war ein Versprechen deines Sohnes!«, beschwerte er sich.

»Linus kann dir, wenn er will, unsere Haussklavinnen versprechen, denn die hat er bereits alle ausprobiert. Von Amma und deren Tochter lasst ihr die Finger! Hast du mich verstanden?«

Lucius klang so streng, dass Florus den Ausruf, der ihm auf der Zunge lag, wieder hinunterwürgte und nickte. »Ich habe verstanden, Lucius!«

»Nenne mich Herr Lucius! Ich bin nicht dein Busenfreund. Übrigens habe ich bald einen neuen Auftrag für dich, den du hoffentlich besser erfüllen wirst.«

»Und was soll ich tun?«, fragte Florus, der versuchte, sich seine Wut nicht anmerken zu lassen.

»Sorge dafür, dass sich Buccios Nachbar Belicus mir anschließen muss und ich aus den beiden Höfen den Kern eines weiteren Landguts bilden kann. Das gilt auch für weitere Nachbarn. Du erhältst fünfhundert Sesterzen für jeden Hof, der an mich fällt!«

»Auch für den von Buccio?«, fragte Florus gierig.

Lucius zögerte einen Augenblick. »Für den bekommst du die Hälfte, weil es nicht so gelaufen ist, wie ich es wollte. Gib dir bei den anderen Bauern mehr Mühe. Und sei vorsichtig! Sonst erwürgt dich doch noch einer.«

Florus ärgerte sich über den Spott seines Patrons, war aber trotzdem zufrieden. Immerhin erhielt er doch etwas Geld, und was Cincia und Amma betraf, war das letzte Wort noch nicht gesprochen.

»Wann erhalte ich das Geld für Buccios Hof?«, fragte er.

»Wende dich morgen an meinen Kassenwart. Nun aber wünsche ich dir einen guten Abend!« Lucius winkte Florus kurz zu und sah ihm nach, bis dieser den Raum verließ. Dann wollte er sich in den rückwärtigen Teil der Villa zurückziehen, doch da kam sein Haushofmeister herein und verbeugte sich vor ihm.

»Verzeih, Herr, doch der Bordellbesitzer Drusus bittet, von dir empfangen zu werden.«

»Um diese Zeit?«, antwortete Lucius ungehalten. »Sag ihm, er soll morgen zur normalen Empfangszeit wiederkommen!«

»Er behauptet, es wäre sehr wichtig!«, gab der Haushofmeister zu bedenken.

»Dann führe ihn herein! Sage ihm aber, er solle sich kurzfassen.«

Trotz seiner harschen Worte war Lucius gespannt auf das, was der Bordellbesitzer von ihm wollte. Dieser zählte zu den reichsten

Männern der Stadt, und nur sein Status als Hurenwirt verhinderte, dass er das römische Bürgerrecht erhalten konnte.

Wenig später kam Drusus herein und grüßte höflich.

Lucius wies einen Sklaven an, einen Schemel für den Bordellbesitzer zu bringen. »Sei mir gegrüßt, Drusus«, begann er das Gespräch.

»Ich danke dir, Lucius, und bin froh, dass du mich zu später Stunde noch empfängst«, antwortete Drusus. »Ich bin erst heute Nachmittag aus Sebatum zurückgekommen, da ich in meinem dortigen Bordell für Ordnung sorgen musste. Bei meiner Heimkehr erfuhr ich einige Neuigkeiten.«

»Wenn du so gut wärst, sie auch mir mitzuteilen«, forderte Lucius ihn auf.

»Wie ich hörte, sollen Amma und deren Tochter wegen eines von Buccio begangenen Verbrechens als Sklavinnen verkauft werden«, begann Drusus.

»Du hast richtig gehört«, sagte Lucius knapp.

»Amma ist eine noch ansehnliche, stramme Frau und wäre damit genau die Richtige, um Reisende in meinem Bordell zufriedenstellen zu können. Wenn die Tochter noch Jungfrau ist, könnte ich sie ausbilden lassen und würde später gut mit ihr verdienen.«

Lucius schüttelte spöttisch den Kopf. »Ich habe anderes mit den beiden vor.«

»Wenn du die Frauen in deinen Haushalt aufnimmst, bleibt das Mädchen nicht lange Jungfrau und würde damit gewaltig an Wert verlieren.«

Lucius begriff, dass Drusus auf Linus anspielte, der es als sein Recht ansah, über jede Sklavin im Haushalt zu verfügen. Auch war es offensichtlich, dass es dem Bordellbesitzer in erster Linie um Cincia ging. Zwar lag ihm selbst an dem Mädchen weniger als an der Mutter. Er wusste allerdings auch, dass Amma niemals gut für ihn arbeiten würde, wenn er zuließ, dass ihre Tochter ins Hurenhaus kam.

»Ich habe mit den beiden etwas anderes vor. Sie werden auch nicht einzeln, sondern nur zusammen verkauft. Und noch etwas: Versuche nicht, mich zu überbieten!«

Drusus spürte die Warnung und begriff, dass er sich in dem Fall Lucius zum Feind machen würde. Daher winkte er mit einem missglückten Lachen ab. »Dann lasse ich es eben sein! Allerdings wirst du nicht als Einziger bieten, ehrenwerter Lucius. Es heißt, Materiona sammelt bei den Leuten Geld, um ihre Freundin Amma und deren Tochter freizukaufen. Sie soll bereits eine hübsche Summe zusammengebracht haben.« Daran hast du zu knabbern, dachte Drusus boshaft.

»Die paar Sesterzen, die einige Narren ihr geben, sind nicht der Rede wert!«, tat Lucius diese Bemerkung ab.

»Du hast gewiss recht, Lucius!«, sagte Drusus eilfertig. »Übrigens bin ich nicht auf Amma und Cincia angewiesen, um ein paar neue Perlen für mein Bordell zu erhalten«, setzte er lächelnd hinzu. »Der Sklavenhändler Varinius schickte mir Botschaft, dass er einige Sklavinnen nach Aguntum bringen wird, um sie hier zu verkaufen. Das heißt, wenn es ihm gestattet wird. Sonst will er es in Teurnia und Virunum tun.«

Lucius wies den Sklaven, der bei der Tür wartete, an, für Drusus einen Becher Wein zu bringen. Als dies geschehen war, trank er dem Bordellbesitzer zu. »Varinius soll seine Ware ruhig herbringen. Ein Sklavenmarkt ist eine schöne Abwechslung, und wir könnten in dem Rahmen auch Amma und Cincia verkaufen.«

Bei diesen Worten verzog Lucius das Gesicht zum Anflug eines Lächelns. Niemand in Aguntum würde ihm die Bäuerin und deren Tochter streitig machen, wenn Varinius gleichzeitig wahre Prachtstücke von Sklavinnen anbot. Materionas Bestreben, Geld zu sammeln, um damit Amma und Cincia freizukaufen, nahm er nicht ernst.

DRITTER TEIL

Die Perserin

1.

Amma und Cincia warteten hilflos und verzweifelt in ihrer Zelle darauf, dass jemand kam und ihnen sagte, was mit ihnen geschehen sollte. Zweimal am Tag brachten die Wärter ihnen Wasser und Essen und leerten den Eimer aus, der als Abtritt diente, sprachen aber kein Wort mit ihnen.

»Weißt du, was das zu bedeuten hat?«, fragte Cincia wohl schon zum zehnten Mal, als der dritte Tag ihrer Gefangenschaft angebrochen war.

Ihre Mutter lachte bitter auf. »Woher soll ich es wissen? Ich sitze hier genauso hilflos wie du.«

»Sie wollen uns zu Sklavinnen machen. Glaubst du, sie verkaufen uns an einen Minenbesitzer, damit wir unter der Erde nach Erzen schürfen oder Bergkristalle brechen sollen?«, fragte Cincia weiter. In einen Bergwerksstollen eingeschlossen zu werden und nie mehr die Sonne zu sehen, schien ihr das Schlimmste zu sein.

Ihre Mutter hob in einer hilflosen Geste die Hände. »Auch das kann ich dir nicht beantworten. Ich nehme jedoch an, dass Minenbesitzer eher kräftige Männer kaufen als Frauen wie uns.«

»Es heißt aber, dass Frauen unter Tage das Essen ausgeben und die Loren schieben müssen«, wandte Cincia ein.

»Soviel ich weiß, nehmen sie zum Schieben der Loren Knaben, da diese zu Männern werden, die dann im Stollen arbeiten können. Was das Kochen angeht, so werden sie es wohl kaum unten im Bergwerk tun, sondern das Essen von draußen bringen.«

Diese Auskunft beruhigte Cincia ein wenig. Dann aber fasste sie nach der Hand ihrer Mutter. »Weißt du, wovor ich am meisten Angst habe? Dass sie uns einzeln verkaufen und wir getrennt werden.«

Amma nickte bedrückt. Durch das vergitterte Fenster ihrer Zelle hatte sie den Bordellbesitzer Drusus vorbeigehen sehen. Dieser war immer auf der Suche nach Frischfleisch, wie er es nannte. Um sich selbst hatte sie weniger Angst. Ihre Tochter war jedoch jung und hübsch und damit genau das, was Drusus brauchen konnte.

»Ich frage mich, weshalb die Götter uns so strafen. Selbst wenn Buccio den Viehhändler umgebracht hätte, würde man uns nicht schlechter behandeln«, jammerte Amma. »So aber ist dieser Lump noch am Leben!«

Sie hatte auch Florus draußen gesehen und erinnerte sich an dessen obszöne Geste, als er sie hinter dem Gitterfenster entdeckt hatte.

»Wo mag Vater sein?«, fragte Cincia. Ihr kamen die Tränen, denn es war nichts mehr wie vorher. Ihr Vater galt als Verbrecher, ihre Mutter und sie sollten versklavt werden. Dennoch schien die Sonne, und sie hörte das Lachen der Kinder, die in der Nähe spielten.

Plötzlich klang ein anderes Geräusch auf. Der Riegel wurde zurückgezogen. Da sie ihr Frühstück bereits erhalten hatten, hoffte Cincia, sie würden vielleicht doch freigelassen.

Ein Wärter kam herein, und ihm folgte Materiona. Deren Miene wirkte so traurig, dass Cincia jegliche Hoffnung verlor.

»Du weißt, was du zu tun hast?«, fragte der Wärter die Kräuterfrau.

Diese nickte. »Das weiß ich! Bei Sirona, ich werde es tun, weil ich nicht will, dass ein anderer es schlechter macht, als es sein müsste.«

»Rufe, wenn du fertig bist! Du bekommst auch zwei Sesterzen dafür.«

Materiona wollte schon sagen, er könne sich das Geld irgendwo hinstecken. Sie beherrschte sich jedoch und wartete, bis er gegangen war und die Tür hinter sich zugeschlossen hatte. Dann wandte sie sich Amma und Cincia zu. »Es tut mir so leid!«

»Gewiss nicht so leid wie mir und meiner Tochter«, antwortete die Bäuerin herb. »Sag, weshalb bist du gekommen? Gibt es Nachricht von Buccio?«

Materiona senkte traurig den Kopf. »Ich kann euch nichts Gutes berichten! Dein Mann ist auf der Flucht vor seinen Häschern in den Bergen abgestürzt. Ich habe seinen Leichnam gefunden und an einer verborgenen Stelle mit Steinen bedeckt, da ich nicht wollte, dass er von Lucius' Schuften wie ein Tier verscharrt wird.

»Buccio ist tot!« Amma brach in Tränen aus und schlang die Arme um Cincia.

Cincia spürte in sich eine endlose Leere, gleichzeitig aber auch eine entsetzliche Wut. »Daran ist Florus schuld, und Lucius! Möge Epona sie bestrafen!«, rief sie verzweifelt.

»Es tut mir leid, euch diese Nachricht bringen zu müssen!« Materiona senkte den Kopf und umarmte sowohl Amma wie auch deren Tochter. »Doch sosehr es euch auch schmerzt: Ihr müsst stark sein. Das Leben geht weiter, und es sieht für euch nicht allzu rosig aus!«

»Ich wollte, ich würde sterben! Es wäre das Beste«, sagte Amma seufzend.

»Für dich vielleicht! Du musst aber an deine Tochter denken. Wollt ihr euch beide umbringen oder euch dem Leben stellen?« Materiona schüttelte Amma kurz, dann ließ sie sie los. »Ich bin nicht hier, um euch von Buccios Tod zu berichten. Mir wurde aufgetragen, euch die Haare abzuschneiden. Würde ich es nicht tun, käme jemand anderes, der euch dann rauer scheren würde.«

»Du willst uns kahl scheren?«, fragte Cincia erschrocken.

»Nein, so schlimm wird es nicht! Ich hatte nur Angst, ein anderer würde grober mit euch umgehen«, sagte die alte Frau. »Wie sagte der Knecht des Ädilen? Eure Haare dürfen nicht bis auf die Schultern fallen.«

»Dann sind wir wahrlich Sklavinnen!«, seufzte Amma. »Tu dein Werk und fange bei mir an.«

Materiona brachte eine Schere zum Vorschein und sagte ihr, wie sie sich hinsetzen solle. Dann breitete sie ein Tuch auf dem schmutzigen Boden aus, auf dem sie die Haare sammeln wollte.

Als Ammas erste Strähnen fielen, kamen Cincia endlich die Tränen. Ihre Mutter war immer stolz auf ihr langes, braunes Haar gewesen. Nun wurde es auf weniger als ein Viertel gestutzt. Sie schloss entsetzt die Augen und presste sich die Hände auf die Ohren, um die Schere nicht länger hören zu müssen.

Nach einer Weile tippte ihr jemand auf die Schulter. Cincia blickte nun doch auf und sah Materiona mit der Schere in der Hand neben sich stehen.

»Nun bist du an der Reihe!«, sagte die Alte.

Cincia nickte unglücklich und wagte einen Seitenblick auf die Mutter. Deren Haar reichte nur zwei Fingerbreit über die Ohren, und sie wirkte nun ganz anders. Das Gesicht erschien rundlicher zuvor, war aber trotz der kurzen Frisur erstaunlich schön. Cincia umarmte sie und setzte sich so hin, wie Materiona es ihr anschaffte. Sie schloss erneut die Augen und wünschte sich, die Ohren zuhalten zu können. So aber brannte sich das Schnipp-Schnipp der Schere tief in ihren Kopf. Für eine Frau war es die größte Schmach, wenn ihr die Haare so gestutzt wurden. Zwar hatte Cincia in der Stadt bereits Sklavinnen gesehen, aber nie geglaubt, auch einmal eine zu werden. Als sie kurz die Augen öffnete, sah sie ihre Haarsträhnen auf dem Tuch am Boden und musste erneut weinen.

Materiona überlegte, ob sie Amma und Cincia sagen sollte, dass sie Geld sammelte, um die beiden freikaufen zu können. Die paar Sesterzen, die sie für das Haareschneiden erhielt, würden ebenso zu der gesammelten Summe kommen wie die Münzen, die sie bei

Buccios Leichnam gefunden hatte. Mit einem warmen Gefühl dachte sie an Titus. Obwohl sein Vater, der Käsehändler, zu Lucius' Klienten zählte, hatte der junge Bursche die Sammlung begonnen und ihr das bereits erhaltene Geld ausgehändigt.

Da sie jedoch nicht wusste, ob sie genug zusammenbekommen würde, um den Preis für Amma und Cincia bezahlen zu können, schwieg sie. Sie band die abgeschnittenen Strähnen zusammen und sah zufrieden, dass sie für einen Perückenmacher lang genug waren. Auch das brachte Geld, das sie dringend benötigte. Wie hatte ihre Großmutter einst gesagt? »Viele kleine Münzen ergeben eine große Summe!« An diesen Spruch klammerte sie sich.

Mit diesen Gedanken trat Materiona zur Tür. »Mögen Epona und Sirona mit euch sein!« Dann klopfte sie und rief nach den Wachen.

Zu ihrer Überraschung kamen zwei Wärter herein. Einer hielt einen Hammer, eine Zange und einen kleinen Amboss in der Hand. Der andere trug zwei eiserne Ringe bei sich.

»Ihr seht ja ganz adrett aus. Das wird euren Käufer freuen«, sagte er zu Cincia und deren Mutter und wandte sich dann Materiona zu. »Ich wusste gar nicht, dass du so gut Haare schneiden kannst. Da werde ich beim nächsten Mal zu dir kommen und nicht mehr zum Bader gehen. Der verschandelt mich jedes Mal aufs Neue!«

Der Wärter lachte über seine eigenen Worte und hielt Cincia und Amma die beiden Ringe hin. »Das Imperium ist großzügig und schenkt euch sogar einen Halsschmuck. Fangen wir bei der Alten an. Setz dich auf den Boden!«

Um nicht geschlagen zu werden, gehorchte Amma. Der Wärter legte ihr den Ring um den Hals, sah nach, ob die Marke mit der eingestanzten Zahl eingehängt war, und bog die Enden des Ringes zusammen. Sein Gefährte schob eine Niete hindurch. Diese pressten sie zuerst mit der Zange zusammen. Dann hielt ein Wärter den kleinen Amboss unter die Niete, während der andere mit dem Hammer darauf schlug.

Auf Ammas Gesicht zuckte es schmerzhaft.

Die beiden Wärter traten einen halben Schritt zurück. Einer probierte aus, ob sie den Ring noch über den Kopf streifen könnte, und nickte zufrieden, als dies nicht gelang.

»So sitzt er richtig! Und nun zu dem Mädchen. Hinsetzen!«

Als Cincia nicht schnell genug gehorchte, erhielt sie eine Ohrfeige. Bevor der Wärter erneut zuschlagen konnte, setzte sie sich auf den Boden und kniff die Augen zusammen, als ihr das kühle Metall um den Hals gelegt wurde. Die Schläge, mit denen der Ring vernietet wurde, taten weh, doch dann war es vorbei, und die beiden Wärter verließen zufrieden grinsend die Zelle.

Amma sah ihnen nach und brach in Tränen aus. »Nun sind wir nicht mehr wert als ein Huhn auf dem Markt, Kind«, schluchzte sie.

»Es gibt nur einen Unterschied!«, sagte Cincia bitter. »Sie können uns nicht schlachten, braten und essen.«

»Dafür sind wir demjenigen, der uns kauft, ausgeliefert bis zum Letzten, gleichgültig, was er von uns verlangt.«

Ammas Bemerkung war so deutlich, dass Cincia begriff, was sie damit meinte. Sie dachte an Lucius' Sohn Linus, dem man sehr viel Schlimmes nachsagte, und flehte Epona und Latobius an, nicht zuzulassen, dass ihre Mutter und sie von Lucius gekauft wurden.

Da die Wärter die Zelle verlassen hatten, Materiona aber noch bei ihnen war, fragte Cincia nun die Kräuterfrau, was eigentlich geschehen war.

»Wir haben bislang nur einzelne Bemerkungen gehört und wissen im Grunde gar nichts«, setzte sie angespannt hinzu.

Materiona hob in einer hilflosen Geste die Hände. »Es schwirren etliche Gerüchte in der Stadt herum. Den meisten glaube ich nicht, weil sie von Florus und anderen Anhängern des Bürgermeisters stammen. Angeblich soll dein Vater den Viehhändler in dessen Haus angegriffen haben, um ihn zu ermorden.«

»Hätte Vater das gewollt, wäre Florus tot. Vater war ein starker Mann und hätte den Viehhändler mit Leichtigkeit umbringen können«, erklärte Cincia erregt.

»Er hat ihm ein wenig die Kehle gequetscht. Es heißt, Florus' Nachbarn hätten ihn daran gehindert, seine Tat zu vollenden. Aber ob die wirklich so schnell gekommen sind?« Materiona hatte ebenfalls Zweifel an Buccios angeblicher Mordabsicht.

Sie unterhielten sich noch eine Weile darüber, wie es so weit hatte kommen können. Eines aber war sowohl Cincia wie auch ihrer Mutter und der Kräuterfrau klar: Florus hatte alles getan, um Buccio zum Säufer zu machen, der seinen Hof nicht mehr bewirtschaften konnte – und im ganzen Tal gab es nur einen, der daraus seinen Vorteil ziehen konnte.

»Lucius!« Cincia sprach diesen Namen aus, als ekelte es sie. Ausgerechnet dieser Mann hatte ihr Schicksal und das ihrer Mutter in der Hand.

2.

Die Pässe lagen hinter ihnen. Crispinus blickte in das Tal hinab, das sich zu seinen Füßen ausbreitete, und atmete tief durch. Wenn sie zügig ritten und nur kurze Pausen einlegten, würde er in der nächsten Nacht in Aguntum schlafen. Von dort aus war er in wenigen Stunden in dem Dorf, in dem er aufgewachsen war. Aus einem Brief seines Bruders hatte er erfahren, dass seine Eltern mittlerweile tot waren. Es tat ihm leid, dass er sie nicht mehr lebend antreffen würde. Der Dienst bei den Prätorianern hatte ihn zwar mehrmals in verschiedene Teile des Imperiums geführt, aber nie hierher. Nun war er in Ehren entlassen worden, und als Dank für seine Dienste hatte der Imperator Antoninus Pius ihn zum Hauptmann der Benefiziarier in seinem Heimatbezirk ernannt. Schon bald würde er auf den Meilenstein treffen, der den Beginn seines Aufgabengebiets markierte.

Für einige Augenblicke überlegte er, wie es sein würde, nach mehr als zwanzig Jahren wieder in die Heimat zurückzukehren. Hätte er vielleicht Retus' Rat beherzigen und sich irgendwo anders hin versetzen lassen sollen? Crispinus blickte auf die Berge, die das Tal säumten, und auf den Dravus, der unter ihm dem Danuvius entgegenströmte. Mit einem tiefen Einatmen sagte er sich, dass er richtig gehandelt hatte. Dies hier war seine Welt. In Rom mit seinen mickrigen sieben Hügeln hatte er sich nie richtig wohlgefühlt.

»Los, weiter!«, rief er Retus und Hannus zu und ließ seinen Hengst antraben.

Wenig später schloss Retus zu ihm auf.

»Was meinst du, Hauptmann? Ob sich viel verändert hat?«

»Zweiundzwanzig Jahre sind eine lange Zeit, mein Guter. Frauen, die damals noch nicht geboren waren, können mittlerweile selbst Mütter sein. Manchen Freund werden wir nicht mehr antreffen, und man wird uns, obwohl wir von hier stammen, als Fremde ansehen.«

»War es das dann wert, hierherzukommen?«, fragte Retus.

»Für mich ist es das wert. Hier sind meine Wurzeln, und ich spüre, dass sie noch immer in diesem Boden verankert sind.«

»Dann sollten wir hoffen, dass du dich nicht irrst!«, antwortete Retus zweifelnd und zuckte dann die Achseln. »Besser als in Caledonien oder in der Libyschen Wüste ist es allemal. Außerdem gibt es hier Bier. Wein schmeckt zwar auch gut, doch gegen den Durst hilft Bier besser! Auch habe ich nichts gegen einen guten Gamsbraten. Bei deinem Bruder wird es hoffentlich einen geben, und einen richtigen Schweinebraten, so saftig, dass einem das Fett aus dem Schnurrbart trieft!«

»Wenn du einen hättest!«, sagte Crispinus lachend, da sein Begleiter ebenso glatt rasiert war wie er.

»Vielleicht lasse ich mir wieder einen stehen«, meinte Retus feixend. »Aber in einem hast du recht: Wir sollten schneller reiten. Es lohnt sich nicht, kurz vor dem Ziel noch einmal zu übernachten.«

Die beiden spornten ihre Pferde an und ließen Hannus, der nun, da die Passstraße hinter ihnen lag, wieder beide Tragtiere führte, ein Stück hinter sich. Nach einer Weile zügelten sie ihre Pferde, und Retus drehte sich um. »Wenn du das nächste Mal nach Rom kommst, solltest du dem, der dir diesen Sklaven als guten Reiter aufgeschwatzt hat, einen kräftigen Hieb verpassen! Ich werde auf Hannus warten und wieder eines der Maultiere übernehmen. Sonst müssen wir doch noch vor Aguntum biwakieren!«

»Tu das, mein Guter!«, sagte Crispinus.

Er ritt weiter, achtete dabei aber darauf, dass seine beiden Begleiter nicht zu weit hinter ihm zurückblieben. Währenddessen ließ er seine Gedanken ebenso schweifen wie seine Blicke. An den flacheren Talhängen waren einzelne Bauernhöfe oder kleine Weiler zu erkennen. In einem solchen Dorf war er aufgewachsen, und das war eine schöne Zeit gewesen. Er hatte in den Bächen gefischt, in den Wäldern Rehen und Hirschen nachgestellt, zweimal sogar einen Steinbock und einmal eine Gams erlegt.

Damals hatte Vinicius, der Vater seines Jugendschwarms Faustina und Besitzer der großen Villa in Aguntum, ein Stück Land gekauft und daraus ein Landgut gemacht. Bearbeitet hatten es Sklaven, die von der Peitsche des Aufsehers getrieben von Sonnenaufgang bis Sonnenuntergang hatten schuften müssen.

Bei der Erinnerung schüttelte er sich. Land, gleichgültig ob Feld oder Weide, sollte von demjenigen bearbeitet werden, dem es gehörte, und von Knechten, die mit dieser Erde verwurzelt waren, und nicht von armen Hunden, die mit Geld gekauft wurden und ein unfreies Leben fristen mussten.

Bei dem Gedanken an Sklaven kam ihm die Begegnung am Pass in den Sinn. Der Sklavenhändler Varinius schleppte beinahe ein Dutzend Frauen und Mädchen sowie zwei Knaben und etliche Männer hierher in ein Land, von dem diese wohl noch nie etwas gehört hatten und das auch niemand von ihnen freiwillig aufgesucht hätte. In ein paar Tagen würden irgendwelche Käufer Varinius einen Beutel voll Denare in die Hand drücken und seine menschliche Ware mitnehmen, so als hätten sie eine Ziege oder ein Schaf erworben.

Crispinus stieß einen leisen Fluch aus. Schafe und Ziegen waren mit einer Weide zufrieden, auf der saftiges Gras wuchs, und mit einem warmen Stall im Winter, wenn der Nordwind Kälte und Schnee in die Gegend trug. Ein Mensch aber, der zur Sklaverei verdammt wurde, musste sich aus Sehnsucht nach der Freiheit verzehren.

Auch diese Perserin tut es, dachte er. Sie hatte eher sterben als in Sklaverei leben wollen. Plötzlich fühlte er sich schuldig, weil er sie zurückgehalten hatte. Wenn sie an einen üblen Herrn geriet, war dies ihm zu verdanken. Seine Freude, wieder in der Heimat zu sein, erlosch bei diesem Gedanken auf einen Schlag.

Dann klopfte er mit dem Zeigefinger leicht gegen die Stirn. Hatte der Sklavenhändler nicht gesagt, er wolle nach Aguntum reisen, um dort seine Ware auf dem Markt zu bringen? Ihm kam ein Gedanke, der ihm zunächst verrückt erschien. Als er jedoch länger darüber nachdachte, besserte sich seine Stimmung.

Wenig später vernahm er hinter sich das Rollen von Rädern und den Klang einer Peitsche. Als er sich umdrehte, sah er den jungen Römer mit seinem Wagen kommen. Auf der Straße über die Berge hatte dieser hinter ihm zurückbleiben müssen, doch hier im Tal konnte er sein Gespann wieder zum Galopp peitschen.

Crispinus hielt es zwar für Schwachsinn, die Pferde unnötig zu erschöpfen, doch wenn der Mann es so wollte, war dies seine Sache.

Wie hieß der Römer gleich wieder?, überlegte er. Ach ja, Romilius! Der Kerl war auch noch der Neffe von Lucius, und das war der Mann, welcher die Frau geheiratet hatte, die einst seine große Liebe gewesen war. Crispinus versuchte, sich an Faustinas Aussehen zu erinnern, doch da schob sich das Gesicht der jungen Perserin in seine Gedanken. Schön war sie ja, auch ein wenig exotisch, nein, eher apart, korrigierte er sich. In Rom hatte er noch exotischer aussehende Frauen gesehen. Doch keine war so schön gewesen, dass sie der Perserin das Wasser hätte reichen können. Faustina hingegen war zu einer Erinnerung geworden, die er nach zweiundzwanzig Jahren kaum mehr fassen konnte.

Unterdessen hatte Romilius zu Crispinus aufgeschlossen und überholte ihn. Dabei warf er diesem einen hasserfüllten Blick zu. Crispinus gab nichts darauf, denn er hatte schon zu viele dieser aufgeblasenen Jüngelchen aus besserem Haus erlebt. Irgendwann gerieten die meisten an jemanden, der sie auf das Maß zurechtstutzte, das ihnen zustand.

3.

Für Romilius war es ein gewisser Triumph, Crispinus hinter sich lassen zu können. Dieser hatte ihn am Pass wie einen Knecht behandelt, der einen Fehler gemacht hatte. Dabei war er ritterlicher Abkunft, und ein Onkel seines Vaters gehörte sogar dem Senat von Rom an. Crispinus hingegen hielt er für einen ausgemusterten Soldaten, der nach dem Ende seiner Dienstzeit an den Ort reiste, an dem ihm ein kleiner Besitz zugesprochen worden war.

»So einer hat mich mit Achtung zu behandeln!«, rief er aufgebracht. Stattdessen hatte ihn dieser Lump von seinem Wagen gezerrt, seine Pferde ausgeschirrt und ihn danach einfach auf der Straße stehen lassen. Er war gezwungen gewesen, seine Pferde selbst wieder anzuspannen, und hätte beinahe seine Kiste mit dem Gepäck vergessen. Als er diese mühsam herangeschafft hatte, war auch noch dieser verfluchte Sklavenhändler hinter ihm aufgetaucht und hatte sich lauthals beschwert, weil sein Gespann ihm den Weg versperrt hatte.

»Die Furien sollen diesen Kerl schlagen!«, rief er und versetzte seinen Pferden mehrere harte Hiebe mit der Peitsche, obwohl diese bereits so schnell liefen, wie sie konnten.

Nach einer Weile passierte der Wagen eine Stelle, an der die Berghänge zu beiden Seiten des Tales enger zusammenrückten. Danach wurde das Tal wieder breiter, und nach einer Weile sah Romilius Aguntum vor sich.

Erneut schwang er die Peitsche, um die Pferde anzutreiben, und fegte wie eine Windsbraut zwischen den Grabmälern hindurch, die neben der Straße standen. Auch in der Vorstadt wurde er nicht langsamer und zügelte das Gespann erst, als er beim Haupttor ankam.

Die dortigen Wachen sahen ihm verwundert entgegen, da in dieser Gegend niemand einen zweirädrigen Wagen verwendete, auf dem man nur stehend fahren konnte. Einer trat auf Romilius zu. »Ave! Wer bist du und woher kommst du?«

»Ich bin Romilius Antonius, komme aus Rom und bin der Neffe des hochgeachteten Duumvir iure dicundo Lucius Antonius Melius«, antwortete Romilius selbstbewusst.

»Ah, der Neffe des Bürgermeisters!«, sagte der Torwächter und trat beiseite.

»Wo finde ich das Haus meines Onkels?«, fragte Romilius.

»Gleich hinter dem Tor links«, erklärte der Mann.

Romilius fuhr durch das Tor und sah staunend auf die riesige Villa, die sich auf der linken Straßenseite erstreckte. Ein Stück weiter vorne entdeckte er den Haupteingang und hielt davor an. Wie es in Rom Sitte war, gab es auch hier einen Türhüter. Dieser musterte ihn kurz und kam auf ihn zu. »Willst du zu dem hochgeachteten Herrn Lucius Antonius Melius, mein Herr?«, fragte er höflich.

»Genau das will ich! Ich bin Romilius Antonius, der Neffe deines Herrn«, antwortete Romilius und betrachtete weiter das Gebäude. Das Heim seines Vaters in Rom war kleiner. Selbst dessen Onkel, der Senator, würde sich nicht schämen müssen, in solch einem Haus zu wohnen.

»Wie es aussieht, ist Onkel Lucius ein sehr reicher Mann«, murmelte Romilius und stieg vom Wagen. »Sorge dafür, dass die Pferde ausgespannt und untergebracht werden. Die Kiste schaffe ins Haus. Sie enthält die nötigsten Sachen. Den Rest werde ich hier erstehen. Es gibt wohl hoffentlich einen guten Schneider in diesem Nest?«

Das Gesicht des Türhüters verzog sich, als seine Heimatstadt als Nest bezeichnet wurde. Er nickte aber und erklärte, dass sein Herr seine Garderobe bei dem Schneider Avitus anfertigen lasse.

»Dann wird er wohl nicht so schlecht sein«, meinte Romilius und trat ein.

Der Vorraum war groß und prachtvoll ausgestattet. Die Wände hatte man mit Szenen aus der Götterwelt bemalt. Auf der einen Seite entdeckte Romilius Herkules, Apollo, Diana und Minerva, wobei die beiden Frauen recht ansehnlich, aber voll bekleidet waren, während auf der gegenüberliegenden Seite neben dem hinkenden Gott Vulkanus Mars und Amor zu sehen waren und eine fast völlig nackte Venus, die er mit äußerstem Vergnügen als lebendes Wesen des Nachts im Bett sehen würde. Von Wand zu Wand bedeckte ein Mosaik den Boden, welches Szenen aus einer Arena mit Gladiatoren und wilden Tieren im Kampf zeigte.

Auf diesem Mosaik standen mehr als zwei Dutzend Männer, die darauf warteten, von seinem Onkel empfangen zu werden. Ihrer Kleidung nach waren es einfache Handwerker und Händler, aber auch Bewohner, denen ein gewisser Wohlstand anzusehen war. Als Romilius an ihnen vorbei zur Tür des nächsten Raumes ging, tadelte ihn ein hagerer Mann mit pfeifender Stimme. »Du wirst wie wir alle warten, bis es dem hochgeachteten Herrn Lucius gefällt, dich zu empfangen!«

»Das glaube ich nicht!«, antwortete Romilius spöttisch. »Ich bin wie Gaius Julius Caesar. Ich komme, sehe und siege! Und jetzt werde ich zu meinem Onkel gehen und ihn begrüßen!«

»Du bist Herrn Lucius' Neffe? Dann musst du Romilius aus Rom sein!«, rief der Magere überrascht. »Sei tausendmal in Aguntum willkommen! Linus hat schon die ganze Zeit von dir gesprochen. Ich bin übrigens Florus, Viehhändler allhier und, wie ich mit Fug und Recht behaupten kann, ein treuer Anhänger deines Onkels und ein guter Freund deines Vetters Linus. Kommt, Leute, macht Platz für den Herrn Romilius, den Neffen unseres geliebten Stadtoberhaupts!«

Romilius amüsierte sich darüber, wie freundlich der Viehhändler auf einmal geworden war. Dabei musste er eine gewisse Stellung im Gefolge seines Onkels einnehmen, sonst hätte er es nicht gewagt, ihn vorher so anzublaffen. Er folgte Florus, während man ihnen Platz machte, und betrat eine immer noch recht große Kammer. Auch dieser Raum war mit einem prächtigen Mosaik geschmückt, das Männer zeigte, welche ihrem Patron ihre Treue bekundeten. Das passt auch für meinen Onkel, dachte Romilius.

Tatsächlich thronte Lucius, ein großer, kräftiger Mann, unter dem Jupiterbild auf seinem Stuhl wie ein König, während ein anderer Mann ehrfürchtig vor ihm stand und irgendein Problem zu erläutern suchte. Auf einem Schemel neben dem Stuhl lümmelte sich gelangweilt ein junger Mann von schlanker Gestalt und glattem, noch etwas jungenhaft wirkendem Gesicht.

Mein Vetter Linus hat sich kaum zu seinem Vorteil entwickelt, dachte Romilius. Er wusste, dass dieser dreiundzwanzig Jahre zählte. Also hatte er ihm drei Jahre und einiges an Erfahrung voraus. Innerlich schüttelte er den Kopf über seinen Vetter. Er selbst hätte niemals so getan, als interessierten ihn die Klienten des Vaters nicht. Da Linus einmal in Lucius' Fußstapfen treten sollte, wäre es besser, gut informiert zu sein.

Unterdessen trat Florus vor und deutete eine Verbeugung an. »Verzeih, Herr Lucius! Das hier ist dein Neffe Romilius aus Rom. Er ist eben angekommen!«

Als Lucius aufblickte, trat Romilius auf ihn zu. »Salve, Onkel! Ich soll dich von meinem Vater grüßen und von eurem gemeinsamen Onkel, dem Senator. Alle hoffen, dass es dir und den Deinen wohlergeht und die Götter euch gewogen sind.«

Lucius betrachtete seinen Neffen. Dieser war nicht ganz so groß wie er, sah aber gut aus mit blitzenden blauen Augen unter einem dunkelblonden Haarschopf. Unwillkürlich verglich er ihn mit seinem Sohn und fand, dass dieser noch um einiges reifen musste, um sich mit seinem Vetter messen zu können.

»Sei mir willkommen, Romilius! Verzeih, wenn ich mich dir im Augenblick nicht widmen kann. Ich bin jedoch in dringenden Geschäften. Linus, führe den Vetter zu deiner Mutter und zeige ihm die Kammer, in der er schlafen wird.«

Lucius' Stimme klingt wie die eines Mannes, dem nur selten widersprochen wird, fand Romilius. Für ihn hieß es, sich darauf einzurichten.

»Ich danke dir, Onkel, und habe volles Verständnis dafür, dass du deine Geschäfte nicht unterbrechen kannst. Wir haben später noch genug Zeit, um miteinander zu reden«, antwortete er und wandte sich Linus zu. »Ich freue mich, dich wiederzusehen, Vetter!«

»Ich freue mich auch!« In Linus' Stimme schwang jedoch Neid auf die elegante Erscheinung seines Verwandten. Dessen Tunika und auch dem Mantel war trotz des daran haftenden Reisestaubes anzusehen, dass man sie nach der neuesten Mode geschneidert hatte. Als er neben Romilius trat, war dieser zwar nicht größer als er, aber breiter in den Schultern. Dazu zeigte er die Eleganz und die Gewandtheit eines Großstädters. Bei dem Anblick kam Linus sich wie ein Provinzler vor. Trotzdem war er auf seinen Vetter neugierig, konnte dieser ihm doch von einer Welt berichten, die er selbst nur am Rande erlebt hatte.

»Ich stelle dich jetzt Mutter vor. Heute Abend werden wir zu Hause bleiben müssen, da Vater gewiss mit dir reden will. In den nächsten Tagen zeige ich dir dann die Stadt«, sagte er zu Romilius.

Dessen Lippen bogen sich zu einem abschätzigen Lächeln. Gegen Rom war Aguntum nicht mehr als ein Staubkorn. Dies dem Vetter ins Gesicht zu sagen, verbot nicht nur die Höflichkeit, sondern auch der Verstand. Da sein Vater ihn nach einigen Eskapaden dazu verdonnert hatte, mindestens ein Jahr in dieser Einöde zu bleiben, wäre es falsch, die Einzigen, bei denen er bleiben konnte, gleich zu Beginn zu verprellen.

»Ich würde mich freuen, wenn du mir deine Heimat zeigst. Gibt es hier auch Möglichkeiten, sich ein wenig Freude und Spaß zu gönnen?«, sagte Romilius daher.

»Es gibt Magrinius' Taverne und einige Wein- und Bierschenken in der Stadt. Außerdem Drusus' Bordell. Der hat immer hübsche Frauen zur Auswahl.«

»Ein Bordell ist nicht nach meinem Geschmack«, erklärte Romilius. »Die Frauen, die dort die Beine breitmachen, stinken zu sehr nach dem Sperma des Kerls, der sie vor mir bestiegen hat.«

»Es gibt auch die eine oder andere Sklavin, die dankbar für ein paar Asse ist, die man ihr in die Hand drückt!«, sagte Linus grinsend.

Romilius fand, dass es sinnlos war, zu heikel zu sein. Wenn er nicht keusch leben wollte, musste er die weiblichen Provinztrampel dazu bringen, sich für ihn hinzulegen.

»Das hört sich schon ein wenig besser an«, sagte er daher. »In Rom ist allerdings die Auswahl größer. So manche plebejische

Schönheit hat dort nichts dagegen, ihre Jungfernschaft an einen freundlichen jungen Mann ritterlichen Standes zu verlieren.«

»Solche gibt es hier auch, aber nicht viele. Manche schreien auch hinterher, wie die Tochter des Schneiders. Die hat danach behauptet, ich hätte ihr Gewalt angetan!« Linus klang verärgert. Zum einen war Avitus ein Klient seines Vaters, und da hätte es der Tochter gut angestanden, ihm eine angenehme Stunde zu schenken. So aber war ihr Vater zu dem seinen gelaufen und hatte sich nur durch Drohungen und eine gewisse Entschädigung davon abhalten lassen, ihn vor Gericht anzuklagen. Dies war jedoch nichts, was er Romilius erzählen wollte, sagte er sich und führte den Gast durch das Haus.

Zu Romilius' Erstaunen war das Anwesen noch größer, als er es von der Front her erwartet hatte, und schloss mehrere Gärten mit ein. In einem befand sich ein rechteckiger Teich, der von Marmorplatten eingefasst wurde und dessen Boden ebenfalls aus Marmorplatten bestand. In seiner Mitte gab es eine quadratische Insel, deren Blumenschmuck drei fast lebensgroße Statuen umrahmte, die Götter darstellen sollten. Die Ähnlichkeit des größten Standbilds mit seinem Onkel war jedoch deutlich. Wie es aussah, hatte Lucius einen ausgeprägten Drang, sich selbst darzustellen. Allerdings, fand Romilius, war er auch reich genug, um es sich leisten zu können.

Aus diesem Gartenperistyl ging es nun in die privaten Räume. Diese waren etwas dezenter geschmückt als jene, die Romilius bereits gesehen hatte. So befand sich seine Tante in einem Raum, dessen Mosaik eine familiäre Szene darstellte, und an den Wänden waren mehrere nachrangige Göttinnen wie Demeter und Ceres zu sehen.

»Mutter, das hier ist Vetter Romilius. Er ist heute angekommen«, stellte Linus ihn vor.

Romilius trat auf die Frau zu und küsste sie auf beide Wangen. »Ich freue mich sehr, dich endlich kennenlernen zu dürfen, liebste

Tante. Auch danke ich dir, dass mein ehrenwerter Onkel und du mir Gastfreundschaft gewährt.«

Faustina sah Romilius an und fand, dass er im Gegensatz zu ihrem Sohn ein sehr höflicher und angenehmer junger Mann war. Ein Lächeln erschien auf ihrem rundlichen Gesicht, und sie legte den Stickrahmen beiseite.

»Sei mir willkommen, Romilius! Dein Erscheinen bringt Abwechslung in unser Leben, das sonst immer gleich verläuft.«

»Du musst nicht glauben, dass hier nur Langeweile herrscht«, wandte Linus ein. »Ich habe erfahren, dass ein Sklavenhändler kommen und einige sehr hübsche Sklavinnen auf den Markt bringen will. Der Bordellbesitzer Drusus ist schon begierig, eine oder zwei davon als neue Edelsteine für seine Gäste zu ersteigern.«

»Von so etwas solltest du in meiner Gegenwart nicht reden«, tadelte seine Mutter ihn und verriet Romilius damit, dass sie eine arge Provinzlerin sein musste. In Rom ging man mit derlei Angelegenheiten wesentlich freier um.

4.

Crispinus zügelte sein Pferd und musterte die Grabmäler, die neben der Straße errichtet worden waren. Die Zahl war während seiner Jahre in Rom gewachsen, und eines davon stach unter den anderen heraus.

»Sieh dir diesen Palast an!«, rief Retus erstaunt. »Als Wohnhaus wäre es groß genug, um eine mehrköpfige Familie zu beherbergen.«

Crispinus ritt darauf zu und las die Namen. »Vinicius Clivius Marcellus, römischer Bürger und Ritter, Duumvir iure dicundo der Stadt Aguntum, und seine Gattin Livia Cassia.«

Es war fast zweiundzwanzig Jahre her, dass der damalige Bürgermeister Vinicius ihn von seinen Dienern aus dem Haus hatte prügeln lassen. Irgendwie schmerzte es immer noch – oder, besser gesagt, wieder. Vielleicht hatte Retus recht, und sie hätten nicht zurückkehren sollen. Er schüttelte diesen Gedanken jedoch rasch wieder ab. »Komm weiter! Es nützt nichts, sich um die Toten zu kümmern. Die Lebenden sind wichtiger!« Crispinus warf einen letzten Blick auf das protzige Grabmal und die darin eingesetzten Reliefplatten mehrerer Bediensteter, die angebracht worden waren, um die Bedeutung ihrer Herrschaft herauszustreichen. Es war ein Schreiber dabei sowie ein Liktor, der seinem Herrn vorausgehen und den Weg freimachen musste, und bei der Dame eine Sklavin mit Spiegel und Krug sowie eine mit einem Kästchen, das auf die Fülle des Schmucks hinweisen sollte, den Livia Cassia besessen hatte. Diese Platten waren um die Hälfte kleiner als die des Herrschaftspaares, und im Gegensatz zu diesen blickten die darauf Abgebildeten achtungsvoll zur Seite.

»Sollte ich mir je ein Grabmal errichten wollen, muss es kleiner und bescheidener sein«, sagte Crispinus kopfschüttelnd zu Retus.

Dieser begann leise zu lachen. »Oder größer, um zu zeigen, dass du Vinicius und Lucius am Ende doch übertroffen hast. Da der Imperator dir die Aufsicht über die Handelsstraßen erteilt hat, verfügst du über das Recht, selbst den Bürgermeistern der Stadt Anweisungen zu erteilen.«

Crispinus hörte heraus, dass auch Retus nicht vergessen hatte, was damals geschehen war. Sie durften sich jedoch nicht von Gefühlen aus früheren Tagen leiten lassen, denn sie hatten hier eine Aufgabe zu erfüllen. Mit wem sie dabei zusammenarbeiten mussten, war nachrangig.

Mit diesem Gedanken ritt er weiter und erreichte wenig später die Vorstadt. Diese war größer, als er sie in Erinnerung hatte, und verriet, dass sich noch mehr Menschen in Aguntum angesiedelt hatten. Als sie das Stadttor erreichten, sah Crispinus, dass dieses erst vor kurzem instandgesetzt worden sein musste. Vor dem Mittelpfeiler stand sogar eine neue, übermenschengroße Bronzefigur des Imperators Antoninus Pius.

»Weißt du noch, welche Kaiserstatue hier stand, als wir Aguntum verlassen mussten?«, fragte Retus.

Nun musste auch Crispinus lachen. »Natürlich! Es war Publius Aelius Hadrianus. Nach ihm habe ich in Rom auch meinen neuen Vornamen erhalten.«

»Wirst du ihn ablegen und wieder deinen alten Namen annehmen?«, fragte Retus weiter.

»Warum sollte ich? Publius Cornelius Crispinus ist ein guter Name, und er klingt römisch. Mit dem Namen Votticus würde mich jeder für einen Provinzler oder gar einen Barbaren halten.«

Crispinus hielt vor einem der Wächter an und nannte seinen Namen, ohne zu sagen, aus welchem Grund er nach Aguntum kam, und wurde anstandslos durchgelassen. Beim Vorbeireiten musterte er die prachtvolle Villa, in der seine Angebetete gelebt hatte und wohl auch noch lebte, da er keine Grabplatte mit ihrem Namen bei dem Grabmal ihrer Familie gesehen hatte. Außerdem war sie Vinicius' einziges überlebendes Kind gewesen, da ihr Bruder ein gutes Jahr, bevor Crispinus Aguntum hatte verlassen müssen, in den Bergen umgekommen war. In seiner Verliebtheit hatte er damals nicht daran gedacht, dass er um eine reiche Erbin geworben hatte. Für einen Mann wie Lucius hingegen musste dieser Reichtum verlockend gewesen sein.

Vergiss das, was damals geschehen ist, tadelte er sich und wandte den Blick ab. Ein Stück weiter kam er an dem Gebäude der Stadtverwaltung vorbei. Im Halbkeller befand sich das Gefängnis. Einen Tag lang war er nach einem Streich dort eingesperrt gewesen, dann hatte sein Vater ihn ausgelöst.

Hinter einem Fenster entdeckte Crispinus das Gesicht einer noch sehr jungen Frau. Ihre kurzen Haare wiesen sie als Sklavin aus.

Eigentlich hätte Crispinus sich in diesem Gebäude melden und nachfragen müssen, wo er unterkommen konnte. Aus einem ihm selbst nicht bewussten Grund aber lenkte er seinen Hengst auf die andere Straßenseite auf die Taverne zu und ließ sich dort aus dem Sattel rutschen.

»So mag ich es!«, meinte Retus grinsend. »Nach so einer langen Reise ist ein Krug Bier gerade das Richtige.«

»Pfui, Retus! Du wirst doch kein Bier trinken. Das ist das Gesöff der Barbaren«, spottete Crispinus und winkte einen der Wirtsknechte heran. »Ich will ein paar Tage bleiben. Sorge dafür, dass die Pferde und die Maultiere Futter bekommen und gestriegelt werden. Außerdem brauche ich eine Kammer für mich, meinen Begleiter und meinen Sklaven.«

Retus nickte unbewusst, als er seinen Herrn sprechen hörte. So befehlsgewohnt, wie Crispinus hier auftrat, würde ihn niemand mehr mit dem jungen Votticus in Verbindung bringen, der damals die Stadt hatte verlassen müssen. Er glaubte auch nicht, dass jemand ihn erkennen würde. Es war doch ein Unterschied zwischen einem schlichten Bauernknecht und einem pensionierten Soldaten im Unteroffiziersrang.

Sie traten ein und setzten sich an einen Tisch. Eine dicke Frau walzte auf sie zu und fragte nach ihrem Begehr.

»Einen Krug mit rotem Wein, der zu zwei Dritteln mit Wasser aufgefüllt ist«, bestellte Crispinus.

»Ein Bier, wenn es hier so etwas gibt«, sagte Retus und musterte die Frau durchdringend.

Sie konnte nur die frühere Wirtstochter Sabina sein. Schon damals war sie recht stattlich gewesen und hatte seit jener Zeit noch einmal kräftig zugelegt. Allerdings war sie noch immer so flink wie früher und bediente sie mit freundlicher Neugier.

»Ihr seid wohl fremd hier?«, fragte sie, nachdem sie das Gewünschte gebracht hatte.

»So kann man es nennen«, antwortete Crispinus lächelnd.

»Wo wollt ihr hin? Nach Sebatum und weiter oder über den Saumpfad nach Iuavium?«

»Das steht noch nicht fest!« Crispinus lächelte noch immer, fand aber, dass die Bewohner Roms weit weniger neugierig waren als hier in der Provinz. Dabei lag Aguntum immerhin an einer Handelsstraße, sogar an zweien, wenn man den Bergpfad nach Norden miteinbezog.

»Wollt ihr Geschäfte tätigen?«, fragte Sabina weiter.

»Mag sein!« Crispinus antwortete jetzt knapper und setzte seinen Weinbecher an die Lippen, um der Frau zu zeigen, dass er seine Ruhe haben wollte. Dann aber stellte er seinen Becher wieder ab und sah sie an. »Als ich die Stadt kam, bin ich an einem sehr großen Haus vorbeigekommen. Weißt du, wem es gehört?«

»Und ob ich das weiß!«, antwortete die Frau lachend. »Die Villa gehört dem ehrenwerten Lucius Antonius Melius. Das ist der reichste Mann der Stadt, Bürgermeister und Träger etlicher Würden und Ehren.«

Im Grunde sagte Sabina nur das, was Crispinus bereits wusste. Er zuckte die Achseln und forderte die Wirtin auf, dafür zu sorgen, dass ihnen ein gutes Mahl aufgetischt würde.

Inzwischen war auch Hannus hereingekommen, der sich mit den Wirtsknechten um die Pferde und Maultiere gekümmert hatte. Crispinus wies ihn an, sich zu ihm und Retus zu setzen, und blickte dann durch das Fenster. Etwas schräg auf der anderen Seite stand das Amtsgebäude. Als er zufällig auf das Gefängnisfenster schaute, sah er das Mädchen noch immer hinter dem Gitter stehen. Neugierig geworden sprach er die Wirtin an. »Was ist eigentlich da drüben mit dem Gefängnis? Wurde da etwa ein Kind eingesperrt?«

»Du meinst Cincia! Ein Kind ist sie nicht mehr, denn sie ist siebzehn Jahre alt. Außerdem wurde sie nicht allein eingesperrt, sondern zusammen mit ihrer Mutter. Ihr Vater Buccio ist straffällig geworden, und da wurden seine Frau und die Tochter von Staats wegen versklavt.«

Der Name Cincia sagte ihm nichts. An Buccio hingegen konnte er sich erinnern. Über irgendeine Großtante war er sogar mit diesem verwandt. Nun war dieser zum Verbrecher geworden. Crispinus tat es um die Frau und das Kind leid. Es war aber nicht seine Sache. Daher fragte er Sabina über die Leute in der Stadt aus.

5.

Während Crispinus und seinen Begleitern das einfache, aber schmackhafte Essen in der Taverne vorgesetzt wurde, kamen bei Lucius ausgesuchte Delikatessen auf den Tisch. Just an diesem Nachmittag waren frische Austern und Fische aus Aquileia gebracht worden, und das meiste davon war in seinen Vorratskeller gewandert.

Während er eine Auster schlürfte, stellte Romilius fest, dass sein Onkel einen Lebensstandard pflegte, dessen sich ein Senator in Rom nicht zu schämen brauchte. Auch beim nächsten Gang nickte er zufrieden. »Diese gebackenen Haselmäuse schmecken äußerst delikat. Ich bezweifle, dass ein Koch in Rom sie besser zubereiten kann.«

Lucius lächelte selbstgefällig. »Der Koch stammt aus Rom! Er hat früher einem Senator gehört, aber dieser verkaufte ihn nach ein paar despektierlichen Äußerungen. Da ich nach Rom geschickt hatte, um einen neuen Koch zu bekommen, wurde er mir angeboten. Ich ließ ihn kommen und habe es nicht bereut.«

Es war ein Hinweis für den Neffen, dass er in Rom nicht nur auf dessen Vater und den gemeinsamen Onkel zurückgreifen konnte, sondern weitere Verbindungen besaß. Romilius begriff die Absicht, machte sich aber nichts draus. Rom war weit, und vor einem Jahr durfte er ohnehin nicht zurückkehren. Er begann nun, von der Stadt zu erzählen, und stellte fest, dass auch sein Onkel ihm gespannt zuhörte. Demzufolge, was er bereits von Linus erfahren hatte, schätzte er Lucius als einen harten Geschäftsmann und Politiker ein, der sich ungeachtet aller Hindernisse seinen Weg bahnte. In Rom hätte er sich auf diese Weise eine Menge Feinde geschaffen, doch hier in der Provinz herrschte er wie ein König. Bei einem hatte er allerdings versagt, und zwar bei der Erziehung seines Sohnes. Linus hätte längst Verantwortung übernehmen und dem Vater beistehen müssen. Stattdessen war er ein ungezogener Lümmel, der Recht und Gesetz als etwas anzusehen schien, das sein Vater für ihn zurechtbiegen konnte.

Lucius' Frau Faustina hielt er für eine selbstgefällige Matrone, die ganz zufrieden damit war, die Gattin des wichtigsten Mannes des Bezirks zu sein. Was die Tochter der beiden betraf, so war sie mit ihren fünf Jahren niemand, über den er sich bereits Gedanken machte.

Nach einer Weile wechselte er das Thema. »Mein Vater ist der Meinung, dass ein Mann, der in Rom etwas erreichen will, eine gewisse Zeit in der Provinz verbracht haben muss. Ich hoffe allerdings, dass man auch hier gewissen Vergnügungen nachgehen kann. Es finden doch gewiss Gladiatorenkämpfe und Wagenrennen statt?«

»Weiter talaufwärts haben wir eine Arena errichtet. Sie besteht zwar nur aus Holz, aber für unsere Zwecke reicht sie. So zwei- oder dreimal im Jahr kommt eine reisende Gladiatorengruppe vorbei und führt ihre Kämpfe vor. Auf Wagenrennen wirst du allerdings verzichten müssen. Dafür gibt es immer wieder Pferderennen zwischen den einzelnen Dörfern der Umgebung. Das ist jedes Mal ein großes Fest!« Lucius klang selbstzufrieden, denn in der Hinsicht übertraf Aguntum seine Nachbarstadt Teurnia und konnte sich sogar mit der Provinzhauptstadt Virunum messen.

»Ein Vergnügen werde ich bald erleben können, denn ich habe unterwegs den Sklavenhändler Varinius getroffen. Er ist nach Aguntum unterwegs und will hier einige sehr schöne Mädchen auf den Markt bringen. Darunter befindet sich auch ein Edelstein besonderer Güte, nämlich eine Perserin mit der Gestalt einer Göttin und einem Antlitz, um das selbst Diana und Minerva sie beneiden dürften.«

Lucius hatte bereits von dem Bordellbesitzer Drusus gehört, dass Varinius hierher unterwegs war, und sich überlegt, ein hübsches Mädchen zu seinem eigenen Vergnügen zu erstehen. Sein Blick streifte seine Frau. Seit Fulvias Geburt war sie arg füllig geworden und reizte ihn als Mann schon lange nicht mehr. Als er nun von der Perserin hörte, fand er, dass deren Besitz sein Ansehen bei seinen Anhängern steigern würde. Immerhin war er der reichste und mächtigste Mann der Stadt und konnte sich Dinge leisten, die weit außerhalb der Möglichkeiten aller anderen lagen.

Der Einzige, der beim Kauf der jungen Perserin mithalten könnte, war Tullius. Dessen Ehefrau würde ihren Mann jedoch mit dem Besen küssen, wenn er eine Lustsklavin ins Haus brächte. Drusus, der für sein Bordell stets hübsche Mädchen suchte, war auch kein Gegner. Diesen würde ein solch exotisches Mädchen gewiss reizen, doch war er nicht bereit, mehr Geld für eine Frau auszugeben, als sie ihm auf Dauer einbringen würde.

Lucius unterhielt sich weiter mit seinem Neffen, erfuhr den einen oder anderen Klatsch aus der Hauptstadt und musterte dabei immer wieder seinen Sohn. Linus soll sich Romilius zum Vorbild nehmen, dachte er. Auch muss er lernen, sich zu beherrschen. Einmal wird er mir nachfolgen müssen. Da darf er sich nicht sinnlos Feinde machen. Sonst werden die Männer, die mir bedingungslos folgen, es bei ihm nicht mehr tun.

6.

Die dritte Nacht im Gefängnis lag hinter Cincia und ihrer Mutter. Für Cincias Gefühl befanden sie sich schon ewig hier, ihr altes Leben lag bereits so fern, als hätte sie es nur vom Hörensagen erfahren. Für sie, die immer rührig gewesen war und gearbeitet hatte, war es schwer, hier nicht mehr tun zu können, als durch das Fenster nach draußen zu starren und trüben Gedanken nachzuhängen.

Wenn ihre Stimmung nicht ganz so bedrückt war, überlegte sie, was auf sie und ihre Mutter warten mochte. In der Stadt gab es etliche Sklaven. Einige davon lebten fast wie freie Bewohner und durften sogar heiraten, auch wenn es keine richtige Ehe war, sondern nur die Erlaubnis ihrer Herren, als Paar zusammenzuleben. Solche Sklaven konnten sich freikaufen, wenn es ihnen gelang, genug Geld zu sparen. Manche wurden von ihren Herren sogar feierlich freigelassen.

Cincia klammerte sich daran, dass es auch bei ihrer Mutter und ihr so sein würde. Gleichzeitig aber dachte sie daran, wie die Sklaven des Lucius auf dessen Landgut behandelt wurden. Sie bekamen schlechtes Essen und mussten von früh bis spät hart arbeiten. Wenn sie nicht schnell genug waren, wurden sie von den Vorarbeitern mit der Peitsche angetrieben. Sowohl dort wie auch anderenorts mussten hübsche und auch weniger hübsche Sklavinnen darauf gefasst sein, dass ihr Herr oder andere freie Männer sie aufforderten, sich für sie auf den Rücken zu legen. Davor hatte Cincia am meisten Angst. Es war etwas anderes, es mit einem Mann zu tun, mit dem der Priester sie im Namen der Götter zusammengegeben hatte, als jemandem hilflos ausgeliefert zu sein, der alles mit einem machen durfte.

Als sie nach draußen blickte, sah sie den Handwerker Seccius herankommen. Kaum hatte er sie am Fenster entdeckt, blieb er stehen.

»Na, wie gefällt dir dein neuer Halsschmuck?«, fragte er spöttisch. »Ein Sklavenkragen ist genau das, was dir und deiner Mutter zusteht! Ich habe gehört, der gute Drusus will dich kaufen und nimmt schon Angebote für deine Entjungferung an. Wahrscheinlich wird Linus gewinnen. Er wird gewiss am meisten bieten und dich dann so richtig durchrammeln, bis du nicht mehr stehen kannst.«

»Du bist ein elender Lump, der zu nicht mehr taugt, als andere Leute zu verhöhnen!«, rief Cincia angeekelt.

»Und du bist nicht mehr wert als das, was hier herauskommt«, sagte er boshaft, holte sein Glied unter der Tunika hervor und pisste mit einem kräftigen Strahl gegen die Wand. Dabei versuchte er, sie durch das Fenster zu treffen.

»Du bist ein widerwärtiges, gemeines Schwein!«, fauchte Cincia und wünschte sich, etwas zu haben, das sie ihm an den Kopf werfen konnte.

Da hörte sie einen zornigen Ruf und sah Titus mit langen Schritten herankommen. »Seccius, du bist nicht nur ein Schwein, sondern eine Wildsau!«

Noch während Titus es sagte, packte er den Mann und drückte dessen Kopf so gegen die feuchte Wand, dass er den eigenen Urin auf den Lippen spürte.

Wütend riss Seccius sich los. »Du verfluchter Hund!«, schrie er Titus an und spuckte vor Ekel aus. Dann schlug er mit beiden Fäusten zu.

Titus tauchte unter den wilden Schwingern hindurch und trat Seccius gegen die Kniekehle. Dieser stürzte und fiel mit dem Kopf in die Lache, für die er eben selbst gesorgt hatte. Sofort rappelte er sich wieder auf und ging brüllend auf Titus los.

Da stürmten mehrere Amtsdiener heran. »Auseinander!«, rief deren Hauptmann.

Als Titus zurücktrat, wollte Seccius erneut auf ihn losgehen. Im nächsten Augenblick krümmte er sich unter einem scharfen Stockhieb, den ihm ein Unteroffizier versetzt hatte.

»Steht still!«, herrschte dieser ihn an. »Was ist hier los? Weshalb prügelt ihr euch?«

»Diese Sau hat gegen das Amtsgebäude gepisst. Das ist eine Verhöhnung des Reiches und des Imperators! So etwas konnte ich nicht hinnehmen«, sagte Titus rasch, damit sein Gegner ihm nicht zuvorkommen konnte.

»Stimmt das?«, fragte der Hauptmann streng.

»Ja … aber ich …«, wollte Seccius sich rechtfertigen.

»Er hat es zugegeben. Abführen!«, fuhr ihm der Hauptmann über den Mund. »Den Imperator auf die Weise zu schmähen, zieht eine strenge Strafe nach sich.«

»Aber ich wollte den Imperator nicht schmähen, sondern nur diesen Sklavinnen zeigen, dass sie nicht mehr wert sind als Pisse«, stieß Seccius erregt hervor.

»Du hättest sagen können, dass du auf sie pisst. Aber gegen die Wand eines Amtsgebäudes zu schiffen, grenzt an Rebellion«, erklärte der Unteroffizier und befahl seinen Männern, Seccius ins Gefängnis zu schaffen.

»Verflucht, Titus! Das zahle ich dir heim!«, brüllte dieser voller Wut.

Da trat ein fremder Offizier auf die Gruppe zu. »In Rom würdest du für diese Drohung so lange in der Zelle schmoren, bis du dich abgekühlt hast«, sagte er mit eisiger Stimme.

»Wenn du Schläge willst, dann sag es!«, rief Seccius schnaubend.

»In der nächsten Zeit wirst du nicht in der Lage sein, auch nur irgendjemanden zu verprügeln«, antwortete der Offizier gelassen. »Du musst erst einmal dafür büßen, ein Amtsgebäude besudelt zu haben.«

Da der Mann mit solcher Autorität sprach, beeilte sich der Unteroffizier, ihm zuzustimmen. »Wenn ein Betrunkener nach Hause torkelt und dabei vom Harndrang überwältigt auf die Straße pisst, drückt man ein Auge zu. Wenn man es absichtlich tut oder ein amtliches Gebäude oder einen Tempel beschmutzt, ist dies ein Staatsverbrechen!«, sagte er eifrig.

Seccius begriff, dass es ihm an den Kragen gehen konnte. »Ich wollte doch nur Cincia verspotten! Als Tochter eines Mörders hat sie es verdient.«

»Mein Vater ist kein Mörder!«, fiel Cincia ihm ins Wort. »Oder laufen hier in der Stadt seit Neuestem Tote herum?« Sie wies auf Florus, der auf der anderen Straßenseite stehen geblieben war und neugierig herüberschaute.

»Dein Vater hat versucht, den Viehhändler zu ermorden! Also hat er als Mörder zu gelten!«, antwortete der Unteroffizier streng.

»Dann hat Seccius aber auch den Imperator bepisst, weil er seinen Jauchestrahl gegen diese Wand gerichtet hat!«, entfuhr es Cincia.

»Das Mädchen hat recht! So ein Verbrechen erfordert eine harte Strafe«, stimmte der Offizier ihr zu.

»Das wird der Duumvir Lucius Antonius Melius in seiner Eigenschaft als Stadtrichter entscheiden«, erklärte der Unteroffizier.

Als Lucius' Name fiel, atmete Seccius ein wenig auf. Er war immerhin dessen Klient und konnte daher mit einer gewissen Nachsicht rechnen. Dann würde er es Titus heimzahlen, schwor er sich und folgte mürrisch den Stadtwachen.

Unterdessen war Amma neben Cincia getreten. »So weit ist es gekommen, Kind«, jammerte sie. »Sie pissen uns an, weil wir Dreck unter ihren Füßen sind. Oh, Epona! Oh, Sirona! Oh, Latobius! Weshalb habt ihr es zugelassen, dass man uns so quält?«

Während die Mutter die Götter anklagte, schenkte Cincia Titus ein Lächeln. Sie hatte ihn schon immer gemocht, doch nun machte sich ein warmes Gefühl in ihr breit.

»Ich danke dir!«, sagte sie lächelnd.

»Dieses Schwein hat es nicht besser verdient. Der hätte noch glatt durch das Fenster in die Zelle gepisst!«

»Er ist wirklich ein Ungut«, erwiderte Cincia.

Titus nickte. »Das ist er! Du solltest dich nicht nur vor ihm, sondern vor allem auch vor Linus und dessen Freunden Ario und Tervius in Acht nehmen. Die sind nicht besser als Seccius!«

Weder Cincia noch er hatten bemerkt, dass Florus sich heimlich näher geschlichen hatte, um zu lauschen. Als er Titus' Bemerkung über Linus hörte, grinste er. Dies würde Lucius gewiss interessieren und ihm einen Grund geben, dem Käsehändler seine Gunst zu entziehen. Immerhin wollte Lucius groß in den Käsehandel einsteigen, und da war Calvus eine Konkurrenz, die es kleinzuhalten galt.

7.

Nachdem Titus sich verabschiedet hatte, drehten Cincias Gedanken sich noch immer um das, was eben geschehen war. Da hörte sie, wie draußen auf der Straße ein Wagen anhielt. Sie trat erneut ans Fenster und entdeckte einen vierrädrigen Reisewagen, der von gut einem Dutzend Männern begleitet wurde. Mehr als die Hälfte von ihnen trug Ketten.

»Das ist ein Sklavenhändler mit seinen Sklaven«, rief Cincia ihrer Mutter zu. »Der wird uns mitnehmen, und wir dürfen unsere Heimat nie wiedersehen!«

Während Amma in Tränen ausbrach, beobachtete Cincia, wie ein seiner Kleidung nach wohlhabender Mann vom Bock stieg und die verriegelte Tür des Wagens öffnete.

»Herauskommen, und zwar alle!«, befahl er mit harscher Stimme.

Mehrere Mädchen und junge Frauen stiegen mit matten Bewegungen aus. Sie waren alle so hübsch, dass Cincia sich wie ein schlichtes Entlein neben stolzen Schwänen fühlte. Außerdem entdeckte sie zwei Knaben, von denen keiner älter als zehn Jahre alt sein mochte.

Erst als der Mann mit einem Stock gegen die Wagenwand schlug, verließ ein letztes Mädchen den Wagen. Es war so schön, dass Cincia nicht glauben wollte, dass es so etwas unter Menschen geben konnte. Gewiss war sie eine Göttin oder zumindest die Tochter eines Gottes mit einer menschlichen Frau, dachte sie. Die Haare der Fremden waren dunkler als eine Neumondnacht bei wolkenverhangenem Himmel, ihre Haut aber so weiß, als hätte sie nie einen Sonnenstrahl gesehen. Auf ihrem Gesicht glaubte Cincia Verzweiflung zu erkennen, aber auch einen unbeugsamen Willen. Wie es schien, wollte die Fremde sich nicht mit ihrem Schicksal abfinden, denn ihre Hände waren gefesselt. Auf jeden Fall war sie genauso versklavt, wie es die mit Ketten aneinandergebundenen Männer waren.

»Die haben sehr viele Sklaven und Sklavinnen bei sich. Da glaube ich doch nicht, dass sie unseretwegen gekommen sind, Mutter«, sagte sie.

Draußen sprach der Sklavenhändler den Unteroffizier der Wache an. »Salve! Mein Name ist Varinius. Ich habe die Erlaubnis erhalten, hier meine Sklaven zu verkaufen. Die Männer würde ich gerne im städtischen Gefängnis unterbringen. Keine Sorge, ich bezahle dafür. Das Essen wird ihnen aus der Taverne gebracht, ebenso ein wenig Wein. Sie sollen ja, wenn sie übermorgen verkauft werden, in guter Verfassung sein. Die Mädchen kommen in der Taverne unter. Bis auf diese hier!« Sein Zeigefinger wies auf die schwarzhaarige Schönheit. »Die bringt ebenfalls ins Gefängnis, aber so, dass sie keine Möglichkeit findet, Unsinn zu machen. Und steckt sie um Merkurs willen nicht zu den Männern! Sie ist noch Jungfrau und soll es bleiben, bis sie verkauft worden ist.«

Cincia drehte sich zu ihrer Mutter um. »Diese Sklaven sollen hier verkauft werden. Hast du so etwas schon erlebt?«

»Ein paarmal!«, antwortete Amma. »Von Zeit zu Zeit lässt Lucius sich Arbeitssklaven für seine Bergwerke bringen. Dabei nimmt der Händler auch andere Sklaven mit, um sie hier zu verkaufen.«

»Es ist ein wunderschönes Mädchen dabei. Sie soll ins Gefängnis gebracht werden, während die anderen Sklavinnen in der Taverne unterkommen.«

Cincia hatte es kaum gesagt, als sie hörte, wie die Eingangstür geöffnet wurde. Das Klirren von Ketten verriet, dass die Sklaven hereingeführt wurden. Gleichzeitig hörte sie Seccius schimpfen. Also hatte man ihn tatsächlich eingesperrt. Da er eine von Lucius' Kreaturen war, hatte sie eigentlich erwartet, dass man ihn laufen ließ. Lange, dachte sie, würde Lucius ihn gewiss nicht hier drinnen hocken lassen.

Da wurde die Tür zu ihrer Zelle aufgerissen, und der Sklavenhändler führte die gefesselte Schöne herein.

»Hier wirst du bis zur Auktion bleiben«, erklärte er. »Außerdem wird man hier achtgeben, dass du keine Dummheiten machst.«

Der Blick, mit dem das Mädchen ihn dafür bedachte, war mörderisch. Cincia spürte ihren Hass und den Willen, sich niemals zu unterwerfen. Würde sie ähnlich stark sein?, fragte sie sich. Sie bezweifelte es, denn sie war schon nach den wenigen Tagen in der Zelle mürbe geworden.

In dem Moment wurde der Sklavenhändler auf sie und ihre Mutter aufmerksam. »Was ist mit den beiden?«, fragte er den Wärter, der ihn begleitete.

»Die werden übermorgen ebenfalls verkauft. Wenn du genug zahlst, kannst du sie mitnehmen«, sagte ihm der Wärter.

Varinius betrachtete Cincia mit einem gewissen Interesse, schüttelte aber den Kopf. »Das ist Provinzware! Mit so etwas gebe ich mich nicht ab.«

Der Wärter spürte, dass Varinius log. Dem Mann stach Cincia durchaus ins Auge. »Die beiden werden übrigens nur zusammen verkauft«, sagte er grinsend.

»Was für ein Unsinn!«, rief Varinius. »Die Junge würde ich mir noch eingehen lassen, doch die Alte taugt höchstens noch als Sklavin auf einem Landgut. Die aber bekommt man überall für ein paar Sesterzen. Da lohnt es sich nicht, sie Dutzende Meilen mitzuschleppen.«

»Bei denen heißt es, entweder beide oder keine«, sagte der Wärter grinsend.

»Ihr wollt anscheinend den Preis für die Alte steigern. Obwohl – so alt ist sie noch nicht. Trotzdem würde ich sie nur mitkaufen, wenn die andere wie Thamina ein Diamant reinsten Wassers wäre.« Sein Blick streifte seine schwarzhaarige Sklavin, die bei der Nennung ihres Namens ein Fauchen hören ließ.

Der Wärter wandte sich unterdessen Cincia und der Mutter zu. »He, ihr zwei! Gebt auf die Perserin acht. Wenn dieser etwas zustößt, werdet ihr streng bestraft. Vielleicht trennt man euch dann doch und verkauft euch einzeln.« Er lachte kurz und winkte dem Sklavenhändler, ihm zu folgen. »Die beiden sind Mutter und Tochter. Die lassen deine Sklavin schon nicht aus den Augen. Der hochedle Lucius könnte sonst versucht sein, sie zu trennen. Die Junge könntest du dann kaufen und mitnehmen, und die Mutter käme in Drusus' Bordell. Dafür, dass die Pferdeknechte sich einen abstoßen können, reicht sie immer noch.«

Was für ein gemeiner Kerl, dachte Cincia.

Da sprach der Wärter ihre Mutter an. »Übrigens habt ihr Glück! Herr Varinius wünscht, dass seine persische Sklavin ihr Essen ebenfalls aus der Taverne bekommt. Sabina hat angeboten, so viel zu kochen, dass auch für euch beide etwas übrig bleibt.«

»Schiebe es dir irgendwohin!«, schrie Amma ihn an.

Der Wärter lachte. »Wenn du frech werden solltest, kommen wir herein und schieben dir auch etwas wohin. Anders als bei deiner Tochter, die als Jungfrau verkauft werden soll, müssen wir bei dir keine Rücksicht nehmen.«

Es konnte ernst gemeint sein oder auch nur eine Drohung, um ihre Mutter zu erschrecken, dachte Cincia. Eines aber war ihr bewusst: Wenn die Kerle wirklich kamen, um ihre Mutter zu schänden, würde sie alles tun, um ihr beizustehen.

Als Varinius und der Wärter gegangen waren, wandte sie sich Thamina zu. »Ich bin Cincia, und das ist meine Mutter Amma. Wie es aussieht, werden wir bis übermorgen zusammenbleiben.«

»Wenn sie zwei Nächte hier schlafen soll, brauchen wir eine Pritsche«, wandte ihre Mutter ein.

Geräusche, die von draußen hereindrangen, zeigten an, dass diese bereits gebracht wurde. Die Tür wurde erneut geöffnet und eine Pritsche hereingeschoben. Danach blieben sie allein.

Cincia hoffte, dass die Fremde nun mit ihr sprechen würde, doch Thamina setzte sich auf die Kante einer Pritsche und starrte finster zu Boden.

»Das ist wahrscheinlich eine Barbarin, die kein Latein versteht«, sagte Amma und kümmerte sich nicht mehr um die Sklavin. Cincia hingegen bedauerte, dass diese so abweisend war.

8.

Als der Abend kam, wurde das Essen gebracht. Cincia hob erstaunt die Augenbrauen, als sie Materiona mit den Schüsseln und Töpfen hereinkommen sah.

»Sabina bezahlt mich dafür, dass ich euch das Essen herübertrage«, sagte die alte Frau, stellte das Geschirr ab und wandte sich dann dem Wärter zu. »Wir brauchen einen Tisch! Euren Gerstenbrei aus dem Napf kann man auf einer Pritsche sitzend essen. Die Perserin soll hingegen das beste Essen aus Magrinius' Taverne bekommen, und da ist mehr Aufwand vonnöten.«

»Einen Tisch willst du haben? Sonst noch was?«

»Messer und Gabeln sollten es auch sein. Der Braten muss schließlich zerteilt werden, bevor er gegessen werden kann.«

Der Wärter schüttelte den Kopf. »Die Perserin darf nichts bekommen, mit dem sie sich umbringen könnte!«

»Dann bringe wenigstens mir ein Messer und eine Gabel, damit ich den Frauen das Fleisch vorschneiden kann«, forderte Materiona.

Endlich gab der Wärter nach, und so brachte er mit einem Kollegen wenig später Tisch und Bestecke.

»Komm, Mädchen! Wir stellen die Pritschen so an den Tisch, dass sie als Liegen zum Essen verwendet werden können«, forderte Materiona Cincia auf.

»Römer mögen liegend essen. Ich sitze lieber.«

»Das ist auch richtig«, stimmte Materiona ihr zu. »Wenn man beim Essen sitzt, rutscht das Essen von selbst den Schlund hinunter. Macht man es wie die Römer im Liegen, bleibt es stecken, und man verschluckt sich leicht.«

»Wenn sie sich nur verschlucken und daran sterben würden«, fauchte die Perserin hasserfüllt. Dann sah sie Cincia, deren Mutter und Materiona verwundert an. »Aber ihr seid doch auch Römer!«

Cincia schüttelte den Kopf. »Wir sind Laianken und zählen zum großen Volk der Noriker. Das heißt, das waren Mutter und ich einmal. Jetzt sind wir Sklavinnen und werden ebenso wie du wie Vieh verkauft.«

»Die Noriker kenne ich nicht. Ich weiß nur, dass hier Römer leben – das hassenswerteste Volk der Welt!«

»Es mag sein, dass du sie hasst. Wir hingegen kommen mit ihnen aus«, mischte sich Materiona ein. »Nun gut, ein paar Sitten und Gebräuche haben sie, die uns nicht zusagen, aber an die kann man sich gewöhnen.«

»Ich werde mich niemals an Römer gewöhnen! Ich war eine freie Perserin und …« Thamina verstummte und brach in Tränen aus.

»Was hast du?«, fragte Cincia mitleidig.

»Ich habe mich nur daran erinnert, dass es auch in meinem Volk Verräter und Schurken gibt.«

Unterdessen schnitt Materiona der Perserin die Fesseln durch, verteilte dann das Essen und vergaß dabei auch sich selbst nicht. »Es ist ja genug da. Da muss ich nicht auch noch zu Hause kochen. Ich will bis übermorgen in der Stadt bleiben. Zum Glück hat Sabina mir erlaubt, im Stall der Herberge zu schlafen. Dafür soll ich ihr bei der Arbeit helfen. Da ein Sklavenmarkt stattfindet, werden viele Leute in die Stadt kommen.«

»Das Essen sei dir vergönnt!«, sagte Cincia mit dem Anflug eines Lächelns.

Materiona erwiderte das Lächeln. Eigentlich blieb sie nur deswegen in der Stadt, um jede Gelegenheit zu nützen, bei der sie Geld verdienen konnte. Sie hatte bereits eine hübsche Summe beisammen und hegte nun doch die Hoffnung, es könnte bis zum Sklavenmarkt genug sein, um Amma und Cincia freikaufen zu können.

Als Materiona später das Gefängnis verließ, um das Geschirr in die Taverne zurückzubringen, wurde gerade Seccius freigelassen. Er drängte sich fluchend an ihr vorbei und traf sich vor dem Gebäude mit Florus. »Hab Dank, dass du dich für mich eingesetzt hast!«, sagte er.

Materiona wurde etwas langsamer, um Florus' Antwort auch noch zu hören.

»Ich bin sofort zu dem hochgeehrten Herrn Lucius geeilt, um mich für dich zu verwenden. Das vergisst du hoffentlich nicht!«, erwiderte Florus lachend.

»Ich werde es dir nicht vergessen, und ebenso wenig Titus' Schuld daran, dass man mich überhaupt eingesperrt hat. Dem werde ich …«

Mehr hörte Materiona nicht, da Seccius mitten im Satz abbrach und erklärte, er wolle sich zu Lucius begeben, um auch diesem für seine Freilassung zu danken.

9.

Während Materiona in die Taverne zurückkehrte und sich dabei Sorgen um Titus machte, eilte Seccius, von Florus begleitet, zur großen Villa und fragte dort den Haushofmeister, ob Herr Lucius bereit sei, ihn zu empfangen.

Der Mann musterte die beiden missbilligend. »Die Besuchszeit ist bereits vorüber! Ich werde Herrn Lucius dennoch fragen, ob er euch noch empfangen will«, fügte er hinzu und ging in Haus hinein.

Seccius und Florus blieben in der Vorhalle zurück und sahen einander fragend an.

»Falls Lucius uns heute nicht mehr empfangen will, kommen wir eben morgen wieder, wenn Besuchszeit für seine Klienten ist«, sagte Florus nach einer Weile.

»Es wird wohl so sein müssen!«, antwortete Seccius und wandte sich zum Gehen.

Da trat Lucius in einem langen, weißen Gewand und einer lässig geschlungenen Toga auf sie zu. »Wie ich sehe, bist du wieder frei.«

»Ja, hochedler Herr! Das verdanke ich nur dir!« Seccius verbeugte sich und überlegte gerade, mit welchen Schmeicheleien er fortfahren sollte, als Lucius ihn mit einem rauen Griff packte.

»Du warst ein verdammter Narr, Seccius! Wie konntest du nur gegen das Amtsgebäude pinkeln? Das Gefängnis kann ich dir ersparen, dafür aber muss ich dich zu einer hohen Geldstrafe verurteilen. Tue ich es nicht, würden Neider wie Tullius es nach Rom melden und behaupten, ich hätte eine abscheuliche Beleidigung des Imperators nicht geahndet.«

Lucius klang so kalt, dass sich bei Seccius die Nackenhaare aufstellten. »Ich wollte Cincia nur zeigen, dass sie und ihre Mutter jetzt rechtloses Gesindel sind, auf das man pissen kann. Die angebliche Schändung des Amtsgebäudes und Beleidigung des Imperators ist auf Titus' Mist gewachsen. Wäre dieser Lümmel nicht dazwischengekommen, hätte sich kein Schwein dafür interessiert.«

»Außerdem hat er dich wie einen jungen Hund, der ein Pfützchen gemacht hat, in dieselbe getunkt«, spottete Florus.

»Jupiters Blitz soll ihn dafür treffen!«, rief Seccius voller Wut.

»Gleich Jupiter? Bescheiden bist du nicht gerade!« Trotz seines Spotts ärgerte Lucius sich, dass die Angelegenheit durch den Sohn des Käsehändlers so aufgebauscht worden war. Nur deshalb war er gezwungen, eine Strafe gegen einen seiner treuesten Anhänger zu verhängen. Zwar konnte er nun eine gewisse Härte gegen Calvus zeigen, aber er hätte diesen lieber auf eine weniger auffällige Weise aus dem Geschäft gedrängt. Da es nun jedoch einmal so war, musste er das Beste daraus machen.

»In einem hast du recht, Seccius! Titus muss bestraft werden. Keiner von meinen Klienten oder ihrem Nachwuchs darf es wagen, etwas zu tun, was mir schaden könnte. Und das hier hätte mir Schaden zufügen können.«

»Titus hat übrigens auch Linus mit beleidigenden Worten bedacht – und ebenso dich!«, berichtete Florus eifrig.

»Dafür müsstest du ihn eigentlich einsperren«, sagte Seccius drängend.

»Wenn ich das tue, wird Tullius nach Rom melden, dass ich den Mann, der ein Staatsverbrechen aufgedeckt hat, einsperren ließ, während jener, der das Ansehen des Imperators geschändet hat, frei herumlaufen darf. So ein Narr bin ich nicht.« Lucius fluchte leise, verzog dann aber die Lippen zu einem spöttischen Lächeln. »Übermorgen findet der Sklavenmarkt statt. Dafür ist das Forum zu klein. Wir verlegen ihn daher in die Arena.«

»Aber was hat das mit mir und Titus zu tun?«, fragte Seccius verärgert.

»Das wirst du gleich erfahren! Der Sklavenmarkt soll ein richtiges Fest werden, mit Ständen, an denen Wein und Leckereien verkauft werden. Bevor es jedoch zur Sklavenversteigerung kommt, wird es zur Belustigung der Zuschauer einen Gladiatorenkampf geben.«

»Wir haben derzeit in Aguntum keine Gladiatoren«, wandte Florus ein.

»Die brauchen wir nicht! Es wird nämlich Seccius gegen Titus antreten. Seccius ist ein erwachsener Mann, der sich bereits in etlichen Raufereien ausgezeichnet hat. Titus hingegen ist noch ein halber Knabe und ohne jede Erfahrung im Kampf.«

»Ja, ich verstehe ...«, antwortete Seccius, während Florus hämisch grinste.

»Es geht das Gerücht um, dass es nicht Materiona, sondern Titus war, der auf die Idee gekommen ist, Geld zu sammeln, um Amma und Cincia freizukaufen. Inzwischen soll bereits ein hübsches Sümmchen zusammengekommen sein, und wenn Vogitoubus und seine Bergbauern dazukommen, wird es noch mehr werden. Einige von denen sind mit Buccio oder Amma verwandt, und nicht jeder weiß Roms weise Herrschaft zu schätzen.«

»Pluto soll diese renitenten Bergler holen!«, rief Lucius wütend aus. In der Stadt war er der absolute Herr. Doch in den Dörfern, die sich an die Hänge der Flusstäler schmiegten, herrschten eigene Gesetze. So hatte Vogitoubus schon mehrfach verhindert, dass er Stammesland an sich bringen konnte. »Wir werden auch mit diesem Gesindel fertigwerden! Aber jetzt geht es darum, an Titus ein Exempel zu statuieren. Entweder ist man für mich – oder man spürt meinen Zorn!«

Es war eine Drohung, bei der sowohl Florus wie auch Seccius begriffen, dass sie nicht nur Titus, sondern auch ihnen galt.

10.

Crispinus stellte rasch fest, dass er Aufsehen erregte. Ein Mann wie er, dem deutlich anzumerken war, dass er als Offizier Männer kommandiert hatte, blieb selten länger in einer Taverne. Meistens reiste ein solcher Herr rasch weiter, um einen höheren Posten in den Kastellen an der Donau zu besetzen. Er hingegen machte keine Anstalten, Aguntum wieder zu verlassen.

Am Tag vor der Sklavenauktion zog er die Urkunde, mit der Kaiser Antoninus Pius ihn zum Kommandanten der Benefiziarier in diesem Bezirk ernannt hatte, aus seinem Gepäck und begab sich zum Amtsgebäude. Als er am Gefangenentrakt vorbeikam, sah er erneut jenes Mädchen. Es war noch jung, aber bereits recht hübsch und würde beim Verkauf sicher einen guten Preis erzielen.

Unwillkürlich blieb er stehen und drehte sich zu ihr um. »Kannst du mir Auskunft geben?«

Cincia wunderte sich, weil der Fremde sie ansprach. Da er jedoch Titus gegen Seccius geholfen hatte, nickte sie eifrig. »Gerne, wenn ich es kann!«

»Gestern wurde doch die Perserin in das Gefängnis gebracht. Kannst du mir sagen, ob sie sich wohl befindet?« Crispinus war besorgt, Thamina könnte erneut versucht haben, Selbstmord zu begehen.

»Wenn du glaubst, dass es irgendjemandem, der sich hier in diesen Zellen befindet, wohl ergeht, so bist du ein Träumer oder ein Narr!«, antwortete Cincia harsch. »Wir sind hier eingesperrt wie Vieh und werden morgen auch wie solches verkauft.«

»Verzeih! Ich habe gehört, dass deine Mutter und du zur Sklaverei verurteilt worden seid. Doch was ist mit der Perserin? Lebt sie noch?«

Cincia drehte sich zu Thamina um, die nun näher kam, um selbst durch das Fenster zu schauen. Als sie Crispinus erkannte, wurde sie zornig. »Du willst dich wohl an meinem Unglück weiden, du Hund! Mögen die Götter dich packen und deine Knochen zermahlen! Ich wollte, ich hätte dich niemals getroffen!« Sie brach in Tränen aus, eilte zu ihrer Pritsche und sank weinend darauf nieder.

Cincia folgte ihr und schloss sie tröstend in die Arme. »Was ist mit dir? Warum hasst du diesen Mann so sehr?«, fragte sie.

»Er hat mich festgehalten, als ich mich auf dem Passweg in die Tiefe stürzen wollte. Es wäre so leicht gewesen. Ich hätte nur einen Schritt vortreten müssen, und nichts hätte mir noch Kummer und Leid bereitet«, stieß Thamina unter Tränen hervor.

»Du wolltest dich umbringen?« Cincia starrte sie erschrocken an. So schlimm ihr auch das eigene Schicksal erschien, so hatte sie bisher keinen Augenblick an Selbstmord gedacht.

»Ist es so schrecklich für dich, Sklavin zu sein?«, fragte sie weiter.

Thamina wischte sich die Tränen aus den Augen und setzte sich auf. »Ist es das für dich nicht?«

»Doch!«, gab Cincia zu. »Aber ich will deswegen nicht mein Leben wegwerfen.«

»Du bist hier in der Heimat, unter Römern wie deinesgleichen.«

»Wir sind keine Römer, sondern Laianken«, korrigierte Cincia sie.

»In einem hat sie recht!«, schaltete sich ihre Mutter ein. »Wir gehören nicht nur zum Reich der Römer, wir sprechen auch die gleiche Sprache und …«

»Seltsam!«, rief da Cincia. »Der Fremde, der eben nach Thamina gefragt hat, sprach für einige Augenblicke so, wie wir es hier gewöhnt sind, und nicht wie die echten Römer in der Stadt.«

»Da hast du dich gewiss getäuscht!«, erwiderte ihre Mutter.

»Das habe ich nicht!« Cincia setzte sich nun neben Thamina und fasste nach deren Händen. »Du sprichst ein besseres Latein als viele hier in den Bergen.«

»Ich habe es bereits als Kind gelernt. Mein Vater bestand darauf, dass ich außer unserer eigenen Sprache auch Latein, Armenisch und Griechisch lernte. Es hätte ja sein können, dass ich irgendwohin verheiratet werden könnte, wo eine dieser Sprachen verwendet wird.« Thamina atmete tief durch und sah dann Cincia traurig an. »Mein Vater war ein Fürst in Persien und Vasall des parthischen Königs Vologaeses IV. Er war diesem immer treu ergeben. Doch ein Nachbar beschuldigte ihn, ein Rebell zu sein, und brachte gefälschte Beweise vor. Der König glaubte dem Schurken und ließ die Stadt meines Vaters stürmen und diesen mitsamt meinen Brüdern gefangen nehmen. Meine Mutter und ich mussten zusehen, wie sie auf dem Hof des eigenen Schlosses totgeprügelt wurden. Mutter und ich sollten Sklavinnen werden, aber nicht in der Heimat, sondern im Reich unserer römischen Todfeinde. Und so wurden wir an einen römischen Sklavenhändler verkauft.«

»Wo ist deine Mutter? Hat man euch getrennt?«, fragte Cincia mitleidig.

»Sie starb unterwegs«, sagte Thamina und konnte nun erneut ihre Tränen nicht mehr zurückhalten.

11.

Crispinus hielt sich für einen harten Mann. Trotzdem hatte ihn die Anklage der jungen Perserin getroffen. Gleichzeitig fragte er sich, weshalb sie so viel Eindruck auf ihn machte. Sie war sehr schön, doch das waren andere Mädchen auch. Die Kleine im Gefängnis war ebenfalls recht ansehnlich. In seinem Kopf aber spukte die Perserin herum, und er fragte sich immer wieder, wie es sein würde, wenn er sie ersteigerte.

Mit diesem Gedanken trat er in das Amtsgebäude und sprach den ersten Amtsdiener an, der ihm über den Weg lief. »Halt, bleib stehen! Ich brauche eine Auskunft. Ich bin Publius Cornelius Crispinus, der neue Hauptmann der Straßenwächter in diesem Bezirk. Ich will wissen, wo das Quartier meiner Benefiziarier liegt! Auch soll mir hier ein Wohnhaus zur Verfügung gestellt werden. Zum Dritten will ich mit dem Bürgermeister sprechen.«

»Der ehrenwerte Duumvir iure dicundo Lucius Antonius Melius befindet sich in seinem Haus. Du findest es gleich neben dem Stadttor. Es ist nicht zu übersehen!«, antwortete der Mann.

Crispinus funkelte ihn zornig an. »Soll ich etwa wie ein Bittsteller in sein Haus kommen? Wie es Sitte ist, suche ich ihn in seiner Kammer hier im Amtsgebäude auf.«

»Der ehrenwerte Duumvir iure dicundo Lucius Antonius Melius kommt nur zu den wichtigsten Angelegenheiten hierher. Im Allgemeinen führt er seine Amtsgeschäfte von zu Hause aus«, erklärte der Mann in einem Tonfall, der Crispinus offenbar zeigen sollte, es wäre das Beste, zu Lucius' Haus zu gehen.

»Ist der Amtsantritt des Kommandanten der Benefiziarier kein Grund für den Bürgermeister, diesen in seinen Amtsräumen zu begrüßen?« Crispinus dachte nicht daran, auch nur um ein Iota vom Protokoll abzuweichen. Wenn er es einmal tat, würde Lucius glauben, er müsste immer so sein.

Der Amtsdiener schien nach Worten zu suchen. Crispinus ließ ihm jedoch keine Zeit zum Nachdenken. »Mir sollen hier auch Amtsräume zur Verfügung stehen. Wo befinden sich diese?«

»Im zweiten Stock. Dein Vorgänger hat sie kaum benutzt. Darum haben wir …«

»Was heißt hier kaum benutzt? Hat der Mann seine Pflicht nicht erfüllt?«, unterbrach Crispinus den Mann scharf.

»Das hat er schon! Aber er befand sich die meiste Zeit in Sebatum.«

Crispinus konnte kaum glauben, was er hörte. »Ist Aguntum die Hauptstadt dieses Bezirks oder Sebatum? Der Kommandant der

Straßenwachen hat sich den größten Teil der Zeit in der Hauptstadt aufzuhalten, bis auf seine notwendigen Inspektionen. Wo befindet sich eigentlich sein Stellvertreter?«

»Der ist auch in Sebatum!«

»Der Mann muss wissen, dass ich bald erscheinen soll, und hat es nicht für nötig erachtet, mich zu empfangen? Ich werde hier wohl mit eisernem Besen kehren müssen. Und nun mache dich auf den Weg und berichte dem Bürgermeister, dass ich eingetroffen bin und ihn hier erwarte!«

Während der Amtsdiener loseilte, stieg Crispinus ins zweite Stockwerk hoch. Einige der Beamten hatten seinen kurzen, scharfen Disput mit ihrem Kollegen mitbekommen und warfen neugierige Blicke aus ihren Kammern heraus.

»Wo sind die Räume des Kommandanten der Straßenwachen?«, fragte Crispinus den Mann, der ihm am nächsten stand.

»Dort hinten, aber die werden kaum benützt!«

»Das wird sich ändern! Laut den Informationen, die ich erhalten habe, gibt es in Aguntum ein Haus, das ich beziehen kann. Wo ist es?«, fragte Crispinus weiter.

»Das liegt weiter oben im Tal außerhalb der Stadt. Dein Vorgänger Gaius Ovidius hat es nie benutzt, denn er lebte die meiste Zeit in Sebatum. Wenn er in Aguntum zu tun hatte, wohnte er in der Villa beim ehrenwerten Herrn Lucius Antonius Melius. Das ist der …«

»Duumvir iure dicundo! Ich weiß«, unterbrach ihn Crispinus. »Auch das wird sich ändern. Zeige mir jetzt die Räume!«

Der Schreiber nickte und ging voraus. Als Crispinus die für ihn bestimmte Kammer betrat, runzelte er die Stirn.

»Der Raum ist ja leer! Wo sind die Regale mit den Unterlagen? Auch fehlt ein Tisch, auf dem ich schreiben kann, und ebenso ein Stuhl!«

»Die Karten und Berichte befinden sich im Haus des hochgeehrten Herrn Lucius. Es war für ihn und Hauptmann Gaius Ovidius bequemer, sie gleich dort zu haben, als sie jedes Mal von hier holen zu lassen.«

»Bequemlichkeit ist die erste Stufe zur Nachlässigkeit und damit zur Trägheit! Trägheit ist nicht zu dulden. Ich erwarte, dass bis übermorgen früh alles so ist, wie ich es wünsche. Habe ich mich deutlich genug ausgedrückt?«

Crispinus sah, wie sein Gegenüber zusammenzuckte. Wie es aussah, war man hier nicht gewöhnt, dass ein anderer als der Bürgermeister Befehle erteilte. Auch das wird sich ändern, schwor er sich und schritt die Kammer ab. Da die Einrichtung des Raumes im Auftrag des Bürgermeisters weggebracht worden war, hatte dieser für Ersatz zu sorgen. Daher wies Crispinus den Amtsdiener an, einen Schreiner zu holen, damit dieser neue Möbel anfertigte, und sah dann aus den Augenwinkeln, wie der Mann, den er zum Bürgermeister geschickt hatte, mit Lucius zurückkehrte.

Die Jahre haben es nicht gut mit dem Mann gemeint, dachte Crispinus. Sein einstiger Konkurrent war in die Breite gegangen, und das Gesicht zeigte Spuren eines zu guten Lebens. Unterschätzen aber durfte er den Mann nicht. In den letzten Tagen hatte er genug über ihn erfahren, um zu wissen, dass Lucius die Stadt mit eiserner Hand führte. Dessen ärgster Konkurrent Tullius konnte nicht mehr tun, als gelegentlich gegen seine Beschlüsse zu protestieren, ohne diese ändern zu können. Jedenfalls schien Lucius verärgert zu sein, weil er ihn hierher hatte bestellen lassen.

»Du bist einer der Duumviri iure dicundo dieser Stadt?«, sprach Crispinus ihn an.

»So ist es!«, antwortete Lucius hochmütig. »Es war unnötig, mich hierherzurufen, denn alle das Straßennetz betreffenden Unterlagen befinden sich in meinem Heim. Komm mit! Das Abendessen wird bald aufgetischt, und du bist mein Gast. Danach können wir über diese Angelegenheit reden.«

Crispinus schüttelte mit einem kühlen Lächeln den Kopf. »Auch wenn wir uns hier in der Provinz befinden, so hat doch Ordnung zu herrschen. Die gesamten Unterlagen müssen hierher zurückgebracht werden. Auch wird dieser Raum auf Kosten der Stadt neu eingerichtet. Übermorgen haben die Unteroffiziere der Benefiziarier zum Rapport zu erscheinen. Anschließend werde ich die Straßen inspizieren. Sollten Ausbesserungsarbeiten nötig sein, werde ich auf Arbeitskräfte aus der Stadt zurückgreifen.«

Crispinus spürte, wie es in Lucius kochte. In den letzten Jahren hatte der Bürgermeister stets das entscheidende Wort geführt und dabei auch seinen Vorgänger als Kommandanten der Straßenwachen wie einen Untergebenen behandelt. Auch das würde sich ändern. Trotzdem überlegte Crispinus kurz, ob er die Einladung zum Abendessen nicht doch annehmen sollte, um dabei mehr über Lucius zu erfahren.

Dann aber schüttelte er entschlossen den Kopf. »Ich werde dich zu einem späteren Zeitpunkt aufsuchen und mit dir sprechen. Im Augenblick ist zu viel zu tun«, sagte er.

Zufrieden stellte er fest, dass Lucius' Miene einen enttäuschten wie auch zutiefst verärgerten Ausdruck annahm. Gleichzeitig wurde ihm eines bewusst: Zwar hasste er den Mann nicht mehr so glühend wie vor gut zwanzig Jahren, doch Freunde würden sie mit Gewissheit nicht werden.

VIERTER TEIL

Der Sklavenhandel

1.

Am Morgen des Tages, an dem die Sklavenversteigerung stattfinden sollte, wachte Cincia mit einem mulmigen Gefühl auf. Heute würde es sich entscheiden, ob man sie von ihrer Mutter trennen würde oder sie zusammenbleiben konnten. Sie betete lange und voller Inbrunst zu Epona, Sirona und anderen Göttern und bat sie, ihnen beizustehen. Sie schloss auch die junge Perserin in ihr Gebet mit ein, denn Thamina sah so aus, als hätte sie mit ihrem Leben abgeschlossen. Zwar entstammte sie einem fremden Volk, aber da sie sich in diesem Land befand, mochten die Götter auch für sie etwas bewirken können.

Im Haus des Käsehändlers Calvus war die Stimmung um diese Zeit auch nicht gerade gut. Während seine Frau Liviona ein ums andere Mal die Hände rang und die Götter anflehte, sich ihres Sohnes anzunehmen, stand Titus mit rebellischer Miene vor seinem Vater.

Calvus hatte erst an diesem Morgen erfahren, dass sein Sohn sich in einem Zweikampf mit Seccius messen sollte. »Du hättest diesen Rüpel in Ruhe lassen sollen! Ich weiß zwar nicht, was Herr Lucius an diesem Kerl findet, doch er zählt ebenso wie ich zu seinen Klienten. Nun musste er ihn wegen deiner Dummheit bestrafen. Ich …«

»Seccius ist ein elendes Schwein!«, rief Titus empört.

Da mischte sich Liviona ein. »Seccius ist ein ganz übler Mensch, weil er unseren Jungen zu einem Zweikampf zwingen will. Er ist ein kräftiger Mann und Titus noch ein halbes Kind.«

Titus verzog das Gesicht, denn immerhin war er ein junger Mann von neunzehn und gewiss kein Schwächling. Auch glaubte er nicht, dass der Kampf so hart werden würde. Da sein Vater einer von Lucius' Anhängern war, konnte dieser es sich wohl kaum leisten, ihn von einem seiner anderen Klienten umbringen zu lassen.

Eine Frage stellte er sich dann doch. Weshalb bestand Lucius auf diesem Zweikampf? Immerhin hatte Seccius gegen die Wand des Amtsgebäudes gepinkelt und nicht er. Gab es womöglich einen anderen Grund? Hatte es damit zu tun, dass er die Sammlung ins Leben gerufen hatte, durch die Cincia und Amma freigekauft werden sollten? War Lucius deswegen verärgert und wollte ihn bestrafen?

»Du wirst dich bei Seccius entschuldigen und ihn um Verzeihung bitten! Sage ihm, dass ich die Strafe, die der ehrenwerte Lucius über ihn verhängen musste, bezahlen werde«, sagte Calvus.

Sein Sohn schüttelte aufgebracht den Kopf. »Das Ganze ist Seccius' Schuld, und ich sehe nicht ein, dass ich deswegen den Schwanz einziehen soll.«

»Du bist ein Narr!«, schimpfte sein Vater. »Seccius ist ein übler Raufbold, der schon einige Männer zusammengeschlagen hat, und zwar Männer, die größer und stärker waren als du.«

»Du hättest wirklich daran denken sollen, dass Seccius zu Lucius' Anhängern gehört«, sagte seine Mutter verzweifelt.

»Sollen also Lumpen wie Seccius und Florus hier tun und lassen können, was sie wollen, nur weil sie die Speichellecker des Bürgermeisters sind?«, fragte Titus aufgebracht.

Bevor sein Vater darauf antworten konnte, klopfte es an die Tür. Liviona machte selbst auf und kam sichtlich verwirrt zurück.

»Draußen steht der neue Hauptmann der Benefiziarier und will mit Titus sprechen«, meldete sie.

»Meinst du etwa Publius Cornelius Crispinus?«, rief Calvus verwundert.

Die Nachricht von Crispinus' Ankunft hatte ebenso die Runde gemacht wie die Tatsache, dass er den Bürgermeister wie einen Untergebenen ins Amtsgebäude bestellt hatte, anstatt ihn aufzusuchen.

Titus wusste sich keinen Reim darauf zu machen, warum Crispinus ausgerechnet ihn sehen wollte. Er ging zur Tür und sah den hochgewachsenen Offizier vor sich.

»Hier bin ich, Herr!«, sagte er.

»Ich habe gehört, dass du heute vor der Sklavenversteigerung mit dem Kerl kämpfen sollst, der gegen das Amtsgebäude uriniert hat.«

»Das stimmt, Herr! Florus brachte vorhin die entsprechende Anweisung vorbei.«

»Wie alt bist du?«, fragte Crispinus.

»Ich bin neunzehn, Herr.«

»Der andere ist dreißig und ein kräftiger Mann. Außerdem ist er auf Vergeltung aus. Er wird dich nicht schonen!«

Titus nickte. »Das sehe ich auch so, Herr! Aber ich werde meine Haut so teuer wie möglich verkaufen.«

»Kannst du überhaupt mit einem Schwert kämpfen?«, fragte Crispinus weiter.

»Als Kinder haben meine Freunde und ich mit Holzschwertern gefochten. Da war ich nicht schlecht.«

»Ich will sehen, was du kannst. Komm mit!« Crispinus drehte sich um und ging zu seinem Pferd. Auf einem zweiten saß Retus und streckte Titus die Hand entgegen.

»Komm, Junge, steig hinter mir auf!«

Titus gehorchte und sah erstaunt, dass Crispinus und Retus die Stadt verließen. Sie ritten ein Stück das Tal hoch, bis sie das Quartier der Straßenwachen erreichten. Unweit davon lag das Haus, das Crispinus als Wohngebäude zur Verfügung gestellt worden war. Dort hielt der Offizier an und stieg vom Pferd.

Während Hannus herbeieilte, um die Tiere in den Stall zu bringen, forderte Crispinus Titus auf, mit ihm zu kommen. Hinter dem

Haus lagen zwei Schwerter auf einer Bank. Crispinus nahm eines davon und reichte es Titus. »Wir haben noch die Zeit, etwas zu üben. Wenn du danach deinem Gegner gegenüberstehst, kannst du dich vielleicht gegen ihn behaupten«, sagte er und hob das andere Schwert auf. »Greif mich an!«

Titus tat es und sah verblüfft, wie Crispinus seine Waffe mit Leichtigkeit ablenkte und ihm die Spitze der eigenen Waffe an die Kehle setzte.

»Du musst bei einem Angriff bedenken, was der andere tun könnte«, erklärte Crispinus. »Verteidige dich jetzt!«

Titus sah die Klinge des Offiziers auf sich zusausen und hob instinktiv seine Waffe. Beide Schwerter prallen so hart gegeneinander, dass ihm das seine fast aus der Hand geprellt wurde.

»Du musst den Griff festhalten! Wenn du die Waffe verlierst, bist du deinem Gegner hilflos ausgeliefert«, belehrte Crispinus ihn und ging erneut zum Angriff über.

Diesmal vermochte Titus den Hieb besser zu parieren. Der nächste Angriff erfolgte, dann der übernächste, und Titus spürte, wie er langsam mit der Waffe vertraut wurde. Nach einer Weile senkte Crispinus sein Schwert. »Wir sollten es dabei belassen, sonst erschöpfst du zu sehr. Präge dir eines ein: Ein Schwertkampf ist keine Rauferei, sondern eine Kunst. Sie zu erlernen, dauert Monate und gar Jahre. Allerdings wirst du keinem erfahrenen Kämpfer gegenüberstehen, sondern einem Mann, der ein Schwert wie einen Knüppel führen wird. Daher solltest du dich zuerst nur verteidigen. Ich habe mir die Arena angesehen. Sie ist groß genug, so dass du ausweichen kannst. Erschöpfe deinen Gegner, und wenn er dann sein Schwert sinken lässt, mache kurzen Prozess mit ihm.«

»Ich will ihn aber nicht umbringen!«, rief Titus entsetzt.

»Es ist deine Sache, wenn du ihm die Gelegenheit geben willst, dir das Lebenslicht auszublasen!«

»Du verstehst das nicht!«, sagte Titus bedrückt. »Seccius ist wie mein Vater ein Klient des Bürgermeisters. Lucius würde es Vater eintränken, wenn ich Seccius töte.«

»Wahrscheinlich hast du damit sogar recht! Lucius erscheint mir allzu selbstherrlich. Ich mag solche Männer nicht, die glauben, dass nur ihr Wille zählt. Aber wenn du Seccius nicht töten willst, bringe ihm eine Wunde am Oberschenkel bei. Danach muss er aufgeben.« Crispinus klopfte Titus auf die Schulter und wies dann Hannus an, die Schwerter wegzubringen. »Du solltest hierbleiben! Keine Sorge, wir gehen zeitig genug zur Arena. Von mir aus ist es nicht weiter als von der Stadt. Vor allem aber liegen dir hier weder die Mutter mit ihren Klagen noch dein Vater mit seinen Vorwürfen in den Ohren«, sagte er danach zu Titus.

»Woher weißt du, dass sie das getan haben?«, fragte der Jüngling erstaunt.

Crispinus musste lachen. »Ich war auch einmal jung! Und nun komm! Später soll Retus dich massieren, damit deine Muskeln locker werden. Auch das wird dir einen Vorteil gegen Seccius verschaffen.«

»Ja, Herr!«, sagte Titus verwundert, weil der Offizier ihm half. Schon bei seinem Zwist mit Seccius hatte Crispinus es getan, und er fragte sich, aus welchem Grund dies geschah. Er war heilfroh darüber. Zu Hause hätte er nur das Jammern der Mutter und das Schimpfen des Vaters gehört und darüber vielleicht seinen ganzen Mut verloren.

2.

Als Materiona mit einem großen Korb hereinkam und ihr zwei Knechte mit einem Schaff Wasser folgten, wusste Cincia, dass die Stunde der Entscheidung nahte.

Die Kräuterfrau musterte sie, ihre Mutter und die Perserin und wies auf das Schaff. »Ihr werdet euch jetzt waschen, und zwar gründlich. Danach zieht ihr die sauberen Kleider an, die ich mitgebracht habe. Wenn ich euch dann noch die Haare gerichtet habe, können wir aufbrechen.«

»Ich weigere mich«, sagte Thamina entschlossen. »Diese verfluchten Römer müssen mich so, wie ich bin, auf den Sklavenmarkt schleifen.«

»Ich würde es mir überlegen!«, meinte Materiona. »Wenn du es nicht selbst tust, kommen die Amtsknechte herein und übernehmen das. Es wird nicht angenehm sein, deren Pranken am Leib zu spüren.«

Sie reichte Cincia, Amma und Thamina je einen Lappen und ein Stück der von ihr selbst gefertigten Seife. Als die beiden Knechte die Zelle verlassen hatten, stellte sie sich so vor die Tür, dass sie deren Guckloch verdeckte.

»Ich vermute, es fällt euch leichter, wenn ihr euch nicht unter den lüsternen Blicken der Kerle waschen müsst«, sagte sie.

»He, Alte! Geh zur Seite! Du kriegst auch ein paar Asse dafür«, klang es vor der Tür auf.

Materiona blieb stehen und sah zu, wie Cincia und die anderen sich auszogen. Dabei fand sie, dass Amma zwar etwas stämmig war, aber immer noch eine gute Figur besaß. Thamina war schlank und von weiblichen Formen, die einer Venusstatue gerecht wurden. Am meisten aber war sie von Cincia überrascht. Diese war ein sehr hübsches Mädchen, und sie fürchtete, dass einige Männer versucht sein konnten, sie zu ersteigern.

Sie konnte nur hoffen, dass das von ihr gesammelte Geld ausreichte, um Amma und ihre Tochter freikaufen zu können. Es ist gut, dass die schöne Perserin ebenfalls mit verkauft werden soll, dachte sie. Dies würde die Aufmerksamkeit von Amma und Cincia ablenken und vielleicht dafür sorgen, dass der Preis für die beiden so niedrig bleibt, dass sie genug Geld zusammengebracht hatte.

Kurz darauf waren die drei fertig. Materiona reichte ihnen Tücher zum Abtrocknen und forderte sie dann auf, sich anzuziehen.

Thamina starrte voller Abscheu auf die kurze Tunika, die ihr nicht einmal bis zu den Knien reichte. »Das trage ich nicht. Ich zeige doch nicht meine Beine vor allen Leuten!«

»So ist es immer noch besser, als nackt ausgestellt zu werden, und das würden sie tun, wenn du dich sträubst«, warnte Materiona sie.

Zwar hatte Amma ebenfalls Bedenken, doch nach Materionas Bemerkung streifte sie den Kittel über. Cincia tat es ihr nach und versuchte, den Saum der Tunika nach unten zu ziehen.

»Ich hoffe nicht, dass wir uns bücken müssen. Sonst sehen die Leute noch meinen Hintern«, meinte sie besorgt.

»Im Augenblick seid ihr Ware wie ein Krautkopf oder ein Fisch, die von denen, die sie kaufen wollen, betastet werden können. Haltet daher die Hände bei euch, wenn einer das tut«, mahnte Materiona die drei und begann, Ammas Haare zu kämmen. Danach kamen Cincias an die Reihe.

Da Thamina keine Staatssklavin war, sondern privat verkauft wurde, hatte man ihr die langen Haare belassen, um ihren Wert zu steigern. Materiona gab sich Mühe, den reich fallenden dunklen Flechten ein gefälliges Aussehen zu verleihen, und nickte schließlich zufrieden.

»Du bist ein ganz besonderes Schmuckstück«, sagte sie zu Thamina. »Es heißt, dass Lucius alles daransetzen will, um dich zu kaufen. Er wird jedoch nicht der Einzige sein, der mitbieten wird. Es heißt, sogar Tullius Cloelius Vendinus soll es sich überlegen, um Lucius zu zwingen, einen möglichst hohen Preis für dich zu zahlen.«

Thamina sah sie mit tränenfeuchten Augen an. »Sie können mich erwerben, doch besitzen werden sie mich niemals!«

»Ich habe schon gehört, dass du dich unterwegs umbringen wolltest. Du musst aber damit rechnen, dass der, der dich kauft, alles tun wird, damit er sein Geld nicht umsonst ausgegeben hat. Doch nun kommt!« Materiona trat zur Tür und klopfte. »Wir sind fertig!«

»Es wurde auch Zeit!«, erwiderte ein Wächter. »Wir hätten sonst den Zweikampf zwischen Titus und Seccius versäumt. Das wird ein Spaß! Seccius hat geschworen, dass er Titus ausweiden wird.«

»Was ist mit Titus?«, fragte Cincia erschrocken.

»Der ehrenwerte Bürgermeister Lucius Antonius Melius hat bestimmt, dass Titus vor der Sklavenauktion mit Seccius kämpfen soll.«

»Hoffentlich passiert Titus nichts! Er wollte uns helfen, als Seccius ausfällig gegen uns geworden ist.« Cincia rang die Hände, während Materiona eine grimmige Miene zog.

»Ich wünschte, Titus würde Seccius sein großes Maul stopfen. Der ungute Kerl verspottet jeden, von dem er glaubt, dass er sich nicht wehren kann.«

Die Amtsdiener forderten die Frauen nun auf, nach draußen zu kommen. Als Cincia den Vorraum betrat, sah sie, dass die männlichen Sklaven bereits hinausgeschafft worden waren.

3.

Ihr Eintreffen in der Arena wurde weniger schlimm, als Cincia befürchtet hatte. Viele fanden, dass ihre Mutter und sie zu Unrecht so bestraft worden waren, und nicht wenige verwünschten Lucius für dieses Urteil. Einige wie Vogitoubus sagten es sogar laut. Cincia wusste, dass er sich bislang Lucius' Versuchen, Einfluss auf die Bewohner der umliegenden Dörfer zu erlangen, erfolgreich widersetzt hatte.

Vogitoubus sollte nicht nur auf Lucius schimpfen, sondern Mutter und mich kaufen, dachte sie. Auch wenn sie dann immer noch

Sklavinnen waren, würden sie unter ihren Leuten sein. Danach wanderten ihre Gedanken zu Titus. Er hatte ihr gegen Seccius geholfen und sollte dafür nun mit diesem ekligen Kerl kämpfen. Zuerst empfand sie fürchterliche Angst um ihn. Dann aber erinnerte sie sich daran, wie kraftvoll er die Sense geschwungen hatte, und schöpfte Hoffnung.

Die Arena war aus Holz errichtet und verfügte über zwei Eingänge. Der eine war für die Zuschauer vorgesehen, die nun in großer Zahl die Sitzplätze einnahmen. Durch den kleineren wurden Cincia und die anderen Sklavinnen und Sklaven geschafft. Obwohl vor der Versteigerung noch der Zweikampf zwischen Titus und Seccius stattfinden sollte, führte man sie bereits auf ein Podest am Rand des Kampfplatzes. Damit sie nicht fliehen und sich unter den Zuschauern verstecken konnten, wurden sie an Pfählen festgebunden.

Als die ersten Männer herankamen, um sie zu begutachten, erinnerte Cincia sich an Materionas Warnung, stillzuhalten, wenn jemand sie berührte. Mit einem bitteren Gefühl dachte sie, dass sie sich mit den gefesselten Händen gar nicht erst gegen jene wehren konnte, die nach ihr griffen.

»Lucius hat anscheinend jeden Schuft unter seinen Klienten dazu gebracht, uns zu kneifen«, fauchte Amma, als ihr einer der Männer mit einem hämischen Grinsen zwischen die Beine fasste.

Auch Cincia wurde immer wieder betastet. Sogar Lucius' Sohn Linus kam zu ihr und griff durch ihren Halsausschnitt, um ihre Brüste zu fühlen. »Da ist schon was dran, was Freude macht«, meinte er grinsend. Ich werde dafür sorgen, dass Vater dich kauft und mir schenkt«, meinte er grinsend.

»Oh, Epona, lass das nicht zu!«, flehte Cincia leise, aber inbrünstig.

Auch Thamina musste sich anfassen lassen und verfluchte die Männer in ihrer Muttersprache. Dabei ging es ihr noch besser als den anderen Sklavinnen. Von ihr wusste man, dass Lucius sie kaufen wollte, und so ließen dessen Anhänger sie in Ruhe.

Auch die beiden Knaben fanden Beachtung. Ein bereits älterer, dicklicher Mann hob die Tunika des einen Jungen an, um einen Blick darunter zu werfen.

»He, Liborius, halte dich zurück!«, rief Florus spöttisch und ging weiter zu Amma. »Lucius hat mir versprochen, dass ich dich und deine Tochter haben kann, Letztere natürlich erst, wenn Linus sie gestoßen hat. Dann zeige ich euch, was ein richtiger Mann ist.« Mit diesen Worten griff er ihr unter den Kittel und zwickte sie an ihren empfindlichsten Stellen.

Da ihre Hände an den Pfahl gefesselt waren, konnte Amma sich nicht wehren. Stattdessen wandte sie ihm den Kopf zu und spie ihm ins Gesicht.

Florus brüllte auf und schlug mit beiden Fäusten zu. Da war Crispinus bei ihm, packte ihn mit einem schmerzhaften Griff und schleuderte ihn in den Sand der Arena.

»Noch ist die Sklavin Staatseigentum, und daran hat sich niemand zu vergreifen! Du wirst daher eine Strafe bezahlen, und das nicht zu knapp«, herrschte er Florus an.

Ein Stück weiter vorne ballte Lucius in seiner Loge die Fäuste. »Den Kerl soll Pluto holen!«, rief er aufgebracht.

»Publius Cornelius Crispinus scheint mir ein rechter Grobian zu sein«, sagte sein Neffe Romilius, der daran denken musste, wie er auf der Passstraße mit Crispinus aneinandergeraten war.

»Ich werde mich beim Statthalter in Virunum über ihn beschweren und seine Abberufung fordern!«, erklärte Lucius. Doch er wusste selbst, dass die Hauptleute der Straßenwachen nicht von den Provinzpräfekten, sondern vom Imperator selbst eingesetzt wurden und auch nur dieser sie ihres Amtes entheben konnte.

»Ich muss mir etwas anderes ausdenken«, sagte er leise und klatschte dann in die Hände. »Ihr habt genug geglotzt! Lasst den

Gladiatorenkampf zwischen dem ehrenwerten Seccius und seinem Beleidiger Titus beginnen.«

Während Lucius mit diesen Worten den Kampf eröffnete, entdeckte Cincia Titus' Eltern unter den Zuschauern. Beider Gesichter waren kalkweiß, und sie las in ihren Augen die Angst um den Sohn. Auch sie fürchtete um Titus und flehte die Götter an, ihm beizustehen.

Da drehte Crispinus sich zu Lucius um. »Ich erhebe Einwand gegen den Begriff Gladiatorenkampf!«, sagte er mit weit hallender Stimme.

»Und warum?«, fragte Lucius bellend.

»Gladiatorenkämpfe werden von Gladiatoren geführt, also von Sklaven oder Männern, die außerhalb der normalen Gesellschaft stehen. Sowohl Titus wie auch Seccius sind freie Männer, und keiner will das Gewerbe eines Gladiators ergreifen. Dies muss protokolliert werden, damit keiner der beiden dadurch einen Nachteil erleidet und einem Sklaven gleichgestellt wird.«

Lucius verdrehte die Augen. »Römer!, sage ich da nur. Bei denen muss es für alles und jedes ein Protokoll geben. Wir könnten die beiden auch so kämpfen lassen, und es würde sich hinterher keiner darum scheren.«

»Ich bin auch ein Römer, Onkel, gebe dir aber recht. Dieser Crispinus ist nicht nur grob, sondern auch noch ein Pedant sondergleichen. Er sollte besser rasch wieder verschwinden.«

»Mit seinem Vorgänger Gaius Ovidius hatte ich in zwanzig Jahren weniger Ärger als mit diesem Crispinus in zwei Tagen«, sagte Lucius nun übel gelaunt, unterschrieb aber den Vermerk, den einer der Ädilen rasch auf ein Stück Papyrus geschrieben hatte.

»Hier steht, dass Seccius und Titus als freie Männer miteinander kämpfen und nicht als Gladiatoren oder Sklaven. Reicht dir das, Crispinus, oder muss ich den Text auch noch nach Rom schicken, damit der Imperator sein Siegel darauf setzt?«

Lucius' Anhänger lachten bei diesen Worten. Als das Gelächter ein wenig verklungen war, erklärte Crispinus, dass ihm diese Erklärung genüge. Danach setzte er sich wieder auf den Platz, den er gewählt hatte, um nicht zu nahe bei Lucius sitzen zu müssen.

4.

Als Titus und Seccius in die Arena geführt wurden, begannen die jungen Burschen, die sich um Linus geschart hatten, zu johlen und feuerten Seccius an. Florus und ein Teil von Lucius' Anhängern folgten dem Beispiel, während andere mit betroffener Miene zu Calvus hinschauten. Dieser versuchte, sich seine Angst nicht anmerken zu lassen. Er war immer ein treuer Anhänger des Bürgermeisters gewesen. Doch nun zwang dieser seinen Sohn zu einem Kampf, der womöglich mit dessen Tod enden würde.

Sowohl Titus wie Seccius trugen nur eine einfache Tunika und keine Rüstung. Sie bekamen auch keine Schilde, sondern lediglich Schwerter ohne Scheiden gereicht.

Während Seccius beide Arme in die Höhe reckte und sich von seinen Freunden feiern ließ, hielt Titus lässig sein Schwert in der Hand und sah neugierig in die Zuschauerränge. Als er seine Eltern entdeckte, winkte er ihnen lächelnd zu.

»Er nimmt es nicht ernst!«, klagte Amma. »Dieser elende Seccius wird ihn umbringen.«

»Ich weiß nicht!«, antwortete Cincia. »Titus scheint sich seiner Sache sicher zu sein. Daher sollten wir ihn nicht unterschätzen. Wobei ich von ganzem Herzen hoffe, dass Seccius es tut.«

»Der elende Kerl wird ihn umbringen!«, wiederholte ihre Mutter mutlos.

Cincia ließ Titus nicht aus den Augen. Wie auch sie war er ein Opfer von Lucius' Umtrieben geworden. Dessen Handlanger

Florus hatte ihren Vater zum Trinken verlockt und damit ihr Unglück und das ihrer Mutter herbeigeführt, und Titus musste um sein Leben kämpfen, weil er sich für sie und ihre Mutter eingesetzt hatte.

»Belenus und Latobius seien mit dir, Titus! Kämpfe und siege«, rief Cincia so laut, dass es in der Arena hallte.

Er blickte zu ihr herüber. Nun winkte er auch ihr zu, und ein Lächeln erschien auf seinem Gesicht. Nein, sagte sie sich, so sah keiner aus, der mit seiner Niederlage rechnete.

»Cincia hat recht! Schlag diesen Mauerpisser nieder«, schrie ein Zuschauer.

Seccius fuhr herum, konnte nicht erkennen, wer es gewesen war, drohte aber in die Richtung, aus der der Ruf gekommen war, mit dem Schwert.

Die Geste kam nicht gut an. Andere begannen zu rufen und Titus anzufeuern. Innerhalb weniger Augenblicke waren die Zuschauer in zwei Gruppen gespalten. Der größere Teil hielt zu Lucius und damit auch zu Seccius, doch die anderen waren laut genug, um sich Gehör zu verschaffen.

Cincia sah zu Lucius hinüber. Dieser schien innerlich zu kochen, weil sich so viele gegen seinen Favoriten stellten. Nun stand auch Calvus auf und reckte die Faust gen Himmel. »Großer Jupiter, kühne Minerva, gnädige Juno, steht meinem Sohn bei und nicht seinen Feinden!«

Lucius' Miene versteinerte, denn mit diesen Worten hatte Calvus ihm öffentlich die Gefolgschaft aufgekündigt. Dabei war der Käsehändler für etliche Männer ein Vorbild gewesen, sich ihm ebenfalls anzuschließen. Einige von ihnen würden sich nun überlegen, ihm ebenfalls die Gefolgschaft zu versagen. Schuld daran war dieser Crispinus, der hier auftrat, als wäre er der Imperator persönlich.

»Fangt an!«, rief er und musste es wiederholen, weil der Lärm in der Arena zu groß war.

Schließlich verschaffte sich der Amtsdiener, der den Kampf überwachte, Gehör. »Stellt euch auf!«, befahl er Titus und Seccius und hob seinen Stab. »Sobald ich ihn senke, werdet ihr kämpfen!« Er hatte es kaum ausgesprochen, als sein Stab auch schon nach unten sauste.

Sofort griff Seccius an. Cincia sah mit Schrecken, wie er Titus innerhalb weniger Augenblicke durch die halbe Arena trieb.

»Was für ein Feigling!«, rief Linus höhnisch. Seine Freunde Ario und Tervius lachten und riefen im Chor »Feigling Titus! Feigling Titus!«

Cincia achtete wieder auf den Kampf. In der Arena schwang Seccius vor Wut brüllend sein Schwert, doch seine Hiebe gingen entweder ins Leere oder wurden abgeblockt.

Ein Stück von ihr entfernt verfolgte Crispinus den Kampf. Anders als die meisten Zuschauer stellte er fest, dass die Vorteile kaum bei Seccius lagen. Titus verteidigte sich geschickt und beging auch nicht den Fehler, selbst anzugreifen.

»Ein geübter Kämpfer hätte Seccius schon ein paarmal treffen können, doch für Titus ist es besser, wenn er vorsichtig bleibt«, sagte Retus neben ihm.

Crispinus nickte. »Das stimmt! Trotzdem sollte er die Sache nicht zu lange hinauszögern, sonst trifft ihn der andere aus Zufall doch noch.«

»Ist das ein Kampf!«, meinte Retus. »Wären die beiden Rekruten und ich ihr Unteroffizier, würde ich sie Tag und Nacht schleifen, bis sie endlich begreifen, dass sie kein Brotmesser in der Hand halten, sondern ein Schwert.«

Crispinus lachte über diese Bemerkung, sah dann aber, wie Titus das Schwert seines Gegners beiseiteschlug. Bevor Seccius wieder zuschlagen konnte, zuckte Titus' Klinge nach vorne und bohrte sich in den Oberschenkel seines Gegners.

»Genau, wie ich ihm geraten habe«, kommentierte Crispinus zufrieden.

Seccius sank in die Knie und starrte auf das Blut, das aus seinem Oberschenkel lief. »Du verfluchter Hund hast mich verletzt!«, schrie er mit schmerzverzerrter Miene.

»Sei froh, dass ich dich nur verletzt und nicht gleich umgebracht habe«, antwortete Titus und wandte sich ab.

Seccius kämpfte sich auf die Beine und wollte ihn hinterrücks niederstechen.

»Vorsicht, Titus!«, klang Cincias warnender Schrei durch die Arena.

Titus fuhr herum, wich der gegnerischen Klinge aus und schlug selbst zu. Zwar tat er es nur mit der flachen Seite des Schwertes. Der Hieb war jedoch hart genug, um Seccius das linke Schüsselbein zu brechen. Das verletzte Bein gab unter diesem nach, und er fiel in den Sand der Arena. Titus trat ihm das Schwert aus der Hand, hob es auf und brachte beide Schwerter zu dem Amtsdiener.

»Ich glaube, der Kampf ist vorbei«, sagte er lächelnd.

Seine Mutter sprang auf und eilte auf ihn zu. »Mein Junge, ich bin ja so froh!«, rief sie und umarmte ihn.

»Es ist ja gut, Mutter!«, sagte er und führte sie zu den Zuschauerrängen zurück. Die Umsitzenden rückten enger zusammen, damit auch er Platz fand. Einige klopften ihm auf die Schultern, andere ließen ihn hochleben, während Livionas Blick Cincia suchte.

»Das Mädchen hat Titus gewarnt. Sonst hätte dieser Lump ihn von hinten niedergestochen«, sagte sie zu ihrem Mann.

Dieser sah Cincia an und dann Lucius, der offen erklärt hatte, das Mädchen und dessen Mutter kaufen zu wollen, und nickte. »Vielleicht sollte ich ein Angebot für sie und Amma machen. Da sie beide etwas von Käse verstehen, wären sie die richtigen Sklavinnen für einen Käsehändler.«

Er sagte es nicht allzu laut, doch einer von Lucius' Zuträgern hörte es und eilte sofort zum Bürgermeister, um ihm zu berichten, dass Calvus bereit sei, Amma und deren Tochter zu kaufen.

Lucius fluchte leise. »Bei Vulkanus' Hinkefuß! Wenn Calvus mitbietet, kommen mich die beiden teuer. Habt ihr herausgefunden, wie viel Geld diese Hexe Materiona gesammelt hat?«

Linus schüttelte verkniffen den Kopf. »Jeder, den wir gefragt haben, sagte etwas anderes. Es soll in jedem Fall eine hübsche Summe zusammengekommen sein. Einige behaupten, allein dieser Bergbauernhäuptling Vogitoubus hätte ihr mehr als zweihundert Sesterzen gegeben.«

»Ich frage mich, wo Vogitoubus das Geld herhat. Wahrscheinlich betrügt er bei den Steuern! Ich werde ein ernstes Wort mit dem Quästor sprechen müssen.« Lucius sah in die Runde, um sich die Gesichter derer einzuprägen, die sich gegen ihn und Seccius gestellt hatten. Bei denen würde der Quästor die Steuern so hoch ansetzen, wie es nur ging.

»Wer gegen mich sein will, muss es sich leisten können«, sagte er mit einem missratenen Lächeln. Dabei ärgerte er sich, weil Calvus einer der Männer war, die es sich leisten konnten. Selbst wenn er einen zweiten Käsehändler in die Stadt holte, würden die Bergbauern ihre Ware weiterhin an Calvus verkaufen. Für seinen geplanten Käseexport nach Italien war dies ein Schlag.

»Vielleicht hätte ich mich doch mit Calvus zusammentun sollen«, murmelte er und bereute beinahe, die Sache mit Titus auf die Spitze getrieben zu haben. Nun hatte Seccius ihn durch sein unbeherrschtes Urinieren gegen die Wand des Amtsgebäudes nicht nur Calvus als Anhänger gekostet, sondern auch weitere Bewohner dazu gebracht, sich offen gegen ihn zu stellen.

»Fangt mit der Versteigerung an!«, befahl er und sah zu der jungen Perserin hin. Sie war der Traum eines jeden Mannes, und er würde tief in die Tasche greifen müssen, um sie kaufen zu können. Doch um sein Ansehen wieder zu stärken, war er dazu gezwungen.

5.

Trotz Lucius' Aufforderung dauerte es eine Weile, bis sich die Unruhe auf den Zuschauerplätzen so weit legte, dass die Versteigerung der Sklavinnen und Sklaven beginnen konnte. Nun übernahm nicht mehr der Amtsdiener das Wort, sondern Varinius selbst, der sowohl als Ausrufer wie auch als Auktionator auftrat. Er stellte sich in der Mitte der Arena auf.

»Salvete, Bürger und Bewohner des Municipium Claudium Aguntum. Es ist mir eine große Freude und Ehre, euch meine Sklaven und Sklavinnen anbieten zu dürfen. Ich habe keine Mühen und keine Kosten gescheut, um sie hierherzubringen, und erwarte, dass ihr für gute Ware auch einen guten Preis bezahlt.«

»He, Sklavenhändler! Amma und Cincia gehören aber nicht dir!«, rief Titus dazwischen.

Varinius drehte sich zu ihm um. »Das ist wahr, doch der ehrenwerte Herr Bürgermeister Lucius Antonius Melius hat mir die Aufgabe übertragen, die beiden zugunsten der Staatskasse zu versteigern. Er hofft, dadurch einen höheren Preis zu erzielen, als wenn einer seiner Amtsdiener es übernehmen würde.«

Einige lachten, und Lucius begriff, dass dies nicht dem Sklavenhändler, sondern ihm galt. Die Liste derer, die er bestrafen wollte, wurde immer länger. Gleichzeitig sagte ihm sein Verstand, er dürfe nicht zu offen und zu plump vorgehen. Immerhin war er dem Präfekten in Virunum Rechenschaft schuldig, und da war die Gefahr groß, dass Tullius, aber auch dieser verfluchte Crispinus ihn anschwärzen würden.

Unterdessen pries Varinius mit launigen Worten seine Sklaven an. Als Erstes waren die in Ketten mitgebrachten Sklaven an der Reihe. Es handelte sich um junge, kräftige Männer, die zu schwerer Arbeit fähig waren, und so gab es rasch die ersten Verkäufe. Zwei Männer erstand der Verwalter von Lucius' Landgut. Drei wurden vom Verwalter eines Bergwerks gekauft und ein weiterer von einem Besucher aus Sebatum erstanden. Für die restlichen Sklaven gab es keine Interessenten. Varinius war jedoch zufrieden, da er noch Teurnia und die Provinzhauptstadt Virunum aufsuchen wollte. Dort würde er auch diese Männer loswerden.

Nun trat er auf Cincia und Amma zu und hob die Hand, um die Aufmerksamkeit der Anwesenden auf sich zu lenken.

»Wie ich vorhin schon sagte, werden diese beiden Sklavinnen zugunsten der Staatskasse verkauft. Es handelt sich um Mutter und Tochter, wobei die Mutter noch recht ansehnlich ist und die Tochter ihrem Besitzer sehr viel Freude bereiten wird.«

Erneut lachten Lucius' Anhänger. Florus rief Cincia und ihrer Mutter einige höhnische Worte zu, und Seccius, dessen Oberschenkel mittlerweile verbunden worden war, drohte den beiden mit der rechten Faust.

»Vor diesem Ungut werden wir uns vorsehen müssen«, sagte Cincia leise zu ihrer Mutter.

»Vor Florus aber auch! Das Schwein ist schuld, dass dein Vater verdorben ist! Und ich bete darum, dass nicht Lucius uns kauft. Bei dem Herrn würde es uns übel ergehen«, antwortete Amma.

Unterdessen sprach Varinius weiter. »Eines ist noch zu sagen, bevor ihr bieten könnt: Die beiden werden gemeinsam angeboten und nicht einzeln, wie der eine oder andere vielleicht gehofft haben mag.«

Lucius war inzwischen zu der Überzeugung gekommen, dass es ein Fehler gewesen war, auf dieser Bedingung zu bestehen. Eigentlich brauchte er für sein Landgut nur die Mutter. Sein dortiger Verwalter hätte die Frau schon zur Räson gebracht. Die Tochter hätte daher ein anderer kaufen können.

Während Lucius seinen Gedanken nachhing, forderte Varinius die Zuschauer auf, das erste Angebot abzugeben. Es blieb jedoch still. Jene, die Cincia und ihre Mutter mochten, schwiegen, und von Lucius' Anhängern wollte keiner seinem Patron ins Gehege kommen.

Schließlich hob Lucius die Hand. »Fünfhundert Sesterzen!«

»Fünfhundert Sesterzen, Lucius? Das ist ein Bettel für zwei solche Sklavinnen. Willst du den Staat betrügen?«, rief Varinius und brachte die Zuschauer erneut zum Lachen.

Materiona stand auf. »Sechshundert Sesterzen!«

»Siebenhundert!«, rief Lucius.

»Achthundert!«, bot Materiona.

Cincia ergriff die Hand ihrer Mutter. »Vielleicht geschieht ein Wunder, und es gelingt Materiona, uns freizukaufen!«

»Das wird Lucius niemals zulassen«, antwortete Amma mutlos. Da hörten sie ihn auch schon rufen. »Tausend Sesterzen!«

Lucius hatte es kaum gerufen, da erhöhte Materiona sofort auf elfhundert.

Lucius steigerte um hundert Sesterzen und hoffte, dass die Alte endlich den Mund halten würde.

Da klang Calvus' Stimme auf. »Dreizehnhundert Sesterzen!«

»Vierzehnhundert!« Lucius wurde langsam wütend. Da erhob sich Tullius von seinem Platz und zeigte an, dass er bieten wolle.

»Zweitausend Sesterzen!«

Ein Raunen ging durch die Arena. Ein solches Wettbieten hatte keiner erwartet, und auch nicht, dass Tullius sich daran beteiligen würde. Nun sahen alle zu Lucius hin.

Dieser begriff, dass Calvus, Materiona und vor allem Tullius ihn zu einem Bieterwettstreit zwingen wollten, bei dem ein Preis zustande kam, der Ammas und Cincias Wert weit überstieg. Da er dazu nicht bereit war, winkte er schnaubend ab und wartete, ob Calvus oder Materiona Tullius überbieten würden.

Hatte Calvus zunächst nur geboten, um Lucius zu zeigen, dass er ihm den seinem Sohn aufgezwungenen Zweikampf übel nahm, überlegte er nun, ob er nicht doch noch einhundert Sesterzen drauflegen sollte. Sowohl Amma wie auch Cincia wussten guten Käse zu machen, und er hätte sie brauchen können. Wenigstens eine, schränkte er ein. Zwei Sklavinnen waren ihm dann doch zu viel. Außerdem – und das war ihm das Wichtigste – wollte er Tullius als Verbündeten gegen Lucius gewinnen, und da machte es sich schlecht, wenn er gegen diesen bot.

Für Materiona hingegen war Tullius' Angebot zu hoch. Sie tat jedoch so, als könnte sie weitersteigern, und atmete auf, als Lucius aufgab. Es war sogar besser, wenn Amma und Cincia in Tullius' Besitz übergingen. Bei ihm waren sie vor solchen Schurken wie Florus, Seccius und vor allem Lucius' Sohn Linus vorerst sicher.

Da niemand mehr bot, erteilte Varinius Tullius den Zuschlag. »Somit gehen Mutter und Tochter in deinen Besitz über«, rief er diesem zu. »Den Preis musst du aber nicht mir bezahlen, sondern dem Quästor der Stadt.«

»Was ich tun werde!«, antwortete Tullius und befahl, Cincia und Amma loszubinden.

»Setzt euch!«, forderte er sie auf und wies auf eine Stelle, wo ihnen sogleich Platz gemacht wurde.

»Hab Dank!«, sagte Amma, die noch gar nicht begriff, wie ihr und ihrer Tochter geschehen war. Sie fasste nach Cincias Händen und hielt sie für einen Augenblick fest. »Zwar sind wir Sklavinnen, Tochter, aber die eines ehrenhaften Mannes!«

Zustimmende Rufe zeigten Lucius, dass er sich anstrengen musste, um seine Macht in der Stadt zu wahren. Sorgen machte er sich deswegen keine. Es hingen zu viele Bewohner von ihm ab, um sich ähnlich wie Calvus und Tullius gegen ihn stellen zu können.

Während Varinius seine ersten eigenen Sklavinnen anbot, versuchte Cincia zu begreifen, dass sie nun Tullius gehörte, so, als wäre sie ein Hund oder eine Ziege. Zwar war sie froh, nicht von Lucius gekauft worden zu sein, fragte sich aber, was Tullius mit ihrer Mutter und ihr vorhatte. Immerhin stammten sie von einem Bauernhof und wussten nicht, wie es in einem besseren Haushalt in der Stadt zuging.

Auch Tullius' Frau Aurelia machte sich ihre Gedanken. Amma konnte der Köchin helfen und Hilfsarbeiten erledigen. Dafür aber genügte eine Sklavin. Doch was sollte sie mit Cincia tun? Da zupfte ihre Tochter sie am Kleid.

»Mutter, wäre Cincia nicht eine gute Toilettdienerin für mich? Du hast einmal gesagt, dass ich bald eine erhalten soll!«

»Aber doch kein Bauernmädchen!« Doch noch während sie es sagte, überlegte Aurelia es sich anders. »Sie könnte von Viviana lernen, was von ihr gefordert wird«, sagte sie zu Gratiana.

Ihre Tochter musterte Cincia lächelnd. Das Mädchen war nur wenig jünger als sie und passte gewiss besser zu ihr als die Zofe ihrer Mutter, die sie bis jetzt mitbetreuen musste.

Amma hatte das kurze Gespräch mitbekommen und fasste erneut nach den Händen ihrer Tochter. »Wir haben großes Glück, dass Herr Tullius uns gekauft hat. Wie es aussieht, werden wir in seinem Haushalt bleiben.«

6.

Varinius verkaufte drei seiner Sklavinnen zu einem guten Preis. Eine davon sicherte sich der Bordellbesitzer Drusus, der immer Bedarf an hübschen Mädchen hatte. Die beiden anderen wanderten in Haushalte, in denen ältere Damen die ehelichen Pflichten nicht mehr selbst erfüllen, sondern einer Sklavin überlassen wollten. Auch den jüngeren Knaben wurde der Sklavenhändler los. Ihn kaufte Liborius, der ihn bereits vor der Versteigerung gemustert hatte.

Da die nicht verkauften Sklavinnen und Sklaven sofort weggebracht wurden, stand zuletzt nur noch Thamina auf dem Podest. Varinius hatte sie bis zuletzt aufgehoben und pries sie nun mit schmuckvollen Worten an. Ihren Selbstmordversuch in den Bergen verschwieg er ebenso wie die Tatsache, dass er sie weiterhin für fähig hielt, sich umzubringen. Das zu verhindern, sagte er sich, war dann die Sache des Käufers und nicht die seine.

Crispinus hatte dem Geschehen mit einem Kopfschütteln zugesehen und wandte sich nun Retus zu. »So etwas bekommst du auch nur in fernen Provinzen zu sehen. In Rom, ja, in ganz Italien wäre so eine Vorstellung unmöglich!«

»Das stimmt zwar, aber es ist amüsant, es anzuschauen. Übrigens ist auch dein Bruder hier.«

»Vogitoubus? Wo?«, fragte Crispinus.

Als Retus ihm die Richtung wies, dauerte es etwas, bis er in dem massigen Mann seinen ein paar Jahre älteren Bruder erkannte. Vogitoubus sah aus wie jemand, der mit seinem Leben zufrieden war. Allerdings hätte ihn trotz seiner Tunika und seines römischen Mantels in Rom jeder für einen Hinterwäldler gehalten. Die Frau neben ihm war jünger und trug einheimische Tracht, die aus einem langen Unterkleid aus Leinen und einem mit Bronzefibeln an den Schultern gehaltenen ärmellosen Oberkleid aus Wolle bestand. Um ihre Schultern schlang sich ein kariertes Tuch. Ihre Haare hatte sie zu Zöpfen geflochten und zu einer hübschen Frisur um den Kopf drapiert.

»Könnte das Egintuna sein?«, fragte Crispinus seinen Freund. Er hatte diese als schlankes Mädchen in Erinnerung, doch nun hatte sie eine stattliche Figur.

Retus lachte leise. »Natürlich ist sie es! Die beiden haben ein wenig zugelegt. Wie es aussieht, sind die Mädchen und Buben um sie herum ihre Kinder. Ich zähle sieben Stück!«

»Ich glaube, es sind sogar neun. Die beiden hinter ihnen könnten ihre Ältesten sein!« Crispinus wies mit dem Kinn auf einen Jüngling um die achtzehn und ein höchstens ein Jahr jüngeres Mädchen.

»Neun? Tatsächlich! Da waren die beiden aber fleißig. Du wirst sie aufsuchen müssen«, meinte Retus.

»Ja, aber nicht gleich in den nächsten Tagen. Ich muss erst meinen Dienst als Hauptmann der Straßenwachen antreten.«

Nach diesen Worten schob er jeden Gedanken an seinen Bruder und seine Schwägerin vorerst beiseite und sah zu Lucius hinüber. Neben diesem saß Faustina. Sie war immer noch eine ansehnliche Frau, wenn auch mit den Jahren recht stämmig geworden. Mit einem leichten Kopfschütteln dachte er daran, dass er sie einmal in einer fast wahnsinnigen Weise geliebt hatte. Die Zeit liegt wirklich weit zurück, dachte er und richtete seine Aufmerksamkeit auf den Sklavenhändler, der eben das erste Gebot für Thamina erhielt. Es kam von Drusus, der Lucius nicht erneut der Peinlichkeit aussetzen wollte, als Erster bieten zu müssen.

Die genannten eintausend Sesterzen waren für eine normale Sklavin ein ordentlicher Preis. Eine Schönheit wie Thamina kostete im Allgemeinen ein Mehrfaches davon. Lucius erhöhte jedoch erst einmal auf zwölfhundert Sesterzen.

Bisher hatte der Sklavenhändler Varinius gut verdient. Doch nun schien es so, als hätte er sich verrechnet. Lucius' Anhänger wussten, dass er diese Sklavin haben wollte, und da wagte es keiner, gegen ihn zu bieten. Für die meisten anderen war eine solche Sklavin einfach zu teuer. Selbst Tullius zögerte, gegen Lucius zu bieten. Er hatte bereits zweitausend Sesterzen für Cincia und deren Mutter gezahlt. Mehr Geld wollte er nicht ausgeben.

Fast sah es so aus, als würde Lucius die Perserin für billiges Geld erhalten. Da hallte Crispinus' Stimme durch das Rund.

»Zweitausend Sesterzen!«

»Was machst du da?«, fragte Retus verwundert.

»Lucius ärgern«, antwortete Crispinus lächelnd.

In seinen Augen lag jedoch ein entschlossener Glanz. Thamina würde er keinem Mann wie Lucius als Bettsklavin überlassen.

Unterdessen erhöhte Lucius um zweihundert Sesterzen.

»Dreitausend«, konterte Crispinus sofort.

Lucius' Kopf wurde rot, und er ballte die Fäuste. »Dreitausendeinhundert!«, rief er mühsam beherrscht.

Seine Frau Faustina verbarg das Gesicht hinter ihrer Stola, da sie sich schämte, weil ihr Mann sich von seiner Gier auf diese Sklavin treiben ließ. Auch wenn sie nicht mehr so jung war wie früher, hätte er niemals so offen zeigen dürfen, dass sie ihm für seine körperlichen Bedürfnisse nicht mehr reichte.

Ihr Sohn hingegen leckte sich die Lippen. Auch wenn sein Vater die Sklavin zunächst nur für sich allein haben wollte, würde er irgendwann auch ihn an ihr teilhaben lassen.

Romilius stach die schöne Perserin ebenfalls ins Auge. Die paar hundert Sesterzen, die er besaß, hätten jedoch nicht einmal gereicht, um Cincia zu kaufen, wenn diese ohne ihre Mutter versteigert worden wäre. Kurz überlegte er, ob er den Bordellbesitzer Drusus dazu bringen konnte, ihn die neue Sklavin als Ersten ausprobieren zu lassen. Dies aber hatte auch Linus vor, und der galt in Aguntum nicht nur mehr als er, sondern verfügte auch über mehr Geld.

Unterdessen sah Cincia Thamina an und spürte deren Ekel, wie ein Stück Vieh an einen Mann verkauft zu werden, der an nichts anderes dachte, als sie noch am selben Abend ins Bett zu zerren. »Oh, Epona, erspare ihr dieses Los!«, flehte sie die Göttin an. Danach suchte ihr Blick Crispinus. Seit etlichen Jahren war er der Erste, der Lucius offen entgegentrat.

»Biete weiter!«, flüsterte sie. »Du bist gewiss ein besserer Herr für Thamina als Lucius!«

Crispinus wartete ein wenig, damit Lucius sich für einen Augenblick als Gewinner fühlen konnte. Dann hob er erneut die Hand. »Viertausend Sesterzen!«

Sein Gebot schlug ein wie ein Blitz. Die Zuschauer starrten ihn an, während Lucius' Gesicht die Farbe schweren sizilianischen Rotweines annahm. Cincia atmete auf und bat die Götter, Lucius daran zu hindern, noch einmal zu bieten.

Da schrie dieser voller Wut: »Viertausendeinhundert!«

»Fünftausend!«

Auf Crispinus' Gebot hin wurde es in der Arena so still, dass Lucius' zorniger Fluch wie ein Paukenschlag wirkte. Der Bürgermeister starrte Crispinus an, der so kühl wirkte, als weise er lediglich ein paar Straßenarbeiter an, ein Schlagloch aufzufüllen. Fünftausend Sesterzen waren selbst für eine Sklavin wie Thamina ein stolzer Preis. Lucius begriff jedoch in diesem Moment, dass Crispinus ihn immer weitertreiben würde, bis ein Preis für die Sklavin erreicht wurde, der weit jenseits dessen lag, was noch vernünftig war.

Für einige Augenblicke überlegte er, trotzdem weiterzubieten, um Crispinus nicht den Sieg zu überlassen. Außerdem hatte er bereits bei Amma und Cincia aufgegeben. Sollte er auch in dem Fall einen Rückzieher machen? Er wollte um einhundert Sesterzen erhöhen, zuckte dann aber zurück. Wenn Crispinus den Preis zu hoch trieb und er die Sklavin viel zu teuer kaufen musste, würden ihn viele seiner Anhänger für verrückt halten.

»Es ist zu Ende! Kommt, wir gehen nach Hause«, fuhr er Frau, Sohn und Neffen an und verließ unter dem Gelächter einiger die Arena. Er hatte eine Niederlage erlitten, und die wurde ihm von vielen gegönnt. Diese vergaßen jedoch, dass es noch ein Morgen gab. Die Stunde würde kommen, zu der er an allen einschließlich Crispinus, Calvus und Tullius blutige Rache üben würde. Im Augenblick aber war dieser Gedanke nur ein geringer Trost.

Tullius sah Lucius und dessen Familie abziehen und wandte sich lächelnd den seinen zu. »Ich glaube, wir sollten nach Hause zurückkehren.«

Er war zufrieden. Die zweitausend Sesterzen, die er für Amma und Cincia ausgegeben hatte, taten ihm nicht weh. Dafür aber hatte er Lucius in den Schwanz gekniffen und bewiesen, dass dieser doch nicht so allmächtig war, wie er immer tat.

Amma musste ihre Tochter anstupsen, damit auch diese aufstand und Tullius folgte. Auf dem Weg zum Ausgang blickte Cincia sich zu Thamina um. Gerade trat Crispinus auf diese zu und forderte sie mit einer energischen Geste auf, ihm zu folgen. Danach suchte ihr Blick Titus. Dieser stand bei seinen Eltern und winkte ihr zu. Sie winkte scheu zurück und beeilte sich dann, nicht den Anschluss an die anderen zu verlieren.

7.

Retus sah seinen Herrn an und schüttelte den Kopf. »Ich habe dich für einen vernünftigen Mann gehalten. Jetzt aber sehe ich, dass du der gleiche Wirrkopf geblieben bist, der damals aus diesem Tal verschwinden musste.«

»Warum?«, fragte Crispinus.

»Weil du die Perserin gekauft hast! Du wirst sie schon morgen an einem Bettlaken erhängt in ihrer Kammer finden.«

»Vielleicht auch nicht«, antwortete Crispinus und forderte Thamina auf, nicht zu trödeln. »Es ist nicht weit bis zu dem Haus, in dem ich wohne. Dort kannst du dich ausruhen.«

»Verfluchter Römer!«, zischte sie.

»Mag sein, dass ich das bin. Trotzdem solltest du dich beeilen. Ich müsste sonst Retus befehlen, dich zu tragen!«

»Sonst noch was?«, rief dieser. »Die hat jüngere Beine als ich und, wie ich bemerken möchte, auch sehr hübsche!«

Thamina blickte unglücklich auf ihren Kittel, der nicht einmal bis zu den Knien reichte. Darunter war sie nackt. In ihrer Heimat hatten nicht einmal Sklavinnen so herumlaufen müssen. Aber sie war hier im Reich der Römer, und was das für ein übles Volk war, wussten bei ihr zu Hause selbst die kleinen Kinder.

Zu anderen Zeiten wäre Crispinus strammen Schrittes marschiert. Nun aber ging er langsamer, damit Thamina ihm folgen konnte. Gleichzeitig dachte er über die Folgen nach, die ihr Kauf bringen würde. Jedenfalls hatte er sich damit die Feindschaft des Bürgermeisters zugezogen.

»Weißt du, Retus«, sagte er mit einem verbissenen Grinsen, »ich mag keine Provinzgrößen, die sich über Gesetz und Recht erhaben fühlen und zu Tyrannen werden. Lucius ist ein solcher Tyrann. Daher muss man ihn stutzen!«

»Viel schlimmer als andere Provinzgrößen ist er auch nicht«, warf Retus ein.

Damit hatte er recht. Dennoch genoss Crispinus das Gefühl, seinen damaligen Konkurrenten diesmal besiegt zu haben.

Varinius folgte ihm, um seine fünftausend Sesterzen zu kassieren. »Du hast eine wunderschöne Sklavin gekauft«, sagte er. »Allerdings wirst du ein wenig auf sie achtgeben müssen. Du hast auf der Passstraße selbst erlebt, dass sie … nun ja … manchmal unüberlegt handelt.«

»Ja, das habe ich!«, sagte Crispinus.

Er beschloss, den redseligen Sklavenhändler rasch loszuwerden. In seinem Haus angekommen, trat er in seine Schlafkammer, öffnete eine Truhe und zog einen Beutel hervor. Mit diesem kehrte er in den Vorraum zurück und zählte Varinius fünfzig Aurei hin.

Dieser strich sie mit einem zufriedenen Grinsen ein. »So mache ich Geschäfte am liebsten«, sagte er. »Goldmünzen lassen sich nun einmal leichter tragen als welche aus Silber.«

»Du hättest ihm die fünftausend in Assen auszahlen sollen, damit er sich auf dem Weg zur Stadt damit abschleppen kann«, spottete Retus.

»Ich hätte dich um deinen Sklaven gebeten, damit er das Geld für mich trägt«, antwortete Varinius. »Aber etwas anderes: Mit fünfzig Aurei im Beutel geht man nicht so unbefangen auf der Straße, zumal jeder, der in der Arena war, weiß, dass ich den Kaufpreis für diese Sklavin bei mir habe. Würde es dir etwas ausmachen, wenn dein Unteroffizier und dein Sklave mich begleiten? Ich zahle ihnen auch gerne einen Becher Wein in der Taverne.«

»Was meinst du, Retus?«, fragte Crispinus, der es seinem Freund nicht einfach befehlen wollte.

»Ich habe schon eine ganz trockene Zunge, und ich vermute, dass es Hannus nicht anders ergeht. Wenn Varinius noch einen Becher drauflegt, könnte ich mich damit anfreunden, in der Taverne einzukehren, zumal Sabina ausgezeichnet kocht.«

»Auf einen Becher Wein und eine Mahlzeit soll es mir nicht ankommen«, sagte der Sklavenhändler.

Er hatte gut verdient und rechnete sich aus, dass er seine restlichen Sklaven und Sklavinnen in Teurnia oder in Virunum ebenfalls zu guten Preisen würde verkaufen können.

»Dann ist es ausgemacht!« Retus rückte sein Schwert zurecht und verließ das Haus. Varinius und Hannus folgten ihm, und so waren Crispinus und Thamina allein.

Thamina sah ihn mit einer Mischung aus Angst und Entschlossenheit an. »Wenn du mich anrührst, bringe ich mich um!«

Statt einer Antwort packte Crispinus sie am Arm und zog sie in sein Schlafzimmer.

»Hier schlafe ich, und du wirst ebenfalls hier schlafen. Morgen bekommst du ein eigenes Bett. Für heute muss dir das meine genügen. Ich schlafe auf dem Boden!«

»Das soll ich dir glauben?«, fragte Thamina höhnisch.

Crispinus öffnete eine Truhe und holte einen Dolch heraus. »Hier, nimm! Wenn ich oder ein anderer Mann dir zu nahetritt, kannst du dich damit zur Wehr setzen.«

»Du willst mich nicht … schänden?«, fragte Thamina fassungslos.

»Du wirst meine Sachen in Ordnung halten. Ich hoffe, du kannst nähen?«

Thamina nickte fast unmerklich.

»Sehr gut! Du kannst mit der Tunika dort anfangen. Da ist der Saum ausgerissen. Morgen besorge ich dir genug Tuch, damit du dir ein paar Kleider nähen kannst.«

»Solche Kittel wie den hier?«, fragte Thamina bissig und zerrte an dem kurzen Ärmel ihrer Tunika.

»Meinetwegen kannst du dir einen Sack nähen, bei dem oben nur dein Kopf und unten die Füße herausschauen«, antwortete Crispinus und fragte sich, ob es das wirklich wert gewesen war, Lucius wegen eines solch sturen Geschöpfs auf die Zehen zu treten. Nun hatte er eine Sklavin am Hals, die ihm das verweigerte, was er sich wünschte. Der Gedanke, dass Thamina in Lucius' Besitz mit Sicherheit Selbstmord begehen würde, vertrieb seinen Ärger wieder.

»Denke daran, du hättest es wesentlich schlechter treffen können!«, sagte er, verließ die Kammer und setzte sich draußen in den Schatten einer Fichte.

Während er auf die Berge schaute, die zu beiden Seiten des Tales aufragten, genoss er es, wieder in der Heimat zu sein.

Das seltsame Gefühl in seinem Herzen blieb jedoch. Er begehrte Thamina, so wie er einst Faustina begehrt hatte. Dabei hatte er vor ein paar Wochen noch gespottet, dass ein Mann eine Ehefrau danach aussuchen sollte, ob sie seinen Ansprüchen genügte. Nun aber war Thamina nicht seine Ehefrau, sondern seine Sklavin und damit sein Besitz. Trotzdem wollte er sie nicht gegen ihren Willen zum Beischlaf zwingen und später neben ihrer Leiche stehen.

»Dafür habe ich keine fünftausend Sesterzen ausgegeben«, sagte er mit einer gewissen Selbstverspottung. Für eine Sklavin, die nicht mehr zu tun hatte, als seine Sachen in Ordnung zu halten und ein wenig aufzuräumen, war es allerdings ein stolzer Preis.

8.

Auf dem Weg zu Tullius' Heim schossen Cincia tausend Dinge durch den Kopf. Sie war froh, dass es Titus gelungen war, diesen unsäglichen Seccius zu besiegen. Gleichzeitig blieb ein Stachel. Sie und ihre Mutter waren nun endgültig Sklavinnen, über die Tullius uneingeschränkt verfügen konnte. Er war gewiss ein besserer Herr als Lucius, dennoch würde sie nun fremden Leuten gehorchen müssen und keinen Schritt mehr ohne Erlaubnis tun können.

Der Gedanke, nicht mehr zu sein als ein Gegenstand, der gekauft und irgendwo hingestellt wurde, trieb ihr die Tränen in die Augen. Ihre Mutter, das spürte sie, hatte sich mit diesem Schicksal abgefunden. Ob ihr dies gelingen würde? Doch was sollte sie tun? Wenn sie floh, würde man ihr die Sklavenjäger nachsenden und diese sie wieder einfangen. Dabei wusste sie nicht einmal, wohin sie fliehen konnte. Zwar hatten sie Verwandte in den Bergen, doch keiner von denen würde es wagen, sich ihretwegen mit Tullius und dem römischen Recht anzulegen. Da ihr nichts anderes übrig blieb, folgte sie Tullius und dessen Familie bis in die Stadt. Wenig später erreichten sie sein Haus.

Auf Cincia, die bislang weder in diesem noch in Lucius' Heim gewesen war, wirkte das Gebäude riesig. Dabei war die Außenfront kürzer als die der großen Villa. Allerdings hatte das Haus ein steileres Dach und war durch den Verzicht auf ein Atrium dem hiesigen Klima besser angepasst.

Als sie eintraten, drehte Aurelia sich zu ihr und ihrer Mutter um. »Wir hoffen, wir haben mit dem Kauf von euch keinen Fehler gemacht. Du«, ihr Finger deutete auf Amma, »wirst in der Küche mithelfen. Da du guten Käse vom schlechten unterscheiden kannst, wirst du auch den Käseeinkauf erledigen.«

»Ja, Herrin!«

Anders, als ihre Tochter es annahm, fiel es Amma schwer, dies zu sagen. Bis vor wenigen Tagen war sie noch selbst die Herrin gewesen, zwar ohne Sklaven, aber auf dem eigenen Hof. Sie war Tullius trotzdem dankbar, weil er Cincia und sie gekauft hatte. Als Lucius' Besitz wäre ihre Tochter Linus hilflos ausgeliefert gewesen.

Aurelia informierte unterdessen ihre Köchin, dass sie eine Untergebene habe. Da die Frau Amma kannte, begrüßte sie sie mit einem Lächeln. »Wir beide werden schon miteinander auskommen. Außerdem bist du die Arbeit in einem Haushalt gewöhnt. Hier geht es zwar etwas vornehmer zu als auf einem Bauernhof, aber das wirst du rasch lernen.«

»Das will ich hoffen!«, sagte Aurelia und wandte sich Cincia zu. »Gratiana ist alt genug, um eine eigene Toilettdienerin zu bekommen. Das wirst du sein. Meine Zofe Viviana wird dir alles beibringen, was du wissen musst. Es ist nicht wenig.«

Cincia spürte die leichten Zweifel ihrer Herrin und nahm sich vor, ebenso fleißig wie lernbereit zu sein, um Aurelia und deren Tochter zufrieden zu stellen. Eine andere Wahl blieb ihr nicht. »Ich werde alles tun, um euch nicht zu enttäuschen«, sagte sie mit gesenktem Kopf.

»Erst einmal muss Viviana mit dir zufrieden sein, und dann Gratiana!«

Während Aurelia es sagte, kam ihre Zofe heran und musterte Cincia mit einem überheblichen Blick. »Du wirst sehr viel lernen müssen, wenn du als Gratianas Toilettmagd taugen sollst. Als solche musst du ihr bei der Körperpflege und beim Ankleiden helfen, ihre Seifen und Öle verwahren, ihr die Haare machen und dafür sorgen, dass ihre Sachen stets sauber und in Ordnung sind. Hast du verstanden?«

»Das habe ich, Viviana«, antwortete Cincia und kämpfte gegen die Tränen an, die in ihr aufsteigen wollten. Das ist nun meine Welt, dachte sie. Ich muss fremden Frauen dienen und werde gescholten oder gar geschlagen, wenn ich in ihren Augen Fehler mache oder sie schlechte Laune haben.

»Zunächst wirst du mir zusehen und kleine Handreichungen übernehmen. Vorher aber wirst du selbst baden, deine Haare waschen und dich neu einkleiden. In einem solchen Kittel kannst du deine Herrin nicht bedienen! Oh, ich sehe schwarze Ränder unter deinen Fingernägeln. Das darf nicht sein!«

Aurelias Zofe klang so streng, dass Cincia sichtlich schrumpfte. »Ich werde alles tun, damit du mit mir zufrieden bist!«, sagte sie kleinlaut.

»Dann komm mit! Du auch«, sagte sie mit einem Seitenblick auf Amma. »Du musst ebenfalls baden. Das müssen wir hier im Haus tun. So schmutzig, wie ihr seid, kann ich euch nicht in die Therme bringen. Seid ihr schon einmal darin gewesen?«

Sowohl Cincia wie auch ihre Mutter schüttelten den Kopf.

»Ihr werdet es lernen. Du«, sie wandte sich wieder Cincia zu, »wirst die Herrin und Fräulein Gratiana dorthin begleiten und sie bedienen. Was da alles zu tun ist, bringe ich dir bei. Und nun kommt mit in die Badestube. Ich hoffe, ihr habt keine Läuse!«

»Wenn, haben wir sie in dieser Stadt bekommen. Zu Hause hätten wir nämlich keine«, antwortete Cincia. Sie ärgerte sich über den Ton, den Viviana anschlug. Die Frau tat direkt so, als hätten sie beide bislang in einer schmutzigen Höhle fernab jeder Zivilisation gehaust. Nun mussten ihre Mutter und sie sich auch noch auf ihre Anweisung waschen, obwohl sie es heute bereits im Gefängnis getan hatten und sauber waren. Die von Viviana kritisierten Fingernägel waren Cincias Ansicht nach kaum der Rede wert. Bei der Feldarbeit hatten diese oft weit schlimmer ausgesehen.

Ihr blieb jedoch nichts anderes übrig, als mit ihrer Mutter zusammen Viviana zu folgen. Die Wände im Haus waren in sanften Farben bemalt. In einem Zimmer entdeckte Cincia eine Szene wie an einem Teich, mit Schilf, Seerosen und einem Reiher, der dort auf Fischfang ging. Ein Zimmer weiter stand ebenfalls die Tür offen, und sie erblickte wellenförmige blaue Linien, in denen sich seltsame, fischähnliche Wesen tummelten.

»Was sind das für Tiere?«, fragte sie erstaunt.

Viviana blieb stehen und drehte sich zu ihr um. »Das sind Delfine, du dummes Ding! Das sind große Fische, die im Meer schwimmen. Darum heißt dieser Raum auch Delfinzimmer. Hier empfängt Herr Tullius seine vornehmeren Gäste. Und nun komm!«

Es ging durch einen weiteren Korridor in einen anderen Teil des Hauses. »Das ist die Badekammer für die Bediensteten! Lasst euch nicht erwischen, den Baderaum der Herrschaften zu benützen. Du, Cincia, wirst darin nur deiner Herrin dienen, dich selbst aber hier waschen!«

Viviana klang streng. Bisher hatte sie sich außer um ihre Herrin auch um Gratiana gekümmert und empfand es als Zurücksetzung, dass so ein Bauerntrampel dies in Zukunft übernehmen sollte.

Cincia sah sich um. Es gab eine eingebaute Wanne, über der zwei Metalldinger aus der Wand ragten. Als Viviana beide Hebel bediente, kamen Wasserstrahlen heraus, und die Wanne füllte sich.

»Bevor ihr hereindürft, müsst ihr zuerst den gröbsten Dreck beseitigen!«, erklärte Viviana und wies auf ein kleines Becken. Auch hier ragten zwei Metallröhren aus der Wand.

»Komm her!«, forderte sie Cincia auf. »Da du das Badewasser deiner Herrin einlassen wirst, solltest du wissen, wie warm es sein darf.« Sie betätigte die Hebel, und es kam Wasser heraus.

»Strecke die Hand aus«, befahl Viviana.

Cincia gehorchte, zuckte aber zurück, als das Wasser sich heiß anfühlte.

»Der andere Hahn führt kaltes Wasser. Du musst immer dafür sorgen, dass das Badewasser nicht zu heiß oder zu kalt wird«, erklärte ihr Viviana und zeigte ihr, wie die Wasserhähne zu bedienen waren. Im Grunde war es einfach. Sie musste nur die jeweiligen Schieber der Hähne anders drehen, dann hörte der Wasserfluss auf. Brachte sie die Hähne in die andere Stellung, floss es wieder.

»Wir haben so etwas Ähnliches daheim, allerdings nur mit kaltem Wasser«, sagte Amma.

»Ihr hattet! Jetzt seid ihr nicht mehr auf eurem Bauernhof, sondern hier«, belehrte Viviana sie.

»Unser Hof! Was ist damit passiert?«, fragte Amma, die in ihrer Verzweiflung nicht an diesen gedacht hatte.

Die Zofe zuckte mit den Schultern. »Weiß ich es? Da müsstest du schon den Herrn fragen, aber davon rate ich dir ab. Und jetzt legt diese stinkenden Lumpen ab!«

Cincia und ihre Mutter gehorchten und standen dann nackt da. Nachdem Viviana das Wasser im kleinen Becken geprüft hatte, deutete sie auf die Seife. »Nun wascht euch! Dabei zeige ich euch gleich ein paar Dinge, die Cincia können muss, wenn sie Gratiana nicht verärgern will.«

Das Wasser war warm und angenehm auf der Haut. Die Seife hingegen roch so seltsam, dass Cincia das Gesicht verzog. »Das Zeug stinkt!«

»Genau das tut es nicht, du Trampel!«, herrschte Viviana sie an. »Das ist ein Parfüm! Unsere Herrin liebt es nicht, nach Schweiß zu riechen. Du wirst daher auch lernen, mit solchen Düften umzugehen.«

Cincia fand, dass die Aufgaben einer Toilettdienerin eigenartig waren. Zwar hatte ihre Mutter sie gelehrt, sich mit Seife zu waschen. So aber wie diese hier hatten die Stücke nie gerochen. Nach einer Weile jedoch bemerkte sie, dass der Duft recht angenehm war. Während sie sich wusch, machte Viviana sie darauf aufmerksam, dass sie auch gewissen Körperstellen ihre Aufmerksamkeit widmen sollte.

»Ich zeige deiner Mutter und auch dir, was ihr tun müsst, wenn euer Mondblut fließt«, setzte sie hinzu und scheuchte die beiden, als sie ihr sauber genug erschienen, in die große Wanne.

»Hier bleibt ihr eine Weile sitzen, bis sich der Schmutz in den Poren löst. Später wird es reichen, wenn ihr euch unter der Woche am kleinen Becken wascht. An Festtagen solltet ihr jedoch die große Wanne benützen und, wenn die Herrschaft mit euch zufrieden ist, auch gelegentlich in die Therme gehen. Frau Aurelia achtet sehr auf die Sauberkeit ihrer Bediensteten. Ich gebe euch jetzt etwas, mit dem ihr eure Fingernägel säubern könnt. Danach wascht ihr euch die Haare.«

Cincia und ihrer Mutter erhielten kleine Holzstäbchen, mit denen sie den Schmutz unter den Fingernägeln entfernten. Anschließend goss Viviana ihnen eine Art Brei auf die Haare, und sie mussten diese kräftig rubbeln. Erst nachdem sie sie wieder ausgespült hatten, durften sie aus dem Becken steigen und sich mit Leintüchern abtrocknen. Cincia glaubte schon, fertig zu sein, als Viviana ein Gefäß mit einem wohlriechenden Öl brachte.

»Damit werdet ihr euch einreiben und es hinterher abschaben, damit ihr richtig sauber seid. Da du das bei Gratiana tun wirst, zeige ich dir, wie es geht, dann versuchst du es bei deiner Mutter. Wenn du zu rau vorgehst, ist es besser, es an ihr zu üben, als es gleich bei Gratiana zu tun.«

»Ja, Viviana!«, sagte Cincia und wünschte sich, es bei der Zofe anzuwenden. Besonders sanft aber würde sie bei dieser nicht sein.

Sie begann, sich und dann auch die Mutter mit dem Öl einzureiben. Zu Hause hatten sie Olivenöl nur zum Kochen benutzt, und das auch nur an heiligen Feiertagen. Um sich damit auch noch einzuschmieren, war es zu teuer gewesen. Auch jetzt kam es Cincia wie eine Verschwendung vor. In einem hatte Viviana recht: Sie waren nicht mehr in ihrem Bauernhof hoch oben auf dem Hang, sondern im Heim eines reichen Mannes aus Aguntum, und der konnte sich viele Dinge leisten, die für ihre Eltern unerreichbarer Luxus gewesen waren.

»Ihr müsst das Öl leicht einmassieren!«, erklärte Viviana und machte es Cincia vor.

Diese kniff die Lippen zusammen und folgte dem Beispiel. Zuletzt brachte Viviana noch einen Schaber und begann, Cincia das Öl abzuschaben. Zuerst dachte diese, es würde wehtun, doch es war in Wahrheit ganz angenehm.

»So wie ich bei dir musst du es bei Gratiana tun«, sagte Viviana und reichte ihr den Schaber. »Mach jetzt bei dir weiter, damit du das Gefühl dafür bekommst, und danach bei deiner Mutter. Ich besorge unterdessen Kleidung für euch.«

Während Viviana die Kammer verließ, schabte Cincia sich das Öl vom Körper und merkte rasch, dass es unangenehmer war als vorher bei der Zofe ihrer Herrin. Sie biss jedoch die Zähne aufeinander und fuhr fort. Nach einer Weile schmerzte es nicht mehr, und als sie sich dann ihrer Mutter zuwandte, sah diese sie überrascht an.

»Du machst das gut! Es ist nicht so schlimm, wie ich gedacht habe. Ich bin sehr froh, dass Herr Tullius uns gekauft hat. Es hätte weitaus schlimmer kommen können.«

»Das hätte es!«, sagte Viviana, die eben hereinkam. »Solange ihr fleißig seid und euch geschickt anstellt, wird der Herr euch behalten. Nun aber reibt euch noch einmal mit einem Leinentuch ab. Danach könnt ihr euch anziehen!«

Wenig später trugen Cincia und ihre Mutter je ein langes Unterkleid mit Ärmeln und darüber ein ärmelloses Überkleid, das bei Cincia vorne offen war und mit einer Kordel am Hals zusammengehalten wurde. Obwohl die Kleider hochgeschlossen waren, konnten sie die Sklavenringe um den Hals nicht verbergen.

Es war ein Wermutstropfen für die beiden, die frei geboren waren und bis vor wenigen Tagen auch so gelebt hatten. Nun aber galt es, sich in ein neues Leben einzufinden. Für Amma hieß dies, in die Küche zu gehen und dort Hilfsarbeiten zu leisten.

Da Viviana sie hinbrachte, hörte Cincia, wie die Köchin ihrer Mutter befahl, die Wachteln für das Abendessen auszunehmen. Sie selbst wurde von Viviana zu Aurelia und Gratiana geführt. Die beiden musterten sie kurz und nickten zufrieden.

»Viviana hat dir deine Pflichten erklärt?«, fragte Aurelia.

Cincia nickte. »Das hat sie, Herrin! Aber es scheint, als müsste ich noch sehr viel lernen.«

»Es ist gut, dass du das so siehst. Schenke uns nun etwas zu trinken ein. Die Mischung soll zwei Drittel Wasser und ein Drittel Wein betragen.«

»Ja, Herrin!« Cincia sah sich um und entdeckte auf einem kleinen Beistelltisch zwei Krüge und mehrere Becher. Als sie nach dem Wasserkrug griff, klang Aurelias Stimme auf.

»Nimm zuerst den Wein! Er mischt besser durch, wenn das Wasser hinterher daraufgegossen wird!«

»Ja, Herrin!«, antwortete Cincia und tat wie geraten.

»Und noch etwas«, sagte Aurelia, »du musst nicht jedes Mal ›Ja, Herrin‹ sagen, wenn ich oder Gratiana dir etwas anschaffen. Es reicht, wenn du es beim ersten Mal tust.«

»Ja, Herrin!«, antwortete Cincia und brachte Gratiana damit zum Kichern.

9.

Crispinus zog sich im Schein des ersten Tageslichts an und warf einen Blick zu dem schmalen Bett, das er für Thamina in seine Kammer hatte stellen lassen. Obwohl sie noch fest schlief, hielt sie den Dolch, den er ihr überlassen hatte, krampfhaft in der Hand.

Noch war sie zu kurz seine Sklavin, um bereits Vertrauen zu ihm gefasst zu haben. Zwar hatte er ihr mit dem Dolch ein Mittel in die Hand gegeben, mit dem sie sich selbst umbringen konnte, doch er war sicher, dass sie es nicht tun würde. Kein Mensch starb gerne, und Thamina war keine Ausnahme. Allerdings würde sie die Waffe gegen sich selbst richten, wenn ihr etwas zustieß, das ihrem Gefühl von Anstand und Ehre entgegenlief.

Jedenfalls ist sie anders als andere Sklavinnen und Sklaven, dachte Crispinus. In Rom hatte er erlebt, wie diese um die Gunst ihrer Herren buhlten und dabei zu allem bereit waren. Wer als Sklave geboren war, lernte, als Sklave zu leben. Wurde man Haussklave bei einer guten Herrschaft, gehörte man fast zur Familie und konnte damit rechnen, irgendwann freigelassen zu werden. Anders war es für jene, die auf den Landgütern und in den Bergwerken arbeiten mussten. Die Arbeit dort war schwer, und wer dabei trödelte, den belehrte die Peitsche der Aufseher eines Besseren.

Zwar gab es hier nur ein großes Landgut, nämlich das, welches Lucius gehörte. Dafür aber existierten ringsum etliche Bergwerke. Die meisten hatten Togionus gehört, den Crispinus in seiner Jugend noch gekannt hatte. Mittlerweile war Togionus verstorben, und sein Erbe lebte in Rom. Soweit Crispinus wusste, verwaltete der Bürgermeister für diesen die Bergwerke, und wie er Lucius kannte, dachte der vor allem an sich selbst.

Crispinus' Gedanken kehrten zu den Sklaven zurück. Wie war es mit jenen, die frei geboren waren und nicht von Kindheit an gewohnt waren, Sklaven zu sein? Thamina hatte ein Leben in angenehmen Verhältnissen geführt und war ihrer Familie und ihrer Heimat entrissen worden. Da war es kein Wunder, dass sie sich gegen ihr Schicksal stemmte.

»Sie wird lernen, dass ich es gut mit ihr meine«, murmelte Crispinus und verließ die Schlafkammer.

Retus und Hannus warteten im Vorraum. »Du musst dich beeilen, Crispinus! Die meisten deiner Benefiziarier sind bereits angetreten und warten auf ihren neuen Centurio.«

Retus trug seine Rüstung mit allen Abzeichen. Den Helm hielt er in der Hand. Auch Crispinus' Rüstung lag bereit. Rasch aß er einen

Bissen Brot und trank einen Schluck Wein, dann befahl er Hannus, ihm den Brustpanzer anzulegen.

Kurz darauf steckte Crispinus in voller Wehr. Hannus legte ihm den Schwertgurt um und reichte ihm den Helm. Nachdem der Sklave ihm den roten Militärmantel um die Schultern gelegt hatte, verließ Crispinus sein Heim und legte die wenigen Schritte zur Wachstation zurück. Hier hätte eigentlich ein Dutzend Männer stationiert sein sollen, doch sein Vorgänger hatte diese auf die kleineren Stützpunkte in Sebatum und einige andere Stellen verteilt.

Crispinus' Überlegung zufolge musste der Bürgermeister dahintergesteckt haben. Für dessen Machtausübung war es gewiss leichter, wenn ihm kein nur dem Kaiser verpflichteter Offizier mit einer ausgebildeten Schar an Kriegern auf die Finger schaute. Genau das aber hatte er vor.

Während Crispinus auf das Gebäude zuging, stellte er fest, dass sich fast alle Benefiziarier seines Bezirks versammelt hatten. Diese sahen ihn nun kommen und stellten sich in Reih und Glied auf. Der Stellvertreter seines Vorgängers erstattete Meldung: »Die Straßenwächter der Via Julia Claudia des Bezirks Aguntum begrüßen ihren neuen Kommandanten!«

Crispinus meinte den Männern eine gewisse Unsicherheit anzusehen. Nach langen Jahren unter ihrem früheren Hauptmann hatten sie sich an dessen Art gewöhnt und waren nun einen Offizier unterstellt, von dem sie nur wussten, dass er in Rom in der Prätorianergarde gedient hatte. Gardeoffiziere aber waren bei den Benefiziariern, von denen die meisten Veteranen aus den Feldlegionen waren, nicht gerade beliebt.

»Salvete!«, grüßte er und schritt die Formation ab.

Die Männer waren nicht mehr jung, aber noch nicht zu alt für ihren Dienst, und sie wirkten gesund und kräftig. Auch an ihrer Erscheinung hatte er nichts auszusetzen. Ihre Rüstungen und die Speere, die sie als Benefiziarier auswiesen, waren blank poliert und glänzten. Die Tuniken waren frisch gewaschen worden, und die Träger hatten sogar auf Hosen verzichtet, da diese für Römer als Kleidungsstück der Barbaren galten. In den nördlichen Provinzen waren sie zwar mittlerweile bei den Legionären üblich, doch je näher man Rom kam, umso mehr verzog man bei diesem Anblick die Gesichter. Doch hier in den Bergen konnte selbst im Sommer ein kalter Wind aus dem Norden wehen. Crispinus beschloss daher, seinen Männern das Tragen von Hosen zu befehlen.

Nun ließ er sich von Retus die Urkunde überreichen, mit der Kaiser Antoninus Pius ihn zum Kommandanten dieser Schar ernannt hatte, und verlas sie laut. Ab diesem Augenblick waren die Männer ihm und nur ihm verpflichtet. Er betonte dies in seiner kurzen Ansprache, da sein Vorgänger sich in seinen Augen viel zu sehr vom Bürgermeister hatte beeinflussen lassen.

Während er sprach, musterte er die Männer. Jeder von ihnen hatte sich im Dienst bei den Legionen ausgezeichnet und dadurch das Privileg errungen, dem Imperium als Straßenwächter dienen zu dürfen. Sie mussten treu sein, unbestechlich und bereit, es sowohl mit Räubern wie auch mit renitenten Fuhrknechten aufzunehmen.

»Männer!«, rief er. »Der Imperator hat mich zu eurem Hauptmann ernannt. Für mich ist dies eine hohe Ehre, und ich bin gewillt, diese Aufgabe zur Zufriedenheit des Kaisers und zum Nutzen des Imperiums auszufüllen. Ihr werdet mir dabei helfen!«

Der Stellvertreter seines Vorgängers trat einen Schritt vor. »Ich habe das Übergabeprotokoll verfasst. Es liegt in der Wachstube.«

»Ich werde mir deinen Bericht durchlesen, Regulus, und danach entscheiden, was getan werden muss«, erklärte Crispinus. »Eines steht jetzt schon fest: Dieses Wachhaus wird wieder besetzt!«

»Gaius Ovidius war der Meinung, es läge zu nahe am Rand des Bezirks. Daher hat er Sebatum als sein Hauptquartier erwählt«, antwortete Regulus.

»Da wichtige Botschaften immer in die Hauptstädte der Provinzen und Bezirke gesandt werden, war dies keine kluge Entscheidung. Außerdem liegt Sebatum, wenn ich mich recht erinnere, nicht gerade im Zentrum unseres Amtsbezirks, sondern ebenso nahe an dessen anderem Ende, wie Aguntum es hier tut.«

Crispinus legte eine kurze Pause ein, bevor er weitersprach, und es entging ihm nicht, dass Regulus und die anderen Männer unruhig wurden. »Jedenfalls wird dies hier wieder unser Hauptquartier. Du wirst das Kommando unseres Postens in Sebatum übernehmen, Regulus. Zuvor aber werden wir zusammen sämtliche Straßen abreiten, um zu sehen, ob alles in Ordnung ist, damit ich dem Statthalter in Virunum meinen Bericht übersenden kann. Nun will ich mit jedem von euch sprechen und mir seine Wünsche und Klagen anhören. Ach ja, damit nicht jeder fragen muss: Hosen und feste Stiefel sind euch ausdrücklich erlaubt, ja, sogar erwünscht!«

Crispinus sah etliche Männer aufatmen. Sie hatten befürchtet, von einem geschniegelten Gardeoffizier kommandiert zu werden, der vom Leben in der Provinz nicht die geringste Ahnung hatte. Eines aber glaubte er jetzt schon erkennen zu können: Die Männer waren in Ordnung und würden ihren Dienst so erfüllen, wie er es von ihnen forderte. Sie würden sich allerdings daran gewöhnen müssen, dass er hier die Befehle erteilte und nicht der Bürgermeister, wie es unter Gaius Ovidius offenbar der Fall gewesen war.

10.

In der Villa des Bürgermeisters herrschte in diesen Tagen schlechte Stimmung. Lucius glich einer Gewitterwolke, die jederzeit Blitze schleudern konnte. Es war daher kein Wunder, dass seine Klienten und Anhänger weitestgehend fernblieben und warteten, ob sich seine Laune wieder bessern würde.

Sein Sohn Linus hatte ihn noch nie so verdrießlich erlebt, und ebenso wenig seine Frau Faustina. War diese zuerst froh gewesen, weil Lucius die persische Sklavin nicht gekauft hatte, wünschte sie sich mittlerweile, er hätte es getan. Zwar hätte es für sie eine Schmach bedeutet, wenn ihr Mann sich eine Sklavin als Beischläferin hielt, doch das wäre immer noch besser gewesen, als jetzt vorsichtig durchs Haus zu schleichen und dabei zu hoffen, dass sie ihm nicht begegnete und von ihm beschimpft wurde.

Der Einzige, der nicht viel auf Lucius' Ärger gab, war Romilius. Er streifte die meiste Zeit durch Aguntum und kam nur zum Schlafen nach Hause. Wenn er in Magrinius' Taverne saß und Wein trank, hörte er den anderen Gästen zu und erfuhr vieles, was in der Stadt und der Umgebung geschehen war.

Gelegentlich ließ er sich seinen leichten zweirädrigen Wagen anspannen und erkundete die Umgebung. Auf diese Weise bemerkte er als einer der Ersten, dass das unter dem vorigen Hauptmann der Benefiziarier vernachlässigte Wachgebäude wieder instand gesetzt wurde.

Romilius fuhr regelmäßig an Crispinus' Wohnhaus vorbei und hielt nach Thamina Ausschau, allerdings vergebens. Zwar verließ diese gelegentlich das Haus, entfernte sich aber nie weit davon und wich Begegnungen mit anderen Menschen aus.

Bei seinen Streifzügen durch die Stadt kam er auch an Tullius' stattlichem Wohnsitz vorbei. Dort lebten mittlerweile die Bauersfrau und deren Tochter, die sein Onkel ebenfalls nicht hatte ersteigern können. Die Mutter sollte eine gute Käsemacherin sein, und er verstand Lucius' Ärger darüber, dass sie ihm entgangen war. Guter Käse wurde teuer bezahlt, und so war der Verlust der Frau auch ein Verlust an Geld, den sein Onkel hinnehmen musste.

Ihn interessierte die Sklavin jedoch wenig, und auch nicht deren Tochter, die sich sein Vetter Linus als Spielzeug gewünscht hatte. Sie war ein nettes Ding, doch wenn man ihr näher kam, roch sie gewiss mehr nach Ziege als nach Mensch.

Umso überraschter war er, als er nach ein paar Tagen zufällig sah, wie Gratiana zusammen mit Cincia aus dem Haus trat. Tullius' Tochter hatte sich hübsch zurechtgemacht, wenn auch, wie er fand, auf eine recht provinzielle Art. Ihre Sklavin hingegen sah zum Anbeißen aus. Da war nichts Bäuerisches mehr an ihr. Noch war sie ein wenig schmal, wies aber bereits angenehme Formen auf, und das kurz geschnittene Haar umrahmte ein liebliches Gesicht mit großen blauen Augen und einem sanft geschwungenen Mund.

»Die eine würde ich gerne heiraten, weil sie eine reiche Mitgift bekommt, und die andere für was anderes benützen«, sagte er leise und fand, dass es an der Zeit wäre, seine eigenen Pläne zu verfolgen. Aus diesem Grund suchte er noch am selben Tag Florus auf.

»Salve, Romilius! Hat dich dein Onkel geschickt? Kann man wieder mit ihm reden?«, fragte dieser, als er eintrat.

Romilius schüttelte grinsend den Kopf. »Lucius spielt noch immer den zornigen Jupiter. Wenn er nicht bald Vernunft annimmt, macht er sich endgültig zum Narren, und seine Anhänger laufen zu Tullius über. Dann bestimmt dieser, was hier in Aguntum zu geschehen hat.«

»Bloß das nicht!«, rief Florus aus. »Tullius ist ein Tugendbold, der einem jeden Spaß verderben will. Wenn ich daran denke, wie er den Schneider gedrängt hat, damit dieser Linus wegen der Vergewaltigung seiner Tochter anklagt. Dein Onkel durfte sich ganz schön ins Zeug legen, um Avitus davon abzubringen. Noch aber ist diese Sache nicht ausgestanden. Lucius fürchten die Leute, und daher wagen sie es nicht, ihm an den Karren zu fahren. Bei Linus sieht es jedoch anders aus. Wenn er seinem Vater einmal nachfolgen will, dürfte er bei einigen auf Granit beißen.«

Florus hatte durch seine Dienste für Lucius gut verdient und wusste, dass Tullius alles daransetzen würde, ihn als Schwindler und Betrüger zu entlarven.

Dies hatte Romilius längst begriffen und beschloss, es auszunützen. »Ich will ebenso wenig wie du, dass sich die Verhältnisse in Aguntum zu unseren Ungunsten ändern. Daher sollten wir etwas dagegen unternehmen. Komm heute Abend zur Villa. Wir müssen dem Onkel klarmachen, dass er die Zügel wieder scharf anziehen sollte.«

»Das ist auch meine Meinung«, stimmte Florus ihm zu und rieb sich die Nase. »Hast du etwas dagegen, wenn ich Seccius mitbringe? Dessen Freundschaft zu Tullius entspricht der meinen!«

»Tu das!«, forderte Romilius Florus auf. Er schätzte Seccius als rüpelhaften Kerl ein, der sich von ihm leicht lenken lassen würde. Mit diesem Gedanken verabschiedete er sich von Florus und forderte ihn auf, rechtzeitig bei der Villa seines Onkels zu sein.

11.

Lucius blickte verwundert auf, als sein Sohn und sein Neffe ihn baten, sie in einen Seitentrakt der Villa zu begleiten. Ihm lag schon auf der Zunge, dass sie sich in den Orkus scheren sollten. Dann aber nickte er und ging mit. »Also gut! Was wollt ihr?«, fragte er.

»Mit dir reden, Onkel, aber so, dass uns niemand zuhören kann«, erklärte Romilius lächelnd.

Kurz darauf führte ein Sklave Florus und Seccius herein. Die beiden grüßten verlegen, da sie nicht wussten, wie Lucius auf ihren Besuch reagieren würde. Dieser hatte begriffen, dass es um eine wichtige Angelegenheit gehen musste, und befahl dem Sklaven, der Florus und Seccius begleitet hatte, Wein in die Kammer zu bringen. »Trocken redet es sich nicht so gut«, sagte er.

Linus und die beiden Besucher atmeten auf, während Romilius seine Meinung bestätigt sah. Sein Onkel mochte wütend gewesen sein, doch es brauchte nur einen Anstoß, damit er sich wieder um die wichtigen Dinge kümmerte.

Romilius wartete, bis der Sklave den Wein gebracht hatte und wieder gegangen war, dann sah er seinen Onkel auffordernd an. »Es ist Zeit. Einige Leute hier müssen lernen, dass es kein so guter Gedanke war, dich herausfordern zu wollen, Onkel!«

»Und wie stellst du dir das vor?«

»Wir werden uns jene, die gegen dich sind, nacheinander vornehmen, und zwar auf die eine oder andere Weise. Bei dem einen hilft es, wenn er verprügelt wird, bei dem anderen braucht es mehr. Ich glaube, Linus, ich, Florus und Seccius sind Manns genug dafür.«

Lucius nickte in Gedanken. »Nun gut, wir könnten es versuchen! Calvus soll nicht denken, dass er mir ungestraft auf die Zehen treten kann.«

»Ich habe noch eine Rechnung mit Titus offen«, sagte Seccius und deutete auf seinen noch immer verbundenen Schenkel und die Schulter, an der das Schlüsselbein erst langsam wieder zusammenwuchs. Theatralisch zog er seinen Dolch.

»Wenn du Calvus' Sohn umbringst, treibst du seinen Vater ganz in Tullius' Arme. Die Sache muss mit Verstand angegangen werden. Prügel sind nützlich, weil der, der sie erhalten hat, sich davor ängstigt, erneut welche zu erhalten. Einen Toten kümmert das nicht mehr. Daher darf Mord nur das letzte aller Mittel sein«, gab Romilius eindringlich zu bedenken.

»Da hast du recht!«, stimmte ihm sein Onkel zu.

»Wir können ohnehin nicht alle Rechnungen auf einmal begleichen. Damit bringen wir unsere Feinde nur dazu, sich gegen uns zusammenzuschließen«, fuhr Romilius fort und sah seinen Onkel nicken.

»Nach außen hin solltest du so tun, als wolltest du dich mit Tullius aussöhnen. Schlage ihm eine Heirat zwischen Linus und seiner Tochter Gratiana vor. Lehnt er den Vorschlag ab, ist es eine Beleidigung für dich, und es kann dir keiner einen Vorwurf machen, wenn du ihn bekämpfst.«

Während Lucius Romilius' Vorschlag zufrieden zur Kenntnis nahm, schüttelte sein Sohn empört den Kopf. »Ich will dieses fade Ding nicht heiraten!«

»Du heiratest die Frau, die ich für dich bestimme!«, fuhr sein Vater ihn an. »Stimmt Tullius zu, wird Gratiana dein Weib, und er muss in Zukunft an meiner Seite stehen. Lehnt er ab, hat er sich das, was dann geschieht, selbst zuzuschreiben!« Zum ersten Mal seit seiner Niederlage bei der Sklavenversteigerung lächelte Lucius wieder. »Also gut! Verprügelt Titus und Calvus, wenn ihr sie erwischt, aber ihr müsst in jedem Fall unerkannt bleiben. Ich selbst werde in absehbarer Zeit Tullius aufsuchen und ihm den Vorschlag mit der Heirat machen.« Er schwieg kurz und fasste dann seinen Sohn bei der Schulter. »Über all dem dürfen wir auch Crispinus nicht vergessen! Er hat mir die Perserin nicht umsonst weggenommen.«

»Irgendwann wirst du auch diese Rechnung einfordern können. Es muss nur so geschehen, dass weder der Präfekt in Virunum noch der Imperator einen Grund sehen, sich genauer damit zu befassen.« Romilius lächelte zufrieden, denn sein Einfluss auf seinen Onkel wurde zweifelsohne größer. Er musste allerdings den Eindruck vermeiden, als wolle er Linus verdrängen. Daher wollte er mit diesem unter vier Augen reden und ihm seine Pläne so eingeben, dass Linus glaubte, es wären seine eigenen.

FÜNFTER TEIL

Der Bergwerkserbe

1.

»Du machst das besser als Viviana!«

Gratianas Lob erleichterte Cincia. »Ich gebe mir auch alle Mühe, von Viviana zu lernen, eine gute Toilettdienerin zu werden.«

»Viviana kann ziemlich grob sein! Bei Mutter wagt sie das nicht, aber bei mir. Wahrscheinlich sieht sie in mir noch immer das widerspenstige Kind, das sich von ihr nicht waschen lassen wollte.« Gratiana lachte. Zwar mochte sie die Zofe ihrer Mutter, war aber froh, dass sie nun von Cincia bedient wurde. Da sie etwa im gleichen Alter waren, kam sie viel besser mit ihr zurecht. Cincia war über alle Maßen geschickt und weigerte sich auch nicht, ihr Haar nach neuester Mode zu frisieren.

»Ich möchte das blaue Kleid anziehen«, sagte sie zu Cincia.

Diese warf einen kurzen Blick durch das Fenster und zog eine zweifelnde Miene. »Ich weiß nicht, ob das das Richtige ist. Es bläst ein arg kühler Wind!«

Nun sah auch Gratiana ins Freie und seufzte. »Ich weiß nicht, was die Götter gegen mich haben. Seit gestern Abend habe ich mich darauf gefreut, das blaue Kleid anziehen zu können, und nun kann ich es nicht, wenn ich mir keinen Schnupfen holen will.«

»Wenn das alles ist, was dir die Götter versagen, kannst du dich glücklich schätzen!« Ein schmerzhaftes Lächeln umspielte Cincias Mund. Auch wenn sie Gratiana mochte, trauerte sie um ihr früheres Leben und hätte weitaus lieber Ziegen gemolken, als ihrer jungen Herrin die Haare aufzustecken. Da es jedoch so war, wie es war, half alles Jammern nichts. Laut ihrer Mutter durften sie sich glücklich schätzen, dass Tullius sie gekauft hatte. Nun mussten sie alles tun, damit dieser, dessen Frau und Tochter mit ihnen zufrieden waren.

Ob Aurelia die Frisur gefiel, die Gratianas Haupt zierte, wagte Cincia nicht zu sagen. Sie hatte deren Haare doch sehr verwegen aufstecken müssen. Sie schüttelte diesen Gedanken jedoch ab und zog ein rosa Kleid aus der Truhe.

»Was hältst du davon, Herrin? Ich finde, es passt sehr gut zu deiner Frisur!«

Gratiana lachte erneut. »Dir gefallen meine Haare so, wie sie jetzt sind, wohl nicht?«

»Das stimmt nicht! Sie sind sehr schön«, antwortete Cincia.

»Mama wird gewiss schelten! Ich werde ihr sagen, dass du nichts dafür kannst. Schließlich habe ich dich gezwungen, sie so aufzustecken«, sagte Gratiana kichernd. Sie zog die rosa Übertunika an, zupfte die Ärmel der weißen Untertunika zurecht und ließ sich von Cincia die Stola reichen. Diese war von dunklem Grün, und Gratiana fand, dass sie darin noch ein wenig erwachsener aussah.

»Vater wird bald einen Bräutigam für mich suchen müssen«, meinte sie fröhlich zu Cincia. »Dann bin ich Herrin in meinem eigenen Haus!«

»Oder du stehst unter der Fuchtel deiner Schwiegermutter.«

Gratiana schüttelte lächelnd den Kopf. »Die Mutter des Mannes, den mein Vater für mich bestimmt, wird gewiss eine sanfte und liebe Frau sein.«

»Ich würde es dir wünschen!«

»Dich nehme ich natürlich mit«, erklärte Gratiana und fand, dass sie sich nun den prüfenden Blicken ihrer Mutter aussetzen konnte.

Um Cincias Lippen zuckte es. Gratianas Bemerkung hatte ihr erneut gezeigt, dass ihr eigener Wille nichts galt. Sie war Sklavin und musste tun, was andere über sie bestimmten.

Als die beiden jungen Frauen den Raum betraten, in dem Aurelia an einem Kleid nähte, musterte diese ihre Tochter mit einem scharfen Blick. »Ich will nicht hoffen, dass du so in die Stadt gehen willst!«

Gratiana zog eine Schnute. »Mutter, ich … ich dachte …«

»Diese Frisur steht dir gewiss gut, doch sie ist nichts, mit dem eine wohlerzogene junge Dame unter Leute geht. Viviana, sieh zu, dass du Gratiana so frisierst, wie es sich gehört!«

Auf Aurelias Ruf kam deren Zofe herein, betrachtete die kritisierte Frisur und zupfte da und dort ein wenig herum. Danach trat sie zurück, um sich das Ganze anzusehen.

»Ich finde die Haare so richtig. Sieh sie dir an, Cincia, und mach es beim nächsten Mal gleich so«, sagte sie dann.

»Du hast nicht viel daran getan«, sagte Aurelia mit zweifelnder Miene.

»Es war auch nicht nötig«, erklärte ihre Zofe. »Die Frisur war sehr schön. Ich musste nur ein paar Kleinigkeiten ändern. Gratiana ist jung und hübsch, und das sollen die Leute sehen.«

»Ich will nicht, dass sie in den Ruf gerät, leichtfertig zu sein«, sagte Aurelia noch immer skeptisch.

»Wegen der Haare werden die Leute gewiss nicht so über sie denken! Wenn jemand Gift versprüht, dann nur, weil die eigene Tochter sich nicht mit der deinen messen kann.«

Dieses Lob stellte Aurelia zufrieden. »Also gut, du kannst so in die Stadt gehen. Beim nächsten Mal aber wirst du Gratiana etwas zurückhaltender frisieren!« Das Letzte galt Cincia, die sofort nickte.

»Das werde ich tun, Herrin!«

»Danke, Mutter!«, sagte Gratiana übermütig lächelnd.

Sie fasste nach Cincias Hand und zog diese hinter sich her zur Haustür. Ein Sklave öffnete ihnen, und sie traten auf die Straße. Ihr Ziel war der Markt beim Forum. Dort wollte Gratiana sehen, ob es sich lohnte, ihren Geldbeutel aufzuschnüren.

Cincia hatte in den zwei Monaten, die sie nun schon in Tullius' Haus weilte, auch schon mehrere Münzen zugesteckt bekommen. Diese hob sie sorgfältig auf, da sie ihrer Hoffnung nach den Grundstock für die Summe darstellen sollten, mit der sie ihre Mutter und sich aus der Sklaverei freikaufen wollte.

2.

Auf dem Forum war einiges los. Erst vor wenigen Tagen hatten neue Warenlieferungen die Stadt erreicht, und so waren sogar etliche Dorfbewohner gekommen, um zu schauen und zu kaufen. Gratiana gelang es, eine Lücke zwischen den Marktbesuchern zu erspähen und hindurchzuschlüpfen. Als Cincia ihr folgen wollte, rempelte sie jemand an. Es war Florus.

»Gib doch acht, Sklavin! Sonst kriegst du eine Ohrfeige, dass dir die Ohren in drei Tagen noch gellen!«, herrschte er sie an, obwohl er der Schuldige an dem Zusammenstoß war.

Bevor er seine Drohung wahrmachen konnte, baute Gratiana sich vor ihm auf. »Cincia ist meine Sklavin, und die Einzige, die sie bestrafen darf, bin ich! Schreib dir das hinter die ungewaschenen Ohren, du Viehtäuscher!«

»Du! Ich …!«, brüllte Florus los und hob die Faust.

Da packte Romilius ihn und schob ihn zurück. »Bezähme deinen Zorn, Florus! Du hast die Tochter eines römischen Bürgers aus dem Ritterstand vor dir. Wenn du sie schlägst, wirst du von mir geschlagen werden. Sei versichert, das schmerzt dich mehr, als dein Hieb Fräulein Gratiana wehtäte!«

Während Florus grummelnd abzog, verbeugte Romilius sich vor Gratiana. »Bauern, Schmiede und Viehhändler sind alle von gleichem Schlag, grob, unhöflich und teilweise sogar unverschämt.«

»Ich danke dir, Romilius! Der Kerl sah mir ganz so aus, als wolle er mich schlagen.«

Gratiana lächelte Lucius' Neffen dankbar an, während Cincia ein kribbelndes Gefühl überkam. Sie war sich nicht ganz sicher, hatte aber den Eindruck, sie hätte Florus und Romilius eben noch zusammen gesehen. Die beiden hatten miteinander gesprochen und sich dann getrennt.

»Herrin, wir müssen weiter!«, mahnte sie Gratiana, da es sich für ein Mädchen aus besserem Haus nicht gehörte, sich auf der Straße mit einem jungen Mann zu unterhalten.

Auch Gratiana begriff, was die Schicklichkeit forderte, und nickte. »Du hast recht, meine Liebe. Ich danke dir noch einmal!«

Das Erste galt Cincia und das zweite Romilius, der eine leichte Verbeugung andeutete und weiterging.

»Romilius ist ein sehr angenehmer junger Herr, und er sieht auch sehr gut aus«, sagte Gratiana, während sie ihm lächelnd nachsah.

»Er ist ein Verwandter und Freund von Lucius!« Cincia hatte nicht vergessen, dass der Hof ihres Vaters nun dem Bürgermeister gehörte. Zudem schrieb sie Florus und Lucius die Schuld an dessen Tod auf der Flucht zu.

Gratiana war von solch bitteren Erfahrungen frei. Daher freute sie sich, weil Romilius ihr gegen Florus beigestanden und diesen verscheucht hatte. Während sie und Cincia weitergingen, beschäftigten sich ihre Gedanken mehr mit Romilius als mit der angebotenen Ware, und sie merkte erst, als sie den Markt wieder verließen, dass sie nicht das Geringste gekauft hatte.

»Wolltest du dich nicht nach einem neuen Parfüm umsehen?«, fragte Cincia.

»Oh! Habe ich das vergessen?« Gratiana überlegte kurz, ob sie noch einmal zum Markt zurückkehren sollte, fand dann aber, dass es ihr dort zu voll war, und beschloss, noch ein wenig durch die Stadt zu schlendern.

Auf diese Weise kamen sie bis zum östlichen Stadttor, machten dort kehrt und gingen an der langen Fassade von Lucius' Villa entlang. Gratiana musterte das Gebäude neugierig, Cincia mit Abscheu.

»Hier also lebt Romilius«, sagte Gratiana. »Mit diesem Onkel ist er wirklich geschlagen. Auch wenn Lucius als römischer Bürger zum Ritterstand zählt, ist er doch nur ein kleinlicher Plebejer. Sieh dir all die kleinen Läden an, die sich von der Stadtmauer bis zum Hauptgebäude erstrecken. Lucius hat sogar Teile seines eigenen Hauses an Händler vermietet, um noch mehr Geld scheffeln zu können. Mein Vater würde das niemals tun.«

»Lucius ist wie ein Geier! Wo er glaubt, Beute machen zu können, schlägt er zu«, antwortete Cincia bitter.

»Ein Geier ist er! Nur schlagen Geier keine Beute, sondern fressen Aas«, spottete Gratiana und ging weiter.

Wenig später erreichten sie das Amtsgebäude der Stadt. Cincia wandte den Blick ab, um die vergitterten Fenster nicht sehen zu müssen, hinter denen ihre Mutter und sie eingesperrt gewesen waren.

Da stieß Gratiana einen keuchenden Laut aus. »Schau dir das an, Cincia! Hast du so etwas schon gesehen?«

Cincia blickte in die angegebene Richtung, wo ein prachtvoller Reisewagen vor Magrinius' Herberge stand. Eben stieg ein junger Mann aus und richtete umständlich seine Toga, die während der Reise ein wenig verdrückt worden war. Die Toga war ebenso wie seine Untertunika von einem strahlenden Weiß, dem man nicht ansah, dass sie während einer Fahrt auf staubigen Straßen getragen worden sein mussten.

Ein Sklave trat hinzu und legte ihm das Tuch und dann auch die Locken so, wie dieser sie haben wollte. Danach musterte der Reisende die Herberge mit zweifelndem Blick. »Glaubst du wirklich, dass wir in diesem Deversorium eine Bleibe suchen sollten?«, fragte er einen Mann, der neben dem Kutscher auf dem Bock gesessen hatte und nun ebenfalls abgestiegen war.

»Es soll das beste Haus am Platz sein, mein Herr!«

»Wir hätten meine Freunde in Rom fragen sollen, ob sie Freunde oder Bekannte in diesem Augustulum haben, denen es eine Ehre wäre, mich für ein paar Monate zu beherbergen!« Die Stimme des Reisenden klang so angeekelt, dass sich sowohl Gratiana wie auch Cincia ärgerten.

Der Angesprochene hob beschwichtigend die Hände. »Du wirst es hier so bequem finden, wie es in der Provinz nur möglich ist, mein Herr. Auch heißt die Stadt Aguntum und nicht Augustulum.«

»Nicht Augustulum? Sind wir etwa in die falsche Stadt gereist?«

»Das würde ich dir aufgeblasenem Gockel wünschen«, spottete Gratiana und ging weiter.

»Wir sind selbstverständlich richtig, Herr! Das hier ist die Stadt, in der dein Großvater dir seine Erzminen vererbt hat.«

»Jetzt weiß ich, wer das ist«, meinte Gratiana kichernd zu Cincia. »Das ist der Enkel des Togionus, dem etliche ertragreiche Bergwerke in dieser Gegend gehört haben. Seine Tochter hatte er an einen reichen Römer verheiratet, und dieser Gimpel ist wohl deren Sohn. Obwohl Togionus bereits vor zwei Jahren verstorben ist, beliebt es seinem Erben erst jetzt zu erscheinen. Er hat die Minen treuhänderisch durch Lucius verwalten lassen.«

»Der gewiss dafür gesorgt hat, dass möglichst viele Sesterzen in seine Truhen geflossen sind«, sagte Cincia fauchend und brachte Gratiana damit zum Lachen.

»Das nehme ich auch an. Doch nun komm! Ich will jetzt nach Hause.«

Cincia folgte ihrer Herrin, warf aber noch einen Blick zurück. Außer dem Reisewagen stand ein Fuhrwerk mit einer ganzen Reihe von Kisten und Truhen vor der Herberge.

3.

Nicht nur Cincia und Gratiana wurden Zeugen vom Auftauchen des Bergwerkserben. Romilius und Florus hatten sich nach ihrem inszenierten Streit wieder getroffen und sahen hinter den beiden Mädchen her.

»Es muss dir schon einen Becher Wein wert sein, dass ich dich den Helden habe spielen lassen«, sagte Florus grinsend.

»Den hast du dir verdient!«, erwiderte Romilius und lächelte zufrieden. Wie es aussah, hatte er Eindruck auf Tullius' Tochter gemacht. Zwar hatte er seinem Onkel geraten, für Linus um die junge Frau zu werben. Der aber war ein Narr, den er leicht beiseiteschieben konnte. Bei dem Gedanken musste er sich das Lachen verkneifen, denn beiseiteschieben war in diesem Fall gleichbedeutend mit beseitigen. Linus war ein Schwachkopf, der das Erbe seines Vaters niemals würde wahren können. Da es aber zu schade war, wenn Lucius' Lebenswerk verschleudert wurde, brauchte es einen anderen Erben – und da war er genau der Richtige. An Lucius' Tochter Fulvia verschwendete er dabei keinen Gedanken. Das Mädchen war noch viel zu jung, um seinen Plänen im Weg zu stehen.

Unterdessen schlugen Florus' Gedanken andere Wege ein. »Du hast deinem Onkel geraten, härter gegen seine Gegner vorzugehen. Daher sollten wir auch endlich Titus verprügeln. Seit Seccius von seinen Verletzungen genesen ist, wartet er nur darauf, dass wir es tun!«, sagte er drängend.

»All das muss gut vorbereitet werden. Beim Jupiter, was ist das?« Romilius starrte auf den aufwendigen Reisewagen und das viele Gepäck, das eben von dem Karren geladen wurde. Gleichzeitig klang die missmutige Stimme eines jungen Mannes auf. »Diese Stadt ist bereits jetzt eine Zumutung! Wie konnte mein Großvater nur so verrückt sein, sein Wohnhaus hier in den Bergen zu errichten, wo es nur Kühe, Ziegen, Bauerntrampel und schmutzige Bergleute gibt?«

»Er wollte seinen Minen nahe sein. Es ist ein gefährliches Gewerbe, mein Herr! Ich wünschte, dein Großvater hätte dich noch zu seinen Lebzeiten hierhergeholt, damit du lernst, ihm nachzufolgen.« In der Stimme des Sprechers schwang ein gewisser Tadel, der den jungen Mann jedoch nicht erreichte.

»Ich bin froh, dass er es nicht getan hat, denn ich musste erst meine Studien abschließen«, antwortete er und winkte Magrinius herbei, der dem neuen Gast fassungslos entgegenblickte. »Ich gedenke, für einige Wochen in der besten Kammer deiner Kaschemme zu wohnen. Du hast hoffentlich eine ›beste‹ Kammer?«

»Sehr wohl, Herr! Freilich bekommst du die schönste Kammer in meiner Herberge. Du kannst hier auch essen. Meine Frau Sabina kocht ausgezeichnet.«

Den jungen Mann schauderte es. »Was, hier kocht eine Frau? Mein lieber Sparius, in welch entsetzliche Gegend hast du mich verschleppt?«

Als Florus das hörte, musste er lachen. »Was für ein Wicht!«

»Ich würde gerne wissen, wer er ist. So einer kommt nicht ohne Grund hierher«, sagte Romilius.

Er bekam prompt Antwort, denn gerade stellte der Geck sich dem Tavernenwirt vor. »Ich bin Adnamatus Naevius Claudius, angesprochen mit Claudius, nicht mit dem barbarischen Adnamatus, Enkel des … wie hieß er gleich wieder?«

»Togionus«, antwortete der Begleiter des jungen Mannes.

»Ach ja, der Enkel des Togionus, dem hier die meisten Bergwerke gehört haben«, vollendete Adnamatus seinen Satz.

Als Romilius dies hörte, zupfte er Florus an der Tunika. »Sind das nicht die Bergwerke, die mein Onkel verwaltet? Ich glaube, wir sollten ihm vom Eintreffen des Erben berichten!«

»Oh ja! Das wird ihn interessieren«, erwiderte Florus. Genau wie Romilius nahm auch er an, dass Lucius seine Sachwaltertätigkeit kräftig dazu genützt hatte, die eigenen Taschen zu füllen.

Während Romilius und Florus zu Lucius' Villa zurückkehrten, betrat Adnamatus die Taverne und nahm an einem der Tische Platz. Sofort watschelte Sabina herbei, um nach seinen Wünschen zu fragen. »Wenn der Herr etwas essen will, kann ich ihm den Kümmelbraten empfehlen.«

»Kümmelbraten? Ist der etwa vom Schwein?«, rief Adnamatus entsetzt.

»Natürlich!«, antwortete Sabina.

»Ich wünsche eine Krabbensuppe mit einem kleinen Schuss Wein und einem etwas größeren Schuss Garum sowie ein Wachtelbrüstchen mit Pistazien und Feigen, und zuletzt einen Pudding aus Erdbeeren, weißem Mehl und Dattelsirup«, erklärte Adnamatus.

Er war kaum fertig, als Sabina den Kopf schüttelte. »Wenn du das essen willst, musst du zu Lucius Antonius Melius' Villa gehen. Der hat einen Koch, der solche Speisen zubereiten kann. Bei mir gibt es anständige Hausmannskost. Entweder ist sie dir gut genug, oder du kannst zusehen, wo du etwas zu essen bekommst!« Nach diesen Worten drehte sie sich um und verschwand wieder in ihrer Küche.

Adnamatus winkte Magrinius, näher zu kommen. »Da es hier nur Kümmelbraten gibt, werde ich ihn essen müssen, wenn ich nicht verhungern will.«

»Wir haben auch noch andere Gerichte«, sagte der Tavernenwirt beflissen. »Es ist nur so, dass der Kümmelbraten meiner Frau weithin gerühmt wird. Aber du kannst auch Käse haben, Würste oder einen anderen Braten. Im Keller habe ich sogar ein Viertel Gams.«

»Den Gamsbraten kann es morgen geben. Für heute habe ich mich für den Kümmelbraten entschieden. Gibt es eine Suppe dazu?«

»Selbstverständlich, mein Herr! Ihr habt die Auswahl zwischen Knoblauchsuppe, Zwiebelsuppe oder Hühnerbrühe mit gerösteten Brotstückchen.«

»Wenn, dann die Hühnersuppe. Die anderen tönen nach dem Essen zu sehr«, sagte Adnamatus und stand auf. »Ich gehe in mein Zimmer und ziehe mich um. Du kannst in einer Stunde auftragen lassen!«

»Sehr wohl, der Herr!«, sagte Magrinius und behielt seine Meinung von Männern, die eine Stunde zum Umziehen brauchten, nur mühsam für sich.

Adnamatus stieg zusammen mit Sparius die Treppe hinauf und trat in das Zimmer, das Magrinius als sein bestes bezeichnet hatte. Es war geräumig genug, um Adnamatus' Gepäck aufzunehmen, ohne dass er darüber stolperte, und verfügte über zwei große Betten.

Mit einem leisen Lachen ließ Adnamatus sich auf eines davon fallen und sah Sparius fragend an. »Nun, wie war ich?«

»Entsetzlich!«, antwortete dieser schaudernd. »Allerdings solltest du es nicht übertreiben, Herr. Sonst merken die Leute noch, dass du den Gecken nur spielst.«

»Mein guter Sparius, du hast eine zu hohe Meinung von der Intelligenz der Menschen. Sie sehen etwas und halten es für wahr. Von denen erinnert sich keiner mehr daran, dass ich in meinen Jugendjahren ein paarmal bei meinem Großvater zu Besuch war.«

»Ich wäre mir da nicht so sicher. Einen wird es gewiss geben.«

»Und wenn schon!«, tat Adnamatus den Einwand seines Begleiters ab. »Damals war ich ein Knabe. Nun bin ich ein Gauch!«

»Warum machst du das eigentlich? So ganz habe ich das immer noch nicht verstanden.«

»Mein Großvater hat mir einiges über Lucius erzählt. Er mochte den Kerl ganz und gar nicht. Nach meiner Rückkehr aus dem Orient musste ich dann erfahren, dass nach dem Tod meines Großvaters ausgerechnet Lucius zum Sachwalter meines Erbes ernannt worden ist. Du weißt, wie er zu seinem Vermögen gekommen ist?«

»Er soll eine reiche Erbin geheiratet haben«, antwortete Sparius.

»Diese hatte einen Bruder, der einige Monate, nachdem Lucius nach Aguntum gekommen ist, einen Unfall erlitten hat und starb. Zwar wurde Lucius damit nicht in Verbindung gebracht, doch mein Großvater war sich sicher, dass er für den Tod des jungen Mannes verantwortlich war. Daher erschien es mir besser, hier als harmloser Narr zu erscheinen, der Lucius angeblich in allem Glauben schenkt, um ihn dann als Betrüger entlarven zu können.« Adnamatus klang ernst, winkte dann aber ab. »Lassen wir Lucius erst einmal Lucius sein. Hast du das hübsche Mädchen gesehen, das vorhin mit einer Sklavin des Weges gekommen ist?«

Sparius schüttelte den Kopf. »Mir ist keines aufgefallen, Herr. Aber willst du wirklich eine Stunde hierbleiben, bevor wir zum Essen hinuntergehen? Ich habe jetzt schon Hunger!«

»Selbstverständlich warten wir so lange. Kannst du meine blaue Tunika aus jener Truhe dort herausnehmen. Ich werde diese anziehen sowie die grüne Toga!«

»Entsetzlich!«, stöhnte Sparius, tat aber dann das, was Adnamatus ihm aufgetragen hatte.

4.

Die Nachricht von der Ankunft des Bergwerkserben rief in Aguntum unterschiedliche Reaktionen hervor. Während Gratiana ihren Eltern fröhlich von diesem wunderlichen Vogel berichtete, fluchte Lucius in seiner Villa leise vor sich hin. »Togionus' Enkel ist also doch gekommen! Dabei hieß es, er wolle mehrere Jahre in Syrien bleiben, um dort in irgendwelche Geheimnisse eingeweiht zu werden, von denen ein paar Scharlatane behaupten, sie zu kennen«, sagte er und schlug mit der flachen Hand auf den Tisch. »Er hat seine Absicht nicht angekündigt!«

Es klang so besorgt, dass Romilius hellhörig wurde. »Befürchtest du Schwierigkeiten, Onkel?«

Lucius schüttelte den Kopf. »Wie kommst du auf den Gedanken? Es ärgert mich nur! Hätte Togionus' Enkel seine Absicht angekündigt, hätte ich ihn in meine Villa eingeladen. So befindet er sich in Magrinius' Taverne, und ich weiß nicht, was er unternehmen will.«

Als Romilius das hörte, schüttelte er den Kopf. »Du billigst diesem Gecken so etwas wie Verstand zu, Onkel! Ich glaube nicht, dass er sich für mehr interessiert als für den Schnitt seiner Toga und ob die Kissen im Reisewagen weich genug für seinen Hintern sind.«

Bei diesen Worten begann Linus zu lachen. Sein Vater hingegen behielt seine missmutige Miene bei. »Wir müssen ihn im Auge behalten und erfahren, mit wem er redet, und am besten auch, über was.«

»Du siehst also doch Probleme am Horizont«, schloss Romilius daraus.

»Das will ich nicht hoffen. Ich habe jedoch einen Teil der Einnahmen seiner Minen dafür verwendet, mir selbst Bergwerke und Land zu kaufen. Er könnte daher glauben, ich hätte ihm diese Summen unterschlagen.«

»Aber du hast doch ein Anrecht auf einen Teil der Einnahmen, da du die Bergwerke für ihn verwaltest«, sagte sein Sohn verständnislos.

»Natürlich habe ich mir eine reichlich bemessene Entschädigung für meine Verwaltung zugebilligt. Tullius, dieser Narr, hätte nicht einmal die Hälfte davon verlangt. Das Geld, von dem ich spreche, geht weit darüber hinaus. Es handelt sich um mehr als zweihunderttausend Sesterzen!«

Dieser Betrag brachte Romilius zum Schlucken. Ein römischer Bürger mit einem Vermögen von zweihunderttausend Sesterzen wurde zum Ritterstand gezählt. Sein Vater gehörte dazu, verfügte aber nur über wenig mehr als diese Summe. Wie reich musste der Bergwerkserbe sein, wenn Lucius diese Summe hatte unterschlagen können, ohne dass es bisher aufgefallen war? Hatte dieser Enkel es vielleicht doch bemerkt und war gekommen, um Lucius zur Rechenschaft zu ziehen? Romilius rief sich Adnamatus ins Gedächtnis und schüttelte unwillkürlich den Kopf. Das war ein Gimpel, wie es sie nur selten gab. Trotzdem konnte seine Anwesenheit Ärger bereiten.

»Du hast recht, Onkel! Wir sollten ihn im Auge behalten. Das sagst du doch auch, Linus?« Um sich nicht zu sehr in den Vordergrund zu drängen, bezog Romilius gelegentlich seinen Vetter ins Gespräch mit ein.

Linus nickte sofort. »Ich stimme Vater zu! Dieser Bergwerksenkel muss überwacht werden. Wenn du es erlaubst, werde ich Florus und Seccius damit beauftragen.«

»Tu das!«, sagte Lucius.

Romilius rieb sich über die Stirn, als müsse er überlegen. »Gut, dass du die beiden erwähnst. Florus fragte heute schon wieder, wann sie endlich Titus verprügeln könnten.«

Lucius überlegte nur kurz. »Sie sollen es tun! Aber ich darf damit auf keinen Fall in Verbindung gebracht werden.«

»Ich werde es ihnen erklären, wenn ich ihnen den Auftrag erteile, diesen Bergwerkserben zu beobachten«, sagte Linus, der sich ärgerte, weil sein Vater mittlerweile mehr auf Romilius' Rat zu hören schien als auf den seinen.

Lucius erteilte seinem Sohn und seinem Neffen noch ein paar Anweisungen und ging dann in die Gemächer seiner Frau, wo diese mit der kleinen Fulvia spielte. Es war ein hübsches Kind, aber eben nur eine Tochter und nicht der Sohn, von dem er sich mehr Verstand als bei Linus erhofft hatte. Nun würde er sich diesen so zurechtbiegen müssen, dass er später in seine Fußstapfen treten konnte. Im Augenblick waren sie für Linus noch viel zu groß.

Faustina versetzte ihrer Tochter einen leichten Klaps auf den Hintern. »Geh in dein Zimmer, Fulvia! Ich komme später nach.«

»Du verwöhnst das Mädchen zu sehr«, tadelte Lucius seine Frau, nachdem die Kleine verschwunden war.

»Ich verwöhne sie gewiss nicht, sondern mache ihr klar, dass es auch Pflichten für sie gibt. Du hast doch gesehen, wie brav sie eben gegangen ist.« In Faustinas Worten schwang eine Mahnung an ihren Mann mit, sich mehr um seine Tochter zu kümmern.

Das aber hielt Lucius für verschwendete Zeit. Seiner Meinung nach genügte es, sich an Fulvia zu erinnern, wenn es einmal so weit war, sie zu verheiraten. Ihr Bräutigam musste ein Mann sein, der ihm und später Linus nützlich war.

Nun aber war etwas anderes wichtig. »Togionus' Erbe ist in Aguntum eingetroffen. Ich werde ihn einladen, bei uns zu wohnen. Kümmere dich darum, dass eine Kammer für ihn hergerichtet wird.«

Obwohl Faustina es nicht anders erwartet hatte, fühlte sie sich enttäuscht. Immer, wenn ihr Mann zu ihr kam, wollte er etwas von ihr. Nur um ein wenig mit ihr zu plaudern, war er seit Jahren nicht mehr erschienen.

»Ich werde ihm die Kammer neben Romilius einrichten lassen«, sagte sie kühl.

»Besser die neben Linus! Es wäre für ihn ein Zeichen, ein besonders geehrter Gast zu sein«, erklärte Lucius und verließ seine Frau ohne Abschiedswort.

Faustina blickte ihm seufzend nach. Ihre Ehe war nicht so verlaufen, wie sie es erwartet hatte. Vor ihrer Hochzeit hatte Lucius sie stürmisch umworben und sich, solange ihr Vater gelebt hatte, auch um sie gekümmert. Nach dessen Tod aber war alles anders geworden. Seitdem gab es keine lieben Worte mehr, und um die gemeinsamen Nächte im Ehebett in einem Monat zu zählen, brauchte sie weniger Finger als an einer Hand.

Zum ersten Mal seit vielen Jahren erinnerte sie sich wieder an ihren damaligen jugendlichen Verehrer. Sie hatte Votticus gemocht und war vielleicht sogar ein wenig in ihn verliebt gewesen, auch wenn sie über seinen schwärmerischen Überschwang gelächelt hatte. Nun fragte sie sich, wie ihr Leben verlaufen wäre, wenn ihr Vater sie nicht mit dem Römer Lucius, sondern mit dem Laianken Votticus vermählt hätte. Die Antwort darauf wusste sie nicht, doch ihre Gedanken gaukelten ihr vor, dass sie in jenem Fall gewiss glücklicher geworden wäre.

5.

Publius Cornelius Crispinus hatte seinen Antrittsbesuch beim Statthalter in Virunum hinter sich gebracht und stieg nun steifbeinig vom Pferd. Seine Kleidung war verstaubt, und seine Rüstung musste unbedingt poliert werden.

Er drehte sich zu Hannus um und erteilte ihm die Anweisung, sich darum zu kümmern. »Aber erst, nachdem du dich gewaschen und saubere Kleidung angezogen hast!«

»Das tue ich, Herr!« Längst hatte Hannus sich damit ausgesöhnt, von Crispinus gekauft worden zu sein. Dieser erwies sich als guter Herr und sprach einen Tadel mit Worten aus, ohne zum Stock zu greifen, wie es sein früherer Herr getan hatte.

Crispinus nickte und trat ins Haus. Im vorderen Raum traf er auf Retus, den er als Kommandanten des Stützpunkts zurückgelassen hatte. Dieser saß gerade über einer Liste und zog eine Miene, als müsse er mit einer Schar Rekruten gegen einen zehnfach überlegenen Feind antreten. Als er seinen Hauptmann erkannte, schob er aufatmend Papyrus, Tinte und Schreibrohr weg.

»Du kommst gerade zur rechten Zeit, um diese Listen auszufüllen, Centurio«, sagte er grinsend.

»Du kapitulierst also vor dem Feind!«, spottete Crispinus.

»Vor diesem ja! Der kämpft ja auch nicht wie ein ehrlicher Feind mit Schwert und Schild, sondern mit Verben und Fällen. Um das zu verstehen, muss man Latein mit der Muttermilch eingesogen haben.«

»So schlimm ist es auch wieder nicht. Ich werde dich trotzdem erlösen und die Liste zu Ende bringen. Wie hat sie sich eigentlich gemacht?« Crispinus deutete mit dem Kopf auf die Tür seines Schlafzimmers. »Es gibt keine Klage! Sie kommt zwar nur kurz heraus, bleibt aber in der Nähe und zeigt keine Anzeichen, fliehen oder gar sich umbringen zu wollen. Übrigens hat sie ein Kleid für sich genäht und eine neue Tunika für dich. Du wirst darin schmuck aussehen!«

Bei Crispinus' Abreise hatte Retus nicht einzuschätzen vermocht, wie Thamina sich währenddessen verhalten würde, und war daher erleichtert.

Crispinus ging zur Tür seines Schlafraums, klopfte aber, bevor er eintrat, um Thamina nicht zu erschrecken. Als er öffnete, sah er sie am Fenster sitzen und nähen.

»Du bist aber fleißig!«, lobte er.

Thamina blickte auf. »Du bist wieder hier?«

Fast hatte er das Gefühl, als freue sie sich darüber. »Ja, das bin ich! Ich musste ein paar Tage in Virunum bleiben, um mit dem Präfekten zu sprechen, und wurde auch ein paarmal von ihm und einigen anderen hohen Beamten eingeladen. Aber ich hörte von Retus, du hättest eine Tunika für mich genäht?«

Thamina zeigte auf ein ausgebreitetes Kleidungsstück, das eine Handbreit länger war als eine übliche Tunika und dessen Ärmel leicht über die Ellenbogen reichten.

»Gefällt sie dir?«, fragte sie gespannt.

Die Tunika war von blasser blauer Farbe und aus gutem Tuch. Eigentlich hatte er gedacht, sie würde sich daraus ein Kleid nähen, und freute sich nun, weil sie auch an ihn gedacht hatte. »Sie ist sehr schön! Ich werde sie heute Nachmittag tragen. Du solltest das Kleid anziehen, das du für dich genäht hast. Darf ich es sehen?«

Thamina zog ein wenig den Kopf ein, denn das Kleid, dessen letzten Saum sie gerade nähte, war für eine Sklavin nicht gerade passend. Es reichte bis zu den Fußknöcheln und war so hochgeschlossen, dass es den Sklavenring, den sie trug, verdeckte. Auch hatte es lange Ärmel und konnte mit einer Kordel um die Taille gegürtet werden.

»Das Kleid gefällt mir! Du solltest dir noch ein paar dieser Art nähen.«

»Du hast also nichts dagegen, dass ich keinen dieser römischen Kittel tragen will?«

Crispinus sah seine Sklavin aufatmen und lächelte. »Natürlich nicht! In diesen Kitteln werden Sklaven verkauft, und es gibt gewiss welche, die sie auch weiterhin tragen müssen. Bei Haussklaven ist das aber unüblich. Darin könnte eine Sklavin sich bei der Arbeit nicht bücken, ohne dass ihr Hintern zu sehen ist. Das würde die Männer verwirren und der Dame des Hauses gewiss nicht gefallen.«

»Du hast keine Dame des Hauses«, erinnerte Thamina ihn.

»Man muss nicht alles haben!«, sagte er achselzuckend und begann, sich auszuziehen. »Kannst du nebenan das Becken füllen? Ich hoffe, das Wasser ist warm«, bat er Thamina, als er nur noch im Lendentuch dastand. »Übergib die Tunika und den Mantel bitte Hannus, damit er sie wäscht. Auf solchen Reisen werden die Sachen ziemlich schmutzig.«

Thamina gehorchte, und so konnte Crispinus sich waschen. Er wechselte auch das Lendentuch und zog denn die hellblaue Tunika an. Nach einer Weile kehrte Thamina zurück und nahm ihre Näharbeit wieder auf.

»Wenn du fertig bist, solltest du es anziehen«, sagte Crispinus. »Wir werden in die Stadt gehen, dort in Magrinius' Taverne zu Mittag essen und anschließend den Markt aufsuchen. Ich habe dir Tuch für mehrere Kleider versprochen. Das wollen wir kaufen.«

»Wie du willst, Herr!« Trotz ihrer Worte zögerte Thamina, sich umzuziehen. Erst auf Crispinus' mahnendes Räuspern hin zog sie ihr Kleid über den Kopf und stand dann im Unterkleid da. Es fiel weich und betonte ihre Formen. Crispinus gefiel, was er sah, wollte aber erkunden, wie weit Thamina ihm bereits vertraute.

»Du könntest auch dein Unterkleid wechseln!«

Ein Schatten huschte über ihr Gesicht. Dennoch streifte sie das Hemd ab, bemüht, ihm den Rücken zuzukehren.

Crispinus betrachtete ihren schön geformten Hintern, wollte ihr aber mehr Peinlichkeit ersparen und ging zur Tür. »Ich habe noch etwas mit Retus zu besprechen. Wenn du fertig bist, kommst du nach!«

»Ja, Herr!«, antwortete sie so erleichtert, dass Crispinus kurz davor war, ihr zu befehlen, sich zu ihm umzudrehen, damit er sie auch von vorne ansehen konnte. Er beherrschte sich jedoch und verließ lächelnd sein Schlafzimmer.

Retus wartete im Vorraum auf ihn und grinste. »Ich habe zwar nicht alles gehört, aber es reichte. Nimm es mir nicht übel, doch du lässt dir von dieser Perserin zu viel gefallen. Verbläue ihr einmal so richtig den Hintern, und du wirst sehen, wie gehorsam sie wird!«

»Mein Guter, du verstehst zwar, Rekruten zu drillen. Ob eine Frau deine Methoden jedoch billigen würde, wage ich zu bezweifeln«, sagte Crispinus lachend.

»Du sollst sie ja auch nicht mit dem Stock schlagen, sondern mit der flachen Hand. Das tut nicht so weh. Aber wenn du nicht willst: Es ist deine Nase, auf der sie herumtanzt, und nicht meine!« Retus klang brummig und verabschiedete sich mit dem Hinweis, in der Wachstation nach dem Rechten schauen zu müssen.

Crispinus lehnte sich gegen den Türrahmen und sah ihm lächelnd nach. Sein Stellvertreter war ein ausgezeichneter Militär, doch Frauen waren nun einmal keine Soldaten und von Gedanken erfüllt, die ein Mann niemals ganz begreifen konnte. Thamina stammte zudem aus einem fremden Land, und ihr war bei der Geburt nicht in die Wiege gelegt worden, eine Sklavin zu werden.

Wenig später trat sie heraus. »Habe ich dich zu lange warten lassen, Herr?«

»Nein«, sagte Crispinus. »Aber nun komm! Es sind zwei Meilen bis zur Stadt, und die müssen bewältigt werden.«

»Zu Fuß?« Thamina klang ein wenig erschrocken, denn beim ersten Mal, als sie mit Crispinus nach Aguntum gegangen war, hatte dieser einen strammen Schritt vorgelegt.

Auch Crispinus erinnerte sich daran und nahm sich vor, mehr Rücksicht auf sie zu nehmen. Schließlich war sie kein Rekrut, von dem er einen langen, harten Fußmarsch verlangen konnte.

6.

Adnamatus saß mit seinem Kammerdiener Sparius in der Taverne beim Essen, als er einen Mann und eine Frau eintreten sah. Er zuckte zusammen und drehte sich so, dass er den beiden den Rücken zukehrte.

»Was ist los, Herr?«, fragte Sparius verwundert.

»Der Prätorianerhauptmann Crispinus ist eben hereingekommen. Was um aller Welt will der hier?«, antwortete Adnamatus leise.

Sparius sah sich jetzt ebenfalls um und nickte. »Ja, das ist er! Und er begleitet die schönste Frau, die ich je gesehen habe.«

»So schön wie das Mädchen, das ich gestern gesehen habe, kann sie nicht sein«, erklärte Adnamatus mit Nachdruck. »Wenn ich nur wüsste, wer sie ist. Ihrem Kleid nach muss sie aus einem reichen Haus stammen, denn so etwas trägt kein armes Mädchen. Zudem wurde sie von einer Sklavin begleitet, und das nur, um ein wenig zu flanieren. Das können sich nur wenige leisten.«

Sparius musterte seinen Herrn verwundert. »Wir sind hierhergekommen, um Lucius auf die Schliche zu kommen. Nun aber ist in deinem Kopf für nichts anderes mehr Platz als für ein Mädchen, von dem du weder weißt, wie sie heißt, noch, woher sie kommt.«

»Das werde ich herausfinden! Auch habe ich Lucius gewiss nicht vergessen. Du wirst dich heute Nachmittag in seine Villa begeben und meinen Besuch ankündigen. Schade, dass das schöne Mädchen nicht seine Tochter sein kann. Wir würden sonst alle Probleme auf elegante Art lösen können.«

Adnamatus lächelte so versonnen, dass Sparius den Kopf schüttelte. So klug und zielstrebig sein Herr sonst auch war. Die Verkleidung als Laffe ließ ihn zusammen mit dem Anblick einer Unbekannten zu einem Narren werden.

Adnamatus blickte derweil verstohlen zu Crispinus hin. Er hatte diesen in Rom kennengelernt und ihn wegen seiner Schwertkunst bewundert. Aus Freundschaft hatte Crispinus ihm ein paar Finten beigebracht. Den Gecken, als der er hier auftrat, würde er ihm niemals abnehmen.

Dann aber sagte er sich, dass es nichts brachte, sich zu verstecken. »Gehe zu Crispinus und lade ihn ein an unseren Tisch. Dieser ist weit genug von den anderen entfernt, so dass wir reden können, ohne dass uns jemand zuhört. Präge dir aber ein, dass Claudius den ehrenwerten Herrn Offizier zu sich bittet. Claudius!, verstehst du?«

»Aber selbstverständlich, Herr Claudius«, antwortete Sparius grinsend und stand auf.

Crispinus hatte einen Tisch für sich und Thamina gewählt und bestellte nun Wein mit Wasser vermischt.

»Achte aber darauf, dass es wirklich zwei Drittel Wasser und nur ein Drittel Wein ist«, rief er Magrinius' und Sabinas Tochter Marcia zu und warf Thamina einen spöttischen Blick zu. »Ich möchte nicht betrunken nach Hause kommen und dann vielleicht zudringlich werden.«

Thamina musterte ihn nachdenklich. »Du hast in den gut zwei Monaten, die ich nun schon deine Sklavin bin, bereits mehrmals Wein getrunken und bist trotzdem immer Herr deiner Sinne geblieben.«

»Es war aber auch viel Selbstbeherrschung nötig!«, meinte Crispinus grinsend. »Du bist eine wunderschöne Frau, und da ist es schwer, enthaltsam zu bleiben.«

»Wäre ich Kriegsbeute, müsste ich die Schande ertragen. Da ich jedoch durch Verrat in Sklaverei geraten bin, will ich meine Ehre behalten!« Thamina klang bitter und bewies Crispinus, dass zwei Monate nicht ausgereicht hatten, um sie mit ihrem Schicksal zu versöhnen.

Bevor er antworten konnte, trat ein Mann mittleren Alters auf ihn zu, der ihm bekannt vorkam.

»Salve, Herr Crispinus! Mein Herr Claudius lässt anfragen, ob du bereit wärst, dich zu ihm zu setzen. Er glaubt, dich aus Rom zu kennen.«

»Ich kenne zehn Claudiusse aus Rom«, antwortete Crispinus mit einer gewissen Abwehr, da er sich gerne weiter mit Thamina unterhalten hätte. Um jedoch nicht als unhöflich zu gelten, stand er auf, bat Thamina, mitzukommen, und folgte Sparius zu Adnamatus' Tisch.

Als er diesen sah, zog er die Stirn kraus. Dieser übertrieben gekleidete und blasiert wirkende junge Mann hatte nichts mit dem eifrigen Fechtschüler gemein, den er in Rom kennengelernt hatte.

Rasch begriff er, dass es einen Grund für diesen Aufzug geben musste, und beschloss mitzuspielen.

»Herr Claudius, was für eine Freude, dich wiederzusehen!«, grüßte er.

»Das ist es fürwahr! Ich erwartete alles, nur nicht, dich hier in dieser Hinterwaldprovinz zu treffen. Wie hat es dich bloß hierher verschlagen?«, fragte Adnamatus mit müder Stimme.

»Ich wurde hierher versetzt und bin nun der Hauptmann der hiesigen Straßenwächter«, erklärte Crispinus. »Aber sag, weshalb bist du hier? Das Letzte, was ich hörte, war, dass du dich in Syrien aufgehalten hast.«

»Ich bin nicht über Antiochia und Ephesus hinausgekommen. Dort war alles zu heiß und so viel Wüste«, klagte Adnamatus. »Doch um auf meinen Aufenthalt hier zu kommen. Ich hoffe, ich kann ihn so kurz wie möglich halten und dann wieder nach Rom zurückkehren. Nur dort kann ein Mann so leben, wie es sich gehört. Ich wäre auch gewiss nicht in diese Einöde gekommen, doch mein Großvater Togionus – du kennst ihn nicht – ist gestorben und hat mir seine Bergwerke hinterlassen. Zum Glück verwaltet der ehrenwerte Herr Lucius diese für mich.«

Da Crispinus Adnamatus kannte, begriff er, dass dieser Lucius misstraute und ihm auf die Finger schauen wollte. Warum er jedoch diese seltsame Maskerade gewählt hatte, war ihm ein Rätsel.

»Dann hoffe ich, dass du deine Angelegenheiten rasch erledigen und wieder nach Rom zurückkehren kannst«, sagte Crispinus und stieß mit Adnamatus an.

Das Essen kam, und so herrschte zumeist Schweigen am Tisch. Nur Adnamatus beklagte zwischendurch, dass er diese Gegend hatte aufsuchen müssen. »Wäre es nach mir gegangen, hätte ich Rom nie verlassen. Mein Großvater bestand jedoch in seinem Testament darauf, dass ich hierherkomme, einige Wochen bleiben und seine Bergwerke kennenlernen muss. Eigentlich sind es jetzt meine Bergwerke«, setzte er fast erstaunt hinzu.

Crispinus kniff die Augen zusammen. In den zwei Monaten in dieser Gegend hatte er einiges erfahren. »Wann ist dein Großvater gestorben?«, fragte er angespannt.

»Vor zwei Jahren.«

»Vor zwei Jahren also.« Crispinus überlegte kurz und legte Adnamatus die Hand auf den Arm. »Wir sollten miteinander sprechen, mein Freund, aber nicht in der Taverne, sondern an einem ruhigeren Ort.«

Adnamatus nickte. »Ich würde mich auf ein Gespräch unter vier Augen freuen. Wenn es genehm ist, werde ich heute Abend zur Wachstation wandern. Es ist zwar anstrengend, aber eine gewisse Bewegung raten selbst die Philosophen an.«

Er wollte noch mehr sagen, als er draußen die junge Sklavin vorbeigehen sah, die gestern die von ihm bewunderte junge Dame begleitet hatte.

»Verzeih, Crispinus, wenn ich dich jetzt für einen Augenblick verlasse. Es geht um eine wichtige Auskunft!« Mit diesen Worten stand er auf und eilte schneller davon, als es sich mit seiner Maske als gelangweilter Geck vereinbaren ließ.

7.

Cincia war von Gratiana losgeschickt worden, um ein Duftöl zu besorgen, welches dieser ausgegangen war. Sie wollte in den entsprechenden Laden eintreten, als jemand sie am Arm fasste. Sie drehte sich um und sah den jungen Mann vor sich, dessen Ankunft ihre Herrin und sie am Vortag beobachtet hatten.

»Warte einen Augenblick, mein Kind!«, sagte dieser.

»Ich habe keine Zeit! Ich muss mich eilen«, wehrte Cincia ab.

»Ich habe nur eine Frage. Kannst du mir sagen, wer deine Herrin ist und wo sie wohnt?« Noch während Adnamatus fragte, holte er mit der anderen Hand eine Münze aus seinem Gürtel.

Es war ein Denar zu vier Sesterzen. Cincia hätte ihn liebend gerne in ihren Sparstrumpf gesteckt. Da sie jedoch nicht wusste, aus welchen Gründen der Fremde fragte, schüttelte sie den Kopf. »Es ist mir nicht erlaubt, mit Fremden über meine Herrschaft zu sprechen!« Damit entzog sie ihm den Arm und verschwand im Laden.

Adnamatus sah ihr mit einem gewissen Ärger nach, aber in seinem Blick lag auch Anerkennung. In Rom hatte er Sklaven erlebt, die für ein paar Sesterzen die intimsten Geheimnisse ihrer Besitzer verraten hatten. Dieses Mädchen schien treu zu sein und war auch recht hübsch. Nicht jede Frau duldete eine so gut aussehende Sklavin in ihrer Nähe, da sie Angst hatte, gegen diese abzufallen. Er hingegen fand, dass ihre Herrin sich dies leisten konnte.

»Doch wer ist diese Herrin?«, sagte er leise vor sich hin.

Ein hagerer Mann, der in der Nähe gestanden hatte, kam näher. »Einen schönen guten Tag, der Herr. Ich habe gehört, dass du eine Auskunft suchst. Ich könnte sie dir geben!«

Die Stimme des Mannes klang pfeifend, daher musste Adnamatus genau hinhören, um ihn zu verstehen. Die Geste, die der Mann mit Daumen und Zeigefinger machte, war jedoch nicht misszuverstehen. Auf ein paar Sesterzen kam es Adnamatus nicht an, und so holte er den Denar wieder ans Tageslicht.

Der Mann nahm ihn, hielt die Hand aber immer noch ausgestreckt. Adnamatus drückte ihm einen weiteren Denar in die Hand und lächelte. »Das Gleiche bekommst du noch einmal, wenn deine Auskunft sich als richtig erweist!«

»Herr, du tust ja direkt so, als wenn ich ein Betrüger wäre. Dabei bin ich der ehrlichste Mensch der Welt«, rief der Mann gekränkt.

Wer es glaubt, dachte Adnamatus, der in dem Mann mittlerweile den Viehhändler Florus erkannt hatte, den er in früheren Jahren bei seinen Besuchen beim Großvater mehrmals gesehen hatte.

»Nun, dann sage mir, wer die Herrin dieser Sklavin ist!«, forderte er Florus auf.

Dieser steckte die beiden Münzen ein und grinste. »Die Sklavin gehört zum Haushalt des Tullius Cloelius Vendinus, eines der reichsten Männer der Stadt. Die Herrin, wie du sie nennst, ist entweder dessen Ehefrau Aurelia oder beider Tochter Gratiana.«

Da die Begleiterin der Sklavin noch sehr jung gewesen war, strich Adnamatus die Mutter und sagte sich, dass es die Tochter gewesen sein musste.

»Ich danke dir, mein Freund!«, sagte er lächelnd, drückte Florus zwei weitere Denare in die Hand und kehrte in die Taverne zurück.

Florus sah ihm nach und schüttelte lachend den Kopf. »Was für ein Narr! Ich würde es Tullius gönnen, wenn der ihn aufsucht und Gratiana heiraten will!« Mit diesen Worten wandte er sich ab und ging pfeifend davon.

Cincia hatte im Laden warten müssen und dadurch Adnamatus und Florus beobachten können. Auch wenn sie nicht alles verstanden hatte, begriff sie, dass der Viehhändler dem Fremden mitgeteilt hatte, wer Gratiana war.

»Nun, Cincia, was sollst du besorgen?«, fragte der Ladenbesitzer sie nun.

»Ich brauche ein kleines Krüglein mit dem feinen Salböl, das meine Herrin so gerne verwendet«, antwortete Cincia.

Sie wartete, bis der Händler das Öl aus einer Amphore in das Glasgefäß umgefüllt hatte. Dann bezahlte sie, nahm das Restgeld und die Flasche an sich und verließ den Laden. Auf dem Heimweg grübelte sie über den Fremden nach. Tags zuvor war er ihr wie ein vollkommener Narr vorgekommen. Heute aber war sie sich dessen nicht mehr sicher.

Auf jeden Fall würde sie Gratiana berichten müssen, dass er nach ihr gefragt hatte, und auch, dass Florus ihm verraten hatte, wer sie war. Sonst würde noch sie in Verdacht geraten, es dem Mann erzählt zu haben, und das wollte sie nicht.

Als sie nach Hause kam, war ihre Mutter gerade dabei, ein Kaninchen zu schlachten. Da ihr diese Arbeit als Bäuerin geläufig war, überließ die Köchin Laelia sie ihr gerne. Früher hatte sie es zumeist selbst tun müssen, denn die anderen Sklavinnen und Sklaven hatten sich davor gedrückt. Nun aber konnte sie sich ganz auf die Zubereitung ihrer Speisen konzentrieren und hatte bereits von Tullius, aber auch von Aurelia gehört, es schmecke ihnen seit einiger Zeit noch besser als zuvor.

Cincia wechselte ein paar Worte mit ihrer Mutter und suchte dann Aurelias Gemächer auf. Deren Zofe Viviana ordnete gerade Kleider ihrer Herrin. Als sie Cincia hereinkommen sah, hielt sie inne. »Hast du auch das richtige Öl bekommen?«, fragte sie.

Cincia nickte. »Hier ist es, und da ist das Geld, das ich zurückbekommen habe!« Sie reichte beides der Frau. Diese zog als Erstes den Stöpsel des Fläschchens, ließ einen Tropfen Öl auf den Handrücken fallen und verrieb ihn. Als sie dann daran schnupperte, nickte sie zufrieden.

»Das hast du richtig gemacht.« Sie räumte das Fläschchen weg, nahm das Geld und reichte Cincia eine Münze. »Die ist für dich.«

»Hab Dank!«, antwortete Cincia, denn es war ein ganzes As, von denen vier einen Sesterz ergaben. Kurz dachte sie daran, dass sie vor dem Laden des Salbenhändlers einen Denar und damit das Sechzehnfache dieser Münze abgelehnt hatte. Dann aber sagte sie sich, dass dieses As ehrlich verdient war und sie deswegen nicht zur Schwätzerin hatte werden müssen.

Sie suchte nun Gratiana auf, um dieser von der Begegnung mit dem Fremden zu berichten, und fand sie ausgestreckt auf einer Liege. Neben ihr stand eine Schale mit glühend roten Erdbeeren, von denen sie immer wieder naschte.

»Ah, da bist du ja wieder!«, empfing sie Cincia. »Hast du das Salböl bekommen? Beim letzten Mal hatte der Händler es nicht vorrätig.«

»Ich habe es, und Viviana sagt, es wäre das richtige«, antwortete Cincia. »Aber ich muss dir etwas berichten!«

»Dann setz dich her und iss ein paar Erdbeeren mit«, forderte Gratiana sie auf und zog die Beine an, damit Cincia neben ihr Platz fand.

Diese setzte sich, steckte sich eine Erdbeere in den Mund und kaute genussvoll.

»Nun, was willst du mir sagen?«, fragte Gratiana neugierig.

»Du erinnerst dich doch an den Fremden, den wir gestern bei der Herberge gesehen haben?«

Gratiana lachte. »Natürlich! Bei Minerva, was für ein Laffe!«

»Dieser Mann hat mich heute beim Salbenladen abgepasst und wollte von mir wissen, wer du bist.«

»Du hast es ihm hoffentlich nicht gesagt!«, rief Gratiana aus.

»Natürlich nicht, obwohl er mir einen ganzen Denar dafür geboten hat. Er weiß es jetzt trotzdem, denn als ich im Laden stand, habe ich gesehen, wie der Viehhändler Florus auf ihn zugegangen ist und mit ihm gesprochen hat. Und der würde für ein paar Asse die eigene Mutter verkaufen.«

»Florus ist ein übler Mensch! Würde nicht Lucius die Hand über ihn halten, hätte man ihn längst eingesperrt. Er hat diesem Gecken gewiss meinen Namen genannt und auch, wo ich zu finden bin. Allerdings glaube ich nicht, dass sich der Viehhändler mit einem Denar zufriedengegeben hat. Es ist schäbig, dass dieser Adnamatus dir so wenig geboten hat. Ich bin gewiss mehr wert!«

Cincia fand, dass Gratiana ein wenig selbstzufrieden klang. Als Tochter des zweitreichsten Mannes der Stadt war das wohl kaum verwunderlich.

Unterdessen fasste Gratiana nach Cincias Hand. »Glaubst du, dass du herausfinden kannst, warum Adnamatus nach Aguntum gekommen ist? Ich würde es zu gerne wissen.«

»Ich kann Sabina fragen. Der Mann ist in der Herberge ihres Mannes abgestiegen und speist in ihrer Taverne«, sagte Cincia.

»Tu das!« Gratiana versetzte Cincia, als diese nicht sofort aufstand, einen leichten Stups mit dem großen Zeh.

»Jetzt gleich?«, fragte Cincia.

Gratiana nickte. »Wenn du jetzt gehst, bist du früher zurück.«

Auch wenn sie Gratiana mochte, fand Cincia sie ein wenig launenhaft. Einer Sklavin wie ihr stand es jedoch nicht zu, die Herrschaft zu kritisieren. Daher verabschiedete sie sich von Gratiana, rief auf dem Flur Viviana zu, dass ihre Herrin sie erneut in die Stadt schickte, und machte sich auf den Weg zur Taverne.

8.

Unterwegs kam Cincia an Calvus' Käseladen vorbei. Früher hatte ihre Mutter diesem Händler ihren Käse verkauft. Auch wenn Calvus stets versucht hatte, den Preis zu drücken, wünschte Cincia sich, es könnte noch immer so sein. Dann könnte sie auch Titus sehen und mit ihm sprechen. Als Sklavin aber wollte sie das nicht.

Da öffnete sich die Tür, und Titus stürmte heraus. »Juno sei mir dir, Cincia! Ich freue mich, dich zu sehen. Wie geht es dir? Behandelt Herr Tullius dich und deine Mutter gut?«, fragte er aufgeregt.

»Doch, das tut er!«, antwortete Cincia. »Auch Aurelia und Gratiana sind freundlich zu mir. Am strengsten ist Aurelias Toilettdienerin Viviana. Sie muss mich nämlich anleiten, Gratiana zu bedienen.«

»Ich bin so froh, dass nicht Lucius euch gekauft hat. Ihr wärt sonst auf seinem Landgut und müsstet von morgens bis abends in dessen Käsekeller arbeiten. Das wäre eine harte Arbeit und käme nur Lucius zugute.«

»Ich würde gerne wieder Käse herstellen, und meine Mutter ebenso«, sagte Cincia mit einem leisen Seufzer. Dann aber straffte sich ihre Gestalt. »Jedoch gewiss nicht für Lucius! Dieser hat uns ins Unglück gestürzt. Hat Materiona dir berichtet, was mit meinem Vater geschehen ist?«

Titus senkte betroffen den Kopf. »Das hat sie! Sie hat mich übrigens in den letzten Wochen mehrfach begleitet. Da Lucius den Bauern, die ihm verpflichtet sind, verboten hat, ihren Käse an meinen Vater zu verkaufen, müssen wir zusehen, wo wir ihn herbekommen. Materiona hat dafür gesorgt, dass die Bauern aus Vogitoubus' Stamm ihren Käse nurmehr an uns verkaufen. Damit können wir den Verlust ausgleichen, den wir durch Lucius erlitten haben.«

»Aber wieso tut Lucius das? Dein Vater war doch über viele Jahre einer seiner treuesten Anhänger!«, fragte Cincia verwundert.

»Du nennst das richtige Wort. Vater war es! Seit eurer Versteigerung und dem Kampf, den ich mit Seccius ausfechten musste, hat sich das geändert. Lucius nimmt Vater übel, dass er bei deiner Mutter und dir mitgeboten hat, und mir, dass ich Geld gesammelt habe, um euch freikaufen zu können. Es ist eine hübsche Summe zusammengekommen, wenn auch zu wenig, um sie Tullius für eure Freiheit anbieten zu können.«

»Es tut mir leid, dass ihr unseretwegen in Schwierigkeiten geraten seid«, sagte Cincia traurig.

»Wir kommen schon durch. Ich muss zwar mehr arbeiten als früher, dafür bin ich Vater aber auch eine bessere Hilfe. Eines freut mich besonders!«, sagte Titus und grinste.

»Und das wäre?«

»Zum einen bekommt auch Lucius keinen so guten Käse mehr zu essen wie den euren. Zum anderen ist sein Versuch, Käse in großen Mengen nach Italien zu exportieren, vorerst gescheitert. Die Qualität des Käses war zu schlecht, und so fragen die Händler in Aquileia wieder bei uns an. Wir haben zwar euren guten Käse nicht mehr, aber selbst der einfachste Käse, den wir verkaufen, ist noch besser als der beste, den Lucius' Sklaven herstellen.«

»Das freut mich!« Cincia lächelte kurz, wies dann aber in Richtung Taverne. »Verzeih, jetzt muss ich mich sputen, sonst schimpft Gratiana mit mir, weil ich zu lange ausbleibe.«

»Ich wünsche dir weiterhin viel Glück«, sagte Titus leise und strich ihr über die Wange.

»Ich dir auch!« Verwundert über die seltsamen Gefühle, die seine Berührung bei ihr ausgelöst hatte, eilte Cincia weiter.

Titus sah ihr nach, bis sie hinter der nächsten Hausecke verschwunden war, und kehrte traurig in den Laden seines Vaters zurück. Auch wenn Cincia und deren Mutter mit Tullius einen guten Herrn hatten, so waren sie doch Sklavinnen, und die Schuld daran trug Lucius.

»Du hast mit Cincia gesprochen. Wie geht es Amma und ihr?«, fragte seine Mutter.

»Cincia sagt, dass Tullius, Aurelia und Gratiana sie gut behandeln.«

»Trotzdem sind sie Sklavinnen!« Liviona seufzte und wies auf einen Korb mit Käselaiben. »Den musst du heute Abend zum Wachhaus der Benefiziarier bringen. Seit Crispinus wieder ein Dutzend von ihnen bei Aguntum stationiert hat, können wir auch an ihnen ein wenig verdienen.«

»Ist es so viel schlimmer als früher?«, fragte Titus besorgt.

»Unser Umsatz hat sich natürlich verringert, seit Lucius und dessen Anhänger nicht mehr bei uns kaufen«, warf sein Vater ein. »Ich kann aber immer noch genug Käse nach Aquileia schicken, so dass wir trotz der Knüppel, die Lucius uns zwischen die Beine werfen will, auf einem festen Fundament stehen.«

»Bedauerlich ist nur, dass Magrinius keinen Käse von uns kaufen darf, weil er Lucius nicht verärgern will. Sabina schimpft darüber, weil sie ihren Gästen den schlechten Käse vorsetzen muss, der auf Lucius' Landgut hergestellt wird. Die Sklaven dort machen zwar ihre Arbeit, doch ihnen fehlt das Gefühl für den Käse, das Amma in so reichem Maße besitzt.« Liviona seufzte und drückte schließlich ihre Hoffnung aus, dass sich die Situation bald bessern möge.

9.

Cincia erreichte die Taverne und suchte nach Sabina. Dabei sah sie den Fremden zusammen mit Crispinus und der Sklavin Thamina an einem der Tische sitzen.

Ohne nachzudenken, trat sie auf die Leute zu und sprach die Perserin an. »Wie geht es dir?«

Thamina blickte zu ihr auf und brauchte einen Augenblick, um in der gut gekleideten jungen Frau das Mädchen im Sklavenkittel zu erkennen, mit dem sie im Gefängnis die Zelle geteilt hatte.

»Oh, du bist es, Cincia! Mir geht es so gut, wie es für eine Sklavin möglich ist. Wir beide sind nun einmal mit unsichtbaren Ketten an Leute gefesselt, die über uns entscheiden können wie über Vieh.«

»Bin ich wirklich so schlimm?«, fragte Crispinus und betrachtete dann Cincia. Er war erleichtert, dass Tullius sie erworben hatte. Hätte Lucius sie gekauft, so wäre es wohl schlimm für sie ausgegangen.

Unterdessen überlegte Thamina, was sie antworten sollte. Weder schlug Crispinus sie, noch forderte er Dinge von ihr, die ihrer Überzeugung nach nur einem Ehemann zustanden. Andere Männer nähmen nicht so viel Rücksicht, dachte sie und lächelte Crispinus an. »Ich bin dem Schicksal dankbar, dass du mein Herr geworden bist. Ich hätte es weitaus schlechter treffen können.«

»Dann sei dir verziehen!«, sagte Crispinus lachend.

»Es freut mich, dich wohl zu sehen«, sagte Cincia und sah sich suchend um. Da entdeckte sie Sabinas Tochter. »Wo ist deine Mutter, Marcia?«

»Wer bin ich, dass ich einer lumpigen Sklavin Antwort gebe?«, antwortete die junge Frau patzig.

»Man merkt, dass man hier in der Provinz ist. Die Höflichkeit, die einen Römer zieren sollte, ist noch nicht bis hierher gedrungen«, erklärte Adnamatus laut und überheblich.

Marcia zuckte bei diesen Worten zusammen. Eigentlich mochte sie Cincia, doch aus Angst, Lucius könnte ihren Vater genauso fallen lassen wie den Käsehändler Calvus, hatte sie harsch geantwortet.

»Mutter ist in der Küche«, sagte sie so leise, dass nur Cincia es hörte, und wies mit dem Kopf kaum merklich auf einen Tisch, an dem Linus und Seccius zusammensaßen. Nun kam auch noch Florus herein und bestellte mit quietschender Stimme einen Becher Wein.

Als Cincia die drei sah, verzieh sie Marcia die böse Bemerkung und trat auf die Tür zu, die in die Küche führte.

Linus und seine Freunde sahen ihr nach. »Dieser Bauerntrampel hat sich in Tullius' Haus herausgemacht. Ich würde ihr am liebsten gleich zwischen die Schenkel steigen«, rief Linus.

»Lass sie in Ruhe!«, riet ihm Florus. »Du kannst hier eher zehn Töchter von armen Leuten gegen ihren Willen aufs Kreuz legen als eine Sklavin des Tullius. Die Väter dieser Töchter werden aus Angst vor deinem Vater schweigen. Tullius hingegen würde bis zum Statthalter in Virunum gehen, um es deinem Vater heimzuzahlen.«

»Irgendwann kriege ich sie!«, zischte Linus weitaus leiser.

»Dann hätte dein Vater sie kaufen sollen. Tullius kannst du das Doppelte von dem bieten, was er für Cincia und ihre Mutter bezahlt hat, und er würde dich auslachen. Außerdem wirbt dein Vater für dich um Tullius' Tochter. Warte also ab! Sobald du mit Gratiana verheiratet bist, hast du auch ihre Sklavin in der Hand.«

»Florus hat recht!«, stimmte Seccius dem Viehhändler zu. »Wenn du Gratiana heiratest, bekommst du Cincia als Zugabe. Außerdem haben wir uns um wichtigere Dinge zu kümmern als darum, in welches Loch du deinen Schwanz stecken willst. Der verdammte Titus wartet immer noch auf die Abreibung, die uns dein Vater versprochen hat!«

»So ist es!«, erklärte Florus. »Es soll jedoch so heimlich geschehen, damit niemand mitbekommt, wer es war.«

»Und wie sollen wir das machen? Uns etwa verkleiden und dann an Calvus' Tür klopfen, damit er uns aufmacht und wir seinen Sohn verprügeln können?«, fragte Linus ätzend.

»Natürlich nicht!«, antwortete Florus beleidigt. »Obwohl – Romilius hat davon gesprochen, dass wir uns verkleiden sollen. Er rät auch, Titus nicht in, sondern vor der Stadt aufzulauern. Er ist oft genug unterwegs, dass wir ihn abfangen können.«

»Warum nicht schon heute?«, fragte Seccius eifrig. »Titus soll Käse zum Wachhaus der Straßenwächter bringen, das wäre eine gute Gelegenheit.«

»Seccius hat recht!«, sagte Florus. »Du würdest deinem Vater zeigen, dass du Manns genug bist, dich durchzusetzen. Wenn du es jetzt nicht tust, so wird Romilius gewiss nicht zögern. Dann wird dein Vater ihn dir bald vorziehen und verheiratet ihn mit deiner Schwester, sobald sie alt genug ist. Er wird dann der Nachfolger des mächtigen Lucius und du ein Nichts!«

So hatte Linus es bisher noch nicht gesehen. Als er darüber nachdachte, wuchs auch in ihm die Befürchtung, dass sein Vater größere Stücke auf Romilius halten könnte als auf ihn. »Wir erledigen das heute Abend! Jeder von uns zieht einen weiten Kapuzenmantel an und verbirgt das Gesicht hinter einem Tuch!«

»Das tun wir! Wir sollten uns aber erst im Freien anziehen. Oder willst du so durch die Stadt gehen, damit jeder weiß, wer Titus aufgelauert hat?«, fragte Florus mit einem gewissen Spott. Seit er Romilius kannte, nahm er Linus nicht mehr ernst. Zu deutlich durfte er ihm das nicht zeigen. Immerhin war dieser Lucius' Sohn und bisher immer noch dessen erkorener Nachfolger.

10.

Während Linus, Florus und Seccius finstere Pläne ausbrüteten, betrat Cincia die Küche und grüßte die Wirtin. »Salve, Sabina!«

»Salve, Cincia! Was führt dich hierher?«, fragte Sabina erstaunt. Im Allgemeinen mieden Tullius und die seinen die Taverne, da ihr Mann zu Lucius' Anhängern gehörte.

»Ich hätte gerne eine Auskunft von dir. Ihr habt doch einen neuen Gast, der … nun, sehr vornehm und edel aussieht. Heißt er nicht Adnamatus? Kannst du mir sagen, weshalb er nach Aguntum gekommen ist? Wegen seines Erbes kann es wohl kaum sein. Da wäre er gewiss gleich nach dem Tod seines Großvaters erschienen.« Cincia gelang es im letzten Augenblick, ihre Zunge im Zaum zu halten, um Sabina nicht durch die Verspottung ihres Gastes zu verärgern.

Die Wirtin bemerkte es trotzdem und musste schmunzeln. »Herr Adnamatus Naevius Claudius ist schon ein … nun ja, ein seltsamer Mensch. Ich bin nur froh, dass sein Großvater ihn so nicht mehr erlebt hat. Soweit ich weiß, ist er gekommen, um Lucius zu besuchen und diesen weiterhin mit der Verwaltung seiner Bergwerke zu betrauen.«

»Hab Dank!« Cincia wollte sich bereits abwenden, als ihr noch etwas einfiel. »Ich habe vorhin mit Titus gesprochen, dem Sohn des

Käsehändlers. Er sagte, dass ihr keinen Käse mehr von seinem Vater kauft.«

»Das ist Magrinius' Entscheidung! Er tut es, weil er Lucius nicht verärgern will. Jetzt habe ich das Geschiss damit, denn ich muss den Gästen schlechteren Käse vorsetzen, als ich es könnte. So guten wie den von deiner Mutter gibt es zwar nicht mehr, aber die Ware, die Calvus bei den Bergbauern kauft, ist durchweg viel besser als das Zeug von Lucius' Landgut. Die Sklaven dort tun das, was sie müssen, doch das Herzblut, das sie für einen wirklich guten Käse bräuchten, fehlt ihnen nun einmal.« Sabina schüttelte den Kopf und seufzte. »Männer, sage ich da nur! Sie tun Wunder was, wie klug sie sind, aber ihnen fehlt der nötige Hausverstand. Ich wollte wenigstens ein paar Laibe guten Käse von Calvus kaufen, um sie besseren Gästen vorsetzen zu können. Mein Mann hat es mir aber unter Androhung von Schlägen verboten. Er wird sehen, was er davon hat.«

»Lucius' Schatten liegt wie ein Alb über dem Tal«, sagte Cincia traurig. Sie bedankte sich bei Sabina, verließ die Taverne und kehrte zu Tullius' Haus zurück.

Dort erwartete Gratiana sie bereits voller Ungeduld. »Du kommst spät!«, tadelte sie.

»Ich bin so rasch gekommen, wie ich konnte«, antwortete Cincia und beschloss, ihre Begegnung mit Titus zu verschweigen. Stattdessen berichtete sie, was sie in der Taverne gesehen und erfahren hatte. »Laut Sabina ist Adnamatus Naevius Claudius gekommen, um Lucius weiterhin mit der Verwaltung seiner ererbten Bergwerke zu betrauen. Ich habe ihn in der Taverne gesehen. Hauptmann Crispinus saß bei ihm – und dessen persische Sklavin.«

»Vielleicht will Adnamatus die Frau kaufen«, sagte Gratiana spöttisch, fasste dann aber nach Cincias Arm. »Ich danke dir, dass du dich erkundigt hast. Allerdings kann ich nur hoffen, dass dieser Adnamatus keinen Gefallen an mir findet. Vater sagte bereits, dass er einen Ehemann für mich suchen will. Würde Adnamatus um mich werben, hätte ich Angst, dass Vater mich ihm gibt. Der Kerl ist nämlich sehr reich! Vor allem könnte Vater glauben, er würde mit ihm einen Verbündeten gegen Lucius gewinnen.«

In dem Augenblick begriff Cincia, dass Gratiana kaum besser dran war als sie selbst. Sie würde den Mann heiraten müssen, den ihr Vater für sie bestimmte, ganz gleich, ob sie ihn mochte oder verachtete. Der einzige Unterschied war, dass Gratiana als Ehefrau keine Sklavin war, sondern den Sklaven und Sklavinnen ihres Haushalts befehlen konnte.

»Ich glaube nicht, dass eine allzu große Gefahr besteht. Soviel ich gehört habe, verwaltet Lucius die Bergwerke, die Adnamatus als Erbe zugefallen sind. Daher wird dieser sich eher ihm zuwenden als deinem Vater!«, sagte sie, um Gratiana zu beruhigen.

»Gebe Juno, dass es so ist!« Gratiana stellte sich mit Schaudern vor, wie Adnamatus in seiner übertrieben römischen Art vor ihren Vater treten und näselnd um ihre Hand anhalten würde. Einen solchen Laffen wollte sie nicht heiraten müssen.

Sie lachte schrill auf und wies dann Cincia an, die Stola zu holen, deren Saum sich an einer Stelle aufgelöst hatte und den sie nähen wollte.

11.

Adnamatus hatte sich die meiste Zeit in der Taverne aufgehalten und die Gäste an den anderen Tischen belauscht. Ein unvoreingenommener Besucher hätte den Eindruck gewinnen können, Lucius wäre der selbstlose Förderer der Stadt und bewunderter Gott seiner Anhänger. Vieles klang so übertrieben, dass Adnamatus sich fragte, ob Lucius dabei war, dem Cäsarenwahn zu verfallen, oder ob die Menschen, die von ihm abhängig waren, ihm nur schmeicheln wollten.

Umso gespannter war er daher auf das, was Crispinus ihm berichten würde. Er verließ die Taverne am späten Nachmittag und machte sich auf den Weg. Um nicht aufzufallen, ging er langsam und legte immer wieder kurze Pausen ein. Er hatte sich in Rom gut auf die Verkleidung als Geck vorbereitet. Aber seit er Gratiana gesehen hatte, ärgerte er sich darüber. Sie hatte ihn mit derartig spöttischer Miene gemustert, dass er ihr so bald wie möglich beweisen wollte, wie er wirklich war. Vor ein paar Monaten hätte er noch über jeden gelacht, der ihm gesagt hätte, die Meinung eines Mädchens wäre ihm bald wichtiger als die Nachforschung über sein Erbe. Und doch war es so.

Auf seinem Weg passierte er die Wachstation der Benefiziarier. Die Straßenwächter saßen vor dem Haus und putzten ihre Ausrüstung. Jeder dieser Männer hatte sich in den Legionen bewährt. Sie erhielten doppelten Sold und genossen hohes Ansehen.

Als Jüngling hatte Adnamatus überlegt, Offizier zu werden, und hatte dem Statthalter in Syrien zwei Jahre lang als Tribun gedient. Erst als er die Nachricht erhalten hatte, bei seinen Bergwerken würden große Summen unterschlagen, war er nach Rom zurückgekehrt und hatte Erkundigungen eingeholt. Aufgrund einiger Berichte hatte er sich entschlossen, selbst nachzusehen, und sich aus einer Laune heraus für diese Tarnung entschieden.

»Ich muss sie durchhalten, bis ich Klarheit habe«, murmelte er, als er auf Crispinus' Wohnhaus zutrat.

Retus öffnete ihm die Tür, während Hannus bereits Wein und ein wenig Gebäck auf den Tisch stellte.

Adnamatus grüßte die Männer, trank einen Schluck und sah Crispinus an. »Ich hätte nicht erwartet, ausgerechnet dich hier zu treffen. Dies ist ein günstiges Omen!«

Crispinus lächelte über den Überschwang des jungen Mannes. »Dann hoffe ich, dass ich dich nicht enttäuschen werde.«

»Was hältst du von dem Bürgermeister?«, fragte Adnamatus.

»Er ist reich, mächtig und selbstherrlich«, antwortete Crispinus knapp.

»Und so gierig, dass er einer Bettlerin das As nicht gönnt, das sie auf der Straße findet«, setzte Retus bissig hinzu.

»Nachdem mein Großvater gestorben ist, übernahm Lucius die Verwaltung meines Erbes. Ich war damals bereits in Syrien und erfuhr erst Monate später davon«, berichtete Adnamatus. »Ich erhielt auch weiterhin die Summe, die mir bereits mein Großvater hatte zukommen lassen, kam aber bald zu der Ansicht, dass mir als Besitzer der Minen mehr zustehen müsste. Eine Anfrage meinerseits wurde von Lucius damit beantwortet, dass einige Arbeiten an den Stollen erledigt werden müssten und der Reingewinn daher geringer sei als früher.«

»Da ich Lucius kenne, glaube ich es nicht«, sagte Crispinus.

»Ich habe auf unseren Inspektionsreisen auch mit einigen Männern aus den Bergwerken gesprochen, und zwar keineswegs nur mit Sklaven, sondern auch Vorarbeitern und dergleichen«, mischte sich nun Retus ein. »In den Bergwerken wird so viel Erz gefördert wie noch nie! Allerdings hat er die meisten höheren Angestellten deines Großvaters entlassen und durch eigene Leute ersetzt. Das sollte einem zu denken geben. Dazu kommt, dass Lucius in den letzten beiden Jahren eigene Bergwerke, aber auch viel Land erworben hat und in der Vorstadt eine ganze Reihe Häuser errichten ließ, die er nun vermietet. Von irgendwoher muss das Geld dafür ja kommen!«

»Bei Merkurs geflügelten Füßen! Das klingt so, als würde Lucius mich im großen Stil betrügen«, rief Adnamatus zornig.

»Ich würde nicht dagegen wetten«, antwortete Crispinus. »Das Problem ist nur: Wie kannst du das beweisen? Er wird alles abstreiten, und da er der Bürgermeister und damit gleichzeitig Richter ist – und die meisten Leute im Rat kontrolliert! –, sind deine Möglichkeiten gering.«

»Ich will nicht betrogen werden und den Betrüger ungeschoren davonkommen lassen!« Adnamatus hatte zwar Betrug erwartet, aber nicht in dem Ausmaß, in dem dies sich nun darstellte. Am liebsten hätte er Lucius umgehend mit diesen Vorwürfen konfrontiert. Sein Verstand sagte ihm jedoch, dass Crispinus recht hatte. Ohne hieb- und stichfeste Beweise würde Lucius sich wie ein Aal aus dieser Sache herauswinden und das unterschlagene Geld behalten können.

»Du solltest die Verwaltung deiner Bergwerke wieder selbst übernehmen, damit nicht noch mehr Geld unterschlagen wird«, riet ihm Crispinus.

Adnamatus nickte mit verkniffener Miene. »Unbedingt!«

Unterdessen blickte warf Retus einen Blick nach draußen und sah, wie Titus mit einem abgedeckten Korb das Haus der Wachen betrat. »Es sieht aus, als gäbe es wieder Käse. Soll ich Hannus hinschicken, damit er ein paar Laibe für uns holt?«

Crispinus schüttelte den Kopf. »Nein! Die Lebensmittel, die wir brauchen, kaufe ich selbst und belaste nicht den Staat damit.«

»Dein Vorgänger Gaius Ovidius hat es getan«, meinte Retus.

»Gaius Ovidius hat vieles getan, das mir nicht gefällt. So hat er Lucius Rechte eingeräumt, die diesem nicht zustehen.« Crispinus klang schroff, denn selbst nach zwei Monaten hatte er das Ausmaß dieser Unregelmäßigkeiten nicht zur Gänze aufdecken können. Der einzige Vorteil, den er verbuchen konnte, war, dass ihn noch immer niemand mit dem vor gut zwanzig Jahren verschwundenen Votticus in Verbindung brachte. Damit das auch weiterhin so blieb, hatte er es bis jetzt auch vermieden, seinen Bruder aufzusuchen.

»Titus geht wieder!«, meldete da Retus in Crispinus' Überlegungen hinein.

Crispinus blickte dem jungen Mann kurz nach und wandte sich wieder Adnamatus zu. »Titus zählt auch zu Lucius' Opfern«, sagte er und berichtete von dem Zweikampf in der Arena. »Lucius wollte Titus dafür bestrafen, weil dieser Seccius, einen seiner Anhänger, ins Gefängnis gebracht hatte, und hat ihn deswegen zu diesem Kampf gezwungen. Dabei ist Seccius einen halben Kopf größer und einiges schwerer als Titus und als übler Raufbold bekannt. Niemand hat angenommen, dass Titus ihn besiegen könnte, doch sie haben sich getäuscht.«

»Crispinus hat sich Titus nämlich zur Brust genommen und ihm erklärt, wie er gegen Seccius zu kämpfen hat«, warf Retus feixend ein. Erneut blickte er zu Titus und stieß einen Fluch aus. »Seht euch das an! Dort lauern drei Kerle Titus auf!«

Jetzt sahen auch Crispinus und Adnamatus hin. Etwa zweihundert Schritte von dem Haus der Straßenwachen entfernt stürmten drei vermummte Männer aus einem Gebüsch auf den Jüngling zu. Jeder hielt einen Knüppel in der Hand.

»Kommt mit! Das werden wir ihnen versalzen«, rief Crispinus und rannte los.

Adnamatus und Retus folgten ihm. Doch bis sie die Stelle erreichen würden, an der Titus überfallen wurde, war dieser auf sich allein gestellt.

12.

Der Angriff kam überraschend. Titus sah die Männer auf sich zustürmen und schleuderte dem Vordersten seinen leeren Korb ins Gesicht. Dem ersten Keulenhieb konnte er noch ausweichen, doch bereits der nächste traf ihn mit der Gewalt eines Hammerschlags. Sein Bewusstsein erlosch von einem Augenblick auf den anderen, und er stürzte zu Boden. Im Licht der Abendsonne leuchtete das Blut, das aus einer Platzwunde am Kopf austrat, wie rotes Gold.

Florus sah den fluchenden Seccius grinsend an. »So macht man das!«, sagte er zufrieden.

Seccius wischte sich übers Gesicht. Trotz des verhüllenden Tuchs hatte der Korb blutende Kratzer hinterlassen, die nun zu schmerzen begannen.

»Ich werde das Schwein abstechen!«, brüllte er und zog einen Dolch.

»Wenn du das machst, bist du der Erste, den man verdächtigen wird. Ob Lucius dich dann noch retten kann, bezweifle ich«, spottete Florus.

»Du zweifelst an meinem Vater?«, fragte Linus scharf. »Wir könnten Calvus oder Tullius auf offener Straße umbringen, und es würde keiner wagen, uns anzuklagen!«

»Da hörst du es«, sagte Seccius. »Lucius wird jeden von uns schützen. Also kann ich Titus abmurksen, ohne dass ein Hahn danach kräht!«

»Titus' Vater Calvus ist ein Verräter. Daher haben wir jedes Recht, ihn und die seinen zu bestrafen. Wenn der Leichnam gefunden wird, begreifen alle, dass es nicht guttut, sich gegen meinen Vater zu stellen!« Noch während er es sagte, überlegte Linus, ob er das übernehmen sollte, um zu zeigen, wie hart er sein konnte.

Da beugte Seccius sich bereits über den Bewusstlosen. Als er mit der Waffe ausholte, gellte ein zorniger Ruf zu ihnen her.

»Ihr verdammten Schweine! Wir kriegen euch!«

Linus und seine beiden Kumpane fuhren herum und sahen drei Männer auf sie zurennen. Zwei von ihnen hielten Schwerter in den Händen.

»Scheiße!«, rief Florus. »Die haben uns gerade noch gefehlt.«

»Und die dort auch!«, kreischte Linus, da eben noch sechs Soldaten der Straßenwache heranstürmten.

Im nächsten Augenblick rannte er los. Florus zögerte einen Augenblick, dann folgte er ihm. Nun hielt auch Seccius nichts mehr.

Als er hinter seinen Kumpanen herrannte, ärgerte er sich, weil er vor Schreck versäumt hatte, zuzustechen und Titus das Lebenslicht auszublasen.

Augenblicke später erreichten Crispinus und seine Begleiter die Stelle und blieben neben Titus stehen.

»Ist noch Leben in ihm?«, fragte Crispinus.

Retus kniete neben Titus nieder und prüfte dessen Pulsschlag. »Es sieht so aus! Er hat aber einen harten Schlag auf den Schädel bekommen. Wir sollten zusehen, dass wir ihn ins Haus bringen und verarzten. Er blutet heftig.«

»Was machen wir mit denen?«, fragte Adnamatus und zeigte auf die drei Kerle, die in Richtung Westen davonrannten.

»Meine Männer sollen sie verfolgen. Vielleicht erwischen sie sie noch, bevor die Sonne untergeht und die Schweine im Dunkel der Nacht verschwinden können«, sagte Crispinus und rief den Benefiziariern den entsprechenden Befehl zu.

Doch als er hinter ihnen herschaute, dämmerte es bereits, und die Schurken waren nur noch Schemen, die innerhalb weniger Augenblicke mit der beginnenden Nacht verschmolzen.

»Ich glaube, das war es! Vielleicht kann uns Titus erklären, wer die Schurken waren. Jetzt aber sollten wir ihn ins Haus tragen und uns um seine Wunde kümmern.«

»Diese Hunde sind uns wirklich entwischt«, fluchte Retus, da die Soldaten bereits die Verfolgung aufgegeben hatten. Trotz der Dunkelheit war ihnen die Enttäuschung anzusehen.

»Sollen wir Laternen holen und zusehen, ob wir damit ihre Spur finden?«, fragte ihr Unteroffizier Crispinus.

Dieser schüttelte den Kopf. »Bis dahin sind sie über alle Berge! Einer von euch soll eine Laterne holen, damit ihr Titus zu meinem Haus bringen könnt. Wenn sein Schädel einen Riss hat, brauchen wir einen Arzt.«

Als sie kurz darauf das Haus erreichten, war die Dunkelheit voll hereingebrochen und die Männer froh um die Laterne, die Hannus entzündet hatte, um ihnen den Weg zu weisen.

Crispinus schickte einen Benefiziarier in die Stadt, um einen Wundarzt zu holen, während Adnamatus mit einem Tuch die Blutung zu stillen versuchte.

Thamina trat hinzu und schüttelte den Kopf. »So wird das nichts! Bringt ihn in die Schlafkammer und legt ihn auf mein Bett.«

Als das geschehen war, betastete sie Titus' Kopf. »Er kann seinen Göttern danken, denn der Knochen ist heil geblieben!«, sagte sie mit einer gewissen Erleichterung und machte sich daran, den jungen Mann zu verarzten.

Erstaunt sah Crispinus ihr zu. »Du machst das sehr geschickt!«

Thamina drehte sich kurz zu ihm um. »Ich bin die Tochter eines Fürsten und dazu erzogen worden, die Hauptfrau eines Fürsten zu sein. Dazu gehört, die Wunden, die er im Kampf erleidet, versorgen zu können.« Sie biss die Lippen zusammen und arbeitete weiter. Schließlich nickte sie, als wollte sie ihre eigene Meinung bekräftigen. »Da der Verletzte in meinem Bett liegt, werde ich heute auf dem Boden schlafen.«

»Das wirst du nicht!«, antwortete Crispinus und befahl Hannus, ein paar Decken für ihn zu bringen.

Thamina sah so aus, als wollte sie widersprechen. Doch da rührte sich Titus.

»Bei Grannus, mein Kopf zerspringt!«, stöhnte er.

»Das wird er bleiben lassen!«, meinte Crispinus erleichtert. »Du hast zwar einen heftigen Schlag abbekommen und eine Platzwunde. Sonst aber ist dein Schädel heil geblieben.«

Titus öffnete die Augen und sah ihn verwirrt an. »Crispinus? Aber wieso …?«

»Wir haben ein paar üble Burschen daran gehindert, dich umzubringen. Kannst du dich an den Überfall erinnern?«

Titus nickte, bezahlte es aber mit einem heftigen Pochen im Kopf. »Ja, kann ich!«, sagte er mit schmerzerfüllter Stimme.

»Hast du einen der Kerle erkannt?«, fragte Crispinus weiter.

Um das Pochen im Kopf nicht zu verstärken, unterließ Titus es diesmal, den Kopf zu schütteln. »Nein! Es ging alles so schnell, und die Schufte hatten die Gesichter verhüllt!«

Plötzlich tastete er aufgeregt mit seiner Rechten an seiner Tunika herum. »Merkur sei Dank! Er ist noch da.«

»Wer?«, wollte Crispinus wissen.

»Mein Beutel mit dem Geld, das ich bei den Straßenwachen für den Käse erhalten habe. Da Lucius alles tut, um uns die Luft abzuschnüren, brauchen wir jeden Sesterz.«

»Ich glaube, diese Kerle wollten dich nicht berauben, sondern waren darauf aus, dich umzubringen. Das bereitet mir Sorge!«, sagte Crispinus mit gekrauster Miene.

»Und weshalb?«, fragte Adnamatus.

»Ich würde darauf wetten, dass Lucius dahintersteckt. Er hat damit gezeigt, wie weit er zu gehen bereit ist. Richte dich auf einen harten Kampf ein, mein Freund, und auch darauf, dass du selbst das Ziel eines Dolches werden kannst!«, sagte Crispinus und dachte, dass er sich die Rückkehr in die Heimat weniger schwierig und gefahrvoll vorgestellt hatte.

SECHSTER TEIL

Ein Wiedersehen

1.

Als Cincia am nächsten Vormittag von dem Mordanschlag auf Titus erfuhr, erschrak sie bis ins Mark. Sie wollte schon zu Calvus' Käseladen laufen, um zu fragen, wie es Titus ging. Da hörte sie Gratiana nach ihr rufen und blieb stehen. Sie war eine Sklavin und konnte nicht einfach das Haus verlassen, wenn sie ihre Herrin bedienen sollte. Sie kehrte daher in Gratianas Zimmer zurück und machte sich an die Arbeit. Da sie dabei jedoch mehr an Titus dachte, zupfte sie einmal zu sehr an Gratianas Haaren und wurde prompt gescholten. »Aua, das tut weh! Pass gefälligst auf!«

»Verzeih!«, rief Cincia und zwang sich, aufmerksamer zu arbeiten.

Während sie ihre Herrin frisierte, sann sie über eine Ausrede nach, wie sie vielleicht doch nach Titus sehen konnte. Da deutete Gratiana auf ein Parfümfläschchen. »Das ist schon fast leer! Ich werde den Rest benutzen. Dann gehst du zum Laden und lässt das Gefäß wieder füllen.«

»Sehr wohl, Herrin.«

»Nun massiere mir die Schulter! Ich habe mich in der Nacht verlegen.«

Für Cincia bedeutete es einen weiteren Aufschub, und sie ärgerte sich. Nachlässig aber durfte sie nicht sein, da Gratiana sie sonst schelten und sich bei ihrer Mutter beschweren würde. Als Toilettdienerin hatte sie ein gutes Leben. Sollte sie jedoch den Ansprüchen ihrer Herrin nicht mehr genügen, konnte es sein, dass sie verkauft und damit von ihrer Mutter getrennt wurde.

Mit dem Gedanken, dass auch eine Sklaverei in angenehmer Position sie nicht davor schützte, eine Ware zu sein, mit der nach Lust und Laune gehandelt werden konnte, arbeitete sie weiter. Viviana hatte ihr gezeigt, wie sie Gratianas Schultern behandeln musste. Nach ihrem Dafürhalten kamen die Verspannungen von der seltsamen Sitte, im Liegen zu essen.

Nach der Massage half Cincia ihrer Herrin, sich anzukleiden, und reichte ihr anschließend das Parfüm. Gratiana benützte es großzügig und gab ihr die leere Flasche zurück.

»Nun kannst du gehen!«, sagte sie lächelnd.

»Hab Dank!« Cincia war froh, dass sie endlich das Haus verlassen konnte. Obwohl sie alles drängte, nach Titus zu sehen, eilte sie zuerst zum Salben- und Parfümhändler und stellte ihm die Flasche hin. »Gratiana wünscht, dass du es ihr füllst!«, sagte sie und begriff erst dann, dass sie das Geld vergessen hatte.

»Kannst du anschreiben? Ich bringe das Geld später«, bat sie den Händler. Wenn er Nein sagte, würde sie zu Tullius' Haus zurücklaufen und es holen müssen. Danach aber bliebe ihr keine Zeit mehr, nach Titus zu schauen.

»Da ich nicht annehme, dass der gute Herr Tullius sein Vermögen über Nacht verliert, kann ich dieses Risiko wohl eingehen«, antwortete der Händler zu ihrer Erleichterung.

»Hab Dank!«, sagte Cincia und beobachtete, wie er vorsichtig das Parfüm aus einem größeren Glasgefäß in das Fläschchen umfüllte. Ein süßlicher Duft erfüllte den Raum und ließ sie schnuppern.

»Das riecht gut, nicht wahr?«, meinte der Händler. »Deswegen nehmen es die Damen auch so gerne. Es gibt auch einfachere Düfte für Frauen, die nicht so viel Geld ausgeben können. Viele kaufen diese bei Materiona. Man sollte ihr den Handel damit verbieten!«

»Von irgendetwas muss ich ja auch leben!«

Unbemerkt von Cincia und dem Händler war die Kräuterfrau eingetreten und stellte einen Korb mit etlichen Bündeln getrockneter Kräuter auf den Tisch, deren Geruch den Duft des Parfüms überdeckte.

»Den Ärzten in Aguntum bin ich ein Dorn im Auge, weil einige Leute Kräuteraufgüsse bei mir kaufen, und du neidest mir die paar Salben, die ich herstelle. Ihr würdet wohl am liebsten sehen, wenn ich in meiner Hütte verhungere!«, fuhr Materiona fort.

»So habe ich es nicht gemeint!«, rief der Händler. »Du weißt selbst, dass mir deine Heilsalbe lieber ist als die vom Arzt. Auch habe ich nichts dagegen, wenn du ein paar Duftsalben anmischst und verkaufst. Es sollten nur nicht dieselben sein, die auch ich vertreibe.«

»Es sind nicht dieselben. Die meinen sind nämlich besser«, sagte Materiona trocken. »Und nun sag mir, was du für meine Kräuter zahlst?«

»Zwei Sesterzen!«

Statt einer Antwort nahm Materiona den Korb wieder an sich und wandte sich zur Tür.

»Drei! Nein, fünf!«, rief der Händler eifrig.

»Einigen wir uns auf sechs Sesterzen.« Die Kräuterfrau wusste, dass der Händler mit den Salben, für die er ihre Kräuter verwendete, einen guten Gewinn machte, und sah daher nicht ein, weshalb sie sich abspeisen lassen sollte.

Der Händler versuchte noch einmal zu feilschen, gab aber nach, als Materiona sich erneut wortlos abwandte. »Also gut, du bekommst deine sechs Sesterzen, aber nur dieses eine Mal! Verstanden?« Mit einer Miene, als müsse er deswegen am Hungertuch nagen, schob er ihr die Münzen einzeln hin und reichte danach Cincia das Fläschchen. »Vergiss nicht, wiederzukommen und zu bezahlen«, sagte er mahnend.

»Gewiss nicht! Außerdem hast du Materiona als Zeugin, dass ich nicht bezahlt habe«, antwortete Cincia und verließ nach einem Abschiedsgruß den Laden.

Materiona folgte ihr und fasste sie draußen am Arm. »Hast du es aber eilig! Sonst haben wir doch immer Gelegenheit für ein kleines Schwätzchen gefunden.«

»Heute habe ich keine Zeit, denn ich will noch zu Calvus' Haus, um zu sehen, wie es Titus geht.«

»Dorthin bin ich auch unterwegs! Der Arzt hat ihm zwar den Kopf wieder zusammengenäht, dennoch will Liviona, dass ich ihr meine gute Heilsalbe bringe. Sie traut der mehr als der des Arztes.« Die Kräuterfrau lachte auf und zwinkerte Cincia zu. »Dabei ist es haargenau die gleiche Salbe. Der Arzt bekommt sie nämlich von mir.«

Nun musste auch Cincia lachen, wurde aber rasch wieder ernst. »Was weißt du von dem Überfall auf Titus?«

»Nicht viel«, erwiderte Materiona. »Es heißt, ihm hätten ein paar vermummte Kerle aufgelauert, als er bei Anbruch der Nacht von der Kaserne der Straßenwachen in die Stadt zurückging. Er wurde von Crispinus, Retus und Adnamatus gerettet. Die drei waren zufällig in der Nähe und haben die Banditen vertrieben.«

»Bei Herrn Crispinus und Retus kann ich es mir vorstellen, doch von diesem römischen Gecken Adnamatus gewiss nicht«, sagte Cincia verwundert.

»Wenn du dich da nur nicht täuschst! Adnamatus weilte als Knabe öfter bei seinem Großvater, und ich habe bei ihm mehr als ein Mal ein aufgeschürftes Knie oder eine andere kleine Verletzung behandelt. Er mag äußerlich ein Geck geworden sein, doch in seinem Kern ist er weder ein Narr noch ein Feigling.«

»Gratiana spottet über ihn. Wir haben nämlich erlebt, wie er angekommen ist. Bei Epona, war der aufgeblasen! Nichts an Magrinius' Herberge war ihm gut genug.« Cincia musste bei der Erinnerung daran lachen.

Materiona legte die Stirn in Falten. Da sie den jungen Mann zu kennen glaubte, musste es einen Grund hinter seinem Auftreten geben, und der konnte eigentlich nur Lucius heißen. Der Bürgermeister verwaltete seine Bergwerke, und es hieß unter der Hand, er habe sich selbst dabei wahrlich nicht vergessen.

Während des Gesprächs hatten sie den Käseladen erreicht und traten ein. Liviona atmete sichtlich auf, als sie die Kräuterfrau sah. »Endlich kommst du! Vielleicht bringst du Titus zur Vernunft. Er behauptet nämlich, es ginge ihm gut. Doch kann das gar nicht sein. Der Arzt sagt, er habe sich eine heftige Gehirnerschütterung zugezogen und müsse sich unbedingt schonen.«

»Mit einer Gehirnerschütterung ist nicht zu spaßen. Titus sollte unbedingt auf den Rat des Arztes hören«, erklärte Materiona.

»Ich bringe dich zu ihm!« Liviona wollte vorausgehen, sah dann aber Cincia und blieb stehen. »Kann ich etwas für dich tun?«

Cincia schüttelte den Kopf. »Ich wollte bloß fragen, wie es Titus geht. Er war immer sehr freundlich zu uns, und da tut es mir leid, dass er so schwer verletzt worden ist.«

»Komm mit! Vielleicht kannst du mir helfen«, erklärte Materiona.

Titus' Mutter wirkte überrascht, ließ es aber zu. Als sie die Kammer betraten, in der Titus auf seinem Bett lag, wollte dieser aufspringen, sank aber mit einem Wehlaut wieder zurück.

»Du hast eine schwere Gehirnerschütterung und musst ganz ruhig liegen bleiben. Jede überflüssige Bewegung verursacht dir nur Schmerzen«, erklärte Materiona in einem Ton, als gönne sie ihm diese, solange er ihr nicht gehorchte. »Hilf ihm, sich aufzusetzen, aber schön langsam und vorsichtig«, sagte sie dann zu Cincia.

Diese trat auf Titus zu und fasste nach seiner Schulter.

»Wie kommst du hier herein?«, fragte er mit abweisender Miene, da es ihm nicht gefiel, von ihr in dieser hilflosen Lage gesehen zu werden.

»Ich habe ihr gesagt, dass sie mir helfen soll!«, erklärte Materiona.

»Das hätte ich doch auch übernehmen können«, wandte Titus' Mutter ein.

»Das kannst du gewiss, aber ich habe mit Bedacht Cincia gewählt. Junge Burschen wie Titus reißen sich mehr zusammen, wenn ein hübsches Mädchen anwesend ist. Bei der Mutter hingegen jammern sie, dass einem die Ohren abfallen – und ich will die meinen behalten!«

Über diesen Spruch musste Cincia lachen. Auch Titus versuchte es, gab aber sofort wieder auf. »Crispinus' Sklavin und auch der Arzt meinen, meine Schädelknochen wären heil geblieben. Mein Gefühl sagt mir aber etwas anderes!«, sagte er stöhnend.

»Gefühle können trügen!«, spottete Materiona und half Cincia, ihn hochzuziehen und auf der Bettkante zu platzieren. Danach begann sie, den den turbanartigen Verband abzuwickeln, den ihm der Arzt angelegt hatte.

Titus sah mit jämmerlicher Miene zu ihr auf. »Ihr dürft mich aber nicht auslachen, wenn ihr mich seht!«

»Wir sehen dich doch schon jetzt«, erwiderte Cincia verwundert.

»Aber nicht seinen Kopf!«, erklärte ihr Materiona. »Da Titus eine Platzwunde davongetragen hat, wurde er gewiss geschoren, um die mit Blut verkrusteten Haare zu entfernen. Sonst hätte der Arzt die Wunde nicht versorgen können.«

Cincia nahm sich zwar zusammen, zuckte aber beim Anblick der kahl rasierten Stelle zusammen. Rasch blickte sie auf die Stelle, an der der Arzt die aufgeplatzte Kopfhaut zusammengenäht hatte. Die Naht war so lang wie ihr Daumen.

»Bei Sirona, das ist ja entsetzlich!«, entfuhr es ihr.

»Der Arzt sagt, die Haare werden nachwachsen, und die Narbe wird danach nicht mehr zu sehen sein«, sagte Titus säuerlich.

»Das meine ich nicht!«, sagte Cincia. »Ich frage mich, wer so schlecht sein kann, einen anderen Menschen so zuzurichten!«

»So zugerichtet bin ich auch wieder nicht!« Titus schnaubte leise, denn er wollte vor Cincia, aber auch vor Materiona nicht als jemand dastehen, der bereits am Rand des Grabes stand.

Materiona tastete die Narbe ab, nickte zufrieden und strich Salbe darauf. »Die Wunde ist gut versorgt worden. Du solltest daher nur noch einen leichten Verband tragen, damit Luft darankommt. Dadurch heilt es besser. Auch darfst du vier Tage lang dein Bett nicht verlassen. Wenn du zum Abort musst, soll dein Vater, deine Mutter oder eure Sklavin dich führen. Nicht, dass dir schwindlig wird und du hinfällst.«

»Ich kann nicht so lange liegen bleiben. Ich muss morgen zu Vogitoubus, um bei ihm Käse zu holen!«, wandte Titus ein.

»Du wirst morgen gar nichts holen!«, beschied ihn Materiona streng. »Was Vogitoubus betrifft, so muss ich heute ohnehin noch in sein Dorf. Ich werde ihm sagen, er soll einen Knecht mit dem Käse schicken, weil du von bösen Buben überfallen und verletzt worden bist.«

»Wenn ich herausfinde, wer die Kerle sind, haben sie nichts zu lachen!«, rief Titus erregt.

»Weißt du wirklich nicht, wer es gewesen sein könnte?«, fragte Cincia.

Titus deutete ein vorsichtiges Kopfschütteln an und zog sich dafür einen Tadel Materionas zu.

»Stillhalten! Wie soll ich dich so verbinden?«

»Nein, ich habe niemanden erkannt«, antwortete Titus auf Cincias Frage. »Es war bereits dämmrig. Dazu ging alles so schnell. Sie haben mir einen Knüppel über den Kopf gezogen, bevor ich genauer hinschauen konnte.«

»Auf jeden Fall solltest du in Zukunft abgelegene Orte und die Dunkelheit meiden«, riet ihm Materiona.

Cincia sah sie erschrocken an. »Du glaubst, diese Schurken würden es erneut versuchen?«

»Das weiß ich nicht. Eines aber weiß ich! Es ist besser, vorsichtig zu sein, als ein weiteres Mal überrascht zu werden. Dann ist vielleicht kein Crispinus oder sonst wer in der Nähe sein, um Titus zu helfen.«

»Er wird vorsichtig sein!«, versprach Liviona.

»Ganz gewiss! Ein zweites Mal lasse ich mir nicht mehr auf den Kopf schlagen«, erklärte Titus grimmig.

Sein ganzer Kampfgeist nützte jedoch nichts, denn Materiona wies ihn an, sich wieder hinzulegen, und drohte ihm fürchterliche Kopfschmerzen an, wenn er ihr nicht gehorchte.

Nachdem er wieder so lag, wie sie es sich wünschte, forderte die Kräuterfrau Liviona und Cincia auf, mit ihr die Kammer zu verlassen. Draußen lächelte sie Titus' Mutter aufmunternd zu.

»Hab keine Angst! Er kommt wieder auf die Beine. Titus ist jung und kräftig. Aber jetzt ist es am besten für ihn, wenn er die Augen zumacht. Im Schlaf tut ihm nämlich der Kopf nicht weh.«

»Gebe Aesculapius, dass du recht hast«, seufzte Liviona und fragte sie, was sie bezahlen müsse. »Du solltest aber mindestens einmal am Tag nach Titus schauen«, setzte sie hinzu.

»Ich werde zusehen, ob ich kommen kann«, antwortete Materiona, während Cincia erschrocken zusammenzuckte.

»Bei Epona, ich habe mich viel zu lange versäumt! Aurelia und Gratiana werden mich deswegen schelten.«

»Sage ihnen, dass du auf mich getroffen bist und ich dich gebeten habe, mir bei Titus zu helfen. Die beiden werden neugierig genug sein, um zu hören, was du ihnen zu berichten weißt.«

»Aber Titus konnte doch nicht mehr sagen, als dass es drei Kerle gewesen sein müssen«, wandte Cincia ein.

»Erzähle ihnen, dass er schwer verletzt ist und viel Ruhe braucht. Auch, dass Crispinus, Retus und Adnamatus ihm das Leben gerettet haben, und ein wenig wirst du auch flunkern können. Dann sind sie zufrieden!« Materiona versetzte Cincia einen freundschaftlichen Klaps und sah ihr nach, wie sie mit eiligen Schritten davonging.

Sie selbst verabschiedete sich von Liviona und versprach ihr, zu Vogitoubus zu gehen und diesen zu bitten, den bestellten Käse in die Stadt bringen zu lassen.

»Er wäre dumm von ihm, wenn er es nicht täte. Immerhin will er seinen Käse ja verkaufen«, setzte sie lächelnd hinzu und brach auf.

Keine zehn Herzschläge später trat Calvus ein. »Wie ich sehe, war Materiona hier. Was sagt sie?«, fragte er seine Frau besorgt.

»Sie meint, dass alles gut wird.«

»Das erleichtert mich! Wenn ich nur wüsste, wer diese Schufte waren.« Calvus klang zwar grimmig, verspürte aber auch Angst. Seiner Meinung nach konnten nur Lucius' Anhänger hinter diesem Überfall stecken. Auch wenn er einen gewissen Ärger mit Lucius erwartet hatte, hatte er doch niemals angenommen, dass dieser einen Mord befehlen würde.

»War das Mädchen, das vorhin den Laden verlassen hat, nicht Cincia?«

Seine Frau nickte. »Das war sie!«

»Seit sie in Tullius' Haus ist, hat sie sich herausgemacht. Schade, dass sie eine Sklavin ist. Sonst könnte ich sie mir als Frau für unseren Titus vorstellen!«

»Als ich das vor einigen Monaten zu dir gesagt hatte, nanntest du sie einen Bauerntrampel!«

»Aber ebenso wie ihre Mutter hat sie ein Gespür für Käse, meine Liebe, wie es nur wenige haben. Daher wäre sie mir lieber als die Tochter des Schneiders. Avitus hat mich schon darauf angesprochen, ob sie nicht die Richtige für Titus wäre.«

»Die hat bereits unter Linus gelegen«, sagte Liviona, für die ein Mädchen unberührt in die Ehe gehen sollte.

»Das hat sie nicht freiwillig getan! Vielleicht wäre diese Ehe eine

Möglichkeit, Lucius zu besänftigen, und ich könnte wieder zu dessen Klienten zählen«, sagte Calvus.

Er wusste aber nicht, ob er es wirklich wollte. Andererseits war Lucius mächtig genug, um ihm auf Dauer zu schaden, und er hatte Angst um seinen Sohn, der dem Bürgermeister einmal zu oft auf die Zehen getreten war.

2.

Cincia kam ohne Schelte davon. Sowohl Gratiana wie auch ihre Mutter hatten von dem Überfall auf Titus gehört, und da kam ihnen Cincias Bericht aus dessen Elternhaus gerade recht.

Als Tullius davon erfuhr, musste Cincia auch diesem mitteilen, was sie erfahren hatte. Sie brauchte nicht einmal zu flunkern, denn es reichte, das zu sagen, was sie gesehen und gehört hatte.

»Wenn es auf Lucius' Befehl geschah, ist der diesmal zu weit gegangen«, erklärte Tullius zornig. »Mord und Totschlag mögen vielleicht in Rom üblich sein. Hier in Aguntum herrschen noch Recht und Ordnung!«

»Calvus war früher ein Anhänger des Lucius. Wenn er sich von diesem bedroht fühlt, wäre es vielleicht an der Zeit, ihn auf deine Seite zu ziehen. Er ist ein angesehener Bewohner dieser Stadt, und es würden ihm gewiss weitere folgen«, schlug Aurelia ihrem Ehemann vor.

»Ich werde es mir überlegen.« Bisher hatte Tullius seinen Kampf mit Lucius mehr wie einen sportlichen Wettstreit betrachtet. Nun aber fiel ihm auf, wie sehr sich die Waage in den letzten zwei Jahren auf die Seite des Bürgermeisters gesenkt hatte. In dieser Zeit hatte Lucius zusätzlich zu seinem Vermögen auch die Bergwerke des verstorbenen Togionus verwaltet und sehr viel Land und einige Bergwerke hinzugekauft. Zudem hatte er eine ganze Häuserzeile in der Vorstadt für seine Anhänger errichten lassen.

»Irgendwie bin ich blind gewesen. Daher haben sich die Gewichte jetzt so zugunsten von Lucius verschoben, dass ich nicht weiß, ob man ihn noch aufhalten kann!«, sagte er bedrückt und nickte dann. »Du hast recht, Aurelia, es wird an der Zeit, Verbündete zu sammeln. Ich würde gerne auch Togionus' Enkel Adnamatus für uns gewinnen. Aber der wird sich wohl eher auf Lucius' Seite stellen.«

»Wir haben einen Vorteil Lucius gegenüber«, erklärte seine Frau mit entschlossener Stimme.

»Und der wäre?«, fragte ihr Mann.

»Wir haben eine Tochter, die du Adnamatus anbieten kannst. Lucius' Tochter Fulvia ist noch viel zu jung dafür, um ein Faustpfand für ein Bündnis zu sein!«

»Bei Juno, nur das nicht!«, raunte Gratiana Cincia zu. »Mit diesem Affen will ich wahrlich nicht verheiratet werden.«

Cincia erinnerte sich an das, was Materiona über Adnamatus erzählt hatte. Als Knabe war dieser jedenfalls nicht so gewesen wie jetzt. Sie hielt jedoch den Mund, überlegte sich aber, wie es gelingen könnte, Adnamatus zu einem Besuch bei Tullius zu bewegen. Vielleicht würde Gratiana dann einen besseren Eindruck von ihm gewinnen.

3.

Ohne etwas von dem Interesse zu ahnen, das er bei Tullius und dessen Ehefrau erregte, erwog Adnamatus seine nächsten Schritte. Da Lucius seine Bergwerke verwaltete, musste er diesen so bald wie möglich aufsuchen. Er schickte daher seinen Diener Sparius zu dessen Villa, um seinen Besuch anzukündigen.

Sparius betrat die Villa und sah im Vorraum gut zwei Dutzend Männer, die darauf warteten, zu Tullius vorgelassen zu werden.

Mangels Sitzgelegenheiten mussten alle stehen. Sparius wollte warten, bis er an der Reihe war. Da trat ein Diener des Lucius auf ihn zu. »Wer bist du, und was wünschst du von dem hochgeehrten Herrn Bürgermeister?«

»Mein Name ist Sparius, und ich bin der Kammerdiener des löblichen Herrn Adnamatus Naevius Claudius, des Enkels und Erben des hochgeachteten Herrn Togionus. Mein Begehr ist der Wunsch meines Herrn, dem ehrenwerten Bürgermeister Lucius Antonius Melius baldmöglichst seine Aufwartung machen zu können.«

Sparius bemühte sich, so geschwollen zu reden, wie es zur Maske seines Herrn passte. Auch wenn er nicht in all dessen Überlegungen eingeweiht war, so wusste er doch, dass Adnamatus Lucius des Betrugs verdächtigte, und war daher gespannt, wie dieser reagieren würde.

Der Diener verließ den Vorraum, kam aber bald zurück und trat auf Sparius zu. »Mein Herr, der edle Duumvir iure dicundo Lucius Antonius Melius, römischer Bürger und Ritter des Imperiums, wäre erfreut, Herrn Adnamatus heute Abend beim Mahl begrüßen zu können!«, sagte er ebenso salbungsvoll, wie Sparius es vorhin getan hatte.

»Ich werde es meinem Herrn ausrichten«, antwortete dieser und verließ nach einem Abschiedsgruß die Villa.

Während Sparius zu Adnamatus zurückkehrte, um diesem Lucius' Einladung zu überbringen, fand Crispinus, dass er der Begegnung mit seiner Vergangenheit nicht länger aus dem Weg gehen konnte. Bislang hatte er es vermieden, seinen Bruder Vogitoubus aufzusuchen, damit nicht die Nachricht von seiner Rückkehr bekannt wurde. Ein wenig hatte er zudem befürchtet, dass dieser Besuch alte Wunden aufreißen würde. Nun aber wurde es dringend nötig, Verbündete in diesem Land zu finden, um der Macht des Bürgermeisters etwas entgegensetzen zu können. Daher musste er zu seinem Bruder und ihn davon überzeugen, sich auf seine Seite zu stellen. Er befahl Hannus, sein Pferd zu satteln, und trat dann zu Thamina. »Es kann sein, dass ich heute Nacht ausbleibe.«

Sie sah ihn besorgt an. »Gib auf dich acht!«

»Das habe ich vor!«, versprach Crispinus. »Aber für alle Fälle: Sollte ich unerwartet in den Orkus fahren, so habe ich ein Testament in der Kaserne der Straßenwächter hinterlegt. Es spricht dir die Freiheit und die Summe von einhunderttausend Sesterzen zu!«

Thamina zuckte zusammen. »Das hast du? Aber …«

»Wenn ich tot bin, kannst du so frei leben, wie du willst!«

»Ich bin nicht gerne Sklavin. Noch weniger aber bin ich frei auf Kosten deines Lebens!«, rief Thamina entsetzt aus.

»Das ist erfreulich!« Crispinus lächelte und widerstand nur mit Mühe dem Wunsch, sie in die Arme zu schließen und zu küssen. Sie war einfach zu schön. Dazu war sie auch noch klug und von ehrlichem Charakter. So, dachte er, müsste die Frau sein, die er einmal heiraten wollte.

Er verabschiedete sich und verließ das Haus. Sein Hengst stand bereit, und er schwang sich in dessen Sattel.

»Sollte ich nicht besser mitkommen?«, fragte Retus.

Crispinus schüttelte den Kopf. »Mir ist es lieber, du bleibst hier und hältst die Augen offen.«

»Was mir, wenn ich schlafe, schwerfallen dürfte«, witzelte Retus. »Aber was du mir rätst, gilt für dich ebenfalls. Gib auf dich acht! Männer, die Käsehändler überfallen, machen auch vor Gardeoffizieren nicht halt.«

»Jetzt übertreibe nur nicht! Zudem weiß ich mich zu wehren«, antwortete Crispinus lachend.

»Nach einem heftigen Schlag auf den Kopf vergisst auch du, dass du ein Schwert bei dir trägst, und wachst nicht einmal mehr auf, wenn man dir die Kehle durchschneidet!«, erwiderte Retus mahnend.

»Wir müssen zudem ein Auge auf Titus haben. Wer auch immer ihn überfallen hat, wird versuchen, es beim nächsten Mal besser zu machen«, fügte er hinzu und trat dann zurück, damit Crispinus losreiten konnte.

»Wenn mein Bruder mich hinauswirft, komme ich heute wieder zurück, wenn nicht, dann morgen«, rief dieser und ließ seinen Hengst antraben.

Da das Dorf seines Bruders flussaufwärts lag, musste er die Stadt nicht durchqueren und konnte damit rechnen, dass sein Aufbruch nicht bemerkt wurde. Als Aguntum hinter ihm zurückblieb, ritt er die Straße weiter, bis sie sich gabelte. Eine Straße bog nach Norden in Richtung Iuavium ab, während die Haupthandelsstraße nach Westen durch das Tal des Dravus führte, um später auf die Straße von Mediolanum nach Castra Regina zu treffen.

Mehrere Meilen nach der Gabelung sah er das Dorf seines Bruders am Hang liegen. Mit einer gewissen Verwunderung stellte Crispinus fest, dass anstelle des alten Bauernhofs, den er aus seiner Jugend kannte, ein großes Gebäude errichtet worden war, das neben einheimischen Merkmalen auch welche nach römischer Art aufwies. Zwar hatte es kein Atrium wie Lucius' große Villa, aber das Dach war mit Ziegeln gedeckt und das gesamte Erdgeschoss aus Bruchsteinen errichtet worden. Der große, nach Süden gerichtete Balkon und die Nebengebäude, die teilweise mit Schieferplatten gedeckt waren, wirkten jedoch alles andere als römisch. Andere Häuser und Ställe im Dorf trugen Schindeldächer aus gespaltenem Holz. Doch auch bei ihnen hatte sich im Vergleich zu seiner Erinnerung das eine oder andere verändert.

Am meisten wunderte Crispinus sich jedoch, wie klein ihm das Dorf erschien. Vor mehr als zwanzig Jahren war es seine Welt gewesen. Selbst die wenigen Meilen noch Aguntum hatte er höchstens ein- oder zweimal im Monat zurückgelegt. Nur in den letzten drei Monaten, in denen er in Faustina verliebt gewesen war, war er fast jeden Tag in der Stadt gewesen und hatte dabei zum Ärger seines Vaters seine Arbeit liegen lassen.

Dies war nun zweiundzwanzig Jahre her, und doch fühlte Crispinus eine gewisse Bitterkeit. Damals hatte sein Vater die Schwärmerei eines Siebzehnjährigen zunächst nicht ernst genommen, dafür aber schließlich mit einer für ihn unbegreiflichen Härte gehandelt.

Von seinen Erinnerungen überwältigt, war Crispinus kurz davor, wieder umzukehren. Dann aber lachte er über sich selbst. Er war nicht mehr der Bursche, der blau und grün geschlagen nach Hause geschlichen kam, sondern ein Mann in mittleren Jahren, der bereits einiges erlebt und dadurch an Erfahrung gewonnen hatte.

Er ritt auf den Hof seines Bruders zu und hielt vor dem Wohnhaus an. Als er sich umsah, stellte er fest, dass die Leute eifrig bei der Arbeit waren. Ein amüsiertes Lächeln trat auf seine Lippen. In der Hinsicht schien der Bruder das Abbild des Vaters zu sein. Dieser hatte ebenfalls keinen Müßiggang geduldet.

Als er seinen Hengst anhielt und abstieg, eilte einer der jungen Burschen heran. »Jupiter zum Gruß, Centurio!«, rief er.

Crispinus sah ihm an der Nasenspitze an, dass er neugierig darauf war, was der Hauptmann der Straßenwächter hier wollte. Er wäre damals nicht anders gewesen.

»Ich will mit Fürst Vogitoubus sprechen!«, sagte er knapp.

»Wenn du ins Haus kommen möchtest! Ich werde meinen Vater rufen.« Der junge Bursche eilte zur Tür und öffnete diese einladend.

Crispinus folgte ihm und war auf gewisse Art erleichtert, nicht mehr in das Wohnhaus eintreten zu müssen, das er in seiner Jugend gekannt hatte. Der Einfluss römischer Lebensart war deutlich sichtbar. Durch eine offene Tür sah er sogar einen Abort, der mit Wasser gespült werden konnte.

Sein Neffe führte ihn in eine Kammer und stieß dort die Fensterläden auf, damit Licht hereinfallen konnte. Die Fenster waren noch nach alter Sitte mit getrockneten Schweinsblasen bespannt. So ganz römisch wollte man es hier wohl doch nicht haben, dachte Crispinus mit leichtem Spott. Augenblicke später sah er sich seinem Bruder gegenüber. Er bemerkte verwundert, dass er selbst zwei bis drei Fingerbreit größer war als dieser, aber auch um einiges schlanker.

»Sei mir willkommen, Tribun«, grüßte Vogitoubus.

»Centurio reicht, Fürst Vogitoubus!«, antwortete Crispinus lächelnd.

Dieser nickte kurz und wandte sich der Tür in einen Nebenraum zu. »Egintuna, sorge dafür, dass aufgetragen wird! Oder soll es heißen, ein Gast wäre hungrig von unserem Tisch aufgestanden?«

In der Hinsicht war Vogitoubus wie der Vater, dachte Crispinus. Der war auch stets besorgt gewesen, dass seine Gäste nicht verhungerten. Auch in einer anderen Weise hatte sich nichts verändert. Sein Bruder schien nichts von der Sitte der Römer zu halten, im Liegen zu essen. Hier gab es einen wuchtigen Tisch mit einem Dutzend Stühlen, die so schwer aussahen, dass man mit ihnen einen Elefanten hätte erschlagen können.

»Nimm Platz!«, forderte Vogitoubus ihn auf.

»Das werde ich. Aber lass dich erst umarmen. Oder erkennst du mich nicht mehr?«

Noch während Crispinus die Frage stellte, empfand er sie als gemein. Immerhin hatte er die Heimat als schmales Bürschlein verlassen und war ihr länger ferngeblieben, als er damals hier gelebt hatte.

Vogitoubus starrte ihn durchdringend an und schüttelte dann verwirrt den Kopf. »Das ist unmöglich! Du kannst es nicht sein!«

»Habe ich mich so verändert?«, fragte Crispinus.

»Votticus! Bei Epona, das ist der schönste Tag in meinem Leben!«, rief Vogitoubus und riss ihn förmlich an sich.

Crispinus umarmte den Bruder, lachte dann aber. »Sage das nicht deiner Frau, sonst wird dir in der nächsten Zeit das Essen nicht besonders schmecken. Sie wird gewiss finden, dass der Tag eurer Hochzeit der schönste Tag in deinem Leben gewesen sein sollte – oder die Geburt eures ersten Kindes.«

»Du hast ja recht!« Vogitoubus lachte nun ebenfalls und musterte den Bruder. »Du hast dich herausgemacht, Votticus.«

»Ich bin der Hauptmann der Straßenwächter in diesem Bezirk und nenne mich nicht mehr Votticus, sondern Publius Cornelius Crispinus und bin römischer Bürger und Ritter Roms«, erklärte Crispinus.

»Du hast dich wirklich herausgemacht!« Vogitoubus klang bewundernd, obwohl auch er nicht zu klagen hatte.

Die Brüder setzten sich nun und sahen zu, wie Egintuna und zwei ihrer Töchter hereinkamen und Teller, Brot, Wurst, Käse und Butter auf den Tisch stellten. Eine Kleine, die höchstens sechs Jahre zählen konnte, schleppte einen Krug mit Wein herein.

»Wie trinkst du ihn? So wie ein Mann oder wie ein Römer?«, fragte Vogitoubus.

»Wenn es geht, mit Wasser vermischt.«

»Also wie ein Römer!« Vogitoubus grinste, und sein Bruder begriff, dass er zwar hohe Achtung vor vielen Dingen besaß, die aus Italien hierhergekommen waren, die Römer aber beim Trinken nicht ernst nahm, da sie ihren Wein mit Wasser vermischten, anstatt ihn, wie es sich für richtige Männer gehörte, pur zu trinken.

»Weißt du, wer das ist?«, wandte Vogitoubus sich nun an seine Frau.

Egintuna schüttelte den Kopf. »Soviel ich gehört habe, ist es der römische Offizier, der das Kommando über die Straßenwächter übernommen hat.«

»Das ist er auch! Aber in erster Linie ist er dein Schwager Votticus!«, erklärte Vogitoubus stolz.

»Unmöglich!«, entfuhr es Egintuna.

»Und warum sollte es unmöglich sein?«, fragte Crispinus und bemühte sich, den Dialekt seiner Jugend zu treffen.

Seine Schwägerin starrte ihn an und schüttelte ein ums andere Mal den Kopf. »Das kann nicht sein! Votticus war doch kleiner und, ehrlich gesagt, auch ein wenig verrückt.«

»Ich bin eben noch ein Stück gewachsen«, antwortete Crispinus. »Auch war ich nicht verrückt, sondern nur schwer verliebt. Und da macht so mancher junge Mann Dinge, die er besser gelassen hätte!«

Als Egintuna das hörte, musste sie schallend lachen. »Wie recht du hast! Wenn ich daran denke, wie Vogitoubus mir nachgestiegen ist. Einmal kam er sogar mit einer Leiter an, um zu meinem Fenster hochzusteigen. So leicht aber war ich nicht zu bekommen, und so habe ich der Leiter einen Stoß gegeben. Ich wusste ja, dass er weich fallen würde.«

»Ja, auf den Misthaufen!«, sagte Vogitoubus knurrend und fauchte seine Töchter an, sich ein Beispiel an der Mutter zu nehmen, wenn irgendein pickliger Jüngling versuchen sollte, bei ihren Fenstern einzusteigen.

»Also, Pickel hattest du keine! Du hast sehr gut ausgesehen, und ich war auch in dich verliebt, doch ich wollte in Ehren geheiratet werden«, erklärte seine Frau und beschloss, sich zu den Männern zu setzen. Die Töchter schickte sie hinaus.

»Es gibt für euch gewiss etwas zu arbeiten!«, sagte sie und wandte sich dann Crispinus zu. »Du siehst nicht so aus, als wäre es dir in den letzten Jahren schlecht ergangen.«

»Das ist es mir wahrlich nicht!«, gab Crispinus zu.

»Und wie bist zu dem Posten des Hauptmanns der Benefiziarier gekommen?«, wollte sein Bruder wissen.

»Das ist eine lange Geschichte. Als Vater mich von hier wegschaffen ließ, war ich verzweifelt, wütend und wäre am liebsten umgehend zurückgekehrt, um mich an Lucius und Vinicius zu rächen. Ich glaube, ich habe dem guten Retus so manchen Tanz geliefert.«

»Retus? Lebt er auch noch? Wie geht es ihm?«, fragte sein Bruder, der diesen Knecht sehr gemocht hatte.

»Er lebt noch, ihm geht es gut, und er ist mein Stellvertreter in Aguntum. Ich würde ihn gerne zu meinem Stellvertreter im gesamten Bezirk machen, aber ich will Regulus nicht übergehen. Dieser hat die Straßenwächter in einer Zeit geführt, in der sein Vorgesetzter Gaius Ovidius sich kaum mehr um seine Pflichten gekümmert hat. Regulus führt nun unseren Stützpunkt in Sebatum.«

»Der gute Retus! Er ist bei seinem Namen geblieben, du aber nicht.« Es klang vorwurfsvoll, da Vogitoubus die Überlieferungen des Stammes noch achtete.

»Ich konnte nichts dagegen tun. Als ich mich für die Hilfstruppen anwerben ließ, machte dies noch nichts aus. Dann aber wurde bekannt, dass ich der Sohn eines Stammesfürsten im Römischen Reich war. Da steckte man mich in die Legion und nannte mich Publius nach Kaiser Publius Aelius Hadrianus. Unser Legat hieß Cornelius, und so wurde ich zu Publius Cornelius. Als ich nach zwei Jahren für wert befunden wurde, zur kaiserlichen Leibgarde zu zählen, erweiterte man es auf Publius Cornelius Crispinus.«

»Du warst bei den Prätorianern?«, fragte Vogitoubus beeindruckt.

»Achtzehn Jahre, wie es der Brauch ist. Zuerst unter Hadrianus und dann unter Antoninus Pius. Ich war bei einigen Feldzügen dabei, erhielt Belohnungen und machte Beute, so dass ich mich nach meinem Ausscheiden aus der Garde mit Fug und Recht als dem Ritterstand zugehörig fühlen kann. Zudem hat mir der Imperator das Kommando über die Benefiziarier dieses Bezirks übertragen.«

In Crispinus' Stimme klang Stolz mit und Zufriedenheit mit dem Erreichten.

»Also ist es dir doch zum Guten ausgeschlagen«, fand sein Bruder. »Bist du verheiratet?«

Crispinus schüttelte den Kopf. »Nein, das bin ich nicht. Ich überlege es mir zwar, aber …«

»Hast du nicht diese wunderschöne Sklavin gekauft?«, fragte Egintuna, die sich noch gut daran erinnern konnte, wie Thamina in Crispinus' Besitz übergegangen war. »Nun, ich glaube nicht, dass eine Frau bereit ist, dich zu heiraten, solange diese Sklavin noch bei dir ist. Da müsstest du sie schon verkaufen«, setzte sie nachdenklich hinzu.

»Was ich gewiss nicht tun werde«, sagte Crispinus und wechselte das Thema. »Wie ist es euch in der Zwischenzeit ergangen?«

»Wir können nicht klagen, auch wenn Lucius in den letzten beiden Jahren lästig geworden ist. Er streckt die Pfoten nach dem Land unseres Stammes aus. Aber da beißt er bei mir auf Granit. Ich verteidige die altüberlieferten Rechte unseres Volkes, die Kaiser Octavianus Augustus ausdrücklich anerkannt hat. Nicht einmal der Statthalter in Virunum kann diese Zusagen zurücknehmen, umso weniger vermag dies der Bürgermeister einer Provinzstadt!«

Crispinus spürte den Ärger seines Bruders, aber auch eine gewisse Sorge, in diesem Kampf gegen Lucius den Kürzeren zu ziehen.

»Genau über Lucius wollte ich mit dir reden, mein Bruder«, sagte er und bat Vogitoubus, zu berichten, was Lucius in den letzten Jahren getan hatte.

Es wurde ein längeres Gespräch, denn Vogitoubus erzählte nicht nur von den Versuchen des Bürgermeisters, Land durch üble Schliche an sich zu bringen, sondern auch von seinem Verdacht, Lucius könnte den Gewinn aus Togionus' Bergwerken unterschlagen und zur Vergrößerung des eigenen Reichtums verwendet haben.

Sie wurden nur einmal unterbrochen, als Vogitoubus' Ältester meldete, dass die Kräuterfrau gekommen sei.

»Hast du was dagegen, wenn sie hereinkommt, oder soll ich nach draußen gehen und mit ihr reden?«, fragte Vogitoubus.

»Es ist dein Haus, Bruder. Wer bin ich, dass ich dir anschaffen könnte, wen du hier empfangen sollst und wen nicht?«, antwortete Crispinus und fragte Egintuna, ob er noch etwas vermischten Wein haben könne.

»Was? Haben diese unachtsamen Dinger keinen neuen gebracht? Ich sage dir eines, Votticus: Wenn du einmal Kinder haben willst, sorge dafür, dass es Knaben sind! Mädchen haben nur Unsinn im Kopf«, rief seine Schwägerin empört.

»Vorgestern hast du mir gegenüber das Gegenteil behauptet und gemeint, dass die Buben nur Dummheiten machen würden, während die Mädchen brav ihre Arbeit tun«, warf Vogitoubus grinsend ein.

»Männer!«, sagte Egintuna schnaubend und eilte los, um selbst den Wein zu holen.

Kurz darauf trat Materiona ein. Nach einem kurzen Blick auf Crispinus sprach sie dessen Bruder an. »Epona sei mit dir, und Grannus halte die Krankheiten von dir fern, Vogitoubus. Ich soll dir von Calvus, dem Käsehändler, ausrichten, er würde sich freuen, wenn du den Käse ausnahmsweise einmal zu ihm in die Stadt bringen lassen könntest. Sein Sohn Titus, der ihn sonst immer holt, ist überfallen worden und muss mindestens eine Woche im Bett bleiben.«

»Überfallen? Aber …« Vogitoubus brach ab und schüttelte den Kopf. »Wer würde schon einen Jungen überfallen worden, der nicht mehr als ein paar Sesterzen im Beutel hat?«

»Der Gleiche, der ihn dazu zwang, sich dem größten Raufbold im Tal zum Kampf zu stellen«, erklärte Materiona mit grimmiger Miene.

»Lucius? Aber …« Erneut brach Vogitoubus ab. Er kannte Lucius als gierigen Geschäftsmann, der selbst noch ein Eichhörnchen um seine gesammelten Nüsse bringen würde. Einen Überfall hätte er jedoch nicht von ihm erwartet.

»Bisher ist es nur ein Verdacht, und man sollte ihn vorerst für sich behalten«, warf Crispinus ein. »Als Duumvir iure dicundo hält Lucius die richterliche Gewalt in den Händen und könnte jeden wegen übler Nachrede verurteilen!«

»Keine Sorge! Ich weiß schon, zu wem ich es sagen darf und zu wem nicht«, sagte Materiona und musterte ihn mit einem spöttischen Blick. »Wie es aussieht, ist der verlorene Sohn zurückgekehrt!«

Crispinus kniff verwundert die Augenbrauen zusammen. »Wie hast du mich erkannt?«

»Du bist mir schon vorher bekannt vorgekommen. Doch da ich dich jetzt neben deinem Bruder sehe, bin ich mir sicher. Was führt dich in die Heimat? Sag nicht, deine unerfüllte Liebe zu Faustina? Lass dir gesagt sein: Sie ist nicht mehr die schlanke Nymphe wie in jenen Tagen, sondern hat noch mehr zugelegt als Egintuna. Bei der ist es nach neun Kindern kein Wunder, während Faustina nur zwei geboren hat, und das mit einem Abstand von sechzehn Jahren.«

Crispinus erinnerte sich, dass Materiona schon damals kein Blatt vor den Mund genommen hatte. In den gut zwanzig Jahren, die er in der Ferne gewesen war, hatte sie ihre Zunge weiter gewetzt. Sie war jedoch die einzige Person, die noch besser wusste, was alles im Tal vorgefallen war, als der Viehhändler Florus. Das war eigentlich ein Wunder, denn dieser hatte Ohren wie ein Elefant.

Sie berichtete nun einiges über Lucius' Umtriebe und kam auch auf das Schicksal von Amma und Cincia zu sprechen. »Ich würde Stein und Bein darauf verwetten, dass Lucius dahintersteckt«, erklärte sie. »Florus hat Buccio beschwatzt, zum Trunk verführt und ihn dadurch ins Verderben gelockt. Es weiß fast niemand, aber ich habe seinen Leichnam am Berg gefunden und dort unter Steinen begraben.«

»Weiß Amma es?«, fragte Egintuna, die sich wieder zu ihrem Mann und Crispinus gesellt hatte.

Materiona nickte. »Ich habe es ihr gesagt.«

»Aber weshalb sollte Lucius so etwas tun?«, fragte Crispinus, der seinem einstigen Rivalen nicht von vorneherein alles Schlechte zutrauen wollte.

»Zum einen ging es ihm um den Hof, der sehr gut gelegen ist. Zum anderen wollte er Amma und Cincia als Sklavinnen auf seinem Landgut schuften lassen, damit sie den guten Käse für ihn fertigen, für den Amma berühmt ist. Aber das haben wir ihm verdorben!« Materiona nickte entschlossen und berichtete, wie sie auf Titus' Anraten hin Geld gesammelt hatte, um Amma und Cincia freizukaufen.

»Es haben viel mehr Leute gespendet, als es Lucius recht sein kann«, sagte sie lächelnd. »Das war auch der Grund, warum Lucius sich an Titus rächen will. Dem geht es nicht um den Urinstrahl, den Seccius an die Wand gesetzt hat. Er hatte herausgefunden, dass Titus der Urheber dieser Spendenaktion war, und ihn deswegen zum Zweikampf mit Seccius gezwungen. Es hat ihm nichts genützt. Titus hat gesiegt, und wir hatten genug Geld zusammen, um Lucius zu einem Wettbieten zwingen zu können. Als dann auch noch Calvus und Tullius für Amma und Cincia boten, wusste Lucius, dass ihn die Mutter und die Tochter zu teuer kommen würden, um den Preis rechtfertigen zu können. Daher hat er sie Tullius überlassen. Vergessen aber hat er diese Niederlage nicht.«

Materiona legte eine kurze Pause ein, um zu trinken, und schnalzte mit der Zunge. »So liebe ich das Leben! Doch nun weiter zu Lucius. Du, Crispinus, dürftest auf seiner Liste fast noch weiter oben stehen als Tullius und Calvus, denn du hast die Perserin ersteigert, die er so gerne selbst besessen hätte. Ebenso wie bei Amma und Cincia kam er auch bei Thamina nicht zum Zug. Diese beiden Niederlagen will er nicht auf sich sitzen lassen, das hat man an Titus gesehen.«

Die Kräuterfrau klang bedrückt, denn als Bürgermeister und Richter war Lucius nahezu unangreifbar. Zudem konnte er in dieser Position jede Schandtat seiner Untergebenen durchgehen lassen.

Dies begriff auch Crispinus und fand, dass Adnamatus besonders vorsichtig sein sollte. Ein Mann, der wegen einer im Grunde sinnlosen Rache Titus hatte umbringen lassen wollen, würde vor Adnamatus nicht haltmachen, zumal er in der Lage war, nach dessen Tod den größten Teil der Bergwerke an sich zu bringen.

»Wir müssen alle vorsichtig sein«, sagte er gedankenverloren.

»Da stimme ich dir zu!«, erklärte Materiona und sah zum Fenster hinaus. »Durch das Gespräch ist es spät geworden. Ich werde nicht mehr vor der Nacht nach Hause kommen.«

»Du kannst hier übernachten und morgen auf dem Karren mitfahren, der den Käse nach Aguntum bringt«, bot Vogitoubus ihr an und wandte sich an seinen Bruder. »Du wirst hoffentlich heute Nacht auch hier schlafen? Meine Kinder wollen endlich ihren Onkel kennenlernen, von dem sie zwar schon einiges gehört haben …«

»Wenn auch wohl nicht das Beste«, unterbrach Crispinus seinen Bruder lächelnd.

»Jetzt sehen sie, dass aus dir doch etwas geworden ist. Außerdem würde ich mich gerne weiter mit dir unterhalten und erfahren, wie es dir in Rom ergangen ist.«

»Das würde mich auch interessieren«, erklärten Materiona und Egintuna fast gleichzeitig.

»Dann wird es ein langer Abend werden«, antwortete Crispinus lächelnd und genoss es, wieder unter seinen Leuten zu sein.

4.

Lucius empfing seine Klienten und Anhänger teils huldvoll lächelnd, manchmal mit gerunzelter Stirn, und ein paar mussten sich harsche Worte und Vorwürfe anhören. Gleichzeitig nahm er die Geschenke und Abgaben entgegen, zu denen sie verpflichtet waren. Es waren keine bedeutenden Summen, doch bei jedem Sesterz, der in seine Kasse wanderte, lächelte Lucius zufrieden.

Kaum hatte der Letzte seiner Anhänger die Villa verlassen, begab er sich in ein abgelegenes Zimmer des Gebäudekomplexes und ließ neben Linus auch Romilius, Seccius und Florus holen.

Kaum waren die vier eingetreten, musterte er sie mit zornigem Blick. »Die Leute schwatzen von einem Überfall auf Calvus' Sohn Titus, und manches Gerede hört sich so an, als hätte ich diesen befohlen!«

»Du hattest gesagt, wir können Titus verprügeln«, verteidigte sich Linus.

»Ja, aber erst, wenn ich es für richtig halte! Außerdem war von Verprügeln die Rede. Die Leute erzählen jedoch, dass er umgebracht worden wäre, wenn Crispinus und dessen Untergebener nicht eingegriffen hätten!« Lucius' Stimme nahm an Schärfe zu, und er musterte jeden Einzelnen durchdringend.

»Seccius wollte ihn abstechen«, sagte sein Sohn.

»Verdammt, der Kerl hat es verdient! Was muss der Bengel auch gegen den Willen deines hochverehrten Vaters handeln.« Seccius verneigte sich vor Lucius, um diesem zu schmeicheln.

»Seccius hat recht!«, mischte sich Florus ein. »Seit dieser Sklavenversteigerung und Calvus' Verrat werden die Leute in der Stadt aufmüpfig. Wir haben von einigen gehört, dass sie sich überlegen, ob sie nicht besser Tullius' Klienten als die deinen werden sollen. Wenn es so weitergeht, wird dieser noch zur Gefahr.«

»Das wäre fatal!«, rief Romilius, lächelte aber trotz dieser Aussage.

»Wenn Calvus sich Tullius anschließt, werden ihm andere folgen!«, rief Florus boshaft.

Romilius lächelte erneut. »Aus diesem Grund halte ich den Überfall auf Titus für keinen Fehler.«

»Und warum?«, fragte Lucius scharf.

»Weil sich nun einige überlegen werden, dass es besser ist, dich nicht zu verärgern, Onkel. Daher sollten wir es auch nicht bei diesem einen Vorfall belassen, sondern uns jeden vornehmen, der sich gegen dich stellen will. Es soll aber niemand umgebracht werden, hast du verstanden, Seccius? Wir wollen die Bürger in Angst und Schrecken versetzen. Doch als Tote können sie meinem Onkel keine Abgaben mehr leisten.«

»So ist es!«, stimmte Lucius ihm zu. »Es darf nur nicht zu sehr ausarten! Sonst meint der neue Statthalter in Virunum noch, er müsse in eigener Person eingreifen.«

Diese Warnung verstanden alle. Während Seccius damit haderte, erklärte Romilius, wie er sich die Sache vorstellte.

»Wie man an dem Überfall auf Titus gesehen hat, müssen es genug Männer sein. Ihr drei Helden musstet Fersengeld geben, als Crispinus Titus mit seinen Straßenwächtern zu Hilfe geeilt ist. Wir müssen daher eine Truppe aufstellen, die auch mit einem halben Dutzend und mehr Männern fertigwird.«

»Was ist, wenn wir erkannt werden und die Gegenseite beginnt, uns einzeln aufzulauern?«, fragte Linus und erntete einen verächtlichen Blick seines Vaters.

Romilius lächelte amüsiert, als er Antwort gab. »Wir müssen dafür sorgen, dass wir nicht erkannt werden. Ihr drei habt gezeigt, wie es geht, nämlich mit Kapuzenmänteln und verhüllten Gesichtern. Wir dürfen auch nichts sagen, damit man uns nicht an den Stimmen erkennt. Um uns zu verständigen, vereinbaren wir einige Gesten!«

»Man merkt, dass du einen Kopf auf den Schultern trägst, mit dem du auch denken kannst«, lobte Lucius ihn. Er dachte kurz nach und verzog das Gesicht zu einer bösen Grimasse. »Ihr werdet bald Arbeit haben! Dieser Narr Avitus hat letztens zu einer Nachbarin gesagt, dass Linus es nicht gewagt hätte, seine Tochter gegen ihren Willen auf den Rücken zu legen, wenn er nicht mein, sondern Tullius' Klient gewesen wäre.«

»Dieser verdammte Lump! Dabei war die Tochter nicht einmal etwas Besonderes«, fuhr Linus auf.

»Wir sollten uns nicht darauf versteifen, nur Männer zu verprügeln«, wandte Romilius ein. »Weiber können auf ihre Art ebenso boshaft sein.«

»Vor allem können wir die auch …«, rief Linus und machte mit dem rechten Arm mehrfach eine stoßende Bewegung.

»Ihr solltet es nicht übertreiben!«, mahnte sein Vater, obwohl er zunehmend daran Gefallen fand, seine Feinde auch auf diese Art zu bekämpfen.

»Ihr könnt die Leute, die ich euch nenne, verprügeln. Ich glaube aber, dass es einigen mehr zu schaffen macht, wenn ihr ihre Fensterscheiben einschlagt, ihre Mauern beschmiert und ihre Geschäfte verwüstet!«, setzte er mit grimmiger Miene hinzu.

»Das machen wir, Vater! Beim Schneider fangen wir an«, erklärte Linus und sah die anderen nicken.

Auch Romilius stimmte zu. Allerdings beschloss er insgeheim, sich bei solchen Aktionen im Hintergrund zu halten. Wurde Linus einmal als Anführer dieser Kapuzenmänner entlarvt, würde es ihm am meisten nützen.

5.

Es war ein leichteres Leben als auf dem Bauernhof, dachte Cincia. Aber damals war sie frei gewesen und hatte von der letzten Zeit abgesehen die Liebe der Eltern gespürt. Auch wenn Tullius, Aurelia und Gratiana freundlich zu ihr und ihrer Mutter waren und Viviana sie mittlerweile lobte, waren sie doch nur Sklavinnen. Nun konnte sie sich nicht mehr am Abend nach getaner Arbeit auf den Hang setzen und der Abendsonne zusehen, wie sie hinter den Bergen versank. Sie musste bereitstehen, wenn Gratiana etwas von ihr wollte, selbst wenn es mitten in der Nacht war. Mal wurde sie geweckt, um ihrer Herrin etwas zu trinken zu holen, ein andermal wollte diese ein zweites Kissen oder eine Decke, weil es des Nachts doch kühl wurde. Diese Pflichten waren leicht zu erfüllen, gleichzeitig aber auch ein Symbol ihrer Unfreiheit.

Dabei konnte sie Epona und den anderen Göttinnen und Göttern danken, dass sie und ihre Mutter in Tullius' Haushalt aufgenommen worden waren. Wie übel es Sklaven bei schlechten Herren ergehen konnte, hatte Materiona ihr mehrfach erklärt. Obwohl Lucius die Kräuterfrau verachtete und ihr den Handel mit ihren Salben und Essenzen schwer machte, so hatte er doch nichts dagegen, wenn sie zu den Arbeitssklaven auf seinem Landgut gerufen wurde, um diese zu behandeln.

»Seid froh, dass ihr diesem Schicksal entgangen seid«, erklärte Materiona, als sie wieder einmal in der Küche von Tullius' Haus zusammensaßen. Die Köchin Laelia hatte sich zu ihnen gesellt und eine kleine Amphore Mulsum aus dem Vorratsraum geholt, damit sie nicht trocken zusammensitzen mussten.

»Es ist wirklich schlimm!«, fuhr Materiona fort. »Ein paar der Sklaven und Sklavinnen in der Schlachterei, in den Räucherkammern und in der Käserei haben Geschwüre, müssen aber trotzdem ihre Arbeit erledigen. Ich würde daher niemals Fleisch, Wurst oder Käse kaufen, die auf Lucius' Landgut erzeugt worden sind!«

»Wie kann man so etwas nur tun?«, rief Amma entsetzt. »Als ich mich einmal an der Hand verletzt hatte, habe ich die Arbeit im Käsekeller Cincia überlassen, damit der Käse nicht Schaden nimmt. Zu hören, dass Lucius ihn von Sklaven mit eitrigen Geschwüren herstellen lässt, lässt mich am Verstand seiner Vorarbeiter zweifeln.«

»Und an dem seinen, weil er solche Vorarbeiter beschäftigt«, setzte Cincia hinzu.

»Auch das!«, sagte ihre Mutter, die Lucius weder den Verlust des Hofes noch den Tod ihres Mannes verziehen hatte. Auch wenn Buccio durch den übermäßigen Weingenuss zuletzt nicht mehr der Ehemann gewesen war, den sie achten konnte, so hatten sie doch mehr als anderthalb Jahrzehnte gut zusammengelebt.

»Wir hätten Lucius' Namen nicht in den Mund nehmen sollen. Jetzt kommt er direkt auf unser Haus zu!«, rief Laelia und wies durch das Fenster auf den Bürgermeister, der von vier Sklaven begleitet auf den Eingang zuging.

»Der kommt tatsächlich hierher!«, sagte Materiona verwundert.

Cincia zuckte erschrocken zusammen. »Er will uns hoffentlich nicht kaufen!«

»Eher fliehen wir – wenn es sein muss, bis zu den Barbaren Germaniens, um vor Roms ›Recht‹ sicher zu sein!«, rief Amma.

Sie umarmte ihre Tochter und überlegte gleichzeitig, wie sie diese Flucht bewerkstelligen könnten. Sie würden die Berge überwinden müssen, dafür brauchten sie gutes Schuhwerk und warme Kleidung. Beides gab es hier in Tullius' Haus im Überfluss. Auf Lucius' Landgut hingegen waren sie gewiss Mangelware.

»Ich kann mir nicht vorstellen, dass der Herr euch verkauft«, erklärte die Köchin. »Wenn Lucius ihn dazu zwingt, werde ich euch helfen und besorge mir eine Zange, um eure Sklavenringe entzweizuschneiden. Ihr könntet sie dann in den Dravus werfen!«

»Du bist ein gutes Weib, Laelia!«, sagte Materiona lächelnd. »Ich werde das Meine tun und die beiden auf Pfaden, die kaum ein Laianke und gewiss kein Römer kennt, über die Berge führen.«

»Wir sollten herausfinden, was Lucius hier will«, sagte Cincia, während einer von Lucius' Sklaven an die Tür pochte.

»Tullius wird ihn gewiss im Delfinzimmer empfangen. Daneben liegt die Wäschekammer. Du musst doch gewiss ein Laken oder ein Tuch für Gratiana holen?«, sagte die Köchin mit einem listigen Zwinkern zu Cincia.

»Das hätte ich fast vergessen!«, antwortete Cincia und huschte aus der Küche, um in der Kammer zu sein, bevor Lucius ins Haus gelassen wurde.

In der Wäschekammer angekommen, pochte ihr Herz wie ein Hammer, der auf den Amboss schlug. Sie hatte eine fürchterliche Angst vor dem Mann, der ihr und der Mutter die Heimat und ihnen den Vater und Mann genommen hatte, um sie zu Sklavinnen machen zu können.

»Epona! Belenus! Sirona! Latobius! Bitte steht uns bei!«, flehte sie, während sie um die Ecke spähte.

Tullius war seinem Gesichtsausdruck nach vollkommen überrascht von Lucius' Auftauchen.

Zwar konnte Cincia dann nicht in den Empfangsraum blicken, doch durch einen Lüftungsschlitz in der Wand knapp unter der Decke konnte sie verstehen, was drüben gesprochen wurde. Da sie hoffte, durch diese Öffnung auch einen Blick erhaschen zu können, holte Cincia einen in der Ecke stehenden Schemel und stieg darauf. Als sie durch die Öffnung schaute, sah sie von Tullius nur eine Schulter und ein Knie. Der Stuhl, den Tullius nach ein paar Höflichkeitsfloskeln seinem Gast anbot, stand dafür genau in ihrer Sichtlinie.

Beim Anblick des Mannes, dem sie ihr Elend verdankte, fühlte sie neben ihrer Angst auch eine fürchterliche Wut und wünschte sich, sie könnte ihm ins Gesicht schreien, für welches Scheusal sie ihn hielt.

Sie kniff die Lippen zusammen, damit ihr kein unbedachter Laut entfuhr, und spitzte die Ohren. Zunächst befahl Tullius einem Sklaven, Wein, Oliven, Brot und Käse zu holen, wie es einem hochgeehrten Gast gebührte. Auch wenn er sich immer wieder gegen Lucius' Politik in der Stadt aussprach, wollte er keine offene Feindschaft mit diesem.

»Sei mir willkommen, Duumvir!«, grüßte er.

»Ich danke dir, Tullius!« Lucius nahm den Weinbecher entgegen, den der Sklave ihm reichte, und musterte seinen Gastgeber über dessen Rand hinweg.

»Auch wenn wir in der Vergangenheit nicht immer einer Meinung waren, so war unser Bestreben doch stets, das Beste für unsere geliebte Stadt Aguntum zu erreichen«, begann er.

»Wir waren sehr oft nicht einer Meinung!«, erklärte Tullius. »Ich habe etliche deiner Handlungen für falsch gehalten und tue es immer noch. Das Recht sollte für alle gleich gelten und nicht gebeugt werden.«

Cincia bewunderte ihren Herrn, weil er Lucius so offen entgegentrat, und ahnte, dass er nicht zuletzt an sie und ihre Mutter dachte. Bei ihnen hätte der Meinung vieler nach das Urteil auch anders ausfallen können, so dass ihnen die Sklaverei erspart worden wäre.

»Es ist nicht immer leicht, Bürgermeister einer Stadt zu sein! Jeder hat seine eigenen Interessen, und diese auszugleichen, ist eine Kunst, die nicht einmal ein Gott beherrscht.«

Lucius klang so, fand Cincia, als könne er Tullius nicht ernst nehmen. Allerdings hatte dieser sich zwar öfter gegen Lucius' Pläne ausgesprochen, aber nie wirklich etwas dagegen unternommen.

»Ich – und nicht nur ich! – finde, dass du dein Amt etwas zu sehr zu deinen Gunsten ausübst!« Erneut übte Tullius Kritik, doch auch sie perlte an Lucius ab wie ein Regentropfen an einer Glasscheibe.

»Es gibt andere Duumviri, Präfekten und Statthalter, die sich im Gegensatz zu mir ungeniert bereichern. Ich hingegen bezahle, was ich kaufe. Das habe ich auch bei Buccios Hof so gehalten. Du hast den Eintrag im Kassenbuch der Stadt selbst gelesen.« Er lachte und prostete Tullius zu. »Auf dein Wohl!«

»Und auf das deine!«, antwortete Tullius notgedrungen.

»Ich bin jedoch nicht gekommen, um alte Streitigkeiten aufzuwärmen«, sagte Lucius, nachdem er einen Schluck getrunken hatte. »Weißt du, Tullius, wir beide sind die reichsten Männer der Stadt …«

»Du vergisst Togionus' Enkel! Adnamatus' Besitz übertrifft den unseren bei Weitem!«

Es war nur ein kleiner Stich, den Tullius seinem Gast damit versetzen konnte. Cincia sah aber an Lucius' Miene, dass er traf. »Adnamatus ist meiner Ansicht nach nicht der Mann, der dieses Vermögen zusammenhalten kann. Das Geld wird ihm wie Wasser zwischen den Händen zerfließen.«

Das hättest du wohl gerne, dachte Cincia und befürchtete für einen Augenblick, es laut ausgesprochen zu haben. Da jedoch keiner der beiden Männer reagierte, hatte sie sich wohl beherrscht.

Nach diesem Vorgeplänkel kam Lucius zum Zweck seines Besuchs. Was er sagte, verblüffte nicht nur Cincia, sondern ganz offenbar auch Tullius.

»Ich bin der Ansicht, dass wir für unsere Stadt Aguntum mehr erreichen könnten, wenn wir uns zusammentun«, erklärte Lucius mit Nachdruck. »Aus diesem Grund mache ich dir den Vorschlag, deine Tochter mit meinem Sohn zu verheiraten.«

Es dauerte einige Augenblicke, bis Tullius sich so weit gefasst hatte, um Antwort geben zu können. »Du willst, dass Gratiana Linus heiraten soll? Ich wäre ein schlechter Vater, wenn ich dem zustimmen würde. Dein Sohn steht nicht gerade im besten Ruf. Erinnere dich nur an die Tochter des Schneiders!«

»Bei allen Göttern! Das sind lässliche Sünden eines jungen Mannes«, rief Lucius mit einem gezwungenen Lächeln. »Sobald er in festen Händen ist, wird sich das ändern, das verspreche ich dir!«

Daran glaubst auch nur du, dachte Cincia, die genug über Lucius' Sohn gehört hatte, um ihn für einen rücksichtslosen Lumpen zu halten.

»Ich sage Nein!«, sagte Tullius bestimmt und auch ein wenig herausfordernd.

»Wenn wir uns zusammentun, können wir die Stadt so führen, wie wir es wollen. Mein Mitduumvir Priscus ist alt und wird nicht ewig leben. Du kannst sein Nachfolger werden!«

Tullius ließ sich jedoch nicht ködern. »Ich werde meine Tochter nicht deinem Sohn ausliefern! Das ist mein letztes Wort.«

»Dann hoffe ich, dass du nicht einmal Grund dafür haben wirst, es zu bereuen.«

Mit diesen Worten stand Lucius auf und wirkte dabei auf eine seltsame Art so zufrieden, dass sich Cincias Nackenhaare aufstellten. Offensichtlich hatte er keine andere Antwort erwartet und sich bereits Gedanken darüber gemacht, wie er reagieren würde. Er verabschiedete sich mit gerade noch gebotener Höflichkeit und verließ mit raschen Schritten das Haus.

Da auch Tullius aus dem Zimmer trat, konnte Cincia ihren Lauschposten aufgeben. Sie eilte mit klopfendem Herzen in die Küche zurück. Dort fand sie nun auch Gratiana vor, der Laelia ebenfalls einen Becher mit Mulsum hingestellt hatte.

»Nun, was hast du erfahren?«, fragte Gratiana neugierig, die offenbar bereits eingeweiht worden war.

»Lucius hat deinem Vater vorgeschlagen, dass sie zusammenarbeiten und dich daher mit seinen Sohn Linus verheiraten sollten.«

»Du meinst Linus?«, fragte Gratiana voller Abscheu.

»So habe ich es gehört! Aber ihr dürft nicht verraten, dass ich gelauscht habe. Dein Vater könnte mich sonst schwer bestrafen.« Dieser Gedanke war Cincia erst jetzt gekommen. Schon ein freies Mädchen hatte Schläge zu erwarten, wenn es heimlich eine Unterhaltung belauschte. Umso schlimmer war es bei einer Sklavin wie ihr.

»Von uns wird keine etwas sagen«, erklärte Materiona. »Doch so, wie Lucius eben abgezogen ist, hat Tullius ihm gewiss eine abschlägige Antwort erteilt.«

»Das hat er!«, erwiderte Cincia, die sich etwas beruhigt hatte.

»Juno sei Dank!«, rief Gratiana erleichtert.

Cincia hingegen zog eine besorgte Miene. »Lucius' Reaktion hat mir Angst gemacht. Er wirkte seltsam zufrieden. Ich befürchte, dass er deinem Vater schaden will.«

»Das befürchte ich auch.« Materiona nickte nachdenklich. »Lucius tut seit zwei Jahren alles, um Tullius' Einfluss in der Stadt zu mindern. Jetzt wird er gewiss noch eins draufsetzen.«

»Vielleicht können Vater und Lucius sich versöhnen, wenn ich dessen Neffen Romilius heirate«, sagte Gratiana nachdenklich.

»Wie kommst du auf den?«, fragte Cincia überrascht.

»Er ist so ganz anders als Linus, höflich, freundlich, zuvorkommend und ein kultivierter Mann«, erklärte Gratiana.

»Aber du kennst ihn doch gar nicht!«, entfuhr es Cincia.

»Ich habe ihn im Tempel der Juno getroffen und mit ihm gesprochen«, antwortete Gratiana leise. »Beim ersten Mal war es Zufall, und wir haben nur wenige Worte gewechselt. Beim zweiten Mal sah er, wie ich den Tempel betrat, und ist mir gefolgt.«

»Du hättest nicht mit ihm sprechen dürfen! Es ist ungehörig«, schalt die Köchin sie.

»Das ist es!«, stimmte Materiona ihr zu. »Außerdem traue ich Romilius nicht über den Weg.«

»Das sagst du nur, weil er Lucius' Neffe ist. Aber er ist ganz anders als dieser!« Gratiana stand beleidigt auf und ging zur Tür. Dort drehte sie sich noch einmal um. »Komm jetzt, Cincia. Ich will mich umkleiden!«

Während Cincia ihrer Herrin folgte, schüttelte Materiona den

Kopf. »Es ist seltsam, dass junge Mädchen immer wieder auf schmucke Burschen hereinfallen, die ihnen Honig um den Bart schmieren. Ich jedenfalls traue Romilius ebenso wenig wie Lucius und Linus. Es ist jedoch nicht meine Sache, auf Gratiana aufzupassen. Warnt aber Cincia vor ihm. Vielleicht gelingt es ihr, Schlimmeres zu verhindern.«

»Du machst mir Angst!«, sagte Amma erschrocken.

»Die sollten wir alle haben. Lucius hat genau gewusst, dass Tullius Gratianas Heirat mit Linus niemals zustimmen würde. Trotzdem ist er gekommen, und das tat er gewiss nicht ohne Grund.«

Cincia hatte Materionas Worte nicht mehr gehört, dachte aber das Gleiche wie die Kräuterfrau. Ihre Sorgen galten allerdings weniger Lucius als dessen Neffen. Sie hatte Romilius' Zusammenspiel mit Florus bemerkt und glaubte nicht an eine zufällige Begegnung im Junotempel. Gewiss hatte Lucius' Neffe Gratiana bewusst abgepasst, um mit ihr reden zu können. Was hatte er als Junggeselle auch sonst im Tempel der Juno zu suchen! Männer wie er beteten im Tempel von Apoll oder dem des Jupiters, aber nicht im Tempel einer Weibergottheit.

Sie hätte Gratiana gerne ihre Zweifel mitgeteilt, doch so, wie diese auf Materionas Bemerkung reagiert hatte, würde sie sich damit nur ihren Zorn zuziehen. Wäre sie meine Freundin und ich frei, könnte ich es trotzdem tun. So aber muss ich damit rechnen, dass sie mich bestraft, dachte Cincia, während sie für Gratiana ein frisches Gewand aus der Truhe holte und danach das andere, das ihre Herrin auf das Bett gepfeffert hatte, wieder so zusammenlegte, dass es noch ein weiteres Mal getragen werden konnte.

6.

Für seinen Besuch bei Lucius wählte Adnamatus nicht die weiße Tunika und die weiße Toga, die einem freien römischen Jüngling anstanden, sondern entschied sich für kräftige Farben. So bestand seine Tunika aus einem leuchtend blauen Tuch, und seine Toga schwankte zwischen einem sanften Rot und einem kräftigen Rosé. Sein Haar war geölt und in kunstvolle Locken gelegt. An seinen Riemensandalen befanden sich silberne Schnallen, und in der Hand trug er ein Stöckchen aus Elfenbein.

Sein Diener Sparius sah ihn kopfschüttelnd an. »Verzeih, wenn ich es so sage, aber du siehst aus wie einer der Stutzer, die bei ihrer Kur in Baiae nach schönen Frauen Ausschau halten. In diesem Aufzug bei einem Besuch zu erscheinen ist wahrlich kühn!«

»Dann will ich hoffen, dass Lucius mich auch für einen solchen Stutzer hält«, antwortete Adnamatus lächelnd. »Doch nun komm, mein Guter, und walte deines Amtes!«

»Ich soll es wirklich tun?«, fragte Sparius, seufzte und ging Adnamatus voraus.

Kaum hatten sie die Straße erreicht, fing er zu rufen an: »Tretet zur Seite und macht Platz für den edlen Adnamatus Naevius Claudius!«

Just im gleichen Augenblick trat Gratiana vor Cincia aus einem Laden, in dem sie ein Stück Seide erworben hatte. Als sie Adnamatus in seinem farbigen Glanz erblickte, musste sie schallend lachen. »Was für ein farbenprächtiger Frosch! Findest du nicht auch, Cincia?«

Adnamatus schluckte, als er das hörte. Gratiana war die Letzte, die ihn so hätte sehen sollen. Nun haderte er mit seiner gewählten List, hier als dekadenter Geck aufzutreten. Ich hätte ohne jede Kostümierung kommen und Lucius auf den Kopf zusagen sollen, dass ich seine Abrechnungen für gefälscht halte, dachte er seufzend.

Andererseits war die Macht des Bürgermeisters zu groß, um ihn auf eine so plumpe Weise herausfordern zu können. Er brauchte Beweise, und die konnte er einfacher sammeln, wenn Lucius ihn nicht ernst nahm. Gleichzeitig ärgerte er sich über Gratiana, die nur auf sein Äußeres schaute, und trat einen Schritt auf sie zu. »Welch ein Entzücken für meine Augen! Venus selbst ist vom Olymp gestiegen! Sparius, notiere diesen Tag. Ich muss unbedingt der Göttin opfern und dieser herrlichen Gestalt ein Gedicht widmen.«

Obwohl Gratiana ihn wegen seiner Geziertheit verachtete, gefiel es ihr doch, von ihm mit Venus verglichen zu werden. Da aber einige Passanten stehen blieben und sich das Lachen zu verkneifen schienen, wandte sie sich brüsk ab und winkte Cincia, ihr zu folgen. »Da glaubt eine Krähe, eine Nachtigall zu sein«, sagte sie schnippisch und eilte schneller davon, als es für eine junge Dame aus gutem Hause schicklich war.

Adnamatus sandte ihr einen Handkuss nach und befahl Sparius, den Weg fortzusetzen. Bis sie Lucius' Villa erreichten, folgte ihnen eine ganze Schar von Stadtbewohnern, die sich köstlich über ihn zu amüsieren schienen.

Lucius' Türsteher verzog spöttisch seine Lippen. »Melde Herrn Lucius, sein Gast kommt!«, wies er einen Sklaven an.

Dieser eilte davon, während der Türsteher Adnamatus höflich begrüßte und ihn ins Haus bat. Jetzt am späten Nachmittag war die Zeit vorbei, in der Lucius Klienten und Anhänger empfing, und so war Adnamatus der einzige Besucher. Lucius selbst kam ihm entgegen, um ihn in das Zimmer zu führen, in dem alles für ein Festmahl bereitstand.

»Sei mir tausendmal willkommen, Freund Adnamatus!«, rief er und wollte noch mehr sagen, als Adnamatus ihn unterbrach.

»Verzeih, Lucius, aber hättest du die Güte, mich Claudius zu nennen? Adnamatus klingt nach Provinz und barbarisch!«

Linus, der ebenso wie seine Mutter Faustina und sein Vetter Romilius bereits auf seiner Speiseliege lag, konnte ein Kichern nicht unterdrücken.

Sein Vater hingegen legte Adnamatus die rechte Hand auf die Schulter. »Adnamatus ist ein hier gebräuchlicher Name, und dein Großvater bestand darauf, dass du so genannt wirst, um deine Herkunft nie zu vergessen. Es wäre daher eine schwere Kränkung seines Andenkens, diesen Namen nicht zu verwenden.«

»Du hast ja so recht!« Adnamatus seufzte. »Obwohl ich in Rom geboren und als Römer aufgewachsen bin, hängt die Abkunft aus der Provinz an mir wie eine Farbe, die sich nicht abwaschen lässt.«

Linus kicherte erneut und zog sich einen zornigen Blick seines Vaters zu. Dieser bat Adnamatus, auf der für ihn bestimmten Liege Platz zu nehmen, und befahl seinem Haushofmeister, seine Tochter Fulvia zu holen.

»Fulvia ist noch ein Kind. Aber ich gedenke, sie in spätestens acht Jahren zu verheiraten. Wenn du so lange warten willst, würde es mich freuen. Sie bekommt eine gute Mitgift, und was deine männlichen Bedürfnisse betrifft, so bietet Drusus' Luparium eine reiche Auswahl an wohlgestalteten Mädchen«, erklärte er Adnamatus.

Dieser begriff Lucius' Absicht, ihn enger an sich zu binden, um seine Unterschlagungen fortsetzen zu können. Mit einem demonstrativen Schaudern nahm er Platz. »Freund Lucius, du erwartest doch nicht, dass ich Rom länger als nötig fernbleibe? Ich gedenke, so bald wie möglich dorthin zurückzukehren!«

»Dann frage ich mich, weshalb du überhaupt gekommen bist«, rief Linus und grinste breit.

»Die Pflicht zwingt mich dazu, Freund Linus, die Pflicht! Im Testament meines Großvaters steht, dass ich nach seinem Ableben umgehend in Aguntum erscheinen soll. Ich bin diesem Befehl so rasch gefolgt, wie es mir möglich war.«

Diesmal konnte Linus sein Gelächter nicht zurückhalten. Immerhin lag Togionus' Tod zwei Jahre zurück, und da behauptete Adnamatus, er hätte sich mit seinem Kommen beeilt.

»Lasst das Mahl beginnen!«, erklärte Lucius und ließ sich von einem Sklaven eine Schale Wein reichen, um sie den Göttern als Opfer darzubringen.

Danach wurde aufgetischt, und das Gespräch wandte sich anderen Dingen zu. So wollte Lucius wissen, was sich in Rom tat. Faustina fragte nach dem neusten Tratsch, während Linus immer wieder kleine Sticheleien gegen Adnamatus losließ. Dieser tat so, als bemerke er sie nicht, sondern unterhielt sich mit allen, einschließlich der kleinen Fulvia, die ihn trotz ihrer erst fünf Jahre interessiert musterte. Von ihrer Mutter hatte das Mädchen erklärt bekommen, dass es hier in Aguntum und darüber hinaus keine Familie gäbe, in der ein junger Mann es wert sei, ihr Ehemann zu werden. Derjenige, den sie einmal heiraten sollte, müsse auf jeden Fall so reich sein wie ihr Vater, zudem das römische Bürgerrecht genießen und nach Möglichkeit in Rom leben. Auf Adnamatus trafen all diese Punkte zu.

Auch Faustina sah dies so. Lucius hingegen ging es darum, zu verbergen, wie sehr er sich an Adnamatus' Vermögen vergriffen hatte, um selbst noch reicher und mächtiger zu werden.

»Was gedenkst du während deines Aufenthalts in Aguntum zu tun?«, fragte er.

»Laut Testament meines Großvaters muss ich die einzelnen Minen aufsuchen und mit den Vorarbeitern sprechen. Großvater hat mir geschrieben, dass er einen jährlichen Gewinn von dreihunderttausend Sesterzen aus seinen Bergwerken erzielte.«

Es klang harmlos, traf aber gut. Lucius hatte den größten Teil dieser Summe an sich gebracht und konnte Adnamatus beim besten Willen nicht mehr als fünfzigtausend Sesterzen als Reinertrag aus den Minen präsentieren.

»Das ist alles so anstrengend!«, klagte Adnamatus. »Die Bergwerke liegen, wie bereits der Name verrät, in den Bergen. Wer weiß, ob es da überhaupt Straßen gibt, die ich mit meinem Reisewagen bewältigen kann. Ich wollte, du könntest mir das abnehmen, Freund Lucius!«

»Dazu bin ich gerne bereit«, bot dieser an.

»Doch leider besteht mein Großvater in seinem Testament darauf, dass ich es selbst tun muss«, antwortete Adnamatus mit einem noch tieferen Seufzer.

»Dein Großvater ist tot und kann nicht mehr kontrollieren, ob du nun in eigener Person die Bergwerke aufsuchst oder dies meinem Onkel überlässt«, warf Romilius ein.

»Nichts lieber als das, doch der edle Herr Lucius hat mich vorhin darauf hingewiesen, wie sehr ich das Andenken meines Großvaters schmähen würde, wenn ich seine Wünsche missachtete!«, sagte Adnamatus mit einem sanften Lächeln.

»Und wie stellst du dir die Visite der Minen vor?«, fragte Lucius mit einer gewissen Schärfe, die sich bei seinen nächsten Worten aber sofort wieder verlor. »Wenn du es wünschst, bin ich dir gerne behilflich.«

»Das wäre mir eine große Erleichterung«, antwortete Adnamatus scheinbar erfreut.

Lucius hatte die meisten leitenden Männer in den Bergwerken entweder durch Bestechung auf seine Seite gebracht oder sie durch eigene Leute ersetzt. Es gab unter den Bergleuten allerdings noch genug Männer, die sich mit ihrem früheren Herrn und dessen Erben verbunden fühlten. Mit denen durfte Adnamatus unter keinen Umständen zusammenkommen. Auch so würde es schon schwierig sein, die Erträge der Minen als geringer hinzustellen, als sie in Wirklichkeit waren.

Nicht zuletzt deshalb war er erleichtert, in Adnamatus einen verwöhnten und extravaganten Mann vor sich zu sehen, der so gar nichts mit seinem harten und durchsetzungsfähigen Großvater gemein hatte. Für Adnamatus schien der Farbton seiner Tunika wichtiger zu sein als das Gold, das Silber, das Kupfer und die Bergkristalle, die in seinen Bergwerken gewonnen wurden.

Eben schlürfte er mit Behagen ein Dutzend Austern, die ihm neben vielen anderen Delikatessen angeboten wurden. Zuletzt ließ er sich noch einen Teil der Naschereien einpacken, die als Nachtisch aufgetragen wurden. »Sie schmecken einfach köstlich und werden mich über mein jämmerliches Quartier in dieser Kaschemme hinwegtrösten«, erklärte er.

Nun war es zwar Sitte, sich vom Gastgeber eine kleine Wegzehrung mitgeben zu lassen. Aber in dem Ausmaß, in dem Adnamatus das nutzte, war es bereits unverschämt.

»Du kannst gerne bei mir wohnen. Ich würde mich darüber freuen«, bot Lucius Adnamatus an.

Dieser hob erschrocken die Hände. »Ich würde ja gerne, doch dafür müsste ich noch einmal alles einpacken lassen, und das nur für ein paar Tage.«

»Vielleicht gefällt es dir hier, und du bleibst länger«, sagte Faustina.

Adnamatus schüttelte sich. »Bei Jupiter, nein! Ich will nach Rom zurück. Jeder Tag, den ich hierbleiben muss, ist ein verlorener Tag!«

»Dann sieh dir deine Bergwerke an, sprich mit ihren Verwaltern, und du hast deine Pflicht deinem Großvater gegenüber erfüllt«, sagte Lucius kühl. Er hatte zwar überlegt, dass er Adnamatus hier in der Villa besser überwachen lassen könnte, andererseits jedoch fanden hier Gespräche statt, die diesen nicht das Geringste angingen. Daher war es ihm sehr recht, wenn der Kerl in Magrinius' Gasthaus blieb.

Kurz vor Mitternacht verabschiedete Adnamatus sich und bat um mehrere Sklaven, die ihm den Weg ausleuchten sollten.

Lucius begleitete ihn bis zur Tür und kehrte dann zu seinem Sohn und seinem Neffen zurück.

»Was für ein Geck!«, rief Linus lachend. »Dem kannst du wahrlich eine Katze für einen Löwen verkaufen!«

Romilius hingegen schwieg. Er hatte in Rom Männer kennengelernt, die zwar ähnlichen Marotten anhingen wie Adnamatus. Unterschätzen aber sollte man diese nicht, und das hatte er auch bei dem Bergwerkserben nicht vor.

7.

Lucius begriff, dass er handeln musste, um sowohl seinen Anhängern wie auch seinen Gegnern klar vor Augen zu führen, dass man sich besser nicht gegen ihn stellte. Die genaue Planung überließ er seinem Sohn und Romilius. Die beiden setzten Florus' Haus als Treffpunkt fest.

Außer ihnen, Florus und Seccius erschienen Ario und Tervius, zwei von Linus' engsten Freunden, die mit diesem zusammen die eine oder andere Narretei unternommen hatten.

Bereits zuvor hatte Romilius mit Linus über ihre Pläne gesprochen und war gespannt darauf, wie sich die Freunde dazu stellen würden. Bevor jedoch auch nur ein Wort über ihr geplantes Vorhaben fiel, trank Linus von dem Wein, den Florus ihm reichte, und schüttelte sich nach dem ersten Schluck.

»Beim Bacchus, wie nennst du dieses Gesöff? Wein? Da ist ja noch dieses grässliche Bier vorzuziehen, das Sabina in ihrer Taverne braut!«

»Seit der Sache mit Buccio läuft mein Viehhandel schlechter«, antwortete Florus. »Da kann ich mir keinen besseren Wein leisten.«

»Hier!« Romilius streckte ihm einen Denar hin. »Besorge besseren Wein, mein Freund. Wir wollen fröhlich zusammensitzen und ebenso fröhlich darüber beraten, wie wir die Feinde meines hochverehrten Onkels in Angst und Schrecken versetzen können.«

»Bin schon unterwegs!« Florus grinste, denn auf seinen Trick mit dem sauren Wein fielen Linus und Romilius immer wieder herein.

Während der Viehhändler den Wein holte, zupfte Seccius an Linus' Tunika. »Ich will endlich diesem verdammten Titus an den Kragen!«

»Wenn die Zeit kommt, werden wir uns um ihn kümmern«, versprach Romilius. »Zunächst sind andere wichtiger. Ich habe Linus berichtet, wie es in Rom zugeht. Wer dort seinen Patron erzürnt, hat nichts zu lachen, und das haben die Feinde der hohen Herren auch nicht. Ich war bei dem einen oder anderen Abenteuer dabei. Wenn ihr es hören wollt?«

»Natürlich wollen wir das!«, rief Ario.

»Aber erst, wenn Florus zurück ist. Ich erzähle es ungern zweimal!« Romilius lächelte und musterte die jungen Männer. Es war niemand unter ihnen, der ihm auch nur annähernd das Wasser reichen konnte. Linus war ein Schwächling, der es ohne die Unterstützung seiner Anhänger nicht einmal wagen würde, eine Fliege herauszufordern. Von Seccius wusste er bereits, dass dieser ein hirnloser Rüpel war, der irgendwann einmal auf einen Mann treffen würde, der nicht nur klüger, sondern auch stärker sein würde. Florus war ein Schleimer, der sich demjenigen andiente, der gerade die Macht besaß, und das würde bereits in absehbarer Zeit er selbst sein.

Endlich kam Florus zurück und stellte einen großen Krug auf den Tisch. »Der ist aus Magrinius' bestem Fass«, sagte er grinsend und schenkte allen ein.

Diesmal war es ein Tropfen, bei dem selbst Linus mit der Zunge schnalzte. Er beugte sich vor und sah auffordernd in die Runde. »Wir werden einen Bund bilden und einigen kräftig einheizen.«

Seccius ballte grinsend die Fäuste. »Ich bin auf alle Fälle dabei, schon um Titus zu erwischen. Der hat mich bei dem Kampf in der Arena nicht umsonst zum Gespött der Leute gemacht!«

»Keine Sorge, du bekommst ihn schon noch!«, versprach ihm Linus. »Wir beginnen heute Nacht. Jeder von uns verbirgt sich unter einem Kapuzenmantel und verhüllt das Gesicht, damit er nicht erkannt wird.«

»Das hört sich nach einer lustigen Sache an«, rief Florus.

»Für uns wird es auch lustig sein, für andere allerdings nicht«, fuhr Linus fort und erklärte, was zu geschehen hatte.

Kurz nach Mitternacht huschten mehrere schattenhafte Gestalten durch die Stadt und blieben immer wieder kurz vor einzelnen Häusern stehen und leuchteten diese mit ihren Laternen an. An einigen Stellen schrieben sie nur etwas mit Pinsel und Farbe an die Wände. Beim Käsehändler Calvus hingegen brachen sie einen Fensterladen auf, zerschlugen das Fenster und kippten den Inhalt eines stinkenden Kübels hinein. Bis jemand im Haus wach war, um nachzuschauen, waren sie bereits wieder verschwunden.

8.

Am nächsten Morgen verließ Cincia Tullius' Haus, um einen Auftrag ihrer Herrin zu erfüllen. Da sah sie Titus auf sich zukommen.

»Was tust du?«, rief sie besorgt. »Du solltest im Bett bleiben!«

»Das konnte ich nicht!«, antwortete Titus. »Ich wollte nachsehen, ob diese Schweine auch bei euch waren.« Er blickte an ihr vorbei auf die Hauswand und fluchte. »Tatsächlich! Minerva soll sie strafen!«

»Was meinst du?«, fragte Cincia, drehte sich um und starrte auf die Wand. Dort stand in großen Buchstaben: Tullius ist ein elender Betrüger!

»Wer macht dann so etwas?«, fragte sie entsetzt.

»Ich wette, dass Lucius dahintersteckt. Diese Schmierereien findest du heute an mehr als einem halben Dutzend Häusern. Bei uns haben sie zudem ein Fenster aufgebrochen und Scheiße in das Zimmer gekippt, und beim Schneider Avitus einen Eimer stinkender Pisse. Außerdem steht dort, dass Avitus' Tochter eine Hure wäre, die es mit jedem treibt!«

»Blandina ist ein braves Mädchen! Sie kann nichts dafür, dass Linus ihr Gewalt angetan hat«, rief Cincia zornig und sah ihn entsetzt an. »Du sagst, sie hätten bei euch Scheiße ins Haus geschüttet?«

Titus nickte zornerfüllt. »So ist es! Porcia ist dabei, alles sauber zu machen. In der Aufregung konnte ich aufstehen und mich umschauen. Lange kann ich nicht wegbleiben. Aber ich wollte sehen, wie es bei euch ist. Außerdem hatte ich gehofft, mit dir sprechen zu können. Diese Schweinerei darf nicht ohne Antwort bleiben!«

»Tu bitte nichts Unüberlegtes!«, bat Cincia besorgt.

»Ich werde achtgeben! Allerdings brauche ich jemanden, der mir hilft. Glaubst du, du könntest in der kommenden Nacht das Haus verlassen?«

»Das könnte ich! Allerdings darf ich nicht lange ausbleiben. Ich muss die Tür unverriegelt lassen und will nicht, dass jemand es bemerkt und den Riegel vorschiebt. Dann käme ich nicht mehr ins Haus und müsste klopfen. Das aber würde ich ungern tun.« Cincia war besorgt, wollte Titus aber keinesfalls im Stich lassen.

»Danke! Ich brauche dich, damit du mich warnst, wenn jemand kommt«, sagte Titus erleichtert.

»Ich werde mir Mühe geben«, versprach Cincia und zeigte auf die Schmähschrift. »Ich muss im Haus Bescheid geben!«

»Tu das! Bleibe bitte heute Nacht wach und komm heraus, wenn du ein Käuzchen schreien hörst. Das bin nämlich ich!«

»Du kannst dich auf mich verlassen.« Cincia schenkte dem Burschen noch einmal ein Lächeln, bevor sie ins Haus zurückkehrte.

Zu ihrer Erleichterung traf sie als Erstes auf Tullius und sprach ihn an. »Verzeih, wenn ich dich störe, Herr! Doch ich wollte eben einen Auftrag von Gratiana ausführen. Da habe ich entdeckt, dass jemand die Mauer deines Hauses beschmiert hat.«

»So, hat man das?«

Tullius schien weniger überrascht, als Cincia es erwartet hatte.

Aurelia und Gratiana, die nun hinzukamen und es hörten, waren empört.

»Das dürfen wir uns nicht bieten lassen!«, erklärte Aurelia, nachdem sie sich die Schmiererei angesehen hatte.

Ihr Mann zuckte mit den Schultern. »Nachdem ich Lucius' Werbung für seinen Sohn um Gratiana abgelehnt habe, war zu erwarten, dass so etwas kommt. Wir lassen die Farbe überstreichen und …«

»Was tust du, wenn am nächsten Tag wieder so eine Schmiererei angebracht wird?«, unterbrach ihn Aurelia zornig.

»Diese Kerle haben weitere Häuser beschmiert. Bei Calvus und Avitus wurden Fenster aufgebrochen und Exkremente und Urin in die Häuser geschüttet«, berichtete Cincia.

Nun kaute Tullius doch auf den Lippen und überlegte. »Ich werde im Stadtrat beantragen, dass die Stadt in der Nacht besser überwacht wird. Mehr kann ich im Augenblick nicht tun.«

»Sollen wir uns wie ein Wurm krümmen, wenn wir getreten werden?«, fuhr seine Frau auf.

»Nein, das werden wir nicht!«, antwortete Tullius. »Aber noch hege ich die Hoffnung, dass es sich um eine einmalige Angelegenheit handelt.«

»Und wenn nicht?«, fragte Aurelia.

»Dann müssen wir zusehen, was wir tun können.« Tullius war nicht wohl bei der Sache. Es war das eine, sich im Stadtrat mit Lucius zu streiten. Einen offenen Kampf aber wollte er vermeiden.

Es war gut, dass in diesem Augenblick keiner Cincia ansah. Diese hatte Titus versprochen, es mit ihm zusammen diesen Kerlen heimzuzahlen. Doch wenn dies geschah, würde es weitergehen. Sie überlegte nun, ob sie Titus nicht auffordern sollte, seine Racheaktion zu unterlassen, um die andere Seite nicht zusätzlich herauszufordern. Andererseits war sie mit Aurelia einer Meinung. Wenn sie sich alles bieten ließen, würden Lucius Helfer glauben, Tullius eingeschüchtert zu haben, und noch unverschämter werden.

SIEBTER TEIL

Finstere Pläne

1.

Cincia klopfte das Herz bis zum Hals, als sie von draußen den Ruf eines Kauzes hörte. Es musste bereits auf Mitternacht zugehen, und sie wünschte sich in diesem Moment, sie hätte sich nicht auf diese Sache eingelassen. Aber sie wollte Titus um keinen Preis der Welt enttäuschen. Vorsichtig stand sie auf und war froh, dass ihr Bett im Zimmer ihrer Herrin stand. Da Gratiana meistens tief und fest schlief, würde diese ihr Fehlen hoffentlich nicht bemerken. Anders wäre es, wenn sie wie ihre Mutter in einem Raum mit den anderen Sklavinnen schlafen müsste. Eine von ihnen würde gewiss aufwachen und bemerken, dass sie verschwunden war.

Vorsichtig streifte sie ihr Unterkleid über und tastete sich zur Tür. Wenig später erreichte sie den Hauseingang. Dort blieb sie kurz stehen und atmete ein paarmal durch, bevor sie den Riegel zurückzog. Zwar hatte die Haustür auch ein Schloss, das mit einem Schlüssel versperrt und geöffnet werden konnte. In der Nacht aber vertraute Tullius dem Riegel, da ein Schloss kein Hindernis für geschickte Diebe war. Cincia war froh darüber, denn der Schlüssel wurde in Aurelias Schlafzimmer aufbewahrt, und sie hätte nicht gewusst, wie sie ihn sich dort hätte holen können.

Ein weiterer mahnender Ruf des Käuzchens bedeutete ihr, sich zu beeilen. Sie öffnete die Haustür und schlüpfte hinaus. Es war dunkel, und sie bemerkte Titus erst, als er sie ansprach. »Endlich! Ich dachte schon, du würdest nicht kommen!«

»Ich hatte es dir versprochen«, antwortete Cincia und fragte dann, was er vorhabe.

»Wir werden es Lucius mit gleicher Münze heimzahlen«, sagte er leise.

»Hast du eine Laterne? Es ist so dunkel«, wandte Cincia ein.

»Ich kenne mich in Aguntum aus und brauche keine Laterne.«

»Aber ich nicht!«, antwortete Cincia.

»Weißt du was? Du trägst meinen Pinsel, während ich den Farbtopf schleppe. Dann haben wir beide eine Hand frei, und ich kann dich führen.« Noch während er es sagte, fühlte Cincia, wie er ihr einen Gegenstand in die rechte Hand drückte.

Sie packte ihn, wusste aber nicht, was sie tun sollte.

»Gib mir endlich die Hand! Wir haben nicht alle Zeit der Welt zur Verfügung«, mahnte Titus sie.

Cincia tastete mit der Linken nach seiner Hand. Wenig später spürte sie den sanften Druck seiner Finger auf den ihren. »Keine Sorge! Es geht alles gut. Du darfst nur nicht laut rufen oder gar schreien, wenn etwas Unvorhergesehenes geschieht«, erklärte Titus und zog sie hinter sich hier.

Bislang war Cincia noch nie in der Dunkelheit in Aguntum unterwegs gewesen. In der Nacht wirkte die Stadt anders als am Tag, und sie wusste zunächst nicht, in welche Richtung Titus sie führte. Schließlich entdeckte sie im Schein des aufgehenden Mondes zu ihrer Linken das Forum und begriff, dass Titus Lucius' Villa zum Ziel hatte. Im ersten Augenblick erstarrte sie vor Angst. Dieser Mann war gefährlich und rücksichtslos. Ihn herausfordern zu wollen hieß, einen Löwen beim Schwanz zu packen. Doch wenn sie jedes Mal vor ihm einknickten, boten sie ihm die Gelegenheit, seine Macht immer weiter auszubauen.

Kurz vor der Villa hielt Titus an. »Wir warten, bis der Mond hinter einer Wolke verschwindet. Dann machen wir uns ans Werk«, sagte er leise.

»Was tun wir, wenn die Nachtwache auftaucht? Wenn wir dieser in die Arme laufen, nehmen sie uns fest.«

»Die patrouillieren um diese Zeit am anderen Ende der Stadt. Auch deswegen fangen wir hier an.«

Cincia begriff, dass es Titus nicht nur auf Lucius' Villa abgesehen hatte. Hoffentlich geht alles gut!, flehte sie in Gedanken, folgte ihm aber, als das Licht des Mondes von einer Wolke verhüllt wurde, zu der Villa. Dort forderte Titus von ihr den Pinsel.

»Hier!«, sagte Cincia für ihr Gefühl fast zu laut und drückte ihm das Ding in die Hand. Schemenhaft sah sie, wie er die Spitze in einen Farbentopf tauchte und zu schreiben begann. Zwar konnte sie, wenn auch etwas mühsam, Buchstaben lesen und häufige Worte entziffern. Hier aber war es zu dunkel, um auch nur einen einzigen Strich zu erkennen, und so fragte sie sich, ob Titus wirklich etwas auf die Wand schrieb oder einfach nur Farbkleckse darauf klatschte.

»So, das wär's«, sagte er nach einer Weile und reichte ihr den Pinsel. »Gib acht, dass du dich nicht mit Farbe beschmierst. So leicht geht die nämlich nicht ab«, setzte er hinzu und fasste nach ihr. »Das war der schwierigste Teil! Von nun an geht es leichter.«

»Wir dürfen nicht unvorsichtig werden«, mahnte Cincia.

Titus antwortete mit einem leisen Lachen. »Bei Minerva und Jupiter, das dürfen wir wirklich nicht! Lucius würde uns in der Luft zerreißen, wenn herauskäme, dass wir das waren.«

»Warum hast du mich mitgenommen und keinen deiner Freunde?«, fragte Cincia.

»Weil ich dir von allen Menschen am meisten vertraue! Du wirst den Mund halten, während ich bei meinen Freunden befürchten muss, dass sie damit angeben, Lucius' Haus beschmiert zu haben. Danach würde er mich …«

»In der Luft zerreißen!«, meinte Cincia kichernd.

»Auf jeden Fall würde er es meinen Vater vergelten lassen, und der hat es schon schwer genug, seit er Lucius die Gefolgschaft aufgekündigt hat. Nun müssen wir hier abbiegen, um unser nächstes Ziel zu erreichen.« Titus drückte leicht Cincias Hand und freute sich, dass sie bei ihm war. Er hatte sie schon immer gemocht, denn sie war klug und verständnisvoll und plapperte niemals so sinnloses Zeug wie Blandina, die Tochter des Schneiders, oder die Wirtstochter Marcia. Vor allem aber – und das war das Wichtigste – musste er nicht befürchten, dass sie ihn verraten würde.

Sie erreichten das nächste Haus. Dort ließ sich Titus erneut den Pinsel reichen und schrieb seinen Text.

»Wie machst du das bloß?«, sagte Cincia bewundernd. »Du kannst doch überhaupt nichts sehen!«

»Ich habe zu Hause geübt, zwar nicht mit Farbe, sondern mit Wasser, das wieder abgetrocknet ist und mich nicht verraten konnte. Meine Eltern glauben nämlich, ich würde in meinem Bett liegen und meine Gehirnerschütterung auskurieren.«

»Wie geht es dir eigentlich?«, fragte Cincia und schämte sich, weil sie nicht an Titus' Verletzung gedacht hatte.

»Mir geht es besser, als ich zu Hause vorgebe.« Titus grinste, dachte dann aber, dass Cincia es in der Dunkelheit nicht sehen konnte, und strich ihr sanft über die Wange. »Hab Dank, dass du mir hilfst! Allein würde ich mich wohl kaum trauen. So aber kannst du aufpassen, ob jemand kommt.«

Bis jetzt hatte Cincia nur auf ihn geachtet. Jetzt sah sie sich um und entdeckte am Ende der Straße den Schein einer Laterne. »Da kommt jemand«, flüsterte sie Titus zu.

»Ich bin gleich so weit!« Titus erledigte seine letzten Pinselstriche und zog Cincia in einen Hauseingang.

»Wir müssen uns ganz fest an eine Seite drücken, damit wir nicht gesehen werden«, sagte er leise und zog sie enger an sich. Es war ein schönes Gefühl, ihren Körper so eng an dem seinen zu spüren. Cincia war wirklich ein Mädchen, mit dem er Pferde stehlen konnte. Da kamen weder Blandina noch Marcia mit.

Der Laternenträger ging vorbei. Es handelte sich um einen der Nachtwächter, die achtgeben mussten, ob in der Stadt ein Brand ausbrach. Für einen kurzen Moment fiel der Schein seiner Laterne auf das junge Paar. Da huschte ein Schatten über die Straße, und er achtete darauf. Als er sich wieder den Häusern zuwandte, lag die Stelle, an der Cincia und Titus sich versteckten, bereits im Dunkeln.

»Das war knapp«, flüsterte Cincia, als der Wächter weit genug weg war.

»Er hat nach der Katze geschaut und uns übersehen«, antwortete Titus leise und bückte sich, um das Tier, das nun schnurrend auf ihn zukam, zu streicheln.

»Nun muss es genug sein«, meinte er wenig später, da die Katze offenbar nicht genug kriegen konnte. »Komm, wir müssen weiter!« Es galt Cincia, die langsam Gefallen an diesem nächtlichen Ausflug fand.

Eine Viertelstunde später brachte sie Titus zu Tullius' Haus zurück. »Das war wunderbar!«, meinte er. »Mit dir hat es doppelt so viel Freude gemacht als mit jedem anderen.«

»Ich bin gespannt, morgen zu lesen, was du geschrieben hast«, sagte Cincia und drückte kurz seine Hand. »Komm gut nach Hause!«

»Das werde ich! Möge Morpheus dir einen angenehmen Schlaf schenken.«

Nur widerwillig ließ Titus ihre Hand los, eilte dann aber davon und verschwand einige Minuten später im Haus seines Vaters. Dort hatte niemand sein Fehlen bemerkt. Nachdem er Pinsel und Farbtopf versteckt hatte, schlich er in sein Zimmer und legte sich hin. Sein Kopf schmerzte nun höllisch, und er glaubte, nicht einschlafen zu können. Doch dann breitete Morpheus seinen Mantel über ihn, und er schlummerte ein.

Cincia kam ebenfalls gut in ihr Zimmer zurück. Als sie ihre Tunika auszog, rührte Gratiana sich und murmelte etwas. Cincia zuckte erschrocken zusammen und wollte sich damit herausreden, auf dem Abort gewesen zu sein. Doch da wurden Gratianas Atemzüge wieder regelmäßig, und sie schlief weiter.

Aufatmend legte Cincia das Kleidungsstück beiseite und schlüpfte in ihr Bett. Sie war noch viel zu aufgeregt, um schlafen zu können, und durchlebte die nächtliche Wanderung in Gedanken noch einmal. Dabei stellte sie sich vor, was Titus an die einzelnen Mauern geschrieben haben könnte. Mit einem Lächeln dachte sie daran, dass sie eigentlich nur Lucius' Villa erkannt hatte. Wo Titus seine Sprüche sonst noch angebracht hatte, konnte sie nur erraten. Sie freute sich sehr, dass er ihr sein Vertrauen geschenkt hatte, und wünschte sich von ganzem Herzen, dass keiner daraufkam, wer für diese Aufschriften verantwortlich war.

2.

Cincia musste am nächsten Morgen von Gratiana geweckt werden. »Was bist du nur für eine nachlässige Toilettdienerin!«, schalt diese sie mit einem Schmunzeln. »Du musst für mich doch das Bad einlassen und mich danach mit Duftöl einreiben und es mit dem Strigilis wieder abschaben. Außerdem möchte ich heute massiert werden. Ich glaube, ich sollte die Haare waschen.«

Sonst hatte Cincia diese Arbeiten gerne übernommen. Doch jetzt drängte es sie, in die Stadt zu gehen und nach Titus' Aufschriften zu schauen. Als freies Mädchen könnte ich es, dachte sie traurig. Da sie jedoch eine Sklavin war, galt der Wille ihrer Herrin alles und der ihre nichts.

Während Cincia sich wohl oder übel Gratianas Schönheitspflege widmete, betrat Titus' Mutter Liviona die Kammer ihres Sohnes und fand diesen im tiefsten Schlaf vor. Das Gesicht wirkte angespannt, so als wühlten Schmerzen in ihm. Mit einem Seufzen wandte Liviona sich ab und trat in die Küche. Dort bereitete ihre Sklavin Porcia gerade das Frühstück zu.

»Ich mache mir Sorgen um den Jungen. Es geht ihm noch immer nicht gut«, sagte Liviona zu ihrem Mann.

»Wenn Materiona in die Stadt kommt, sollte sie sich Titus noch einmal ansehen. Ihr traue ich mehr als den Ärzten. Die kuschen mir zu sehr vor Lucius.« Calvus klang zornig, denn in seinen Augen war Lucius sowohl der Anstifter für den Überfall auf seinen Sohn wie auch der jener Schurken, die sein Haus mit Unrat besudelt hatten. Als Lucius' Anhänger hatte er diesen viele Jahre unterstützt. Mittlerweile aber hatte er schmerzhaft begriffen, dass die Stadt aus dem Lot zu geraten drohte. Früher hatte es gelegentlich Schlägereien gegeben, aber nie einen so heimtückischen Überfall wie auf Titus. Auch hatte sich höchstens mal ein verschmähter Verehrer mit klagenden Worten am Haus seiner Angebeteten verewigt. So etwas wie in der vorigen Nacht war jedoch nicht denkbar gewesen.

»Ich überlege mir, ob wir nicht besser nach Teurnia ziehen und uns dort ansiedeln«, sagte er in einem Anflug von Mutlosigkeit.

Seine Frau sah ihn erstaunt an. »Du bist hier ein angesehener Mann, und es hieß doch, du würdest bald das römische Bürgerrecht erhalten.«

»Was niemals geschehen wird, denn Lucius müsste sich für mich verwenden. Vielleicht gelingt es mir in Teurnia, Fuß zu fassen, und wenn nicht, dann in Iulium Carnicum.«

»Aber du kannst doch nicht alles hier aufgeben!«, rief seine Frau. »Lucius mag reich und mächtig sein, doch auch für ihn gibt es Grenzen.«

»Wenn es die überhaupt gibt, dann sind sie sehr weit gespannt. Ich glaube nicht, dass der Statthalter in Virunum sich einen Deut darum schert, wenn man unseren Sohn umbringt. Und wir haben nur den einen!«

Liviona brach in Tränen aus. »Ich habe immer wieder Juno und auch Venus geopfert, damit mein Leib neues Leben empfängt. Es war jedoch vergebens.«

»Wir haben unseren Jungen, und ich bin sehr stolz auf ihn. Ich will ihn nicht verlieren. Lucius ist unser Feind geworden, und Seccius plärrt herum, dass er seine Niederlage in der Arena Titus heimzahlen will.«

Zwischen den Eheleuten lag Streit in der Luft, doch bevor er entbrennen konnte, pochte es heftig gegen die Tür.

»Wer mag das sein?«, fragte Calvus und öffnete selbst. Vor ihm stand der Schneider Avitus. Das Gesicht des klein gewachsenen Mannes war zu einem breiten Grinsen verzogen.

»Das müsst ihr euch ansehen! Lucius tobt vor Wut«, rief er Calvus und Liviona zu.

»Ich verstehe nicht, was du meinst«, antwortete Calvus verwundert.

»Komm mit!«, drängte Avitus und fasste nach seiner Tunika, als wolle er ihn hinter sich herziehen.

Calvus folgte ihm kopfschüttelnd, und nach kurzer Überlegung kam auch Liviona mit. Vor Lucius' Villa hatte sich bereits eine beträchtliche Menge versammelt. Einige lachten, andere stießen Verwünschungen aus.

»Was ist hier geschehen?«, fragte Calvus und drängte sich nach vorne.

Man machte ihm Platz, und nun sah er die Schrift an der Hauswand. In leicht wackeligen Buchstaben war dort zu lesen: Lucius ist ein übler Schurke, der ins Gefängnis gehört!

»Das ist die Rache für die Beleidigungen, die man gestern dir und anderen zugefügt hat«, meinte einer der Männer.

Calvus hob verständnislos die Hände. »Wer kann so etwas getan haben?«

»Wer auch immer es war: Einen Freund von Lucius kann man

ihn wohl kaum nennen«, sagte Avitus und wies auf Linus und Romilius, die in der Nähe standen.

»Die beiden platzen fast vor Wut. Das Schönste, nämlich Lucius' Auftritt, hast du leider verpasst. Er hat gebrüllt, dass er den Kerl, der dafür verantwortlich ist, in kleine Stücke schneiden und an die Fische im Fluss verfüttern will.«

Avitus konnte seine Freude über Lucius' Ärger nicht verbergen. Dessen Sohn hatte seine Tochter vergewaltigt und damit nicht nur ihr unverzeihliches Leid zugefügt, sondern auch seine Hoffnungen zerstört, sie gut verheiraten zu können. Auf Lucius' Drängen hatte er darauf verzichtet, Linus dieses Verbrechens anzuzeigen. Als Dank erzählten nun dessen Vertraute, Blandina wäre Linus freiwillig in die Büsche gefolgt.

Calvus' Stimmung hingegen wurde noch schlechter. Diese Schmach konnte Lucius nicht hinnehmen, und daher hatte er Angst vor dem, was die Zukunft bringen mochte.

»Diese Aufschrift ist übrigens nicht alles«, berichtete ein Mann, der gerade zu der Gruppe stieß. »An der Hauswand des Viehhändlers steht: Florus ist ein elender Lump, und bei Seccius: Seccius ist ein hirnloser Narr. Bei zwei oder drei anderen von Lucius' Spei… engsten Freunden sieht es ähnlich aus.«

»Wenn das so ist, befürchte ich Schlimmes«, sagte Calvus bedrückt.

»Florus und Seccius schnüffeln schon herum, um herauszufinden, wer das geschrieben hat. Letzterer verdächtigt deinen Sohn.«

»Titus kann es nicht gewesen sein. Der liegt noch immer verletzt im Bett«, entgegnete Calvus schroff. »Hat jemand Materiona gesehen? Sie muss dringend nach ihm sehen. Liviona glaubt, er hätte einen Rückschlag erlitten.«

»Was sagst du?« Materiona war in aller Frühe in die Stadt gekommen und hatte bereits einige Bewohner aufgesucht, die mehr auf ihre Kräuter und Salben vertrauten als auf die Mittel der Ärzte und Apotheker.

»Titus geht es schlechter«, erklärte ihr Liviona. »Du solltest dringend nach ihm sehen.«

»Das will ich auch!«, klang da Florus' Stimme auf.

»Du hast in unserem Haus nichts zu suchen«, fuhr Liviona ihn an.

Ihr Mann legte ihr die Hand auf die Schulter. »Lass ihn, meine Liebe. Soll er doch sehen, dass unser Sohn nicht in der Lage gewesen ist, diese hässlichen Schmierereien anzubringen.«

Florus grinste hämisch. »Das wollen wir doch mal sehen! Herr Lucius wird herausfinden, wer es getan hat. Was dann mit denen passiert, könnt ihr euch vorstellen.«

»Vielleicht hat Herr Lucius, wie du ihn nennst, diese Aufschriften selbst anbringen lassen, um es denen in die Schuhe zu schieben, die er für seine Feinde hält!«, rief Materiona. Ihre Stimme erscholl laut genug, damit man es im weiten Umkreis hören konnte. Auf einige machte es Eindruck, denn es konnte sich keiner vorstellen, dass jemand in der Stadt so verrückt sein könnte, den Bürgermeister auf diese Weise herauszufordern.

»Vielleicht findet der Herr Lucius auch heraus, wer das Fenster meines Hauses eingeschlagen und Unrat hineingeschüttet hat!«, stichelte Calvus und machte sich auf den Weg zurück. Dabei sah er noch, wie Adnamatus sich zu der Menge vor dem Haus gesellte und sichtlich angeekelt die Aufschrift las.

Zu Hause angekommen, führte Liviona die Kräuterfrau sofort zu ihrem Sohn. Inzwischen war Titus wach, wirkte aber bleich, und die Augen waren umschattet. Hatte er sich am Vortag noch halbwegs gut gefühlt, war ihm nun übel, und er bat mit schwacher Stimme um eine Schüssel, in die er sich übergeben konnte.

Die alte Porcia holte ein Gefäß und hielt es ihm hin, während sich sein Magen in kräftigen Schüben entleerte.

»So ist es nun einmal, wenn man einen kräftigen Schlag auf den Kopf bekommt«, sagte Materiona mit einem gewissen Spott, der jedoch weniger Titus als Florus galt, der den Kopf gerade in die Kammer steckte.

Der Viehhändler grinste hämisch, als er sah, wie Titus sein Abendessen von sich gab und zuletzt nur noch gelbe Galle herauswürgte. Trotzdem blieb er misstrauisch. »Du kannst dir auch nur einen Mordsrausch angetrunken haben. Ich werde mich daher ein wenig umsehen«, sagte er und betrat, ohne zu fragen, den nächsten Raum.

Titus erschrak, denn in einer der Kammern hatte er Pinsel und Farbe versteckt. Obwohl ihm speiübel war, wollte er das Bett verlassen. Da fasste die alte Porcia nach seiner Schulter und schob ihn zurück. »Ich habe vorhin einen Stock in den Herd gesteckt und den Inhalt eines alten Topfes in die Latrine geschüttet«, flüsterte sie ihm augenzwinkernd zu.

Materiona hörte es trotzdem und lächelte. »Ja, mein Lieber, so geht es einem, wenn man nicht auf mich hört. Du wirst noch ein paar Tage liegen bleiben müssen, bis sich in deinem Kopf alles wieder eingerenkt hat. Sei froh, dass er so hart ist. Einem anderen hätten diese elenden Schurken wahrscheinlich den Schädel eingeschlagen!«

Unterdessen durchschnüffelte Florus das ganze Haus, ohne fündig zu werden. Schließlich verschwand er mit mürrischer Miene und ließ Titus erleichtert zurück.

»Danke!«, sagte er zu Porcia.

Die alte Frau grinste über beide Backen. »Ich hielt es für klüger.«

»Das war es allerdings«, stimmte Materiona ihr zu und zog eine Flasche aus ihrer Tasche. »Hier, trink einen Schluck! Danach geht es dir besser.«

Titus öffnete sie, roch daran und wandte angeekelt das Gesicht ab. »Bei Aesculapius, was ist das für ein elendes Zeug?«

»Der Absud von mindestens zwanzig Kräutern. Aber ich kann dir sagen, er renkt jeden Magen ein, auch den deinen!«, erklärte Materiona und sah zu, wie Titus die Flasche ansetzte und mehrere Schlucke mit Todesverachtung hinunterwürgte. Danach stieß er heftig auf und sah sie dann verdattert an. »Mir geht es wirklich gleich viel besser!«

»Das sollte aber nicht Lucius zu Ohren kommen. Du hast dem Löwen kräftig in den Schwanz gekniffen. Gib nur acht, dass er dich nicht frisst!«

»Ich habe gar nichts getan!«, antwortete Titus.

»Ach nein?«, spottete Materiona, fasste nach seiner rechten Hand und hielt sie ihm vors Gesicht. Die Spitzen von Zeigefinger und Daumen waren voller Farbe.

»Sei froh, dass Florus das nicht gesehen hat«, sagte sie noch und befahl ihm, sich in den nächsten drei Tagen nicht aus dem Haus zu rühren.

»Das wird er gewiss nicht«, erklärte Liviona, die zunächst darauf geachtet hatte, dass Florus nichts mitgehen ließ, und nun wieder in die Kammer gekommen war.

Materiona wollte aufbrechen, als Titus sie am Kleid festhielt. »Kannst du Cincia ausrichten, dass es mir gut geht?«

»Das werde ich!«, sagte die Kräuterfrau und lächelte traurig. Ihrer Meinung nach passten die beiden sehr gut zusammen, doch da Cincia zur Sklaverei verurteilt worden war, konnte nichts daraus werden.

3.

Adnamatus war auf den Menschenauflauf vor Lucius' Villa aufmerksam geworden, hatte aber eine Weile gewartet, bevor er die Herberge verließ. Als er sich nun deren Front näherte, trug er eine hellblaue Tunika und einen violetten griechischen Mantel, der ihm gerade einmal bis zu den Hüften reichte.

»Was gibt es hier zu sehen?«, fragte er Linus, der mit einer Miene, als wolle er die halbe Welt fressen, neben dem Eingang stand.

»Eine gemeine Schweinerei!«, stieß Linus hervor.

»Ach ja?« Adnamatus ging weiter, bis er die an die Wand gemalte Schrift lesen konnte, und musste sich das Lachen verbeißen. Wie es aussah, gab es in Aguntum wenigstens einen, der die gestrige Aktion nicht unbeantwortet lassen wollte.

»Nun, solche Schmierereien findet man in Rom zuhauf, nicht wahr, Romilius?«, sagte er, als er zu Linus und dessen Vetter zurückgekehrt war.

»Wir sind hier aber nicht in Rom, sondern in Aguntum!«, antwortete Linus scharf. »Außerdem ist mein Vater der Bürgermeister und damit in dieser Stadt der Vertreter des Imperators.«

Adnamatus lächelte sanft. »Ich verstehe! Damit ist diese Aufschrift so etwas wie eine Majestätsbeleidigung.«

»Genauso ist es!«, schnaubte Linus, während Romilius Adnamatus scharf musterte. Einen Augenblick lang hatte er geglaubt, Spott aus dessen Worten herauszuhören. Anzumerken war Adnamatus jedoch nichts. Er las noch einmal die Aufschrift, schüttelte den Kopf und wandte sich zum Gehen.

Im gleichen Augenblick wurde Adnamatus von einem Mann heftig angerempelt. Gleichzeitig spürte er, wie ihm etwas in die Hand gedrückt wurde. Er schloss die Finger darum und wich dann zurück. »Kannst du nicht achtgeben, du Rüpel? Jetzt hast du meinen Mantel ganz zerdrückt!«

Linus musste lachen, und Romilius verzog die Lippen zu einem Grinsen, während der Mann, der gegen Adnamatus geprallt war, wortlos von dannen zog.

»Was für ein unverschämter Mensch!«, rief Adnamatus empört, verabschiedete sich von Linus und Romilius und kehrte in die Herberge zurück.

Erst als er in seiner Kammer angekommen war, sah er sich an, was ihm in die Hand gedrückt worden war. Es handelte sich um einen mehrfach gefalteten Papyrusstreifen, der eine kurze Botschaft enthielt.

»Erwarte dich heute Abend an der Stelle, an der die beiden Flüsse sich vereinen – Duodezimus!«

Adnamatus atmete tief durch. Ein ähnlicher Brief, nur um einiges länger und ebenfalls mit Duodezimus unterschrieben, hatte ihn nach Aguntum gelockt. Nachdem er bereits mehrere Tage hier war, fragte er sich, ob es sich um eine Falle handeln konnte. Lucius hatte ihn betrogen, und so war diesem Mann auch zuzutrauen, ihn aus der Welt schaffen zu wollen. Da es keinen anderen Erben gab, würde der Bürgermeister nach seinem Tod seinen gesamten Besitz an sich bringen können.

»Es kann auch jemand sein, der von den Betrügereien des Bürgermeisters weiß und sie mir mitteilen will«, sagte er nachdenklich. Aber er wollte sich vorsehen, und so rief er Sparius herein. »Ich hoffe, du kannst noch mit einem Schwert umgehen!«

»Ich weiß, wo die Spitze ist und wo der Griff, aber nicht viel mehr«, antwortete sein Diener.

»Im Notfall muss das reichen. Ich werde heute Abend ausreiten. Du wirst mir heimlich folgen und mir beistehen, wenn dies nötig sein sollte.«

»Reiten?« Sparius schnaufte. »Ich setze mich auf kein Pferd! Mir reichen schon die Kamele in Syrien, auf die ich steigen musste. Dabei wurden diese noch geführt.«

»Pferde sind harmloser. Von denen fällst du nicht so tief herab wie von einem Kamel«, sagte Adnamatus grinsend. »Außerdem kannst du auch zu Fuß gehen. Es sind nur ein paar Meilen!«

»Die werde ich mit einem Pferd vielleicht noch schaffen. Besser wäre es jedoch, wenn ich einen Esel bekäme. Die sind kleiner«, sagte Sparius.

»Dann geh zu Magrinius und sag ihm, dass er die Reittiere bereitstellen soll. Ich wünsche ein schönes, frisch gestriegeltes Pferd mit geflochtener Mähne und einem schmucken Sattel.«

»Sehr wohl, Herr!«, antwortete Sparius und bedauerte, dass sein Herr so viel Gefallen an seinem Täuschungsspiel zu finden schien.

4.

Als Adnamatus am späten Nachmittag den Hof der Taverne betrat, hätte niemand denken können, dass der in einer prachtvollen Scheide steckende Gladius mit Elfenbeingriff mehr sein könnte als nur schmückendes Beiwerk. Auch fiel niemandem auf, dass unter seinem Mantel noch ein Dolch steckte.

Adnamatus betrachtete die Stute, die für ihn bereitstand, mit amüsiertem Blick. Sie war tatsächlich frisch gestriegelt. Schweif und Mähne waren zu Zöpfen geflochten, und der Sattel glich einem weichen Kissen.

»Kannst du sie noch ein wenig parfümieren, damit sie nicht so nach Pferd riecht?«, fragte er den Tavernenwirt.

»Aber selbstverständlich, Herr!« Da Adnamatus bis jetzt seine Zeche auf das As genau bezahlt und auch nicht mit Trinkgeld gegeizt hatte, tat Magrinius alles, um ihn weiterhin bei Laune zu halten.

Sparius war es tatsächlich gelungen, sich einen Esel zu besorgen. Sein Sattel bestand nur aus einer Decke und die Zügel aus einem Strick, aber er war zufrieden.

Nachdem Magrinius' Tochter Marcia ein wenig Duftöl gebracht und die Mähne der Stute damit besprengt hatte, bat Adnamatus um einen Schemel, um aufsteigen zu können. Der Herbergswirt besorgte ihm auch den, und so konnte der Ritt beginnen.

Bereits nach wenigen Schritten traf Adnamatus auf Romilius. Dieser musterte ihn mit einem gewissen Misstrauen. »Wo willst du hin, Adnamatus, und das zu Pferd? Ist es nicht zu hoch für dich?«

»Ich übe das Reiten«, gab Adnamatus zu. »Da es in den Bergen keine Straßen gibt, die ich mit meinem Reisewagen befahren kann, muss ich mich auf ein solches Tier setzen, um zu den Bergwerken zu gelangen. Es wird wohl noch ein paar Wochen dauern, bis ich mich sicher genug dafür fühle.«

»Dann übe recht fleißig!«, forderte Romilius ihn auf.

»Das werde ich, so jeden dritten oder vierten Tag!« Adnamatus winkte dem Römer lächelnd zu und ritt weiter. Er musste es sich verkneifen, sich noch einmal umzusehen. Da Sparius ein Stück hinter ihm ritt, konnte ihm dieser berichten, ob ihm jemand von der Stadt aus folgte.

Unterwegs bedauerte er es, so tun zu müssen, als wäre er des Reitens nicht kundig. Die Stute hatte einen leichten Gang, und es wäre ein Genuss gewesen, mit ihr im schnellen Trab oder gar Galopp zur Flussgabelung zu reiten. So aber musste er sie zu einem gemächlichen Schritt zügeln und war schließlich froh, als er den Treffpunkt erreichte.

Er lenkte sein Pferd in den Auwald hinein, stieg aus dem Sattel und blickte zurück. Außer Sparius, der noch einige hundert Schritte entfernt war, war ihm niemand gefolgt. Mit einer gewissen Anspannung ging er weiter, schlang die Zügel der Stute schließlich so um einen Ast, dass diese sich zwar nicht losreißen, aber er die Zügel leicht lösen konnte. Dann trat er ans Ufer.

Dort war niemand zu sehen. Im ersten Augenblick war er enttäuscht, hielt aber die Hand am Schwertgriff, um sich verteidigen zu können. Da löste sich ein Mann, der in einen weiten Mantel gehüllt war, aus der Deckung der Bäume und trat auf ihn zu. »Willkommen, Herr Adnamatus! Ich wünschte, du hättest dir weniger Zeit gelassen, um nach Aguntum zu kommen!«

»Humarus! Du bist es. Ich freue mich, dich zu sehen.« Adnamatus kannte den Sekretär seines Großvaters von seinen Besuchen her und war erleichtert, ihn hier anzutreffen.

»Sag, warum hast du dich in deinen Briefen an mich Duodezimus genannt?«, fragte er verwundert.

»Wäre es Lucius gelungen, meine Botschaft an dich abzufangen, wollte ich nicht, dass er meinen Namen darauf liest. In den Bergen, mein Freund, steht man das eine oder andere Mal nicht sicher auf den Beinen.«

»Du fürchtest, er hätte dich umbringen lassen?«, fragte Adnamatus angespannt. Wenn es bereits so weit war, musste die Lage noch schlimmer sein, als er es angenommen hatte.

»Lucius trägt keine Samthandschuhe, wenn er seine Interessen durchsetzen will«, antwortete Humarus. »Ich weiß zwar von keinem direkten Mord. Es sind allerdings bereits Männer gestorben, aus deren Tod er Vorteile ziehen konnte. Erinnerst du dich noch an den guten Käse, den du immer so gern gegessen hast?«

»Freilich! Ich wünschte, Magrinius könnte mir welchen davon auftischen.«

»Das wird nicht mehr möglich sein«, erklärte Humarus. »Den Käse hat die Ehefrau des Bauern Buccio hergestellt. Dieser kam durch die Umtriebe des Viehhändlers mit dem Gesetz in Konflikt und soll Gerüchten zufolge bei seiner Flucht in den Bergen in den Tod gestürzt sein. Seine Frau und seine Tochter wurden versklavt und meistbietend verkauft. Dann ging der Hof für einen Bettel an Lucius. Er hatte auch die Bäuerin haben wollen, doch da gab es Widerstand. Tullius Cloelius Vendinus, ein untadeliger Geschäftsmann, überbot ihn und rettete damit die Bäuerin und deren Tochter. Für das Mädchen war es doppelt gut, denn Lucius' Sohn Linus hätte gewiss nicht vor ihr haltgemacht. Diesen Schurken hätte man längst als Sklaven in die Bergwerke stecken müssen.«

»Das Gefühl habe ich auch. Jedenfalls erleichtert es mich, mit dir jemanden zu haben, der mir ehrliche Auskunft geben kann. In deinem Brief, der mich leider erst mit Verspätung in Syrien erreicht hat, hast du geschrieben, dass Lucius mich bei der Verwaltung meiner Bergwerke betrügen würde.«

Humarus nickte. »Und das nicht zu knapp! Lucius hat mich und weitere Untergebene deines Onkels entlassen und durch eigene Kreaturen ersetzt, die ihm fleißig zuarbeiten. Du musst damit rechnen, dass zwei Drittel des dir zustehenden Reinerlöses, wahrscheinlich sogar mehr, in Lucius' Truhen gewandert sind. Er war vorher schon reich, doch seit er die Verwaltung für dich übernommen hat, ist sein Reichtum bis über die Spitzen der Berge hinaus gewachsen.«

Diese Auskunft war noch schlimmer, als Adnamatus es Lucius unterstellt hatte. Bei einem gewissen Unterschleif hätte er ein Auge zudrücken können. Bei den Summen, die Humarus ihm nannte, war das unmöglich. Gleichzeitig aber begriff er, dass er hier in Aguntum kaum die Möglichkeit hatte, Lucius zur Verantwortung zu ziehen. Dafür saß dieser als Bürgermeister und Richter zu fest im Sattel.

»Ich wünschte, du hättest mir andere Kunde bringen können«, sagte er bedrückt. »So wie es aussieht, werde ich nach Virunum zum Statthalter reisen müssen, wenn ich gegen Lucius etwas erreichen will. Dann aber wird das meiste Geld, das aus diesem herauszuholen ist, in den Truhen des Statthalters und seiner Beamten landen.«

Humarus lachte bitter auf. »Das befürchte ich auch! Doch es ist nun einmal so, wie es ist. Entweder versuchst du, dich mit Lucius zu einigen, und wirst dabei viel Geld verlieren, oder du versicherst dich der Unterstützung des Statthalters und verlierst es an diesen.«

»Es gibt noch eine dritte Möglichkeit. Ich gehe auf Lucius' Angebot ein, mich mit seiner Tochter zu verloben, um einen Teil des verlorenen Geldes als deren Mitgift wiederzubekommen!«

Noch während Adnamatus es sagte, fand er, dass dies die schlechteste Lösung war. Fulvia war viel zu jung, um verheiratet zu werden. Bis es so weit war, würde er Lucius noch viel mehr Zeit geben, um ihn weiter betrügen oder gar beseitigen zu können. Außerdem gab es da einen hübschen Lockenkopf, der ihn derzeit noch verspottete. Tullius würde seine Werbung um Gratiana gewiss wohlwollend aufnehmen und er mit diesem Mann einen wichtigen Verbündeten gewinnen.

»Nun, wenn du es so willst!« Humarus klang enttäuscht, denn er hatte erwartet, dass Adnamatus nicht so zögerlich vorgehen würde.

»Auf jeden Fall haben wir noch Zeit«, sagte Adnamatus nachdenklich. »Ich werde in den nächsten Wochen die Bergwerke besichtigen und mir vor Ort ein Bild machen. Kannst du mir die Männer nennen, die du für zuverlässig hältst?«

»Es gibt nicht mehr viele, und es wird auch nicht jeder reden, da alle wissen, dass Lucius auch unter den Männern in den Minen seine Zuträger hat«, erklärte Humarus.

»Vielleicht kannst du den einen oder anderen ansprechen und es mir dann berichten. Was machst du eigentlich, nachdem Lucius dich entlassen hat?«, fragte Adnamatus.

»Ich arbeite im Dorf meines Bruders als Knecht.«

»Das ist übel!«

»Die Arbeit ist schwer, und ich bekomme kaum Lohn, aber ich verhungere nicht«, meinte Humarus mit einem Achselzucken.

»Du stehst ab sofort wieder in meinen Diensten und bekommst auch den Lohn, um den Lucius dich gebracht hat. Wir müssen nur eine Stelle vereinbaren, an der wir uns von Zeit zu Zeit treffen können!«

Humarus sah überrascht auf. Hatte er bisher geglaubt, der Aufenthalt in Rom habe Adnamatus verweichlicht, so wirkte dieser auf einmal so energisch und entschlossen, wie er es sich nur wünschen konnte. »Hab Dank! Auch wenn ich mich nicht scheue, die Mistgabel in die Hand zu nehmen, so ist es mir doch lieber, wieder als Schreiber zu arbeiten. Was einen Treffpunkt angeht: Erinnerst du dich noch an die kleine Höhle, in der du als Kind gerne gespielt hast?«

»Aber natürlich.«

»Ganz hinten ist ein kleines Loch. Man übersieht es leicht. Dort werde ich Botschaften für dich hinterlegen – und du für mich!«

Adnamatus nickte und reichte Humarus eine Handvoll Sesterzen. »Hier, nimm! Es kann sein, dass du die eine oder andere Information bezahlen musst.«

»Denen, die in Treue zu deinem Großvater gestanden sind, wird dein Dank genug sein, und die Hoffnung, dass du Lucius so auf die Zehen trittst, dass diese unter deinen Sohlen zerquetscht werden.«

»Wollen wir hoffen, dass es so kommt«, sagte Adnamatus. Er war zwar bei Weitem nicht so zuversichtlich, wie er sich gab, wusste aber selbst, dass es nichts brachte, von vorneherein aufzugeben. Wenn er weiterhin zuließ, dass Lucius sich an seinem Besitz vergriff, würde der Bürgermeister reicher und reicher werden und irgendwann das ganze Tal besitzen, und zwar einschließlich der Bergwerke, die er derzeit noch für ihn verwaltete.

Er verabschiedete sich von Humarus und kehrte zu seinem Pferd zurück. Als er aufstieg, entdeckte er Sparius nicht weit davon unter einem Baum. Es sah aus, als schlafe er. Doch als Adnamatus losritt, bemerkte er, dass sein Diener sich auf den Esel schwang und ihm folgte. Mit Humarus und Sparius hatte er bereits zwei Männer, auf die er sich hundertprozentig verlassen konnte. Weitere, sagte er sich, würden kommen. Er dachte an Crispinus, der als Hauptmann der Straßenwachen nicht ohne Einfluss war, und auch an Titus. Der war zwar noch ein junger Bursche, aber mutig. Ihm traute er es zu, die beleidigenden Worte an Lucius' Villa geschrieben zu haben.

5.

Die stinkenden Anschläge auf Calvus' und Avitus' Haus sowie die Schmähschriften an den Hauswänden blieben Tagesgespräch in Aguntum. Sogar einige, die sich als Lucius' eifrige Anhänger gerierten, freuten sich insgeheim über die Beleidigung, die ihm von unbekannter Hand zugefügt worden war. Er war auch ihnen mittlerweile zu gierig geworden und trat oft genug nicht als wohlmeinender Patron, sondern als Despot auf.

Als auch Gratiana über die Schrift auf Lucius' Villa jubelte, schritt ihr Vater ein. »Wehe, du sagst zu jemandem, dass dir die Beleidigung des Bürgermeisters gefällt! Es ist eine Schande für unsere Stadt, dass so etwas vorgefallen ist.«

»Aber Vater, es ist die richtige Antwort auf das, was an unsere Wand geschmiert worden ist«, beschwerte Gratiana sich, während Cincia sich im Hintergrund hielt und die Lippen zusammenpresste. Tullius durfte niemals erfahren, dass sie dabei gewesen war, als die neuesten Beleidigungen an die Wände geschrieben worden waren, sonst würde er sie streng bestrafen. Wenn Lucius es von ihm forderte, war er vielleicht sogar bereit, sie an diesen Mann zu verkaufen. Der Gedanke war so entsetzlich, dass sie zum ersten Mal in diesem Haus an Flucht dachte. Doch wohin sollten ihre Mutter und sie sich wenden? Selbst wenn die Köchin Laelia ihnen half, ihre Sklavenringe loszuwerden, so hatten sie weder eine Ahnung, wo sie hingehen sollten, noch das Geld, um sich irgendwo anzusiedeln.

Unterdessen setzte Tullius die Belehrung seiner Tochter fort: »Die eine Schrift war so unsinnig wie die andere. Auch wenn ich Lucius nicht gerade einen Freund nenne, so müssen wir mit ihm auskommen. Er ist der Bürgermeister und hat genug Macht, mir großen Schaden zufügen zu können.«

»Die Schmiererei an unserem Haus geschah, als du seinen Sohn als meinen Bräutigam abgewiesen hast. Also wurde sie von Lucius befohlen. Wie kannst du daher bedauern, wenn ihm mit gleicher Münze herausgegeben wird?«, rief Gratiana rebellisch.

»Aguntum ist ein friedliches Provinzstädtchen und soll es bleiben. Ein Zwist mit dem Bürgermeister oder gar ein Kampf gegen ihn würde alles zerstören, was mein Großvater, mein Vater und ich uns aufgebaut haben.«

Tullius versuchte, fest zu klingen, doch Cincia spürte, dass er Angst hatte. War Lucius' Macht bereits so groß, dass ein so reicher Mann wie ihr Herr ihn fürchten musste?, fragte sie sich besorgt.

»Ich habe Lucius' Antrag abgelehnt. Doch sollte er ein weiteres Mal auf mich zutreten, muss ich mir überlegen, ob ich ihn nicht doch annehmen soll«, erklärte Tullius in Gedanken.

Gratiana schüttelte empört den Kopf. »Nein, Vater! Ich werde diesen Mädchenschänder niemals heiraten. Blandina hat mir berichtet, wie er sie behandelt hat. Einen solchen Mann will ich nicht!«

»Du bist heute doppelt aufsässig!«, schalt ihr Vater sie. »Zum einen gehört es sich für ein sittsames Mädchen wie dich nicht, zu wissen, was Linus mit Blandina getrieben hat, und zum anderen wagst du es, mir – deinem Vater! – zu widersprechen. Wer einmal dein Mann sein wird, bestimme ich allein! Es kann Linus sein oder aber auch ein anderer. Ich würde dich sogar Adnamatus zur Frau geben, wenn er mich darum bitten würde.«

»Oh, Juno! Nein! Den will ich ebenso wenig wie Linus«, rief Gratiana erschrocken. Sie beruhigte sich dann aber wieder und schaute ihren Vater listig an. »Vielleicht kannst du dich mit Lucius auf eine andere Weise einigen. Sein Neffe Romilius ist ein angenehmer junger Mann und kein solcher Rüpel wie sein Sohn. Wenn ich ihn heirate ...«

»Schluss jetzt!«, rief Tullius zornig. »Lucius wird niemals den eigenen Sohn zugunsten seines Neffen hintanstellen. Auch habe ich von einem Mann, der Zugang zu Lucius hat, aber auch mit mir befreundet ist, erfahren, dass Romilius nicht freiwillig hierhergekommen ist. Er soll in Rom etwas angestellt haben, bei dem es für ihn besser ist, die Stadt ein paar Jahre zu meiden!«

»Das ist bestimmt gelogen!« Gratiana brach in Tränen aus. Es gab nicht viele junge Männer in Aguntum, die für sie als Bräutigam infrage kamen. Da wollte sie wenigstens den, der ihr am besten gefiel, und das war nun einmal Romilius.

»Romilius ist elegant und höflich und kein solcher Strolch wie sein Vetter«, sagte sie zu Cincia, nachdem ihr Vater sie verlassen hatte. »Außerdem sieht er gut aus und ist stets elegant gekleidet, aber kein solcher Gauch wie dieser Adnamatus. Wie kann Vater nur auf den Gedanken kommen, mich mit dieser Spottfigur zu verheiraten?«

»Herr Adnamatus ist reich und wäre für Herrn Tullius damit sowohl als Verbündeter wie auch als Schwiegersohn willkommen«, sagte Cincia nachdenklich. Zwar hatte auch sie zu Beginn über Adnamatus gelacht. Mittlerweile aber wusste sie von Materiona, dass dieser mitgeholfen hatte, Titus vor seinen Angreifern zu retten.

»Herr Adnamatus soll zudem Freundschaft mit Herrn Crispinus geschlossen haben. Könnte dein Vater beide als Verbündete gewinnen, wäre er in der Lage, sich gegen Lucius zu behaupten«, setzte sie leise hinzu.

»Immer geht es nur darum, wie er Verbündete gewinnen kann, so als wenn ich kein fühlender Mensch, sondern nur ein Spielstein wäre, den er nach Belieben ziehen kann!« Gratiana liefen zwar noch immer Tränen über die Backen, doch ihre Miene nahm einen störrischen Ausdruck an. »Bringe mir ein feuchtes Tuch. Ich will mir die Augen kühlen«, befahl sie Cincia.

Kaum hatte diese das Verlangte gebracht, wurde sie erneut losgeschickt, um Gesichtspuder zu holen.

»Halte mir den Spiegel!«, wies Gratiana sie danach an und schüttelte, als sie sich darin sah, den Kopf. »Bei Venus, ich sehe entsetzlich aus, mit Augen wie ein weißes Kaninchen und dem trüben Blick einer uralten Frau.«

Cincia fand, dass ihre Herrin wunderschön aussah, und was die Augen betraf, so leuchteten diese wie in heller Glut. »Vielleicht solltest du dich hinlegen und ein wenig schlafen«, schlug sie in der Hoffnung vor, Gratiana werde dabei ruhiger werden.

»Nein, das werde ich gewiss nicht tun! Hole mir mein hellgrünes Seidenunterkleid, das cremefarbige Kleid und die rosa Stola. Danach besorgst du aus der Küche etwas Wein sowie Früchte. Ich will in den Venustempel gehen und dort die Göttin im Gebet bitten, mir den Mann zu senden, nach dem mein Herz sich sehnt! Halt! Bevor du in die Küche gehst, hilfst du mir noch, mich anzukleiden.«

Cincia gehorchte, musste sich aber noch einiges anhören, bis Gratiana zufrieden war. Schließlich wurde es selbst Viviana zu viel, und sie kam ins Zimmer. »Du kannst froh sein, dass Cincia deine Sklavin ist. Wäre sie eine freie Dienerin, würde sie dir, wenn du sie weiterhin so behandelst, den Dienst aufsagen«, tadelte sie Gratiana.

»Dann ist es ja gut, dass sie meine Sklavin ist!«, sagte Gratiana schnippisch.

Cincia mochte ihre Herrin, doch in Augenblicken wie diesen hätte sie die junge Frau am liebsten kräftig an den Haaren gezogen. Zwar behandelte diese sie die meiste Zeit fast wie eine Freundin, zwischendurch aber war sie ziemlich launenhaft. Einer wahren Freundin hätte sie die Meinung sagen können. Bei Gratiana war das unmöglich. Daher hieß es, die Zähne zusammenzubeißen und zu tun, was diese von ihr wollte.

6.

Der Tempel der Venus war Aguntums Bedeutung entsprechend nur ein kleines Gebäude, aber schön ausgeführt und mit einem prachtvollen Tor. Gratiana trat mit hocherhobenem Kopf ein, während Cincia Mühe hatte, all das zu tragen, was ihr ihre Herrin aufgelastet hatte. Daher war sie froh, als sie den größten Teil der Opfergaben einer Priesterin übergeben konnte. Das kleine Gefäß mit dem Wein behielt sie, da Gratiana daraus selbst der Göttin opfern wollte.

Sie betraten einen quadratischen Raum. In dessen Mitte stand die Marmorstatue der Göttin. Das war ungewöhnlich, da die Standbilder der Götter sonst an einer Wandseite waren und den Gläubigen das Gesicht zuwandten. Um diese Venus konnte man jedoch herumgehen. Cincia tat es unwillkürlich und betrachtete staunend den zum Teil blanken und sonst nur mit der Andeutung eines Tuchs verhüllten Hintern und die formvollendeten Schultern der Göttin. Es war das Idealbild einer Frau, dem von tausend Frauen vielleicht eine gleichkam. Gratiana gehörte zu diesen. Sie selbst, dachte Cincia, war schon ein wenig zu breit dafür. Sie nahm es mit einem Achselzucken zur Kenntnis. Als Sklavin war es wahrscheinlich sogar besser, nicht allzu gut auszusehen. Das hielt unangenehme Männer davon ab, sie kaufen zu wollen. Unwillkürlich dachte sie an den harten Kampf, den Crispinus und Lucius sich um die schöne Perserin geliefert hatten. Thamina hatte Glück gehabt, von dem Offizier erworben worden zu sein. Bei Lucius hätte sie nicht nur diesem, sondern auch seinem Sohn und womöglich auch noch dem Neffen in allem zu Diensten sein müssen. Das war kein Schicksal, das sie einer Frau wünschte.

»Wo bleibt der Wein?«, klang da Gratianas Stimme auf.

»Hier ist er, Herrin!« Cincia eilte zu ihr hin und reichte ihr das Gefäß.

Gratiana nahm es entgegen und goss ein wenig Wein vor dem Standbild aus. Danach benetzte sie den Daumen mit Wein und streckte sich, um den Mund der Göttin damit zu bestreichen. »Große Venus, Herrin der Liebe, gib, dass der mein Mann wird, der mir am meisten gefällt!«, sagte sie und goss erneut ein wenig Wein aus.

»Du solltest dir besser wünschen, dass Venus dir den Mann zukommen lässt, der dich am besten behandelt«, sagte Cincia leise.

»Deine Sklavin hat recht!«, mischte sich die Priesterin ein. »Oft steckt hinter einer glatten Larve ein übles Gemüt!«

Gewiss nicht bei Romilius, dachte Gratiana und betete still weiter.

Cincia blieb seitlich hinter ihr und betrachtete weiter die schöne in Stein gehauene Venus. Deren Brüste waren unverhüllt, und um die Hüften schlang sich ein eng anliegendes Tuch. Sie würde sich schämen, so herumzulaufen. Bei den Römern aber hatte die Göttin der Liebe so auszusehen. Ihr kam der Gedanke, dass Gratiana besser im Tempel der Juno um einen passenden Gatten beten sollte, denn diese war immerhin die Schutzherrin der Ehe und auch der Frauen.

Gratiana sprach nun mit der Priesterin und übergab dieser eine Handvoll Sesterzen als zusätzliche Opfergabe. Danach nickte sie Cincia zu. »Wir können gehen!«

»Ja, Herrin!«, sagte Cincia und folgte ihr nach draußen.

Der Tempel der Venus lag näher an Tullius' Haus als an Lucius' Villa. Trotzdem liefen die beiden Mädchen Linus beinahe direkt in die Arme. Gratiana wollte wortlos an ihm vorbeigehen. Da packte Linus sie am Arm und zog sie auf sich zu. »Du kannst deinem Vater sagen, dass die Sache noch nicht ausgestanden ist! Den Sohn eines Lucius Antonius Melius weist man nicht ab wie einen Bettler.«

»Lass mich los, du Rüpel! Du tust mir weh«, rief Gratiana empört.

»Es wird dir noch mehr wehtun, wenn mein Stock auf deinem Hintern tanzt, damit du in Hitze gerätst, bevor ich mich deiner bediene«, sagte Linus grinsend.

Trotz der frühen Stunde war er bereits angetrunken und hätte Gratiana am liebsten in eine Ecke gezerrt, um seinen Anspruch mit Nachdruck zu beweisen. Da er eine entsprechende Bewegung machte, packte Cincia ihn am Arm. »Hast du nicht gehört? Du sollst meine Herrin loslassen!«

Linus drehte den Kopf zu ihr hin und fand, dass aus dem Bauerntrampel ein äußerst hübsches Mädchen geworden war. »Du solltest deinem baldigen neuen Herrn gegenüber nicht aufsässig werden! Nach der Hochzeit wirst du Gratiana in unser Haus begleiten und mir dort in einigen Dingen gehorchen müssen.«

»Du bist ein Schwein!«, stieß Gratiana hervor und versuchte, sich loszureißen.

»Gib mir einen Kuss, dann kannst du gehen!« Linus zog sie noch näher an sich und presste seinen Unterleib gegen den ihren. »Ich freue mich schon darauf, dich unter mir zu spüren.«

»Das wirst du niemals erleben!« Gratiana drehte und wand sich wie eine Schlange, ohne von ihm freizukommen.

Derweil fiel Cincias Blick auf das kleine Weingefäß, das sie trug. Es war eine jämmerliche Waffe gegen einen erwachsenen Mann, doch wenn es nicht anders ginge, würde sie ihm das Krüglein über den Schädel ziehen. Da sah sie, dass Adnamatus auf die Szene aufmerksam wurde und auf sie zueilte. Sein Gesicht war eine Maske des Zorns.

Linus sah ihn nicht, sondern packte Gratianas Kopf und presste seinen Mund gegen den ihren. Keinen Herzschlag später schrie er vor Schmerz auf.

»Du Biest hast mich in die Lippen gebissen! Na warte!« Mit einer Hand hielt er sie fest und holte mit der anderen aus, um zuzuschlagen.

Da aber war Adnamatus heran, riss Linus mit beiden Händen hoch und schleuderte ihn gegen die nächste Hauswand. »Das wird dich lehren, unbescholtene Jungfrauen zu belästigen!«, rief er zornig.

Gratiana starrte ihn an, dann Linus, der jammernd am Boden lag, und wollte kaum glauben, was ihr die Augen zeigten. Bislang hatte sie Adnamatus für einen Weichling gehalten, der alle Mühen scheute. Stattdessen hatte er genug Kraft, um einen erwachsenen Mann etliche Schritte weit zu werfen.

Auf jeden Fall irritierte er sie, und das mochte sie gar nicht. »Deine Hilfe war unnötig. Ich wäre mit Linus auch allein fertiggeworden«, sagte sie scharf und wünschte, Romilius wäre ihr anstelle von Adnamatus zu Hilfe geeilt.

»Komm jetzt! Wir müssen nach Hause«, sagte sie zu Cincia und ging grußlos an Adnamatus vorbei.

Cincia lächelte diesem kurz zu und eilte dann hinter ihr her.

7.

Linus kehrte in einem Zustand der Raserei nach Hause zurück. Dort berichtete er Romilius voller Wut, was ihm passiert war, wobei er es mit der Wahrheit nicht so genau nahm. Er tat so, als wäre er nur zu Boden gegangen, weil er auf einem glatten Pflasterstein ausgerutscht wäre.

Noch während Romilius ihm zuhörte, überlegte er bereits, wie er den Zorn seines Vetters für seine Pläne ausnützen konnte. »Dieser Lump Adnamatus hat dich ganz schön zugerichtet«, meinte er boshaft.

»Der kriegt sein Fett schon noch weg! Vor ihm ist jedoch dieses Biest Gratiana dran. Sie hat mir fast die Unterlippe entzweigebissen!«

Romilius nickte zustimmend. Gleichzeitig fand er, dass sein Vetter ein wahrer Tölpel war, der alles, was sein Vater aufgebaut hatte, verlieren würde, wenn man ihn ließ. In dem Fall würde Linus sich immer mehr Feinde schaffen, bis es einmal einer zu viel sein würde. Mit dem Käsehändler Calvus, der einer der wohlhabenderen Männer in der Stadt war, hatte Lucius bereits einen wichtigen Anhänger verloren. Der Schneider Avitus hatte zwar vor seinem Onkel gekuscht, würde sich jedoch in dem Augenblick gegen diesen wenden, in dem sich die Gelegenheit dafür bot. Wenn Lucius und Linus es sich nun mit Tullius und womöglich auch Adnamatus verdarben, brauchte es nicht mehr viel, und die Waage neigte sich auf die falsche Seite. Einen Augenblick lang dachte er an Crispinus. Dieser verfügte über Verbindungen bis nach Rom und war daher als Feind noch gefährlicher als alle anderen zusammen.

Es gab nun zwei Möglichkeiten: Er konnte dem Onkel raten, Frieden zu halten und auf eine bessere Gelegenheit zu warten. Die andere Möglichkeit war, den Streit anzuheizen, bis die Gegner besiegt waren und alle anderen es mit der Angst zu tun bekamen und kuschten. Dabei aber durfte er sich selbst nicht vergessen.

Faustina hatte das blutende Gesicht ihres Sohnes gesehen und den Arzt holen lassen. Dieser zupfte an Linus' Lippe herum und grinste. »Das sieht mir ganz nach dem Biss eines Mädchenzahns aus!«

»Du sollst kein dummes Zeug reden, sondern die Wunde versorgen!«, fuhr Linus ihn an.

»Ich bin ja schon dabei«, meinte der Arzt lächelnd und träufelte eine Flüssigkeit auf die Lippe, die scharf brannte und Linus empört aufschreien ließ.

»Willst du mich umbringen?«

»Ich will dir im Gegenteil das Leben erhalten! Ich habe Männer gesehen, denen faulte nach so einer Wunde das halbe Gesicht weg.«

Mit dieser Bemerkung brachte er Linus zum Schweigen.

Anders als sein Vetter begriff Romilius, dass der Arzt die Schwere der Verletzung übertrieb, um ein gutes Honorar herauszuschlagen. Er sagte jedoch nichts, sondern sah zufrieden zu, wie der Arzt Linus' Lippen zusätzlich mit einer stark riechenden Salbe bestrich.

»Das müsste fürs Erste reichen«, meinte der Heilkundige und nannte die Summe, die er für die Behandlung haben wollte.

»Geh zu Herrn Lucius' Kassierer und lass dir dein Honorar auszahlen«, sagte Romilius, um zu verhindern, dass sein Vetter dem Arzt einige böse Worte an den Kopf warf.

»Diesem Kerl sollte man in der Nacht auflauern und ihn durchprügeln!«, sagte Linus erbost, nachdem der Arzt das Zimmer verlassen hatte.

»Ich habe in Rom eines gelernt: Man sollte sich nie einen Arzt zum Feind machen. Es könnte nämlich sein, dass man ihn braucht«, sagte Romilius.

»Du mit deinen römischen Weisheiten!« Linus schnaubte und ballte die Faust. »Tullius muss auch dafür bezahlen. Er hat die Werbung meines Vaters mit beleidigenden Worten abgelehnt, und seine Tochter hat mich zum Gespött der ganzen Stadt gemacht. Das erfordert Rache!«

»In diesem Fall, mein Vetter, stimme ich vollkommen mit dir überein«, antwortete Romilius. »Ein paar beschmierte Wände und Spottverse tun nicht lange weh! Um mit Tullius fertigzuwerden, müssen wir härter zuschlagen. Dafür brauchen wir Florus, Seccius, Ario und Tervius. Und dann heißt es, hart und ohne Gnade vorzugehen.«

»So gefällt es mir!«, antwortete Linus mit einem meckernden Lachen und fand, dass sein Vetter aus Rom doch ein toller Kerl war.

8.

Lucius' Villa war mit allen Annehmlichkeiten ausgestattet, die man mit Geld kaufen konnte. So gab es darin auch einen Badebereich, der mit seinem Komfort die offizielle Therme der Stadt in den Schatten stellte. Lucius genoss es, sich darin von seinem Sklaven einölen und massieren zu lassen. Die Gefahr, dass andere sich in der städtischen Therme treffen und gegen ihn verbünden könnten, erachtete er als gering. Zudem hatte er genug Zuträger, die ihm sofort davon berichten würden.

An diesem Tag aber hatte er das Gefühl, es wäre klug, sich wieder einmal in der Therme sehen zu lassen. Seinen Sklaven nahm er mit. Dieser trug die Öle, mit denen er ihn einreiben musste, seinen privaten Strigilis und mehrere Badetücher.

Als Lucius die Therme betrat, grüßte er die Männer im Vorraum und entkleidete sich. Die Leute schienen überrascht, ihn zu sehen. Bis auf ein paar seiner Anhänger, die ihm sofort schmeichelten, begrüßten die anderen ihn höflich, aber auch ein wenig distanziert. Noch vor nun gut zwei Jahren war es anders gewesen. Insgeheim ärgerte Lucius sich darüber. Er tat doch alles für die Stadt! So hatte er in der Vorstadt neue Häuser errichten lassen und durch den Bau von Läden und Werkstätten gute Bedingungen für Handel und Gewerbe geschaffen.

»Sei uns willkommen, hochgeachteter Herr Lucius!« Florus hatte sein Kommen bemerkt und war aus dem Warmbad getreten, um ihn zu begrüßen.

»Hast du Tullius hier gesehen oder den Käsehändler Calvus?«, fragte Lucius.

»Sehr wohl, das habe ich! Die beiden sind gerade im Frigidarium und reden miteinander. Ich werde gleich hineingehen.«

Florus glaubte, Lucius einen Gefallen zu tun, wenn er die Männer belauschte. Doch Lucius betrat selbst das Kaltbad und ließ sich zunächst von seinem Sklaven waschen. Danach winkte er Tullius zu. »Ich freue mich, dich zu sehen, Freund Tullius.«

»Salve, Duumvir!«

Durch die Nennung des Titels zeigte Tullius, dass er auf Abstand bedacht war. Gratiana hatte ihm von Linus' unverschämtem Auftreten berichtet. War Lucius nach endlosen Zeiten etwa in die Therme gekommen, um sich für seinen Sohn zu entschuldigen? Er rückte daher ein wenig beiseite, um ihm Platz zu machen, und verzog das Gesicht zu einem gequälten Grinsen. »In dieser Bergprovinz ist das Wasser im Kaltbad noch kälter als in Rom!«

Dies fand auch Lucius, in dessen Villa das Wasser für das Kaltbad leicht erwärmt wurde. »Wir sind nun einmal nicht in Rom, vertreten es aber in der Provinz und sollten uns dessen würdig erweisen.«

»Auch wenn dies bedeutet, mehr frieren zu müssen als in Rom?«, spottete Tullius.

»So ist es! Nur bin ich lieber hier der Erste als der Hundertste in der Hauptstadt«, antwortete Lucius selbstzufrieden.

»So weit reicht mein Ehrgeiz nicht«, antwortete Tullius. »Ich bin zufrieden mit dem, was ich bin, und würde mich freuen, wenn es so bliebe.«

»Darüber sollten wir reden«, erwiderte Lucius. Er war bereit, Tullius weiterhin als zweitreichsten Mann in Aguntum zu dulden, wenn dieser auf seine Bedingungen einging. Die Heirat seines Sohnes mit Gratiana war eine davon. Doch um darüber zu verhandeln, war es noch zu früh.

Sie gingen gemeinsam ins Schwitzbad, ließen sich auf nebeneinanderstehenden Liegen massieren und setzten sich auch im Warmbad zusammen. Auf jemanden, der sie nicht kannte, hätten sie wie zwei Freunde gewirkt, die ein paar gemeinsame Stunden in der Therme verbrachten. Beide blieben auf der Hut und berührten kein Thema, das zum Streit hätte führen können. Tullius ärgerte sich zwar, weil die erhoffte Entschuldigung für Linus' übles Verhalten unterblieb, beschloss aber, in der Öffentlichkeit kein Aufsehen darum zu machen, sondern es in aller Ruhe anzusprechen, wenn er mit Lucius allein war.

»Findest du nicht auch, dass wir den Göttern schon zu lange keine Aufmerksamkeit geschenkt haben?«, fragte Lucius da.

»Ich war heute bereits im Tempel des Jupiters und in dem der Juno«, antwortete Tullius.

»Ja, aber allein für dich und deine Familie! Ich finde, wir sollten die Götter als Bürger dieser Stadt um Wohlwollen bitten. Hier habe ich das schon in allen Tempeln getan. Daher wird es Zeit, wieder einmal die Tempel auf dem Heiligen Berg aufzusuchen. Gebete, die dort an die Götter gerichtet werden, haben die doppelte Kraft!«

Lucius klang drängend, und er hoffte, dass Tullius sich seinen Plänen anschloss. Dies war doppelt wichtig, denn sein Kollege als Duumvir stand kurz vor seinem achtzigsten Lebensjahr und hielt sich nun schon seit mehr als einem Jahr in Sebatum auf. Auch wenn die Strecke bis hierher selbst bei vorsichtiger Fahrt nicht mehr als zwei Tage dauerte, so war dies dem alten Mann nicht mehr zuzumuten. Sobald dieser starb, musste ein neuer Duumvir gewählt werden. Das Recht darauf hatten nur angesehene Männer, die das römische Bürgerrecht genossen, und davon gab es hier in Aguntum nicht viele. Vor allem aber gab es nur einen einzigen richtigen Kandidaten dafür, und das war Tullius. Entweder war dieser bis zu dem Zeitpunkt auf seiner Seite – oder tot.

Auch Tullius dachte an seine Aussichten, dieses Amt erhalten, und sagte sich, dass es klüger war, sich mit Lucius zu einigen, als es auf einen Kampf mit einem von Lucius' Anhängern ankommen zu lassen. Die Tempelanlage auf dem Heiligen Berg lag nur wenige Stunden flussaufwärts über dem Dravus und galt seit Urzeiten als das größte Heiligtum der Laianken. Nachdem das Land römisch geworden war, waren dort auch die Tempel von Jupiter, Juno und der anderen Göttinnen und Götter Roms errichtet worden. Dort ein Gebet zu sprechen und zu opfern würde ihm diese geneigt machen, und so beschloss er, diese Wallfahrt zu unternehmen. Allerdings wollte er das allein tun, und nicht gemeinsam mit Lucius.

»Ich werde einen Besuch des Heiligtums in Erwägung ziehen«, sagte er vorsichtig.

»Das ist gut!«, antwortete Lucius. Wenn es ihm gelang, Tullius auf seine Seite zu ziehen, war er endgültig der uneingeschränkte Herr dieser Stadt.

9.

Linus hatte keine Ahnung, dass sein Vater immer noch daran dachte, Tullius durch seine Heirat mit Gratiana enger an sich zu binden. Während die beiden in der Therme miteinander sprachen, saß er missmutig in Florus' Haus. Der Wein im Becher war gut, linderte aber nicht die doppelte Schmach, die er erlitten hatte.

Um ihn herum saßen Romilius, Florus, Seccius, Ario und Tervius. Auch wenn diese sich beherrschten, war ihnen doch ein gewisser Spott anzumerken. Eben betrachtete Florus Linus' angeschwollene Lippe und schüttelte den Kopf. »Wie konntest du dich nur von einem Mädchen beißen lassen!«

Linus schnaubte leise, während Seccius das Gesicht verzog. »Wenn das eine bei mir versuchen sollte, würde ich ihr dafür sämtliche Gräten brechen!«

»Du bist und bleibst ein Grobian, Seccius!«, spottete Ario. »Wie hätte Linus das tun können, wo ihn doch Adnamatus bewusstlos geschlagen hatte?«

»Er hat mich nicht geschlagen!«, antwortete Linus ärgerlich. »Ich bin ausgerutscht und hingefallen.«

Den Mienen seiner Freunde entnahm er jedoch, dass sie seinen Worten keinen Glauben schenkten.

»Ein paar Leute erzählen, Gratiana habe Adnamatus' Hilfe gar nicht gebraucht, sondern Linus mit einem kräftigen Stoß in den Straßenstaub gesetzt.«

»Stoßen würde ich die auch gerne!«, sagte Seccius und leckte sich die Lippen.

»Das kannst du vergessen! Es ist Tullius' Tochter. Die kann nicht einmal Linus aufs Kreuz legen, ohne vor Gericht zu landen. Dort könnte ihn selbst sein Vater nicht freisprechen«, wandte Tervius ein.

»So sehe ich das auch«, erklärte Romilius. »Tullius ist römischer Bürger und als solcher auf seine Ehre bedacht. Wenn Linus Gratiana zum Beischlaf zwingt, würde Tullius entweder von meinem Onkel fordern, dass Linus das Mädchen in allen Ehren heiratet, oder Anklage beim Statthalter in Virunum erheben. Dort aber macht man mit denen, die die Tochter eines römischen Bürgers schänden, meist kurzen Prozess. Selbst mein Onkel könnte dem Procurator Augusti nicht genug Geld anbieten, damit dieser Gnade vor Recht ergehen lässt.«

»Ich will dieses Biest nicht heiraten!«, rief Linus wütend.

»Das entscheidest nicht du, sondern dein Vater! Selbst wenn er sagen würde, du sollst die Tochter des Schneiders heiraten, müsstest du es tun«, stichelte Romilius.

»Ich würde Gratiana sofort heiraten – schon wegen der Mitgift, die sie bekommt«, sagte Ario sehnsüchtig.

»Wäre sie die einzige Erbin, würde ich Linus raten, es zu tun. So aber hat sie noch einen Bruder, der einmal den Löwenanteil des Vermögens erben wird. Was sind da schon die paar hunderttausend Sesterzen, mit denen Gratiana als Mitgift rechnen kann?«, wandte Romilius ein.

Tervius stieß ein kurzes Lachen aus. »Mir würde es reichen! Beim Jupiter, dafür würde ich sie selbst dann nehmen, wenn sie so schief und krumm wäre wie eine der Krüppelkiefern auf den Bergen.«

»Wir sollten von etwas anderem reden!«, befahl Linus. »Oder habt ihr die Schmähungen vergessen, die auf unsere Häuser geschmiert worden sind?«

»Vergessen? Natürlich nicht!«, fuhr Florus auf. »Wenn ich den Kerl in die Finger kriege, der das getan hat, bleibt von ihm hinterher nicht genug übrig, um die kleinste Urne damit zu füllen. Ich lasse mich von nichts und niemandem einen Lumpen nennen.«

»Für mich gilt das Gleiche! Ich werde ihn zu Brei zerquetschen und in die Erde stampfen«, rief Seccius und ballte die Fäuste.

Auf Romilius' Gesicht trat ein zufriedenes Lächeln. »Dann sind wir uns ja einig!«

»Aber wir haben doch nicht die geringste Ahnung, wer es gewesen sein könnte!«, gab Ario zu bedenken.

»Ich bin mir sicher, dass es Titus gewesen ist, auch wenn er weiterhin den Kranken spielt! Ich werde ihm die Gedärme herausreißen und ihn zu Mus zerstampfen«, sagte Seccius grollend.

»Das hast du bereits gesagt! Doch ich will hier keine dummen Sprüche hören, sondern sinnvolle Vorschläge.« Romilius legte all seine Autorität in die Stimme, denn eine Tat nur um der Rache willen war in seinen Augen nutzlos. Gleichzeitig befürchtete er, dass Seccius etwas auf eigene Faust unternahm und dadurch seine Pläne in Gefahr brachte.

»Wir werden uns Calvus' Haus noch einmal vornehmen«, erklärte er. »Aber das geschieht genau nach meinen Anweisungen, habt ihr verstanden?«

»Und wie willst du das machen?«, fragte Seccius rebellisch.

»Diesmal wird es nicht bei ein bisschen Farbe an der Wand und einem Kübel Scheiße bleiben! Meinetwegen kann Seccius mit Titus machen, was er will. Allerdings sollten die anderen am Leben bleiben. Als Tote haben sie keine Angst mehr vor uns!«

Florus, Ario und Tervius nickten, während Seccius grinsend auf seine Fäuste blickte. Titus hatte ihn in der Arena besiegt und damit dem Spott der Leute ausgeliefert. Nun würde er dafür sorgen, dass ihnen das Lachen verging.

Linus war zwar mit der vorgeschlagenen Aktion einverstanden, ärgerte sich aber gleichzeitig, weil Romilius sich zunehmend zum Anführer aufschwang. Ihm kam der Gedanke, dass sein Vater nur deshalb zum Erben seines Schwiegervaters Vinicius geworden war, weil dessen Sohn einen Ausflug in die Berge nicht überlebt hatte. Einige, die seinem Vater übelwollten, behaupteten sogar, dieser hätte seine Hand im Spiel gehabt. Konnte es sein, dass Romilius Ähnliches plante? Zwar war Fulvia noch zu jung zum Heiraten, doch selbst eine Verlobung reichte aus, um Romilius zum Nachfolger seines Vaters zu machen.

Bisher hatte Linus seinen Vetter für seine elegante Art bewundert, doch nun wünschte er sich, dieser wäre nie nach Aguntum gekommen. Um ihm nicht ganz das Feld zu überlassen, klopfte er auf den Tisch und sah die anderen auffordernd an. »Wir schlagen heute Abend zu! Zuerst heizen wir Tullius ein, danach nehmen wir uns Avitus vor und zuletzt Calvus. Wir werden Fackeln mitnehmen – und Öl, damit es richtig brennt! Wir wollen doch mal sehen, ob wir die Leute nicht in Angst und Schrecken versetzen können.«

»Wir sollten es nicht übertreiben!«, wandte Romilius besorgt ein.

»Wir dürfen es aber auch nicht untertreiben! Sonst machen wir uns lächerlich«, sagte Linus spöttisch und sah zufrieden, dass Florus und seine Freunde wieder zu ihm hersahen und nicht mehr auf Romilius.

Wenig später gingen sie auseinander. Während Linus, Ario und Tervius Magrinius' Taverne aufsuchten, um dort mit der Wirtstochter zu tändeln, schlenderte Romilius durch die Straßen der Stadt. Dabei überlegte er, wie er die Situation in Aguntum so anheizen konnte, dass schließlich Linus als der Schuldige entlarvt und beseitigt wurde. Danach war für ihn der Weg frei, das Erbe seines Onkels an sich zu bringen.

Da sah er ein Stück weiter vorn Gratiana gehen. Cincia begleitete sie, anscheinend waren sie auf dem Weg zum Junotempel. Romilius wandte sich nun auch dorthin und sorgte dafür, dass Gratiana ihn sah.

Diese lächelte erfreut und wandte sich zu Cincia um. »Mir ist etwas frisch! Lauf nach Hause und besorge mir ein Schultertuch.«

»Ja, Herrin!« Cincia hatte Romilius ebenfalls entdeckt und begriff, dass Gratiana sie wegschickte, um mit ihm unter vier Augen reden zu können. Einer Freundin hätte sie auf den Kopf zugesagt, was sie von solchen Heimlichkeiten hielt. Als Sklavin blieb ihr nichts anderes übrig, als zu gehorchen. Dabei würden Tullius und Aurelia es gewiss ihr anlasten, wenn Gratiana unvernünftige Dinge tat. Verärgert eilte sie los und benützte jede Abkürzung, um so schnell wie möglich wieder zurück zu sein.

Kaum hatte Cincia sich entfernt, trat Romilius auf Gratiana zu. »Welch eine Freude, dich zu sehen!«, begrüßte er sie lächelnd.

»Du bist in letzter Zeit ziemlich oft beim Junotempel«, sagte Gratiana mit einer gewissen Koketterie.

»Dafür gibt es nur einen Grund, und der steht vor mir«, antwortete Romilius mit schmeichelnder Stimme.

Gratiana drehte sich einmal um die Achse. »Ich sehe niemanden!«

»Hätte ich einen Spiegel bei mir, würdest du es sehen!« Romilius trat näher und fasste nach ihrer Hand. »Du musst es doch selbst spüren, dass ich nur deinetwegen hierherkomme. Du bist der Fixstern, um den sich mein Leben dreht, und ebenso unerreichbar für mich wie einer der Sterne am Himmelszelt.«

Die Komplimente des jungen Römers, die weitaus eleganter klangen als die der einheimischen Burschen, gefielen Gratiana. »Warum sollte ich unerreichbar sein?«, fragte sie.

»Dem Willen meines Onkels zufolge sollst du dessen Sohn heiraten.«

»Das werde ich niemals tun!«, antwortete Gratiana mit Nachdruck. »Linus ist ein Lump, ja, sogar ein Schurke!«

»Obwohl er mein Verwandter ist, muss ich dir Recht geben«, sagte Romilius. »Er ist sogar noch übler, als du denken magst.« Er schwieg einen Moment und sah sie dann mit sorgfältig einstudierter Bewunderung an. »Sei in dieser Nacht auf der Hut!« Er sprach so leise, dass sie es kaum verstand.

»Wie meinst du das?«, fragte sie.

Doch da kehrte Cincia im raschen Lauf zurück und reichte ihr das Schultertuch. »Hier ist es! Ich habe Viviana extra gefragt, welches ich bringen soll.«

Am liebsten hätte Gratiana sie noch einmal weggeschickt, um länger mit Romilius sprechen zu können. Dieser deutete jedoch eine Verbeugung an und ging. Er lächelte. Die Schlinge, in der sich Linus fangen sollte, war gelegt.

10.

Die Stimmung in der Stadt schwankte zwischen Gleichgültigkeit und Angst. Während die einen glaubten, die nächtlichen Aktionen würden schon wieder aufhören, befürchteten andere, sie könnten der Auftakt zu noch Schlimmerem sein. Selbst der Bürgermeister war unsicher, ob er nun Linus freie Hand lassen oder ihn lieber zügeln sollte. Er ärgerte sich, weil ihm seit jener unglückseligen Sklavenversteigerung in der Stadt mehr Widerstand entgegenschlug als in all den Jahren zuvor, und er wünschte sich, diese Ratten wieder in ihre Löcher zurückscheuchen zu können. Andererseits würden größere Unruhen in der Stadt die Aufmerksamkeit des Statthalters in Virunum erregen und ihn als jemanden erscheinen lassen, der Recht und Ordnung in Aguntum nicht aufrechterhalten konnte.

Als sie an diesem Abend ihr Mahl einnahmen, fiel sein Blick auf Linus. »Deine Heirat mit Gratiana ist noch immer möglich! Ich habe mit Tullius gesprochen. Er scheint einlenken zu wollen.«

»Das ist eine gute Nachricht«, sagte seine Frau Faustina. »Tullius ist ein ehrenwerter Geschäftsmann und wäre ein guter zweiter Duumvir für die Stadt. Gemeinsam könntet ihr sehr viel erreichen.«

»Das ist auch meine Absicht«, erklärte Lucius. »Mit Tullius an meiner Seite können solche Kläffer wie Avitus und Calvus bellen, wie sie wollen. Es wird keiner auf sie hören.«

»Das ist ein sehr guter Plan, Onkel«, stimmte Romilius ihm zu. »Eine Stadt braucht eine feste Hand, sonst nehmen Aufruhr und Unruhen überhand.«

Linus bedachte ihn mit einem entrüsteten Blick. Für ihn redete Romilius seinem Vater zu sehr nach dem Mund, um sich bei diesem in ein gutes Licht zu setzen. Wenn sie unter sich oder mit ihren Freunden zusammen waren, sprach er ganz anders. Ich muss ein Auge auf ihn haben, sonst spielt er noch Kuckuck und wirft mich aus dem Nest, sagte er sich. Schon aus diesem Grund musste er seinen eigenen Weg gehen, und das hieß, die alleinige Macht in Aguntum zu erringen, ohne auf Männer wie Tullius oder sonst jemand Rücksicht zu nehmen.

»Wir sollten nicht zu nachlässig sein, Vater! Wenn Avitus oder Calvus kläffen, muss jemand ihnen eins auf Maul geben«, sagte er mit Nachdruck.

»Eine gewisse Opposition muss man zulassen. Sie darf nur nicht zu stark sein«, erklärte Lucius ihm.

»Ich gebe dir vollkommen Recht, Onkel! Würde Tullius sich offen gegen dich stellen, könnte die Gegenseite in der Lage sein, dir zu schaden. Es ist daher klüger, ihn an dich zu binden. Was wäre dafür geeigneter als Linus' Heirat mit dessen Tochter?« Romilius lächelte wie meistens, wenn er mit seinen Verwandten sprach. Für seine eigenen Pläne war eine Einigung zwischen Lucius und Tullius von Vorteil. Nur würde Gratiana nicht Linus heiraten, sondern ihn. Vielleicht gelang es ihm sogar, mit Tullius' Hilfe seinen Onkel vom Bürgermeisterstuhl zu stürzen und selbst dessen Stelle einzunehmen.

Linus hingegen maulte. »Wenn ich Gratiana heiraten soll, muss sie mich wegen meiner Lippe um Verzeihung bitten!«

»Deine Lippe sieht wieder schlechter aus«, sagte seine Mutter besorgt. »Vielleicht sollten wir Materiona holen lassen. Sie kann doch besser helfen als der Arzt.«

»Dieses Hexenweib kommt mir nicht ins Haus!«, fuhr Lucius auf. Er wusste genau, dass Materiona in den Dörfern des Umlands kein Blatt vor den Mund nahm und dafür sorgte, dass angesehene Männer wie Vogitoubus sich gegen ihn stellten.

»Willst du, dass unser Sohn zeit seines Lebens mit einer schiefen Lippe herumlaufen muss?«, fragte Faustina.

»Das wird schon abheilen!«, erwiderte Lucius mit einer wegwerfenden Handbewegung und befahl den Sklaven, den nächsten Gang zu servieren. Dann wandte er sich an seine Frau. »Ich werde in den nächsten Tagen Crispinus einladen. Als Hauptmann der Straßenwachen ist er nach mir der mächtigste Mann in dieser Gegend.«

Romilius klatschte ihm sofort Beifall. »Das ist ein guter Gedanke, Onkel! Crispinus ist Römer oder hat zumindest lange in Rom gelebt. Er kann uns gewiss viel über wichtige Leute dort erzählen.«

»Gewiss nicht mehr als du«, unterbrach Linus Romilius bissig, ohne ihn jedoch aus dem Konzept bringen zu können.

»Sag das nicht! Crispinus war als Offizier der Prätorianer in der Umgebung des Imperators und hat gewiss einiges erfahren, das dir, Onkel, von Nutzen sein kann.«

»Wenn ich, Tullius und Crispinus zusammenhalten, bedeutet das die absolute Macht in der Stadt und darüber hinaus. Dann kann mich auch dieser verfluchte Vogitoubus nicht mehr daran hindern, bei seinem Dorf Land aufzukaufen und dort eine Villa Rustica zu errichten.« Lucius klang zufrieden. Auf diese Weise würde er weitere Unruhen in der Stadt vermeiden und trotzdem der mächtigste Mann weit über Aguntum hinaus werden.

»Dann hoffe ich, dass dies auch so kommt!« Noch während er es sagte, dachte Romilius daran, dass sein Onkel zwei Dinge vergessen hatte. Da war zum einen Linus, der sich nicht aufhalten lassen würde, diejenigen, die er als Gegner ansah, zu bekämpfen, und zum anderen Adnamatus. Als Besitzer etlicher Bergwerke war er noch reicher als Tullius und damit ebenfalls jemand, auf den man achten musste.

11.

»Vater ist vollkommen verrückt!«, sagte Linus, als er ein paar Stunden später mit Romilius zu Florus' Haus ging.

»Wieso meinst du das?«

»Er will die Macht in der Stadt mit Tullius und Crispinus teilen. Das ist doch Unsinn!«

»Dein Vater ist ein kluger Mann und weiß genau, dass er anderen Honig um den Mund schmieren muss, während wir dafür sorgen, dass seine Gegner kleingehalten werden. Dies kann auch durch einen Dolchstich oder Knüppelhieb geschehen. Wir haben mit Seccius jemanden, der nur darauf lauert.«

»Pah! Ich bin genauso in der Lage, jemanden abzustechen!«, erklarte Linus, der Härte zeigen wollte.

Nun erreichten sie Florus' Haus und traten ein. Ihre Komplizen warteten bereits auf sie. Auf dem Tisch lagen neben Fackeln und Knüppel auch zwei große Äxte.

»Sind die so richtig?«, fragte Florus.

Linus nickte. »Sehr gut! Wir beginnen bei Tullius und machen dann bei Calvus weiter. Kommt uns jemand in die Quere, dann …« Er machte grinsend die Geste des Kehledurchschneidens.

Die Männer nickten, und Seccius grinste breit. Irgendeiner, so dachte er, würde ihm gewiss vors Messer laufen. Sollte es Titus sein, wäre es ein Feiertag für ihn.

»Hast du Wein?«, fragte Linus, da er nicht trocken herumsitzen und warten wollte, bis sie aufbrechen konnten.

»Den habe ich, aber er ist nicht der Beste«, antwortete Florus in der Hoffnung, Linus würde ihm Geld geben, damit er guten Wein kaufen konnte.

»Das tut nichts zur Sache. Schenk ein!«, antwortete Linus zu seiner Enttäuschung.

So schlecht aber schmeckte der Wein dann doch nicht, denn sie tranken zu sechst eine halbe Amphore leer. Nur Romilius hielt sich zurück, tat aber so, als wäre er genauso betrunken wie die anderen.

Schließlich stand Linus auf und warf sich den weiten Kapuzenmantel über. Dann verhüllte er das Gesicht und nahm eine der Äxte an sich. »Es ist an der Zeit!«

Der Rest zog ebenfalls die weiten Mäntel und die Tücher an und teilte dann Waffen und Fackeln unter sich auf. Danach verließen sie vorsichtig das Haus und erreichten nach kurzer Zeit Tullius' Villa. Die Fenster auf die Straße hin im Erdgeschoss waren so klein, dass niemand hindurchsteigen konnte. Das aber hatte sich weder bei Avitus' noch bei Calvus' Haus als Nachteil erwiesen.

Als der Kräftigste von ihnen stemmte Seccius die Axt zwischen die Fensterläden und brach diese mit einem heftigen Ruck auf. Ein Schlag, und die Fensterscheibe war zertrümmert. Florus schleuderte einen Krug Öl hinein und Ario die brennende Fackel hinterher. Dann rannten sie weg, bevor einer der Hausbewohner oder ein Nachbar begriff, was geschehen war.

Amma kam als Erste ins Zimmer und sah die Flammen, die am Boden tanzten. »Hilfe, Feuer! Rasch! Wir müssen löschen!«, schrie sie und eilte in die Küche, um Wasser zu holen.

Nur wenige Augenblicke später kam ihr Laelia zu Hilfe und dann in rascher Folge Cincia und die anderen Bewohner des Hauses. Sie hatten Glück, denn in dem Zimmer standen nur ein paar derzeit nicht gebrauchte Stühle und eine Liege. Letztere hatte Feuer gefangen, doch Amma und Cincia gelang es zusammen mit Viviana und einem der Sklaven, sie auf die Straße zu tragen, wo sie keinen Schaden anrichten konnte.

Als sie das Feuer gelöscht hatten, blickte Tullius auf den angesengten Boden des Zimmers und die Rußspuren an Wänden und Decke, die die farbenfrohen Wandgemälde zerstört hatten, und ballte grimmig die Fäuste. »Das kann auch Lucius nicht durchgehen lassen. Holt einen der Ädilen! Er soll sehen, was hier geschehen ist. Außerdem werde ich eine Sondersitzung des Stadtrats beantragen. Gegen diese Schurken muss mit harter Hand durchgegriffen werden!«

»Da steckt gewiss Linus dahinter. Er ist ein übler Schuft!«, rief Gratiana. Sie wollte schon sagen, dass Romilius sie vor seinem Vetter gewarnt hatte. Da fiel ihr ein, dass dieser ja bei seinem Onkel wohnte und mit dessen Zorn und dem von Linus rechnen musste, wenn dies aufkam, und beschloss, es für sich zu behalten.

12.

Nachdem ihr Anschlag bei Tullius gelungen war, eilten Linus und seine Kumpane zu Calvus' Haus. Hier wollten sie sich nicht damit begnügen, das Fenster einzuschlagen und eine Fackel hineinzuwerfen. Linus und Seccius stellten sich vor die Tür und schlugen mit ihren Äxten zu.

Bereits nach wenigen Hieben sprang die Tür aus den Angeln, und der Weg ins Innere war frei. Es fiel kein Wort, denn jeder wusste, was er zu tun hatte. Ario und Seccius stürmten den Käsekeller und rissen die Regale herunter, auf denen die verkaufsfertigen Käselaibe lagen, die anderen zerschlugen Truhen, Tische und Stühle.

Romilius hatte ihnen erklärt, dass sie nur wenig Zeit hatten und verschwinden mussten, bevor die Nachbarn aufmerksam wurden und Calvus zu Hilfe kommen konnten. Seine Begleiter aber waren wie rasend.

»Genug, wir müssen fort!«, rief er mit verstellter Stimme.

Florus gehorchte schließlich, die anderen folgten ihm. Seccius hingegen zögerte. Er wollte Titus. Da sah er einen Schatten in einer der Türen und schlug triumphierend zu. Ein Wehlaut erklang, jemand sank zu Boden.

»Komm jetzt!«, befahl Linus drängend, da es um das Haus herum laut wurde.

Nun verließ auch Seccius das Haus. Ein paar Nachbarn wollten sich ihnen in den Weg stellen, wichen aber zurück, als Seccius und Linus ihre Äxte schwangen. Wenig später waren sie in der Dunkelheit verschwunden und erreichten auf Umwegen Florus' Haus, ohne dass ihnen jemand hätte folgen können.

»Einem habe ich eins über die Rübe gegeben! Ich glaube, es war Titus«, prahlte Seccius beim Wein.

Romilius wandte sich ihm kopfschüttelnd zu. »Wenn mich nicht alles täuscht, hast du eine Frau niedergeschlagen, entweder Calvus' Frau oder die Sklavin.«

»Wen juckt das?«, fragte Seccius achselzuckend.

»Das würde ich auch gerne wissen«, sagte Linus, der die Besserwisserei seines Vetters langsam satthatte.

»Im Grunde niemanden!«, antwortete Romilius. »Wir haben den Kampf eröffnet und müssen ihn weiterführen. Das aber muss gezielt geschehen und darf nicht mehr dem Zufall überlassen werden!«

»Mir wird was einfallen«, antwortete Linus und trank den anderen zu. »Auf uns und darauf, dass wir alle Feinde meines Vaters in den Staub werfen!«

Und zu Brei zerstampfen, dachte Romilius spöttisch. Da ihm die Entwicklung jedoch zugutekam, war er sehr zufrieden.

In Calvus' Haus kniete Liviona fassungslos neben ihrer toten Sklavin, während Titus damit haderte, weil er von dem plötzlichen Lärm aus dem Schlaf geschreckt zunächst nicht die Tür gefunden hatte. Vielleicht, dachte er, hätte er den Mord an Porcia noch verhindern können.

Sein Vater bat unterdessen einen Nachbarn, einen Ädil zu holen und dieses Verbrechen anzuzeigen. Obwohl auch Calvus um seine Sklavin trauere, so war er doch froh, dass es sie getroffen hatte und nicht seine Frau, seinen Sohn oder ihn.

ACHTER TEIL

Die Kapuzenmänner

1.

Nach dem Brandanschlag auf Tullius' Haus und dem Mord an Porcia war in Aguntum nichts mehr, wie es vorher gewesen war. Als Lucius noch in der Nacht von den beiden Überfällen erfuhr, wusste er, dass die Zeit des Taktierens zu Ende ging. Sein Sohn hatte ihn auf einen Weg der Gewalt gedrängt, und er musste ihn weitergehen, wenn er seine Macht und seinen Einfluss nicht schwinden sehen wollte.

Die beiden von ihm eingesetzten Ädilen zählten zu seinen Anhängern. Sie kamen noch in der Nacht zu Tullius und Calvus, begutachteten die Schäden, die Folgen des Überfalls waren, und versprachen eifrig, nach den Tätern zu forschen.

Während Tullius und Calvus darauf vertrauten, dass sie ihr Amt auch nach bestem Wissen und Gewissen ausüben würden, hatte Titus daran große Zweifel.

Das versuchte er, seinem Vater deutlich zu machen: »Die Ädilen sind Lucius' Kreaturen! Sie werden alles tun, damit nicht der Hauch eines Verdachts auf den Bürgermeister und auf Linus fällt. Ich würde darauf wetten, dass dieser mit von der Partie war – und ebenso Seccius!«

»Wir können es nicht beweisen, aber ich bin mir sicher, dass die Ädilen den beiden Fragen stellen werden. Sie sind für die Ordnung in der Stadt verantwortlich«, sagte sein Vater.

»Sie sollten besser Lucius diese Fragen stellen. Dieser Überfall geschah niemals ohne seine Erlaubnis. Er hat bereits bei Buccio gezeigt, dass er bereit ist, über Leichen zu gehen.«

»Noch wissen wir nicht, ob Buccio wirklich tot ist«, wandte sein Vater ein. »Bis jetzt haben wir hier nur Gerüchte gehört!«

»Es sind mehr als Gerüchte!«, antwortete Titus heftig. »Materiona sagt, sie hätte seinen Leichnam am Berg in einer Felsspalte hängend gefunden. Er muss damals bei seiner Flucht abgestürzt und ums Leben gekommen sein!«

Darauf wusste Calvus nichts zu sagen. Er starrte die zerstörte Haustür an und schüttelte den Kopf. »Am liebsten würde ich sie nicht mehr richten lassen. Aber so kann ich das Haus nicht verkaufen.«

»Du willst wirklich aufgeben, Vater?«, fragte sein Sohn.

Calvus hob in einer verzweifelten Geste die Hände. »Was soll ich sonst tun? Warten, bis Lucius auch dich oder deine Mutter umbringen lässt? Daher werden wir nach Teurnia ziehen. Dort wartet zwar ein bescheideneres, dafür aber auch sichereres Leben auf uns.«

Titus wünschte sich, sein Vater wäre mutiger. Dieser war ein guter Geschäftsmann, doch ein Kämpfer war er nie gewesen. »Du solltest mit Tullius sprechen und zusehen, dass du dessen Klient wirst.«

»Ich glaubte, Titus hat recht«, stimmte ihm die Mutter zu.

»Reden kann ich mit ihm. Es wird aber meine Absicht, Aguntum zu verlassen und mich in Teurnia anzusiedeln, nicht ändern.« Dann sah er Titus an. »Du gehst jetzt zum Zimmermann, damit er uns eine neue Tür einpasst.«

»Er soll sie mit Eisen beschlagen und mit festen Angeln und einem kräftigen Schloss versehen, damit sie nicht erneut aufgebrochen werden kann«, sagte Liviona. Anders als ihr Mann wollte sie die Heimat nicht so einfach aufgeben. Um sich jedoch gegen Lucius behaupten zu können, brauchten sie nicht nur die Hilfe anderer Menschen, sondern auch die der Götter.

»Titus und ich werden eine Wallfahrt zum Heiligen Berg machen und dort Juno, Jupiter, Minerva und die anderen Götter um Schutz und Beistand bitten«, sagte sie entschlossen.

Calvus hatte zwar Angst, den beiden könnte unterwegs etwas zustoßen, dachte dann aber, dass sie die Unterstützung der Götter dringend brauchen konnten. »Macht das! Gebt auf euch acht und legt den Weg nicht an einem Tag zurück. Übernachtet bei Vogitoubus. Vielleicht vermag er es so einzurichten, dass er mir seinen Käse nach Teurnia schicken kann. Von dort aus kann ich ihn weiter in den Süden exportieren.«

»Wir werden mit Vogitoubus darüber reden, Vater. Er ist kein Freund von Lucius und wird alles tun, um nicht von ihm abhängig zu werden.« Titus wollte seinem Vater damit zeigen, dass Lucius doch nicht so allmächtig war, wie dieser glaubte.

Seine Mutter nickte ihm dankbar zu. »Vogitoubus ist ein guter Mensch. Er wird uns verstehen und helfen.« Sie schwieg einen Augenblick und rieb sich die Stirn. »Hatte Vogitoubus nicht noch einen Bruder?«

Calvus runzelte die Stirn. »Ich glaube ja. Hieß er nicht Votticus?«

»Doch, das war sein Name. Sein Vater schickte ihn in die Ferne, weil es mit Lucius und dessen Schwiegervater Vinicius Probleme gab«, berichtete Liviona.

»Lucius war damals noch nicht mit Vinicius' Tochter verheiratet«, korrigierte Calvus sie. »Vogitoubus' Bruder war damals jünger, als unser Titus es jetzt ist, aber unsterblich in Faustina verliebt.«

»Dann muss sie um einiges attraktiver gewesen sein als heute«, warf Titus bissig ein.

»Sie war ein sehr schönes Mädchen. Genau wie ich waren die meisten anderen Mädchen in der Stadt neidisch auf sie. Allerdings konnte sie sich auch die teuersten Salben und Parfüms leisten, während wir uns mit den Riechwässerchen zufriedengeben mussten, die Materiona bereits damals herzustellen wusste.«

»Deine Parfüms riechen aber auch besser als das Zeug, mit dem Faustina, aber auch Tullius' Frau und Tochter sich beschütten«, erklärte Titus.

Liviona fühlte sich zwar geschmeichelt, warf ihm aber trotzdem einen strengen Blick zu. »Von so etwas verstehst du nichts. Und nun geh! Oder willst du, dass die Tür auch in der kommenden Nacht noch nicht gerichtet ist?«

»Nein, gewiss nicht«, antwortete Titus und verabschiedete sich.

»Sei vorsichtig!«, rief sein Vater ihm nach.

Titus' Miene nahm einen energischen Zug an. Anders als der Vater gab er diesen Kampf noch nicht verloren. Mit dem Mord an Porcia hatte Lucius eine Grenze überschritten. Der eine oder andere mochte den Kopf einziehen. Aber auch Bewohner, die bisher seine Anhänger gewesen waren, würden sich sagen, dass seiner Macht- und Raffgier Grenzen gesetzt werden mussten.

2.

Titus handelte alles mit dem Zimmermann aus und brachte ihn dazu, die Tür noch am selben Tag fertigzustellen. Der gute Mann ließ ihn aber nicht so rasch aus den Klauen, sondern wollte genauestens wissen, was in der Nacht geschehen war. Ihm war deutlich anzumerken, dass ihn der Überfall auf ein Haus und der Mord an einer Bewohnerin verunsicherten. Bislang war er einer von Lucius' Klienten gewesen, schien aber nun zu zweifeln.

»Hast du einen der Schufte erkannt?«, fragte er Titus.

»Ich würde lügen, wenn ich Ja sagen würde. Natürlich habe ich Vermutungen. Da ich sie noch nicht beweisen kann, behalte ich sie jedoch für mich«, antwortete Titus.

»Das ist wohl auch besser so«, meinte der Zimmermann und blickte nach draußen, wo eben Florus des Weges kam. »Den habe ich auch schon eine Zeit lang kein Vieh mehr kaufen sehen. Geld aber scheint er zu haben, weil er sich guten Wein leisten kann.« Der Zimmermann klang misstrauisch, dann aber sprach er laut weiter.

»Du kannst deinem Vater sagen, dass ich die Tür so verstärken werde, wie er es wünscht. Es kostet allerdings um einiges mehr, weil ich meine anderen Arbeiten beiseitelegen muss, um die Tür zu fertigen.«

Titus hatte den Viehhändler ebenfalls bemerkt und begriff, dass die letzte Bemerkung für dessen Ohren gedacht gewesen war. Auch der Zimmermann hatte Angst vor dem Bürgermeister und dessen Kreaturen. Trotzdem hoffte Titus, ihn als möglichen Verbündeten zu gewinnen.

Er verabschiedete sich und wollte nach Hause gehen. Doch nach ein paar Schritten hielt er inne, drehte sich um, und verließ die Stadt flussaufwärts in Richtung der Kaserne der Straßenwachen. Da sah er plötzlich Cincia nicht weit vor sich und ging schneller, um zu ihr aufzuschließen.

»Salve, Cincia! Wohin des Weges?«, grüßte er sie.

Cincia drehte sich um, erkannte ihn und atmete erleichtert auf. »Salve, Titus! Ich hörte, euer Haus ist erneut überfallen worden?«

»Das stimmt. Diese Schweine haben Porcia umgebracht und die Hälfte unserer Käsevorräte vernichtet.«

»Bei uns wollten sie das Haus anzünden. Beinahe wäre es ihnen gelungen«, berichtete Cincia. »Deshalb schickt Herr Tullius mich zu Crispinus, um diesen zu sich einzuladen. Immerhin weiß man, dass dieser nicht viel auf den Bürgermeister gibt.«

»Was für ein Zufall! Ich will auch zu Crispinus«, sagte Titus und glich sein Tempo dem ihren an.

»Du sagst, die arme Porcia ist erschlagen worden? Wer tut so etwas Schreckliches?«, fragte Cincia traurig.

»Wenn ich das wüsste, würde ich mir die Kerle einen nach dem anderen vornehmen und es ihnen heimzahlen!«

»Ich hoffe, du findest es heraus. Sei dann aber vorsichtig!«, bat Cincia.

»Das werde ich sein«, versprach ihr Titus. »Da wir außer ein paar Messern keine Waffen im Haus haben, will ich Crispinus um ein Schwert bitten. Ich würde mich damit sicherer fühlen.«

»Du darfst das Schwert aber nicht grundlos benutzen.«

»Das werde ich auch nicht! Sonst wäre ich nicht besser als jene, die Porcia umgebracht haben.« Titus warf einen kurzen Blick zurück auf die Stadt und kniff die Augen zusammen. Beim Tor stand Florus, der anscheinend vom Viehhändler endgültig zu Lucius' Spion und Zuträger geworden war.

»Wir sollten auf dem Rückweg auch gemeinsam gehen«, schlug er Cincia vor. Er fürchtete, Florus würde sie sonst belästigen. Wenn er bei ihr war, würde dieser Lump es nicht wagen, und wenn er es doch tat, konnte er ihm ein paar aufs Maul geben. Sie unterhielten sich weiter und erreichten nach einer Weile Crispinus' Haus. Hannus saß davor auf einer Bank und polierte den Brustpanzer seines Herrn. Nicht weit von ihm war Retus dabei, kleine Steine auf einen Stock zu werfen. Als er Cincia und Titus sah, ging er ihnen ein paar Schritte entgegen.

»Eine schlimme Sache, das mit dem Brandanschlag auf Tullius' Haus und dem Mord an eurer Sklavin«, sagte er.

Titus nickte bedrückt. »Das ist es! Solange ich zurückdenken kann, war Porcia bei uns. Sie war wie ein Familienmitglied. Ich ...« Titus kämpfte gegen seine Tränen an.

»Crispinus sagt, dass wir die Kerle erwischen werden! Ich hoffe nur, es geschieht, bevor sie den nächsten Mord begehen.« Retus machte bei diesen Worten ein verbissenes Gesicht und sah zur Stadt hin. Dort konnte auch er die Gestalt erkennen, die sich im Schatten des Tores aufhielt. »Lasst mich raten! Ist es Seccius oder Florus?«

Während Cincia seine Worte nicht begriff, wusste Titus sofort, was Retus damit meinte.

»Ich habe Florus gesehen – und ich würde nicht dagegen wetten, dass er bei dem Überfall auf unser Haus dabei war, und Seccius ebenso. Allerdings kann ich es nicht beweisen.«

»Irgendwann kriegen wir sie!«, erklärte Retus grimmig und sah dann beide an. »Ihr seid gewiss nicht aus Spaß und Freude hergekommen.«

Sowohl Cincia wie auch Titus schüttelten den Kopf. »Nein, das bin ich nicht«, sagte das Mädchen. »Mein Herr Tullius lädt Herrn Crispinus herzlich zum Mahl ein und würde dabei gerne mit ihm reden.«

Unterdessen trat Crispinus aus dem Haus. »Eigentlich sollte ich mich nicht in die inneren Angelegenheiten der Ortschaften einmischen, die in meinem Aufgabenbereich liegen. In diesem Fall aber werde ich es tun müssen. Richte Tullius aus, dass ich morgen Abend zu ihm kommen werde«, sagte er zu Cincia.

»Hab Dank!«, antwortete das Mädchen und wollte sich verabschieden. Dann aber erinnerte sie sich an Thamina, die hier ein recht einsames Leben ohne jede Freundin führen musste.

»Erlaubst du mir, mit deiner Sklavin zu sprechen, Herr Crispinus?«

»Was heißt hier erlauben? Ich würde mich freuen, wenn du es tätest«, antwortete Crispinus und wandte sich Titus zu. »Und was führt dich hierher?«

Titus wand sich ein wenig. »Es ist so, Herr Crispinus: Nach diesem Überfall würde ich mich sicherer fühlen, wenn wir eine Waffe zu Hause hätten. Daher wollte ich dich bitten, ob du mir nicht ein Schwert leihen könntest.«

»Das kannst du haben. Kommt herein!« Crispinus trat ins Haus und ließ die Tür für die beiden offen.

Während er unter seinen Schwertern eines auswählte, das ihm für Titus passend erschien, begrüßte Cincia Thamina. Sie hatte die junge Perserin seit jenen schlimmen Stunden auf der Sklavenversteigerung nur ein- oder zweimal gesehen und nur kurz mit ihr sprechen können. Nun freute sie sich, weil es Thamina gut zu gehen schien.

»Hast du dich mittlerweile hier eingelebt?«

Thamina hob den Kopf. »Es ist schön, dich zu sehen, Cincia. Ich hoffe, du hast einen guten Herrn.«

»Doch, ja!«, erwiderte sie ein bisschen zögernd, weil Gratiana doch gelegentlich zickte. »Und du?«

»Ich habe einen guten Herrn«, antwortete Thamina.

»Jedenfalls einen besseren, als du es verdient hast«, warf Crispinus mit einem gewissen Spott ein, da Thamina sich ihm noch immer verweigerte. Zwar hatte er sie nicht gekauft, damit sie mit ihm das Bett teilte, aber der Wunsch danach war mit der Zeit in ihm erwacht, zudem Sehnsucht, ein liebes Wort von ihr zu hören. Er drängte sie allerdings nicht, sondern hoffte immer noch, dass sie sich allmählich in ihr Schicksal fügen würde.

»Ich habe Essen gekocht. Wenn wir etwas Brot dazunehmen, würde es für alle reichen«, schlug Thamina vor.

»Sie kann ausgezeichnet nähen und ebenso gut kochen. Auch sonst benimmt sie sich, als wäre sie meine Hausfrau, aber das Letzte gönnt sie mir nicht«, stichelte Crispinus.

Thamina wandte den Kopf ab. Sie wusste, dass ein anderer Herr weitaus weniger nachsichtig wäre als Crispinus. Der Stachel jedoch, nur eine Ware zu sein, die jeder, der das nötige Geld besaß, erwerben konnte, saß tief.

Cincia half ihr, den Tisch zu decken. Unterdessen betrachtete Titus das Schwert, das Crispinus ihm gereicht hatte.

»Schwinge es ein paarmal, aber weit genug von den anderen entfernt, und lass bitte auch mein Geschirr am Leben. Thamina würde mich sonst in die Stadt schicken, um neues zu besorgen«, meinte Crispinus lächelnd.

Titus befolgte den Vorschlag, doch Crispinus gebot ihm rasch Halt. »Dieses Schwert ist nicht ausgewogen genug. Nimm das hier!

Mit dem wirst du besser zurechtkommen.« Er tauschte die Schwerter aus und sah zufrieden, wie Titus das zweite Schwert durch die Luft schwang.

»Das sieht schon besser aus! Du musst auch lernen, damit zuzustoßen. In einer Kammer oder einem engen Flur bleibt oft nicht genug Platz, um einen Hieb anzubringen!«, riet Crispinus und schnupperte dann. »Das riecht gut, meine Liebe! Wenn du so weitermachst, werde ich dich noch freilassen und heiraten.«

Thamina sah ihn forschend an, konnte aber nicht sagen, ob es als Scherz gemeint war. Um nicht enttäuscht zu werden, beschloss sie, nichts darauf zu geben. Sie stellte den Topf auf den Tisch und füllte die Teller.

»Ich hoffe, ihr habt nichts dagegen, im Sitzen zu essen«, sagte Crispinus zu Cincia und Titus. »Bei den Prätorianern haben wir es zumeist getan, um sofort bereit zu sein, wenn es Alarm gab, und ich halte es auch weiterhin so.«

»Herr Tullius und seine Familie essen im Liegen. Wir Sklaven hingegen sitzen in der Küche zusammen«, erklärte Cincia.

»Wir machen es wie du und essen nur zu besonderen Anlässen im Liegen.« Während er es sagte, hielt Titus das Schwert unschlüssig in der Hand.

Retus reichte ihm eine Scheide und zeigte ihm, wie er diese mit einem Gürtel befestigen konnte.

Danach setzten sie sich, und nach einem kurzen Dank an die Göttin Ceres und den Hirtengott Pan begannen sie zu essen. Cincia und Titus waren wegen der fremdländischen Küche zunächst misstrauisch. Als sie jedoch wahrnahmen, wie gut es schmeckte, griffen sie beide wacker zu. Thamina reichte ihnen Brot, während Crispinus ihre Becher noch einmal mit Wein füllte.

»Gebt mir bitte keinen Wein mehr!«, bat Cincia. »Wenn ich zu viel trinke und danach einen Fehler mache, wird Gratiana mit mir schimpfen.«

»Wenn sie mit jemandem schimpfen will, dann schicke sie zu mir«, antwortete Crispinus und sah dann Retus an. »Haben du und Hannus nicht etwas in der Stadt zu besorgen?«

Dies war zwar nicht der Fall, aber Retus begriff, dass Crispinus Cincia und Titus nicht allein zurückgehen lassen wollte. Wie es aussah, war er stärker beunruhigt, als er nach außen hin zugab. Doch auch Retus fand die Situation brenzlig, denn mit dem Mord an Calvus' Sklavin war die letzte Grenze überschritten worden. Von nun an musste man damit rechnen, dass Porcia nicht die letzte Tote in diesem üblen Spiel bleiben würde.

3.

Nach dem Essen blieb für Cincia noch ein wenig Zeit, um mit Thamina zu reden. Crispinus spürte, wie gut es der jungen Perserin tat, mit einer anderen Frau zu sprechen, und wünschte sich bessere Zeiten, in denen Cincia ohne Gefahr hierherkommen konnte. Von Tullius würde er gewiss die Erlaubnis dafür erhalten. Doch erst einmal galt es, die Schurken ausfindig zu machen, die Calvus' Haus überfallen und dessen Sklavin erschlagen hatten.

Während er überlegte, stellte Thamina fest, dass sie doch das eine oder andere aus der Stadt brauchen konnte, und trug Retus und Hannus auf, es zu besorgen.

Crispinus sagte sich lächelnd, dass er in der Hinsicht einen guten Kauf gemacht hatte, denn Thamina war eine ausgezeichnete Hausfrau. Etwas beschämt dachte er daran, dass sie für ihn, Retus und Hannus nähte und für sie kochte. Keine Frau aus fürstlichem Hause sollte das alles allein tun müssen.

»Ich werde eine zweite Sklavin kaufen, schon etwas älter, damit sie dir zur Hand gehen kann«, sagte er zu Thamina.

Deren Gesicht wurde für einen Augenblick starr. »Ist es dir nicht recht, wie ich es mache?«

»Bei Juno und Minerva! Ihr Frauen seid wirklich seltsam. Ich will doch nur, dass du es leichter hast. Die andere Sklavin soll die Arbeiten erledigen, die für dich zu schmutzig oder zu anstrengend sind.«

»Ich bin auch dafür, dass eine weitere Frau geholt wird«, erklärte Retus grinsend. »Was ist, wenn Thamina sich in den Finger schneidet und deshalb nicht kochen kann? Dann müssten wir alle verhungern.«

Thamina sagte etwas in ihrer Muttersprache, was Retus glücklicherweise nicht verstand.

Crispinus aber lachte und wies in Richtung Aguntum. »So wie ich dich kenne, würdest du in Magrinius' Taverne gehen und Sabinas Speisen verschlingen.«

»Ich meine ja nur«, brummte Retus und holte Wachstäfelchen und Stilus hervor, um Thaminas Einkäufe aufzulisten. Danach steckte er sich noch ein Stück Brot in den Mund und zwinkerte Cincia und Titus zu. »Wür könn gehn!«

»Das ist aber eine vollmundige Sprache!«, spottete Cincia und brachte die anderen damit zum Lachen.

Auch Retus lachte und wiederholte den Satz, nachdem er den Bissen Brot geschluckt hatte. »Wir können gehen!«

»Das ist wenigstens verständliches Latein«, sagte Crispinus und tätschelte Thaminas Schulter. »Ich esse gerne, was du kochst, und will auch nur die Kleidung tragen, die du für mich nähst. Trotzdem solltest du eine Helferin haben!«

»Wenn es dein Wille ist, Herr, soll es so sein«, antwortete Thamina.

»Es ist mein Wille! Außerdem ist es mein Wille, dass du nicht immer Herr zu mir sagst, sondern Crispinus.«

Was Thamina antwortete, verstand Cincia nicht mehr, da sie mit Titus, Retus und Hannus zusammen das Haus verließ. Während sie zur Stadt gingen, überlegten sie, wer zu den Schurken gehören konnte, die Tullius' und Calvus' Häuser überfallen hatten. Der Einzige, von dem sie es mit ziemlicher Sicherheit annahmen, war Seccius. Dieser war als Raufbold bekannt und hatte zudem oft davon gesprochen, es Titus heimzahlen zu wollen.

»Wenn Lucius ein gerechter Mann wäre, müsste er Seccius gefangen nehmen und verhören lassen«, sagte Titus.

»Wenn er es täte, würde es mich wundern«, antwortete Cincia bitter. »Wie du sagtest, waren es mehrere. Daher muss Lucius dahinterstecken.«

»Wir müssten es ihm beweisen! Dann könnte Crispinus bei dem Statthalter in Virunum darauf drängen, ihn abzusetzen. Titus Flavius Titianus hat seinen Posten erst vor kurzem angetreten. Daher dürfte er noch nicht von Lucius bestochen worden sein.« Retus klang kämpferisch. Er hatte Lucius von früher her in schlechter Erinnerung, und der Kerl schien in der Zwischenzeit nicht besser, sondern weitaus schlimmer geworden zu sein.

»Die Ratte Florus steht immer noch am Tor. Wir sollten Cincia einen gewissen Vorsprung lassen. Vielleicht wird Florus aufdringlich, und wir hätten dadurch einen Grund, ihn zu verprügeln«, schlug Titus vor.

»Zu spät! Er hat uns schon gesehen und verdrückt sich!«, sagte Retus bedauernd.

»Schade!«, sagte Cincia. »Ich hätte zu gerne gesehen, wie Titus ihm sämtliche Zähne ausschlägt. Dieses Schwein ist am Unglück meiner Mutter und dem meinen schuld und ebenso am Tod meines Vaters.«

»Für diese Schurkereien wären ausgeschlagenen Zähne ein zu geringer Preis«, sagte Titus unversöhnlich. »Wenn Florus an dem Mord an Porcia beteiligt war, so hat er mit dieser und deinem Vater bereits zwei Menschen ums Leben gebracht.«

Sie betraten die Stadt und erreichten bald Calvus' Haus. Der Zimmermann war mit einem Helfer dabei, eine neue Tür einzusetzen. Als er das Schwert an Titus' Seite sah, verzog er das Gesicht. »Du glaubst wohl, die Kerle kommen wieder?«

»Wenn sie es tun, will ich vorbereitet sein«, antwortete Titus und klopfte auf die Schwertscheide.

»Sei bitte vorsichtig!«, bat Cincia. Danach verabschiedete sie sich von ihm.

Retus und Hannus begleiteten sie bis zu Tullius' Haus und suchten danach die Läden auf, in denen sie Thaminas Einkaufsliste abarbeiten konnten.

Als Cincia ins Haus trat, sah sie als Erstes ihre Mutter. »Endlich, Kind! Ich hatte schon Angst um dich!«

»Es ging alles gut, Mutter! Da Florus am Tor lauerte, hat Crispinus mir Retus und seinen Sklaven mitgegeben, um zu verhindern, dass der Viehhändler mich bedrängen kann.«

»In den Orkus mit diesem Schurken! Als ich gestern ein paar Besorgungen erledigen musste, hat mich dieses Schwein abgepasst und mir ins Gesicht gesagt, dass er mit uns beiden noch nicht fertig wäre.«

»Ich bin es auch mit ihm nicht«, sagte Cincia leise und hoffte dabei auf Crispinus und vor allem auf Titus. Die beiden warteten geradezu auf einen Fehler des Viehhändlers, um ihn dann zum Reden zu zwingen.

Da stürmte ihre Herrin herbei und funkelte sie zornig an. »Wo bist du gewesen, du faules Stück? Es ist deine Aufgabe, mich zu bedienen, und nicht, dich in der Stadt herumzutreiben!« Gratiana hob die Hand, als wollte sie ihre Sklavin schlagen.

»Ich habe mich nicht herumgetrieben«, antwortete Cincia heftig. »Herr Tullius hat mich zu Publius Cornelius Crispinus geschickt, um ihm eine Nachricht zu überbringen. Als ich dort war, hat Herr Crispinus mich zum Essen eingeladen, und das konnte ich nicht ablehnen.«

»Lügnerin! Ein Herr wie Crispinus lädt doch keine Sklavin ein!«, rief Gratiana und holte zum Schlag aus.

Dieser unterblieb jedoch, da ihr Vater ihre Hand festhielt. »Du solltest dir ein etwas sanfteres Gemüt angewöhnen, Tochter!«, tadelte er sie. »Cincia war in meinem Auftrag bei Crispinus. Dafür musste sie mehrere Meilen gehen, und diese Strecke legt man nicht im Flug zurück. Wenn Crispinus so freundlich war, Cincia etwas vorsetzen zu lassen, zeigt es, dass er uns gewogen ist. Bei Juno, würde er um dich werben, bekäme er dich – und wenn du ihn mit dieser Perserin teilen müsstest!«

So harsch hatte Tullius noch nie mit seiner Tochter gesprochen. Gratiana brach in Tränen aus und eilte davon. Tullius sah ihr nach und wandte sich dann Cincia zu. »Folge ihr und bringe ihr ein Tuch, damit sie die Wangen trocknen kann, aber erst, nachdem du mir gesagt hast, ob Crispinus meine Einladung angenommen hat?«

»Das hat er, Herr! Er will morgen Abend kommen«, berichtete Cincia.

»Sehr gut! Laelia soll etwas Feines kochen und deine Mutter zu Calvus gehen, um den besten Käse zu besorgen. Er hat hoffentlich noch welchen?«

»Ich glaube schon. Titus sagte, diese Lumpen hätten zum Glück nur die Hälfte ihres Vorrats zerstört«, antwortete Cincia.

»Wenigstens etwas! Wir müssen Crispinus etwas bieten, und wenn es notfalls eine Heirat mit Gratiana ist. Ich hätte nichts dagegen, wenn sie bald aus dem Haus kommt. Sie wird langsam unerträglich.«

Die beiden letzten Sätze sagte Tullius laut genug, damit seine Tochter es in ihrem Zimmer hören musste. Auch wenn er Gratiana liebte, ärgerte er sich, weil sie immer wieder von Romilius schwärmte und ihm Lucius' Neffen als möglichen Bräutigam schmackhaft machen wollte. Was er jedoch über den Burschen erfahren hatte, empfahl ihm diesen nicht als geeigneten Schwiegersohn.

4.

Wie in den meisten Familien von Aguntum waren der Überfall auf Tullius' und Calvus' Häuser sowie der Mord an Porcia auch in Lucius' Villa ein Gesprächsthema. Lucius' Ehefrau Faustina machte aus ihrer Abscheu über diese Taten keinen Hehl, während ihr Mann sich ärgerte, weil Linus ohne seinen ausdrücklichen Befehl losgeschlagen hatte. Ihm war auch bewusst, dass nicht wenige ihn als den Auftraggeber ansahen. Die Tatsache, dass Tullius seine Bewerbung um Gratiana für seinen Sohn barsch abgelehnt hatte und Calvus im Streit von ihm geschieden war, war in der Stadt bekannt.

Beim täglichen Empfang seiner Klienten und Anhänger versicherten ihm alle ihre Treue und Unterstützung. Lucius spürte jedoch ihre Angst, ihn zu verärgern und dadurch selbst Opfer einer solchen Strafaktion zu werden. Auch andere, dachte er, würden es nach dieser Nacht nicht mehr wagen, sich gegen ihn zu stellen.

Als er dies am Abend zu Linus und Romilius sagte, sahen die beiden einander grinsend an und verließen wenig später das Haus, um sich mit Florus zu treffen. Dieser hatte wieder guten Wein besorgt, und so kamen sie bald in Stimmung.

»Vater ist es ganz recht, dass wir Calvus einen Mordsschrecken eingejagt haben. Man erzählt sich, dass er sein Haus hier aufgeben und sich in Teurnia ansiedeln will«, berichtete Linus.

»Das wird Seccius nicht gefallen. Der will unbedingt Titus den Bauch aufschlitzen und dessen Därme um seinen Arm wickeln, bevor er ihm den Todesstoß versetzt«, erwiderte der Viehhändler hämisch grinsend.

»Da Calvus und Titus Aguntum noch nicht verlassen haben, sollten wir Seccius diesen Spaß gönnen«, meinte Romilius lachend.

»Ich finde, wir sollten uns in erster Linie um Tullius kümmern. Da Calvus die Stadt verlassen will, ist das der härtere Brocken«, sagte Linus.

»Und wie willst du das machen?«, fragte Romilius mit einer gewissen Anspannung.

Linus trank einen Schluck, bevor er antwortete. »Tullius hat mich beleidigt, indem er sich weigert, mir Gratiana zur Frau zu geben. Das erfordert Vergeltung! Ihr werdet mir eure Unterstützung gewiss nicht verweigern.«

»Du kannst auf uns zählen!«, versicherte ihm Florus sofort, während Romilius einen Augenblick zögerte.

»Calvus ist ein Mann mit mittlerem Einkommen und ohne größere Bedeutung in der Stadt. Bei Tullius ist das anders. Er genießt das römische Bürgerrecht und kann jederzeit den Statthalter in Virunum um Unterstützung bitten.«

»Da hat Romilius recht«, stimmte Florus diesem nun zu.

Linus musterte beide mit einem höhnischen Blick. »Ihr seid Feiglinge, alle beide! Mein Schlag wird Tullius ins Mark treffen.«

»Seine Tür dürfte nach dem Überfall gut bewacht werden«, wandte Romilius ein.

»Glaubst du, ich bin ein Narr, es zum zweiten Mal auf die gleiche Weise zu versuchen?«, fragte Linus empört. »Ich habe einen ganz anderen Plan! Vater hat Tullius geraten, zum Heiligen Berg zu pilgern und dort für den Frieden in der Stadt zu beten. Diesem Wunsch kann Tullius sich nicht entziehen. Er wird höchstens zwei oder drei Sklaven mitnehmen. Mit denen werden wir fertig.«

Florus sprang erschrocken auf. »Wir sollen Tullius auf dem Weg zum Heiligtum überfallen? Damit ziehen wir uns den Zorn der Götter zu!«

»Jupiter wird sich höchstens darüber amüsieren, wie leicht Tullius es uns macht, ihn zu beseitigen«, sagte Linus lachend.

Romilius dachte kurz nach und nickte dann. »So könnte es tatsächlich gehen! Wir sollten Tullius aber nicht auf dem Hinweg, sondern auf dem Rückweg abfangen. Wir müssen also herausfinden, ob er den ganzen Weg an einem Tag zurücklegen oder eine Nacht beim Heiligtum verbringen will.«

»Na ja, wenn ihr meint!«, brummte Florus halb überzeugt. »Ich weiß aber nicht, ob wir sechs ausreichen werden, wenn Tullius mehrere Sklaven mitnimmt.«

»Die werden höchstens mit Stöcken bewaffnet sein, während wir uns aus dem Zeughaus der Stadtwachen ausrüsten können«, erklärte Romilius, der zunehmend Gefallen an dem Vorschlag fand.

»Dann machen wir es eben. Aber es muss etwas bringen«, sagte Florus mit verkniffener Miene.

»Das wird es, mein Guter!«, versprach Linus und klopfte ihm auf die Schulter. »Halte Augen und Ohren offen, damit wir erfahren, wann Tullius aufzubrechen und vor allem wiederzukommen gedenkt.«

»Nicht, dass wir von seiner Wallfahrt erst erfahren, wenn er bereits zurück ist«, spottete Romilius und trank ebenfalls einen Schluck.

Linus hätte zur Legion gehen und Offizier werden sollen, dachte er. Dort würden ihm solche Pläne Anerkennung und Auszeichnungen einbringen. Im zivilen Leben aber galten sie als Verbrechen. Solange er jedoch seinen Vorteil daraus zog, gab es keinen Grund für ihn, Linus daran zu hindern.

5.

Während Linus Tullius' Tod plante, hoffte dieser immer noch auf eine Einigung mit Lucius. Zwar würde er dafür einige schmerzhafte Zugeständnisse machen müssen, doch um des Friedens in der Stadt willen war er dazu bereit. Um seinen guten Willen zu zeigen, wollte er deswegen auch zum Heiligtum pilgern.

Tullius steckte eigenhändig das Geld in den Beutel, das er den Priestern und Priesterinnen als Spende zukommen lassen wollte, und wies seine Frau und seine Tochter an, sich am nächsten Tag mit ihm zusammen zum Heiligtum aufzumachen.

»Wir bleiben dort über Nacht. Cincia wird mitkommen und euch beide bedienen, da Viviana es nicht kann«, sagte er beim Abendessen.

»Weshalb musste sich diese dumme Frau ausgerechnet jetzt den Knöchel verstauchen!«, schimpfte Gratiana, da sie glaubte, die Toilettdienerin ihrer Mutter würde die Verletzung nur vortäuschen, um sie nicht begleiten zu müssen.

Aurelia kannte ihre Zofe besser und funkelte ihre Tochter tadelnd an. »Du sollst nicht schlecht über Viviana sprechen! Sie wollte trotz ihres schlechten Fußes mitkommen. Materiona hat es ihr verboten, und die weiß, ob jemand verletzt ist oder nur so tut.«

»Deine Mutter hat recht!«, erklärte Tullius. »Viviana ist unserer Familie treu ergeben, und sie zu schmähen, zeugt von einem schlechten Charakter.«

»Dann habe ich eben einen schlechten Charakter«, rief Gratiana empört, weil ihr Vater sie vor Cincia so barsch zurechtwies.

»Wenn du dieser Meinung bist, werde ich dich wohl mit Linus verheiraten müssen. Da er selbst ein Lump ist, würdest du zu ihm passen!« Aus Ärger antwortete Tullius schärfer als gewollt. Wie schon mehrfach brach seine Tochter in Tränen aus und lief davon.

»Wenn Gratiana so weitermacht, reichen Ohrfeigen bald nicht mehr aus, um sie zur Vernunft zu bringen. Dann werde ich wohl den Stock nehmen müssen«, sagte Tullius schnaubend und sah sich dann seinem Schreiber gegenüber.

»Was ist?«, fragte er ungehalten.

»Es ist eben ein Bote des Bürgermeisters erschienen. Er bittet dich, morgen bei der Sitzung des Stadtrats anwesend zu sein. Es gibt einiges zu besprechen!«

Tullius schüttelte ärgerlich den Kopf. »Ausgerechnet morgen will ich zum Heiligtum pilgern! Jetzt werde ich die Wallfahrt verschieben müssen.«

»Das solltest du nicht tun, denn damit würdest du die Götter beleidigen«, wandte seine Frau ein.

»Wenn ich die Ratsversammlung schwänze, würde es von Lucius und seinen Anhängern als Brüskierung aufgefasst werden«, sagte Tullius verärgert.

»Wir können doch beides machen!«, schlug Aurelia vor. »Du nimmst an der Ratsversammlung teil, während Gratiana, Iunius und ich zum Heiligtum wandern und dort beten und opfern. Dein Opfer kann Iunius darbringen. Er ist alt und verständig genug dafür, und die Götter werden gewiss nicht zürnen, weil nicht du, sondern unser Sohn es tut.«

Tullius überlegte kurz. »So ist es wohl das Beste.«

»Ist es denn nicht gefährlich, solange wir nicht wissen, wer das Haus überfallen hat?«, fragte Cincia.

»Wallfahrer, die am helllichten Tag zum Heiligtum pilgern, werden wohl kaum in Gefahr geraten, überfallen zu werden«, erwiderte Tullius in einem Ton, wie man mit kleinen Kindern spricht. Um aber seine Frau zu beruhigen, versprach er, ihr zwei kräftige Sklaven mitzugeben.

»Das wird wohl für eure Sicherheit reichen, zumal auch noch andere Pilger unterwegs sein werden«, setzte er hinzu und verließ das Haus, um sich mit seinen Anhängern über die morgige Ratsversammlung zu beraten.

Aurelia wies unterdessen die Köchin an, für etwas Mundvorrat zu sorgen. »Es muss nicht viel sein, denn wir werden in der Taverne beim Heiligtum essen und dort auch schlafen.«

»Gib acht, dass die Sklaven am Abend nicht zu viel trinken, damit sie am nächsten Tag in der Lage sind, den Heimweg anzutreten«, mahnte Laelia.

»Ich trinke gewiss nicht!«, rief Cincia empört.

»Dich meine ich nicht, mein Kind, sondern die beiden Männer, die euch begleiten sollen.«

»Es tut mir leid! Ich wollte dich nicht anfahren.«

»Schon gut! Ich hätte mich besser ausdrücken können. Doch nun solltest du dich um Gratiana kümmern. Es ist an der Zeit, dass sie verheiratet wird. Dann wird sie hoffentlich vernünftiger werden.«

»Hole ein wenig Gebäck und Wein aus der Küche. Dann wird sie sich schon beruhigen«, befahl Aurelia.

Cincia eilte los und ließ sich von ihrer Mutter das Verlangte geben. Dabei sah Amma die Tochter durchdringend an. »Es ist gut, dass du zum Heiligtum mitgehen darfst«, sagte sie. »Du kannst dort Epona, aber auch Aericeara und Sirona opfern, damit sie über uns wachen und unser Schicksal zum Guten wenden.«

»Das werde ich tun!«, versprach Cincia und überlegte, wie viel ihres bisher ersparten Geldes sie dafür verwenden sollte.

Da drückte ihr die Mutter mehrere Münzen in die Hand. »Es ist zwar wenig, doch die Göttinnen werden wissen, dass wir es aus frohem Herzen geben.«

»Ich werde noch einmal so viel dazutun«, versprach Cincia und steckte das Geld rasch in eine Falte ihres Kleides, um Gratiana den Wein und die Naschereien bringen zu können.

6.

Auch in Calvus' Haus wurde an diesem Abend über eine Wallfahrt zum Heiligen Berg gesprochen. Eigentlich hatte Calvus sich überlegt, seine Frau und seinen Sohn zu begleiten. Doch wie Tullius gehörte auch er dem Stadtrat an, und da er der Hauptbetroffene dieser Überfälle war, wurde erwartet, dass er darüber berichtete.

Unschlüssig sah er seine Frau an. »Kannst du mir raten, Liviona?«

»Wenn du mich so fragst, schlage ich vor, dass du an der Ratssitzung teilnimmst. Um jedoch die Götter nicht zu erzürnen, werden Titus und ich zum Heiligtum wandern und am Abend, wie du es vorgeschlagen hast, Fürst Vogitoubus um Obdach bitten«, antwortete Liviona.

Calvus atmete auf. »Das wird wohl das Beste sein! Untertags und mit etlichen anderen Pilgern auf den Straßen, die zum Heiligtum unterwegs sind oder von dort kommen, wird euch gewiss niemand behelligen.«

»Falls es doch jemand wagt, so habe ich mein Schwert dabei«, erklärte Titus entschlossen.

»Du solltest das Heiligtum nicht mit dem Schwert betreten«, mahnte ihn die Mutter.

»Das werde ich auch nicht! Ich gebe es am Eingang ab und hole es dort wieder ab, wenn wir das Heiligtum verlassen.«

»Mach es so!«, sagte sein Vater und hob die Hand. »Porcia, ich brauche Wein!« Noch während er es sagte, erinnerte er sich daran, dass die treue Sklavin tot war, und kämpfte mit den Tränen.

Seine Frau goss ihm den Becher voll und stellte diesen vor ihn hin. »Wirst du dem Bürgermeister und den anderen Ratsmitgliedern mitteilen, dass du aus Aguntum wegziehen willst?«

»Nein!«, antwortete Calvus. »Ich hatte es vor, mich dann aber dagegen entschieden. Ich will meinen Besitz in Ruhe verkaufen und vor allem nicht an Männer, die den Preis drücken wollen, weil ich von hier weggehe! Leicht fällt es mir nicht. Mein Großvater ist vor über sechzig Jahren aus Italien hierhergekommen. Er heiratete eine Hiesige und fing mit dem Käsehandel an. Danach übernahm es mein Vater und vor fast zwanzig Jahren ich. Wir haben klein angefangen. Damals dachte keiner von uns, dass wir einmal Käse nach Aquileia und sogar bis nach Rom schicken würden. Könnten wir bleiben, würde Titus unseren Handel weiter ausbauen und sich gewiss irgendwann sogar mit den Reichen der Stadt messen können.«

Titus trat auf seinen Vater zu und umarmte ihn. »Verzweifle nicht! Wir sind nicht ohne Freunde. Wenn wir uns mit Tullius und Crispinus zusammentun, stellen wir eine Macht dar, die es sogar mit Lucius aufnehmen kann!«

»Du bist ein Träumer, Junge!«, sagte Calvus mutlos.

»Zu träumen ist das Vorrecht der Jugend«, wandte seine Frau ein. »Es kommt nur darauf an, ob es Träume bleiben oder ob man sie verwirklichen kann.«

»So sehe ich es auch, Mutter!«, erklärte Titus. »Einen zweiten Angriff auf unser Haus werden diese Schurken nicht wagen. Zudem werden wir morgen die Götter um ihren Beistand bitten, und den werden sie uns gewiss nicht versagen. Danach sieht die Sache schon anders aus.«

Nun fasste Calvus wieder etwas Mut. »Du hast recht, mein Junge! Die Götter werden uns nicht verlassen. Morgen im Rat werde ich darauf dringen, dass diese Schurken verfolgt und gefasst werden. Selbst Lucius wird nicht dagegenstimmen können, wenn er nicht will, dass man ihn für den Urheber hält.«

Und wer soll die Kerle jagen?, dachte Titus. Etwa die beiden Ädilen, die Lucius nach dem Mund reden? Er schwieg jedoch und hoffte auf Crispinus' Hilfe.

In dem Augenblick öffnete seine Mutter die Tür und schaute hinaus. Dort war es wie immer. Leute gingen vorbei, einige grüßten sie, andere wandten den Kopf ab. Da sah sie zwei Männer vorbeireiten. Es waren Crispinus und Retus, beide in blanker Rüstung, aber ohne Helm und mit blauen Mänteln.

»Da kommen eben Crispinus und Retus. Weißt du, was die um diese Zeit in der Stadt wollen?«, fragte sie Mann und Sohn.

Titus schlug sich leicht gegen die Stirn. »Tullius hat Crispinus zu sich eingeladen. Ich hoffe, er kann ihn für uns gewinnen.«

»Für uns?« Sein Vater lachte bitter. »Tullius ist ein reicher Mann und Crispinus ein hoher Beamter des Imperiums. Ich glaube nicht, dass ihnen etwas an einem kleinen Geschäftsmann wie mir liegt.«

»Vielleicht doch, Vater! Denke an die Weidenruten, die nicht brechen, wenn man sie zu einem Bündel zusammenbindet, während sie einzeln mit Leichtigkeit zerbrochen werden können.«

»Titus hat recht! Du musst zu Tullius gehen und mit ihm reden«, drängte Liviona, die ihre Heimat ebenso wenig aufgeben wollte wie ihr Sohn.

»Ich werde ihn morgen beim Rat sehen«, antwortete ihr Mann und hatte gleichzeitig Angst davor, Tullius anzusprechen, solange Lucius oder einer von dessen Handlangern es sehen konnte.

7.

Während Crispinus durch die Straße ritt, betrachtete er Calvus' neue, feste Tür.

»Um die einzuschlagen, braucht man schon einen Rammbock«, meinte Retus zufrieden.

»Diese Tür mag fest sein. In der Stadt gibt es aber noch viele andere Türen, die es nicht sind«, gab Crispinus zu bedenken.

»Du meinst, die Kerle machen weiter?«, fragte Retus.

Crispinus nickte verbissen. »Sie haben Blut geleckt. Vor allem aber riechen sie die Angst, die in der Stadt umgeht. Es wird sie berauschen und dazu bringen, erneut zuzuschlagen.«

»Pluto soll sie holen!«, brummte Retus und wies dann auf Adnamatus, der eben in eine lindgrüne Tunika und eine gelb leuchtende Toga gekleidet des Weges kam.

»Sieht er damit nicht lächerlich aus?«, fragte er kopfschüttelnd.

»Solange es die andere Seite täuscht, kann er sich kleiden, wie er will«, antwortete Crispinus und winkte Adnamatus zu. »Salve, mein Freund! Gehst du spazieren oder willst du noch etwas einkaufen?«

»Weder noch!«, erklärte Adnamatus. »Ich gehe nur ein wenig hin und her, weil ich auf diese Weise am besten nachdenken kann.«

»Und was gibt es so Schwerwiegendes, über das du nachsinnst?«, wollte Retus wissen.

»Wie ich meinen Aufenthalt hier verkürzen könnte, um wieder nach Rom zurückzukehren!«, sagte Adnamatus. »Mir wird jedoch nichts anderes übrig bleiben, als noch ein paar Wochen zu verweilen. Laut meinem Großvater muss ich jedes meiner Bergwerke aufsuchen. Morgen fange ich an. Es wird wohl das nächstgelegene sein, denn zu den anderen ist es für mich noch zu weit.«

Nicht nur Crispinus und Retus hörten es, sondern auch Florus, der den beiden gefolgt war, um herauszufinden, was sie in der Stadt tun wollten.

»Adnamatus will also das nächstgelegene Bergwerk aufsuchen. Dies dürfte Lucius interessieren«, murmelte Florus und fand, dass es wichtiger war, seinem Patron diese Nachricht zu überbringen, als weiter Crispinus zu folgen. Er hatte jedoch Glück, denn eben fragte Adnamatus, wohin Crispinus so kurz vor dem Abend hinwollte.

»Ich bin auf dem Weg zu Tullius. Er hat mich zum Abendessen eingeladen«, antwortete Crispinus.

Adnamatus fasste nach dem Zügel von Crispinus' Hengst. »Würde es dir etwas ausmachen, mich bei Tullius einzuführen? Ich würde ihn gerne kennenlernen«, sagte er und setzte für sich »und vor allem dessen Tochter« hinzu.

»Ich glaube, das kann ich verantworten«, meinte Crispinus und schwang sich aus dem Sattel, um neben Adnamatus herzugehen.

Da nun Florus' Neugier ganz gestillt war, konnte er zu Lucius' Villa eilen. Retus bemerkte den Viehhändler, achtete jedoch nicht auf ihn, sondern nahm Crispinus die Zügel ab und folgte den beiden, die freundlich plaudernd die letzten hundert Schritte zu Tullius' Haus zurücklegten.

Dort wurde Crispinus bereits erwartet. Der Türsteher ließ die Besucher ein, und schon eilte Tullius ihnen entgegen. »Willkommen, Centurio! Ich freue mich, dass du meiner Einladung zu einem bescheidenen Abendessen gefolgt bist!«

»Ich danke dir, Tullius!«, antwortete Crispinus. »Ich hoffe, es erregt nicht deinen Unmut, dass Adnamatus mich begleitet. Ich finde jedoch, dass ihr euch kennenlernen solltet.«

»Aber gewiss nicht!« Tullius fand Adnamatus' Kleidung ebenfalls gewagt, begrüßte ihn aber freundlich und lud ihn ebenso wie Crispinus und Retus ein, mit ihm zu speisen.

»Ich danke dir, Tullius!«, sagte Adnamatus lächelnd. »Es ist mir eine Freude, dein Gast zu sein. Jemand wie du, der ein enger Freund meines Großvaters gewesen ist, kann mir gewiss einiges berichten.«

»Das kann ich!«, erwiderte Tullius und führte seine Gäste in den Speisesaal.

Zwei Sklaven stellten dort gerade eine weitere Liege auf, damit auch Adnamatus Platz fand. Crispinus wurde der Platz neben Tullius zugewiesen, während sich Adnamatus' Liege zwischen denen von Aurelia und Gratiana befand. Aurelia hatte es so bestimmt, um den jungen Mann besser kennenzulernen. Im Augenblick war er von seinem Reichtum her der Einzige, der als Bräutigam für ihre Tochter infrage kam.

Auch sie begrüßte nun die Gäste und bat sie, Platz zu nehmen. Retus fand sich neben Iunius wieder. Dieser war zwar noch ein Kind, sich aber seiner Stellung als Erbe eines großen Vermögens durchaus bewusst. Trotzdem hatte er Freude daran, dem altgedienten Soldaten mit seiner hellen Stimme etliche Fragen zu stellen.

Tullius fragte Crispinus, was er von dieser Gegend halte. »Für einen Römer wie dich sind die Berge, die das Tal des Dravus umgeben, wohl arg hoch und das Klima etwas zu rau«, meinte er.

Adnamatus nickte heftig. »So ist es, Tullius! Es ist ein raues Land mit rauen Bewohnern.«

»Dem widerspreche ich vehement!«, sagte Aurelia. »Wir sind zwar hier in der Provinz, doch hier lebt ein ehrlicher und aufrechter Menschenschlag.«

»Ein rauer, ehrlicher und aufrechter Menschenschlag«, verbesserte Adnamatus sie und fragte sich, wo Gratiana blieb. Schließlich hatte er sich Crispinus angeschlossen, um sie zu sehen.

Auch Aurelia vermisste ihre Tochter und beschloss, dieser ein paar deutliche Worte zu sagen. Sowohl Crispinus wie auch Adnamatus waren bedeutende Besucher und konnten wichtige Verbündete für ihren Ehemann werden. Wurden sie brüskiert, konnte es diese dazu bringen, sich Lucius anzuschließen.

»Wo bleibt Gratiana?«, fragte Tullius, dem das Fehlen der Tochter ebenfalls aufgefallen war.

»Sie wird gewiss gleich kommen«, antwortete seine Frau und winkte den Sklaven zu sich, der ihnen vorlegte. »Geh zu Gratiana und frage sie, weshalb sie sich verspätet.«

»Sehr wohl, Herrin!« Der Sklave verbeugte sich und verschwand.

Kurz darauf kam Gratiana herein. Nachdem sie bemerkt hatte, dass auch Adnamatus mitgekommen war, hatte sie sich noch einmal umgezogen und trug nun Farben, die sich mit denen seiner Kleidung förmlich bissen.

»Oh, bin ich zu spät?«, fragte sie lächelnd und nahm Platz.

»Und ob du das bist, Tochter! Unsere Gäste müssen mich für einen jämmerlichen Vater halten, der den eigenen Kindern nicht beibringen kann, was Pünktlichkeit und Höflichkeit bedeuten!«, tadelte Tullius sie. Gleichzeitig warnte sein Blick Gratiana, es nicht zu übertreiben.

Seine Tochter ließ sich Wein reichen und musterte Crispinus, während sie trank. Dieser ging auf die vierzig zu, wirkte aber jünger und war von angenehmem Äußeren. Gegen Romilius aber kommt er nicht an, dachte sie und hoffte, ihr Vater würde sich erweichen lassen und Lucius' Neffen als Schwiegersohn akzeptieren.

Anschließend betrachtete sie Adnamatus. Abgesehen von seiner grellbunten Kleidung hätte er ihr gefallen können. Obwohl sie ihn für einen Gecken hielt, wirkte er auf eine seltsame Art männlich. Ihr gefiel auch der anbetende Blick, mit dem er sie ansah. Plötzlich wünschte sie sich, ihr Vater würde auch Romilius zum Essen einladen, damit sie die beiden jungen Männer miteinander vergleichen konnte.

Unsinn!, rief sie sich zur Ordnung. Mit Romilius konnte Adnamatus sich niemals messen, und Crispinus war zu alt, um für sie infrage zu kommen. Außerdem besaß er jene persische Sklavin, die fast so schön war wie sie selbst.

»Wir sollten uns zu gegebener Zeit noch einmal treffen«, sagte Tullius, da er vor Frau und Kindern keine politischen Themen besprechen wollte.

»Das wäre auch mein Wunsch!«, antwortete Adnamatus und sah Gratiana dabei auf eine Weise an, die keinen Zweifel an seinen Absichten ließ.

Crispinus nickte ebenfalls. »Auch ich bin dafür!«

»Wie wäre es mit morgen?«, schlug Tullius vor. »Wir könnten alles beim Abendessen besprechen. Dann liegt die Ratssitzung hinter mir. Zudem sind meine Frau und die Kinder außer Haus, da sie zum Heiligtum pilgern werden.«

»Du tust förmlich so, als wolltest du Mutter und mich nicht dabeihaben«, warf Gratiana mit einem gewissen Unmut ein.

»Du täuschst dich nicht! Denn nicht alles, was Männer besprechen, ist für Frauenohren bestimmt.«

Die Zurechtweisung durch den Vater kränkte Gratiana, und so antwortete sie auf Adnamatus' Versuche, ein Gespräch mit ihr in Gang zu bringen, nur einsilbig und ignorierte ihn schließlich ganz. Damit verärgerte sie ihre Eltern so sehr, dass diese, als ihre Gäste gegangen waren, ein Donnerwetter über sie niedergehen ließen.

»Ich dachte, ich hätte dich zu einem höflichen Mädchen erzogen, das weiß, was sich gehört!«, schalt die Mutter. »Stattdessen benimmst du dich auf eine Weise, dass es Juno erbarmen möge. Die Farbe deines Kleides heute war eine Unverschämtheit. Ich würde mich nicht wundern, wenn Herr Adnamatus einen schlechten Eindruck von dir gewonnen hat.«

»Das glaube ich weniger! Er hat mich angestarrt, als wäre er ein Wolf und ich ein Lamm, das er zu verschlingen wünscht«, antwortete Gratiana patzig.

»Da ich nicht will, dass es einmal heißt, ich hätte einem Mann eine üble Braut gegeben, muss wohl besser ich den Stock schwingen, bevor dein Ehemann es tun muss«, sagte Tullius zornig.

»Mir gefällt dieser Adnamatus nicht!«, rief Gratiana. »Er ist eine Spottgestalt!« Bei diesen Worten sah sie die Mutter hilfesuchend an. Für Aurelia zählten jedoch Adnamatus' Reichtum und Stand mehr als sein Geschmack, sich zu kleiden.

»Wenn es Adnamatus so gefällt, bist du die Letzte, die ihn zu kritisieren hat. Ich wünschte, er würde um dich anhalten, denn er ist weitaus besser als Lucius' Neffe oder gar dessen Sohn«, erklärte sie.

»So sehe ich es auch!«, stimmte ihr Mann ihr zu. »Adnamatus wäre ein Schwiegersohn nach meinem Geschmack.«

»Aber nicht nach meinem!«, rief Gratiana empört.

»Um einen Schwiegersohn zu bekommen, bräuchtest du eine Tochter, und dafür muss ich dich erst einmal verheiraten. Wenn es so weit ist, wirst du lernen, mit dieser Entscheidung zu leben, und wenn ich deinen Hintern mit der Rute grün und blau schlagen muss!« Diesmal klang Tullius so zornig, dass Iunius eilig verschwand.

Gratiana liefen die Tränen über die Wangen, denn so erbost hatte sie ihren Vater noch nie erlebt.

»Noch etwas!«, setzte er grimmig hinzu. »Du wirst dich morgen und übermorgen auf der Wallfahrt so benehmen, dass deine Mutter mir keine Klagen über dich mitteilen muss. Es würde dir sonst nicht gut bekommen.«

Mit dem Gefühl, von allen Menschen missverstanden zu werden, schlich Gratiana in ihre Kammer. Dort warf sie sich aufs Bett und schluchzte, dass es selbst einen Kieselstein erbarmt hätte. Cincia trat neben sie und strich ihr sanft über das Haar. »Gräme dich nicht! Es wird gewiss alles gut.«

»Ich will diesen Adnamatus nicht heiraten«, jammerte Gratiana.

»Wenn dein Vater es so bestimmt, wirst du gehorchen müssen«, antwortete Cincia und fand, dass ihre Herrin, obwohl sie frei geboren war, dem Leben ebenso hilflos gegenüberstand wie sie selbst. Der eigene Wille galt nichts.

8.

Etwa um die gleiche Zeit saß Lucius zusammen mit Florus, Linus und Romilius in einem abgelegenen Raum seiner Villa. Er hatte die Tür eigenhändig versperrt, damit niemand sie belauschen konnte. Während Romilius Wein in vier Trinkschalen goss, musterte Lucius Florus mit scharfem Blick. »Du sagst, Crispinus und Adnamatus wären bei Tullius zu Gast gewesen?«

Florus nickte eifrig. »So ist es, Herr Lucius! Ich stand ganz in der Nähe und konnte es hören. Crispinus war auf dem Weg zu Tullius. Da hat Adnamatus ihn gebeten, ihn bei diesem einzuführen.«

»Das kann nur eines bedeuten: Adnamatus will sich Tullius' Unterstützung versichern. Zusammen könnten sie mir gefährlich werden. Immerhin sind beide römische Bürger und können sich an den Statthalter Titus Flavius Titianus wenden«, sagte Lucius ärgerlich. Hier in Aguntum hatte er die Macht. Doch wenn sich der Statthalter der Provinz einmischte, musste er diesen entweder bestechen, damit er zu ihm hielt, oder mit einer Niederlage rechnen.

»Es müsste eine Möglichkeit geben, Adnamatus so zu beseitigen, dass kein Verdacht auf mich fällt.«

Lucius hatte es kaum ausgesprochen, als Florus zu grinsen begann. »Es gäbe vielleicht eine Möglichkeit. Adnamatus will morgen das nächstgelegene seiner Bergwerke aufsuchen. Auf dem Weg zurück könnten wir ihn abfangen und aus der Welt schaffen. Es ist allerdings eine Arbeit, die gut bezahlt werden will.«

Der letzte Satz war eine Frechheit, dachte Lucius. Allerdings würde es ihn weitaus billiger kommen, Florus und den anderen Helfern seines Sohnes ein paar Sesterzen zukommen zu lassen, als den Statthalter zu bestechen oder gar das, was er Adnamatus unterschlagen hatte, diesem zurückgeben zu müssen.

»Morgen, sagst du? Es darf allerdings nicht der geringste Verdacht auf mich fallen. Hast du verstanden?«

Florus nickte. »Das habe ich, Lucius! Ich werde Seccius mitnehmen. Vielleicht sollten auch Linus und Romilius mitkommen, für den Fall, dass Adnamatus von mehr Männern begleitet wird als nur von seinem Diener.«

»Ich möchte auf alle Fälle dabei sein und ihm nach Möglichkeit selbst das Lebenslicht ausblasen«, erklärte Linus.

»Das solltest du anderen überlassen!« Lucius gefiel nicht, dass sein Sohn die Schmutzarbeit übernehmen wollte. Andererseits musste Linus hart sein und sich durchsetzen können, wenn er einmal sein Erbe übernahm.

»Seccius wird das mit Freuden erledigen!«, sagte Romilius mit einem zufriedenen Grinsen.

Adnamatus wird nur der Erste sein, der eines unerwarteten Todes stirbt, dachte er. Zu den weiteren Kandidaten zählten für ihn neben Tullius auch sein Onkel und dessen Sohn. Das aber hatte noch Zeit.

»Wir müssen rasch handeln!«, wandte Linus ein. »Ich will Gratiana abfangen, wenn sie zum Heiligen Berg unterwegs ist, und ihr zeigen, wer ihr Herr ist.«

»Ich halte das nicht für klug. Es könnte mir Tullius zum Feind machen!«, fuhr Lucius auf. Auch wenn er Gratiana als Braut für seinen Sohn haben wollte, so sollte es nach außen hin in allen Ehren geschehen. Sie zu vergewaltigen, wie Linus es mit der Schneidertochter Blandina gemacht hatte, würde zu viel Staub aufwirbeln.

»Verzeih, Onkel, wenn ich etwas einwende!«, meldete sich da Romilius zu Wort. »Ich bin zwar auch dagegen, dass Linus mit Gratiana so verfährt, wie er es sich wünscht. Sie überfallen und verschleppen würde ich trotzdem. Wenn Linus dann als ihr Retter erscheint und die bösen Buben vertreibt, kann Tullius sie ihm nicht mehr verweigern.«

»Das ist ein guter Plan!«, lobte Lucius ihn. Gleichzeitig ärgerte er sich, weil so etwas nicht seinem Sohn eingefallen war. Linus war zunehmend denkfaul geworden. Romilius hingegen verfügte über einen flinken Verstand, und gerade das war gefährlich. Lucius wusste, dass etliche glaubten, er hätte den Bruder seiner Frau beseitigt, um das Vermögen seines Schwiegervaters an sich zu bringen. Gerade dieses Gerücht konnte Romilius dazu bringen, es ihm nachzumachen. Er musste sich daher etwas für seinen Neffen einfallen lassen. Mit so einem jungen Bürschchen, dachte er, konnte er es dank seiner Erfahrung und seinem Verstand jedoch allemal aufnehmen.

»Dann ist es beschlossen. Morgen können wir sowohl Adnamatus betrauern wie auch Linus' Verlobung mit Tullius' Tochter feiern!«, sagte er zufrieden.

»Wenn ich noch einmal etwas einwenden darf, Onkel!«, sagte Romilius. »An Linus' Stelle würde ich Gratiana nicht auf dem Hinweg zum Heiligtum abfangen, sondern erst übermorgen, wenn sie auf dem Heimweg ist. Soviel ich erfahren habe, will sie mit ihrer Mutter zusammen beim Heiligtum übernachten. Dort weiß man gewiss schon, dass sie sich auf den Weg machen will, und würde sich wundern, wenn sie nicht erscheint. Auf dem Heimweg aber kann sie jederzeit einen Aufenthalt einlegen, um jemanden zu besuchen oder sich etwas anzusehen.«

Erneut musste Lucius zugeben, dass sein Neffe einen geschliffenen Verstand hatte. Wenn er ihn nicht bald aufhielt, würde Romilius Linus irgendwann beiseitedrängen und all das an sich raffen, was er sich in zwanzig Jahren geschaffen hatte.

»Nein!«, stieß er hervor und sah sich überraschten Blicken ausgesetzt. »Halt! Das hat nichts mit Gratiana zu tun. Meine Gedanken waren bei der morgigen Ratsversammlung«, redete er sich heraus und nickte dann Romilius zu. »Dein Vorschlag ist ausgezeichnet! Du, Florus und noch ein paar andere Freunde werdet Aurelia und ihrer Tochter auflauern, und Linus wird sie wenig später befreien. Den beiden Frauen darf jedoch nichts zustoßen! Habt ihr verstanden?«

»Das haben wir!«, antwortete Romilius lächelnd, während in seinem Kopf ein ganz anderer Plan entstand als der, den sein Onkel ausgeführt haben wollte.

Linus hingegen brummte nur, denn er hatte seine Niederlage gegen Gratiana und Adnamatus nicht vergessen und wollte Rache. Nachdem sein Vater den Raum verlassen hatte, wandte er sich an Romilius. »Sollen wir es wirklich so machen?«

»Herr Lucius hat es so bestimmt«, meinte Florus.

»Wir können den Plan durchaus abändern«, sagte Romilius lächelnd. »Aber das solltest du tun, Linus. Immerhin bist du unser Anführer!«

»Adnamatus muss sterben! Aber wie wollen wir ihn abfangen? Er wird gewiss reiten. Wir hingegen sind zu Fuß«, wandte Linus ein.

»Ich könnte Pferde besorgen«, bot Florus an.

Romilius schüttelte den Kopf. »Das fiele auf! Gibt es nicht ein paar Stellen, an denen wir ihm auflauern können, wenn er auf dem Rückweg ist?«

Florus überlegte kurz und nickte. »Die gibt es sehr wohl. Wir können uns hinter Felsen verstecken und ihn dort vom Pferd ziehen – und seinen Diener mit dazu.«

»Dann machen wir es so. Was Tullius' Weib und Tochter betrifft, muss Linus die Entscheidung treffen. Entweder spielt er den rettenden Helden und heiratet sie …«

»Sonst noch was?«, unterbrach sein Vetter ihn verärgert.

»… oder ihm wird etwas anderes einfallen«, setzte Romilius seinen Satz fort, ohne auf Linus' Einwand einzugehen. Er sah, wie dieser grinste, und war sicher, dass sein Vetter die dümmste Möglichkeit wählen würde, die sich anbot.

9.

Der nächste Morgen begann so schön, dass Adnamatus sich direkt freute, in die Berge reiten zu können. An diesem Tag wählte er zur Erleichterung seines Dieners auch keine lächerlichen Farben für seine Kleidung, sondern begnügte sich mit Hosen, wie sie die Einheimischen trugen, und einer tannengrünen Tunika. Für den Fall, dass es unterwegs kühler werden könnte, wies er Sparius an, einen Mantel aus gewalkter Wolle hinter den Sattel zu schnallen.

Nach dem Frühstück brachen die beiden auf. Hatte Adnamatus sich zunächst überlegt, so zu tun, als wäre ihm der Sattel fremd, beschloss er nun, sein Täuschungsspiel aufzugeben, und trabte zusammen mit Sparius, der wieder auf seinem Esel saß, fröhlich die Straße entlang. Kurz darauf verließen Romilius, Linus, Florus, Seccius, Ario und Tervius scheinbar unabhängig voneinander die Stadt und trafen sich ein Stück höher am Hang. Bis zu dem Bergwerk, das Adnamatus aufsuchen wollte, hätten sie zu Fuß einen halben Tag gehen müssen. Sie legten jedoch nur ein knappes Drittel dieser Entfernung zurück und ließen sich schließlich in der Deckung mehrerer Felsen nieder.

»Hier müssen Adnamatus und sein Diener absteigen und ihre Pferde führen. Die Stelle ist zu steil, als dass sie reiten könnten«, erklärte Florus.

»Da sie nur zu zweit sind, werden wir leicht mit ihnen fertig«, setzte Romilius hinzu.

Linus nickte, während Seccius die Schneide des Schwertes mit einem Stein wetzte. Die beiden Vettern waren ebenfalls mit Schwertern bewaffnet, während Florus sich zusätzlich zu seinem Dolch einen mannslangen Stock mit eiserner Spitze zugelegt hatte, den er wie einen Speer einsetzen konnte. Da Ario und Tervius lange Messer und Knüppel bei sich trugen, waren sie sich ihres Erfolgs sicher und warteten darauf, dass Adnamatus auf dem Rückweg an ihnen vorbeikam.

Ohne zu ahnen, dass hinter ihm eine Falle aufgestellt wurde, erreichte Adnamatus das Bergwerk. Es lag hoch oben am Hang. Als er vom Pferd stieg und sich umsah, begriff er, weshalb sein Großvater trotz seines Reichtums darauf verzichtet hatte, nach Rom zu ziehen, wie es Tochter und Schwiegersohn gewünscht hatten. Der Blick auf die andere Seite des Tales war atemberaubend

Seine Ankunft war nicht unbemerkt geblieben. Drei Männer kamen aus einem Blockhaus, das neben dem Mineneingang errichtet worden war, und traten auf ihn zu.

»Salvete! Ihr dürftet mich kennen. Ich bin Adnamatus Naevius Claudius, der Besitzer dieses Bergwerks.«

Einer der Männer hatte ihn bereits in Aguntum gesehen und nickte. »Sei uns willkommen, Adnamatus! Herr Lucius hat uns bereits Nachricht geschickt, dass du kommen würdest.«

Adnamatus stellte zweierlei fest. Zum einen sprach ihn der Mann, der immerhin in seinen Diensten stand, wie seinesgleichen an, während er bei Lucius den ehrenvollen Begriff Dominus vor den Namen setzte. Außerdem musste Lucius dem Mann seinen Besuch angekündigt haben. Dies war zwar nicht außergewöhnlich, machte ihn aber trotzdem misstrauisch.

»Ich bin gekommen, um mir die Liste mit der Ausbeute dieser Mine anzusehen und mit einigen Männern zu reden«, erklärte er.

»Die Listen sind nicht hier. Wir schicken sie umgehend zu Herrn Lucius, da dieser die Bergwerke verwaltet.«

»Du wirst sie ihm gewiss nicht jeden Tag bringen. Also lege mir das vor, was du hier hast!«, sagte Adnamatus mit einer gewissen Schärfe.

Er sah, wie sich der Mann wand, und glaubte auch den Grund zu kennen. Von hier wurde Lucius mit Sicherheit die wahre Ausbeute gemeldet. Sollte dieser wie vermutet die Listen zu seinen Gunsten verändern, würden die Unterschiede zwischen dem, was er hier erfuhr, und dem, was Lucius ihm vorlegte, gewaltig sein.

Ohne auf eine Reaktion der beiden Männer zu warten, ging Adnamatus auf das Haus zu und trat ein. Als Knabe war er bereits hier gewesen, und damals war das Innere des Gebäudes immer aufgeräumt und sauber gewesen. Jetzt aber lagen die Aufzeichnungen wirr auf dem Tisch herum. Auf einer Liste stand ein Weinbecher, andere waren schmutzig und die Schrift kaum zu lesen. Der Boden hätte ebenfalls dringend gewischt gehört, und als er sich kurz mit der linken Hand auf den Tisch stützte, klebte diese fest. Angeekelt drehte er sich zu dem Minenverwalter um, der ihm gefolgt war.

»Ich hoffe, in der Mine sieht es anders aus als hier«, sagte er schneidend.

Der Mann zuckte mit den Achseln. »Wir tun unsere Arbeit. Das muss reichen!«

Adnamatus nahm einen Papyrusstreifen zur Hand und warf einen Blick darauf. Mit etwas Fantasie konnte er die Ausbeute der letzten zwei Wochen entziffern. Er zog sein Notiztäfelchen aus seiner Gürteltasche und kopierte die Zahlen. Danach sah er den Vorarbeiter streng an. »Wenn du deinen Posten behalten willst, solltest du die Listen sorgfältiger führen!«

»Herr Lucius wird nicht zulassen …«, begann der Mann, wurde aber von Adnamatus sofort unterbrochen.

»Du scheinst zu vergessen, dass du nicht in Lucius', sondern in meinen Diensten stehst! Entweder du arbeitest so, dass ich mit dir zufrieden bin, oder du kannst sehen, wo du bleibst.«

Der Mann starrte ihn verblüfft an. Von Lucius und Freunden aus der Stadt hatte er erfahren, dass Adnamatus ein jämmerlicher Stutzer wäre, für den nur seine Kleidung und seine Bequemlichkeit wichtig wären. Stattdessen stand ihm ein junger Mann gegenüber, der offenbar genau wusste, was er wollte.

Adnamatus sah sich weiter um, fand aber nichts mehr, das für ihn von Belang war. Daher forderte er, in die Mine geführt zu werden.

Drinnen schien auf den ersten Blick alles in Ordnung zu sein. Adnamatus stellte jedoch schnell fest, dass mehr Sklaven im Bergwerk arbeiteten als zur Zeit seines Großvaters. Dieser hatte freie Männer aus der Umgebung angestellt, die für guten Lohn auch gute Arbeit lieferten. Zudem war in Teilen der Mine an Stützen für die Decke gespart worden.

»Ich will, dass das behoben wird!«, sagte er streng zum Verwalter. »Wenn hier der Berg einbricht, schneidet er uns von wertvollen Erzadern ab. Das wäre ein großer Verlust.«

Adnamatus erinnerte sich nun an das, was er von Humarus erfahren hatte. Die guten Vorarbeiter seines Großvaters waren von Lucius entlassen und durch eigene Kreaturen ersetzt worden. Zumindest in dieser Mine waren sie ihren Aufgaben nicht gewachsen. Wenn er verhindern wollte, dass es in absehbarer Zeit zu einem Unfall kam, würde er diese Kerle rasch durch erfahrene Bergleute ersetzen müssen.

Als er das Bergwerk verließ, verabschiedete sich Adnamatus mit knappen Worten von den Vorarbeitern und ritt los. Unterwegs wartete er, bis Sparius zu ihm aufgeschlossen hatte.

»Ich werde ein ernstes Wort mit Lucius sprechen müssen. Die Art, wie er die Bergwerke verwaltet, gefällt mir ganz und gar nicht.«

»Er ist ein Narr, weil er alles so verkommen lässt! Er müsste doch wissen, dass du ihn dafür zur Rechenschaft ziehen wirst«, meinte sein Diener kopfschüttelnd.

»Es heißt, Gier macht blind! Bei Lucius trifft dieser Spruch zu. Er hat aus den Bergwerken herausgesogen, was nur möglich war, und das meiste davon in seine eigenen Truhen gesteckt. Es wird schwer sein, etwas davon zurückzuholen.«

Adnamatus ärgerte sich, weil er so lange damit gewartet hatte, hierherzukommen. Andererseits hatte er seinen Posten in Syrien nicht einfach aufgeben können. Vielleicht hätte er danach nicht noch ein paar Wochen in Rom bleiben sollen … Er beendete diesen Gedanken mit einem leisen Schnauben, denn es brachte nichts, zu überlegen, was er in der Vergangenheit hätte besser machen können. Er musste hier und jetzt dafür sorgen, dass alles wieder in Ordnung kam.

10.

Linus und seine Kumpane hatten erwartet, dass Adnamatus nur kurz mit den Vorarbeitern der Mine reden und bald wieder zurückreiten würde. Stattdessen warteten sie bereits geraume Zeit, ohne dass er sich sehen ließ.

»Dieser Schweinehund wird hoffentlich nicht einen anderen Weg gewählt haben!«, rief Linus besorgt.

»Es gibt nur diesen einen Weg zum Bergwerk. Also muss er hier vorbeikommen. Es sei denn, er ist weiter oben abgestürzt und liegt irgendwo herum«, sagte Florus. Da er aber auch unruhig wurde, schlug er vor, dass einer von ihnen ein Stück weitergehen solle.

»Sobald er Adnamatus sieht, soll er umkehren und es uns melden«, setzte er hinzu.

Linus sah Ario an. »Mach du das!«

Der Bursche nickte und ging los.

»Ich hoffe, Adnamatus kommt bald! Sonst wird es Abend, und wir haben keinen Mundvorrat bei uns«, sagte Seccius brummig.

»Du denkst auch nur an Fressen, Rammeln und Prügeln«, spottete Romilius.

»Du hast das Saufen vergessen!« Seccius grinste, als wäre Romilius' Bemerkung ein hohes Lob.

Die Männer lachten und machten Witze. Da kam Ario völlig außer Atem angerannt.

»Sie kommen!«, rief er keuchend.

»Endlich!« Linus zog sein Schwert und stellte sich hinter einem Felsen auf.

»Wir sollten die beiden nicht gleich hier niederstechen, damit keine Blutspuren zurückbleiben«, mahnte Romilius.

Die Freunde nickten. Gewissensbisse empfand keiner. Für Linus und Romilius ging es darum, Adnamatus zu beseitigen, damit Lucius sich dessen Bergwerke aneignen konnte. Florus und Seccius hatten in Lucius' Diensten bereits einige Missetaten begangen, und Ario und Tervius waren von ihren Knabentagen her gewöhnt, Linus als ihren Anführer anzusehen.

Nach einer Weile blickte Romilius vorsichtig nach oben. Adnamatus und sein Diener hatten eben die steile Stelle erreicht und stiegen ab, um die Reittiere zu führen. Sie achteten dabei mehr auf ihren Weg als darauf, was sich ein Stück unten ihnen tat.

»Es läuft gut«, raunte Romilius seinen Komplizen zu und lauschte auf das Klappern der Hufe.

Da bog Adnamatus um die Ecke. Bevor er überhaupt begriff, was geschah, war Romilius bei ihm und schlug mit dem Griff seines Schwertes zu. Adnamatus sank bewusstlos zu Boden und ließ die Zügel fahren. Als Ario sein Pferd einfangen wollte, hielt Romilius ihn auf.

»Lass es laufen! So sieht es aus, als wäre Adnamatus an einer gefährlichen Stelle aus dem Sattel gerutscht und in die Tiefe gestürzt.« Danach drehte Romilius sich um und sah Sparius am Boden liegen. Aus einer Wunde im Bauch floss Blut.

»Verdammte Narren«, rief er. »Ich sagte doch, es darf hier keine Blutspuren geben!«

»Der Regen wird sie abwaschen«, sagte Linus abwinkend. Er hatte selbst zugestochen und fühlte den Rausch, Herr über Leben und Tod geworden zu sein.

»Was machen wir jetzt?«, fragte Florus.

»Sorgt dafür, dass der Kerl nicht weiterblutet, und du, Tervius, lass seinen Esel los. Florus, du sagtest etwas von einer kleinen Höhle, die in der Nähe sein soll. Wir bringen die beiden dorthin und machen ihnen dort den Garaus. Anschließend kehren wir nach Aguntum zurück.«

Obwohl Romilius' Befehle überzeugend waren, ärgerte Linus sich darüber, dass sein Vetter erneut so tat, als wäre er der Anführer.

»Packt die beiden und bringt sie in die Höhle!«, erklärte er, um Romilius zu zeigen, wer hier das Sagen hatte.

Die Männer gehorchten, und so erreichten sie schon bald eine Öffnung im Berg, hinter der sich eine kleine Grotte weitete. Dort schleiften sie ihre Opfer in den hintersten Winkel, ließen sie zu Boden sinken und warteten einige Atemzüge lang, bis sich ihre Augen an das hier herrschende Dämmerlicht gewöhnt hatten.

»Und wer bringt die beiden jetzt um?«, fragte Seccius in der Hoffnung, es selbst tun zu dürfen.

»Den Diener kannst du haben, doch Adnamatus gehört mir!« Noch während er es sagte, nahm Linus Maß und stach zu. Dann drehte er sich zu seinen Freunden um. »So wird es jedem gehen, der sich meinem Vater und mir in den Weg stellen will!«

Dabei streifte sein Blick kurz Romilius, der sich für ihn immer mehr zu einem ernsthaften Konkurrenten auswuchs.

»Aber Titus gehört mir!«, rief Seccius und versetzte Adnamatus noch einen Tritt.

»Kommt jetzt!«, sagte Romilius drängend. »Das war der erste Streich. Jetzt müssen wir daran denken, was morgen zu tun ist.«

»Das werden wir auch!«, erklärte Linus.

Er schüttelte sich vor Eifersucht, weil sein Vetter sich erneut als Anführer aufspielte. Was am nächsten Tag geschah, würde jedoch er entscheiden und sich nicht einmal von seinem Vater dreinreden lassen, geschweige denn von Romilius.

11.

Unweit der Stelle, an der Adnamatus überfallen worden war, suchte Materiona nach heilenden Kräutern. Mit einem Mal vernahm sie das Klappern von Hufen und blickte neugierig auf. Ein reiterloses

Pferd trabte ein Stück unter ihr auf dem Weg ins Tal hinab, gefolgt von einem Esel.

Verwundert kniff sie die Augen zusammen. Entweder waren die Tiere ihrem Herrn entflohen, oder diese waren weiter oben verunglückt. Dort befand sich eine steile Stelle. Wenn die Reiter dort im Sattel geblieben waren, konnten sie gestürzt sein und sich sämtliche Knochen gebrochen haben.

Unruhig geworden brach sie die Suche nach Kräutern ab und eilte in die Richtung. An der gefährlichen Stelle war nichts zu erkennen.

Materiona wollte wieder gehen, als sie es an einer Stelle rot in der Sonne glitzern sah. Sie kniete sich hin und tastete danach. Es war Blut, und es war noch frisch.

»Bei Epona, was mag hier geschehen sein?«, fragte sie sich besorgt.

Da hörte sie in der Nähe Stimmen.

»Adnamatus wird uns nicht mehr in die Quere kommen!«

So schnell hatte Materiona sich noch nie ein Versteck gesucht. Sie kauerte sich hinter einen Felsen und sah zu, wie sechs in weite Kapuzenmäntel gehüllte Männer den Hang herabkamen. Da die Gesichter von Tüchern verhüllt waren, waren sie nicht zu erkennen. Die gequetscht und pfeifend klingende Stimme gab es jedoch nur einmal im ganzen Tal.

»Florus!« Sie flüsterte es. Dann sagte sie sich, dass der Mann mit den breitesten Schultern Seccius sein musste. Die vier anderen waren schwerer einzuordnen. Doch wenn die beiden dabei waren, konnte nur Lucius hinter dieser Sache stecken.

Was hatte Florus gesagt? Adnamatus würde ihnen nicht mehr in die Quere kommen? Hieß dies etwa, dass sie ihn umgebracht hatten? Materiona erschrak bis ins Mark. Wenn Lucius so weit ging, würde es in Aguntum keinen Frieden mehr für jene geben, die er für seine Gegner hielt – und zu diesen zählte auch sie!

Materiona wartete, bis die sechs Männer außer Sichtweite waren, dann hastete sie den Hang hoch. Weiter oben gab es eine kleine Höhle, die kaum jemand aufsuchte. Die Schurken mussten von dort gekommen sein. Wenn sie Adnamatus' Leichnam dorthin gebracht hatten, würde man seine Überreste erst in Wochen oder gar Monaten finden.

Unterwegs achtete sie darauf, unter keinen Umständen gesehen zu werden. Florus und seine Kumpane würden keinen Augenblick zögern, auch sie umzubringen. Entkommen würde sie ihnen nicht, denn dafür waren ihre Beine bereits zu alt.

Zu ihrer Erleichterung erreichte sie unbemerkt die Höhle und drang vorsichtig ein. Im hinteren Teil herrschte ein Dämmerlicht, in dem sie zwei am Boden liegende Gestalten erahnen konnte. Als sie sich über einen davon beugte, erkannte sie sofort, dass er tot war. Von dem anderen war hingegen noch ein leises Stöhnen zu vernehmen.

Materiona zuckte im ersten Moment erschrocken zusammen. Dann überzeugte sie sich, dass das Herz des Zweiten noch schlug. Um seine Wunde zu versorgen, war das Licht jedoch zu schlecht. Da sie auf ihrer Suche nach Kräutern öfter in dunkle Spalten schauen musste, hatte sie neben Feuerstein, Stahl und Zunder auch eine Fackel bei sich. Mit bebenden Händen schlug sie einen Funken und entfachte schließlich eine Flamme. In deren Licht stellte sie fest sie, dass der Tote Sparius war, während in Adnamatus noch Leben steckte. Sie schnitt ihm Tunika und Hemd auf und betrachtete die Wunde. Diese hatte zwar stark geblutet, schien aber nicht tödlich zu sein.

»Dann will ich sehen, was ich für dich tun kann«, murmelte sie und machte sich daran, die Wunde zu versorgen.

Da sie jederzeit zu einem Kranken oder Verletzten gerufen werden konnte, hatte sie ihre Arzneitasche immer bei sich. An diesem Tag war sie doppelt froh darüber. Sie verband Adnamatus und setzte sich dann neben ihn.

»Was ich für dich tun konnte, habe ich getan«, sagte sie, ohne eine Antwort zu erwarten.

Da schlug er die Augen auf. »Was ist … Ich …«

»Du solltest schweigen! Das tut der Wunde besser«, riet sie ihm.

»Welche Wunde …? Au! Ich …«

»Dir haben ein paar böse Buben aufgelauert. Da Florus zu ihnen gehörte, hat wohl Lucius dir die Kerle auf den Hals gehetzt. Anscheinend bist du ihm zu sehr auf die Zehen gestiegen«, meinte Materiona nachdenklich.

»Lucius, sagst du? Ich dachte mir zwar, dass er bei der Verwaltung meiner Bergwerke Geld unterschlagen hat, hätte aber nicht gedacht, dass er zu Mord und Totschlag greifen würde.« Adnamatus' Stimme klang matt, und er litt offenbar unter starken Schmerzen. Dankbar schluckte er das Mittel, das Materiona ihm nun einflößte.

»Wenn du diese Sache hier überlebst, solltest du Grannus ein großes Opfer bringen. Du hattest Glück, dass die Kerle, die dich umbringen wollten, nicht richtig gezielt haben. Die Klinge ist an deinen Rippen abgeglitten, anstatt mitten hindurchzugehen.«

»Wenigstens etwas!«, sagte Adnamatus und stellte dann die Frage, die am stärksten in ihm brannte. »Was ist mit Sparius? Lebt er auch?«

Materionas Kopfschütteln war zu deutlich, um noch Hoffnung hegen zu können. »Sparius ist tot! Ich hatte unten am Weg frische Blutspuren entdeckt. Ohne die hätte ich wohl kaum nach dir gesucht.«

»Sparius ist tot? Das werden sie mir büßen!«, sagte Adnamatus ebenso verzweifelt wie voller Zorn.

»Du musst erst einmal wieder auf die Beine kommen, bevor du groß Pläne schmiedest. Außerdem müssen wir zusehen, wie ich dich von hier wegbringen kann. Zum Tragen bist du mir zu schwer. Ich werde wohl Hilfe holen müssen. Das muss aber jemand sein, dem ich trauen kann. Wenn Lucius erfährt, dass seine Absicht, dich in den Orkus zu schicken, misslungen ist, wird er alles tun, um es beim nächsten Mal besser zu machen.«

NEUNTER TEIL

Die Wallfahrt

1.

Um der größten Hitze des Tages zu entgehen, machte Aurelia sich an diesem Morgen bereits früh auf den Weg zum Heiligen Berg. Sie trug ein langes Kleid in heller Farbe und eine Stola, die sowohl als Schultertuch wie als kurzer Umhang verwendet werden konnte. Ihre Tochter war ähnlich gekleidet, während Iunius in einer weißen Tunika steckte. Cincia ging hinter den dreien. Sie trug nach einheimischer Art ein langes Unterkleid und das vorne offene Überkleid und schleppte in einem Ranzen nicht nur die Gegenstände mit sich, die Aurelia und Gratiana für ihre Kosmetik als unverzichtbar ansahen, sondern auch den Mundvorrat einschließlich einer kleinen Amphore mit leichtem Wein.

Zwei Sklaven begleiteten die Gruppe, jeder mit einem kräftigen Stock in der Hand. Sie sollten die Herrin und ihre Kinder vor aufdringlichen Menschen und Hunden beschützen. Zudem war es ihre Aufgabe, Iunius zu tragen, wenn ihm der Weg zu lang und beschwerlich wurde.

Obwohl Cincia kein schwächliches Mädchen war, machte es ihr wenig Freude, wie ein schwer beladenes Saumtier hinter Aurelia herzutrotten. Sie rief sich jedoch zur Ordnung, da ja auch sie im Heiligtum beten wollte. Vielleicht, so hoffte sie, würden die Götter das Schicksal ihrer Mutter und das ihre daraufhin wenden.

Nach ein paar Meilen teilte sich die Straße. Während der eine Weg nach Norden und weiter über das Gebirge nach Iuavium führte, folgte der andere dem Dravus flussaufwärts nach Sebatum.

Bis dorthin würden sie nicht gehen. Nur wenige Meilen weiter erhob sich zur rechten Seite ein steiler Hügel, dessen Flanken stufenförmig von weißen Mauern umgeben waren, die mehrere übereinanderliegende Terrassen bildeten. Darauf standen die Tempel der Götter des Imperiums und ebenso die der hier verehrten Götter. Ganz oben thronte Jupiters Tempel, der die Herrschaft Roms über die Provinz Noricum und den Bezirk Aguntum symbolisierte.

Am Fuße des Hügels versperrte ein Tor den Weg in den heiligen Bezirk. Davor befand sich ein Gebäude, welches die Taverne und die Gasträume enthielt, in denen Pilger übernachten konnten. Tullius hatte Nachricht geschickt, dass seine Frau und die Kinder kommen würden. So konnten diese sicher sein, hier Obdach zu finden.

Vor dem Tor zum Heiligtum warteten bereits einige Wallfahrer darauf, eingelassen zu werden. Ein Priester, dem mehrere Tempeldiener unterstanden, begrüßte sie und wies sie darauf hin, dass sie in den Verkaufsständen vor dem Tor Opfergaben erwerben könnten.

Aurelia kaufte kleine Abbilder der Göttinnen und Götter, zu denen sie beten wollte, und reichte auch ihren Kindern welche. Danach trat sie auf den Priester zu. »Salve!«, grüßte sie. »Ich bin Aurelia, die Ehefrau des hochgeachteten Kaufmanns Tullius Cloelius Vendinus aus Aguntum, und bin gekommen, um meine Gebete zu Juno, Minerva und Jupiter zu erheben.«

»Vergiss Gott Apollo nicht!«, mahnte der Priester, der zu dessen Dienern zählte. Da sich die Priester der einzelnen Gottheiten beim Empfang der Gläubigen abwechselten, war er an diesem Tag an der Reihe und sorgte dafür, dass auch seinem Gott geopfert wurde.

»Ich werde Apollo gewiss nicht vergessen!«, versprach Aurelia und wollte den Stufenweg hochsteigen, der zu den ersten Tempeln führte.

Da hielt Cincia sie auf. »Verzeih, Herrin, aber muss ich alles, was ich bei mir habe, mit nach oben schleppen?«

Aurelia hielt inne und drehte sich zu ihr um. »Bringe deinen Packen in die Stube, die für uns bestimmt ist. Dort bleibst du und achtest darauf, dass nichts gestohlen wird!«

Als Cincia dies hörte, ärgerte sie sich, überhaupt etwas gesagt zu haben. »Verzeih, Herrin, aber ich wollte ebenfalls im Heiligtum beten und eine Kleinigkeit opfern!«

»Das kannst du tun, wenn Iunius, Gratiana und ich fertig sind«, antwortete Aurelia und setzte ihren Weg fort.

Gratiana und Iunius folgten ihr, während die beiden Sklaven der Ansicht waren, sie seien vom Weg so geschwächt, dass sie dringend eine Stärkung in der Taverne benötigten.

Cincia ging ebenfalls zur Herberge und sprach eine der dort beschäftigten Sklavinnen an. »Salve! Ich komme im Auftrag meiner Herrin Aurelia, Ehefrau des Tullius aus Aguntum. Für sie wurde ein Raum bestellt.«

»Komm mit!« Die Sklavin führte sie ein Stockwerk höher. »Wir haben die beste Kammer für deine Herrin bestimmt«, erklärte sie, als sie die Tür öffnete.

Es war tatsächlich ein schöner Raum mit geschmackvoller Wandbemalung und drei weichen Betten. Es gab sogar eine Anrichte mit einem Spiegel.

»Die Herrin wird zufrieden sein«, sagte Cincia und fragte dann, wo sie schlafen könne.

»Für die Begleitung der Dame haben wir eine kleine Kammer mit ein paar Strohsäcken im Erdgeschoss vorgesehen«, sagte die Frau.

Cincia schüttelte heftig den Kopf. »Ich will nicht mit den Sklaven im selben Raum schlafen, vor allem nicht, wenn sie vorher einige Becher Wein getrunken haben.«

»Du hast wohl Angst, sie könnten zudringlich werden? Nun, ich könnte einen Strohsack in eine Ecke der Kammer der Herrin legen.

Da du sie bedienen musst, ist es ihr gewiss ohnehin lieber, dich gleich zur Hand zu haben.«

»Mir ist es auch lieber!« Cincia hatte wenig Lust, sich die Zoten und Anzüglichkeiten der beiden Sklaven anhören zu müssen. Auch würden sie womöglich versuchen, sie dazu zu bringen, sich ihnen hinzugeben. Das aber war das Letzte, was sie wollte.

Nun bedankte sie sich bei der Tavernensklavin, legte ihr Bündel ab und setzte sich auf einen der drei Stühle, die in der Kammer standen. Während sie auf Aurelias Rückkehr wartete, zählte sie die kleinen Münzen, die ihr als Opfergabe zur Verfügung standen, und hoffte, dass es Epona, Aericeara und Sirona nicht zu wenig war.

2.

Die Sonne stand bereits weit im Westen, als Aurelia, Gratiana und Iunius wieder erschienen. Wären sie gleichen Standes gewesen, hätte Cincia sie wegen ihres langen Ausbleibens gescholten. Als Sklavin musste sie jedoch dankbar sein, dass die Herrin ihr überhaupt die Gelegenheit gab, im Heiligtum zu beten.

»Hast du etwas gegessen?«, fragte Aurelia.

Cincia schüttelte den Kopf. »Nein, Herrin! Ich war die ganze Zeit hier in der Kammer und habe deinen Besitz bewacht.«

»Ich war mit Iunius und Gratiana bereits in der Taverne. Dabei ist mir ganz entgangen, dass du hier wartest. Nimm das Geld hier und iss noch rasch etwas.«

»Hab Dank, Herrin!«, antwortete Cincia und fand, dass Aurelia etwas mehr Rücksicht auf sie hätte nehmen können. Da sie nicht wusste, wie lange die Gläubigen noch in das Heiligtum gelassen wurden, hielt sie es für besser, mit hungrigem Magen zu beten, als vor verschlossenen Toren zu stehen.

Als sie an der Taverne vorbeikam, saßen die beiden Sklaven noch immer dort und winkten ihr fröhlich zu, sich zu ihnen zu setzen. Cincia achtete nicht darauf, sondern eilte auf das Tor zu.

»Salve!«, grüßte sie den Priester. »Kannst du mir sagen, wo ich die Tempel von Epona, Sirona, Aericeara … und Apollo finde?« Letzteres fiel ihr gerade noch ein, um den Mann freundlich zu stimmen.

Dieser beschrieb ihr die Tempel, verwendete dabei aber teilweise römische Namen, so dass sie nachfragen musste. Schließlich wusste sie, was sie erfahren wollte, und stieg rasch zum ersten Tempel ihrer Liste hinauf.

Sie war bereits mehrfach mit ihren Eltern im Heiligtum gewesen, doch diese Besuche hatten in glücklicheren Zeiten stattgefunden. Nun konnte sie nur mit Bitterkeit daran zurückdenken. Unterwegs kamen ihr viele Gläubige entgegen, die den Tempelberg verlassen wollten. Dabei vernahm sie, dass die Tore kurz vor Sonnenuntergang geschlossen wurden, um Diebe abzuhalten. Cincia fragte sich, wieso ein Mensch Gaben an die Götter stehlen konnte. Sie besaß nur wenige Sesterzen. Wenn diese jedoch entwendet wurden, würden die Göttinnen ihren Gebeten keinen Wert beimessen.

»Oh Sirona, hilf mir!«, flehte sie, als sie den ersten Tempel erreichte. Er war nicht groß, aber mit rosa schimmerndem Marmor verkleidet und mit einem reich geschmückten Eingang versehen. Innen hatten vielleicht zwanzig Pilger Platz, und an der Wand stand das lebensgroße Bildnis der Göttin. Diese war ähnlich gekleidet wie sie, mit einem langärmeligen Unterkleid und vorne offen stehendem Überkleid. Allerdings trug sie im Gegensatz zu ihr reichen Schmuck.

Cincia trat näher und kniete vor dem Bild nieder. »Sirona, Göttin meines Volkes, übe Gnade mit mir und meiner Mutter und lass nicht zu, dass wir für immer Sklavinnen bleiben und man uns vielleicht sogar noch trennt!«, flehte sie.

Ein Schatten erschien an ihrer Seite. Als sie aufschaute, sah sie die Priesterin in einem langen, weißen Gewand und mit einem Kranz weiß blühender Blumen auf dem weißen Greisenhaar.

»Es ist gut, zu beten und die Göttin zu ehren, mein Kind. Doch solltest du bedenken, dass eine kleine Opfergabe Sirona eher auf dich aufmerksam werden lässt!«, sagte die alte Frau.

Cincia nickte und zählte die Summe ab, die sie für den Tempel der Sirona vorgesehen hatte.

»Hier! Mehr kann ich nicht geben, da ich auch noch Epona und Aericeara opfern will!«

»Dann tu das, mein Kind!« Die Priesterin nahm das Geld und trat beiseite, damit Cincia den kleinen Tempel verlassen konnte.

Cincia eilte weiter und erreichte die Gebetsstätte der nächsten Göttin. Hier gab es keinen Tempel, sondern nur ein von einer Nische geschütztes Standbild. Es war keine Priesterin anwesend, doch ein mit einem Schlitz versehener Kasten wies darauf hin, dass auch hier Geld als Opfer willkommen war.

Cincia betete zu Aericeara, ließ mehrere Münzen in den Kasten fallen und suchte den nächsten Tempel auf. Ein Blick zum Himmel zeigte ihr, dass sie sich beeilen musste. Lange würde es nicht mehr hell bleiben.

Der Tempel der Pferdegöttin war ihrer Bedeutung entsprechend groß. Dort standen mehrere Priester und Priesterinnen zusammen und unterhielten sich. Cincia erkannte rasch, dass nicht alle zu Eponas Dienern gehörten. Wie es aussah, hatten sie ihre eigenen Tempel bereits verlassen, um nach unten zu gehen und ihre Quartiere aufzusuchen.

»Wenn du noch beten willst, solltest du dich beeilen«, forderte eine der Priesterinnen Cincia auf. Diese nickte, trat ein und sah auf das Kultbild. Es zeigte Epona, die ein Pferd führte.

»Herrin Epona, große Göttin, erbarme dich unser. Lass nicht zu, dass meine Mutter und ich Not leiden müssen, und gib, dass wir unsere Freiheit wieder erringen«, betete sie leise und sah sich dann um, wo sie ihre Opfergabe hinlegen sollte.

Eine Priesterin kam heran und streckte lächelnd die Hand aus. Cincia hoffte, dass sie zu Eponas Dienerinnen gehörte und sie das Geld nicht der Priesterin einer fremden Gottheit gab. Zu fragen wagte sie nicht, da es so aussehen könnte, als würde sie der Priesterin misstrauen.

»Hab Dank! Epona wird sich deiner Gabe erinnern«, sagte die Frau und wies auf das höchste Heiligtum am Berg. »Willst du auch Jupiter-Belenus opfern?«

Cincia nickte, sah dabei aber nach Osten, wo sich der Himmel langsam schwarz färbte. »Ich weiß nicht, ob mir noch die Zeit bleibt«, sagte sie bange.

»Ich gehe mit dir hinauf! Das Tor wird nicht geschlossen, bevor ich das Heiligtum verlassen habe«, erklärte ein Priester und machte eine einladende Handbewegung.

»Ich danke dir!« Cincia war erleichtert, weil sie Belenus doch noch opfern konnte. Der Tempel des Gottes Jupiter, der nach der Ansicht der Römer Gott Belenus entsprach, stellte das größte Bauwerk im Heiligtum dar. Er war bereits leer, so dass Cincia bis nach vorne gehen und das Knie vor dem Standbild beugen konnte.

Viel Zeit ließ ihr der Priester jedoch nicht, dann drängte er sie, den Tempel wieder zu verlassen. Cincia reichte ihm ihre kleine Opfergabe. Als sie an seiner Seite nach unten stieg, sprach sie ihn an.

»Verzeih, aber wo ist der Tempel des Apollo? Ich habe dem freundlichen Priester unten am Eingang versprochen, auch dort zu beten und eine Münze zu opfern!«

»Wir kommen daran vorbei.«

Zu Cincias Erleichterung hielt er sein Versprechen, und sie konnte das Haupt vor dem als jungen Mann dargestellten Gott neigen und ihren letzten Sesterz in den Opferkasten werfen. Danach galt es, sich zu beeilen. Der Priester und sie zählten zu den Letzten, die das Heiligtum verließen.

Der Priester am Tor sah sie fragend an. »Und? Hast du den Tempel Apollos aufgesucht?«

»Das hat sie!«, antwortete der Jupiter-Priester und hob die Hand zu einer segnenden Geste. »Mögen die Götter mit dir sein und dich schützen auf all deinen Wegen!«

»Ich danke dir.« Cincia lächelte erleichtert. Dabei empfand sie trotz der Eile, die sie an den Tag hatte legen müssen, ein tiefes Gefühl der Ehrfurcht. Kaum geringer war jedoch das nagende Gefühl im Magen, das ihr Hunger hervorrief, und sie beschloss, in die Taverne zu gehen und diesem abzuhelfen.

3.

Titus und seine Mutter hatten an diesem Tag ebenfalls im Heiligtum gebetet. Da er wusste, dass Aurelia und ihre Kinder hierherkommen wollten, hatte er gehofft, Cincia zu treffen. Da diese jedoch in der Herberge auf das Hab und Gut ihrer Herrin hatte aufpassen müssen, war er ihr nicht begegnet. Schließlich wurde es für seine Mutter und ihn Zeit, das Heiligtum zu verlassen, um noch rechtzeitig zu Vogitoubus' Dorf zu gelangen. Er zögerte den Aufbruch so lange hinaus, wie es nur ging, um Cincia vielleicht doch noch zu sehen. Ihrer Herrin war er bereits begegnet, ebenso deren Tochter und dem kleinen Iunius.

Schließlich blieb ihm nichts anderes übrig, als seiner Mutter zu folgen. Diese schüttelte tadelnd den Kopf. »So kenne ich dich gar nicht, Titus! Sonst bist du immer derjenige, der drängt, nicht zu spät zu kommen. Nun können wir froh sein, wenn wir Vogitoubus' Haus noch bei Tageslicht erreichen und dort etwas zu essen bekommen!«

»Vogitoubus und Egintuna werden uns schon nicht verhungern lassen«, erwiderte Titus.

Seine Mutter bemerkte eine gewisse Enttäuschung in seiner Miene und wurde neugierig. »Was ist mit dir? Machst du dir Sorgen wegen Lucius?«

Titus schüttelte den Kopf. »Nein! Den können wir im Verbund mit Tullius und Crispinus zähmen.«

»Hoffentlich!«, sagte seine Mutter. »Er war schon früher ein Ekel und ist in den letzten Jahren noch schlimmer geworden.«

Titus sah sie nachdenklich an. »Das stimmt! Begann es nicht kurz nach dem Tod des Togionus?«

»Ja, warum?«, fragte Liviona verwundert.

»Lucius verwaltet doch seither für Adnamatus dessen Bergwerke. Da er in der Zeit selbst im großen Maße Bergwerke sowie Land und Häuser gekauft hat, könnte es bedeuten, dass er einen Teil der Minenerträge unterschlagen hat, um selbst noch reicher zu werden«, rief Titus.

»Das wäre übel gehandelt!«, wandte seine Mutter ein.

»Lucius ist ein Übel! Das sieht man schon, wie er mit Vater umspringt. Ich bin fest davon überzeugt, dass er den Überfall auf unser Haus befohlen und damit Porcias Tod zu verantworten hat.«

»Dein Vater wollte diesen Überfall heute bei der Ratssitzung vorbringen. Ich bin neugierig, was er uns zu berichten weiß, wenn wir wieder zu Hause sind«, sagte seine Mutter.

»Das bin ich auch.« Titus blickte in die Richtung, in der Aguntum lag. »Hoffentlich spricht man im Rat auch darüber, wie Cincias Vater um seinen Hof gebracht worden ist. Daran ist dieser Rosstäuscher Florus schuld, und der ist einer der engsten Anhänger des Lucius. Heißt es nicht, dass Lucius auch auf das Stammesland der Laianken aus ist?«

»Wenn es so wäre, würde es mich ein wenig wundern. Buccio war nur ein einfacher Bauer. Vogitoubus hingegen ist der Nachkomme von Fürsten und hat zudem das römische Bürgerrecht. Er kann sich jederzeit an den Statthalter in Virunum wenden«, sagte Liviona.

»Buccios Frau hat den besten Käse im ganzen Tal gemacht. Soviel ich herausgefunden habe, war es Lucius' Plan, sie in seinen Diensten auf seinem Landgut arbeiten zu lassen. Er wollte Vater aus dem Exportgeschäft drängen, obwohl dieser sein Anhänger war!«, erklärte Titus. Er hatte sich in den letzten Wochen umgehört und aus dem, was er erfahren hatte, einiges geschlossen. Auf dem weiteren Weg zu Vogitoubus' Dorf berichtete er seiner Mutter davon und endete mit dem Satz, dass es ihm um Cincia und ihre Mutter leidtäte.

»Dein Vater sagt ebenfalls, dass die Strafe, die Lucius über die beiden verhängt hat, zu hart war«, stimmte Liviona ihm zu. »Amma war eine brave Bäuerin, und sie machte wirklich den besten Käse. Calvus hat sich jedes Mal gefreut, wenn er genug davon bekommen konnte. Also wollte Lucius ihn um dieses Geschäft bringen!« Liviona fauchte leise, denn bis zu Buccios Tod und der Versklavung seiner Frau und seiner Tochter war ihr Mann ein eifriger Parteigänger von Lucius gewesen. »Ja!«, fügte sie hinzu. »Amma tut mir leid, aber auch Cincia. Sie ist ein gutes Mädchen.«

»Mir tut sie auch leid«, sagte ihr Sohn mit einem Unterton, der Liviona aufmerken ließ.

»Sie ist so ein liebes, nettes Ding – und hübsch dazu. Hätte sie einen Bruder gehabt, hätte ich deinem Vater geraten, dich mit ihr zu verheiraten. Aber da sie keinen Bruder hatte und daher den Hof selbst erben würde, ging das nicht.«

Titus nickte seufzend. Für die Bauern war der Hof das Wichtigste. Diesem wurde alles untergeordnet, manchmal sogar Glück und Zufriedenheit. Cincia wäre nichts anderes übrig geblieben, als jenen Bauernburschen zu nehmen, den ihr Vater für fähig gehalten hätte, sein Nachfolger zu werden. Für das Gefühl der Liebe wäre wenig Platz geblieben.

Allerdings war es bei ihm nicht anders, fiel ihm nun auf. Wenn sein Vater nach Teurnia umzog, konnte es sein, dass einer der dortigen Geschäftsleute darauf bestand, dass er dessen Tochter zu heiraten hatte. Es war nicht gerade das, was er sich wünschte. Doch was wünschte er sich wirklich?, fragte sich Titus. Solange Cincias Vater gelebt hatte, war ihm nie der Gedanke gekommen, sie heiraten zu wollen. Seit sie jedoch ins Unglück gestürzt worden war, spürte er eine tiefe Wunde im Herzen, die nicht mehr heilen wollte. Dabei war sie nun eine Sklavin und Tullius' Besitz.

Kurz bevor sie Vogitoubus' Dorf erreichten, überlegte sich Titus, ob er seinen Vater nicht dazu bringen sollte, Cincias Freiheit als Preis für ein Bündnis mit Tullius zu fordern und sie in ihren Haushalt aufzunehmen. Das Ganze krankte allerdings daran, dass sein Vater sich niemals darauf einlassen würde.

Als sie Vogitoubus' Gehöft betraten, begrüßte dieser sie freundlich und fragte, ob sie schon gegessen hätten.

»Nein, das haben wir nicht!«, antwortete Titus. »Wir sind sehr spät dran, aber ich bin einfach nicht vom Heiligtum weggekommen.«

»Dann wascht euch die Hände und das Gesicht. Ich werde Egintuna mitteilen, dass zwei hungrige Mäuler zu stopfen sind!« Vogitoubus klopfte Titus freundschaftlich auf die Schulter und rief seinen Ältesten, damit er sich um die Gäste kümmerte.

4.

Einige Zeit später waren Liviona und Titus satt und sahen sich Vogitoubus' Neugier ausgeliefert.

»Ich habe erfahren, dass es bei euch in der Stadt nächtliche Überfälle gegeben haben soll«, sagte dieser.

Titus nickte. »Das ist bedauerlicherweise die Wahrheit! Einer dieser Überfälle galt uns. Die Schurken haben die Tür eingeschlagen und das Haus verwüstet. Dabei wurde unsere Sklavin erschlagen. Es hätte jedoch jeden von uns treffen können.«

»Wenn Mord und Totschlag herrschen, ist es gut, gewappnet zu sein«, antwortete Vogitoubus mit einer gewissen Härte. »Daher habe ich meinen Leuten angeschafft, unser Dorf nur noch in Gruppen und bewaffnet zu verlassen. Sollten diese Kerle es wagen, auch uns zu bedrohen, werden sie feststellen, dass wir bereit sind!« Vogitoubus' Blick wanderte zu einem mächtigen Schwert, das neben der Tür lehnte.

»An dem Ganzen ist nur Lucius schuld! Allerdings müsste man es ihm beweisen können«, sagte Titus.

»Lucius ist wie ein Geschwür, das wächst und wächst und alles zu überwuchern droht, wenn man es nicht rechtzeitig wegschneidet«, erklärte Vogitoubus. »Ich hatte schon so manchen Streit mit ihm, und es wird noch nicht zu Ende sein.«

»Heute war Ratssitzung, deshalb konnte Vater nicht mitkommen. Ich wünschte, er wäre hier, um uns zu sagen, über was alles gesprochen worden ist.« Titus verzog kurz das Gesicht, lobte dann aber das Bier, das die Bäuerin gebraut hatte. »Es ist ebenso gut wie das von Sabina in der Taverne.«

»Warum sollte es schlechter sein?«, fragte Egintuna. »Sabina und ich haben beide das Bierbrauen von Materiona gelernt. Zudem sind wir über mehrere Ecken hinweg Basen und beide mit Materiona verwandt«, setzte sie mit einem gewissen Nachdruck hinzu.

»Wir in den Bergen halten viel auf unsere Verwandtschaft und helfen einander«, sagte ihr Mann. »Lucius wollte mehrmals Land von den Unsrigen an sich bringen. Aber dem haben wir einen Riegel vorgeschoben. Ich bin bis zu Claudius Antistus Auspex gegangen, dem vorigen Statthalter der Provinz, und habe auf unsere von

Kaiser Augustus garantierten Rechte gepocht. Es hat diesem zwar nicht geschmeckt, aber als Fürst der Laianken habe ich das geschriebene Recht, mich jederzeit an den Imperator wenden zu dürfen. Das aber hätte ihm schaden können.«

Titus begriff, dass sein Gastgeber ein selbstbewusster Mann war, der für sein Recht und das seiner Leute eintrat und sich auch von Lucius nicht einschüchtern ließ. Damit war er ein möglicher Verbündeter gegen diesen.

»In der Stadt und im direkten Umland hatte Lucius mehr Erfolg«, berichtete er. »So konnte er nur wenige Meilen außerhalb der Stadt einiges Land an sich bringen und seine Villa Rustica damit deutlich vergrößern. Ihm gehört auch die halbe Vorstadt, und es sieht so aus, als wäre sein Hunger nach Land und Macht noch lange nicht gestillt.«

»Er sollte nicht zu gierig werden!«, sagte Vogitoubus. »Wir Laianken sind dem Imperium treu ergeben, doch auch für uns gibt es Grenzen.«

»Lucius wird sie mit Sicherheit überschreiten«, erwiderte Titus, der seinen Gastgeber unbedingt als Verbündeten gewinnen wollte.

»In der Stadt hat er sie bereits überschritten«, sagte Liviona bedrückt. »Mein Mann überlegt bereits, Aguntum zu verlassen und nach Teurnia zu ziehen.«

»Er wird doch nicht so dumm sein und Lucius das Feld überlassen!«, rief Vogitoubus dröhnend. »Wenn Lucius ihm beim Käsehandel Steine in den Weg rollen will, bin ich bereit, euch zu helfen.«

»Ich danke dir!«, sagte Titus erleichtert.

Zwar war Tullius ein wohlhabender und einflussreicher Mann, aber ebenso wie sein Vater kein Kämpfer. Crispinus musste auf das Gesetz des Imperiums Rücksicht nehmen und durfte sich nicht ohne Grund in einen internen Streit einmischen. Da kam ihnen ein Mann wie Vogitoubus gerade recht. Dieser konnte etliche Dutzend kerniger Bergbewohner aufbieten, die sich nicht scheuen würden, den Kampf mit Lucius' Gesindel aufzunehmen. Er betrachtete die hohe, wuchtige Gestalt seines Gastgebers. Allein Vogitoubus war stark genug, um es gleichzeitig mit Florus und Seccius aufnehmen zu können. Die meisten von Lucius' Anhängern waren im Grunde friedliche Leute. Nur ein gewisser Teil würde bereit sein, für ihren Patron zu kämpfen.

»Ich glaube, wir können es schaffen«, sagte er mit hörbarer Erleichterung.

»Als Erstes aber will ich mit Tullius reden«, erklärte Vogitoubus. »Es geht mir um Amma und ihre Tochter. Die beiden gehören ebenfalls zu unserer Verwandtschaft, und es gefällt mir nicht, dass sie auf so üble Weise versklavt worden sind.«

»Du willst, dass Tullius sie freilässt? Ich hoffe, er tut es!«

Titus sagte sich, dass Tullius ein Narr wäre, wenn er die Gelegenheit ausschlüge, den Fürsten der Laianken als Verbündeten zu gewinnen. In einem solchen Fall würde seinem Vater nichts anderes übrig bleiben, als doch nach Teurnia zu übersiedeln. Daran aber wollte er nicht denken und sprach mit Vogitoubus darüber, wie sie Lucius' Macht so weit beschneiden konnten, dass die Unruhen in der Stadt und dem Umland ein Ende hatten.

5.

Während Aurelia und die Ihren wie auch Titus und dessen Mutter das Heiligtum aufsuchten, fand in Aguntum die Ratssitzung statt. Lucius musterte von seinem Platz aus die versammelten Mitglieder. Im Hintergrund hatten die wichtigsten Beamten der Stadt ihren Platz, und zu ihnen hatte sich Crispinus gesellt, der als Hauptmann der Straßenwächter das Recht genoss, an den Sitzungen teilzunehmen.

Priscus, der zweite Duumvir der Stadt, war wie meistens in Sebatum geblieben und hatte sich mit Unpässlichkeit entschuldigt. Obwohl Lucius ihn für einen alten Narren hielt, ärgerte er sich darüber. Mit ihrer gemeinsamen Autorität hätten sie die Ratsmitglieder in Schach halten können. Ob ihm dies allein gelingen würde, wusste er nicht. Immerhin standen heute die Überfälle auf Tullius' und Calvus' Häuser auf der Tagesordnung, ebenso die nächtlichen Schmierereien. Der Schneider Avitus hatte Klage erhoben, weil ihm Pisse ins Haus geschüttet worden war, und daher stand allen eine hitzige Sitzung bevor.

Während Lucius' Blick über die einzelnen Ratsmitglieder schweifte, wuchs sein Ärger. Selbst bei einigen, die er selbst in den Rat gebracht hatte, musste er befürchten, dass sie sich diesmal gegen ihn stellen würden. Andere wirkten so verschüchtert, als hätten sie Angst davor, das nächste Opfer dieser unheimlichen Bande zu werden.

Ich hätte längst eine geheime Garde aufstellen müssen, um meine Kritiker im Zaum zu halten, dachte er, als er das Zeichen zum Beginn der Sitzung gab.

Sofort hob einer von Tullius' Anhängern den Arm. »Ich stelle die Frage, welche Maßnahmen der Bürgermeister ergriffen hat, um der Verbrecher habhaft zu werden, die nächtens Mitglieder des Rates bedrohen und auch vor Mord nicht zurückscheuen?«

Lucius erhob sich und blickte auf die Versammelten hinab. »Ich habe den beiden Ädilen unserer Stadt die Anweisung erteilt, dieser Sache umfassend nachzugehen.«

»Und was haben sie herausgefunden?«, fragte ein weiterer von Tullius' Anhängern.

Lucius Blick wanderte zu den beiden Beamten. Diese sahen sich an, dann stand einer von ihnen zögernd auf. »Wir haben sowohl bei Tullius und Calvus wie auch bei deren Nachbarn Erkundigungen eingeholt, doch ergab sich dabei nichts, das einen Verdacht rechtfertigen würde.«

»Das heißt, wir müssen weiterhin damit rechnen, dass Mordbuben durch Aguntum streifen!«, rief einer von hinten.

Sofort erfolgte der nächste Zwischenruf. »Was ist das für ein Bürgermeister und was für eine Verwaltung, die die Sicherheit in unserer Stadt nicht gewährleisten können?«

Im Geiste erwürgte Lucius die beiden Sprecher und sah sich danach weiteren bohrenden Fragen ausgesetzt. Bald sehnte er sich nach der Macht, wie Titus Flavius Titianus sie als Statthalter im Namen des Imperators besaß. Dieser brauchte sich nicht um einen Haufen Narren zu scheren, die sich Ratsmitglieder nannten, sondern konnte jeden, der ihm nicht passte, ins Gefängnis werfen lassen.

»Es ist gut möglich, dass dieser Anschlag nur Calvus galt, weil er irgendjemandem seinen verdorbenen Käse verkauft hat«, meldete sich endlich einer seiner eigenen Anhänger zu Wort.

Lucius begriff jedoch sofort, dass es kein guter Einwand war. Die Leute kannten Calvus und wussten, dass er nur beste Ware verkaufte. Außerdem hatten die Banditen versucht, Tullius' Haus in Brand zu setzen, und Avitus brüllte von hinten, dass man sein Haus auch überfallen habe.

Die Anhänger beider Seiten lieferten sich Schreiduelle, und für Augenblicke herrschte ein Lärm, dass man sein eigenes Wort nicht verstand.

»Ruhe! Seid doch ruhig!«, rief Lucius, so laut er konnte.

Doch er benötigte Tullius' Unterstützung, um die Ratsmitglieder zur Ordnung zu rufen. Das aber gab diesem die Chance, sich offen zum Oberhaupt der Opposition zu erklären.

»Es bringt nichts, sich hier zu streiten! Wir haben dafür zu sorgen, dass so verbrecherische Taten ein für alle Mal unterbunden werden«, rief Tullius laut.

Zwar klang das so, als läge ihm an Frieden und Eintracht in der Stadt. Lucius empfand es jedoch als Angriff gegen sich selbst, weil

Tullius es so hinstellte, als sei er nicht in der Lage, die Sicherheit in Aguntum zu gewährleisten.

Na warte nur!, dachte Lucius mit heimlichem Grimm. Sobald Linus diesen verfluchten Adnamatus beseitigt hat, bist du an der Reihe.

»Ich erwarte, dass die Mitglieder des Rates vor solchen Schurken geschützt werden und nicht bedroht«, forderte Tullius unter dem Beifall seiner Anhänger.

Zwar stellte Lucius fest, dass immer noch mehr als die Hälfte der Ratsherren zu ihm hielten. Doch die Bindung einiger an ihn war merklich geringer geworden. Falls diesen etwas nicht passte, musste er damit rechnen, dass sie sich auf die andere Seite schlugen. Sobald ich Adnamatus' Vermögen an mich gebracht habe, werdet ihr alle bezahlen, sagte er sich zum x-ten Mal und stellte sich in Gedanken vor, wie er Tullius, Calvus und seine übrigen Gegner genüsslich zerquetschen würde.

6.

Die Stimmung im Heiligtum hatte Cincias Ängste gelöst und ihr Mut verliehen. Daher wünschte sie, bald mit ihrer Mutter sprechen zu können, damit auch diese Trost und Hoffnung fand.

So rasch, wie sie hoffte, kamen sie jedoch nicht vom Heiligtum weg. Aurelia hatte dort mehrere Bekannte getroffen und freute sich, mit diesen reden zu können. Da der Weg nach Aguntum in wenigen Stunden zurückzulegen war, beschloss sie, auch das Mittagsmahl im Heiligtum einzunehmen. Zu Cincias Bedauern kaufte Aurelia zudem mehrere Devotionalien, die das Gewicht, das sie zu tragen hatte, noch spürbar erhöhten.

Obwohl sie in Tullius' Haushalt gut behandelt wurde, fühlte Cincia sich ab und an mehr wie ein Tier als wie ein Mensch. Der einzige Unterschied zwischen ihr und einem Packesel war, dass sie zwar sprechen konnte, aber nichts sagen durfte, während der Esel seinen Unmut durch ein zorniges Iah auszudrücken vermochte.

Mit zusammengebissenen Zähnen ging sie nun hinter Aurelia, Gratiana und Iunius her und tröstete sich damit, dass jeder Schritt, den sie zurücklegte, sie ihrem Ziel näher brachte.

Mit einem gewissen Spott dachte sie daran, dass die beiden Sklaven, die sie begleiteten, sich ebenfalls danach sehnten, bald nach Hause zu kommen. Die Männer hatten weniger gebetet als getrunken und dabei zu tief in den Becher geschaut. Nun schlurften sie müde hinten ihnen her und würden so, wie sie aussahen, nicht einmal den kleinsten Hund verscheuchen können.

Die Straße führte nahe am Dravus entlang und war zum Glück eben. Aurelia und ihre Kinder schritten unbeschwert dahin, blieben aber immer wieder stehen, um sich schöne Blumen anzusehen oder einen Blick auf die Berge zu werfen. Für Cincia bedeutete dies, ihre Last noch länger tragen zu müssen, auch wenn sie gelegentlich ein wenig durchatmen konnte.

Die Vereinigung der beiden Flüsse lag bereits hinter ihnen, als sie ein kleines Waldstück erreichten. Cincia wusste, dass nicht weit vom Weg eine Quelle sprudelte, und ging in die Richtung, um frisches Wasser zu trinken.

Da vernahm sie in der Nähe ein Geräusch. Als sie sich umsah, entdeckte sie nichts und glaubte, es wäre ein Reh oder ein anderes Tier gewesen.

Doch es war Ario. Linus hatte ihn an dieser Stelle als Späher postiert. Da Aurelia und die Ihren zu lange ausgeblieben waren, hatte er nicht mehr richtig aufgepasst und wurde von deren Auftauchen überrascht.

Der Wald war die einzige Stelle, an der sie Aurelia und deren Tochter unbemerkt auflauern konnten. Dies ging aber nur, wenn diese sich keiner größeren Gruppe angeschlossen hatten.

Erleichtert stellte Ario fest, dass dies nicht der Fall war. Nur ein ordentliches Stück weiter hinten waren zwei einsame Wanderer zu erkennen, doch es würde dauern, bis diese das Wäldchen erreichten. Die Gelegenheit war günstig, und so beeilte Ario sich, seine Kumpane zu informieren.

»Und? Kommen sie?«, fragte Linus.

»Ja, sie sind in der Nähe der Quelle. Auch sind sie allein, und die nächste Gruppe kommt erst weit hinter ihnen!«

»Wie viele sind es?«, fragte Linus weiter.

»Nur Aurelia, Gratiana, der Junge, die Sklavin und zwei Sklaven«, antwortete Ario.

»Mit denen werden wir locker fertig!« Linus zog grinsend sein Schwert.

»Cincia gehört mir! Sie soll dafür zahlen, dass ihr Vater mir die Stimme abgewürgt hat«, forderte Florus.

»Die ziehen wir alle durch, aber du kannst sie als Erster haben«, erklärte Linus großzügig und winkte seinen Männern, ihm zu folgen.

7.

Der Überfall kam aus heiterem Himmel. Gerade hatte Cincia ihre Last abgelegt, um das Wasser der Quelle mit den Händen zu schöpfen und zu trinken. Da brachen mehrere Männer aus dem Gebüsch und stürzten sich auf die Gruppe. Schwerter blitzten, und bevor die beiden Sklaven überhaupt begriffen, was um sie herum geschah, sanken sie bereits regungslos zu Boden. Aurelia, Gratiana und Iunius wurden von vier Schurken in Schach gehalten, während zwei weitere auf Cincia zukamen.

Diese schrie wütend auf, als sie die beiden erkannte. »Florus! Seccius! Dafür werdet ihr gekreuzigt!«

Erst als sie es sagte, begriffen die Angreifer, dass sie durch die lange Warterei ganz vergessen hatten, die Gesichter zu verhüllen.

»Verdammte Scheiße, ihr Narren! Ich habe euch doch gesagt, ihr sollt euch Tücher umbinden«, rief Romilius voller Zorn, obwohl auch er es nicht getan hatte.

Noch während er verzweifelt überlegte, wie sie sich aus dieser Situation retten konnten, begann Linus zu lachen. »Und wenn schon! Wir bringen einfach alle um! Dann weiß niemand, wer es getan hat.«

»Aber erst, wenn wir uns bei Cincia und Gratiana müde gerammelt haben«, rief Florus.

»Die Alte ist auch nicht übel! Aber den Jungen können wir gleich abmurksen!« Noch während er es sagte, packte Seccius Iunius und holte mit dem Schwert aus.

Aurelia stieß einen gellenden Schrei aus und fiel ihm in den Arm. »Nicht meinen Sohn! Ihr dürft ihn nicht töten!«

»Und warum nicht?«, fragte Seccius höhnisch und wollte zuschlagen. Aurelia kämpfte jedoch wie eine gereizte Wildkatze und schrie wie von Sinnen. Obwohl Seccius weitaus stärker war als sie, wurde er nicht mit ihr fertig.

»Was bist denn du für einer!«, spottete Linus und kam mit ein paar langen Schritten heran. Sein Schwert blitzte in einem Sonnenstrahl auf, der durch das Blätterdach drang, und bohrte sich in Aurelias Rücken.

»So macht man das!«, rief er seinen Kumpanen zu.

»Musstest du sie gleich umbringen?«, fragte Seccius empört. »Mit der hätten wir auch noch unseren Spaß haben können!«

»Pah, dafür war sie schon viel zu alt«, rief Linus und winkte verächtlich ab. Für Augenblicke sahen alle nur auf ihn.

Ein Gedanke zuckte durch Cincias Kopf. Wenn es ihnen jetzt nicht gelang zu entkommen, würden Gratiana, Iunius und sie das Schicksal der Herrin und der beiden Sklaven teilen.

»Flieh so schnell du kannst!«, rief sie Gratiana zu, schnappte sich Iunius und rannte los. Aus den Augenwinkeln sah sie, dass Gratiana in eine andere Richtung rannte.

Hinter ihnen brüllten die übertölpelten Kerle und hetzten hinter den Fliehenden her. Ein kurzer Blick verriet Cincia, dass Florus, Seccius und Tervius ihr folgten, während Linus und Romilius Gratiana einfangen wollten.

Schon bald begriff Cincia, dass sie mit dem Jungen belastet nicht entkommen würde. Ihn seinem Schicksal zu überlassen, kam jedoch nicht infrage. In letzter Not wandte sie sich dem Fluss zu. Als sie das Ufer erreichte, hörte sie Florus lachen. Anscheinend nahm er an, hier wäre ihre Flucht zu Ende. Um ihn in diesem Glauben zu lassen, wurde sie kurz vor dem Ufer langsamer.

»Kannst du schwimmen?«, fragte sie Iunius.

»Nein!«, kam es ängstlich zurück.

»Das macht nichts! Du hältst dich einfach an mir fest!«, befahl Cincia. Sie sah den Fluss näher kommen und sprang im nächsten Augenblick ins Wasser.

»Folge ihr!«, hörte sie Florus schreien und wusste, dass es um alles ging. Da sie den Jungen bei sich hatte, würde sie von einem guten Schwimmer rasch eingeholt werden. Ihr musste etwas anderes einfallen.

»Halte den Atem an!«, sagte sie zu Iunius, stieß selbst einen Schrei aus und tauchte, nachdem sie noch einmal kräftig eingeatmet hatte, wie ein Stein unter.

Cincia hatte als Kind zusammen mit Bardus und anderen Nachbarkindern im Fluss schwimmen gelernt. Doch hier kam sie an ihre Grenzen. Sie hatte längst vergessen, wie eisig das Wasser der Gebirgsflüsse war. Zudem spürte sie, wie der Junge in ihren Armen schlaff wurde, und flehte Epona an, ihn nicht sterben zu lassen. Doch auch sie konnte es nicht ewig in der Kälte und unter Wasser aushalten.

Verzweifelt strebte sie in die Richtung, in der sie das Ufer vermutete, spürte, wie etwas ihre Schulter berührte, und erschrak. Es war jedoch nur ein ins Wasser hängender Zweig. Ich habe es fast geschafft, fuhr es ihr durch den Kopf. Die letzten zwei Armlängen zog sie sich an einem anderen Zweig dem Ufer zu, kam dann mit dem Kopf über Wasser und schnappte nach Luft. Als sie sich umschaute, stellte sie fest, dass die ins Wasser reichenden Zweige des Baumes so dicht waren, dass sie weder von diesem noch vom gegenüberliegenden Ufer aus gesehen werden konnte.

Stimmen in der Nähe mahnten sie, leise zu sein. Sie hob Iunius' Kopf so hoch aus dem Wasser, dass er atmen konnte, und schüttelte ihn leicht, weil er sich zunächst nicht rührte. Mehr konnte sie nicht tun. Zu ihrer Erleichterung hörte sie ihn nun verzweifelt nach Luft ringen. Als er Wasser aushusten wollte, legte sie ihm die Hand auf den Mund.

»Du musst ganz ruhig sein! Sonst ist es unser Ende«, raunte sie ihm ins Ohr.

Der Junge nickte, spuckte Wasser aus und atmete dann so flach, wie es ihm möglich war.

»Verdammt! Seht ihr sie?«, hörten sie Florus fragen.

»Das Miststück ist abgesoffen wie ein Stein. Wie konnte sie auch nur so dumm sein, ins Wasser zu springen«, schimpfte Seccius.

»Manche Weiber sind so blöd, dass sie sich lieber umbringen, als sich gegen ihren Willen rammeln zu lassen«, antwortete Florus. »Verflucht soll sie sein, denn ich hätte sie mit Vergnügen durchgezogen.«

Die beiden konnten keine zehn Schritte von ihr und Iunius entfernt am Ufer stehen, sagte Cincia sich und betete verzweifelt, dass der Junge sich beherrschen würde.

Sie hörte Schritte und dann Florus' Frage. »Und? Hast du weiter flussabwärts etwas gesehen?«

»Nein! Cincia und der Junge sind nicht mehr aufgetaucht. Die beiden müssen ertrunken sein.«

»In den Orkus mit ihnen!«, fluchte Seccius.

»Wenn sie ertrunken sind, sind sie bereits dort«, gab Florus spöttisch zurück.

Es waren wieder Schritte zu hören.

»Habt ihr sie?«, hörte Cincia Linus fragen.

»Nein! Das Miststück ist ins Wasser gesprungen und abgesoffen«, antwortete Seccius derb.

»Hauptsache, sie ist krepiert!«, erwiderte Linus.

»Der Überfall ist in die Hose gegangen!«, schimpfte Romilius. »Jetzt können wir alle Pläne vergessen, die wir jemals hatten.«

»Wir haben immer noch Gratiana«, widersprach Linus verärgert.

»Was willst du jetzt machen? Ihr sagen: Ich habe zwar deine Mutter und deinen Bruder umgebracht, aber wir können trotzdem heiraten?«

Romilius' Stimme triefte vor Hohn, doch gleichzeitig kochte er vor Wut. Allerdings gab er sich die meiste Schuld, weil auch er vergessen hatte, vor dem Überfall das Gesicht zu verhüllen. Andererseits fand er, dass noch nicht alles verloren war. Wenn er es klug anfing, konnte er Gratianas Vertrauen gewinnen und gleichzeitig seinen Vetter ans Messer liefern.

»Was machen wir jetzt?«, fragte Tervius mit zitternder Stimme.

»Es ist nicht alles schlecht!«, erklärte Linus. »Aurelia und die beiden Sklaven sind tot und Cincia und der Junge ertrunken. Jetzt muss noch Gratiana sterben, dann weiß nur Pluto im Orkus, was wir getan haben, und der wird uns mit Gewissheit nicht verraten.«

»Bevor wir Gratiana abmurksen, will ich noch ein wenig Spaß mit ihr haben. So ein Patrizierpüppchen wollte ich schon lange einmal stoßen«, forderte Seccius vehement.

»Das wirst du auch!«, antwortete Linus lachend. »Ein Stück den Hang hoch steht eine Heuhütte. Florus hat genug Wein und Vorräte dort hingeschafft, so dass wir es einige Tage dort aushalten können. Ich hätte gerne auch Cincia mitgenommen, aber nun bleibt uns eben nur Gratiana! Danach schneiden wir ihr die Kehle durch, und keiner von uns verliert je ein Wort darüber.«

Cincia schloss daraus, dass ihre junge Herrin den Räubern nicht hatte entkommen können. Erschüttert fragte sie sich, wie verderbt diese Männer sein mussten, um solche Pläne zu schmieden.

Während Seccius und Florus Linus jubelnd zustimmten, sahen Tervius und Ario so aus, als würden sie sich sehr weit weg wünschen. Offensichtlich begriffen sie erst jetzt, wie weit sie in ihrer Treue zu Linus gegangen waren. Auch wenn sie selbst niemanden umgebracht hatten, so zählten sie nun auch mit zu den Mördern.

Romilius machte sich ebenfalls seine Gedanken. Linus hat kein Hirn, dachte er. Sobald Aurelia und ihre Kinder vermisst wurden, würde man nach ihnen suchen und dabei auch die Heuhütten nicht vergessen. Wenn Gratiana und er noch dort waren, würde es ihm ebenso an den Kragen gehen wie Linus und den anderen.

»Was machen wir mit den Leichen?«, fragte Ario mit einem Knoten im Magen.

»Die schaffen wir von der Straße weg ins Holz«, schlug Florus vor.

»Sollten wir sie nicht in den Fluss werfen?«, hörte Cincia Seccius fragen.

»Wenn du sie so weit schleppen willst, kannst du es tun!«, erwiderte Florus bissig. »Wir anderen bringen derweil Gratiana in die Heuhütte und werden sie ein wenig aufspießen. Das macht mehr Spaß, als Leichen wegzuräumen!«

Er lachte so hämisch, dass Cincia ihm die schlimmsten Krankheiten der Welt an den Hals wünschte.

Endlich gingen die Kerle. Cincia wartete noch eine Weile, bis sie sicher sein konnte, dass keiner mehr in der Nähe war. Dann schob sie Iunius aus dem Wasser und kroch zitternd vor Kälte und erschöpft ans Ufer. Trotzdem sah sie sofort nach dem Jungen. Dieser war so bleich, dass sich ihr Herz vor Angst zusammenzog, er könnte ertrunken sein. Erst als sie ihm sanft gegen die Wangen schlug, öffnete er die Augen und starrte sie so verwirrt an, als erwachte er aus einem tiefen Schlaf und wüsste nicht, wo er sich befand. Dann aber liefen ihm die Tränen über die Wangen. »Meine Mama«, wimmerte er.

Als Cincia seine verzweifelte Stimme hörte, musste auch sie weinen. Sie schlang die Arme um den Jungen und versuchte, ihn zu trösten. Dann aber sah sie erleichtert Wanderer kommen, nahm Iunius auf den Arm und stolperte auf diese zu.

8.

Titus und seine Mutter waren länger bei Vogitoubus geblieben, als sie es geplant hatten. Dieser hatte sie nach dem Frühstück stolz zu einer der Hütten auf den Bergwiesen geführt und ihnen gezeigt, wie seine Mägde dort Käse bereiteten. Danach war bereits Mittag, und er hatte sie nicht hungrig aufbrechen lassen. So waren die Stunden vergangen, und Titus meinte nach ihrem Aufbruch lächelnd zu seiner Mutter, dass sein Vater sich gewiss fragen würde, weshalb sie so lange ausblieben.

»Er wird aber zufrieden sein, wenn er hört, dass Vogitoubus auf unserer Seite steht. Der Fürst ist ein mächtiger und angesehener Mann, und auf ihn ist Verlass. Zusammen mit ihm, Tullius und Crispinus können wir gegen Lucius bestehen«, antwortete Liviona zufrieden.

Titus musste lachen. »Du tust ja so, als würde es zu einem Kampf auf Leben und Tod kommen.«

»Porcia ist bereits gestorben!«

Livionas Einwand ernüchterte Titus jäh. »Du hast recht, Mutter! Es wird zum Kampf kommen. Mögen die Götter verhindern, dass noch andere Menschen zu Schaden kommen.«

Titus hatte es kaum gesagt, als zwei Gestalten aus dem Wald heraustaumelten. Es handelte sich um eine Frau und ein Kind, und sie winkten ihnen erregt zu.

»Beim Belenus, wer mag das sein?«, rief Titus und wurde schneller. Augenblicke später erkannte er Cincia und Iunius. Beide waren nass wie getaufte Katzen und ihre Gesichter trotz des warmen Tages blau vor Kälte.

»Was ist geschehen?«, fragte er erschrocken.

»Wir sind überfallen worden!«, antwortete Cincia mit klappernden Zähnen. »Die Herrin Aurelia und unsere beiden Sklaven wurden erschlagen, aber Iunius und ich konnten entkommen, weil wir in den Fluss gesprungen sind. Die Kerle glauben nun, wir wären darin ertrunken.«

»Weißt du, wer euch überfallen hat?«, fragte Titus.

Cincia nickte. »Es waren Linus, sein Vetter Romilius, Florus, Seccius und zwei Burschen aus der Stadt.«

»Linus also!« Titus drehte sich mit versteinerter Miene zu seiner Mutter um. »Du hast recht! Wir stehen bereits im Kampf.«

»Das ist noch nicht das Schlimmste!«, rief Cincia drängend. »Diese Schufte halten Gratiana gefangen und wollen sie zuerst schänden und dann umbringen.«

»Oh Juno und Minerva! Lasst das nicht zu«, rief Liviona entsetzt.

»Weißt du, wo sie sie hinschleppen wollten?«, fragte Titus.

Cincia deutete auf eine Hütte hoch oben am Steilhang. »Wenn ich es richtig verstanden habe, ist die das Ziel dieser Mörder!«

»Ich glaube, ich sehe die Schufte!« Titus wies aufgeregt auf mehrere Männer, die auf diese Hütte zuhielten. Selbst auf die Entfernung war zu erkennen, dass zwei von ihnen einen länglichen Gegenstand trugen, der nur die gefesselte und in einen Mantel gehüllte Gratiana sein konnte.

»Wenn wir meiner Herrin nur helfen könnten!«, sagte Cincia verzweifelt.

Titus überlegte einen Augenblick und wies dann auf Iunius. »Ihr beide bringt den Jungen zu Crispinus' Haus und alarmiert die Benefiziarier. Ich folge diesen Schurken und schaue, ob ich etwas für Gratiana tun kann.«

Seine Mutter sah ihn entsetzt an. »Das ist viel zu gefährlich!«

»Wenn ich es nicht tue, werde ich mich für den Rest meines Lebens für einen elenden Feigling halten!«, stieß Titus erregt hervor.

Cincia wrang ihre Kleidung aus und sah ihn entschlossen an. »Ich komme mit! Als Gratianas Sklavin bin ich ihr zu Treue verpflichtet. Deine Mutter kann Iunius auch allein zu Crispinus bringen. Bis dorthin ist es nicht mehr weit.«

Für Cincia war es die Entscheidung eines Augenblicks. Sie wusste, dass sie, wenn sie von den Schuften entdeckt wurde, das Schicksal teilen würde, das diese Gratiana zugedacht hatten. Doch ebenso wie Titus würde sie sich ihr Leben lang schämen, wenn sie nicht wenigstens versuchte, ihre Herrin zu retten.

»Das ist unmöglich! Du bist viel zu erschöpft«, widersprach Titus.

Cincia schüttelte erregt den Kopf. »Es geht schon wieder! Außerdem finden wir zu zweit eher eine Möglichkeit, etwas für Gratiana zu tun, als wenn du allein wärst.«

»Ich könnte die Kerle ablenken und hinter mir her hetzen!«, schlug Titus mit einem Zähnefletschen vor.

Seine Mutter schlug erschrocken die Hände zusammen. »Nein, nur das nicht!«

»Anders als diese Kerle bin ich es gewöhnt, steile Hänge zu bewältigen. Von denen holt mich keiner ein. Und wenn doch …« Titus klopfte mit grimmiger Miene auf sein Schwert, das er unter dem Mantel verborgen trug. »Los, Mutter! Beeile dich, zu Crispinus zu kommen. Je eher dies geschieht, umso schneller kann er Cincia und mir zu Hilfe kommen.« Er drehte sich zu Cincia um. »Du bist das mutigste Mädchen, das ich kenne. Mögen Belenus und Epona uns gewogen sein!«

»Wir müssen laufen, nicht reden!«, antwortete Cincia und eilte los.

Titus folgte ihr, während seine Mutter nach Iunius' Hand fasste. »Wir müssen uns sputen«, sagte sie. »Einen Teil des Weges wirst du laufen müssen, denn ich kann dich nicht lange tragen.«

Der Junge nickte, während ihm die Tränen über die Wangen liefen. »Was ist mit meiner Mama? Was mit Gratiana?«

»Komm!«, forderte Liviona ihn auf, denn sie wollte ihm nicht sagen, dass seine Mutter tot war und die Schwester in allergrößter Gefahr schwebte.

Iunius hielt zunächst wacker mit. Nach einer Weile aber musste Liviona ihn aufheben und tragen, um schneller vorwärtszukommen. Es ging jedoch nicht nur um Gratiana, sondern auch um Cincia und vor allem um ihren Sohn. Dieser Gedanke beflügelte ihre Schritte und gab ihr die Kraft, den eiligen Marsch durchzustehen.

9.

Adnamatus hatte die Nacht recht gut überstanden. So weit konnte Materiona mit ihrem Schützling zufrieden sein. Ihr war jedoch bewusst, dass sie nicht ewig in dieser Höhle bleiben konnten. Sie selbst brauchte ebenso wie Adnamatus etwas zu trinken und zu essen, zudem fehlten ihr einige ihrer wirkungsvollsten Arzneien.

Während sie immer wieder nach Adnamatus schaute, sammelte sie Steine, um den armen Sparius darunter zu begraben. Nach Calvus' Sklavin Porcia war er das zweite Opfer der Banditen, die in

Lucius' Auftrag die Gegend unsicher machten. Materiona befürchtete, dass er nicht das letzte bleiben würde.

»Wenn es diesen Kerlen einfällt zurückzukommen, wird es mir und dir an den Kragen gehen«, sagte sie mit einer gewissen Besorgnis zu Adnamatus.

»Vielleicht kommen wir hier weg, wenn du mich stützt«, schlug er vor.

Materiona musterte ihn seufzend. »Du vergisst, dass du kaum in der Lage bist zu stehen! Außerdem bin ich eine schwache, alte Frau. Ich kann dich nicht tragen, so gerne ich es tun würde.«

»Dann musst du allein losgehen und Hilfe holen!«

»Es wird wohl so sein müssen!« Materiona gefiel es nicht, Adnamatus hier hilflos zurückzulassen. Dafür hatte sie zu viel Angst davor, dass die Schurken zurückkehrten, um die Leichen ihrer Opfer endgültig zu beseitigen.

Als sie hörte, dass sich draußen Schritte näherten, erschrak sie bis ins Mark. Auch Adnamatus wurde darauf aufmerksam und fasste nach ihrer Hand. »Komm, hilf mir auf. Vielleicht können wir die Kerle überraschen!«

»Mit nichts als einem Stein in der Hand?«, fragte Materiona leise, aber bissig.

»Wenn wir nichts anderes haben, müssen wir uns so wehren!« Adnamatus griff nach einem faustgroßen Stein.

»Damit müsste es gehen«, meinte er und versuchte, auf die Beine zu kommen. Der Schmerz in der Brust wurde sofort unerträglich, und er sank wieder zurück. »Es geht nicht!«, stöhnte er verzweifelt.

Materiona nahm ihm den Stein ab und schlich zum Höhleneingang. Als sie hinausspähte, sah sie einen einzelnen Mann auf die Höhle zukommen. Bei seinem Anblick wiegte sie verwundert den Kopf. Es war Humarus, der einstige Sekretär von Adnamatus' Großvater und gewiss nicht der Mann, von dem sie erwartet hätte, ihn bei den Schurken vorzufinden.

»Vielleicht gehört er gar nicht zu diesen«, murmelte sie.

Immerhin hatte Lucius den Mann sofort entlassen, nachdem er die Verwaltung der Minen übernommen hatte. Seitdem arbeitete er als Knecht auf dem Hof eines Verwandten. Kurz entschlossen machte sie einen Schritt aus der Höhle und sprach ihn an. »Humarus, woher kommst du?«

Der Mann zuckte erschrocken zusammen und griff zu seinem Dolch, ließ ihn aber fahren, als er sie erkannte. »Materiona, du?«

»Du hast wohl jemand anderen erwartet?«, fragte Materiona mit neu erwachendem Misstrauen.

Humarus schüttelte den Kopf. »Wie kommst du darauf? Ich komme nur zufällig hier vorbei!«

»Zufällig? An diese abgelegene Stelle? Das würde mich wundern!« Materiona ließ Humarus nicht aus den Augen, doch dieser tat nichts, was ihren Verdacht erregte.

Er lachte kurz auf und sah sie an. »Dir kann man vertrauen, oder?«

»Bis eben konnte man es noch«, antwortete Materiona.

»Du wirst auch niemandem etwas sagen?«, fuhr Humarus fort.

»Hältst du mich für eine Schwatztante?«, fragte Materiona bissig.

»Nein, natürlich nicht. Es ist nur …« Humarus brach kurz ab und schaute sich forschend um. »Du weißt, dass der Enkel meines früheren Herrn nach Aguntum gekommen ist?«

»Wenn du den Pfau Adnamatus meinst, den kenne ich!«

»Es ist so, dass ich ihm versprochen habe herauszufinden, um wie viel Geld Lucius ihn betrogen hat. Wir haben diese Höhle ausgewählt, um hier unsere Botschaften zu hinterlegen, eben weil sie, wie du selbst sagst, abgelegen ist.«

Materiona betrachtete Humarus nachdenklich und nickte. »Das würde zu dem Ganzen passen. Komm mit! Ich muss dir etwas zeigen.«

Verblüfft folgte ihr Humarus in die Höhle. Da Materionas Fackel bereits im Lauf der Nacht abgebrannt war, herrschte wieder das normale Dämmerlicht. Dennoch bemerkte Humarus einen länglichen Steinhaufen an der Seite und weiter drinnen eine Gestalt, die auf dem Boden lag und ihnen angespannt entgegensah.

»Hier hast du Adnamatus! Ein paar üble Burschen wollten ihm gestern auf der Rückkehr von einem Bergwerk das Lebenslicht ausblasen. Doch sie haben ihn zwar schwer verletzt, aber nicht tödlich getroffen«, erklärte Materiona.

Humarus eilte zu Adnamatus hin und beugte sich über ihn. »Bei Epona, wie schlimm ist es?«

»Wenn ich ihn zu Tal brächte, könnte ich ihn besser versorgen. Er kann jedoch nicht allein gehen, und ihn so lange zu stützen, geht über meine Kraft«, erklärte Materiona.

»Vielleicht schaffe ich es, wenn Humarus mir hilft«, sagte Adnamatus. »Ich warne dich aber, denn ich bin verdammt schwach und darf den linken Arm nicht bewegen.«

»Wenn du das tust, platzt die Wunde wieder auf, und ob ich dich dann noch am Weg in die Anderswelt hindern kann, wage ich zu bezweifeln!« Materiona verzog das Gesicht, denn sie wollte Adnamatus' Leben nicht gerettet haben, um ihn doch noch zu verlieren.

Nun nahm sie ihr Schultertuch ab und kniete sich neben ihn. »Humarus und ich werden dich aufrichten, damit ich dir eine Schlinge um den Arm legen und ihn festbinden kann. Danach helfen wir dir auf die Beine. Wenn wir nämlich noch lange zögern, wird die Nacht hereinbrechen, bevor du in Sicherheit bist.«

»Dann sollten wir nicht weiter zaudern«, sagte Adnamatus gepresst, während die beiden ihm unter die Schultern griffen und ihn vorsichtig anhoben. Als er aufrecht saß, band Materiona seinen linken Arm mit dem Schultertuch an seinen Leib und atmete dann tief durch. »Jetzt musst du auf die Beine kommen!«

Diesmal konnte Adnamatus einen leisen Schmerzensruf nicht unterdrücken. Er wusste jedoch selbst, dass er nicht hierbleiben konnte, während Humarus ins Tal eilte, um Hilfe zu holen. Wenn nur einer von Lucius' Handlangern es mitbekam, schwebten Materiona und er in höchster Gefahr.

»Stemme dich auf mich!«, forderte Humarus ihn auf.

»Aber mit der richtigen Seite, nicht mit der verletzten«, mahnte Materiona und half mit, Adnamatus ins Freie zu führen. Als sie an Sparius' Grab vorbeikamen, schwor Adnamatus sich, den Tod seines Dieners und Freundes zu rächen.

»Das haben sie nicht umsonst getan!«, sagte er leise.

Sogleich aber forderte der unebene Weg seine gesamte Aufmerksamkeit. Unverletzt hätte er den Weg ins Tal in weniger als zwei Stunden bewältigt. Nun dauerte es schier eine Ewigkeit. Alle paar Dutzend Schritte mussten sie anhalten, damit er sich wieder erholen konnte. Dabei trug Humarus ihn mehr, als dass er ihn stützte.

Auch Materiona griff zu, wenn die Strecke zu schwierig wurde. Unterwegs blickte sie sich immer wieder um, ob sie einen von Lucius' Schurken entdeckte. Lange Zeit war nichts zu sehen. Irgendwann aber erspähte sie eine Gruppe von mehreren Personen, die kaum mehr als eine Meile entfernt zu einer Heuhütte aufstiegen. Sie war fast sicher, dass sie die gleichen Kapuzenmäntel trugen wie die Männer, die Adnamatus überfallen hatten.

»Ich fürchte, diese Kerle haben wieder etwas Übles vor«, sagte sie und forderte Humarus auf, sich mit Adnamatus in Deckung zu halten.

»Wenn ich die Kerle von hier aus sehen kann, könnten sie es umgekehrt auch. Ich falle nicht auf, weil ich dafür bekannt bin, Kräuter zu sammeln. Ein Mann aber, der einen anderen Mann stützt, würde ihren Verdacht erregen«, setzte sie hinzu und behielt die Gruppe im Auge, bis diese in der Hütte verschwunden war.

»Wir können weitergehen«, sagte sie und war froh, als sie in der Ferne endlich Crispinus' Haus und die in der Nähe liegende Kaserne der Straßenwachen entdeckte.

10.

Die letzten Schritte wurden die schwersten. Adnamatus war so erschöpft, dass er sich an Humarus festklammern musste, um nicht zu fallen. Seine verletzte Seite schmerzte höllisch, und es schien sich alles um ihn zu drehen. Gleichzeitig schwitzte er stark. Als Materiona ihm prüfend die Hand auf die Stirn legte, war diese viel zu heiß.

»Wir hätten dich vielleicht doch oben lassen und Hilfe holen sollen«, sagte sie sorgenvoll.

»Bei diesem steilen Hang wäre es schwierig geworden«, meinte Humarus. »Wie leicht hätte einer der Träger ausrutschen können, so dass Adnamatus den Hang hinabgestürzt wäre! Ob das seiner Wunde besser getan hätte, musst du entscheiden.«

»Zum Glück muss ich das nicht mehr, denn nun sind wir da!« Materiona eilte voraus und klopfte an die Tür.

Augenblicke später wurde diese geöffnet, und Hannus schaute heraus. »Was gibt es?«

»Wir haben einen Verletzten bei uns, der dringend versorgt werden muss«, erklärte die Kräuterfrau. »Außerdem haben wir Crispinus einen Überfall zu melden!«

»Herr Crispinus ist drüben in der Wachstation«, sagte Hannus.

»Dann hole ihn gefälligst!«, fuhr Materiona ihn an und drängte ihn beiseite, damit Humarus Adnamatus ins Haus bringen konnte.

Drinnen trafen sie auf Thamina. Diese sah das angetrocknete Blut auf Adnamatus' Kleidung und atmete scharf ein. Rasch aber fasste sie sich und wies auf den Tisch. »Lege ihn hierher. Da ist noch am meisten Licht. Du holst gefälligst Crispinus! Sage ihm, er soll sich beeilen. Es ist etwas Schlimmes passiert.«

Das Letzte galt Hannus, der beleidigt das Gesicht verzog. »Du führst dich auf wie die Hausherrin! Dabei bist du auch nur eine Sklavin wie ich.«

»Zu einer Sklavin fehlt dir etwas hier oben und weiter unten auch«, spottete Materiona und griff sich an den Busen.

Mit einem leisen Fluch verschwand Hannus. Die anderen wandten sich Adnamatus zu. Dieser lag regungslos auf dem Tisch, war aber bei Bewusstsein.

»Ich sagte doch, dass wir es schaffen«, sagte er kraftlos zu Materiona, als sie seine Tunika aufschnitt, um besser an seine Wunde zu kommen.

»Danke lieber Humarus!«, erwiderte die Kräuterfrau. »Ich hätte dich nicht schleppen können.« Sie entfernte den provisorischen Verband, den sie ihm angelegt hatte, und betrachtete erleichtert die verletzte Stelle. »Du hattest Glück, denn die Wunde ist nicht aufgeplatzt. Ich brauche aber mehr Arzneien, um sie gut versorgen zu können. Bevor ich mich auf den Weg mache, wäre mir etwas zu essen und ein Schluck Wein recht. Immerhin habe ich seit gestern Mittag nichts mehr zu mir genommen.«

»Du bekommst gleich etwas«, versprach Thamina und eilte in die Küche. Sie kam mit Brot und einem großen Stück Wurst zurück. »Reicht das fürs Erste?«

»Ich glaube schon! Ich werde jedoch erst essen, wenn ich Adnamatus verbunden habe. Trinken werde ich jetzt gleich etwas!«

»Ich auch!«, meldete sich Adnamatus. »Außerdem habe auch ich ein wenig Hunger!«

»Du wirst dich mit einem Hühnersüppchen begnügen müssen – das heißt, falls Thamina bereit ist, eins für dich zu kochen. Ich könnte es erst tun, wenn ich meine Arzneien geholt habe«, sagte Materiona.

»Ich bereite selbstverständlich eine Hühnersuppe zu, und zwar ein wenig mehr, denn dieser Mann hier«, Thamina zeigte auf Humarus, »wird gewiss auch Hunger haben!«

»Wenn ich so gefragt werde, sage ich nicht Nein!«, sagte Humarus erleichtert, weil es ihm gelungen war, Adnamatus unbeschadet in dieses Haus zu bringen.

Nachdem Materiona Adnamatus verbunden hatte, steckte sie ein Stück Wurst in den Mund und kaute darauf herum. Da wurde die Tür aufgerissen, und Crispinus stürmte herein.

»Was ist passiert?«, fragte er. »Hannus erzählte was von Verletzten und Überfällen!«

»Einen Überfall hat es gegeben, und zwar auf Adnamatus«, berichtete Materiona ihm mit vollem Mund. »Ich habe die Schurken gesehen! Sie trugen weite Kapuzenmäntel und hatten die Gesichter hinter Tüchern verborgen. Trotzdem kann ich bei sämtlichen norischen und römischen Göttern beschwören, dass der Viehhändler Florus unter ihnen war. Seine Stimme ist unverkennbar, seit Buccio ihm ein wenig den Hals zugedrückt hat.«

Crispinus hörte ihr zu und sah dann Adnamatus an. »Wie geht es ihm?«, fragte er und nickte erleichtert, als Materiona erklärte, dass der junge Mann die Verletzung überstehen würde. Sogleich schlugen seine Gedanken andere Wege ein, und er begriff, dass die Sache aus dem Ruder lief. »Florus war also mit dabei!«, sagte er mehr für sich als für die anderen gedacht.

Materiona nickte. »Er war es mit Sicherheit! Ich könnte wetten, dass auch sein Freund Seccius mit dabei war, wahrscheinlich auch Lucius' Sohn Linus. Aber nun muss ich los, um meine Arznei zu holen, mit der ich Adnamatus' Wunde besser versorgen kann.«

Sie trat zur Tür, öffnete diese und wollte gehen. Da prallte sie mit einem leisen Schrei zurück.

»Was ist jetzt?«, fragte Crispinus und schob sie zur Seite.

Calvus' Frau Liviona taumelte völlig erschöpft auf das Haus zu, in den Armen ein nasses, zitterndes Kind, in dem Crispinus erst auf den zweiten Blick Tullius' Sohn Iunius erkannte.

»Helft uns!«, rief Liviona heiser. »Aurelia und ihre Begleiter sind überfallen worden. Sie und zwei Sklaven wurden umgebracht und Gratiana von den Schurken verschleppt. Wir befürchten, dass auch sie getötet wird, nachdem diese Schurken sie geschändet haben. Mein Titus und Cincia folgen den Männern. Allein aber können sie gegen ein halbes Dutzend übler Kerle nichts ausrichten.« Liviona atmete kurz durch und setzte dann hinzu, dass Cincia den Jungen gerettet hätte. »Sie ist mit ihm in den Dravus gesprungen und hat sich unter ins Wasser ragenden Zweigen versteckt, sonst wären auch Iunius und sie diesen Mördern zum Opfer gefallen.«

»Setz dich und komm erst einmal zu Atem! Thamina soll sich um den Jungen kümmern«, sagte Crispinus und winkte Hannus zu sich. »Suche Retus und sage ihm, er soll unsere Benefiziarier sammeln und mit ihnen so schnell wie möglich hierherkommen. Es gilt, üble Schurken zu jagen!«

Seine Stimme klang hart, denn er wusste, dass es keine leichte Sache werden würde. Allein der Überfall auf Adnamatus zeigte, dass Lucius bereit war, bis zum Äußersten zu gehen. Nun wollte er auch noch Tullius' Familie vernichten. Wen würde er danach ermorden lassen? Es war eine Frage, die er rasch beantworten musste, um diejenigen zu retten, die Lucius sich als nächste Opfer ausgesucht hatte.

11.

Während Romilius und seine Kumpane auf die Hütte zuhielten, in die sie Gratiana bringen wollten, schmiedete er einen Plan, wie er aus dieser verfahrenen Lage noch einen Vorteil ziehen konnte. Laut den letzten Ausführungen seines Onkels hätten sie Aurelia, Iunius und die Sklaven umbringen und Gratiana an einen sicheren Ort bringen sollen. Dort hätte Linus anschließend als angeblicher Retter die junge Frau befreien sollen, um sie dann heiraten zu können.

Das war nicht mehr möglich, weil sie zu nachlässig gewesen waren und die Gesichter nicht verhüllt hatten. Romilius war mittlerweile der Verdacht gekommen, dass es womöglich Absicht von Linus gewesen war, um Gratiana vergewaltigen und hinterher ermorden zu können. Dem primitiven Verstand seines Vetters traute er es durchaus zu. Immerhin hatte dieser sich mehrfach gegen diese Heirat ausgesprochen, dafür aber erklärt, sich an Gratiana rächen zu wollen.

»Es wird an der Zeit, die Welt von Linus zu befreien«, murmelte er leise. Vorerst aber galt es, Gratiana davor zu bewahren, von seinen Begleitern besprungen zu werden, als wäre sie eine Kuh, auf die man ein halbes Dutzend brünstiger Stiere loslässt.

Der Wein wird mir helfen, dachte er. Er würde den anderen sagen, dass sie zuerst ihren Erfolg begießen sollten. Waren seine Kumpane erst einmal betrunken, konnte er mit Gratiana fliehen. Sie würde ihm dankbar sein und ihm glauben, dass er das alles nicht gewollt hatte. Um Linus würden sich Crispinus' Benefiziarier kümmern. Diese machten mit Straßenräubern kurzen Prozess, und dann konnte auch sein Onkel ihn nicht mehr retten. Wenn er es zudem so hindrehte, als hätte Lucius die Morde befohlen, war auch dieser aus dem Weg geräumt, und er konnte als Faustinas und Fulvias Vormund die Hand auf das Vermögen seines Onkels legen.

Zufrieden mit diesen Aussichten öffnete Romilius die Tür der Hütte. Sie war leer, da sie nur dazu benützt wurde, Heu aufzubewahren, das im Winter mit Schlitten zu den Höfen gebracht wurde. Aus dem Grund hatte Florus sie als Gefängnis für Gratiana vorgesehen und die entsprechenden Vorräte besorgt. Ein rascher Blick verriet Romilius, dass der Viehhändler am wenigsten an Wein gespart hatte.

Diese Provinzler sind alles Säufer und kennen nicht die feine römische Lebensart, dachte er verächtlich. Bei ihnen galt die Masse und nicht der Genuss.

Ario und Tervius trugen Gratiana hinein und legten sie auf das vorbereitete Bett aus Heu. Danach zeigte Ario die Zunge und deutete darauf. »Die ist ganz trocken. Gratiana zu schleppen, hat durstig gemacht!«

»Mich auch!«, stimmte Tervius ihm zu.

»Es ist genug Wein da!«, sagte Florus grinsend und holte die Becher.

Das geht ja noch einfacher, als ich dachte, durchfuhr es Romilius, und er prostete seinen Kumpanen zu. »Trinkt!«, forderte er sie auf. »Einen zweiten Tag wie heute werden wir nie mehr erleben!«

Während ihre Entführer sich den Wein schmecken ließen, lag Gratiana gefesselt im Heu und erstickte fast an ihrer Angst. Sie hatte ihre Mutter und die beiden Sklaven sterben sehen und war sicher, dass auch ihr Bruder und Cincia tot waren. Noch schlimmer würde ihr eigenes Schicksal werden. Linus hatte ebenso wie Seccius und Florus unterwegs keinen Hehl daraus gemacht, dass sie über sie herfallen und sie hinterher ermorden würden.

In ihrer Verzweiflung achtete sie zunächst nicht auf das, was ihre Entführer sprachen. Plötzlich aber horchte sie auf.

»Für dich ist es natürlich Pech, dass du dich Gratiana nicht mehr als der edle Retter präsentieren kannst, der sie aus der Hand so übler Schurken wie uns befreit«, hörte sie Florus sagen.

»Was heißt hier Pech? Vater wollte, dass ich sie heirate. Ich wollte es nie!«, antwortete Linus darauf.

»Und warum nicht? Nachdem wir ihren Bruder umgebracht haben, wäre sie die einzige Erbin ihres Vaters«, meinte einer der anderen.

»Dessen Besitz bekommen wir auch so«, sagte Linus höhnisch und stand auf. »Jetzt habe ich Appetit auf Weiberfleisch!«

Florus und Seccius lachten über den rüden Spruch, und Romilius gab seine Überlegung auf, Gratiana unbeschadet von hier wegbringen zu können. Vielleicht war es sogar besser, wenn sie von den anderen vergewaltigt wurde. Sie würde ihm danach umso dankbarer sein, wenn er sie rettete.

Linus nestelte bereits an seinem Lendentuch, als er kurz das Gesicht verzog. »Ich muss erst meine Blase leeren. Dass mir aber niemand über sie herfällt, bevor ich meinen Spaß mit ihr hatte!«

»Das würde sich keiner trauen!«, sagte Florus lachend. »Übrigens hast du recht, ich müsste auch mal meine Blase leeren. Ich komme mit! Was ist mit dir, Seccius?«

»Eigentlich …«, begann Seccius, wurde aber von Linus unterbrochen.

»Du kommst mit, sonst hängst du bereits über Gratiana, wenn wir zurückkommen! Ihr drei passt unterdessen auf, dass sie uns nicht entfleucht.« Linus lachte und verließ die Hütte.

Florus und Seccius folgten ihm nach draußen, während Romilius mit Ario und Tervius zurückblieb.

»Mir gefällt das nicht!«, sagte Tervius. »Es ist das eine, einem einen Kübel Scheiße durchs Fenster zu kippen, und etwas anderes, Leute umzubringen.«

»Linus will es eben so«, antwortete Ario.

»Da hast du schon recht, aber …« Tervius seufzte und sagte sich, dass Linus schon wissen würde, warum sie das machten.

Für einen Augenblick hatte Romilius geglaubt, die beiden auf seine Seite ziehen zu können. Er spürte jedoch, dass ihre Treue zu Linus zu stark war, und beschloss, zu warten, bis alle schliefen. Dann würde er sich Gratiana als Befreier präsentieren und sie von hier fortbringen.

Unterdessen führte Linus seine beiden Begleiter ein Stück von der Hütte weg. Während sie gemeinschaftlich Wasser ließen, sah Florus Linus an. »Was hältst du von den Grünschnäbeln Tervius und Ario? Ich halte sie für zu weich und habe Angst, sie werden irgendwann die Schnauze nicht mehr halten können.«

»Bis jetzt waren sie immer auf meiner Seite«, sagte Linus.

»Aber das waren Kleinigkeiten gegen das, was wir diesmal gemacht haben. Ich merke doch, wie wenig ihnen die Sache behagt. Und vergiss Romilius nicht! Dein Vater sagte bereits, dass wir auf ihn achten sollen.«

Irgendwie hat er recht, dachte Linus. Wenn jetzt etwas schiefging, konnten sie sogar als Schwerverbrecher am Kreuz enden.

»Was schlägst du vor?«, fragte er.

»Diese Sache wird viel Staub aufwirbeln. Vielleicht schickt der Statthalter sogar Soldaten. Da sollten wir damit nicht in Verbindung gebracht werden können. Auf Tervius' und Arios Verschwiegenheit können wir nicht vertrauen, und Romilius passt weder deinem Vater noch dir. Wir sollten daher alle drei niedermachen, das Mädchen durchziehen, umbringen und danach die Hütte in Brand setzen. Übrig bleiben nur die verkohlten Leichen von Gratiana und den Schurken, die sie entführt haben. Wir hingegen sorgen dafür, dass uns niemand mit diesem schrecklichen Verbrechen in Verbindung bringen kann.«

»Ario und Tervius sind zu weich, um dichthalten zu können, und Romilius ärgert mich schon die ganze Zeit, weil er immer so gescheit tut. Ich bin dafür, es zu tun!«, erklärte Seccius.

»Ich auch!« Linus sagte sich, dass er mit der Beseitigung der unsicheren Kumpane einige Sorgen loswürde, und sah die anderen auffordernd an. »Wann legen wir los, gleich oder später?«

»Ich wäre für gleich! Oder willst du die Kerle noch über Gratiana drüberlassen?«, fragte Seccius.

»Solche Sachen erledigt man am besten auf der Stelle«, ergänzte Florus grinsend.

Linus nickte entschlossen. Dabei schob er die Tatsache beiseite, dass Tervius und Ario seit Kindertagen zu seinen engsten Freunden zählten und ihm selbst bei den übelsten Streichen geholfen hatten. Mittlerweile begriff er, dass er mit dem Mord an Aurelia und Iunius eine Grenze überschritten hatte, hinter der es auch für ihn gefährlich werden konnte. Wegen ein paar toter Sklaven hätte der Statthalter in Virunum mit den Schultern gezuckt. Anders war es jedoch bei der Ehefrau und den Kindern eines Mannes mit römischem Bürgerrecht. Da Titus Flavius Titianus zudem neu auf seinem Posten war, würde er zeigen wollen, dass er sich durchzusetzen vermochte. Da war es besser, wenn man ein paar tote Schurken fand, die dem Anschein nach unvorsichtig mit Feuer umgegangen waren.

»Wir erledigen es sofort!«, erklärte er mit schwankender Stimme. »Seccius soll sich Romilius vornehmen. Der ist immerhin mein Verwandter, und da will ich nicht selbst Hand anlegen!«

»Ich erledige Ario! Dann bleibt dir Tervius. Zieh aber dein Schwert erst, wenn wir wieder in der Hütte sind, damit sie nicht gewarnt werden«, rief Florus.

Als sie auf die Hütte zugingen, klopfte er Linus lachend auf die Schulter. »Natürlich kannst du Gratiana als Erster haben. Immerhin bist du unser Anführer, und da steht dir das zu!«, rief er, um die drei in der Hütte zurückgebliebenen Kumpane zu täuschen.

»Das wird wohl auch gut sein!«, antwortete Linus. »Als Zweiter ist Romilius an der Reihe, denn er ist mein Vetter.«

»Von mir aus!«, rief Florus und trat mit fröhlicher Miene in die Hütte.

Auf ihre Komplizen in der Hütte wirkte es tatsächlich so, als wären die drei nur draußen gewesen, um Wasser zu lassen. Seccius sah zu Gratiana hin, als interessiere nur sie ihn, und stellte sich dann neben Romilius. »Wie ich sehe, seid ihr brav gewesen! Linus hatte schon Angst, ihr könntet Gratiana unter die Röcke geschaut haben.«

»Gegen das Schauen hätte er nichts, aber einiges gegen mehr. Er ist ganz versessen darauf, sie als Erster zu stoßen!«, sagte Florus und trat neben Ario.

Für einige Augenblicke schien die Welt stillzustehen. Dann fuhr Seccius' Hand zum Schwert. Bevor Romilius überhaupt begriff, wie ihm geschah, durchbohrte die Klinge seinen Leib. Keinen Herzschlag später stach Florus Ario mit dem Dolch nieder.

Während Tervius entsetzt mitansehen musste, wie die beiden anderen getötet wurden, zog auch Linus sein Schwert. Als er zustach, wich Tervius ihm aus und trug nur eine unbedeutende Wunde davon.

»Du Schwein!«, schrie er wütend und griff nach Linus.

Dieser spürte bereits Tervius' Finger um seinen Hals. Da machte Seccius diesem mit einem raschen Schwerthieb ein Ende.

»Den Nächsten solltest du besser treffen!«, rief er kopfschüttelnd.

Linus verzog das Gesicht. »Ich hatte bereits ausgeholt, um ihm endgültig den Garaus zu machen.«

Florus lächelte nur. Auch wenn Linus ein Tölpel war, so genoss er als Lucius' Sohn ein hohes Ansehen. Es war daher klüger, sich an ihn zu halten als an Romilius. Der war zu klug gewesen, um sich von ihm lenken zu lassen. Bei Linus aber würde ihm dies gelingen, und schon bald würde er so selbst ein mächtiger Mann werden. Er schob den Gedanken an die Zukunft jedoch vorerst beiseite, denn nun galt es, erst einmal diese Sache hier zu Ende zu bringen.

»Komm, Seccius! Wir zwei räumen die Leichen beiseite. Linus kann sich unterdessen Gratiana widmen, damit wir beide nicht so lange warten müssen, bis wir an die Reihe kommen!«

Gratiana hatte zunächst nicht begriffen, was Linus und seine beiden Kumpane machten. Als sie dann die drei Leichen und die blutbeschmierten Schwerter und Dolche der Mörder sah, stieß sie einen gellenden Schrei aus.

»Was hast du denn?«, fragte Seccius höhnisch. »Du solltest uns dankbar sein, denn jetzt wirst du von weniger Männern beritten!«

Weder Gratiana noch die drei überlebenden Entführer ahnten, dass sich Cincia und Titus bis an die Hütte herangeschlichen hatten. Als die beiden Gratianas Schrei hörten, zuckte Cincia zusammen.

»Bei Epona, wir müssen etwas tun!«

»Aber was?«, fragte Titus verzweifelt.

»Du sagtest, du wärst hier in den Bergen schneller als diese Kerle. Wenn sie dir folgen, könnte ich mich in die Hütte schleichen und Gratiana befreien!«

»Das könnte klappen.« Titus wusste, dass es nicht leicht sein würde, doch um Gratianas – nein, um Cincias willen! – war er dazu bereit.

»Hier, nimm mein Messer!«, sagte er und drückte ihr dessen Griff in die Hand. Danach sah er sie mit einem Blick an, den sie nicht zu lesen wusste. »Wünsche mir Glück!«

ZEHNTER TEIL

Die mutige Sklavin

1.

Cincia starrte mit hart klopfendem Herzen auf die Heuhütte und flehte sämtliche Götter an, Titus und ihr beizustehen. Bei dem Überfall hatte sie sechs Schurken gezählt. Nur wenn es Titus gelang, alle aus der Hütte zu locken, konnte sie Gratiana befreien.

»Versteck dich gut!«, raunte Titus ihr zu.

Cincia nickte und kroch in ein Gebüsch.

»Dein linker Fuß schaut noch heraus«, warnte Titus sie. Auch wenn es unwahrscheinlich war, dass einer der Mörder es bemerken würde, wollte er kein Risiko eingehen.

Cincia zog das Bein enger an den Leib und sah dann zu, wie Titus mehrere Steine aufhob und auf die Hütte zuging. Etwa zehn Schritte davor blieb er stehen und schleuderte den ersten Stein mit aller Kraft gegen die Hüttenwand. Es knallte so laut, dass Cincia erschrocken zusammenzuckte.

Hatte sie bis jetzt die Stimmen der Banditen wie ein fernes Murmeln gehört, wurde es in der Hütte auf einmal gespenstisch still. Dann aber wurde die Tür aufgerissen, und Seccius streckte den Kopf heraus. Als er Titus sah, stieß er einen wütenden Schrei aus. »Verdammter Hund! Diesmal entkommst du mir nicht!«

Titus warf den nächsten Stein und traf gut. Mit einem Aufheulen griff Seccius sich an die Stirn und fühlte es nass unter den Fingern.

»Dafür bringe ich dich um!«, brüllte er und stürmte auf Titus zu.

Dieser wandte sich blitzschnell um und rannte los.

»Kommt mit! Wir müssen den Kerl erwischen«, brüllte Seccius.

Augenblicke später stürmten Linus und Florus aus der Hütte. Als sie Titus entdeckten, stieß Florus einen Fluch aus. »Verdammt! Der Kerl muss uns gesehen haben!«

»Er darf uns nicht entkommen!«, rief Linus schrill und nahm die Verfolgung auf. Florus folgte ihm auf dem Fuß.

Cincia betete, dass auch die drei anderen die Hütte verlassen würden, um Titus zu jagen. Doch die Zeit verging, ohne dass auch nur einer von ihnen sich sehen ließ.

Ein Blick zeigte Cincia, dass Titus zwar einen gewissen Vorsprung vor seinen Verfolgern besaß, aber bei seiner wilden Flucht geriet er mehrfach in Gefahr, zu stürzen.

»Oh, Epona! Was nun?«, fragte sie verzweifelt. »Solange Gratiana von diesen drei Schurken bewacht wird, kann ich nichts tun.«

Nach einer ihr endlos erscheinenden Zeit bemerkte sie eine Bewegung hinter der halboffenen Tür und sah, wie jemand mühsam darauf zukroch. Das lange Haar war unverkennbar.

»Gratiana!« Cincia stürzte auf ihre Herrin zu und fasste nach deren gefesselten Armen. »Sag, wo sind die anderen Schurken? Ich habe nicht gesehen, dass sie die Hütte verlassen hätten!«

»Sie sind tot!«, flüsterte Gratiana mit blutleeren Lippen. »Linus, Seccius und Florus haben sie umgebracht. Sie wollten nach meinem Tod die Hütte anzünden, so dass man die drei für jene Räuber gehalten hätte, die Mutter umgebracht und mich verschleppt haben.«

Dann erst begriff Gratiana, dass mit Cincia eine Totgeglaubte vor ihr stand, und schrie auf. »Bist du ein Geist?«

»Nein! Ich bin mit Iunius ins Wasser gesprungen und habe mich mit ihm unter den überhängenden Zweigen versteckt.« Noch während sie es sagte, nahm sie Titus' Messer und durchtrennte Gratianas Fesseln. »Iunius! Was ist mit ihm? Lebt er?«, fragte Gratiana mit neu erwachender Hoffnung.

»Iunius lebt! Titus' Mutter bringt ihn zu Crispinus. Titus selbst lenkt die Schurken ab. Ich hoffe nur, ihm passiert nichts!« Cincia schloss kurz die Augen. Wenn Titus etwas zustieße, würde sie ihr Leben lang nicht mehr glücklich werden.

»Er ist so mutig!«, sagte sie und half Gratiana auf die Beine. »Wir müssen zusehen, dass wir von hier wegkommen! Wenn die Schurken zurückkehren, dürfen sie uns nicht mehr antreffen.«

Gratiana nickte und versuchte zu gehen. Durch die straffe Fesselung waren ihre Füße jedoch taub. Cincia fasste sie schließlich unter und schleppte sie mit sich.

»Bete zu sämtlichen Gottheiten, die du kennst, damit sie uns beistehen!«, forderte sie Gratiana auf.

»Wenn ich nicht mehr kann, musst du mich zurücklassen. Rette dann wenigstens dich!«, sagte Gratiana bedrückt.

»Reiß dich gefälligst zusammen!«, antwortete Cincia schroff. »Die Hütte liegt bereits ein ganzes Stück hinter uns. Wir müssen es bis zum nächsten Hof schaffen. Dort wird uns gewiss Hilfe zuteil.«

Gratiana nickte, ohne es recht zu glauben. Zu viel war an diesem Tag passiert. Ihre Mutter und zwei ihrer Sklaven waren umgebracht worden, und sie und Cincia brauchten ein Wunder, um den Mördern zu entkommen.

»Wenn sie uns erwischen, wäre der Tod gnädiger als das, was sie dann mit uns anstellen werden«, jammerte sie und blieb vor Erschöpfung stehen.

»Wir müssen weiter!«, drängte Cincia.

»Ich kann nicht mehr.«

»Du kannst noch sehr viel und wirst es zum Pluto noch mal auch tun!« Als Gratiana auf ihre Worte nicht reagierte, holte Cincia mit der rechten Hand aus und versetzte ihr eine schallende Ohrfeige. »Weiter!«, fauchte sie Gratiana an und zerrte sie hinter sich her.

»Du hast mich geschlagen«, sagte diese verdattert.

»Es war nötig! Wenn wir entkommen, wirst du mir dafür noch dankbar sein«, antwortete Cincia und sah erleichtert, dass Gratiana wieder sicherer auf den Beinen stand und sich von ihr führen ließ.

2.

Titus fluchte, weil ihm nur drei Schurken folgten. Wie es aussah, waren die anderen zurückgeblieben, um Gratiana zu bewachen. Damit war ihr Plan gescheitert, und Cincia würde Gratiana niemals befreien können.

»Ihr verfluchten Schweine!«, schrie er, als er sich kurz umdrehte.

Seccius war ihm dicht auf den Fersen. Dahinter kam Florus, während Linus schon ein Stück zurückgeblieben war. Vielleicht sollte ich besser kämpfen als laufen, überlegte er. Wenn ich sie nacheinander besiege, könnte es gelingen. Allerdings wäre sein erster Gegner Seccius, und der war ein harter Brocken, mit dem er nicht im Handumdrehen fertigwurde. Bis dahin wären auch die beiden anderen heran, und er stünde auf verlorenem Posten.

Unschlüssig, was er tun sollte, lief er weiter. Hoffentlich ist Cincia vorsichtig genug, um sich nicht von Romilius und den anderen erwischen zu lassen, fuhr es ihm durch den Kopf. Auch wenn es ihm um Gratiana leidtat, so durfte Cincia um Junos willen nichts geschehen. Sie war so mutig und bereit, ihr Leben für andere einzusetzen. Es gab kein besseres Mädchen als sie, und auch kein schöneres. Wie hätte das Leben werden können, wenn Lucius in seiner Gier nicht Buccio um Hof und Leben gebracht hätte? Sein Vater hätte Cincia gewiss als Schwiegertochter gebilligt. Auch die Mutter wäre damit einverstanden gewesen. Doch um all das hatte der Bürgermeister sie gebracht.

Wenige Augenblicke später musste Titus schmerzhaft erfahren, dass es nicht klug war, auf Leben und Tod vor Feinden zu fliehen und gleichzeitig seinen Gedanken nachzuhängen. Er trat fehl und stürzte. Als er sich wieder aufrappelte, spürte er einen stechenden Schmerz im rechten Fußknöchel. Er konnte gerade noch humpeln, doch auf diese Weise würde er seinen Verfolgern nicht entkommen.

Während Seccius über sein Missgeschick jubelte, zog Titus entschlossen sein Schwert und machte sich kampfbereit. Allerdings wusste er selbst, dass er mit seinem verletzten Fuß kein gleichwertiger Gegner mehr war.

»Es tut mir so leid, Cincia!«, flüsterte er und wartete auf den Angriff.

Seccius blieb ein paar Schritte vor ihm stehen und verzog das Gesicht zu einem höhnischen Grinsen. »Jetzt habe ich dich, Bürschchen, und werde deine Eingeweide um meine Hand wickeln, während du jämmerlich krepierst!«

»Wir werden ja sehen, wer krepiert«, antwortete Titus mit bitterem Spott und sah zu, wie Florus und Linus zu Seccius aufschlossen.

»Du bist ja sehr mutig!«, rief er. »Allein traust du dich wohl nicht an mich heran!«

Seccius spuckte aus und trat auf ihn zu. Im sicheren Gefühl ihres Erfolgs hatten weder er noch seine Kumpane auf ihre Umgebung geachtet. Jetzt hörten sie auf einmal Schritte. Da klang ein scharfer Befehl zu ihnen her.

»Halt, stehen bleiben!«

Alle vier fuhren herum und sahen Crispinus und Retus, die mit gezogenen Schwertern an der Spitze von einem Dutzend Benefiziarier auf sie zukamen.

Während Linus sich entsetzt zur Flucht wandte, stürmte Seccius auf Titus zu und hätte ihn beinahe überrascht.

Titus entging um Haaresbreite seiner zustoßenden Klinge und parierte den nächsten Stich. Beim nächsten Mal traf Seccius ihn am linken Arm. Blut floss, doch Titus spürte keinen Schmerz. Er wehrte sich mit aller Kraft, sah dann Schatten auf sich zukommen und hörte Seccius' enttäuschtes Brüllen.

Als weitere Angriffe unterblieben, sah er sich erstaunt um. Zwei Benefiziarier hatten Seccius zu Fall gebracht. Nachdem ihm Retus die Waffe aus der Hand getreten hatte, wurde er gefesselt.

Crispinus trat unterdessen auf Titus zu. »Wir sind wohl gerade noch rechtzeitig gekommen. Aber weshalb waren die Kerle hinter dir her?«

»Eigentlich wollte ich alle Schurken aus der Hütte locken, damit Cincia eindringen und Gratiana befreien kann. Leider sind nur diese drei herausgekommen und hinter mir hergerannt«, berichtete Titus enttäuscht.

Unterdessen verfolgten die Straßenwächter Linus und Florus und holten sie schließlich ein. Wenig später waren beide gefangen und gefesselt.

»Retus, du bleibst mit vier Mann bei den Gefangenen. Der Rest kommt mit! Du wartest bitte auch hier!« Crispinus' letzter Satz galt Titus, der ihm trotz seines verletzten Knöchels folgen wollte.

»Setz dich!«, sagte Retus zu Titus. »Wenn du nicht auf dein Bein achtgibst, kann es sein, dass du für den Rest deines Lebens ein Hinkefuß bleibst.«

»Aber Cincia!«, rief Titus.

»Keine Sorge! Um die kümmern wir uns«, versprach Crispinus und machte sich an den Aufstieg.

Acht Männer folgten ihm voller Zorn auf die Schurken, die Aurelia und deren Begleiter überfallen und mehrere davon getötet hatten.

Der Weg war weiter, als sie zunächst angenommen hatten, und Crispinus nickte anerkennend, weil Titus die Schurken ziemlich weit fortgelockt hatte. Wären ihm auch die drei anderen gefolgt, hätte Cincia Gratiana befreien können.

Als sie sich der Hütte näherten, war dort alles still. Weder von den anderen Schurken noch von Cincia war etwas zu sehen. Crispinus winkte seinen Männern, leise zu sein. Er schlich auf die Tür zu und kniff verwundert die Augen zusammen. Auf dem Boden lagen Stricke, die mit einer Klinge zerschnitten worden waren.

Hatten Romilius und die beiden anderen die Abwesenheit der Hauptschurken ausgenützt, um Gratiana zu befreien und in Sicherheit zu bringen?, fragte er sich. Irgendwie traute er es Romilius zu. Wenn dieser sich Tullius als Retter der Tochter präsentierte, war es möglich, dass ihm nicht nur verziehen wurde, sondern er auch noch Gratiana mit einer entsprechenden Mitgift zur Frau erhielt.

»Dann würde dieser Lump auch noch für seine üblen Taten belohnt«, sagte er leise und stieß die Tür mit einem wuchtigen Fußtritt ganz auf.

Von Gratiana gab es keine Spur. Dafür entdeckte er in einer Ecke drei reglose Gestalten. Als er näher trat, erkannte er Romilius, Tervius und Ario. Alle drei waren tot. Verwirrt kniff Crispinus die Augen zusammen. Hatte Cincia sie etwa überraschen und niederstechen können? Dann aber schüttelte er den Kopf. Das waren Schwertwunden und keine Verletzungen, die ein Mädchen jemandem mit einem Messer zufügen konnte.

Es war ein Rätsel, das noch seiner Lösung harrte. Nun aber hieß es, Cincia und Gratiana zu finden. Crispinus verließ die Hütte wieder und begann zu rufen.

»Cincia! Gratiana! Ich bin es – Crispinus! Die Schurken sind gefangen! Ihr seid in Sicherheit!«

Obwohl er angestrengt lauschte, kam keine Antwort.

»Verdammt, wo mögen die beiden nur sein?«, fluchte er. Er wandte sich an seine Männer. »Sechs kommen mit mir, um die Mädchen zu suchen. Die beiden anderen sorgen dafür, dass die Leichen zu Tal gebracht werden!«

»Jawohl, Centurio!«, antwortete der älteste Veteran und bestimmte einen Mann, der ins Tal eilen und Knechte mit Tragen holen sollte.

Crispinus und die anderen machten sich auf die Suche. Da sie nicht wussten, in welche Richtung Cincia und Gratiana geflohen waren, teilten sie sich auf und riefen immer wieder nach den beiden. Doch nur der Wind antwortete ihnen.

3.

Cincia und Gratiana hatten die Hütte schon einige hundert Schritte weit hinter sich gelassen, als Gratiana auffiel, dass sie die ganze Zeit bergauf flohen.

»Warum tust du das?«, fragte sie verwundert. »Wir müssen doch ins Tal, um in Sicherheit zu gelangen!«

»Genau das werden Linus und seine Schurken annehmen und uns in dieser Richtung suchen. Bis wir das Tal erreichten, hätten sie uns längst eingeholt.«

Das sah Gratiana ein. »Aber wo willst du hin?«

»Zu Materionas Hütte! Die ist weit genug entfernt und so abgelegen, dass Linus uns dort niemals vermuten wird.«

Materiona lebte irgendwo tief in den Bergen, das war kein Ort, zu dem Gratiana freiwillig aufgestiegen wäre. Auch wenn ihre Beine sie jetzt wieder trugen, war es eine Quälerei für sie, den steilen Hang hochzusteigen. Anders als Cincia, die es von Kindheit an gewohnt war, hatte sie ein angenehmes Leben in der Stadt geführt. Schon bald lief ihr der Schweiß in Strömen über Gesicht und Rücken, und sie flehte Cincia an, ihr eine Pause zu gönnen.

»Nur noch ein kleines Stück! Wir müssen den Wald erreichen. Dort können wir rasten.«

Zuletzt musste Cincia Gratiana fast tragen, da diese am Ende ihrer Kräfte war. Als sie die Bäume erreichten, atmete Cincia auf. Endlich konnten sie sich setzen. Cincia war mittlerweile kaum weniger erschöpft als ihre junge Herrin. Am liebsten wäre sie liegen geblieben, um im Schlaf alles vergessen zu können, was geschehen war. Doch noch bestand die Gefahr, von Linus und dessen Schurken eingefangen zu werden.

Daher erhob sie sich nach einer kurzen Pause und forderte Gratiana auf, es ihr gleichzutun.

»Ich kann nicht!«, wimmerte diese. »Ich bin erschöpft und vergehe vor Durst!«

»Hier gibt es nichts zu trinken! Wir müssen weiter«, drängte Cincia.

Endlich erhob sich Gratiana. »Ist es noch weit?«

»Wir sind bald da«, log Cincia.

»Was ist, wann Materiona nicht zu Hause ist?«, fragte Gratiana weiter.

»Ich weiß, wo der Schlüssel versteckt ist. Haben wir erst einmal die Hütte erreicht, sind wir in Sicherheit. Dort werden uns diese Mordbuben niemals vermuten.«

Gratiana riss sich zusammen, so dass sie weitergehen konnten. Nach einer Weile erreichten sie den Pfad, der zu Materionas Hütte führte, und sahen schließlich die Kate vor sich, die nur aus einem Zimmer bestand. Zu Cincias Erleichterung stand die Tür offen. Also war die Kräuterfrau zu Hause.

»Gleich können wir uns ausruhen«, tröstete sie Gratiana.

»Trinken! Durst!«, antwortete diese stöhnend.

»Nicht nur du!« Cincia freute sich auf einen Becher des guten Kräuterbiers, das Materiona zu brauen verstand. Noch während sie sich unbewusst die Lippen leckte, kam die Kräuterfrau aus der Tür, entdeckte sie und blieb wie gegen eine Wand geprallt stehen.

»Cincia! Gratiana! Aber wie …« Sie stellte den Korb, den sie bei sich hatte, auf den Boden und eilte den beiden Mädchen entgegen. »Bei Epona, du lebst!«, rief sie und fasste mit den Händen nach Gratianas Schultern. »Oh, wie mich das erleichtert! Als Titus' Mutter berichtet hat, ihr wärt überfallen worden, bin ich beinahe vor Sorge vergangen.«

»Cincia hat mich gerettet!«, berichtete Gratiana mit schwacher Stimme.

»Das konnte ich nur, weil Titus die Schurken weggelockt hat und Linus, Florus und Seccius ihre Kumpane vorher umgebracht haben.

Aber kannst du uns etwas zu trinken geben? Gratiana ist völlig erschöpft und vergeht fast vor Durst – und ich ebenfalls!«, sagte Cincia.

»Freilich!«, antwortete Materiona. »Tretet ein. Ihr müsst euch allerdings selbst behelfen, denn ich muss wieder zu Crispinus hinab, um Adnamatus' Wunde zu versorgen. Beinahe hätten diese Schufte auch ihn umgebracht.«

»Adnamatus lebt also noch? Dabei haben diese Schweine sich damit gebrüstet, ihn umgebracht zu haben«, sagte Gratiana.

»Sie haben ihn nicht so gut getroffen, wie sie dachten. Setzt euch! So viel Zeit, euch etwas zu trinken einzuschenken, habe ich noch.« Materiona stellte zwei Becher auf den Tisch und holte einen Krug ihres frisch gebrauten Bieres.

»Trinkt nicht alles, sonst steigt es euch zu Kopf. Ihr wisst ja, wie es Männern geht, wenn sie betrunken sind«, mahnte sie die beiden. Dann griff sie ihren Korb, verabschiedete sich und schritt in Richtung des Tals.

Cincia schloss die Tür hinter ihr und schob den Riegel vor. »Die Fenster sind zu klein, als dass die Kerle hereinsteigen könnten«, sagte sie zu Gratiana.

»Du glaubst also immer noch, dass sie uns verfolgen könnten?«, fragte diese bang.

»Wenn es stimmt, was Materiona berichtet hat, haben Linus und seine Schurken es derzeit mehr mit Crispinus' Benefiziariern zu tun, als dass sie uns folgen könnten. Ich bin aber trotzdem vorsichtig. Es könnte ja einer in diese Richtung fliehen. Bei Epona, ich hoffe, Crispinus und seine Leute waren früh genug bei Titus und konnten ihm beistehen«, antwortete Cincia.

»Du magst ihn, nicht wahr?«, fragte Gratiana.

Cincia nickte, ohne etwas zu sagen.

»Er ist auch ein hübscher junger Mann mit angenehmen Manieren. Leider ist er nur der Sohn eines Käsehändlers, sonst könnte er mir gefallen«, fuhr Gratiana fort.

Diese Bemerkung versetzte Cincia einen leichten Stich.

»Bedauerlicherweise muss mein Bräutigam das römische Bürgerrecht haben und zumindest dem Ritterstand angehören. Von denen aber gibt es hier in Aguntum keinen, da Romilius tot ist und Linus ein Schurke!«

»Romilius war ebenfalls ein Schurke!«, erklärte Cincia herb. »Wenn ich Materiona richtig verstanden habe, war er bei dem Überfall auf Adnamatus dabei.«

»Adnamatus … Ob er schwer verletzt ist?«, fragte Gratiana nachdenklich. »Er ist jetzt der einzige junge Mann, der vor Vater treten und um mich werben könnte. Glaubst du, dass ich ihm gefallen könnte?«

Du bist ein kleines, berechnendes Biest, dachte Cincia empört. Sie hatte nicht vergessen, wie Gratiana über Adnamatus gespottet hatte. Nun aber, da ihre Träume mit Romilius zerstoben waren, wurde er für sie zu einem möglichen Bewerber, den sie mit ihrer Hand beschenken konnte.

Noch während Cincia sich ärgerte, brach Gratiana in Tränen aus und klammerte sich an sie. »Meine Mutter! Sie haben sie umgebracht! Wenn wir sie doch nur hätten retten können.«

Cincias Unmut verflog, und sie streichelte ihrer Herrin sanft über das Haar. »Deine Mutter ist zwar tot, aber sie wird in der Unterwelt glücklich sein, weil du und Iunius mit dem Leben davongekommen seid.«

4.

Als Crispinus Titus in sein Haus brachte, damit dessen verletzter Knöchel behandelt wurde, fand er Adnamatus in heller Aufregung vor.

»Habt ihr Gratiana gefunden? Lebt sie noch?«

Thamina hob mit einer resignierenden Geste die Hände. »Ich versuche alles, um Adnamatus zu beruhigen, doch es gelingt mir nicht. Am liebsten würde ich ihn festbinden, damit er nicht loseilt, um sie zu suchen!«

»Das solltest du auch lassen!«, sagte Crispinus zu dem Verletzten. »Oder willst du, dass zwar Gratiana lebend gefunden wird, du dafür aber sterben musst, weil sich deine Wunde entzündet hat?«

»Nein, das will ich natürlich nicht! Ich …«, antwortete Adnamatus und brach ab. »Ihr sucht sie aber!«

»Wir haben Grund zur Annahme, dass sie ihren Entführern mit Cincias Hilfe entkommen konnte. Doch wohin sie sich gewandt haben, wissen wir noch nicht. Ich habe sechs meiner Männer losgeschickt, um sie zu suchen. Du solltest jetzt schlafen! Wenn du wieder aufwachst, haben wir Gratiana gewiss gefunden. Ist Materiona schon zurück?«

Auf Crispinus' Frage hin schüttelte Thamina den Kopf. »Nein, noch nicht! Aber sie hat ja auch ein weites Stück zu gehen und ist nicht mehr die Jüngste.«

»Auf jeden Fall hat sie genug zu tun, wenn sie kommt«, sagte Crispinus und setzte grimmig hinzu: »Ich aber auch! Es gilt, die Leichen hierherzuholen. Dazu muss ich nachschauen, ob die Gefangenen sicher untergebracht sind, und schließlich Tullius Botschaft senden, dass seine Frau tot ist und seine Tochter noch vermisst wird. Ich glaube, mit der Nachricht werde ich warten, bis wir über Gratianas Schicksal Gewissheit haben.«

Einige seiner Männer hatten die tote Aurelia und die Körper ihrer Sklaven bereits hergebracht. Die drei wollte er vorerst in seinem Haus aufbahren. Die Leichen der Schurken hingegen sollten in die Arrestzelle der Wachstation geschafft werden, in der bereits Linus und seine beiden Kumpane steckten.

Als Crispinus aus dem Haus trat, entdeckte er am Fenster der

Arrestzelle einen von Lucius' Anhängern, der dem Anschein nach eifrig mit den Gefangenen sprach.

»Verdammt! Die Wache hätte den Kerl davonjagen sollen«, rief er zornig aus. »Jetzt wird Lucius gleich wissen, dass ich seinen Sohn festgenommen habe.«

»Erwartest du Schwierigkeiten?«, fragte Thamina besorgt.

»In denen stecken wir bereits«, antwortete Crispinus mit einem missratenen Lächeln.

Just in dem Moment trat Materiona ein und stellte ihren Korb auf einen Stuhl. Sie grüßte, sah dann Titus an und strahlte. »Du bist den Schurken also entkommen. Cincia war in großer Sorge um dich!«

»Cincia? Du hast sie gesehen!«, rief Titus.

»Was ist mit Gratiana?«, fiel ihm Adnamatus ins Wort.

»Auch die habe ich gesehen! Cincia ist mit ihr zusammen zu meiner Hütte geflohen. Sie dachte, dort würden die Schurken sie am wenigsten vermuten. Habt ihr die Kerle, oder sind sie euch entkommen?«, fragte Materiona und wandte sich dabei Crispinus zu.

»Wir haben sie! Allerdings weiß ich nicht, wie erfreut Lucius darüber sein wird«, antwortete dieser.

»Wenn ich daran denke, was in den letzten Monaten alles geschehen ist, solltest du dich auf einiges gefasst machen«, erwiderte Materiona trocken und trat auf Adnamatus zu. »Jetzt kann ich deine Wunde richtig versorgen. Thamina soll mir dabei helfen. Es wird etwas wehtun, aber du bist ja ein Mann!«

Adnamatus versuchte zu grinsen, doch das verging ihm bald. Obwohl die beiden Frauen vorsichtig waren, stöhnte ihr Patient mehrmals gequält auf.

»Sei froh, dass dein Großvater das hier nicht mehr erlebt hat. Der würde glatt behaupten, dass Rom die Männer verweichlicht«, spottete die Kräuterfrau und goss eine klare Flüssigkeit auf die Wunde.

»Beim Aesculapius!«, keuchte Adnamatus. »Ist das flüssiges Feuer?«

»Es hilft, Entzündungen zu bekämpfen. Also hab dich nicht so!«, schalt ihn Materiona und machte weiter.

Eine gewisse Zeit später lag Adnamatus frisch verbunden auf einem rasch aufgeschlagenen Feldbett und war froh, den Händen der Kräuterfrau fürs Erste entkommen zu sein.

»Jetzt kannst du dich um deinen anderen Patienten kümmern. Titus hat sich nämlich den Fußknöchel und am Oberarm verletzt«, sagte Crispinus und spähte hinüber zur Stadt. Dort blieb noch alles ruhig.

Dafür kamen kurz darauf Cincia und Gratiana herein. Die beiden hatten es in Materionas Hütte nicht mehr ausgehalten und waren trotz Gratianas Erschöpfung aufgebrochen.

»Endlich sind wir in Sicherheit!«, sagte Gratiana aufatmend, denn bis zuletzt hatte sie Angst gehabt, doch noch von Lucius' Männern gefangen und umgebracht zu werden.

Cincia eilte zu Titus und fasste nach dessen Händen. »Epona sei Dank! Dir ist nichts passiert!«

»Nur ein verstauchter Knöchel und ein kleiner Schnitt. Aber das ist in zwei Wochen wieder heil«, warf Materiona ein.

»Dir ist auch nichts passiert – und du hast Gratiana befreit!« Titus sah Cincia so bewundernd an, dass Materiona die Augen verdrehte.

»Diese Jugend heutzutage!«, sagte sie kopfschüttelnd.

»Jetzt hab dich nicht so! Du warst auch einmal jung«, spottete Crispinus.

»Das war aber noch vor deiner Zeit, sonst wärst du mir nachgerannt, und nicht Faustina«, spottete die Kräuterfrau. »Übrigens kannst du froh sein, dass dich außer mir niemand erkannt hat. Sonst hätte Lucius als Ersten dich umbringen lassen und sich dann erst den Rest vorgenommen.« Materiona atmete tief durch und fand dann, dass sie es Cincia überlassen konnte, Titus' Fuß zu verbinden. »Ich hätte jetzt nichts gegen einen Schluck Wein oder Bier, wenn es recht ist. So weit und so hastig wie heute bin ich schon lange nicht mehr gegangen.«

»Du bekommst alles, was du dir wünschst«, versprach Crispinus und sah, dass Tullius auf sein Haus zukam.

»Jetzt wird es hart!«, sagte er leise.

»Der arme Mann! Aurelia war eine gute Frau.« Cincia kämpfte gegen die Tränen an, die in ihr aufsteigen wollten, und brauchte Materionas Hilfe, damit der Verband an Titus' Knöchel nicht schief geriet.

Kurz darauf trat Tullius ein. Sein Gesicht war bleich, und seine Augen flackerten. »Ist es wahr?«, fragte er Gratiana. »Ist deine Mutter wirklich tot?«

Gratiana umarmte ihn weinend. »Sie haben Mutter einfach umgebracht! Diese Mörder hätten auch Iunius getötet, und mich ebenfalls. Dass du meinen Bruder und mich noch lebend vor dir siehst, ist allein Cincia zu verdanken. Ich habe noch nie ein mutigeres Mädchen als sie gesehen ...«

»Und ich nur selten einen ähnlich mutigen Mann«, setzte Crispinus hinzu und hoffte, dass Tullius dadurch, dass ihm Sohn und Tochter geblieben waren, den Tod seiner Frau zwar betrauern, aber überwinden würde.

»Cincia hat Iunius gepackt und ist mit ihm in den Dravus gesprungen, um den Mördern zu entgehen«, berichtete Titus. »Sie war klug und geschickt genug, um mit dem Jungen unter die überhängenden Zweige zu tauchen, so dass diese Schufte dachten, die beiden wären ertrunken.«

»Mich hat sie aus der Hütte befreit, in die mich diese Schufte geschleppt hatten, weil sie sich zuerst mit mir vergnügen wollten, bevor sie mich umbringen«, berichtete Gratiana mit Bewunderung und Dankbarkeit.

»Das konnte ich aber nur, weil Titus diese Schurken unter Lebensgefahr abgelenkt hat«, wandte Cincia ein.

»Ich werde es euch beiden nicht vergessen«, sagte Tullius und sah dann Crispinus an. »Kann ich sie sehen?«

Crispinus nickte. »Titus' Mutter hat sie bereits ein wenig zurechtgemacht. Ich werde sie, sobald es geht, in dein Haus bringen lassen!«

»Ich bitte darum!«, sagte Tullius und wurde nun ebenso wie seine Tochter ein Opfer der Tränen.

5.

Da Cincia und Gratiana aufgetaucht waren, konnte Crispinus seinen Männern mit dem Horn das Signal geben lassen, die Suche einzustellen und in die Wachstation zurückzukehren. Außerdem forderte er Cincia und Gratiana auf, ihm von dem Überfall zu berichten. Von Gratiana wollte er zudem wissen, wie es zu den Morden an Romilius, Tervius und Ario gekommen war.

Während Gratiana sprach, sah sie mehrmals zu Adnamatus hin. Trotz seiner schweren Verletzung ruhte sein Blick so bewundernd auf ihr, wie sie es bei Romilius nie bemerkt hatte. Und er sah tatsächlich auch besser aus, dachte sie, nämlich viel männlicher. Romilius war wirklich nur ein verweichlichter Römer gewesen.

Cincia schilderte, wie Titus und sie Gratianas Entführern gefolgt waren und wie es ihr gelungen war, diese zu befreien. »Zuerst dachte ich, unser Plan wäre misslungen, weil Titus nur von Linus, Seccius und Florus verfolgt wurde. Die anderen vermutete ich noch in der Hütte. Wenn es Gratiana trotz ihrer Fesseln nicht gelungen wäre, bis zur Tür zu kommen, hätte ich es wohl nicht gewagt, in die Hütte einzudringen«, sagte sie zum Schluss.

»Es war trotzdem sehr mutig von dir!«, erklärte Gratiana. »Wärst du nicht gewesen, hätte ich wie eine Raupe ins Tal kriechen müssen und hätte jetzt noch nicht einmal die Hälfte des Weges geschafft.«

»Vielleicht wärst du schneller in der Tiefe gewesen als gedacht, aber nicht mit gesunden Knochen«, warf Retus ein, der eben hereingekommen war und ihre letzten Sätze gehört hatte. Er trat auf Crispinus zu. »In der Stadt herrscht große Unruhe. Sabina hat ihre Tochter geschickt, um uns zu warnen. Lucius fordert seine Klienten und Anhänger auf, sich zu bewaffnen, um seinen Sohn zu befreien.«

»Ist er verrückt geworden?«, rief Crispinus aufgebracht. »Wir stehen hier im Namen des Imperiums und haben die Pflicht, jeden, der den Frieden auf den Straßen bricht, gefangen zu nehmen und seiner Strafe zuzuführen!«

»Soll ich meine Freunde holen?«, fragte Tullius, den der Gedanke, die Mörder seiner Frau könnten freikommen, mit Abscheu und Zorn erfüllte.

»Nein!«, sagte Crispinus streng. »Dann werden die Unruhen ein Ausmaß annehmen, das viele Menschenleben kosten wird. Das müssen wir anders lösen.«

»Aber wie?«, fragte Retus. »Wir haben gerade einmal ein Dutzend Männer. Lucius wird mit fünfzig oder hundert anrücken!«

»Wir vertreten das Imperium! Lucius und seine Anhänger sollten das nicht vergessen.« Crispinus klang hart. Er sah in die Runde und wies zur Wachstation. »Wenn Lucius' Mob kommt, dürfen wir uns nicht aufteilen. Wir schaffen alles hinüber!«

»Dann sollten wir uns beeilen«, meinte Retus bärbeißig. »Es ist gleich Nacht, und ich sehe bei der Stadt die ersten Fackeln leuchten.«

Crispinus forderte Humarus und einen seiner Männer auf, Adnamatus zur Wachstation zu tragen, während Cincia auf Titus zutrat und ihn auffordernd anlächelte. »Stütz dich auf mich. Ich werde dir helfen!«

»Ich danke dir!« Titus erwiderte das Lächeln, ließ sich von ihr hochziehen und legte ihr den Arm um die Schulter. Es war ein Gefühl, wie er es noch nie gekannt hatte. Gemocht hatte er sie schon immer und sich auch einige Male gewünscht, er könnte sie vielleicht doch heiraten. In dem Augenblick aber beschloss er, mit allen Kräften darauf zu dringen, dass aus ihnen ein Paar würde.

Während Materiona Adnamatus' Transport überwachte, raffte Thamina die wertvollsten Dinge an sich, die Crispinus gehörten. »Wir sollten alles hinüberbringen, für den Fall, dass Lucius' Männer das Haus plündern wollen«, sagte sie.

Crispinus nickte und ließ die Kiste mit seinen wichtigsten Besitztümern ebenfalls hinüberschaffen.

Da Tullius darauf drang, den Leichnam seiner Frau mitzunehmen, damit er nicht von Lucius' Anhängern geschändet werden konnte, mussten sie sich beeilen, denn die Schar vor dem Stadttor wuchs immer mehr an und setzte sich schließlich in Bewegung.

»Ich bin gespannt, wie du mit denen fertigwerden willst«, meinte Retus grimmig.

»Ich hätte doch meine Freunde holen sollen!« Tullius klang grollend, denn er konnte sich nicht vorstellen, wie Crispinus und Retus sich mit ihren zwölf Benefiziariern gegen die mehr als einhundert Männer durchsetzen wollten, die auf die Wachstation zuwalzten.

»Ich höre mir erst einmal an, was sie wollen«, erklärte Crispinus und trat ins Freie. »Brennt ein paar Fackeln an. Ich will es hell haben. Außerdem sollen alle unsere Männer herauskommen und antreten«, befahl er, um Lucius' Schar seine Entschlossenheit zu zeigen.

Fackeln wurden angezündet und in den Boden gesteckt, dann sammelten sich die Männer in voller Bewaffnung auf dem Vorplatz. Es handelte sich um kampferprobte Veteranen, die angesichts der herankommenden Meute zwar ernste Gesichter zogen, sich aber von dem Geschrei nicht einschüchtern ließen.

Crispinus stand mit Retus drei Schritte vor ihren Männern und wartete. An der Spitze der Heranströmenden schritt Lucius mit zornrotem, verzerrtem Gesicht. »Halt!«, rief er, als die anderen ihm zu nahe kamen.

Unwillkürlich gehorchte die Schar. Ein scharfer Blick zeigte Crispinus, dass es nicht allen davon gefiel, Lucius hierher folgen zu müssen. Die Angst vor dessen Zorn war aber noch zu groß, als dass sie sich gegen ihn zu stellen wagten.

»Was willst du?«, fragte Crispinus Lucius und tat so, als ginge die ganze Sache nur diesen und ihn etwas an.

»Du hast meinen Sohn eingesperrt! Lass ihn sofort frei!«, forderte Lucius mit zorniger Stimme.

»Dein Sohn ist nach dem Recht und Gesetz des Imperiums als Räuber und Mörder überführt und wird entsprechend abgeurteilt werden«, antwortete Crispinus scharf.

»Das sind Verleumdungen meiner Feinde!«, rief Lucius wuterfüllt. »Märchen, die nur ein kleiner Knabe glauben sollte, aber kein erwachsener Mann wie du. Zudem bin ich als Duumvir iure dicundo Bürgermeister und oberster Richter der Stadt. Nur ich entscheide, ob ein Mann schuldig ist oder nicht. Mein Sohn ist es jedenfalls nicht. Lass ihn daher frei, oder …«

»Willst du mir drohen?«, unterbrach Crispinus ihn zornig. »Ich stehe hier im Namen des Imperators! Dein Sohn hat seine Verbrechen auf den Straßen begangen, die ich zu überwachen habe. Wer hier verhaftet und seiner Strafe zugeführt wird, entscheide ich und kein anderer!«

Crispinus hoffte, Lucius' Anhänger mit Festigkeit beeindrucken zu können. Viele waren jedoch von diesem abhängig, und andere hofften, in seiner Gunst aufzusteigen.

»Macht den Weg frei! Sonst ergeht es euch schlecht«, schrie einer von ihnen.

Die beiden Ädilen der Stadt waren mit mehreren Knechten gekommen. Einer von ihnen trat auf Crispinus zu. »Um des lieben Friedens willen, lasst Linus frei! Oder wollt ihr es auf einen Kampf ankommen lassen?«

»Wenn es zum Kampf kommt, müssten du und die anderen Beamten auf unserer Seite stehen!«, erklärte Crispinus eisig.

Als Lucius seine Anhänger aufforderte, seinen Sohn gewaltsam zu befreien, begriff Cincia, dass alles auf Messers Schneide stand. Kurz entschlossen verließ sie das Gebäude und trat neben Crispinus.

»Wollt ihr euch wirklich wegen eines Mörders und Frauenschänders gegen das Imperium empören?«, rief sie mit hallender Stimme. »Lucius' Sohn Linus hat Tullius' Ehefrau Aurelia, die mit ihren Kindern, zwei Sklaven und mir von einer Wallfahrt zum Heiligtum zurückkam, überfallen und sie ermordet. Auch die beiden Sklaven wurden umgebracht. Iunius, Gratiana und mir wäre das gleiche Schicksal zuteilgeworden, wenn uns die Götter nicht beigestanden und uns die Flucht ermöglicht hätten. Gestern …«, Cincia wurde noch lauter, »… gestern haben Linus und seine Kumpane Adnamatus, den Enkel des hochgeachteten Togionus, bei seiner Rückkehr von einem seiner Bergwerke überfallen, seinen Diener Sparius getötet und ihn schwer verletzt. All dies geschah auf Lucius' Befehl! Er wollte sich Adnamatus' Besitz aneignen und Tullius' Familie vernichten!«

»Das ist eine Lüge!«, schrie Lucius voller Wut.

»Das ist es nicht!«, rief Cincia hasserfüllt. »Erinnert euch nur, was mit meiner Familie geschehen ist. Meinen Vater trieb er durch seinen Handlanger Florus in den Tod, und meine Mutter und mich verurteilte er zur Sklaverei! Habt ihr zudem vergessen, wie sein Sohn die arme Blandina, die Tochter des Schneiders Avitus, vergewaltigt hat? Lucius zwang Avitus dazu, von einer Anzeige abzusehen, so dass Blandina nachgesagt wird, sie hätte diesen Lumpen freiwillig gewähren lassen.«

»Das sind alles Lügen! Befreit endlich meinen Sohn!«, schrie Lucius und funkelte seine Anhänger auffordernd an.

Einige von ihnen wichen jedoch zurück, und die meisten anderen blieben stehen, so dass das halbe Dutzend, das seinem Befehl folgen wollte, allein gegen die bewaffneten Benefiziarier stand und sich nicht weiterwagte.

Die Sache mit Blandina und Avitus war bekannt. So mancher Vater, der damals über den Schneider gespottet und sich gesagt hatte, bei ihm wären Lucius und sein Sohn nicht so billig weggekommen, begriff nun, dass auch ihm nichts anderes übrig geblieben wäre, als vor Lucius einzuknicken.

Unterdessen hatte Titus sich einen Speer aus dem Arsenal der Straßenwachen geschnappt und humpelte damit heraus. Auch Humarus griff sich eine Waffe, um Crispinus und dessen Männern beistehen zu können. Tullius folgte den beiden, da es nicht heißen sollte, er wäre zu feige gewesen, sich seinem Feind entgegenzustellen.

Einer derer, die Lucius gefolgt waren, sah ihn fragend an. »Stimmt es, dass Frau Aurelia tot ist?«

Tullius nickte mit tränennassem Gesicht. »So ist es! Komm mit mir! Ich kenne dich als ehrlichen Mann. Sieh dir an, was diese Schurken getan haben. Aurelia, meine Sklaven und Adnamatus' Diener sind nicht ihre einzigen Opfer. Sie haben meine Gratiana entführt, um sie zu schänden und später umzubringen. Dabei müssen sie mit ihren Kumpanen Romilius, Ario und Tervius aneinandergeraten sein, denn sie haben auch diese getötet.«

»Was sagst du? Tervius ist tot? Aber wieso?«, rief dessen Vater entsetzt.

»Ich weiß es nicht! Vielleicht haben er und die beiden anderen ihr Entsetzen über die Verbrechen, zu denen Linus sie zwang, zu offen gezeigt.« Für Tullius war dies die wahrscheinlichste Lösung.

»Zwei weitere dürfen noch mitkommen und die Toten sehen«, setzte er hinzu und trat in das Gebäude. Es kamen mehr als drei mit, doch keiner von ihnen zählte zu Lucius' engsten Anhängern. Sie starrten auf die aufgebahrten Leichen und stellten mit Grauen fest, dass die Beschuldigungen, die Crispinus, Cincia und Tullius ausgesprochen hatten, der Wahrheit entsprachen.

»Ich habe Tervius immer gesagt, er soll sich nicht so an Linus hängen«, seufzte Tervius' Vater, obwohl er bis zum jetzigen Zeitpunkt stolz darauf gewesen war, dass sein Sohn zu dessen engsten Freunden gezählt hatte.

Schließlich verließen sie die Wachstation wieder. Dafür kamen andere herein und kehrten mit aschfahlen Gesichtern nach draußen zurück. Der Haufen, den Lucius um sich gesammelt hatte, löste sich immer mehr auf. Zuerst gingen Einzelne, dann ganze Gruppen. Schließlich winkte der Ältere der beiden Ädilen seinen Männern, ihm zu folgen. Der andere Ädil zögerte noch einen Augenblick, dann machte auch er sich auf den Weg.

Zuletzt stand Lucius ganz allein Crispinus und dessen Leuten gegenüber. In der Hand hielt er ein Schwert, und für Augenblicke glaubten alle, er würde als echter Römer den Tod durch eigene Hand wählen. Er starrte Crispinus an, bemerkte bekannte Züge an diesem und stieß einen wüsten Fluch aus.

»Votticus! Dich hat der Orkus zu meinem Verderben ausgespien! Kehre dorthin zurück!«

Er schwang sein Schwert und hätte Crispinus beinahe überrascht. Im letzten Augenblick stieß Titus mit seinem Speer zu und rammte Lucius die Waffe in die Brust. Der Bürgermeister sank mit einem letzten Wehlaut zu Boden. Nun erst begriff Titus, dass er ihn getötet hatte, und ließ erschrocken den Speer los.

»Das wollte ich nicht!«, rief er.

»Wäre es dir lieber gewesen, der Kerl hätte Crispinus erschlagen?«, fragte ihn Retus bissig.

»Nein! Natürlich nicht«, antwortete Titus.

»Dann sei zufrieden, dass du ihm das Leben gerettet hast. So eine Ratte!« Retus spuckte in Richtung des Toten aus und sah seinen Hauptmann kopfschüttelnd an. »Das war äußerst unvorsichtig von dir!«

»Das war es in der Tat!« Thamina war aus dem Haus gestürzt und fasste nach Crispinus' Händen. »Den Göttern sei Dank, dass sie Titus' Hand lenkten!«

»Für dich wäre es besser gewesen, Lucius hätte mich getötet! Oder hast du mein Testament vergessen, das dir nach meinem Tod die Freiheit gibt und dir ein hübsches Sümmchen vermacht, von dem du hättest leben können?« Crispinus wollte den Schrecken, der ihm noch in den Gliedern saß, mit Sarkasmus bekämpfen, sah sich dann jedoch seiner wütenden Sklavin gegenüber.

»Du bist dumm! So dumm!«, schrie sie ihn an und rannte in Richtung des Hauses, in dem sie mit Crispinus lebte.

»Was hat sie jetzt wieder?«, fragte Crispinus verdattert.

»Ich würde sagen, sie mag dich gern genug, um dich nicht tot sehen zu wollen, selbst wenn es ihr die Freiheit brächte«, sagte Retus grinsend.

Cincia betrachtete derweil Lucius' Leichnam voller Grausen. »Was für ein Ende!«, flüsterte sie und sah Crispinus an. »Was wird nun mit seiner Frau und Tochter? Werden diese ebenso Sklavinnen wie meine Mutter und ich?«

»So will es das Gesetz!«, sagte Crispinus. Der Gedanke jedoch, seiner einstigen Geliebten den Sklavenring umlegen lassen zu müssen, schmerzte ihn zu seiner Verwunderung mehr, als er es sich hätte vorstellen können.

»Es ist ungerecht!«, rief Cincia. »Faustina und ihre kleine Tochter hatten keinen Anteil an Lucius' Verbrechen und sollen nun dafür büßen.«

»Deine Mutter und du wurden auch versklavt, als Lucius deinen Vater als versuchten Mörder hinstellte«, wandte Tullius ein.

»Faustina ist eine gute Frau und hat so manche Härte gelindert, die ihr Mann veranlasst hat«, sagte Liviona mitleidig.

»Es ist Nacht! Du wirst sie doch nicht jetzt noch festnehmen lassen?«, fragte Cincia.

»Es reicht, wenn ich es morgen früh tun muss«, antwortete Crispinus grollend.

»Was ist, wenn sie morgen nicht mehr da ist?« Der Gedanke war Cincia eben gekommen. Sie selbst kannte Lucius' Frau kaum, doch ihre Mutter hatte ihr einiges über Faustina erzählt.

»Erinnert ihr euch, wie Faustina der alten Petronia das Geld für ihre Steuern zugesteckt hat? Lucius hätte das arme Weib sonst auf die Straße werfen lassen«, sagte Materiona, die sich nun ebenfalls zu ihnen gesellt hatte. »Auch mir hat sie mehrfach geholfen. Selbst wenn ihr Mann ein Schuft war, so will ich nicht, dass sie und ihre Tochter dafür büßen.«

»Wie soll sie von hier fortkommen? Soll sie vielleicht zu Fuß über die Berge gehen?«, fragte Crispinus.

Titus schüttelte den Kopf. »Hat nicht Adnamatus seinen Reisewagen in Magrinius' Remise abgestellt? Es sind auch noch sein Kutscher und dessen Gehilfe hier. Wenn wir uns beeilen, könnte Faustina mit ihrer Tochter in einer guten Stunde aufbrechen und wäre am Morgen fort, wenn Crispinus sie verhaften lassen will.«

»Wir sollten es nicht übers Knie brechen, sondern Tullius fragen, ob er damit einverstanden ist«, wandte Crispinus ein. »Immerhin starb sein Weib durch Lucius' Schuld. Auch dürfen wir Adnamatus nicht übergehen!«

Auf diese Worte hin traten alle wieder in das Gebäude. Während

Crispinus Adnamatus von Cincias Vorschlag berichtete, arbeitete es in Tullius' Gesicht. Sein Gefühl für Gerechtigkeit forderte Strafe, gleichzeitig wollte er nicht als Unmensch dastehen. Schließlich sah er Gratiana an. »Was sagst du dazu?«

Gratiana warf einen kurzen Blick zu Adnamatus, der trotz seiner Schmerzen lächelte.

»Es ist Cincias Vorschlag! Sie hat Iunius und mir das Leben gerettet, und daher wäre es äußerst undankbar, ihr diesen Wunsch zu versagen«, sagte sie leise. »Außerdem«, um ihre Lippen zuckte ein wehmütiges Lächeln, »denke ich, wie es wäre, wenn diese Angelegenheit uns betreffen würde.«

»Sie betrifft uns doch!«, antwortete ihr Vater verständnislos.

»Ich meine es anders. Was wäre, wenn Lucius dich durch eine gemeine Finte hätte verurteilen können? Dann wären Mutter, Iunius und ich auch versklavt worden. Ich habe daher trotz meiner großen Trauer um meine Mutter auch Mitleid mit Faustina und ihrer Tochter.«

»Dann soll es so sein!«, sagte ihr Vater und senkte den Kopf, um die Tränen zu verbergen, die ihm erneut übers Gesicht rannen.

»Du kommst mit mir! Faustina soll sehen, wer für sie gesprochen hat«, erklärte Crispinus und fasste nach Cincias Hand.

6.

So schnell, wie Crispinus gehofft hatte, kamen Cincia und er doch nicht in die Stadt. Cincias Mutter Amma hatte voller Sorge in Tullius' Haus auf Nachricht gewartet. Als sie hörte, dass die Unruhen abflauten, hielt sie nichts mehr dort. Aurelias Zofe Viviana und die Köchin Laelia kamen mit ihr.

In der Wachstation angekommen, eilte Amma zu Cincia und schlang weinend die Arme um sie. »Ich habe dich noch! Du bist diesen Mördern entkommen!«

»Und nicht nur das!«, erklärte Crispinus. »Deine Tochter hat Iunius und Gratiana das Leben gerettet. Sie ist ein sehr mutiges Mädchen. Wäre ich ihr Herr, würde ich sie umgehend freilassen, mit einer guten Mitgift versehen und verheiraten.«

Es war ein Wink für Tullius, in seiner Trauer nicht den Dank zu vergessen, den er seiner jungen Sklavin schuldete.

»Meine arme Herrin! Ist sie wirklich tot?«, fragte Viviana.

Tullius nickte. »Pluto hat sie in sein Reich aufgenommen! Möge Proserpina sich ihrer dort annehmen, bis auch meine Tage gezählt sind und ich mich zu ihr gesellen kann.«

Während Amma und die beiden anderen Sklavinnen den Raum betraten, in dem ihre Herrin aufgebahrt lag, fasste Crispinus nach Cincias Arm. »Wir sollten gehen, bevor wir noch einmal aufgehalten werden.«

Cincia nickte und verließ das Gebäude. Retus folgte den beiden mit einer Laterne in der Hand. »Ihr werdet wohl kaum über Steine stolpern wollen«, meinte er mit einem verkniffenen Grinsen.

»Das wollen wir gewiss nicht«, gab Crispinus zu.

»Wie wird Frau Faustina es auffassen, dass ihr Mann ein Verbrecher und ihr Sohn ein Mörder geworden ist?«, fragte Cincia bang.

»Wir werden es erfahren!« Trotz früherer Gefühle für Faustina hatte Crispinus nicht vor, die Frau zu schonen. »Sie muss die Wahrheit kennen, um sich nicht als Opfer böser Feinde zu fühlen«, setzte er mit harter Stimme hinzu.

»Du meinst, sie könnte sonst versucht sein, Rache zu suchen?«, fragte Cincia.

»Auch das!«, antwortete Crispinus knapp.

Retus grinste. Ihm war klar, Crispinus wollte Faustina zeigen, dass sie mit dem falschen Mann verheiratet worden war. Hätte sie damals ihren Vater gedrängt, ihn als Schwiegersohn zu akzeptieren, wäre vieles anders gekommen. Da man die Vergangenheit jedoch nicht ändern konnte, zuckte Retus mit den Schultern und leuchtete den beiden den Weg zur Stadt aus.

Das Stadttor wurde des Nachts im Allgemeinen nicht bewacht. Diesmal standen jedoch zwei Amtsdiener davor und starrten Crispinus furchtsam entgegen. Sie wagten jedoch weder, ihn zu fragen, was geschehen war, noch hielten sie ihn und seine Begleitung auf.

Als sie Lucius' Villa erreichten, war die Tür geschlossen. Retus pochte heftig, doch dauerte es geraume Zeit, bis jemand öffnete.

»Ich muss mit Faustina sprechen«, erklärte Crispinus barsch.

»Ich weiß nicht, ob …«, begann der Sklave.

Da schob Crispinus ihn einfach zur Seite und ging weiter. Cincia eilte hinter ihm her. In der Villa brannten unzählige Lampen und verbreiteten sowohl helles Licht wie auch einen angenehmen Duft.

Kurz darauf standen sie vor Faustina. Diese war trotz der späten Stunde noch voll bekleidet und wirkte besorgt. Als sie Crispinus sah, zuckte es in ihrem Gesicht. Dann atmete sie auf. »Die Unruhen haben sich also gelegt. Ich war in großer Sorge, als mein Mann plötzlich alle aufrief, mit ihm zur Kaserne zu eilen und Linus zu befreien«, sagte sie.

»Die Unruhen sind vorbei. Allerdings ist dein Mann tot. Einer der Benefiziarier hat ihn niedergestreckt, als er mich angreifen wollte!«, erklärte Crispinus, da er nicht wollte, dass Lucius' Tod an Titus hängen blieb. Gleichzeitig kämpfte er gegen die Erinnerungen an, die hier in ihm aufsteigen wollten.

»Lucius ist also tot!« Es klang mehr wie eine Feststellung und ohne große Trauer. »Was ist mit Linus? Ich hörte Gerüchte über Überfälle und Mord!«

»Er sollte im Auftrag deines Mannes Adnamatus ermorden und hat diesen schwer verletzt. Heute Nachmittag hat er Tullius' Frau Aurelia aufgelauert. Sie starb durch seine Hand!«

Faustina presste sich die Hand aufs Herz. »Wie oft habe ich Lucius gebeten, Linus Zügel anzulegen, doch er tat es nicht. Es musste wohl so kommen!« Ihre Augen wurden feucht.

»Du weißt, was es für seine Familie bedeutet, wenn ein Mann eines schweren Verbrechens schuldig ist?«, fuhr Crispinus fort.

Faustina nickte und sah Cincia an. »Als das mit deinem Vater geschah, habe ich Lucius gebeten, deiner Mutter und dir diese Strafe zu erlassen, da Buccio Florus ja nicht getötet hatte. Er wollte nicht auf mich hören, wie er so oft meinen Rat verachtet hat. Nun trifft Fulvia und mich dieses Schicksal.«

»Vielleicht auch nicht!«, sagte Crispinus um einiges verbindlicher als bisher. »Cincia, die durch die Schuld deines Mannes ihren Vater verlor und samt ihrer Mutter versklavt wurde, hat um Gnade für dich und deine Tochter gebeten. Daher wirst du jetzt das Nötigste einpacken, etwas Geld und deinen Schmuck mitnehmen und diese Stadt und die Provinz Noricum verlassen.«

»Ich habe von Mutterseite her Verwandte in der Colonia Claudia Ara Agrippinensium, bei denen ich Zuflucht finden könnte. Doch wie soll ich dorthin kommen?«, fragte Faustina mutlos.

»Adnamatus stellt dir seinen Reisewagen und die beiden Fuhrknechte zur Verfügung, und Retus wird dich als Reisemarschall begleiten«, erklärte Crispinus. »Du solltest dich allerdings beeilen. Wenn ich morgen früh komme, um dem Gesetz Genüge zu tun, darf ich dich und deine Tochter nicht mehr antreffen. Sei ohne Sorge! Ich werde nicht nach euch fahnden lassen.«

»Ich danke dir!« Faustina senkte kurz den Kopf und sah Crispinus traurig an. »Oh, Votticus! Ich wünschte, es wäre alles anders gekommen.«

»Du hast mich erkannt?«

»Vom ersten Augenblick an, an dem ich dich wiedergesehen habe. Ich habe es meinem Mann verschwiegen, da er dir sonst sofort feindlich entgegengetreten wäre. Vielleicht wäre es besser gewesen – oder auch nicht!« Faustina hob unschlüssig die Arme und schüttelte den Kopf. »Verzeih mir! Ich fühlte mich damals geschmeichelt, einen so leidenschaftlichen Verehrer zu haben wie dich, habe auch gleichzeitig ein wenig über dich gelächelt. Immerhin war ich ein halbes Jahr älter als du und …« Sie winkte ab. »Seitdem ist viel Wasser den Dravus hinabgeflossen. Lebe wohl und hab Dank für das, was du für mich und meine Tochter tust. Noch mehr aber danke ich dir, Cincia!« Faustina trat auf sie zu und kniete vor ihr nieder. »Du bist ein edles Wesen! Andere an deiner Stelle hätten meine Tochter und mich im Staub sehen wollen. Du aber schenkst uns die Freiheit, die mein Mann dir und deiner Mutter grausamerweise verweigert hat.«

»Es ist schon gut!«, wehrte Cincia den Dank ab.

Faustina stand auf und eilte davon. Crispinus klopfte nun Retus auf die Schulter. »Ich vertraue dir die beiden an. Bringe sie gut an ihr Ziel!«

»Das werde ich«, antwortete Retus.

Mehr sagen konnte er nicht, weil Faustina in den Raum zurückkehrte. In der Hand hielt sie eine Halskette mit fingernagelgroßen Rubinen.

»Hier, nimm das als Dank«, sagte sie zu Cincia. »Die Kette hat meinen Mann mehr als viertausend Sesterzen gekostet. Also wird sie reichen, um dir und deiner Mutter die Freiheit wiederzugeben. Doch nun muss ich mich sputen. Die Nacht schreitet fort, und der Tag sollte mich hier nicht mehr sehen.«

7.

Die Nachricht vom Aufruhr in Aguntum gelangte bis in die Provinzhauptstadt Virunum. Der Statthalter Titus Flavius Titianus gab sich jedoch mit dem schriftlichen Bericht zufrieden, den Crispinus ihm geschickt hatte. Darin erklärte der Centurio, er habe die Unruhen mit seinen Benefiziariern beendet und die Verantwortlichen zur Rechenschaft gezogen.

Tullius Cloelius Vendinus gab Cincia und deren Mutter bereits am nächsten Tag die Freiheit wieder. Dennoch blieben die beiden vorerst noch in seinem Haushalt. Amma sorgte für den kleinen Iunius, den der Verlust der Mutter schwer getroffen hatte. Cincias bisherige Aufgabe, Gratiana als Zofe zu dienen, übernahm Viviana und hoffte, sie auch weiterhin behalten zu können. Sie hatte Angst, sonst nicht mehr gebraucht und daher verkauft zu werden.

In der Stadt legte sich die Aufregung über die schrecklichen Ereignisse nach einer Weile, und das Leben ging seinen gewohnten Gang. Adnamatus hatte sein von Lucius unterschlagenes Vermögen zurückerhalten und bewohnte das Haus seines Großvaters. Auch Amma war entschädigt worden, hatte den Hof aber an ihren früheren Nachbarn Belicus verkauft. Als geiziger Mann hatte dieser genug Geld zusammengerafft, um ihr die Summe zahlen zu können, die sie haben wollte. Ein wenig bedauerte sie es, wollte aber ihre Tochter nicht zwingen, einen Bauernsohn zu heiraten, nur damit der Hof in der Familie blieb.

Cincia erhielt viel Lob, doch ihre Gedanken galten Titus. Sie liebte ihn und fühlte sich durch das gemeinsam Erlebte mit ihm verbunden. Da Tullius sich wegen der Trauer um seine Frau geweigert hatte, Lucius' Nachfolge als Bürgermeister anzutreten, war Titus' Vater Calvus auf diesen Posten gewählt worden, nachdem er durch Crispinus' Eingabe beim Statthalter das römische Bürgerrecht erlangt hatte. Deswegen bezweifelte sie, dass sie diesem Mann als Frau seines Sohnes gut genug sein würde.

Adnamatus war ein häufiger Gast in Tullius' Haus, und es war abzusehen, dass er um Gratiana anhalten würde. Da er sich nun so kleidete, wie es sich ihrer Ansicht nach gehörte, war sie sehr zufrieden und ließ sich anmerken, dass er ihr willkommen war. Cincia fand, dass Gratiana noch immer sehr berechnend vorging, verstand sie aber auch. In einer Ehe mussten beide Partner zusammenpassen, und ihrer Ansicht nach war dies bei Gratiana und Adnamatus der Fall.

Cincia dachte, dass Titus als Sohn eines Käsehändlers und sie als Tochter einer Käsemacherin ebenfalls gut zusammenpassen würden. Nun aber war Calvus Bürgermeister geworden und legte Wert darauf, als solcher geachtet zu werden.

»So ist es im Leben. Man kann nicht alles haben, was man sich wünscht«, sagte sie traurig, tröstete sich dann aber damit, dass ihre Mutter und sie nun zu den Freigelassenen zählten und ihr Schicksal damit wieder selbst bestimmen konnten. Es schmerzte dennoch, wenn sie an Titus dachte und sich vorstellte, dass dessen Vater wohl bald eine in seinen Augen passende Braut für ihn wählen würde.

8.

Einige Wochen später versammelten sich Tullius' Familie und ihre Freunde und Bekannten bei dem neuen Grabmal, das zu Aurelias Ehren errichtet worden war. Tullius hatte den besten Baumeister bemüht und für die Relieftafeln sogar einen Bildhauer aus Aquileia kommen lassen. Nun stand das Gebäude, das die Urnen seiner Familie aufnehmen sollte, wie ein kleiner Palast neben der Straße. An diesem Tag stand die Tür offen, damit Aurelias Urne hineingebracht werden konnte. Vorher zeigte Tullius den Trauergästen das steinerne Abbild seiner Frau. Aurelia war in ihrer tatsächlichen Größe abgebildet, das Gesicht ein wenig nachdenklich den Betrachtern zugewandt, und sie hielt eine Lilie in der Hand. Selbst in Stein gemeißelt zeugte ihr Kleid von modischer Eleganz, und in der Inschrift, die sich darüber befand, bekundeten Tullius Cloelius

Vendinus, sein Sohn Iunius Cloelius und seine Tochter Gratiana Cloelia ihre unendliche Liebe zu der ermordeten Ehefrau und Mutter.

Cincia sah, wie Tullius gegen seine Tränen ankämpfte, während Gratiana sich hilfesuchend gegen Adnamatus lehnte. Der kleine Iunius weinte bitterlich. Amma beugte sich zu ihm nieder und hob ihn auf den Arm. Was sie zu ihm sagte, hörte Cincia nicht, sah aber, wie der Junge sich beruhigte und sie dankbar anlächelte.

Links neben Aurelias Relief war ein kleineres Relief der beiden Sklaven angebracht, die zusammen mit ihrer Herrin ermordet worden waren. Die Urne, die ihre Überreste barg, befand sich bereits in dem Grabmal.

Tullius trat nun vor das Relief, das sich rechts von dem seiner Frau befand und fast genauso groß war wie dieses. Cincia verspürte einen gewissen Knoten im Magen, als sie es betrachtete. Es zeigte eine Sklavin mit den üblichen Attributen einer Toilettdienerin, nämlich Spiegel und Krug. Doch statt wie bei einer Sklavin üblich zur Seite zu schauen, blickte sie die Betrachter offen an. Sie trug auch nicht römische Tracht, sondern die einer einheimischen Norikerin, und nur das kurz geschnittene Haar wies sie als Sklavin aus.

»Es ist sehr schön geworden!«, hörte sie Titus sagen. Er trat neben sie und fasste nach ihrer Hand.

»Ich musste dem Bildhauer lange genug Modell stehen«, sagte Cincia mit Abwehr in der Stimme. »Meinetwegen hätte Herr Tullius es nicht fertigen lassen müssen.«

»Er hat es aber getan! Es ist ein Dank für die mutige und im Übrigen sehr hübsche Frau, die seinen Sohn und seine Tochter gerettet hat«, erklärte Titus und las die über dem Relief stehende Inschrift vor.

Cincia, deren Treue und Mut mir meine Kinder erhalten haben. In ewiger Dankbarkeit, Tullius Cloelius Vendinus!

»Ein guter und ein wahrer Spruch!«, warf Crispinus ein. In seiner Begleitung befand sich Thamina, während sein Sklave Hannus sich etwas im Hintergrund hielt.

»Es erweist mir zu viel Ehre«, wehrte Cincia ab.

»Es erweist dir die Ehre, die dir zusteht, denn du hast ihm nicht nur Sohn und Tochter gerettet. Dein beherztes Eingreifen hat zudem die von Lucius aufgestachelte Menge dazu gebracht, den Aufruhr zu beenden. Wäre dies nicht geschehen, hätte der Statthalter Truppen schicken müssen, und dies wäre die Stadt teuer zu stehen gekommen. Für uns wäre es dann auch unmöglich gewesen, Faustina und ihre Tochter wegzuschicken.« In Crispinus' Stimme schwangen so viel Anerkennung und Dankbarkeit mit, dass Cincia ganz verlegen wurde.

»Hast du etwas über Faustina und ihre Tochter und auch über Retus erfahren?«, fragte sie, um das Thema zu wechseln.

»Retus hat mir einen Brief geschickt. Diesem zufolge sind sie gut in Colonia Claudia Ara Agrippinensium angelangt. Ihr Verwandter besitzt dort eine Manufaktur für Tongeschirr und war begierig danach, ihr Geld an sich zu bringen, um sein Geschäft vergrößern zu können. Retus hat allerdings sofort begriffen, dass der Mann Faustina über den Tisch ziehen wollte, und es verhindern können«, berichtete Crispinus.

»Man kann wirklich keinem Menschen mehr trauen!«, rief Cincia kopfschüttelnd.

»Ich hoffe, mir traust du noch, aber auch unserem wackeren Titus. Er wäre sehr betrübt, wenn es anders wäre!«

Crispinus lächelte, denn er wusste, was der junge Mann für Cincia empfand. Dessen Vater zeigte sich zwar noch ein wenig sperrig, aber nun sah er, dass Calvus mit nachdenklicher Miene vor Cincias Relief stand.

»Den bekommen wir auch noch so weit«, sagte er grinsend.

»Was meinst du?«, fragte Cincia.

»Nichts Wichtiges! Nur, dass wir an diesem Tag nicht nur Trauer, sondern auch Freude empfinden sollten. Da du Retus angesprochen hast: Er hat außerdem geschrieben, dass er bei Faustina bleiben will, bis sie in der Lage ist, auf eigenen Füßen zu stehen. Weil sie das niemals schafft, wird er länger bei ihr bleiben müssen und sie wohl irgendwann einmal heiraten. Da ihm als Veteran eine schöne Abfindung zusteht, ist er kein armer Mann, sondern zusammen mit ihrem Geld wohlhabend genug, um ihr das Leben bieten zu können, das sie gewöhnt ist.« Crispinus verstummte kurz und lächelte dann. »Ich würde es ihm wünschen. Wir waren jetzt mehr als zwanzig Jahre zusammen, und es wird langsam Zeit, dass ich lerne, mein Leben selbst zu bestimmen.« Sein Schmunzeln zeigte, dass es ihm mit diesen Worten nicht ganz ernst war. Er gönnte seinem langjährigen Untergebenen und Freund das Glück in einer guten Ehe. »Faustina ist nach ihren Erfahrungen mit Lucius gewiss froh, einen Mann zu finden, der sich vor allem um sie kümmert und nicht nur danach strebt, immer reicher zu werden. Wohin das führen kann, hat man an Lucius gesehen. Doch nun sollten wir still sein! Tullius und die Seinen bringen Aurelias Urne, um sie in das Grabhaus zu stellen!« Crispinus trat einen Schritt zurück und schob Cincia nach vorne.

Tullius trug die reich geschmückte Urne zusammen mit Sohn und Tochter. Nun winkte er Cincia zu sich. »Niemand hat mehr Recht, Aurelia auf ihrem letzten Weg zu begleiten, als du, der du ihren Kindern das Leben erhalten hast!«

Ob sie wollte oder nicht, Cincia musste mit zugreifen und die Urne mit in das Grabmal tragen. Im Hintergrund standen bereits die Urnen von Tullius' Eltern und Großeltern, die aus dem alten Grabhaus hierhergebracht worden waren, sowie die mehrerer treuer Sklaven und Sklavinnen. Nun stellten sie Aurelias Urne dazu und verließen anschließend das Gebäude.

Unterdessen sprachen Priesterinnen und Priester Gebete für die Tote. Sie spendeten noch ein paar Worte des Trostes und zogen sich dann zurück.

Auch etliche Trauergäste verabschiedeten sich. Den engeren Kreis seiner Freunde bat Tullius jedoch, ihm zu folgen und seine Frau bei einem Gastmahl in seinem Haus zu ehren.

Materiona gesellte sich auf dem Weg in die Stadt zu Cincia und zwinkerte dieser zu. »Ich war schon oft in den Häusern der Reichen, um ihnen Kräuter oder Salben zu bringen. Es ist aber das erste Mal, dass ich dort zu Gast geladen bin und mein Essen mit den Herrschaften zusammen im Speisesaal vorgesetzt bekomme, nicht in der Küche beim Gesinde.«

»Ich würde gerne für den Rest meines Lebens in der Küche essen, wenn Frau Aurelia noch bei uns wäre«, sagte Cincia bedrückt.

Die Kräuterfrau nahm wahr, dass nicht allein die Trauer um ihre einstige Herrin Cincia erfüllte. Der liebevolle Blick, mit dem sie Titus bedachte, sagte ihr ebenso viel wie der ängstliche Ausdruck, mit dem sie dessen Vater musterte.

9.

Für das Mahl zum Gedenken an seine Frau ließ Tullius auftischen, was sich mit Geld und gutem Willen besorgen ließ. Die Weine kamen aus Sizilien, die Austern aus Aquileia, das Olivenöl aus Spanien, Fische aus den Gebirgsbächen und -seen sowie aus dem Meer, und dazu gab es noch zahllose andere Köstlichkeiten.

Cincia hatte in Tullius' Haus bereits einiges zu kosten bekommen, was sie nie zuvor gegessen hatte. Doch diesmal war die Fülle so überwältigend, dass Materiona ein übers andere Mal verwundert den Kopf schüttelte. Die Kräuterfrau starrte schließlich auf die gefüllten und gebackenen Haselmäuse, die ihr vorgesetzt wurden.

»Ein richtiger Schweinsbraten wäre mir lieber«, sagte sie seufzend und versuchte, sich anders auf der Speiseliege zu betten. »Kann mir einer sagen, weshalb die Römer im Liegen essen müssen? Mir ist der linke Arm, auf den ich mich stütze, bereits eingeschlafen.«

Vogitoubus, der mit seiner Frau Egintuna ebenfalls zu den Gästen zählte, musste lachen. »Recht hast du, Materiona! Im Liegen isst es sich wahrlich nicht so gut wie im Sitzen. Und was den Schweinsbraten angeht: Wenn du das nächste Mal zu uns kommst, kriegst du ein besonders großes Stück.«

»Ich werde dich beim Wort nehmen! Der Braten, der bei dir auf den Tisch kommt, ist noch besser als der von Sabina in der Taverne, und das will was heißen«, antwortete Materiona und leckte sich die Lippen.

Egintuna lächelte geschmeichelt. Sie konnte gut kochen und hatte es auch ihre Töchter gelehrt. Außerdem freute sie sich, wenn die Kräuterfrau zu ihnen kam. Diese erfuhr fast alles, was in dieser Gegend passierte, und konnte es ihr brühwarm erzählen.

Trotz der Trauer um seine Frau war Tullius froh um die gute Laune seiner Gäste. Als jedoch das Essen abgeräumt und der Nachtisch gebracht wurde, bat er um Aufmerksamkeit.

»Ich danke euch, dass ihr alle gekommen seid, um meiner geliebten Aurelia zu gedenken. Bevor wir aber nun dem Wein zusprechen und dabei Süßes knabbern, will ich noch einmal ein Trankopfer darbringen!« Er goss ein wenig von dem Wein in seinem Becher aus und sah die Tischrunde mit einem ernsten Lächeln an. »Außerdem gibt es noch ein paar Dinge zu berichten. So hat unser Freund Adnamatus um die Hand meiner Gratiana gebeten, und ich sehe keinen Grund, ihm dies zu verweigern. Wir gedenken heute daher nicht nur meiner Aurelia, sondern feiern auch die Verlobung meiner Tochter.«

»Möge Juno stets die Hand über euch halten!«, sagte Titus' Mutter Liviona und erhob sich von ihrer Liege. »Es gilt aber noch eine zweite Verlobung zu verkünden«, fuhr sie lächelnd fort. »Mein

Sohn wünscht sich Cincia zur Ehefrau, und ich sehe keinen Grund, ihm dies zu verweigern.«

»Ich weiß nicht …«, sagte ihr Mann brummig. »Sie ist ein armes Mädchen und …«

»Halt!«, unterbrach ihn Tullius. »Zum einen kannst du dir keine bessere Schwiegertochter wünschen als Cincia, und zum anderen haben Adnamatus, Crispinus und ich beschlossen, ihr je zwanzigtausend Sesterzen als Mitgift auszusetzen.«

»Und hier sind noch einmal fast zweitausend Sesterzen, die Titus und ich damals gesammelt hatten, um Cincia und ihre Mutter freizukaufen«, erklärte Materiona und stellte einen ledernen Beutel auf den Tisch.

Von seiner neuen Würde als Bürgermeister berauscht, war Calvus Cincia nicht mehr gut genug für seinen Sohn gewesen. Nun aber begriff er, welch hohe Achtung ihr von Tullius und der ganzen Runde entgegengebracht wurde. Auch wurde ihm klar, dass dies hier eine abgesprochene Sache war, bei der seine Frau die Fäden gezogen hatte. Sich jetzt noch zu sträuben, hätte sowohl Liviona wie auch Tullius, Crispinus und Adnamatus vor den Kopf gestoßen und ihn seinem Sohn entfremdet.

»Also gut!«, sagte er knurrig. »Dann soll der Lümmel eben Cincia heiraten.«

Cincia war von dem Ganzen ebenso überrascht worden wie Calvus und sah eher wie ein erschrecktes Vögelchen aus denn wie eine glückliche Braut.

»Mich fragt hier keiner?«, brachte sie mühsam hervor.

»Du wärst dumm, wenn du Titus nicht nehmen würdest. Einen Besseren als ihn findest du im weiten Umkreis nicht«, sagte Materiona und schmeichelte damit Calvus' väterlichem Stolz.

Titus sprang auf und eilte zu Cincia. »Willst du mich etwa nicht?«, fragte er erschrocken.

»Doch! Das schon«, klang es leise zurück.

»Dann ist ja alles in Ordnung!«, meinte Materiona und stupste die beiden an. »Und nun küsst euch, damit wir endlich diesen guten Wein und die herrlichen Kekse genießen können, die Tullius uns auftischen lässt.«

»Aber was ist mit Mutter?«, fragte Cincia.

»Ich bleibe vorerst als Freigelassene in Tullius' Haushalt und kümmere mich um Iunius«, sagte ihre Mutter lächelnd und umarmte sie und Titus. »Nun wird doch endlich alles gut. Cincia und ich sind freigelassen worden, und es gibt zudem gleich zwei Verlobungen zu feiern!«

Da Titus und Cincia sich küssten, sahen Gratiana und Adnamatus dies als Gelegenheit an, es ihnen gleichzutun.

Crispinus sah den beiden Paaren zu und drehte sich zu Thamina um. »Dieses Freilassen und Verlobenwollen ist irgendwie ansteckend. Ich werde daher auch dich freilassen, aber nur unter der Bedingung, dass du mich danach heiratest!«

Thamina starrte ihn an und sah dann in Cincias fröhliches Gesicht.

»Tu es!«, rief diese. »Wir beide wurden am selben Tag verkauft, und ich würde mich freuen, wenn wir auch am selben Tag zur Braut würden.«

»Ich wurde zur Ehefrau erzogen und nicht zur Sklavin«, sagte Thamina leise. »Dennoch traf mich ebenso wie Cincia das Los der Sklaverei. Wie sie hatte ich das Glück, einen gütigen Herrn zu finden. Ich hoffe, dass er als Ehemann ebenso gütig ist!«

»Das wird er sein!«, erklärte Cincia und umarmte sie. »Nun haben wir beide eine Heimat«, raunte sie Thamina ins Ohr.

»Ja, das haben wir«, antwortete diese und fühlte, dass die Trauer um die verlorene Heimat nicht mehr schmerzte. Auch das, sagte sie sich, war in gewisser Weise Cincias Verdienst.

Historischer Überblick

Im Jahr 15 v. Chr. wurde das bereits mit Rom verbündete Königreich Noricum von den Truppen Kaiser Augustus' besetzt und als kaiserliche Provinz dem Imperium Romanum eingegliedert. Den Überlieferungen zufolge soll dies friedlich geschehen sein. Archäologische Funde zeigen jedoch an einigen Orten, dass es stellenweise zu Kampfhandlungen gekommen ist. Wie in anderen Provinzen auch wurde die Oberschicht mit Privilegien versehen, um Aufstände zu verhindern, und anschließend im Lauf der Zeit romanisiert.

Die Provinz Noricum reichte in etwa von der Drau bis an Inn und Donau und wurde von keltischen Stämmen bewohnt. Einer dieser Stämme waren die Laianken (Laianci) in der Gegend des heutigen Osttirols. Zentrum war das Municipium Claudium Aguntum, das im Jahr 50 oder 51 n. Chr. von Kaiser Claudius die Stadtrechte erhielt. Aguntum war nicht nur eine Stadt, sondern auch ein Verwaltungsbezirk, zu dem weitere Siedlungen wie zum Beispiel Sebatum gehörten. Aguntum lag auf dem Gebiet der heutigen Gemeinden Dölsach und Nußdorf-Debant, die sich nahe der heutigen Bezirksstadt Lienz befinden. Die Stadt konnte bislang nur teilweise ausgegraben werden, doch sind die Funde bereits jetzt bedeutend. Immerhin war Aguntum zu seiner Zeit die einzige Stadt römischen Rechts im heutigen Tirol. Selbst Innsbruck war damals nur ein Versorgungslager an der Straße von Mediolanum (Mailand) nach Augusta Vindelicorum (Augsburg). Aufgrund seiner Lage tief im Gebirge war Aguntum gut geschützt und wurde bis zur Völkerwanderung kaum bedroht, dann aber aufgegeben, weil sich die dort lebenden Menschen auf die Höhen zurückzogen und das besser zu schützende Lavant zum neuen Zentrum wurde.

Über die Hintergründe

Unser Interesse an Aguntum wurde durch Dr. Alfred Meschnigg geweckt, der uns von dem Mädchen von Aguntum vorschwärmte, einer Sklavin, die auf einem dort gefundenen Relief verewigt worden ist. Nun war es bei reichen Römern Sitte, auf ihren Grabdenkmälern nicht nur sich selbst verewigen zu lassen. Um ihren Reichtum im Leben zu zeigen, wurden bei ihren Grablegen auch Sklavinnen und Sklaven als Reliefs dargestellt, zumeist mit den Utensilien, mit denen sie ihrer Herrin oder ihrem Herrn dienten. Bei Männern war das oft ein Schreiber, bei den Frauen die Toilettdienerin (Zofe) wie in diesem Fall, die mit Wasserkrug und Spiegel ausgestattet ist. Die meisten dieser Sklavenreliefs sind um einiges kleiner als die der Herrschaft, und die Porträtierten blicken achtungsvoll zur Seite. Das Mädchen von Aguntum aber sieht den Betrachter direkt an, so, wie es bei der Herrschaft der Fall ist. Es zeigt, dass sie, obwohl Sklavin, hoch angesehen war.

Solche Funde reizen natürlich die kleinen grauen Zellen eines Autors und einer Autorin, und das war bei uns nicht anders, zumal es noch einen zweiten interessanten Fund in Aguntum gibt, nämlich die Entlassungsurkunde des Publius Cornelius Crispinus aus dem Jahr 150 oder 151 n. Chr. Es handelte sich dabei um einen Prätorianeroffizier, der sich nach seinem Dienstende in Aguntum angesiedelt hat.

All das war für uns interessant genug, um nach Osttirol zu reisen und den Spuren der namenlosen Toilettdienerin und des Offiziers der kaiserlichen Garde zu folgen. Dr. Alfred Meschnigg nahm sich extra eine Woche Zeit für uns, um uns an all die interessanten und wichtigen Stellen zu führen. Auch organisierte er Treffen mit Archäologen, Museumsleitern und -mitarbeitern und anderen Personen, die uns bei der Recherche behilflich waren.

Wie schon mehrfach erlebt, wuchs auch diesmal der Roman förmlich in unseren Köpfen, während wir den Wegen folgten, auf denen unsere Heldin und die anderen Protagonisten wandelten. Wir hatten mit »Die steinerne Schlange« bereits einen Roman über Rom und sein Imperium geschrieben. Die Fortsetzung von »Die steinerne Schlange« soll 2023 erscheinen, und so waren wir gut genug in der römischen Kultur und Zeit verankert, um uns an »Das Mädchen von Agunt« wagen zu können. Natürlich galt es auch hier, noch sehr viel Material zu besorgen und zu sichten, doch am Ende unserer Recherche in Osttirol waren wir sicher, dass wir diesen Roman schreiben würden.

Wir bedanken uns hier bei allen, die uns mit ihrem Rat und ihren Informationen geholfen haben. Dies gilt in erster Linie natürlich unserem Freund Dr. Alfred Meschnigg. Weiter sind zu nennen:

Dr. Leo Gomig – Curatorium pro Aguntum
Hannes Rohracher – Museum Aguntum
Ing. Dietmar Simoner – Berg i. Drautal
Ferdinand Kargl – Römermuseum Teurnia
Siegfried Gelhausen – Film über die Ausgrabungen in Aguntum
Josef Kalser – Tempelanlage auf dem Frauenklosterbühel
Mag. Stefan Weis – Museum Schloss Bruck in Lienz
Wolfgang Michor – Gemeinde Dölsach
Mag. Katrin Winkler – Universität Innsbruck
Pia Zamolo – Museo archeologico Iulium Carnicum

Das Mädchen von Agunt – Personen

Cincia und ihre Familie

Amma – Bäuerin, Buccios Frau und Cincias Mutter
Buccio – Bauer, Ammas Mann und Cincias Vater
Cincia – das Mädchen von Aguntum

Haushalt des Calvus

Calvus – Käsehändler in Aguntum
Liviona – Calvus' Ehefrau
Porcia – Calvus' Haussklavin
Titus – Sohn des Käsehändlers Calvus

Haushalt des Lucius Antonius Melius

Faustina – Lucius Antonius Melius' Ehefrau
Fulvia – Lucius Antonius Melius' Tochter
Linus – Lucius Antonius Melius' Sohn
Lucius Antonius Melius – reichster Mann von Aguntum
Romilius – Neffe des Lucius Antonius Melius
Vinicius – Faustinas Vater (bereits verstorben)

Haushalt des Tullius Cloelius Vendinus

Aurelia – Tullius Cloelius Vendinus' Ehefrau
Gratiana – Tullius Cloelius Vendinus' Tochter

Iunius – Tullius Cloelius Vendinus' Sohn
Laelia – Tullius' Köchin
Tullius Cloelius Vendinus – Lucius' Konkurrent
Viviana – Aurelias Zofe

Haushalt des Publius Cornelius Crispinus

Hannus – Crispinus' Sklave
Publius Cornelius Crispinus – Hauptmann der Benefiziarier
Retus – Crispinus' Untergebener
Thamina – persische Sklavin

Andere

Adnamatus Naevius Claudius – Enkel und Erbe des Togionus
Ario – Linus' Freund
Avitus – Schneider
Bardus – Belicus' Sohn
Belicus – Nachbar von Buccio und Amma
Blandina – Avitus' Tochter
Drusus – Bordellbesitzer
Egintuna – Vogitoubus' Ehefrau
Florus – Viehhändler
Gaius Ovidius – Crispinus' Vorgänger (verstorben)
Humarus – Sekretär des Togionus
Liborius – Bewohner Aguntums
Magrinius – Tavernenwirt
Marcia – Sabinas und Magrinius' Tochter
Materiona – Kräuterfrau, Heilerin
Priscus – zweiter Duumvir von Aguntum

Regulus – Gaius Ovidius' Stellvertreter
Sabina – Wirtin, Frau des Magrinius
Seccius – Handwerker
Sparius – Adnamatus' Kammerdiener
Tervius – Linus' Freund
Togionus – Bergwerksbesitzer (verstorben)
Varinius – Sklavenhändler
Vogitoubus – Bruder des Publius Cornelius Crispinus
Votticus – Jugendname des Publius Cornelius Crispinus

Glossar

Aesculapius – römischer Gott der Heilkunst
Aediles (Ädilen) – für die Wirtschaft und die Sicherheit in der Stadt (Feuerwehr und Polizei) verantwortliche Beamte
Aericeara – keltische Göttin
Amor – römischer Liebesgott, Sohn der Venus
As – römische Münze
Aureus – römische Goldmünze zu fünfundzwanzig Denaren bzw. hundert Sesterzen
Baiae – römischer Badeort in der Nähe von Neapel
Belenus – bedeutender keltischer Gott
Benefiziarier – Soldaten, die für die Sicherheit auf den Handelsstraßen verantwortlich sind
Bussamarius – keltischer Gott
Castra Regina – Regensburg
Centurio – Hauptmann, damals hoher Offizier
Ceres – römische Göttin des Feldbaus
Danuvius – Donau
Decuriones – Stadträte
Demeter – römische Göttin
Denar – römische Münze zu vier Sesterzen
Deversorium – abfällige Bezeichnung für Herberge
Diana – römische Göttin der Jagd
Dravus – Drau
Duumviri iure dicundo – die beiden Bürgermeister und gleichzeitig Richter einer Stadt
Epona – bedeutende keltische Göttin
Frigidarium – Abkühlraum, oft mit Kaltwasserbecken in einer römischen Therme
Furien – Rachegöttinnen

Garum – römische Würzsoße
Gauch – Narr, Dummkopf
Geck – nur auf sein modisches Aussehen versessener Narr
Gimpel – leichtgläubiger, dummer Mensch
Gladius – römisches Kurzschwert
Grannus – keltischer Gott der Heilkunst, Ehemann der Sirona
Iuavium – Salzburg
Iulium Carnicum – römische Gemeinde, heute Zuglio in Friaul-Julisch Venetien
Juno – römische Göttin der Häuslichkeit und Ehe, Ehefrau Jupiters
Jupiter – höchster römischer Gott, Ehemann Junos
Laffe – eitler, junger Mann, Modenarr
Laianken – keltischer Stamm im heutigen Osttirol und Teilen Südtirols
Latobius – Gott der Viehzüchter und Hirten
Legat – hier legatus legionis, Kommandeur einer Legion
Legion – römischer Heeresverband, ca. viertausend Mann stark
Lictor – in diesem Fall ein Sklave, der vor seinem Herrn hergeht und diesem den Weg freimacht
Luparium – Bordell
Mars – römischer Gott des Krieges
Mediolanum – Mailand
Minerva – römische Göttin der Gelehrsamkeit
Mulsum – Weinmischgetränk mit Honig und Gewürzen
Neptun – römischer Gott des Meeres
Orkus – Unterwelt
Pan – römischer Gott der Hirten
Pluto – römischer Gott der Unterwelt (Totengott)
Procurator Augusti – kaiserlicher Statthalter
Proserpina – römische Göttin, Plutos Ehefrau
Quaestor (Quästor) – für die Finanzen einer Stadt verantwortlicher Beamter

Sebatum – römische Siedlung unweit von Aguntum, das heutige Sankt Lorenzen
Sesterze – römische Münze zu vier Assen
Sirona – keltische Heilgöttin, Frau des Grannus
Strigilis – Schaber, um das auf die Haut aufgetragene Öl wieder abzuschaben.
Teurnia – römische Stadt östlich von Aguntum
Virunum – Hauptstadt der Provinz Noricum auf dem Gebiet des heutigen Zollfelds bei Maria Saal in Kärnten
Vulkanus – römischer Gott der Schmiede

Der dritte Band der neuen großen Familiensaga: dramatisch, exotisch, opulent

INY LORENTZ

Die Perlenprinzessin
– Missionare –

ROMAN

Nach ihrer dramatischen Flucht von Hiva Oa hofft Ruth, mit ihrem kleinen Sohn auf Tahiti in Sicherheit zu sein – doch nicht jeder ist erfreut über ihre Rückkehr: Weil Mildred Wiggles in Ruth eine Bedrohung für die Heiratspläne ihrer Tochter sieht, sorgt sie dafür, dass man der schönen jungen Witwe die Leitung eines übel beleumundeten Handelspostens überträgt. Statt sich jedoch um ihren guten Ruf zu sorgen, baut die energische Ruth den Handelsposten mithilfe des Chinesen Lu Po zu einem florierenden Geschäft aus. Währenddessen schlägt das Schicksal viele Seemeilen entfernt bei Freund und Feind gleichermaßen zu …

KNAUR

Eine mutige junge Frau, ein dramatisches Schicksal und eine große Liebe

ANNETTE LANDGRAF

Ein Joker fürs Glück

ROMAN

Als Julia Lensberg nach einem furchtbaren Unfall im Krankenhaus erwacht, teilt man ihr mit, dass sie vermutlich für den Rest ihres Lebens auf einen Rollstuhl angewiesen sein wird. Der Schicksalsschlag ist ein schwerer Schock für die lebensfrohe junge Frau – und es kommt noch schlimmer: Julias Großvater hat ihr eine äußerst erfolgreiche Spedition vererbt. Nach ihrem Unfall unternehmen nun jedoch sowohl der Geschäftsführer der Firma als auch Julias eigensüchtige Mutter alles, um die Spedition an sich zu reißen. Verzweifelt versucht Julia, sowohl ihr Leben als auch ihre Firma wieder in den Griff zu bekommen – ohne Hilfe ein aussichtsloses Unterfangen. Doch kann sie ausgerechnet dem Mann vertrauen, den sie am meisten verachtet und den sie »Joker« nennt, seit er sich auf einer Feier völlig blamiert hat?

KNAUR